귀농 명받았습니다
①

귀농 명받았습니다 ①

초판 1쇄 인쇄　2024년 11월 04일
초판 1쇄 발행　2024년 11월 18일

신고번호　제313-2010-376호
등록번호　105-91-58839

지은이　임안호

발행처　보민출판사
발행인　김국환
기획　김선희
편집　조예슬
디자인　김민정

주소　경기도 파주시 해올로 11, 우미린더퍼스트@ 상가 2동 109호
전화　070-8615-7449
사이트　www.bominbook.com

ISBN　979-11-6957-248-4　03810

- 가격은 뒤표지에 있으며, 파본은 구입하신 서점에서 교환해드립니다.
- 이 책은 저작권법에 의하여 보호를 받는 저작물이므로 무단 전재와 복사를 금합니다.

임안호 장편소설

귀농 명받았습니다

①

폭력적이고 거친 세계에서 우정을 쌓아온 사나이들이
농촌에서의 평온한 삶 속에서 상처를 치유하는 성장소설!

추천사

이 장편소설의 중심은 사나이들의 우정이다. 거친 폭력조직 속에서 함께 살아남기 위해 서로에게 의지해 온 남자들의 유대는 단순한 동료 이상의 깊은 관계로 그려진다. 그들은 폭력과 상실 속에서 서로의 상처를 보듬으며, 함께 고통을 나누고 위로하는 존재들이다. 특히 현수와 죽은 친구 정구, 그리고 동료들과의 관계는 단순히 조직 내 동료애를 넘어선, 가족과도 같은 정서적 연결을 보여준다. 그들이 서로를 위해 기꺼이 희생하고, 함께 겪은 시간을 잊지 않으려는 모습은 그들의 관계가 얼마나 깊고 진정성 있는지를 잘 드러낸다.

현수와 함마는 정구 어머니와 함께 농촌에서 새로운 삶을 시작하면서도, 그와 함께했던 사나이들의 우정을 결코 잊지 않는다. 농촌에서의 생활이 평온함과 회복을 가져다주는 동시에, 그는 여전히 도시에서의 기억과 조직에서 함께했던 이들과의 추억을 가슴에 품고 살아간다. 그들에게는 서로를 향한 깊은 믿음과 의리가 존재하며, 이러한 유대는 그들이 자신의 삶을 이어갈 수 있는 원동력이 된다. 단순히 과거를 버리고 새 출발을 하는 것이 아니라, 그 속에서 진정한 자신을 찾고, 잃어버린 인간다움을 회복해 나가는 과정을 겪는다.

또한 이 소설은 인간의 회복력과 관계의 소중함을 탐구한다. 작가는 도시와 농촌이라는 두 세계를 대비시키며, 각 세계에서 등장인물들이 겪는 감정의 변화를 섬세하게 묘사한다. 폭력적이고 거친 세계에서 우정을 쌓아온 남자들이 농촌에서의 평온한 삶 속에서 그 우정을 되새기며 상처를 치유하는 과정은 매우 감동적이다. 이 작품은 독자들에게 인간의 상처와 회복, 그리고 관계의 진정한 의미를 다시금 되돌아보게 하는 기회를 제공하는데, 상실 속에서도 서로를 통해 치유해가는 인간의 따뜻함을 전하는 소설로, 전후 한국 사회의 어두운 면을 배경으로 하면서도 그 속에서 피어나는 희망과 감동을 놓치지 않는 작품이다.

2024년 10월
편집위원 **김선희**

작가의 말

　내가 한참 어려운 시절 주머니에 돈 몇 푼 있어, 그렇다고 식당에 들어가서 당당히 식판에 써 있는 메뉴를 주문할 수 있는 돈은 안 되고, 길거리의 풀빵을 사먹을 정도의 돈을 가지고 있을 때 내 신세가 하도 한탄스러워 나의 앞날이 계속 이럴 것인가? 무엇보다도 이것이 의심이 들어 청계천의 한 길에서 남의 앞날을 점쳐준다고 하는 사람에게 나에겐 점심값과 같은 돈을 들여 무엇보다 궁금하고 지질이도 못난 내 앞길을 한 번 확인해보고 싶어 주머니에서 만지작거리고 있던 돈을 꺼내 내 나이 또래인 이분에게 주고 내 앞길을 알려달라고 부탁을 드려봤습니다.

　이 사람은 내 이름과 생년월일을 묻더니 책을 펴놓고 옆에 있는 공책에다 우리네는 알아보지도 못할 한문체로 갈겨쓰더니 그 글씨를 보면서 나에게 하는 말이 "예술을 할 팔자구먼!" 해서 내가 듣기에는 도저히 이해가 안 되는 소리라 "내가 예술을 한다니요?" 하고 반문을 하니, 그 사람은 꼭 연극이나 텔레비전에 안 나가고 글을 써도 예술에 들어간다는 것입니다. 그때는 '에이그~ 내 아까운 돈만 날렸다.' 하고 흘러버렸는데 세월이 많이 흘러 지금 생각해보니 그 말도 맞는 거 같아 신기한 생각이 들어갑니다. 이런 지난 일에 힘을 얻어 글을 써보아 지금에 이르렀으니, 이 책에서도 사람들이 각자 태어나 제각각 자기 갈 길로 흩어져 인생이 연결되는 걸 보면 자못 희한하다고 할 수밖에 없습니다.

사람마다 제 갈 길이 정해진 듯 이런 사연, 저런 사연이 엮어지면서 여기에 나오는 사람들이 직간접으로 연결되어 자기 나름대로의 인생관이 적나라하게 펼쳐지면서 이 글을 쓴 나도 여기에 편승해 내 과거를 돌아보며 자질구레한 경험으로 몇 줄 장식을 해봤고, 내 친구나 동네 형님들과 우리나라 지역에 어른들의 직접 겪은 이야기고 보니 누구든지 자기에게 주어진 운명을 져버릴 수는 없는가 봅니다. 여기 이 마당에 나온 사람들은 화려한 인물들은 아니지만 한세상을 살면서 조그마한 발자취로 엮어진 대한민국 역사의 지나간 그림자일 뿐입니다.

2024년 10월
소설가 **임안호**

임안호 장편소설

귀농 명받았습니다

①

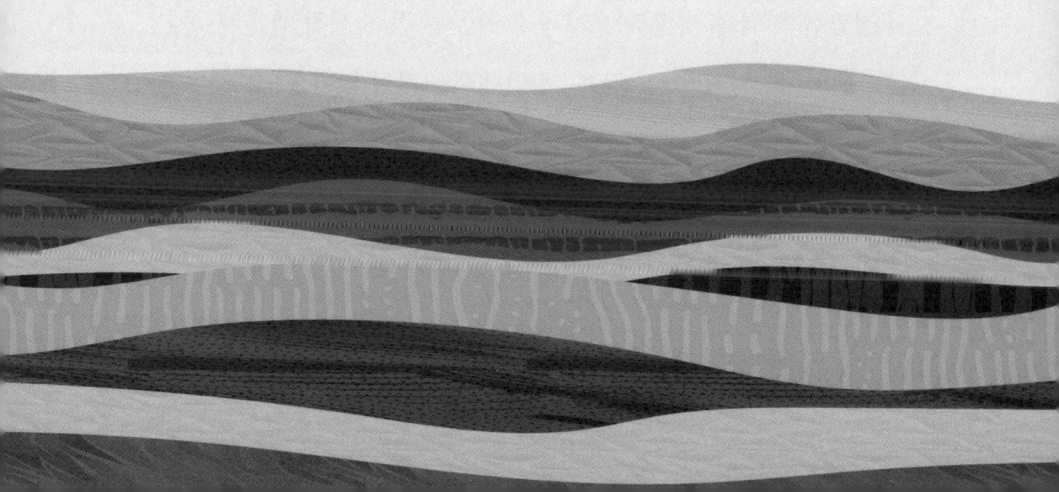

1

　넓은 홀 벽면 한쪽에 내가 흔히 보지 못했던 서울특별시 전 지역의 지도가 하나 걸려 있다. 처음 보는 이상한 지도라 자세히 들여다보니 장안의 명칭이나 지번은 여느 지도와 같으면서 서울의 각 지역을 대표하는 주먹들이 지배하고 있는 영역을 눈에 확 뜨이도록 무지개 색깔로 적나라하게 표시해 휘황찬란한 비교적 특이한 지도이며, 동대문파와 청량리파, 왕십리파, 남대문파, 명동, 용산, 종로, 마포, 영등포 등 서울의 여러 지역을 분할해 주먹들이 자리 잡고 있으면서 자기들 파와 세력의 추진하려는 계획과 이익이 부합해 왕초의 결단으로 더해져 휘하의 모든 인원을 동원해 집단 패싸움을 벌여 장악한 지역을 색깔로 표시해 그려놓은 걸 자세히 관찰해보니 그중에 동대문파의 빨간 색깔이 장안에서는 가장 넓어 보인다.

　평소에는 젊은 사람들이 채소 도매시장 종사자, 청소원, 상가 판매원, 오락장 직원, 음식점 배달원, 가게 점원, 호텔 종사자, 포장마차, 야간업소 웨이터, 고깃집 종업원, 길가에 난전을 펴고 장사하는 사람, 지게꾼 등 각자 맡은 바 생업에 종사하다 비상상황이 발생해 형님들의 출동명령이 떨어지면 하던 일 그대로 멈추고 지휘계통의 소속 형님들을 따라 줄줄이 나서는데, 소위 이들이 흔히 표현하는 젖과 꿀이 넘쳐흘러 매력적인 이권이 결합돼 있는 유흥업소나 철도 역전, 오락실, 극장, 전통시장 등 사람들이 들끓어 돈이 몰려 돌아다닌다는 지역이 주로 타겟이 된다. 하긴 이들이 주장하는 것은 물론 이권도 있지만, 젊은이들이 뭉쳐 있는 곳이다 보니 의리와 자존심이 걸린 문제도 있었다. 자기 동료 중에 누가 다른 패에 얻어터지고 왔다 하면 '자존심에 살고 의리에 죽자!'라는 구호를 외치던 사람들이라 젊은 기분에 복수하러 출동하는 것도 서슴지 않는 이들의 혈기 왕성하고 우쭐대는 무리들은 서로 마주치다 보면 젊은 기분에 자웅을 겨루어 순위가 결정되면서 발군의 실력으로 지도력을 발휘하는 자가 나타나 조직을 결성해 집단을 이끌어 나가면 그 옛날 왕조 같은 색을 띠어 위아래가 정해지고, 규율이 엄해진 패거리가 이루어져 통솔을 한다면 이러한 지역도 그렇게 따라서 형성되고 있었다.

전에 언젠가 우리 동대문사단의 대원 중에 누구보다 나서기 좋아하고 놀기에 열중해 어디든 휘젓고 잘 돌아다니는 대원이 어느 날에는 작신 두들겨 맞아 얼굴에 상처가 나고, 옷이 다 찢겨져 보기 흉한 모습으로 우리들 앞에 나타났다. 이를 보고 있던 한 사람이 "서놈은 동네북이야. 뉘 집 자식인데 노다지 얻어터지고 돌아다녀?" 하고 물어보면 옆에 있던 동료가 "쟤 짱구네 애들이구만. 이봐? 몰골이 왜 이렇게 거지 발싸개같이 흉하게 돼가지고 왔어?" 하고 물어보니 이놈 하는 얘기가 청량리588에서 사창가의 요란한 골목길을 걸어가고 있는데, 한 아가씨가 지나가는 남자들의 눈길을 사로잡을 만큼 핫팬티를 자기 몸매에 딱 맞게 아슬아슬한 차림으로 진열장 안엘 배회하고 있어 이자도 그 앞을 지나가다 서로 눈이 마주치자 빙그레 웃어주니까, 아가씨는 자기들의 손님으로 착각하고 이 사람을 잡아끌어 실랑이를 벌이다가 옷이 찢어지는 바람에 화가 나 그 아가씨 따귀를 한 대 때렸더니, 같이 있던 아가씨들이 떼로 몰려와 이들 특유의 악바리 근성으로 덤비면서 어디 더 때려보라고 악을 써가며 손톱으로 얼굴을 할퀴면서 입고 있는 옷을 잡고 늘어져 밀치고 땡기는 와중에 2분도 안 돼 젊은 사내들 4~5명이 들이닥쳐 이자를 사정없이 때리면서 하는 말이 "사내새끼가 주먹을 쓸 데가 없어서 여자들한테 써먹냐? 이 철딱서니 없는 놈아!" 하는 소리에 반항은커녕 "아야!" 소리도 못 내고 흠씬 얻어터지기만 하고 왔다는 것이다.

 이 소리를 듣고 우리가 이구동성으로 "거긴 청량리 패거리 구역인데 왜 남의 동네에 가서 까불어? 까불기를! 하여튼 그 애비에 그 자식이니 하는 짓이 똑같아. 이놈이 아무 때나 나대는 걸 보고 언젠가는 임자 만날 줄 알았어?" 하며 형님들한테 한결같이 혼났지만, 가민히 있을 수는 없지. 우리 동대문사단의 위신이 있지. 급하게 동료들 한 10여 명이 모여 복수하러 가는 그중에 하나가 "야! 이거 혹시 재수 나쁘면 칼침 맞는 거 아니냐?" 하는 이런 무리의 가슴 한구석에 자리 잡고 있는 불안한 심리를 드러내 중얼거리며 청량리588에 가서 한바탕 소란을 피우려 했지만, 그쪽에서도 자기 구역 본거지에서 이런 일이 벌어지면 이거 또한 그들도 자존심의 문제이니만큼 떼로 몰려와 큰 싸움이 벌어지려고 했으나, 청량리와 동대문 큰형님들끼리 전화를 걸어 별거 아닌 걸로 우리 서로 힘 빼지 말자 해서 즉시 끝내기로 합의를 해 더 큰 충돌을 피했을 때도 있었다.

동대문에도 서울 중에서 여러 가지 상업이 발달해 움직임이 활발하고, 교통이 번잡한 지역이라 조화가 잘 이루어져 각 지역에서 사람들이 모여들어 짜임새 있고 번잡하게 움직이는 동네이다 보니 여러 이해관계를 가진 사람들이 꾸역꾸역 모여들어 서울에서도 한 구역을 담당하면서 시장을 형성하고 있는 중에 여자들이 주축이 돼 청계천변을 쭉 따라가며 사창골도 형성이 돼 있으면서, 물론 종로 쪽에도 남자들이 사회생활을 하고 있는 곳으로, 여기에도 다른 곳과 마찬가지로 여자들이 모여들어 한 자리를 차지하고 있는 종삼(종로3가)이라는 이름으로 통하면서 번창하고 있었으니, 남자들이라면 대충 다 아는 곳이 돼버렸다.

청량리에도 사람이 몰리는 장소로 철도수송이 활발하고, 교통의 요충지며, 망우리 같은 변두리에서 땔감이나 채소, 물고기 등 많은 농산물이 달구지에 실어 와 모이는 곳으로 시간이 급박하고 여유가 없는 데다 가난한 사람들의 때거리를 간단하게 해결해줄 떡을 파는 사람들이 모여 길옆에 줄을 지어서 팔고 있으니 떡전교라는 이름이 지어진 다리도 생기고, 식사 대용으로 떡을 사먹으며 요기를 때우는 사람들이 많이 모여 이곳도 장안의 동북쪽 지역에서는 꽤 번잡한 장소로 정평이 나 있는 곳이다. 청량리588 하면 서울에서도 유명한 사창가이다 보니 여기도 사람들 왕래가 잦아 흔히들 청량리588이라 부르고 있지만, 정확한 주소는 동대문구 전농동 588번지다.

이곳은 지나가는 사람들이 훤히 다 보라고 진열장처럼 유리로 문을 장식했으며, 여자들이 진한 화장에 아무리 추운 날씨에도 손난로를 켜놓은 채로 중요 부분만 가리고 지나가는 남자들에게 동전으로 유리문을 톡톡 두드리며 "나 어때?" 하며 쳐다보라는 듯이 유혹하면서 분위기를 극대화하려고 빨간 조명등을 밝혀 안에 있는 사람까지 빨개 보여 흡사 정육점을 연상시켜 강렬하고 자극적인 인상을 심어준다. 우리가 이해하기 쉽게 그냥 정육점이라 칭하기도 하고, 지나가는 남자들을 잡아끌고 안으로 들어가는 때도 있으니 서울 사람들이라면 이미 알고 있으니 좀 돌아가던지 할 터인데, 처음 오는 사람들은 무심코 이곳을 지나다가 꼭 일이 벌어진다.

대개 차 타기가 어중간한 동네라면 걸어서 이곳을 지나가게 되는데 주로 마장동이나 답십리, 전농동 등 왕십리나 이문동으로 가는 사람들은 이런 곳을 지나질 수밖에 없으니 아무리 부부지간에 같이 간다고 해도 부인이 잠시 한눈을 파는 사이에 이곳 여러 명의 여성들에 의해 남편이 납치당해 유리문을 열고 방 안으로 끌려 들어가는 것을 보고 남편을 붙잡으려고 하였으나, 이들의 숫자와 기세에 밀려 남편이 방으로 들어가는 걸 보면서도 부인은 어찌할 수가 없는 지경에 이르렀으니, 멀거니 보고만 있을 때 이곳을 책임지고 있을 듯한 나이가 좀 들어 보이는 아주머니가 오더니 부인 손을 잡고 한 의자에 앉히고 자기도 마주 보고 앉더니 "우리 허심탄회하게 얘기나 해봅시다." 하면서 먼저 말을 걸어온다. "김양아, 여기 커피 좀 내와라." 하니 김양이라는 여자가 테이블 위에 커피를 두 잔 따라놓는다.

"그래, 요즘 살기가 어때요?" 하면서 부인 얼굴을 쳐다보고 있으나 이 부인은 지금 무슨 말을 할 처지인가? 부인은 지금도 뭐 이런 데가 다 있나? 그저 답답할 따름이다. 이어 이 아주머니도 "말을 안 해도 다 알아. 인생 고참인 나도 농촌에서 살다가 동네 오빠하고 눈이 맞아 콩밭으로 몇 번 들락거리는 걸 어른들이 보고 우리 아빠한테 일러 오빠들한테 뒤지게 맞고 집을 뛰쳐나와 이런 데 있으면서 세월을 보내고 살고 있어. 댁에도 고생하면서 살고 있다는 거 내 다 알지. 예전에 우리 엄마가 나에게 말하기를 "남자는 아빠 빼놓고 다 도둑놈으로 취급하라는 말을 했지만, 무슨 말인지 몰라 나이가 들으니 이해를 하겠더라고. 요즘 남자들 저 잘났다고 여자 말도 안 듣고 저 하고 싶은 대로 행동을 하는 거 보면 내 자식 같으면 뒤지게 때려주고 싶지만 에이그, 큰아이 하나 더 키운다고 생각해. 보아하니 시골에서 농사를 짓고 있나 본데, 올해 가을걷이(가을에 농사일을 마무리하는 일)는 잘했을 거야. 태풍도 안 불고 날씨도 좋아서. 그러나 농촌일이 여자들이 하기엔 좀 힘들어야지. 어때? 남편이 술을 먹고 속은 안 썩이나?" 하며 말을 하는 걸 보아 동네 아주머니 같은 인상을 풍겼다.

"네, 집안은 편안합니다." 한마디 대답을 하니 아주머니는 이때를 기다렸다는 듯이 "이게 다 우리 같이 먹고 살자고 하는 짓이야. 내가 미아리에 있을 때는 택시기사들이 손님을 날라다 줬어. 기사들이 "손님 모시고 갑니다." 하고 연락이 오면 우리는 종이컵 옆에 만 원짜리 한 장을 접어서 테이프로 붙이고, 커피를 따라 기사에게 답례하지. 남편이 아무리 못났다 해도 한 집안의 기둥이니까 잘 대해줘요." 이 말을 들은 부인은 갑자기 이 아주머니의 정체를 알고 싶어 "아주머니는 뭐하는 사람이에요?" 하고 물으니 "나? 톱 매니지먼트라고 하지." 부인이 무슨 말인지 몰라 어리둥절하고 있으니 "그냥 편하게 여기서 큰언니라고 불러. 이런 데 오래 있다 보니 요런 감투도 쓰게 됐지."

말을 하는 거 보니 전에부터 잘 아는 아주머니 같은 인상을 풍겨 그동안 살면서 남편에 대한 서운함에 자기 친정엄마한테 일러바치듯이 "어떨 땐 내 말도 안 듣고 자기 고집대로만 해요. 올여름 참외농사를 많이 지어 순을 따주는데 일손이 모자라 나는 바빠 죽겠는데 저는 정부에다 공출한 벼 대금을 받아 동네 사람들과 어울려 도박도 하고, 시장에 있는 술집에 가서 자고 들어오는 거 보면 뒤지게

패주고 싶은 때가 한두 번이 아니에요." 이 소리를 듣고 아주머니가 "음, 참외농사를 많이 지었다고? 그거 순을 따주려면 가지가 3마디씩 나올 때 순을 짤라주어야 하는데 한참 자랄 때는 손이 모자라 시간이 없어. 이런 땐 밭고랑으로 다니면서 긴 대나무나 싸리나무로 하늘을 향해 올라오는 순을 대강 쳐내 자르면 3~4마디 이상은 다 자랐으니까 이렇게 마무리해야지. 어떻게 일일이 3마디씩 세어서 순을 짤라? 다음 참외농사 지을 때는 내 말대로 참외 순을 대나무로 쳐내서 짤라버려." 하는 아주머니의 소리에 이 부인은 "일손이 모자를 땐 그렇게 해도 돼요?" 하고 물어보면 "그럼, 내가 시골에 있을 땐 다 그렇게 했지. 일손이 모자라는데 남자들은 동네일한다 핑계로 나가서 술이나 퍼마시니 어떡할 거야?" 하며 아주머니가 자세하게 가르쳐 준다.

"댁에 남편 보기에는 착하게 생겼던데, 하긴 열 길 물속은 알아도 한 길 사람 속은 모른다는 말도 있지. 내가 사람들을 좀 상대해 봐서 아는데 남자는 초장에 잡아놓고 후라이팬에 멸치 볶듯이 정신 못 차리게 잡아 돌려야 돼. 여기도 서울 여자들이 속 썩는 건 마찬가지야. 남편들 회사 다니면서 일 끝나고 회사일로 높은 사람들하고 거래처 다닌다고 하면서 밤늦게까지 집에 연락도 없이 무슨 짓을 하고 돌아다니는지, 술집에 가서는 여자 옆에 끼고 술 먹는 게 거의 다야. 술집에 있는 아가씨들이 뭐라고 하는 줄 알아? 월요일부터 금요일까지는 서울 남자들 우리가 데리고 놀고, 토요일과 일요일엔 자기네 가정으로 돌려보내 가족에게 봉사할 수 있는 시간을 주자는 거야. 가만히 생각해보니 그 말도 이 시대에 딱 맞는 말인 거 같아. 사내들이 돌아다니다 밤늦게 집에 와서 잠을 자는데 아침에 마누라가 억지로 깨워 아침을 먹는 둥 마는 둥하다 늦어 택시를 잡아타고 허겁지겁 회사로 출근해 펜대를 잡아보니 어젯밤 재미있게 놀던 일이 자꾸 생각나 머릿속에서 아른거리니 일이 제대로 잡히겠어? 서울 여자들도 고달파. 걱정하지 마. 이제 남편은 교육을 철저히 받고 정신 차릴 거야." 하면서 부인을 위로해주는 듯했다.

저쪽 방문이 열리고 자기 남편이 허리띠를 조이며 나오고 있는 걸 보고 이 부인은 이제야 제정신이 들었다는 듯 의자에서 벌떡 일어서더니 남편에게로 달려가 잠바를 두 손으로 움켜쥐더니 유리문을 열고 사정없이 끌고 가는 걸 보고 이 아주머니 "너무 쥐잡듯하지 말아요. 그래도 없는 거보다 있는 게 나으니까." 하고 이후로는 내 알 바 아니라 자기네들이 알아서 할 일이라는 듯 유리문을 닫으면서 빙그레 웃으며 쳐다보고 있다. 이렇게 소문도 난 지역이라 여기를 지날 때에 부인은 자기 남편을 옆에 두고 눈을 떼지 말아야 한다면서 각별히 조심하는 장소로 여겨지니 미아리와 용산, 영등포에도 같은 구조로 꾸며놔 이런 곳은 각 지역의 소속으로 연결된 수입원이기도 하지만, 가끔 소란을 피우는 자가 있어 이곳에서 연락이 오면 동료들이 출동하는 상황이 발생하기도 한다. 한 번은 동대문파와 명동파의 중간지점인 장충동에 위치한 큰 술집이 자리 잡고 있어, 이곳에 기도(문지기)를 차지하고 있는 덩치도 좋고, 누구와 대적해도 밀리지 않는 쓸만한 재목인 사람이 있는데, 이자를 우리 동대문사단으로 끌어들이려 많은 노력과 회유를 했지만 항상 존경에 마지않는 큰형님의 말도 잘 안 듣고 반항까지 일삼는다는 것이다.

어느 날 어둠이 드리워진 거리에 전깃불이 들어와 밝아지기 시작할 초저녁 때쯤 이놈이 요즘 사람이 좀 달라졌나? 얼굴도 볼 겸해서 중간보스가 앞장을 서고 나와 다른 한 사람을 "따라와." 해서 중간보스 뒤를 슬슬 걸어서 따라가고 있다 "그놈하고 한 번 붙어봤지만 실력이 대단해 승부가 나질 않았어. 도대체 이놈을 어떻게 해야 할지 고민 중이야."라는 중간보스의 말과 함께 우리 쪽과 명동파 경계 사이에 있는 어느 큼직한 술집 앞에까지 오게 됐으니, 술집 입구에는 규모만큼이나 크고 휘황찬란한 네온싸인이 어지럽게 어울려 번쩍거리며 같이 돌아가고 있다. 거기에 중간보스가 얘기하던 기도가 떡 버티고 서 있어 과연 어깨가 쩍 벌어져 삼각으로 균형이 잡혀져 있고, 키도 육척 장신에다 체격이 우람해 보통인보다 덩치가 두 배는 돼 보인다.

중간보스와 이 기도는 구면인 듯 저쪽에서 먼저 한마디 하는데 "이 자식이 꽤 심심한 모양이군. 왜 여기를 오는 거야? 할 일이 그렇게 없어? 임마, 너 지금 남의 구역을 침범한 거 잘 알면서 또 얻어터지고 고향 생각하지 말고 빨리 꺼져 임마!" 이에 중간보스도 "말을 함부로 하는구만. 아직 임자를 못 만났어. 이놈이 그러다 너 혼나 임마!" 중간보스가 한마디 하니까 이 기도는 "너 혹시 영업방해하러 온 거냐? 건방지게 똘마니(하수인)들을 달고 여길 오는 거야? 이 자식아!" 하며 중간보스와 우리 일행들을 살기가 어린 눈초리로 둘러본다. 우리도 구경꾼처럼 주욱 둘러서서 그 기도를 보고 있던 중에 이 사람 하는 말이 우리를 전부 싸잡아서 업신여기는 듯이 내 귀에 거슬리게 들려오는 데다, 언뜻 생각하기에 혹시 중간보스가 나를 여기로 데려온 다른 이유가 있지 않을까?

중간보스와 그 기도 간에 몇 마디 주고받는 사이에 내가 느낀 것은 둘이서는 한쪽이 머리를 숙여야 하는 정리가 필요한 사이로 생각이 돼 내가 한 번 결단을 내보려는 마음을 굳히고 있을 사이에 과연 나라는 사람이 이 동대문사단에서 어떤 존재인가? 가만히 생각을 해보니 내가 이 집단에 발을 들여놓고 나서 이렇다 할 내 존재 가치도 알리지 못했고, 현재 내세울 만한 성과도 물론 없었지. 이 기회에 요 문제를 내가 한 번 처리해보면 어떨까? 이 기도라는 사람은 나보다 덩치가 상당히 크긴 했으나 과연 이를 해결할 수가 있을까? 의문도 들었지만 중간보스가 내 실력을 평가도 해보면서 나의 동대문사단에 대한 충성심이 어느 정도인가 한 번 시험해보자는 속셈으로 나를 은근히 이곳에 데려온 건지도 모른다. 그렇다면 '인생이라는 것은 남이 만들어주는 것이 아니라 내 스스로 자기 앞날을 개척해 나가야 하지 않을까?'라는 생각이 여기까지 미치자 나는 기회를 포착하려고 절호의 찬스를 노리기 시작했다.

내가 시골에서 운동을 할 때 낮에는 농사를 짓던 터이라 온몸이 상당히 굳어 경직돼 있던 신체를 유연하게 만들려면 공부를 하던 학생들보다는 많은 시간을 들여 내 몸을 풀기로 게으름을 피우지 않고 남들보다 더 노력해서 밤에는 그 희미한 석유 호롱불을 한가운데에 켜놓고 오로지 열정적인 욕망과 참신한 마음으로 도복도 없이 대용으로 흰 와이셔츠에 파자마를 입은 내가 당수도(당나라에서 온 무술)라는 운동으로 심신을 착실히 연마하지 않았던가? 거기다 동대문사단에 들어오자마자 여인숙에서 3개월 동안 먹고 놀리더니 이제는 각종 무술을 연마해라 해서 기존의 운동 실력을 끌어올리고 호신술과 같은 갖은 술수를 다 배워 이 세상에서는 누구든지, 또 어디든 무서울 게 없는 나 자신이 내 마음속에 깊숙이 팽배해 있었다.

사람은 급소라는 곳이 있어 이런 민감한 곳에 충격을 가하면 아무리 덩치가 큰 사람일지라도 힘 한 번 못 쓰고 중심을 잃으면서 무너지게 마련이다. 이 기도와 중간보스 간에 서로 기세를 올리면서 이야기가 오가는 중에 나는 오른손 주먹을 꽉 쥐고 그 기도의 삼각형 가슴 아래 배꼽 위와 갈비뼈 사이의 명치 급소를 있는 힘을 다해 올려 쳤으니 그야말로 눈 깜짝할 사이에 내 온힘이 실린 주먹을 맞자 "크악!" 하는 외마디 신음소리와 함께 그 기도가 힘 한 번 못 써보고 그냥 앞으로 푹 엎어져 황소가 쓰러지듯 철퍼덕거리는 둔탁한 소리를 내며 길바닥에 넘어지고 마는 현실이 내 눈앞에서 펼쳐진 한 장면이었으니, 쓰러져 있는 그 기도의 몸뚱아리 위로 네온싸인의 조명이 비춰지며 정신없이 돌아가고 있었다.

번개가 반짝 지나갈 짧은 시간에 벌어진 이 광경을 보고 중간보스와 일행도 화들짝 놀라는 눈치를 보였고, 지금 쓰러진 이 인물은 덩치도 우람해 운동도 자기 나름대로 할 만큼 했겠다, 세상 무서울 게 없다는 자부심 하나로 살아온 자인데, 한낱 이름도 들어보지 못했고, 일면식도 없는 놈에게 단 한 방으로 길바닥에 쓰러지다니! 명동에서 큰 업소의 기도를 차지한 것을 보면 그쪽 패거리에서는 그의 지위가 어느 정도인지를 짐작케 하고도 남음이었다. 우리 쪽에서 무슨 말을 하면 사사건건 딴지를 걸고 자기 고집대로만 하니 동대문사단에서는 그동안 이 기도를 어떻게 처리해야 할지 고민을 많이 한 거 같으나 내 한 방에 여럿이 보는 앞에서 천둥 번개에 맞아 쓰러진 고목나무처럼 나뒹굴어져 있으니 중간보스와 이 동료가 나를 대단히 놀라는 눈초리로 다시 한 번 쳐다보면서 "이런 때일수록 뒤처리를 잘해야 돼. 야, 누가 들쳐 업어." 중간보스의 말이 떨어지자 옆에 있던 동료가 축 늘어진 그 무거운 덩치를 등에 업으려 하지만 힘에 겨워 쩔쩔맬 때 내가 옆에서 거들어줘 조금 떨어진 병원으로 찾아 들어가 매트리스에 뉘어놓았더니 입에서 거품이 새어 나오고 있는 걸 의사에게 "충격으로 정신이 나갔습니다. 치료 좀 해주세요." 하고 우리들의 아지트인 동대문으로 돌아왔다.

이제 이 기도는 앞으로 동대문을 보는 생각이 달라져 함부로 무시하는 행동을 하지 않겠지. 이런 일이 있은 다음 동대문 아지트에서는 온 사단의 동료들 사이에서 내 얘기로 화제가 만발해 밤늦게까지 꽃을 피웠으니 "레스팅 선수 같은 그 넝지를 한 방에 KO시켜 버려 마치 함마에 얻어맞은 거같이 게거품을 내품어대며 나가떨어지더라니까." 목격자는 자기가 본 그대로 동료들에게 이야기하니 이제는 주위 사람들이 나라는 사람을 이 일이 있기 전까지는 그저 잠잘 데가 없어서 이리 기웃, 저리 기웃 그냥 별 볼일 없이 돌아다니는 떠돌이로 알았다가 이 사건이 벌어지고 나서 나를 다시 보기에 한 주먹이 있는 무시 못할 사람으로 달리 대하는 게 내 눈에 비쳐 보이기 시작했다.

중간보스도 전에 내가 경동시장에서 거기 젊은이들과 날렵한 동작으로 여유가 있어 보이는 싸움을 하는 것을 보기는 했지만, 그때만 해도 주먹이 이렇게 쎈지는 몰랐겠지. 하기는 나도 동대문에 들어와 3개월 동안 잘 먹어서 체력을 보강한 다음 온갖 무술을 체계적인 전술적이고, 과학적으로 배워 정신을 새롭게 가다듬어 전문 무술도장에 다니면서 배워놨으니 마음속으로도 내가 축적해논 실력에 새삼 놀라고 있다. 이 사건을 계기로 동대문 식구들은 내 주먹이 쎈 줄을 알게 됐을 것이며, 중간보스는 나를 자기 옆에 세워놓고 동대문사단 전 대원을 불러서 일일이 인사시키면서 소개를 한다. 동대문사단에 기여한 전력이나 경험, 나이 등 순서에 따라서 나보다 위이면 형님으로 모시고, 같은 동급이면 동료라고 소개시켜 주면서 악수하며 통성명을 해 동생벌이면 형님으로 잘 모시라는 말과 함께 일렬횡대로 세워놓고 충성의 표시로 허리 절반을 굽히는 절대복종의 증표로 90도 각의 인사로 나를 보면서 일제히 고개를 숙이게 하는 절차를 밟아 엄숙한 규율을 거치게 하면서 순위에 맞는 대우를 하게 한다.

이런 일이 있은 후 동대문에서는 나를 아는 척하는 사람들이 많아졌으니 "어이!" 하고 손을 흔들어주는 사람, 지나가는 이가 아는 체하며 고개를 꾸뻑 숙이는 사람 등 갑자기 인사받기에 바빠진 사람이 돼버렸다. 여기는 청계천을 따라 죽 늘어선 판자촌에 사창가가 형성돼 있어 자기 딴에는 한참 우쭐대는 기분에 세상 무서운 줄 모르고 젊은이들이 모여드는 곳이라 매일 밤 크고 작은 불상사들이 생겨나 항상 시끄럽기가 그지없다. 며칠 지나 한 번은 청계천 골목에서 어느 한 군인이 깽판(몹쓸짓)을 치며 온 동네를 시끄럽게 한다는 전갈을 받고 나가 보니 군복도 상의에 윗단추는 풀어헤치고 모자도 삐딱하게 돌려 쓴 군인이 자기 본연의 임무와 자존심은 어디로 가고, 개망나니 같은 짓을 청계천 판자촌 앞에서 자기 집 안마당 같이 불량스럽게 활개를 쳐대며 난장판처럼 헤집고 다녀 길거리를 지나다니는 사람들이 피해 다닐 정도였으니 야, 이거 여기도 사람이 있다는 것을 보여주고 싶어 내 딴에는 장충동 쪽에 기도도 때려눕힌 적이 있겠다, 마음이 한껏 부풀어 있어 영웅심에 불타 있는 내 앞에서 보아하니 동생벌 같아 보이는 그의 옆에 가서 말렸지만 "너는 뭐야? 이 자식아!" 하며 오히려 내가 상상하지도 못했던 따귀까지 올려붙이는 행동을 하며 덤빈다.

　"이런 싸가지 없는 놈이 있나?" 말을 해도 못 알아듣는 놈이 괘씸하기 짝이 없어 화가 나서 이놈 배를 주먹으로 한 방 내질러 다리를 길어 뉘어놓고 "니 신사적으로 얘기할 때 집에 가서 발 닦고 밥 먹이라." 하고 나는 돌아와 버렸으나 그 다음날 온 동네가 시끌벅적 떠들며 마치 호떡집에 불난 거같이 소란스러운 일이 벌어졌다. 어제 나한테 맞았던 그 군인이 경찰 10여 명을 이끌고 청계천의 판자촌 여기저기를 뒤지면서 휘젓고 돌아다니고 있어 누가 넌지시 알려주는 말이, 어제 자기를 때렸던 놈을 찾는다며 온 동네를 뒤지고 있다는 것이면 이놈이 나를 찾는 게 분명한데, 중간보스도 소문을 듣고 헐레벌떡 달려와 "저 골칫덩어리 누가 건드렸냐?" 하고 물었다.

내가 "하두 시끄럽게 해서 조용히 가라고 타일렀지만, 오히려 제 뺨을 때려서 손 좀 봐줬습니다." 했더니 중간보스 하는 말 "야, 우리가 저놈 하나 상대 못해서 내버려두는 줄 아냐? 저놈 건드리면 그 뒤가 골치 아파. 전에도 이런 일로 겁대가리 없이 까불어서 정신 차리라고 반쯤 죽여놨더니 이놈이 한쪽 발에 기브스를 해서는 목발을 짚고 나와 온 경찰서 전 직원을 다 끌고 나온 거 같아 한동안 이 동네 시끄러웠지. 영업에도 지장이 컸어. 이거 또 벌집을 건드려 옛날처럼 고난의 시간이 올 거 같아 속썩이겠구만. 할 수 없지. 너는 조용해질 때까지 숨어 있어. 야, 흔히 하는 말이 있잖아? 똥이 무서워서 피하냐? 드러워서 피하지. 저놈은 똥보다 더 징그러운 놈이야." 이런 말을 남기고 중간보스는 어디론가 훌쩍 떠나가 버린다.

해서 나는 앞날을 생각해 중간보스의 말대로 동대문 최고참의 안내에 따라 어느 집 천장에 기어 올라가 밥과 국, 반찬은 도시락에 담아 좁은 구멍으로 올려줘서 먹고, 대소변은 용기에 담아 내려보내 해결하며 집 꼭대기 천장에서 내려오지도 못하고 숨어 지냈을 때 느낀 것이 '어쩐지 그놈 개판(사리에 맞지 않는 일) 치는데 슬슬 비켜만 가고 나서는 사람이 없더라?' 그러나 저러나 집 천장 한 곳에 갇혀 있어 움직이질 못하니까 온몸이 저리고 쑤셔오는 걸 꼭 누구한테 작신 두들겨 맞은 거 같은 기분이 들어 내가 1달 동안 활동을 못하고 한 곳에 처박혀 있는 것이 얼마나 고통스러운지를 처음 경험해 인생의 험난한 내 앞길을 예고해주는 거 같다.

가끔 가다 최고참이 내가 있는 다락방을 찾아와 격려도 해주고, 용기도 심어주면서 여러 가지 도움말도 많이 들었는데 모르는 일이 있으면 나는 이 고참에게 모든 걸 물어보곤 한다. 그중에 이 고참이 "우리 같은 사람은 그 무엇보다도 신발이 편해야 돼." 하면서 염천교 다리 위에 수제 구둣방으로 내 손을 잡고 같이 가서 맞췄는데 여기는 우리한테 신발 치수를 묻는 게 아니라 "운동선수이신가 봐요?" 하고 물으면 고참이 대답하기를 "네, 우리들 다 축구선수입니다." 하고 대꾸를 하면 사장님은 발을 종이 위에다 올려놓으라고 하더니 연필로 모형을 그리고, 엄지발가락부터 새끼발가락까지 다 그려 발등 높이에, 복숭아뼈 높이와 넓이, 굳은살 박힌 곳, 뒷꿈치까지 세밀히 재서 기재한 다음 오라는 날짜에 가서 신어보니 편해 보이고, 생각보다 가벼운 거 같아 흔히 가게에서 파는 기성 신발은 발을 억지로 맞춰 신었지만 이 신발은 발에 맞춰서 제작됐으니까 "값은 조금 비싸지만 기성 신발보단 편하고 오래 신으니 그게 그거예요." 하는 사장님의 자신 있게 장담하는 얘기를 뒤로하고 염천교 다리를 건너서 종로통으로 걸어서 동대문까지 오는데 발이 너무 편해 마치 구름 위를 걷는 거 같아 어떻게 왔는지 모를 정도로 가뿐히 걸어온 거 같다.

이후로도 내가 모르는 일이 있으면 고참을 찾아가 물어보면서 조언을 듣고 모든 일을 처리했으며, 무수한 싸움이 벌어질 때도 내가 앞장서서 선발대로 달려가다 이리 막고, 저리 막고, 상대방 얼굴과 목을 쳐 아래쪽 방어가 허술할 때 낭심을 목표로 걸어차 허리를 굽히면 무릎으로 얼굴을 가격해 바닥에 뉘어놓고 기압과 함께 수도(손가락을 모은 손) 끝으로 명치 급소를 내리꽂아 그 충격으로 움직이지 못하도록 그냥 바닥에 눕히는 것이 내 주특기이다. 시골에서 당수도를 배울 때 강가에 돌멩이를 주워 와 내 손을 단련시키며 깨트린 돌들이 우리 집 마당 한쪽에 수북이 쌓여 이 돌로 울타리를 만들 정도였으니까. 이렇게 피나는 노력 끝에 고통을 무릅쓰고 연마하니 내 오른손 전체가 굳은살이 박히면서 무서우리만치 단단해져 말 그대로 파괴력이 대단한 무기가 신체 일부로 그냥 달려 있는 그 자체에, 어느 날에는 내 주먹에 힘을 증명이라도 해주려는 듯이 손가락 사이사이에서 김이 모락모락 피어나는 기이한 현상이 벌어지는 장면도 목격했으니 신기하게 생각은 하고 있었다.

시골에서 농사지을 때 내가 기르고 있던 돼지에게 시험해보려고 등어리를 살살 긁어주니까 "꿀꿀!" 하며 더 긁어달라고 아주 드러누워 버린 것을 나는 돼지 배에다 수도로 살짝 찔러보았더니, 그야말로 돼지 멱 따는 소리로 비명을 질러 내 이 수도가 가공할 만한 위력이 있는 손목임을 짐작하고는 있었지만, 오늘도 청량리패와 싸움에서 내 수도를 맞고 쓰러진 상대가 10명은 넘었으니 그 후로도 세월이 흐르면서 이 주먹세계에 내 실력을 알기 때문에 나한테는 함부로 덤비지 못해 될 수 있으면 맞닥뜨리지 말고 피하려 하는 기색이 다분하다. 얼마 전 내가 선발대 맨 앞에 서서 상대방을 노려보니 저희들끼리 제풀에 죽어 슬슬 물러설 때도 있었고, 그야말로 동대문의 상징적인 인물이 돼 함마가 떴다, 소문만 나면 꽁무니들 빼느라고 정신이 없었으니, 그 옛날 동료 한 사람이 함마로 한 대 맞은 거 같이 덩치 좋은 기도가 거품을 내뱉으며 쓰러졌다고 소개를 하는 바람에 그 함마라는 말이 그냥 내 별명이 돼버려 형님이나 같은 동료는 "어이, 함마!"로 불리고, 동생들은 "함마 형님!"이란 이름이 동대문사단에서는 마스코트처럼 내 명함같이 통하게 되었으니, 일부 자존심 강한 자나 주먹세계에 새로 들어와 멋모르고 덤비는 신참들이 하룻강아지 범 무서운 줄 모르고 우월감에 젖어 그냥 무의식중에 덤비다가 급소에 한 방씩들 맞고 나가떨어질 뿐이다.

그럭저럭 세월이 흘러 나의 지위도 점점 높아져 중간보스의 소개로 중요한 회의에는 내 자리도 준비가 되어 참석해 동대문사단을 이끄는 큰형님과 악수도 하고, 우리 조직을 위해서 한층 힘써 달라는 주문도 받았으며, 요즘 나의 활약상에 대한 격려와 함께 얼굴도 익혀두게 되었다. 한 번은 회의에 참석했을 때 중간보스가 내 옆자리로 오면서 "어이, 함마!" 하고 불러 "예?" 했더니 "너 지금부터 조심해. 형사들이 너를 잡으려고 혈안이 돼 있어." 해서 "왜요?" 하고 물었더니 "저번 창량리패와 한 판 붙을 때 네 수도로 맞아 쓰러진 자들이 10여 명이었나 봐. 그래서 자네 잡아들이라는 특명이 형사들 사이에서 내려졌다는 거야. 밖에 나갈 때 애들 좀 데리고 다녀. 그리고 멀리 다니지 마." 해서 "예, 알겠습니다." 하고 대답은 쉽게 했지만, 앞으로의 내 행동에 각별히 조심해 신경을 쓰기로 마음속에 담아 다짐하기로 했다.

한 번은 청량리파와 첨예한 대립을 하게 되는 성동 쪽에 철도수송에 대한 자재확보 문제가 발생해 양 팀에 패싸움이 벌어졌는데, 이곳은 철로가 연결된 곳으로 많은 물자와 사람이 왕래하는 지역에 역시 이권이 문제였으니 철도에서 내리는 화물에는 시기와 맞물려 물량이 제한돼 있을 때 서로 많이 가져가려고 하려다 말로 해서 만족하지 못할 때는 물리적으로 해결할 수밖에 없으니, 양쪽의 패거리들 40~50명이 뒤엉켜 때리고 부시고 넘어지고 피투성이가 된 사람도 있고, 그야말로 아수라장이 따로 없었으니, 나도 여기서 어김없이 내 이름에 걸맞는 진가를 발휘하면서 이쪽저쪽 돌아치며 걸리는 대로 상대방 패거리들을 발로 차고, 주먹으로 내질러대며 앞으로 나아가면, 평소 나를 형님으로 모시면서 잘 따르던 아이 정구가 "함마 형님, 뒤는 제가 책임지겠습니다." 하며 바짝 따라붙고 있으므로, 정구가 내 뒤를 책임진다니 나는 거리낄 게 없이 앞으로 앞으로 전진했다.

상대들도 대단한 놈들이기에, 이런 주먹세계의 환경에서 살아가는 데는 이골이 난 패거리들이 아니던가? 김장할 때 소금물에 절여진 배추가 질겨지듯이 저들도 이런 일에 절어 일상화돼 있는 자들이라 다루기가 힘은 들지만 언제나 그랬듯이 이들과 마주치면 물러서지 않는 것이 나를 방어하는 제일 좋은 방법으로 알고 항상 마음을 굳게 다짐하면서 최선을 다한다는 생각으로 매사에 임했고, 앞으로 나아가면서 내 주먹을 약하게 맞은 자는 뒤에 정구가 따라오며 마무리를 해주는 식이었으니, 싸움이 점점 치열해지기 시작하니까 흉기들이 나돌면서 부상자가 하나 둘 늘어나기 시작한다. 나는 이리 뛰고, 저리 뛰면서 역전 마당이고, 집 안, 사무실이나 닥치는 대로 돌아다니며 상대방을 두들겨 패버렸더니 상대팀 중에 한 놈이 "야, 저놈이 함마라는 놈이다. 저놈 잡아라!" 하고 소리치면서 청량리패들이 우르르 몰려들었다.

나는 엉겁결에 역전 마당에 서 있는 8톤 트럭차 위로 껑충 뛰어 올라갔으나 이들이 흉기까지 들고 사방에서 올라오려고 해 나도 이들과 같이 대적하려면 뭐라도 손에 들고 있어야 하겠기에 주위를 둘러보니 마침 적재함 위에 자동차 바퀴가 펑크날 때 갈아 끼우기 위해 작기를 올리고 내릴 수 있는 쇠파이프가 고무줄로 묶여져 있어 손으로 힘을 주어 재빨리 잡아채니까 고무줄이 "타닥!" 하고 끊어지더니 드디어 내 손에 쇠파이프가 들려 쥐어 적재함을 잡고 올라오려는 청량리패들 손을 향해 사정없이 내려쳤더니 적재함에 덮여 있던 앙철과 내기 휘두르는 쇠파이프가 부딪치면서 날카로운 금속성 쇳소리에 강렬한 불빛이 번쩍거려 여기에 한 번 맞으면 손가락이 짤려 나가는 것은 생각만 해도 아찔한 일이므로 감히 이들이 트럭 적재함을 잡고 올라올 생각을 못하고 머뭇거리는 이 상황이 잠시 펼쳐져 대치를 하고 있었으니 흉기들 중에는 과일 깎는 칼도 있지만 모든 음식 만드는 주방용 기구에 식칼, 중국집에서 쓰는 도마칼, 연탄집게, 후라이팬, 일식집에서 생선 요리하는 회칼, 리어카 살로 만든 송곳, 자전거 체인, 야구방망이, 골프채, 삽, 도끼 등 필요한 사람이 쓰면 좋은 도구인데도 누구 손에 잡혀 있느냐가 중요하지만 여기서는 패거리 주먹들의 손에 쥐어지면 모두가 사람을 위해 할 목적으로 쓰기 때문에 지금 주먹들이 이런 도구를 잡고 있으니 모든 게 흉기로 변해 있는 판에 내가 무기를 쓰는 건 안 좋아하지만 사태가 이러니 쇠파이프라도 들고 있어야 될 거 같다.

상황이 조금 진정이 되어 트럭 적재함에서 내려가는데 앞에 칼을 들고 있는 놈이 나를 향해 달려들기 시작해 나는 쇠파이프로 상대방이 들고 있던 칼을 옆으로 걷어치우고 살짝 그자 반대쪽으로 돌아가니 그도 깜짝 놀라 어찌할 바를 몰라 하는 걸 쇠파이프로 뒤통수를 내리치며 상대를 해줘, 이거 또한 검도장에서 배운 대로 마음껏 휘둘러 대응을 해나갔으니 상대방이 짐작하는 방식으로 움직이면 내가 당할 수 있기 때문에 상대가 전혀 눈치 못 채는 동작으로 행동하기 때문에 이들이 눈을 뜨고 있어도 나한테 당하는 것이다.

앞을 보니 또 한 놈이 나를 향해 달려들기 시작하면서 흉기를 들고 있는 놈의 손을 후려치고, 발로 허벅지를 걷어차는 동시에 다리를 걸어 넘어트리고 머리를 내려치니 그대로 누운 채로 일어나지를 못한다. 한숨을 돌리고 주위가 허전한 느낌에 뒤를 돌아보니 내 뒤를 맡아줄 정구가 쓰러져 있질 않은가? 재빨리 달려가 정구의 상태를 보니 배에 칼을 맞아 피를 흘리고 있어, 내게 뒤통수 맞은 놈이 설맞아서 정구를 이렇게 만들어놨구나, 직감적으로 생각하고 이놈을 그냥 놔둘 수가 없지. 고개를 들어 그자를 보니 칼을 들고 신들린 사람처럼 흔들며 휘두르는 것이 마치 군무를 추는 무녀같이 활개를 치고 있으면서 동대문 동료들이 이놈의 휘두르는 칼에 몇 사람이 맞아 피를 흘리고 있어, 보아하니 이자가 청량리에서 칼을 잘 쓴다는 인물인 것으로 판단돼 언젠가 전체회의 때 정보수집 담당인 두더지와 까마귀의 말에 의하면 청량리에 평소 못 보던 얼굴이 있어 뒷조사를 은밀히 해봤더니 칼을 전문으로 다루는 놈이 들어왔다나? 이는 남양주에 살면서 도축장에 고용이 된 아버지가 가축을 잡아 생계를 이어가고 있어 그 아들도 아버지 따라 이곳으로 같이 일을 했었는데 아버지의 칼을 다루는 능수능란한 기술을 아들에게 전수해줘 난도질을 하는 솜씨가 하도 빨라 소를 잡아 해체하는 기능대회에 나가 1등을 해 이곳 군수로부터 포니 승용차를 부상으로 받을 정도로 그 기술이 특출해 이름이 알려진 뒤로 청량리 패거리의 한 간부 눈에 띄어 특별히 포섭이 됐다는 그자인가 보다.

그래서 내가 그런 정보를 어떻게 잘 아느냐고 물어보니 두더지가 내 귀에나 자기 얼굴을 바짝 파묻고 속삭이며, 그 지역 신문 배달하는 아이들에게 정보원을 심어놨다고 하면서 "이건 큰형님과 중간보스, 이제는 함마 형님까지만 아는 사실이니 절대 비밀로 해야 정보원이 살아남아 우리도 같이 사는 겁니다."라는 말을 들은 기억이 난다. '음, 이놈이 바로 그 칼잡이라는 놈이구나.' 그냥 놔두면 동료들이 다쳐서 안 될 거 같아 앞뒤를 잴 겨를도 없이 뛰어가 이단옆차기로 그를 차 중심을 잃게 하고, 손가락으로 상대방 얼굴을 가격한 다음 오른쪽 발로 사타구니를 올려 차 구부리는 그의 얼굴에 왼쪽 무릎으로 앞 뻗어 차 턱을 강타해 주먹을 써 옆구리를 내지르니까 그는 넘어지면서 바닥에 누워버려 놈의 배 위에 걸터앉아 있는 힘을 다해 기합을 넣어 명치 급소에 오른손의 수도로 내리꽂았다. "으윽!" 소리와 함께 그놈 몸이 축 늘어지는 걸 보고 "네놈은 이제 의사가 와서 손을 보지 않으면 절대 못 일어날 것이다." 이렇게 중얼거리며 일어서는 내 주먹에서는 언제부터인가 김이 서리면서 스멀스멀 피어오르더니 공기 속으로 흐트러져 사라지는 걸 보면 내가 정신을 집중해 긴장을 하고 나면 아마도 내 몸 스스로 상황에 적응을 하기 위해 이런 현상이 일어나는 거 같다.

다시 정구를 보려 했으나 어디로 갔는지 보이질 않아 앞으로 전진하면서 몇 놈을 더 치고 박아버려 쓰러트리고 현장이 거의 마무리가 된 거 같아 이때부터 정구를 찾기 시작했다. "정구야, 정구야!" 이름을 부르면서 찾아봤지만 보이질 않더니 "정구 화장실 옆에 있습니다." 누가 가르쳐 줘 화장실로 가보니 정구가 벽에 기댄 채 비스듬히 누워 있지를 않은가? 나는 다급히 정구를 끌어안고 "어떠냐?" 하고 물으니 모기만 한 소리로 "함마 형님, 나 추워요." 하면서 들릴 듯 말 듯 개미가 기어가는 소리로 간신히 대답해 이제 보니 칼에 여러 군데 찔렸는지 바지는 피에 물이 들어 흥건히 젖어 있었고, 사지는 힘이 없어 축 늘어져 있다. "야, 이거 안 되겠다. 내 등에 좀 업혀 봐." 우리 패들이 도와줘 뒤에서 받쳐줘 가며 병원으로 내달리기 시작했다.

정구는 갈수록 정신이 몽롱해지는지 이제는 "어머니, 어머니, 어머니." 내 등 뒤에서 들릴 듯 말 듯 희미한 소리로 어머니를 나지막이 부르고 있다. 병원이 왜 이렇게 멀게만 느껴지는지 한참 병원을 찾아 겨우 매트리스에 뉘어놓으니 정구는 내려놓은 채로 몸이 축 그냥 늘어져 움직이지도 않아 조금 전까지만 해도 어머니를 입속에서 중얼거렸지만 이제는 그 소리도 안 들리고 있어, 사태의 심각성을 느끼고 있을 때 급히 의사와 간호사가 불려 와서는 간호사가 맥박을 재보고, 의사가 감고 있는 정구의 눈꺼풀을 치켜올리고 작은 전등을 비추었다 내렸다 몇 번 해보더니 이 의사 잔뜩 긴장해 있는 우리들 보고 하는 말이 "이분은 이미 운명하셨습니다." 하는 의사의 믿고 싶지 않은 이 말에 우리 식구들은 아연실색할 따름으로 지금 이 순간 우리가 서 있는 길이 무너져 수십 길 낭떠러지로 떨어져 내려가는 느낌이었다. 정구를 병원에 데리고 같이 왔던 동료는 "으아!" 소리치며 외마디 고함을 지르고선 어떻게 마음을 잡아야 할지를 몰라 몸을 세차게 뒤틀다 머리를 밑으로 처박더니 시멘트 바닥에 헤딩을 하면서 비벼대는데, 나는 비명도 못 지르고 가슴이 무엇에 눌리는 듯 그 자리에서 움직이지도 못하고 숨이 콱 막혀 호흡을 제대로 할 수가 없어 정신을 잃어 쓰러지고 말았다.

시간이 얼마나 흘렀는지 모르겠으나 어렴풋이 말소리가 들려 정신을 차려보니 내 동료 한 사람이 "함마 형님, 정신 차리세요? 숨을 쉬셔야지요?" 하며 나를 흔들어 깜짝 놀라 정신을 차려보니 주위 사람들이 나를 보고 짧은 시간이지만 숨을 안 쉬고 있는 것을 가슴을 때리고, 얼굴을 흔들어 이들이 나를 깨우지 않았다면 나도 오늘 숨을 못 쉬고 정구와 같이 죽었을지도 모른다. 우리 일행이 부른 함마 형님이라는 뒷골목의 불량스런 패거리들이 흔히 쓰는 말에 의사와 간호사들은 저윽히 놀라면서 내심 겁을 먹고 우리들의 눈치를 살피며 이 자리를 재빨리 피하려고만 해 이분들이 가기 전에 우리가 해야 할 일을 물어봐야 할 것 같다. 그도 그럴 것이 이들은 의리로 똘똘 뭉쳐진 사람들로 지금 하던 과격한 행동을 보기도 했겠다, 자기 동료가 죽었으니 그냥 아무 일 없듯이 가만히 있을 리가 없다고 생각한 나머지 의료진들은 여기를 신속히 벗어나려는 생각에 기회를 엿보고 있는지도 모를 뿐더러, 우리 팀들이 입은 옷에는 정구가 흘린 피로 범벅이 돼 있어 누가 봐도 살벌한 분위기를 느낄 수밖에 없었으니, 잔뜩 긴장한 병원 관계자들의 눈치를 내가 재빨리 알아채고 "의사선생님, 저희들은 선생님이 하라는 대로 하겠습니다. 뒤처리를 어떻게 해야 하는지 좀 가르쳐 주십시오." 했더니 이들은 우리가 말썽만 부리지 말고 조용히 갔으면 하는 눈치를 보이며 "유감스럽게도 우리가 할 일은 없습니다. 선생님들이 이분을 운구해서 장사를 치르셔야지요.", "네, 선생님, 그렇게 하겠습니다."

정구가 죽었다는 말은 믿고 싶진 않았지만, 지금의 현실은 사실에 입각해서 냉혹했으니 어떻게 하겠나? 이렇게 해서 정구는 싸늘한 시체가 돼 동대문 아지트로 돌아와 홀 중앙에 놓여져 동대문 동료들에 둘러싸여 마지막 고별인사를 하는 마당에 지금까지 연결하고 있던 모든 고리를 풀어놓고 헤어질 준비를 하고 있었으니, 중간 보스를 위시해 나와 같이 항상 동거동락하던 동지들은 그 슬픔이 이루 말할 수 없어 눈물을 흘리는 이도 있었다. 물론 나도 눈시울에 눈물이 고여 있었지만 앞으로 이보다 더한 슬픈 미래가 기다리고 있을지도 모르기 때문에 참고 또 참았는데, 급히 제단을 만들어 놓고 식구들의 작별인사가 시작되면서 순서대로 막걸리 딸은 잔을 모든 잡귀와 불순물을 제거한다는 뜻으로 향불의 연기에 3번을 돌려서 그을려 올린 다음 무릎을 꿇고 큰절을 해 망자(죽은이)에 대한 예를 갖추는 사람이 있는가 하면, 어떤 이는 거수경례를 하는 사람도 있어 이런 절차가 끝나자 정구가 들어갈 관이 들어왔을 때는 지금까지 억지로 참고 있었던 눈물이 나도 어찌할 줄 모르게 양쪽 뺨에 두 줄로 하염없이 흘러내리며 이제 정구도 이 세상에 없는 사람인 것을 실감나게 해준 서글픈 현실이 내 가슴속으로 파고들어 오면서 문뜩 생각난 것이 '만약에 정구가 칼에 찔렸을 때 싸움을 즉시 그만두고 정구를 들쳐업어서 병원부터 찾아갔으면 어땠을까?' 그때 내 행동이 슬기롭지 못한 결단을 내렸던 생각이 들어 지나고 보니까 후회가 막심해 죄책감에 못 이겨 몸과 마음을 어떻게 해야 할지를 몰라 몸부림을 치고 있을 때 동생들이 나를 붙잡고 하는 말이 "형님, 너무 자책하지 마세요. 형님이 칼잡이 그놈 잡지 않았으면 우리 동료 몇 사람이 더 쓰러졌을지 모릅니다. 형님은 판단을 잘하신 겁니다." 동생들이 이런 말로 에둘러 위로를 하는 바람에 내 마음을 가까스로 억눌러 참고 있는 중이다.

동생들이 정구를 줄로 꽁꽁 묶어 관에 넣을 때까지 눈물이 마를 줄을 모르고 메(제사 때 신위에 올리는 밥)와 갱물(제사상에 올리는 물)과 북어 한 마리를 정구 관 옆에 조촐하게 차려놓고 평소에 잘 마시던 막걸리 한 잔을 따라 올려서 그 옆에 담배 한 대 불을 붙여놓고 정구와 내가 지난날 막걸리 한 잔씩 마시며 유머스런 얘기에 일상적인 장래 포부를 서로 나누던 때 (정구는 돈을 모아 송아지를 한 마리 사서 키워 새끼를 여러 마리 낳게 해 축산농장을 만들고 싶다 하면서 소가 덩치는 크면서도 사람을 잘 따라 엄청 귀엽다고 하면서, 내가 소 앞에 서서 양치질을 하고 있으면 뭔지도 모르면서 저도 따라 한다고 혀를 쭈욱 내밀어 칫솔을 달라는 듯이 혀를 낼름거리고 있어요. 함마 형님도 저와 같이 저희 집으로 갑시다) 이런 정구의 말이 같이 지냈던 일들로 머릿속에서 까마득한 옛날에 내가 어머니와 같이 살았던 어린 시절처럼 또렷이 기억나면서 정구도 편모슬하에 살다가 젊은 시절에 인생을 마감했으니 집에 남아 있는 정구 어머니는 또 어찌할 것인지? 만감이 교차하며 가슴속에 떠오르는 이 마당에 정구에게 못해준 일만 생각이 나고, 이 세상에서 정구를 이런 식으로 허무하게 보낼 수밖에 없나? 안타까움만 내 마음속에 속절없이 깊숙이 패인 골짜기로 흘러 흘러 넘쳐흐르고 있다.

정구의 혼과 하루가 열흘같이 정처 없이 흘러가는 옛일들의 많고 많은 생각들을 기나긴 얘기로 안타까운 밤을 지샌 다음 이튿날 아침 우리는 벽제에 화장장으로 관을 운구해서 화장 신청해 순서를 기다리고 있는 사이 여기 온 세상을 등진 사람들 중에는 수명을 다해 만수를 누려 이 세상에 아쉬움이 없는 망인도 있지만, 더러는 살 날이 더 많아 부모 속도 미처 썩여보지 못한 어린아이가 들어오기도 하고, 나라를 위해 목숨을 바쳐 태극기에 휘감겨 오는 군인도 보여 죽은 사람들은 저마다 이유가 있겠지만, 물론 우리가 운구해온 정구도 이유 같은 사연이 왜 없겠는가? 이들은 순서에 따라서 화장을 할 때 망자의 관을 따라온 유족들은 얼마나 슬퍼하던지 옆에서 보고 있는 사람들도 눈물을 흘리는 걸 보고 슬픔을 같이 공감하던 중에 정구 차례가 돼 관이 가마 안으로 들어가는 이 순간 이젠 뜨거운 화기가 정구를 괴롭힐 생각을 하니까 슬픔이 와락 밀어닥쳐 마지막으로 정구한테 한마디 하고 싶은 충동이 일어 나도 모르게 "가지 마! 정구야, 가지 마! 정구야! 정구야!" 소리 지르며 화장구 안으로 들어가고 있는 정구 관을 잡으려고 쫓아갔다.

옆의 동생들이 나를 붙잡고 말리는 바람에 내 행동은 멈췄지만, 슬픔은 좀처럼 가시지가 않던 즈음, 어언 시간이 흘러 화장구에서 끌어내 정구가 누워 있던 자리에 뼈만 남아 있어 관계자들이 모아 절구통에 넣고 찧어 가루로 만들더니 하얀 종이로 감싸서 접어 조그마한 항아리에 담아 우리들 손으로 넘겨받아 설차가 다 끝나자마자 정구의 유골을 어떻게 할 것인가? 회의를 해보니 어떤 사람은 절에다 맡기자는 말이 나오고, 또는 납골당으로 보내자는 사람, 또 어떤 사람은 북한산으로 가서 소나무 밑에다 묻어주자는 주장도 나오고, 수목장을 하자는 이도 있고, 어떤 이는 우리도 바쁜 사람인데 누가 그곳에 가서 관리를 하느냐며 우리 같은 사람은 흔적을 남기지 말아야 돼. "여러분들, 이슬람교를 믿는 사람들은 죽은 사람을 땅에 파묻고 삼 일이 지나면 속히 잊어버려야 한다고 하며 자기네들은 이 세상에 알라(하느님)신 외에는 아무도 안 섬긴다고 하면서 주위에 조형물이나 표시도 매정할 정도로 안 해준다고 하더라. 이런 걸 보면 우리한테는 이슬람교식으로 깔끔한 방법으로 처리해 한강에다 뿌리는 게 현명한 방법이야. 전에도 이런 일이 있을 때 한강에 가서 뿌리고 대단원의 막을 내렸어." 하며 강력히 주장을 하는 선배의 말에 밀려 결국은 도착한 곳이 서울 시내의 중심부를 가로질러 변함없이 유유히 흐르고 있는 한강변 옆의 한구석에 동대문 식구들이 모여 있다.

저쪽에 보이는 성수대교 위에는 승용차와 트럭, 버스들이 뒤엉켜 차들이 꼬리를 물고 다니면서 강물 위에 조그마한 배 한 척이 다리 밑으로 강을 거슬러 올라가고 있어 무슨 공사를 하고 있는 배처럼 보이고, 뚝섬 유원지 앞에는 화려하게 잘 꾸며진 배가 고정돼 있는 채로 물 위에 떠 있다. 강 건너 압구정동에는 아파트를 지으려고 탐스러운 배나무를 사정없이 잘라낸 다음 건설기계에서는 연기를 내뿜으며 대형 함마로 시멘트 말뚝을 때려박는 소리가 "휘~ 딱쿵! 휘~ 딱쿵~" 정기적으로 요란하게 북을 치는 듯 정구의 혼을 위한 행진곡으로 연주하는 박자처럼 들려오고, 저 멀리 동작동 국립묘지 쪽에는 군악대들이 연습을 하는지 밴드소리가 이따금 들리다 말다 강줄기를 거슬러 올라오며 우리들 귀로 은은히 들려온다.

　화장을 해 유골이 가루로 변해버린 정구의 흔적을 여러 식구들이 보는 앞에서 내가 대표로 한강물에 뿌리는데 아직도 따스한 온기가 남아 있어 정구가 나에게 긴한 무슨 얘기를 전해주는 거같이 느낌이 들지만 알아들을 수 없어 내가 할 수 있는 말만 마음속으로 주문을 외운다. '우리들의 앞날에 어떤 일이 기다리고 있을지 아무도 모르는 재미도 없는 이 세상, 네가 오히려 잘 선택했는지도 모르겠다. 잘 가거라, 정구야! 네가 경험했다시피 저승에서는 이런 주먹 세계에 발을 들여놓지 마라. 너의 못다 한 이승에서의 인생은 내가 대신 네 몫까지 살아주리라.' 허공에다 대고 정구의 삼가 고인의 명복을 빌어준다고 중얼거렸지만, 나와 멀리 떨어져 가고 있는 정구에게 무슨 말인들 부족하기가 이를 데 없는 걸 잘 알고 있었으니 정구는 그저 배고프면 "엄마, 밥 줘." 이렇게 불렀을 것을 목숨이 끊어질 때까지 "어머니!"라고 불렀잖아? 간절하고 절실한 마음이 가슴에 사무친 이름이며, 저승으로 가는 마지막 길목에서까지 얼마나 불러보고, 또 불러봐도 부족하디 부족한 어머니라는 이름을 애절하게 불렀겠는가? 이런 생각을 하면서 아지트로 돌아오는 길에 나도 돌아가신 어머니에게 제 본분을 다하지 못한 그 옛날 지난 일을 더듬어보면 한없이 안타깝게 생각나고 뼈저리게 느끼는 그리움만 차곡차곡 쌓여가면서 아무리 내가 철이 안 들었어도 그렇게밖에 할 수가 없었나? 두고두고 아쉬운 마음에 후회만 쌓여 어머니라는 말만 나오면 장소를 불문하고 죄인의 마음으로 엎드려 속죄를 하고 싶은 심정이다.

지난 세월에 대한 후회가 간절해 속죄하고픈 마음에 아무도 없는 조용한 곳을 찾아 통곡을 하고 실컷 울었더니 내 마음이 조금 진정이 돼 속이 후련하고 편안해지는 느낌이 찾아드는 거 같다. 그 뒤로도 패싸움이 무수히 있었지만, 죽은 정구를 생각하면 무서울 게 없고, 오히려 나에게 힘을 북돋아주는 게 정구가 내 곁에서 도와주는 거같이 느껴지며, 내 명성은 이들 세계에서 널리 펴져 함마라면 모르는 건달들이 없을 정도였으니, 싸움이 벌어지는 것은 이들 패거리들에게는 서로의 이익이 달린 문제인 만큼 순리나 규칙 또는 계산 방법도 없이 마구잡이로 자기들 편리한 대로 해결하려고 하니 충돌이 있을 수밖에 없다.

언젠가는 염천교 식구들이 지리적으로 가까운 종로 쪽으로 진출할 것이라는 소문이 전해지자, 종로는 당사자이니 물론이고, 우리 동대문도 신경 쓰이는 이유로 이들은 전부터 그 일대 흩어져 있던 불량배들이 염천교 다리 아래에 모여 자리 잡고 있던 토박이들에다 더해 서울에서 이리저리 홀로 떠돌아다니던 아이들과 서울역이라는 지리적 조건이 맞아떨어져 시골에서 무작정 상경하는 젊은 아이들을 모두 규합해 집단을 만들어 놓고 서서히 그 존재 가치를 주위에 알리고 있는 중이고 보니 점점 커져가는 무시 못할 이런 무리들이 염천교 일대에서 자리를 잡으려면 지역이 좁아 어느 쪽으로 그 세를 넓혀 진출을 할지 주위에 있는 패거리들의 관심이 집중되고 있는데, 아무래도 이들과 가까이 있는 종로 쪽이 신경을 많이 쓰고 있는가 보다.

　종로와 우리는 서로의 이해관계를 고려해 싸움을 할 처지가 아니기 때문에 혹시 종로 쪽에서 지원 요청이 오면 이에 응해야 할 것인가? 말아야 할 것인가? 중간보스의 고민이 엿보여 흥미로웠으니 언젠가 중간보스에게 얼핏 들은 얘기로는 내가 동대문에 오기 전의 일로써 종로와 동대문과는 상인들이 품목을 정해 장사하는데 제각각 물건을 팔다 보니 본인들이 직접 느껴본 결과 같은 품목끼리 연대를 하는 것이 장사에 유리하다는 점을 깨달아 양쪽 동네 상인들이 서로 같은 업종끼리 모여 사업을 활성화시키는 것이 좋겠다고 스스로 느껴 종로 쪽은 귀금속에 금은방을 중심으로 모이기로 하고, 동대문은 주방기구나 의류 쪽에 전문성을 살리기로 상인들끼리 합의를 봐 가게 터도 서로 맞바꿔가면서 의욕적으로 추진을 해 현재까지 이 협정이 잘 지켜지고 있다는 것이다. 이들 염천교 식구들은 서울역 일대에서 기생하기에는 무대가 좁아 과연 그 세력을 어느 쪽으로 뻗을 것인지 각 지역 패거리들이 궁금하기가 이를 데 없어 관심이 집중되는 가운데 이들이 생각하기에 사람이 많이 모여 화려한 데다 지역적으로 제일 가깝고 매력이 있는 종로 쪽으로 고민을 많이 한다면 우리 동대문과 유대가 깊은 쪽의 문제이니만큼 종로 쪽에서 우리 쪽으로 지원 요청이 온다면 어떻게 할 것인가? 이렇게 되면 우리도 덩달아 신경이 쓰인다.

한편 동대문 아지트 홀에 걸려 있는 지도는 빨간 색깔이 수시로 늘어나서 청량리의 경동시장 일부가 우리 손에 들어왔고, 왕십리 쪽에 현대식으로 멋있게 새로 지은 유흥업소가 들어 있는 비너스 클럽도 같이 접수를 해 지도를 또 빨간색으로 물을 들이는 중에 "야, 동부시장도 포함시켜. 우리가 이제 처리할 거야." 하고 중간보스가 소리를 질러 지도를 빨간색으로 연일 고친다는 것은 이래저래 싸움이 하루일과처럼 돼버려 지나간다는 뜻이려니, 청량리패와 왕십리 쪽에선 자기네 구역이 우리 동대문에 빼앗기고 있는 상태라 저들에게는 우리 동대문을 지겨운 놈들이라 할 것은 물론이었으니 우리들을 좋게 볼 리가 없겠지.

모처럼 한가한 시간에 담배를 피우고 있는 내 옆에 와서 정구 친구인 현수가 "함마 형님, 정구에 대해 상의드릴 일이 있어서 그런데 좀 앉아도 될까요?" 정구라는 말에 마음 한구석에 항상 빚을 지고 있는 느낌을 받아가며 살고 있는 나에게 정구 친구인 현수가 무슨 얘기를 하려나 궁금하기도 해 "그래 앉아. 나한테 할 말이 있어?" 하고 되물으며 담뱃갑을 꺼내 권하니 한 가치를 꺼내 물어 내 담뱃불을 건네줘서 현수도 불을 붙여 빨아댄다. 우리나라에 담배 인심이 제일 좋다고 하잖아? 이어서 무슨 얘기가 나올 줄 알았는데 한참을 머뭇거리다 내가 이 아이 눈을 쳐다보니 내 짐작과는 엉뚱한 얘기 보따리를 풀어놓는다. "함마 형님은 이 동대문사단에 어떻게 해서 들어오셨습니까?" 하고 쌩뚱맞은 질문을 해 얘가 이게 궁금해서 할 말이 있다는 것은 아닐 테지만 무슨 얘기가 나오려나 기대하고 이어 "내가 시골에서 어머니와 같이 고생하면서 어렵게 살다가 어머니 돌아가시고 나니까 온 세상이 무너지는 거 같더라. 하두 세상이 험악해 어디 정붙일 데도 없고, 이리저리 돌아다니다 서울 경동시장까지 와 어떻게 중간보스 눈에 띄어 오게 된 곳이 여기야. 그러나 저러나 내 얘기 들으려고 네가 온 건 아닌 거 같아 보여." 할 말이 있으면 주저하지 말고 하라는 식으로 빤히 얼굴을 쳐다보며 재촉을 하니까, 현수는 자기가 하고 싶은 얘기를 이 기회에 다 털어놓겠다는 듯이 다짐했던지, 사실 정구와 나는 시골 한동네 같이 살면서 농사를 짓고 있었는데, 무슨 명절 때만 되면 서울 올라간 애들이 우리들로는 처음 보는 멋들어진 옷을 화려하게 차려입고 명절을 쇠러 와서는 시골 우리들은 이 서울 친구들을 몹시 부러운 눈초리로 맞이했습니다.

이들은 서울의 수도꼭지를 빨아서 그런지 얼굴 색깔들이 허여멀게 가지고 거무튀튀한 멧돼지 같은 얼굴 색깔인 우리와는 정반대로 새 사람으로 달라져, 옷도 요즘 유행하는 청바지에 쫄바지, 나팔바지 같은 신세대 옷으로만 쪽 빼입고, 거기다 우리네 젖어 있는 땅에 신고 다니는 장화를 자기들 나름 멋이라고 하면서 반쯤 접어 신고 다니면서 시도 때도 없이 아무 데나 질질 끌고 다니면서 청바지에 와이셔츠 입고, 왼손을 바지 허리춤에 쑤셔 넣고 폼잡고 걸어가며 다녀요. 우리들 시골뜨기 앞에서 보란 듯 으시대며 팔을 있는 대로 휘저으며 걸어가고 있으니 옷과 사람이 한데 어우러져 월등히 돋보여 갖은 폼을 다 잡고 우쭐대며 걸어 다니면서 부러울 정도로 자랑을 늘어놉니다. 설날 아침에 조상님께 차례를 지내고 일가친척들과 같이 직접 빚은 만두와 칼로 썬 가래떡을 섞어 끓여 명절 때나 특별히 먹어보는 고기를 고명으로 조금씩 얹어놓은 떡국을 배불리 먹고선 가족과 할 얘기 다 한 다음 정초(음력 새해 첫날)에 동네에 두루 돌아다니며 어른들께 일일이 찾아뵙고 지난 1년 동안 무사히 잘 넘기셨으니 앞으로의 한 해도 무탈하게 넘기시라고 말씀드리면서 세배 인사를 올리면 어르신께서는 집에서 빚은 약주를 주전자에 담아 놨다가 세배하러 온 아랫사람들에게 한 잔씩 따라주셨습니다.

그러면서 하시는 말씀이 "자네는 몸이 약해 한약 좀 지어먹고 건강하게나." 또 다른 사람에게는 "올해는 마음씨 고운 처자를 만나 장가를 가야지." 하고 장가를 간 사람에겐 "이번에는 떡두꺼비 같은 아들 하나 낳아봐." 아들만 있는 집에는 "딸도 살림 밑천이야. 이 사람아, 너무 욕심부리지 말게." 또 다른 사람에게 "올해는 농사를 잘 지어 4배출 좀 나게 해봐." 또 소를 기르는 사람에겐 "이번에 암송아지를 낳았다지? 올해는 운수대통할 해일걸세." 하며 어떤 사람에겐 "첫째 아들이 공부를 잘해 좋은 대학에 들어갔다면서?" 세배하러 오는 동네 사람들에게 일일이 맞춤형 덕담을 알맞은 말로 하시고는 술상을 다음 사람을 위해 한쪽으로 밀어서 보자기로 덮어놓고, 먼저 어르신께 세배를 올린 사람들은 "어르신, 새해 복 많이 받으시고 만수무강하십시오." 하고 정중히 인사드리고 나오는데 시골은 그

집 가정형편과 집안 사정에 숟가락 신발짝이 몇 개인지도 서로 훤히 아는 터라 이런 대화로 소통이 가능한가 봐요. 동네 어른들께 세배를 올린 다음 젊은이들은 저녁 먹고 어두컴컴해지면 항상 해오던 일과처럼 추위에 견딜 수 있게 옷을 두툼하게 차려입고, 장갑도 손에 껴서 단단히 준비한 다음 국민학교 운동장 한쪽에 그네와 우리 키보다 높은 철봉대 옆으로 줄줄이 서 있는 운동기구 주위에 하나 둘 모이면 앉기도 하고, 서 있는 사람에 저마다 편안한 자세대로 자리를 잡았습니다.

그러고 나서 그동안 서로 지냈던 얘기에 꽃을 피웠는데 "야, 너 오래간만이다.", "어? 그래 설 쇠러 왔구나.", "야, 그동안 너 몸 좋아졌다. 폼이 그럴듯한데?" 이렇게 서로 악수를 하면서 인사를 한 다음 한 아이가 "너 지금 어디 있니?" 하고 물으면 그 애가 기다렸다는 듯이 "나는 이모네 집에서 버스를 타고 면목동으로 출근하는 거야. 추리닝에다 여성복을 주로 만드는 곳으로 여직원 50명이 재봉틀을 돌리면 꼭 탱크 지나가는 소리가 나드라. 어떤 재봉틀은 달달달 하는 소리에, 어떤 건 드르륵 드르륵 하는가 하면 저마다 소리가 틀려. 또 재봉틀마다 하는 일이 다 달라. 어떤 건 단추 구멍만 전문으로 만드는 재봉틀이 있어. 종류도 여러 가지에다 굉장해. 하루에 만든 옷을 모아가지고 매일 서울 시내에 있는 평화시장에 운전기사하고 내가 차에 실어 점포에 내려놓자마자 알아서들 가져가더라. 그 시장에는 우리나라 전국에서 상인들이 몰려와 옷들을 사가는데 제주도에서도 온다고 하더라. 하루 12시간 일하고 매주 일요일에 쉬면서 한 달에 하루 날을 잡아 요때는 그 달에 생일인 직원들을 모아놓고 회사에서 파티를 열어주곤 하지. 주인공들을 세워놓고 여직원들이 얼굴에다 수염이나 눈도 해적같이 무섭게 그려서 여러 사람들이 터널을 만들어 그 속으로 지나가게 하면서 등어리를 두드려주는 절차가 끝나면 케익에 촛불 꽂아놓고 생일 축하한다는 노래를 부른 다음 샴페인이라는 술로 "부라보!" 합창으로 소리 지르고 케익을 칼로 잘라 나눠먹거든. 이게 어떻게 맛있는지 입에서 살살 녹드라. 시루떡이나 누룸적 인절미만 먹다가 이런 것은 생전 처음 맛보는 거야. 이번에 우리 회사에서 나오는 제품이 외국으로 수출도 한다네. 그 옷을 회사에 다니는 직원들 설 선물로 하나씩 다 돌렸어. 나는 이 옷을 조카에게 선물이라고 줬더니 이거 백화점에서만 파는 비싼 거라고 하더구만."

이에 질세라 또 한 아이가 "나는 종로로 출퇴근하는 거야. 동대문에서부터 금은방들이 죽 늘어서 있는 가게의 한 곳을 다니고 있지. 그곳에서 시계 수리도 하더라. 고장난 시계를 손님이 고쳐달라고 하면 조그만 외눈깔 현미경을 눈에 끼고 깨알만 한 부속들을 찾아서 고치면 참 신기하게 잘 가거든. 나도 빨리 돈 벌어서 이쁘고 내 손에 어울리는 보기 좋은 시계 하나 사서 손목에 끼고 다녀야지. 야, 서울 사람들은 시계를 다 하나씩 손목에 차고 다니더라. 나는 기술자들이 약품 배합해논 걸 각자 제자리에 갖다 놓고 청소도 하며, 퇴근시간이면 내가 쫄따구(밑에 사람)이니 문단속하고 직장 형님들과 같이 어울려 돼지껍데기에 소주 한 잔씩 하면서 지내고 있지. 기술을 다 배우면 나도 종로에서 살 거야."

 또 한 아이는 "나는 우리 형 친구가 소개해준 고속버스터미널에 있는 택시정류장에서 접었다 폈다 하는 조그만 좌판을 펼치고 있는 아저씨가 하라는 대로 커피를 타서 주문하는 택시기사에게 배달해 주면 커피값 받아와. 또 잔돈 거실러 주면서 거기에 해당되는 피를 떼지. 또 시외손님 소개시켜 주고 팁 받아 챙기지. 재미는 있는데 너무 많이 떠들어서 저녁 때는 목이 쉬어 말이 안 나올 때가 있어." 이 말이 끝나자마자 한 아이가 "나는 이거 뭐 자랑을 해야 되나? 말아야 되나? 모르겠다." 하니 "뭔데? 얘기해봐. 야, 우리가 뭐 시간이 정해진 기차를 탈 사람들이냐? 모래알이 싹트길 바라냐? 개구리가 뿔 날 때를 기다리는 사람이냐? 우리 모두 다 털어놔봐. 우리가 뭐 내일 출근할 사람들도 아니잖아? 바쁜 일이 있는 것도 아닌 우리가 무엇이 문제냐?" 한 아이의 재촉에 결심한 듯 "내가 농사짓기 징그러워 형님 친구들한테 서울 좀 가게 해달라고 졸라대니까 아무 데도 좋으냐고 해서, 이노무 지게만 벗어 던지게 해달랬지. 그래 한 번은 편지봉투에 적힌 서울 주소로 찾아오라는 거야. 그래서 무조건 물어물어 찾아갔더니 옷들이 창고에 산더미처럼 쌓여 있는데 이 옷을 큰 푸대에 담아서 시골장 서는 곳으로만 다니며 넓은 장마당에 풀어헤쳐 놓은 다음 나는 남들이 보기에 손님인 것처럼 가장해 옷을 고르고 들었다 놨다 살 것처럼 하는 야바위(남을 속이는 사람)꾼 역할을 하다가 해가 지고 컴컴해지면 팔다 남은 옷들을 다시 챙겨서 다음 장 서는 곳으로 이동하는 거야. 아마 이 옷들은 청계천에서 유행이 지나고 내다 버릴 수밖에 없는 철 지난 옷을 저울로 달아서 아주 원단 값어치도 안 되게 싸게 사서는 시골 장터로 팔러 다니는 거야. 이들은 이것을 땡물건이라고 하더라." 하고 말을 마치니 다른 한 사람이 "야, 그거 장래성이 별로 좋아 보이지 않는 거 같다. 그치?" 하고 친구가 지적했다.

지금 말했던 아이가 "나는 서울생활을 하고 싶은데 자꾸 시골로만 돌아다니잖아? 그래서 다른 데를 알아보고 있는 중이야." 하자 옆의 아이가 할 말이 더 많다는 듯이 "나는 노량진수산시장 안에 있는 한 가게에서 일하고 있어. 난생 처음 보는 생선이 철도에 트럭으로 이른 새벽에 실려 들어오는 걸 보니까 야, 굉장하더라. 내 몸둥아리보다 더 큰 생선도 많아. 값도 엄청 비싸. 쌀 1가마 값보다 더 나가는 물고기도 있어. 생선을 옮기는데 이건 리어카도 아니고, 그렇다고 자전거도 아닌 이상한 오토바이에 리어카보다 생선을 더 잔뜩 싣고 두 바퀴는 못 다니게 돼 있는 강변도로를 이른 아침에 신호등이 없으니 빨리 가려고 달리다 단속 경찰에 걸려 도망갈 수도 없어 서기만 하면 짐을 너무 많이 실어 그 자리에 넘어져 일대가 생선이 길바닥에 흩어져 버리니 경찰보다는 오히려 이 사람이 더 큰소리를 치고 경찰과 운전수가 생선을 오토바이에 다시 실어가는 걸 본 적이 있는데 다음부터는 경찰이 이들을 처음부터 못 본 체하는 거야. 괜히 세웠다가 넘어지면 전에처럼 생선을 다시 실어줘야 되고, 오토바이 운전수들과 얼굴 찌푸려야 하니까.

여기는 새벽에 굉장히 바쁘더군. 경매도 이 시간에 열리면 번호가 써 있는 모자를 쓴 사람들을 중매인이라고 하더라. 생선을 여러 사람 앞에 죽 늘어논 앞에서 우리네는 알지도 못하는 손가락으로 신호를 해가면서 자기네들끼리 진지하게 갖은 모션을 다 써가며 신호를 보내는 그 몸동작을 보니 웃기기까지 하더구만. 서울에 사는 어떤 사람은 경매가 한참 벌어지고 있는 이 마당에 자기 집 잔치에 쓸 생선을 직접 중매인에 부탁한다고 하는 사람이 있는가 하면, 그들 일행 중에 다른 사람은 경매가 끝난 생선을 직접 경매자에게 사는 것이 싸게 먹힌다며 미리 부탁한 중매인에게 사면 경매할 때 무조건 자기가 낙찰받아야 하기 때문에 다른 사람보다 높은 단가로 받은 생선을 어차피 우리가 사가게 돼 있으니까 오히려 비싸게 먹힐 수 있다고 하는 사람에, 장마당이 어수선한 시간이 한참 흐르더니 숫자를 적은 종이쪽지를 생선에 붙이면서 주인이 정해졌는지 알아서들 가져가면서 자기 물건 잘 챙겨야지 잘못하면 잃어버리는 일이 생기면 그 어디서도 찾을 수가 없다고 하면서 긴 꼬챙이 하나 들고 생선상자를 자유자재로 다루며 물에 젖은 바닥에서 일을 하니 장화는 필수야.

새벽에 경매가 끝나면 서울의 각 지역으로 생선들이 보내지고 나서 그 다음은 중매인 가족이 나와 가게 터를 한 군데 잡아놓고 일반 손님들 상대로 소매장사를 시작하느라 가게에서 준비를 하는데, 어떤 상사꾼은 좀 오래돼 냄새가 나는 생선을 나쁜 물선하고 섞어 팔기도 하고, 살이 찌고 통통하게 보이려고 생선 배에다 빨대를 꽂고 입으로 공기를 불어 넣기도 하면서, 어느 생선에는 물감으로 색을 입혀 가판대에 올려 죽 널어놓는데, 그런 행동은 안 좋은 걸 알지만 내가 감히 뭐라 할 수가 없더라. 그 시간이 지나면 한가해서 회에다 소주 한 잔 하면 피로가 확 풀리지."

이 친구는 "내가 먹어본 회 중에는 광어회가 제일 맛있는 거 같더군." 하니 또 다른 사람이 "야, 회는 초장 맛에 먹는 거야. 초장 맛 빼면 무슨 맛으로 먹냐?" 하면서 말다툼하는 이들도 있더라. 다른 아이가 나서서 "나는 서울에 있는 이모가 떡집에 취직을 시켜줬는데 서울 떡은 기계가 다 해주더군. 쌀을 뜨거운 수증기로 쪄 그 떡밥을 기계가 다 치대주고, 송편 같은 것도 기계가 속을 넣어주고, 사람이 하는 일은 떡을 이쁘게 포장하고, 개수를 세어서 배달해주는 거밖에 없어. 나는 인절미나 시루떡 만들 때 떡메를 쳐 힘 좀 써야 하겠구나 하고 잔뜩 긴장하고 갔는데 이건 뭐 식은 죽 먹기야. 그 징그러운 지게를 벗어 던지는 것만 해도 다행이다 생각하고 서울에 왔더니 너무 편해." 하자 다음 아이가 재빨리 "나도 서울에 먼 친척이 취직을 시켜준다고 오라고 해서 갔더니, 자동차를 세차하는 일이라는데 이건 세차장에서 하는 게 아니라 새벽 2시 캄캄한 밤에 사장 오토바이 뒤에 타고 서울에서도 부자 동네라고 소문이 난 강남이라는 한 아파트촌에 주차돼 있는 차들을 처음에는 물걸레로 닦고, 다음에 마른 걸레로 마무리하는데 주문을 받은 차만 손질해주더구만. 또 어떤 차는 사장님이 무슨 약을 칠해서 반짝반짝 광나게 파리가 낙상할 정도로 닦아주더라고. 아파트 옆에 널려 있는 차들은 모두

값이 비싼 외제차들이라고 하면서 차에 흠집 안 생기도록 정신 바짝 차려 하라는 사장님의 지시에 시키는 대로 하면서 새벽에 해가 뜨고 하면 다시 오토바이 뒤에 타고 집으로 오는 거야. 이 일은 비나 눈이 오면 우리는 공일이지. 하는 일이 어렵지 않고 참 재미있더라."

이렇게 자기 기분에 따라 자랑들을 한참 늘어놓고 있을 때 유독 한 친구만 이들 하는 이야기를 듣기만 했지 말을 하지 않고 조용히 앉아 있기만 했습니다. 시골에 있는 우리 같으면 할 말이 없을 법도 하지만 이 아이도 서울에 있다가 설 쇠러 온 아이면서 말을 안 하고 있어 다른 아이가 "야, 너는 뭐하고 있나?" 하고 한 아이가 너도 서울에 있으니 한 번 얘기해보라는 듯이 재촉하니까 이 아이 너희들이 물어보니까 마지못해 얘기한다는 뜻으로 그 장화를 반쯤 접어서 아무 때나 신고 다니는 친구가 자리에서 천천히 일어서더니 "나는 성동에 있는 카바레에 다니고 있어. 너희들 카바레란 말은 들어봤나? 양주라는 거 한 번 먹어는 봤나?" 하며 처음부터 한쪽 다리를 흔들어대 거드럭거리면서 폼나게 자세를 잡고는 "내가 얘기할게, 잘 들어봐. 이건 막걸리나 소주 같은 술하고는 노선 자체가 틀려. 양주를 한 입 목으로 넘기면 뱃창자가 쏴한 게 온몸에 신호를 주면서 안마사가 마사지해 주는 거 같아 사지가 노곤하며 저려 오는 기분이란다."

이 말에 우리들은 양주라는 술도 못 먹어봤을 뿐만 아니라 안마사가 뭔지도 모르는데 마사지해 준다는 말도 처음 들어봤으니 서울 자랑을 하고 있던 아이들까지도 이해를 못하는 것도 당연한 일이었지요. "거기에 딸려 오는 안주가 치즈에 소세지, 육포라는 게 있어. 내가 대가리털 나고 처음 먹어보는 맛이야. 홀 위에는 가수들 노래하는 무대가 마련되어 있고, 넓은 중앙에는 여자, 남자 춤출 수 있는 광장이 준비돼 있어. 각 테이블에 촛불 켜고 돌아다니며 정리하면서 늘씬하고 섹시한 몸매와 옷차림을 예쁘게 꾸민 얼굴에 화장을 한 천사 같은 누나들이 수십 명씩 휘젓고 돌아다니면 진짜 활기가 넘치는 새로운 세상 같아. 이런 누나가 불러 심부름 한 번 해주면 팁이라는 걸 주는 거야. 또 일이 끝나 청소하고 정돈이 끝나면 종업원들 다 모여 라면을 끓여먹거든. 너희들 라면이라고 먹어는 봤냐? 이게 국수같이 생겨가지고 종이로 둘둘 말아 가게에서 파는데 기름이 둥둥 뜨는 게 그 맛이 국수는 저리 가라야. 이따금 한가한 낮에 누나들이 불러 집에 가보면 이게 또 장난 아니지. 변기가 고장나 고치기도 하고, 막힌 하수구 뚫어주고, 농이나 냉장고를 들어 옮겨주고, 문짝 안 닫히는 거 장식을 새로 갈아주거나 세면 벽에 못 박아주기, 뭐 더러 바퀴벌레 또는 쥐도 잡아주기도 하면서 누나들이 하기 어려운 일이나 심부름은 철저하게 잘해주지. 때에 따라서는 누나들의 하소연이나 말상대 같은 걸 해주면 수고했다고 사례를 해주니까. 이 누나들은 자기 마음에 든다 생각이 되면 이거저거 따지지 않고 아낌없이 주는 스타일이지만, 한 번 눈에 거슬리면 무서우리만치 이해타산이 심한 만큼 누나들의 심보를 건드리지 말아야 돼.

이 누나들 성질은 내지를 때는 앞뒤 안 가리고 무섭게 인정사정

없이 오로지 직진만 하더라. 이런 일을 하고 있는 누나들 얘기를 잠깐 들어보면 농촌일이 따분해 부모가 농사지은 쌀 팔아서 장롱 속에다 간직해둔 돈을 몰래 가지고 집에서 튀어나와 가출한 여자, 또 자기 지역에 근무하는 외지에서 온 군인하고 눈이 맞아 연애하다 오빠한테 들켜 두들겨 맞기 직전에 도망 나온 여자, 집안 살림도 짜증나고 공부하기 싫어 책가방 하수도 구멍에 쑤셔박아 버리고 줄행랑쳐 나온 여자, 집안이 가난해 돈 좀 벌어보겠다고 취직했다가 시원치 않아 친구의 꼬임에 넘어가 화류계로 들어온 여자, 뭐 이런 여자는 주로 상대가 남자이니 속마음 뚫어보고 화술에 능하면서 몸매만 뭇남자들이 봐줄만 하면 언제든지 OK거든.

극소수이긴 하지만 어떤 여자는 조직의 남자들에게 납치를 당해 이곳으로 팔려온 여자도 있어 어차피 버린 몸 돈이나 벌자고 자포자기하는 사람, 학교 다닐 때부터 발랑 까져 이런 생활을 동경해 자기 스스로 뛰어들어 희열을 느끼는 여자 등등에 이런 사람들 넋두리할 때는 하나같이 "에이그, 이승에선 내 팔자는 이게 다인가 봐." 하고 한숨을 내쉬며 한탄하는 여자, 이들 집 안의 주방에는 하다못해 라면 끓일 그릇 하나 없고, 과자봉지만 침대 위에 이불과 같이 뒤섞여 있어 밥을 해먹은 흔적도 안 보이니 누구나 마음속에 걱정거리 한두 가지는 가슴에 품고 살고 있나봐. 밤이 되면 화장을 진하게 한 이쁜 누나들이 거의 옷을 벗고 음악에 맞춰 춤을 추면 무대 밑에 있는 남자들이 이 광경을 보고 환장하는 거야. 어떤 사람들은 무대 위로 올라가려고 하면 남자 종업원이 이를 제지하기도 하고, 손님들이 자기 마음에 안 드는 사람이 나오거나 노래를 부를 때는 술병에 잔과 안주를 막 집어 던지니 때에 따라서 이런 손님을 밖으로 끌어내는 과정에서 주먹다짐이 일어나기도 하고, 손님들이 화장실에서 볼일 보고 손을 다 씻으면 공손히 고개 숙여 인사하면서 "사장님, 여기 수건 대령했습니다." 그러면 손님이 "어, 그래. 이 사람 맘에 드네." 하며 손을 닦고 수건과 같이 팁을 주는 게 있어."

이런 말을 듣고는 지금까지 서울 생활상을 자랑하던 애들도 "야, 그런 것도 돈을 주냐?" 하고 물으면 이 아이는 더욱 신이 나 우쭐해 가지고 "그럼, 여기 춤추는 누나들이나 이곳에 들어온 손님들에게 심부름만 잘해줘도 팁으로 수입이 짭짤하지. 춤을 출 때 홀 안에서 손님들끼리 남자, 여자 부킹(연결)해주면 남자는 금방 연극하다 나온 사람처럼 목소리를 쫘악 깔고 "사모님, 지상에서 최고의 서비스로 예의를 갖춰 정중히 모실 시간을 저에게 할애해줄 영광을 베풀어주시겠습니까?" 남자의 니글니글한 목소리에 여자는 "네, 사장님. 그럼 잠시 내 시간을 사장님께 맡겨볼게요. 언제라도 제자리에 돌려놔 주세요. 사장님." 하면서 감기 걸린 코맹맹이 같은 소리로 대답하는 거야. 그리고 조금 있다가 뒤돌아서 구시렁거리길 "아이, 김치 담그려고 배추를 소금에 절여놨는데." 으하하하~"

이 소리에 옆의 아이들도 "헤헤~ 히히~ 흐흐~ 호호~" 하고 입을 손으로 틀어막으며 웃어 재미있게 듣고 있는 친구들은 시간 가는 줄 모르고 자정을 넘기면서까지 떠들어대니 또 이런 얘기를 듣고 아이들은 "오, 그래? 그런 데도 있어? 야, 같은 서울이라도 거기는 희안하구나." 하면서 놀라니까 이 아이는 "야, 여기는 서울에서도 놀기 좋아하고, 돈 쓰는 거 안 아까운 사람들만 모이는 거같이 복잡한 남녀관계에 얽혀 문제가 많아 보이는 것도 있지만, 한편으로는 춤을 추면서 스포츠나 운동이란 개념으로 자기 취미에 맞게 다니고 있는 사람도 있어. 이런 사람들은 테이블 하나는 차지해야 하니까 기본으로 시켜놓고 춤을 추면서 건강을 추구하는 사람도 있지. 다 좋지만 싸움이 자주 일어나 손님하고도 실랑이가 벌어지고, 같은 업종의 종사자들끼리 세력다툼으로 서로 치고 받는 일이 많다 보니까 선후배 사이에 팀웍이 잘 짜여 있어야지 견뎌 나갈 수 있는 곳이야. 여기는 위아래가 확실해. 말이라도 깎듯이 잘해야지 그렇지 않으면 뒤지게 얻어터져. 선배의 말이 곧 법이야. 단 한 가지 규율이 엄한 게 흠이지. 밤을 낮과 같이 사는 이런 세상에서 견디려면 깡(악)이라는 게 있어야 돼."

　이런 말을 들으며 정구와 대천이, 또 나는 서울 친구들 얘기에 주눅이 들어서 놀라는 소리도 못 내고 침만 꼴깍 삼키고, 숨소리도 크게 못 내면서 쥐 죽은 듯이 조용히 듣고만 있습니다. 국민학교 다닐 때는 정구와 나한테 꼼짝 못하고 학교 끝나면 집에 갈 때 내 책보를 들어주면서 우리 뒤만 졸졸 따라다니던 애들이요, 이렇게 서울을 가기만 하면 모두들 외국에서 온 사람처럼 마치 왕자같이 변해 가시고 내려오니 성구와 대전이, 내가 이늘을 보면서 좀 부러워했겠습니까? 내가 그 마음 알겠다는 듯이 "음, 그렇겠구만." 동조를 하자 정구 친구인 현수는 함마 형님이 이해를 해주니 지난날의 미주알고주알 시시콜콜한 얘기를 오늘 다 여기서 이어 꺼내놓기로 하고 말문을 활짝 열어재껴 거침없이 술술 나옵니다.

"우리가 시골에서 하는 일이라곤 봄에 씨앗 뿌려 여름에 잘 가꾸어서 가을에 추수해 거두어들여 곳간에 쌓아놓으며 겨울엔 지게를 지고 산에 가서 나무 해다 밤에는 아궁이에 군불을 땐 다음 마실방에 모여 앉아 고도리치면서 털랭이나 끓여먹고." 이때 내가 처음 들어본 얘기가 나와 "가만! 털랭이가 뭐야?" 처음 듣는 소리라 궁금해서 물었더니 현수가 "국수 끓인 물을 버리지 않고 그물에 김치 좀 썰어 넣어 국수하고 같이 먹는 걸 털랭이라 합니다.", "응, 털랭이가 먹는 거구만. 어, 그래 그래가지고?" 이어서 얘기하라는 뜻으로 재촉하니까, 자고 나면 또 일어나 밥 먹는 대로 지게 지고 산에 가 나무 해오면 해가 떨어지고, 저녁이면 밥 먹고 마실방에 모여 앉아 고도리쳐 순번을 정해 또 털랭이에다 술 한 잔 하고 자면 이튿날 해가 뜨듯이 그날 그날을 보내고 있는데 한 번은 저쪽 건너편 마을에서 대보름날 저녁밥 먹고 들판 한가운데서 불꽃놀이 싸움을 하자는 제의가 들어와 "좋다. 하자! 우리도 사내대장부야. 배짱이 있지 너희들한테 꿀릴 수 있나?" 하고 마을에 있던 젊은 남자들 다 모여 깡통이란 깡통은 온 동네 돌아다니며 주워 하다못해 장거리 가게 쓰레기통까지 뒤져서 모아놓고 못으로 여기저기 총총히 구멍을 뚫어 PP(군용전화)선으로 묶어서 깡통 안에 불을 피운 나무를 넣고 허공에다 빙글빙글 잡아 돌리면 불이 환히 피워지면서 숯으로 변해버린 이런 깡통을 여러 개 만들어 상대방에게 던져 마치 포를 쏘는 거 같이 밤하늘에 포물선을 그리며 날라가 떨어져 그 일대가 불꽃으로 파편처럼 퍼져 장관을 이루며 사람들이 불똥에 안 맞으려고 이리 비키고, 저리 도망가는 이런 장면을 보면서 하는 장난을 건넛마을 아이들이 도전을 하겠다니 그렇지 않아도 정월대보름을 전후해서 논두렁, 밭두렁에 있는 마른 풀들을 일부러 태우기도 하는데 마침 잘 됐다 생각하고 우리들 마음 한구석에 욕구불만이 항상 차 있어 어디에 해소할 방법이 없는 우리가 마다할 리가 없죠. 드디어 대보름날 밤에 우리들은 저녁을 먹고 모아둔 깡통과 관솔(송진이 많은 소나무 가지) 등 나무를 준비해 들판으로 나가 보니 저쪽에서도 준비를 단단히 해 기다리고 있더라고요.

　서로 일정한 간격을 두고 나무에 불을 지펴 깡통을 허공에 돌려다 탄 숯이 되면 힘껏 힘을 줘 상대방으로 던지면 땅에 떨어지자마자 불똥이 사방으로 튀어 그들이 피하느라 정신이 없고, 그쪽에서도 우리 쪽으로 던지면 우리도 이리 뛰고, 저리 뛰고 이렇게 한참을 주거니 받거니 하다 보니 불꽃놀이로는 재미있지만 시간이 지나 나무도 다 떨어져 가고, 이렇다 하는 승부가 나질 않아 정구와 대천이 그리고 나 이렇게 셋이서 고민 끝에 "야, 이거 밤새도록 해봐야 결판이 안 날 거 같으니 우리가 끝장을 내자." 해서 다 탄 숯불 깡통을 각자 왼손에 3개, 오른손에 3개 합 6개씩 들고 상대방 모르게 개울로 내려가 농사지을 때 물을 내려보내는 수로를 따라 머리를 숙이고 낮은 자세로 그들 뒤로 가 셋이서 합이 18개의 깡통을 몰아서 집어

던지니 이들이 피할 수 있는 상태가 아니라 미처 정신을 못 차리고 도망갈 정도가 돼버려 통쾌하게 물리친 이런 날도 있었지만, 뭐니 뭐니 해도 다 제쳐두고 유일한 낙이라곤 시골에 장이 서는 날 구경하는 것이 제일 볼 만하니 그저 우리 셋이서는 은근히 장이 서는 날이 기다려지드라고요.

우리나라는 주위의 다섯 개 마을을 묶어서 날짜를 정해 장을 서게 하고, 갖은 물건을 파는 장돌뱅이들을 모이게 해 지역 사람들이 필요한 생필품들을 구매하도록 하는 반면에 사람들을 모으기 위해서 우스꽝스런 행동들을 하며 사람들의 눈길을 끌여들였으니 이번에도 장 구경하러 정구와 대천이, 또 내가 장이 서는 거리로 털레털레 걸어가는 겁니다. 시골에서는 장날에 장돌뱅이들이 각자 물건들을 늘어놓고 장마당이 떠나갈 듯이 시끌벅적 고함을 치며 자기 물건들을 사가라고 말 그대로 난장판이에요. 어디서 모은 건지 어린애들 남자 옷, 여자 옷, 어른들 옷도 같이 섞어서 산더미같이 쌓아놓고 "자, 골라! 골라! 날이면 날마다 오는 게 아니요, 눈을 똑바로 뜨고 잘 봐야 살림에 보탬이 되니 잘못 보면 살림 하나 마나요. 인천 앞바다에 사이다가 떴어도 컵에 안 따르면 폼이 안 납니다. 산에 가야 범을 잡고, 강에 가야 잉어를 잡아요. 니가 먼저 살자고 옆구리 콕콕 찔렀지 내가 먼저 같이 살자고 옆구리 콕콕 찔렀냐? 살림을 하자는 거여? 말자는 거여? 하루가 멀다 하고 밥그릇, 국그릇이 말도 없이 사라지니 마누라가 깨뜨린 그릇 도둑을 어디 가서 잡을소냐? 산지기지기~ 지그지그작~ 자그지그작작~ 여름 바지는 홋바지~ 겨울 바지는 솜바지~ 어허이~ 시구~ 새고 들어간다~ 밥은 바빠서 못 먹고, 죽은 죽어서 못 먹고, 떡은 떨려서 못 먹고, 술은 술술 잘도 넘어간다. 여름에 바람 불면 시원한 바람, 소나기 내리면 빨래 거둬들이고, 땅이 젖으면 짚신보다는 나막신(나무 안을 파서 만든 신발)을 신어요. 누이 좋고 매부 좋고, 도랑치고 가재 잡고, 마당 쓸고 동전 줍고. 얼쑤~ 날이면 날마다 오는 게 아니고 이 시간 지나가면 다시 볼 수 있는 물건이 아닙니다. 버스 떠난 다음에 손들었다가 후회하지 마시고 물건 다 없어지기 전에 빨리 빨리들 오세요. 자, 얼마 안 남았어요." 아, 이렇게 떠들면서 박수와 몸동작으로 박자까지 맞추면서 자기들 마음대로 떠들어대니 사람들이 재미있어 하면서 모여들더라고요.

한쪽 옆에서는 약장수가 자리를 잡고 준비를 하고 있는 사이에 사람을 모으려고 마술의 기본적인 몇 가지를 소개하고, 차력을 한다는 사람이 윗통을 다 벗고 철삿줄을 몸에 둘둘 감고 나와 기압을 외치면서 끊어버리고, 각설이로 분장한 사람을 내보내 한 번 놀아보는데 "어이~ 시구시구~ 들어간다~ 저절~ 시구시구~ 들어간다~ 작년에 왔던 각설이~ 얼어 죽지도 않고 또 왔네~ 어이구~ 절시구~ 이 멋진 세상 살아 돌아왔으니 내가 할 수 있는 품바로 어르신들께 재롱이나 부려 놀아볼까나~ 어허이~ 시구새구~ 품바 세상으로 들어간다~ 일자나 한자를 들고 나보니 일편단심 한 번 먹은 마음 죽어도 변치 않네. 이자를 들고 나보니 2등을 하려면 차라리 힘 빼지 말고 꼴찌나 해버려. 삼자나 한자를 들고 나보니 삼월이라 삼짇날에

제비 한 쌍이 강남에서 날아온다. 사자나 한자를 들고 나보니 사월이라 초파일에 절에 가서 지성을 들여볼까? 오자나 한자를 들고 나보니 오월이라 단오날에 약초물에 머리 풀고 감아 내 낭군 확 다리 걸어 자빠트려 보세. 육자나 한자를 들고 나보니 유월이라 유두날에 떡이나 싸가지고 고향 산천 놀러 가세. 칠자나 한자를 들고 나보니 칠월이라 칠석날에 견우직녀가 만났으니 이 얼마나 좋을시고."

이때 "잠깐, 아이, 이 사람 한참 신났네." 각설이춤을 우스꽝스럽게 추면서 구절을 외워가며 한참 재미있게 각설이 타령을 엮어가고 있는데 약장수가 막더니 "자, 견우직녀가 만났어요. 자기네들끼리 사랑 얘기 나누라 하고, 이제 구경꾼들이 성대하게 모였으니 나도 밥벌이 좀 한 다음 계속 이어갈 테니까 그 자리에 움직이지 말고 제가 하는 얘기를 경청해주시면 감사하겠습니다. 그리고 가만히 있자, 여기 어른들끼리 모여 있는 사이에 애들이 왜 끼어 있냐? 애들은 가라이~ 엄마 말 듣고 발 닦고 밥 먹어라~ 어서."

이 약장사는 일단 아이들부터 기를 잡아놓고 정치가들이 여러 사람 앞에서 선거 때나 하던 말 그대로 정견 발표하듯이 "친애하는 국민 여러분, 저희들은 세상에서 깜짝 놀랄 뉴스를 가지고 여러분들을 찾아뵙게 되었습니다. 지금 우리가 살고 있는 지구에서 내노라 하는 과학자들이 달나라에 로켓트를 쏘아 올리는 세상에 우리 의학박사는 뭐 고스톱치면서 술만 먹으며 낮잠 퍼질러 허송세월만 하고 있는 줄 아십니까? 우리의 우수한 천재적인 의학박사들도 엄청난 연구를 거듭한 결과 세계가 깜짝 놀랄 신약을 개발했으니 바로 내 손에 있는 이 약의 주성분은 영어로 써 있기 때문에 나도 몰라. 여러분에게 말씀드려도 모르실 거고, 이 약을 만들어낸 의학박사들을 우리 큰할아버지처럼 하늘같이 믿으시기 바라면서 대한보건사회부에서 검사해 발표한 효능을 말씀드릴 것 같으면 가슴앓이 속병에 좋고, 사타구니에 땀 많이 나는 사람, 손가락 발가락이 차가운 경험이 있는 사람, 더 좋은 것은 남자의 힘이 불끈 솟는 거, 백문이 불여일견이니 한 번 잡숴만 봐! 그러면 집안에 마나님의 혈색이 아주 좋아지면서 평소에 흔히 먹던 채소 나부랭이 밥상에서 그 이튿날 아침부터 바로 육군, 해군, 공군의 연합작전에 잘 어울리는 반찬이 진을 치고 나올 테니 말이 필요 없어요. 이렇게 좋은 약이 거의 만병통치약이지만 솔직히 죽는 사람한테는 약효가 없어요. 그러니까 죽을 사람만 빼놓고 남녀노소에 다 좋은 이 약을 내가 오늘 재료값 빼고, 운송비 빼고, 인건비 빼고, 자릿세 빼고, 이왕 빼는 거 세금도 빼서 말도 안 되는 값으로 모실 예정이오니 이 자리에 오신 여러분들 오늘 땡 잡은 거여." 하면서 쓰잘 데기 없는 말을 길게 늘어놓는다.

구경꾼들이 자리를 뜨려 해 약장수가 재빨리 눈치를 채고 "이 기회를 절대로 놓치지 마시기 바라면서 우리 직원이 한 바퀴 돌은 다음에는 바로 곧 각설이 타령으로 이어 가겠으니 약이 필요하신 분들은 무대 뒤로 오시면 저희 직원이 친절히 안내해드리겠습니다." 이렇게 떠들어대니 그럼 약값을 어떻게 받겠다는 건지 믿음도 안 가지만 어차피 우리는 돈이 없어 약을 살 사람도 아니고, 옆을 보니 박보(묘수풀이) 장기판을 길에다 깔아놓고 있어 장기 좀 둘 줄 아는 사람들이 옹기종기 모여 앉아 외통수를 찾으려 머리를 쥐어짜며 맞대고 생각들을 하고 있습니다. 장기판을 펼쳐논 주인이 "선수가 이기는 수는 분명히 있어요. 여러분들의 공격을 내가 못 막으면 거신 돈에 두 배를 드린다니까요? 나는 단지 여러분의 실수를 바랄 뿐입니다." 이렇게 말을 하며 입에서 빠져나오려는 틀니를 손으로 다시 끼워 넣고 있는 것을 보고 있으려니, 과거 손님 중에 어떤 사람이 수를 풀려다 화가 나니까 주먹을 휘둘러 이빨이 다 부러져 틀니를 끼워 넣었나 봐요. 이렇게 쭈구리고 앉아서들 머리를 굴리고 있는 사람들은 장기판에 정신이 팔려 있고, 뒤에 서서 구경하는 사람들은 수가 다 보인다는 듯 훈수를 두려 해 틀니를 낀 박보 주인이 훈수를 못하게 하느라고 모여 있는 사람들을 단속하는데 "이 장기는 돈 놓고 돈 먹기입니다. 훈수는 절대 하지 마시고 마음속으로 혼자서만 두십시오. 여기 이렇게 일수불퇴 훈수사절."

그 옆에 아주 작은 글씨로 "비기면 선수가 패한 것으로 간주함이라고 순 우리 국산 말로 써 있지 않습니까?" 하면서 손으로 장기판을 가리키다 자기 입에 대고 뒤에서 훈수하고 있는 사람들의 입을 틀어막느라 신경을 쓰고 있습니다. 우리와는 상관이 없어 그냥 넘어가지만 장기판 앞에 모여 앉은 사람들에게는 자기가 걸은 돈의 2배를 준다고 유혹을 하면서 자극을 주고 있으니 지금 시골의 겉보리 같은 황량한 시절에 농촌에서 이게 어디야? 하며 모여 앉아 장기판에만 신경을 쓰고 외통수를 찾느라 저마다 정신이 없습니다. 우리는 머리 쓰는 게 골치 아파 "야, 다른 데로 가자." 정구와 대천이, 나 셋이서 이번에는 참새가 점을 본다는 곳을 보니까 조그만 새장에 참새 한 마리가 갇혀 있고, 아주 작은 종이를 딱지처럼 접어 박스 안에 질서 있게 차곡차곡 끼워져 있는 걸 주인이 새장 문을 열어주니 새가 종종걸음으로 튀어나오면서 박스 안에 꽂혀 있는 딱지를 그중에 하나 물어 내놓고 주인이 좁쌀 한 알을 던져주니 새는 그 알량한 좁쌀 한 알을 쪼아먹고는 자기가 있던 새장 안으로 들어가 버리고, 그러면 주인이 그 딱지를 펴서 써 있는 글을 읽어주는데 "어흠, 하늘에서 봉황이 날라와 물고 있던 여의주를 발 앞에 떨어트리고 가는 운세니 새로운 세상의 왕으로 등극할 것이고, 만물이 모두 달려 나와 머리를 조아려 다스림을 받을 것이요. 이후에는 태평성대의 시절이 올 것이니 관리를 잘하고 있어야지 마귀가 침투를 해 훼방을 놓으면 철옹성도 무너질 수 있어 항상 주위를 둘러보아 악의 뿌리를 없애는 노력을 게을리하지 말아야 한다." 이 소리를 듣고 주위 사람들이 이구동성으로 운세가 좋다는 둥 웃으며 떠들고 난리들입니다.

하도 듣기 좋은 말만 하고 신기하니까 옆에 앉아 있던 사람이 주머니에서 꼬깃꼬깃 아껴놓았던 돈을 꺼내 "내 것도 좀 봐주시오." 하니 음력 생년월일을 말하라고 해 불러주는 대로 공책에 적더니 새에게 읽어주면서 다시 한 번 문을 열어주니까 전과 같이 총총걸음으로 나오더니 먼저 꺼냈던 그 쪽지를 물어 내놓고 좁쌀 하나 집어 먹고 들어가 버려 주인은 쪽지를 펴서 읽어 내려가면 구경하고 있던 사람들은 "먼저 사람하고 똑같잖아, 이거?" 하면서 웅성 웅성거리면 "그 사람하고 오늘 운세만 같을 뿐입니다." 하면서 새 주인의 변명이 시작됩니다. 새도 자기가 하고 싶은 대로 했을 테니까요.

하기는 내가 생각하기에도 기분 나쁜 소리는 어디 적혀 있겠어요? 기껏해봐야 상식적인 말로 한겨울 산에 올라가면 미끄러져 다친다는 말에, 여름에는 물가에 가지 말고 조심하라는 이런 지극히 당연한 얘기를 적어 넣은 쪽지겠지요. 우리가 보기에도 새가 날아가지도 않고 제자리로 가는 것이 신기하다 생각했는데, 대천이가 내 귀에 대고 "양쪽 날개에 깃털 하나씩 뽑아버렸으니 못 날라가잖아." 하고 알려줍니다. 이 새는 훈련을 얼마나 받았을까? 새가 배부르면 주인 말을 안 들으니까, 좁쌀로 쬐끔씩 주면서 조종하고 날개의 깃털을 빼버려 도망도 못 간다니! 모든 것이 측은하기가 이를 데 없으면서 운세가 나오는 걸 보니 우스꽝스럽기도 하고, 새가 불쌍한 생각까지 들어 더 이상 못 보고 다른 곳으로 발길을 옮겼죠.

여기는 붓에다 형형 색깔에 물감을 골고루 묻혀 종이 위에 손님의 이름을 무지개색으로 한문을 쓰면서 능숙한 솜씨에 자유자재로 새와 꽃을 사이사이에 그려 넣고 있어 그림 그리는 곳에 머물러 구경하면서 감탄에 마지않는 시간을 보내고 있을 때 갑자기 군인들이 화이버(군인이 머리에 쓰는 철모보다 가벼운 모자) 양쪽 옆에는 호랑이 마크가 그려져 있는 모자를 쓰고 팔에 헌병이라는 완장을 두른 맹호부대 군인들 대여섯 명이 우르르 달려와 우리 셋을 에워싸더니, 그중에 높은 사람인 듯한 군인이 "어이, 젊은이들! 움직이지 말고 그 자리에서 내 말에 주목!" 하고 "이 지역에서는 민간인이 군복을 입으면 안 된다는 것은 알고 있겠지? 상의를 벗고 가겠나? 아니면 염색을 하겠나? 둘 중에 하나를 선택해!" 하는 거예요. 이 소리를 듣고 우리 셋은 서로를 쳐다보니 다 같이 군복 상의를 입고 있다는 것을 그때서야 깨닫게 되었습니다. 군복은 민간인이 입어서는 안 되는 것을 우리들은 잘 알고 있으니까요. 여기는 우리나라를 두 쪽으로 갈라놓은 휴전선이 가까이 있는 최전방 군 작전지역이니까요. 더군다나 맹호부대 하면 육지에서는 누구와 상대해도 이길 수 있다는 자부심으로 정신무장이 돼 있으며, 새로운 무기나 장비가 어느 부대보다 제일 먼저 보급이 되고, 한겨울 그 추울 때도 헌병 짚차에 호로(바람과 비를 피하기 위해 차 위에 씌우는 덮개)도 안 덮고 다니는 자존심이 아주 강한 부대 장병들이었어요.

이건 뭐 도망갈 상황도 아니고, 그렇다고 사정해서도 안 될 형편이니 벗는 것보다는 염색하는 게 나을 거 같아 "염색하겠습니다!" 하고 셋이서 합창을 했더니 인솔자인 듯한 헌병이 "김 상병이 민간인들 염색으로 처리해." 하니까 그 김 상병이라는 군인이 "넷!" 하더니 페인트통 안에서 붓을 요리조리 돌리며 페인트를 묻혀가지고 우리가 옷을 입은 채로 세 명 등어리에다 염색이라는 검정색 글씨를 크게 씨놓고는 가버리는 거예요. 우리 셋은 염색이라는 글씨가 써 있는 옷을 입고 장 구경을 할 수 없어 그냥 뛰어서 집으로 와 옷을 갈아입었죠. 이제 이 옷은 나무하러 갈 때나 입으려고 꾸겨서 방 한쪽 구석에 처박아뒀어요. 며칠 지나니까 영화 촬영하러 온다는 소문이 돌아 이게 무슨 횡재냐? 하며 시골에서는 보기 드문 구경거리라 우리 세 명이서 자전거 타고 구경을 하러 간 적이 있었는데 정말 거기에는 이 시대를 대표할 만한 유명한 여배우들이 보여 저쪽에 ○○란이 가는 걸 가까이 가서 자세히 보려고 따라갔더니 ○○란이 갑자기 "언니, 이 사람들 좀 봐." 하고 소리치니까, 저쪽에서 이 소리를 들은 □□숙이 달려와 잔디로 차곡차곡 쌓아 탱크가 들어가서 포를 쏘게 만들어논 벙커 위에 올라가 양손을 허리춤에 딱 걸치더니 "누구야? 나와봐! 오줌도 못 누게 따라다녀. 엉?" 하고 소리를 질렀어요.

우리는 그 말을 듣고 "아이, 그러면 얘기를 하지? 아무리 뚝심 좋은 우리도 오줌 마려운 건 못 참지." 하고 우리끼리 중얼거리며 물러섰더니만, 그쪽 동료들이 ○○란을 데리고 들판 저쪽 후미진 곳에 담요로 빙 둘러 간이울타리를 만들어주는 것도 보았으니, 이들이 촬영하고 있는 '싸우는 사자들' 씬들이 거의 6.25 당시 상황의 전투를 재연하면서 화약이 들어 있는 튜브를 전기선으로 연결해 밧데리만 대면 터져 총탄이 쏟아지는 효과를 내기도 하고, 북한 인민군(현역 군인이 대역)들이 총에 맞아 쓰러지며 아군의 부상에는 전우애를 발휘하는 장면에 전쟁통 속에서 피난 가는 사람들 배역을 구경하는 사람들 중에서 즉석으로 뽑아 우리들도 그 틈에 끼어 보조출연으로 허름한 옷을 껴입고 영화감독이 실무진들에게 "머리 숫자만 채우면 되는 거니까 테스트시켜서 오늘 이 장면까지 끝내자. 촬영 중에 카메라 쳐다보지 못하게 단속해. 알았지?" 이렇게 해서 등어리에 봇따리 둘러메고 여러 사람들과 같이 피난 가는 장면을 하고, 또 하고 몇 번 연습을 해 찍어 출연료를 200원씩 벌기도 하고, 남자배우들은 ○해를 비롯해 ○고성, ○대엽, ○노식, ○도영 등 영화에 단골로 나오는 사람들 대부분 실물도 구경을 해 하루를 보냈고, 또 어떤 때는 서울에서 버스를 대절해 단체로 와 좀 멀리 있는 저수지로 스케이트를 탄다고 국민학교 여자아이들부터 대학교 학생, 일반 여자들까지 많이 와서 북적거리는 곳에 이번에도 우리들 셋이 자전거 타고 구경하러 가 햇빛에 반사가 돼 번쩍번쩍 빛나는 스케이트를 타고 얼음 위에서 춤도 추며 서로 경주를 하는데 얼마나 빨리 가는지 우리는 처음 보는 이 광경을 보고 입이 쩍 벌어져 다물지를 못하면서 감탄에 마지할 지경이었어요.

한 번은 무더운 여름밤에 우리들 세 명이 개울에서 목욕하고 오다가 남의 동네 참외밭에 살살 기어 들어가서 수박이나 참외를 순전히 손의 감각으로만 서리를 해 배 터지게 먹었던 날도 있어요. 우리들 셋이선 삼총사라고 불리울 정도로 자주 뭉쳐 다녔습니다. 또 언젠가는 장거리 한쪽 소를 사고 파는 우시장 마당에 가설극장이라는 패들이 찾아와 말뚝을 박아 광목천으로 돌아가며 울타리를 쳐놓고 입장료를 받으며, 그 안에서 영화를 상영한다고 합니다. 우선 마이크를 설치하고 대낮부터 선선을 해대는 그 소리가 얼마나 크던지 넓은 들판에 논두렁에서 쥐불놀이하는 사람이 다 들을 정도였어요.

이들이 하는 소리는 "문화와 예술을 사랑하시는 동네 어르신, 주민 여러분, 공사다망하신 일에 얼마나 노고가 많으십니까? 아울러 국군장병 여러분, 국방의 의무를 충실히 이행하시느라 얼마나 고생이 많으십니까? 여기는 대한민국 영화의 총본산인 서울특별시 충무로에 자리 잡고 있는 대한영화개발사업중앙본부에서 천문학적인 사업비를 투자해 여러분들 앞에 자신 있게 내놓을 수 있는 영화를 가지고 금일 저녁 우시장 마당에서 여러분들을 모실 예정이오니 하시던 일 잠시 멈추시고 저희가 안내하는 방송을 경청해주시면 대단히 감사하겠습니다.

이 영화로 말씀드릴 것 같으면 씨네마스코프 스펙터클 버라이어티 총천연색의 블록버스터급 종합예술 영화로서 눈물 없이는 도저히 감상할 수 없다는 영화 '사랑방 손님과 어머니'입니다. 국내 최고의 인기 영화배우 ○은희, □진규 주연에 천재적인 소녀 아역스타가 등장해 우리네 삶의 척박하고 황량한 메마른 가슴을 쥐어짜는 애달픈 연기와 줄거리로 국내의 내노라 하는 모든 인기배우들이 총출연하는 영화, 존경하고 사랑하는 어르신 주민 여러분, 아울러 국군장병 여러분, 오늘 저녁 여기 우시장에서 할아버지, 할머니, 어머니, 형님, 오빠, 누나, 동생, 형제, 이웃집 아저씨, 아주머니 여러분을 모시고 문제의 거작 '사랑방 손님과 어머니'를 상영할 예정이오니 저녁 드시는 대로 여기 우시장으로 왕림해주시면 대단히 감사하겠습니다. 손수건은 꼭 자기 것을 준비해가지고 오세요. 이상입니다!" 하면서 마이크를 잡고 말을 하던 사람이 "야, 확성기 돌려!" 하고 신호를 주면 한 아이가 긴 나무 꼭대기에 매달린 확성기를 90도씩 손으로 360도 한 바퀴 돌려 동서남북으로 선전을 한 다음에는 요즘 유행하는 가요를 틀어주고 아, 이런 식으로 떠들어대니 시골에서는 기껏해야 텔레비전에서 나오는 연속극이나 보는 데도 부자나 가지고 있는 텔레비전을 좀 볼라치면 구경하러 가는 사람은 고구마나 옥수수 또는 콩을 볶아서 연속극을 볼 수 있을 동안 먹을 만큼 가지고 가 집주인과 같이 먹고서 연속극이 끝나면 서운한 마음에 나오려고 하면 재미있는 거 더 보고 가라고 하는 때도 있지만, 더러는 주인집에서 그날 기분에 따라 사람들 오는 거 싫어하거나 집안에 무슨 일이 있으면 들어가지도 못하고 울타리 밖에서 서성이다가 이리저리 시간만 보내다 스스로를 위로하며 발길을 돌리곤 했었어요.

　문화적으로 항상 몸과 마음이 메말라 있던 시골 사람으로선 이런 선전을 듣고는 영화를 보고 싶어 갈구하는 심정에 도저히 참을 수가 없잖아요? 이들은 농사철이 끝났는데도 농사일에 수고한다 하니 촌에 오면 자동적으로 인사하는 방법이 그렇게 나오나 봐요. 그리고 다른 영화 상영할 때도 먼저와 똑같은 소리로 시네마스코프 스팩터클 버라이어티한 블록버스터급 총천연색 프로라면서 제목만 바꿔 달달 외워서 방송을 하면 되니까요. 이들은 영화프로 한 10여 편씩 준비해가지고 극장이 없는 조그만 동네를 돌아다니는 뜨내기 가설극장 패거리들이더라고요. 그래 우리 세 명은 농사지은 쌀에 달걀도 더러 내다 팔고, 품삯 받은 거 하며 여기저기서 돈을 모아가지고 영화 구경을 했지요.

한동안 영화를 보고 온 사람들은 줄거리에 대해서 여자와 아이가 불쌍하다느니, 사랑방 손님이 눈치가 없다느니, 남자배우가 잘 생겼다느니, 집이 멋있다느니 한참은 말들이 많다가 그것도 잠시 이들이 떠나고 나면 자고 일어나도 또 온 세상이 허망하고 암흑같이 무의미해지는 거예요. 우리같이 젊은 놈들이 세상에 해보고 싶은 꿈 많은 일들이 얼마던지 있을 텐데 농촌에 한정된 단순한 일터에서 우리가 무슨 재미를 느낄 수가 있어야지요. 가끔 서울 올라간 애들이 내려와 우리들의 눈과 귀를 혼란스럽게 하고, 속을 뒤집어 놓기도 하는데, 오늘도 어제와 같이 정구와 대천이, 나 이렇게 셋이서 지게를 지고 흔히 하던 대로 작대기를 왼쪽 멜빵에 끼워 어깨를 거쳐 오른쪽으로 빼놓고 양손을 자유롭게 한 다음 앞산으로 나무를 하러 가면서 대천이는 주머니에 있는 편지를 꺼내보고, 정구는 담배를 물어 피우면 나는 무심코 이들 뒤를 따르는데 "야, 어제 나무했던 곳에서는 불발 포탄이 많이 보이더라. 포알 속에 허연 화약이 그냥 드러나. 그거 위험한 거 아니냐?" 정구가 말을 하자 대천이의 대답이 "나도 갈퀴로 긁었더니 수류탄이 나오더라. 막대기 달린 길다란 게 중공군 수류탄 맞지?", "그거 가지고 우리 한탄강에 가서 터트려 물고기나 잡아볼까?", "갈퀴로 긁으니까 탄피도 많이 나와야. 주워서 모아가지고 엿이나 바꿔먹자.", "얘들아, 불발탄 터지면 어떻게 해? 장거리 사는 애, 그 이발관 집 아들 봐라! 한탄강에서 주운 나무 상자를 열다가 터져 손가락 짤라지고, 화약이 눈으로 들어가 보기 흉하게 됐잖아? 큰일 나. 건들지 말고 다른 장소로 가자. 그래도 여기는 전방과 같이 지뢰가 없어서 그나마 다행이야."

이런 얘기 저런 얘기 중에 대천이가 "옆 동네에 우리 또래 애 하나가 땅속에 묻힌 고물을 탐지하는 기계를 만들어가지고 다니면서 돈을 좀 번다는 소식이 들려 우리도 그거나 해볼까? 전파소리사에 가서 돈 좀 들이면 만든다는데 군 장비 중에 지뢰탐지기와 같은 원리라나? 혹시 누가 알아? 탱크가 땅속에 묻혀 있어 우리한테 걸리려는지? 아니면 흙에 파묻혀 있던 탄약고 같은 거나, 적게는 기관총 쏘던 호 구덩이라도 걸릴지 모르는 거잖아?" 하고 꿈에 부풀어 한참 신이 나서 얘기할 때 "어이, 난 요때쯤 되면 큰 게 마려우냐? 너희들 휴지 있니?" 하고 물어 내가 "야, 산에 가면 널려 있는 게 북한 애들이 뿌린 삐라가 있잖아? 뭐 걱정이냐? 여기도 더러 떨어져 있네." 산과 들에는 북한에서 풍선으로 바람을 타고 내려보내는 삐라가 온 산이 거의 허였다 싶을 정도로 내려앉았어요.

어느 날에는 낮에도 펄럭이며 하늘에서 내려오는 삐라도 있습니다. "야, 그럼 너희들 먼저 가지 말고 기다려. 알았지?" 하고 대천이는 지게를 벗어놓고 삐라를 몇 장 주워서 밭고랑을 찾아가고, 정구와 나는 그 자리에서 지게를 벗어 깔고 앉아 기다리기로 했죠. 삐라를 주워보니 주로 그림을 그려서는 미국 사람을 코가 크게 그려 표시를 했으며, 큰 세퍼트 개를 그려놓고 남한 사람들은 굶주림에 비쩍 말라 양재기 하나 들고 개 옆 발밑에 쭈구리고 앉아 있는 형상을 그린 삐라입니다. 그림과 글씨를 써서 주민을 선동하려는 속셈인 거 같아 내가 볼 땐 남쪽에선 별로 공감이 안 가는 줄거리드라고요. 학교 다니는 아이들이 북한 삐라를 주워가지고 지서(시골 면 단위의 경찰업무 보는 곳)에 가져가면 상으로 공책과 연필로 바꿔줬지만 하도 많이 가지고 오니 감당이 안 되는지 이것도 흐지부지 없어져 버려, 들리는 말에 의하면 남쪽에서도 북쪽보다 질이 좋은 종이에 사진을 복사한 삐라를 풍선에 넣어 바람의 흐름을 이용해 북으로 띄워 보낸다는 소문이 자자했습니다.

대천이 볼일을 보러 갔다 올 때까지 기다리는 동안 이런 얘기 저런 얘기하다가 대천이 볼일을 다 보고 돌아와 하는 얘기가 "야, 이 편지에 서울 놈들 저희들 자랑만 늘어놨지. 우리보다 형편없던 애들이 서울만 가면 삐까번쩍해 가지고 온갖 폼을 다 잡고 돌아오니 이거 세상 불공평해서 어디 살겠냐?" 하며 떠들어대서 이번에는 지난 설날에 명절 쇠러 왔던 서울 친구들 얘기로 넘어가 버려 다른 친구가 맞장구를 칩니다. "우리도 사실 서울만 가면 애네들보다 못할 게 뭐 있니? 국민학교 다닐 때 우리가 공부도 더 잘했어. 체육시간에는 달리기도 그렇고, 씨름도 걔네들 우리한테 쪽(힘)도 못 썼지. 그 카바레 다닌다는 놈 우리는 비 올 때나 신고 다니는 장화를 반을 접어서 그것도 유행이라고 거들먹거리는 거 봐라. 학교 다닐 땐 나한테 밥이었어. 그러던 애들이 말이야, 서울만 가면 확 달라져서 내려오냐? 뭐 걔네들만 서울 살으라는 법이 있냐? 응, 야! 우리도 서울 가면 걔네들보단 더 훨씬 낫다. 안 그러냐?" 이렇게 서울 있는 친구들을 헐뜯다 보니 자존심과 오기가 샘솟아 가슴에서 배짱이 슬슬 꿈틀거리며 배 밖으로 나오는 거 같드라고요.

학교 다닐 때는 우리들한테 설설 기던 애들이 서울만 가면 출세해서 내려오니 이런 아이들 생각하면 부럽기도 하고, 우리는 왜 이렇게 살아야만 하나 속상한 생각도 들어 넋두리처럼 털어놔 나는 깔고 앉았던 지게를 흔히 하던 방식으로 한쪽 지게 다리를 발로 밀어 올려 왼쪽 어깨에 멜빵을 걸치고 있을 때 대천이 "이왕 말 나온 김에 우리도 서울로 행차나 해볼까?" 하고 소리를 질러 지게를 다시 등에 짊어지고 가려니 지난 우리네 고단한 일이 생각나면서 앞길을 바라보려니 농촌에서의 일이 한심해 훤히 내다보이는 거 같아 내 마음도 어떻게 해야 할지 갈피를 잡을 수가 없더라고요. 얘기가 이것으로 끝나나 마무리를 지어보려다 서울에 있는 친구들을 헐뜯다 보니 그동안 우리가 서울 애들보다 못난 게 무엇이 있는지 나는 신세 한탄을 하려는 듯 "사내대장부가 한 번 마음먹으면 못할 게 뭐 있냐? 또 무서울 게 뭐 있냐? 우리도 여기서 지게 대학을 나와 마르고 닳도록 하자 없이 잘 써먹고 있는 사내대장부야. 이거 왜 이래?" 하고 내가 호들갑을 떨었더니 정구가 처음에는 망설이는 거 같더니 대천이와 내가 이 분위기를 한껏 추켜세우니 "좋아! 좋아! 너나 내가 서울 간 애들보다 못한 게 뭐 있니? 공부도 우리가 더 잘했어." 하고 동조를 하며 또 내가 "우리가 이거 다람쥐 쳇바퀴 도는 거 같은 일이 지겹지도 않냐? 우리들 셋에서는 딱 맞는 삼총사야. 마음만 먹으면 삼국도 통일한다.", "그래, 남자는 배짱, 여자는 절개다."

말이 이렇게까지 발전이 되자 정구와 나, 대천이는 물론 행동도 혼연일체가 되어 이미 우리들의 몸과 마음은 서울에 가 있는 것처럼 들떠 있으니, "썩어질 이 노무 지게를 여기에서 그냥 부셔버리고 말아?" 정구가 소리치자 "그래, 부셔! 못 부시는 것도 팔불출이지! 한 번 말을 했으면 실천을 해야지. 못하면 사내대장부가 아니다!" 친구들끼리 서로 혈기 왕성한 정신에 자존심을 부추기면서 우쭐대고 지게를 다시 지고 갈 생각을 하니 우리가 겪었던 지난날들이 산불처럼 다시 생각나 너무나 아쉽고 서러워 나는 갑자기 무슨 조상 대대로 내려오는 철천지 원수 같은 생각이 들 듯이 지게를 다시 땅에 내팽개치고 서로 누가 먼저랄 것도 없이 그 자리에서 발로 짓밟아 지게를 작신 부셔버려, 수많은 날 땀으로 절은 지게 멜빵과 등받이를 낫으로 잘라 불쏘시개를 만들어 불을 붙였더니 기름을 부은 듯 잘도 타올라 부셔버린 지게도 같이 올려놔 태워버려 마치 우리가 무슨 탁월한 선택을 해 이에 응원이라도 해주는 듯이 불쏘시개와 지게도 우리가 하는 일에 동조해주는 것처럼 활활 잘도 타올라 대천이가 대변을 보러 밭고랑에 갔다 오고 나서 우리들의 행동이 갑자기 달라져 변화가 오기 시작했습니다.

우리는 중대한 결심을 하고 굳은 결의로 다져진 무슨 큰일을 하러 가는 사람들처럼 앞일은 생각해보지도 않고 무조건 꿈에 부풀어 우리가 뭐하는 사람인지도 까맣게 잊어버린 채 나란히 어깨동무하면서 "자, 우리 삼총사는 이제 서울을 접수하러 간다! 가자! 친구야!" 이렇게 외쳐가며 의기투합한 세 놈이 객기를 부리며 삼백 리도 더 되는 먼 서울을 걸어가다, 때로는 뛰어가다 보니 길가에서 땔감나무를 차에 올려 싣고 있는 트럭을 발견해 운전기사에게 사정해서 일을 같이 도와주고 트럭 뒤에 겨우 매달려 타고 서울 근교까지 와서 내려보니 겨울에는 낮이 짧아 빨리 해가 지면서 길거리에 전깃불이 하나둘 들어오기 시작하더라고요. 집에서 아침 먹고 땔감나무 하러 나오다 여기까지 오느라고 아무것도 못 먹은 정구와 대천이, 나 이렇게 셋이서는 배가 고파 뭘 먹기는 해야겠는데, 주머니를 뒤져보니 성냥곽만 손에 잡히고 지금 당장 필요한 건 돈인 것을 음식집 앞에서 한참을 망설이다가 도저히 참을 수가 없어 "에이~ 될 대로 되라!" 하고 자포자기의 심정으로 눈앞에 보이는 한 중국집으로 우리들은 무조건 들어갔으니, 배가 고프니까 무슨 짓이든 저지를 것이라는 배짱이 생기드라고요.

　넓은 홀 중간쯤 들어가 우리 셋이서 테이블 밑에 있는 의자를 끌어내 각자 앉아서는 자리를 잡았더니 우리보다 조금 위인 듯한 청년이 물그릇에 주전자를 들고 옆으로 오더니 물컵을 각자 하나씩 앞에다 놔주고 물을 따르면서 "무엇을 드실래요?" 하고 물어 우리가 먹어본 것이란 자신 있게 얘기할 수 있는 건 짜장면밖에 모르니까 정구가 대표로 "짜장면 곱빼기로 셋이요." 했더니 청년은 주전자를 들고 주방 쪽으로 가면서 "짜곱(짜장면 곱빼기) 셋이요." 하고 주방에다 대고 소리를 질러 복창을 해대 듣고 있는 우리들도 마음속에서 무슨 폭탄이 터지는 소리같이 들려 어두운 그림자가 드리워지는 것 같아 친구들 마음도 두렵기는 마찬가지였습니다.

　자, 우리는 이제 어떻게 한다. 산으로 나무하러 가던 놈들이 돈

한 푼 없어 모두 빈털터리에다 짜장면은 시켜놨으니 먹고는 튀는 수밖에 별 도리가 없어 우리 세 사람은 이제 앞길이 정해져 주사위는 던져졌으며, 얘기 안 해도 서로 이미 각오는 돼 있었어요. 드디어 짜장면 곱빼기 세 그릇이 각자 자기 앞에 놓여지기가 무섭게 금방 먹어 치웠습니다. 농촌에서 일하던 놈들이 이런 짜장면 곱빼기쯤이야. 더군다나 배가 잔뜩 고픈 데다 꿀로 버무린 거같이 좀 맛있어요. 우리는 마치 게눈 감추듯이 단무지까지 남기지 않고 싹 먹어 치우고 나서 손등으로 입을 닦으면서 친구를 쳐다보며 눈치를 보니까, 때를 봐서 줄행랑을 치자는 건지, 허기가 좀 가시고 나니 이제야 여유가 생겨 음식점 안의 홀을 휘이 둘러보니 중국집 사람들도 우리가 수상한 놈들로 보여 이미 눈치를 챈 거 같은지 청년이 벌써 문 앞에 떡 버티고서 우리를 지켜보고 있었습니다. 하긴 내가 생각해도 금방 알았을 거예요. 이제 보니 정구는 장에서 군 헌병들에게 염색이라고 쓰인 군복 상의를 그대로 입고 있어요. 옷차림도 그렇고 얼굴 하며 머리 형태도 제멋대로 자란 더벅머리에 서울 사람들하고는 틀려도 너무 틀리니까 이 사람들도 눈치는 챘겠지. 그러나 우리는 돈이 없으니까 무조건 여기를 빠져나가야 하기 때문에 청년이 버티고 서 있는 정문 쪽으로 걸어갔습니다. 우리가 당수도라는 운동을 할 때 맨 처음 하는 게 다리를 어깨 넓이로 벌려서는 기마자세를 이 중국집 청년도 취하면서 마음의 준비를 하고 있었는지 문 앞에 떡 버티고 서서 걸어오는 우리를 주의 깊게 쳐다보고 있더라고요.

다른 사람들 같으면 짜장면값을 내려고 주머니에 손을 넣어 지갑을 꺼내면서 와야 하는 것을 우리는 그저 행진하는 국민학교 아이들처럼 손을 휘저으며 앞으로 걸어가고 있었으니 참 어이가 없어서 이 사람들이 보기에 우리가 36계(중국 병법에 나오는 마지막 단계인 도망) 줄행랑을 치려는 느낌을 주고 있는지도 모르지요. 제일 먼저 앞에 대천이가 하는 얘기는 "우리가 돈을 내려고 했더니 쓰리를 맞아 돈이 없어 내일 갔다 드릴게요." 하니까 그 청년이 "내가 그런 말에 한두 번 속은 줄 알아 임마! 처음 보는 얼굴에, 알지도 못하는 놈이 무슨 개수작이야! 돈 내기 전에 너희들 못 나가." 하면서 대천이의 멱살을 매몰차게 쥐어 잡고 있었어요. 우리가 살던 동네에서는 이 정도의 핑계면 넘어갈 만도 한 적절한 말일지도 모르지만 여기는 서울이라 그런지 우리들 얘기가 잘 먹히지가 않았어요.

이때 퍼뜩 생각나는 것이 우리까지 다 잡힐 수는 없지! 역시 마음이 서로 통했는지 정구와 나는 실갱이를 하고 있는 이들을 살짝 피해 문 밖으로 나와 "걸음아, 나 살려라." 둘이 같이 무조건 뛰기 시작했지요. 이 중국집 청년은 친구의 멱살을 잡은 채 도망가고 있는 우리를 보고 "저놈 잡아라!" 하는 소리를 듣고 안에서 주방장이 뛰어나오는 품이 어기적어기적 뒤뚱거리며 뛴다는 것이 필사적으로 뛰고 있는 우리를 잡기에는 역부족인 거 같았어요. 정구와 나는 죽을힘을 다해 어딘지도 모르는 골목 여기저기를 날쌔게 돌아 쫓아오는 사람이 없다 싶을 때 이제는 된 거 같아 어느 집 굴뚝을 잡고 금방 먹은 짜장면에다 목까지 찬 숨을 고르기에 들어갔습니다.

중국집에 잡힌 그 친구는 어떻게 해서 그런 말이 나왔는지 핑계가 그럴듯했지만 외모가 형편없는 아이들에다 서울에서는 통하지를 않아 정구와 나는 엉겁결에 도망을 치고 말았습니다. 얼마쯤 시간이 흘러 급한 숨을 진정시키고 차가 다니는 큰길로 나와 보니 버스길 표지판에는 동대문, 경동시장, 망우리, 마장동, 청량리, 광화문, 마포, 천호동, 삼성동, 신사동 등 여러 동네 이름을 써놨지만 우리가 뭐 처음 읽어본 동네 이름을 알 수가 있어야지요. 우리 동네 같으면 언덕 넘어 방앗간 또는 다리 옆에 차표 파는 집, 그 다음은 서울, 이렇게 간단히 써 있을 텐데 서울은 너무 복잡해 알지도 못할 뿐더러 그냥 쭉 발길 닿는 데로 걸어갔습니다.

서울에서는 여러 사람들과 같이 신호에 따라 질서 있게 한참을 걸어가니까 개울이 보여 그게 청계천이었든가 봐요. 그 옆에 내가 처음 보는 크나큰 극장이 있어 간판을 보니 노벨극장이라고 써 있더라고요. "역시 서울은 다르구나. 이런 위기의 순간에도 난생처음 보는 건물이기에 감탄해 마지않았지만, 정구와 나는 지칠 대로 지쳐 조금 전에 짜장면 곱빼기 먹은 거 목구멍으로 넘어가다 중간에 어디 걸려 흩어져 있는지 위장 안 제자리까지는 기별도 안 가 배고파 움직이기도 힘들고, 우리가 갈 곳도 정해져 있지도 않아 어떻게 해야 할지 엄두도 안 나 극장 모퉁이에 둘이 그냥 쭈그리고 앉아 있으니 군대 시절이 저절로 생각나 전출 다니고 이리저리 이동할 때 본인의 정량이라고 삼식(조식, 중식, 석식)이 지겨울 정도로 따라붙어 다녀 신기하게 생각했는데 오늘같이 배고플 때 우리한테도 지금 이 순간에 정량이라도 있었다면 얼마나 좋을까? 이런 생각도 해보면서 집 생각이 저절로 날 때 군대 시절도 생각나다니 지금쯤 우리가 살던 집은 나무하러 나간 놈들이 해가 다 떨어졌는데도 세 놈이 집에 오지를 않고 있으니 이놈들이 작당들을 해서 어디 돌아다니다 저희들 배고파 고생 찔찔이 하다 보면 아이들도 아니고 장정들에 집 생각날 때 되면 돌아오겠지." 하고 동네에서는 사내놈들이니 대수롭지 않게 생각할 거예요.

그러나 우리는 이제 집에 가고 싶어도 못 가는 신세가 돼버렸고, 아는 사람도 없는 서울에서 우리가 처해 있는 형편과 상황 속에서 몸과 마음이 움츠러들어 한기를 느끼기 시작해 주머니에서 성냥갑을 꺼내 추위를 조금이나마 견뎌보려고 두 놈이 쭈그리고 앉아 성냥개피를 장작 쌓듯 해놓고 불을 피우고 있는데 남들이 보기에 생김새도 형편없어 보이는 놈들이 극장 모퉁이에서 이렇게 쭈구리고 앉아 있는 모습이 처량해 보였던지 어디선가 한참 어린 동생뻘 정도의 쪼그마한 놈이 우리들 앞에 떡하니 버티고 서서 하는 말이 "야, 너희들 어디서 왔어?" 하는 거예요. 평소 같으면 "아니, 이게 눈깔이 삐었나? 넌 위아래도 없냐? 임마! 뭐? 싸래기밥만 먹고 컸나? 이런 싸가지 없는 놈이 있어!" 하고 쥐어박아 버리고 말 것을. 그러나 지금 우리는 춥고 배고파 아는 사람 하나 없는 서울 객지에서 오갈 데 없는 놈들이 뭐라 말을 할 수가 없어서 그 아이를 그냥 쳐다보고만 있었으니. 그 전에 언젠가 누가 그러느라. "서울에서는 눈 감으면 코를 베어간다."라고 하는 세상이라 말을 들은 기억이 나지만 우리는 지금 빼앗길 것도 없고, 잃을 것도 없으니 눈만 뜨고 코만 잘 감시하고 있자. 그래도 이놈은 우리한테 아무 연고도 없는 이곳 서울에서 말이라도 걸어주고 있구나. 우리 처지에 약간은 고마운 생각이 들더라고요. 하고 있는 꼬라지에 대답도 못하고 있으니 이 아이는 "갈 데가 없구만. 야, 니네들 밥은 먹었냐?" 하고 이놈이 재차 물어보는 거예요. 배는 잔뜩 고픈 데다 밥 소리에 정신이 번쩍 들어 "우리 밥 안 먹었어!" 하고 큰소리로 대답하니까, 이 아이는 손을 올려 까딱하고 움직여 신호를 주더니 "따라와." 한마디 하고는 이놈이 앞장섭디다.

그래 정구와 나는 듣던 중 제일 반가운 소리라 재빨리 일어나 그 아이 뒤를 따라갔죠. 이왕 이렇게 된 거 여기 앉아서 굶어 죽느니 애를 따라가 보기로 하고 '까짓거 죽기 아니면 까무러치기(기절)밖에 더 하겠어 뭐?' 이런 생각으로 그 애 뒤를 쫓아갔어요. 개울 옆에 판자로 된 집들이 즐비한데 그중 한 집 앞에 서서는 "이모, 이모!" 하고 부르니까 건장하게 생긴 여장부처럼 체격이 우람한 아주머니가 판잣집 안에서 쓰윽 하니 나옵디다. "밥 안 먹었대." 하고 소리치고는 그놈은 우리를 놔둔 채 저쪽으로 휭하니 가버리고 그 대신 이모라는 여자가 한 아이로부터 우리 둘을 인계받아 천천히 아래위로 한 번 훑어보더니 "나이가 좀 많아 보이긴 한데 밥을 안 먹었다고?" 하는 이모의 말에 "네!" 하고 대답을 했죠.

이모라는 여자는 존댓말 붙일 나이는 된 거 같아 나이가 들어 보였어요. "들어와." 간단하게 말하며 이모가 안으로 들어가 우리도 같이 따라 들어갔어요. 탁자를 가리키며 앉으라고 해 우리는 각자 의자를 꺼내서 나란히 앉아 있으니까, 이모가 밥 두 그릇을 퍼서 우리들 앞에 하나씩 놔주고 시래기국에 김치, 콩나물무침, 멸치조림을 차려주어 맛있게 먹다가 정구가 무슨 생각을 했는지 나를 보고 눈을 한 번 꿈뻑거리더니 (야, 아무한테나 밥을 주는 곳이 서울에도 있었어? 이런 때일수록 우리가 짧은 시간이지만 인생을 살아가는 데 사람이 한 치 앞도 못 내다보는 세상에 언제 굶을 일이 또 닥칠지 모르니 먹을 게 있을 때 일단은 배를 채워놓고 보자는 심산이었던지) "밥 좀 더 먹을 수 있을까요?" 하니 이모가 "배가 많이 고팠구만." 하면서 밥 냄비를 아주 내주면서 "그래, 마음대로 먹어봐." 이렇게 해서 우리 둘은 양껏 푸짐하게 먹고 나니 이모가 우리들 밥 먹는 걸 보고 세상에 얼마나 배가 고팠으면 이럴까 혀를 내둘러 실감이 안 난다는 듯 놀라움을 표시했지만, 이 청년들 외모를 보아하니 초라한 티가 나는 게 젊은이들의 배고픔을 딱하게 생각해주면서 그럴 수도 있겠다 하고 이해를 해주는 거 같았습니다.

정구 군복 상의에 염색이라고 써 있는 글씨를 보고 "누가 염색을 해?" 하고 물어서 군 헌병이 민간인은 입지 말라고 페인트로 쓴 것이라고 하니까 "그 옷 입고는 못 돌아다니지." 하면서 "둘 다 윗도리 벗어." 하며 정구 군복과 내가 나무할 때 입는 옷을 벗으라 하고 남자용 잠바 2벌을 던져주면서 하는 말이 "어떤 작자들이 돈 안 내고 도망가려는 놈을 잡아서 잠바를 벗겨놨더니 이 사람들이 임자였었네." 하고 웃어 우리는 동작 빠르게 갈아입었더니 "자, 그러면 뱃속에서 밥알이 제자리 잡았을 테니 밥값을 해야지. 이리 와봐." 하며 우리를 불러 따라가 보니 한쪽 방에 홋이불이 반으로 접혀져 가득 쌓여 있는데 이모 왈 "너희들은 이제 여기 있다가 아가씨들이 방 호수 대고 이불 갖다 달라면 그 방에 가서 이불 깔아주고 나오면 돼. 그리고 한참 있다가 이불 가지고 가라면 반으로 접어서 여기에 다시 이와 같이 쌓아놓고. 알았어?" 우리는 처음 하는 일이라 뭔지는 모르겠지만 그저 "예!" 하고 대답했지요. 그리고 이모는 나가버리는 거예요. 우리는 둘이서 서로 얼굴을 마주 보며 빙그레 웃고 말았습니다. 이게 우리가 말하는 밤색시들 영업하는 곳이구나. 이불 깔아주고 일이 다 끝나면 이불을 다시 걷어서 여기다 쌓아놓으면 된다나. 어쨌던 단순한 일이면서 목구멍도 해결이 됐으니 안도의 한숨을 길게 내쉴 수가 있게 됐습니다. 사실은 이 일을 이모가 했었지만 딸 같은 애들 뒤치닥꺼리를 하려니 자존심도 상하고, 위신도 안 서 우리 같은 밥만 먹여주는 애들이 있었으면 좋겠다 했었나 봐요.

우리 둘이서 배가 불러 안도의 한숨을 내쉬고 있자니 이제는 중국집에 붙잡힌 대천이가 생각나 걱정이 되는 거예요. 우리는 밥을 먹어 배부르고 잠잘 곳이 생겼지만 친구는 어떻게 됐을까? 붙잡힌 거 보고 정구와 나는 도망갔지만 보나 마나 뒤지게 맞고 길바닥으로 쫓겨나서 갈 데도 없는 이곳 서울에서 우리를 원망하고 있지나 않을까? 에이~ 그냥 같이 붙잡혀 맞을 걸 잘못한 거 아닌가? 이런저런 생각에 잠겨 있을 때 밖에서 여자의 소프라노 같은 째지는 듯한 앙칼진 목소리가 들립니다. "여기 3번 방 이불 갖다 주세요." 이 소리와 함께 정구가 이불 하나를 들고 나가더니 좀 있다가 방문을 열고 들어오면서 정구가 나보고 "야, 희안한 세상이야. 이거 재미있겠다." 하며 안면에 미소가 홍건히 젖어 싱글벙글하고 있어 "뭔데? 말해봐야?" 나도 궁금한 게 많아 보채니까 내가 이불을 들고 나갔더니 방이 수십 개에다 번호가 붙어 있고, 아가씨들도 수십 명이야. 이모가 거기 있더구만. 나를 보더니 3번 방에 문을 열고서 이렇게 깔으라고 시범을 보여줘 놓고 나가더니 아가씨들한테 "야, 너희들 여기 새로 온 삼촌이야. 이 삼촌을 1삼촌이라 부르고, 다른 삼촌이 또 있는데 2삼촌이라고 불러. 알았어?" 하니까 수십 명의 아가씨들이 "네!" 하고 합창을 하더래요. "시골에서는 아가씨들 구경할래도 없더니 다 여기 와 있는 거 같아." 하고 넋두리 비슷하게 정구가 한마디 했지요.

이어서 정구도 새로운 세계에 젖어 들어 신이 나서 본 대로 들은 대로 얘기하는데 한 아가씨가 급히 이모한테 뛰어오면서 "이모, 나 저 사람 싫어. 변태야. 다른 남자하고 바꿔줘요 네?" 하면 이모는 "야, 네가 싫어하면 다른 애들은 좋아하겠냐? 이런 놈 저런 놈 다 겪어봐야 남자를 다스리는 진짜 도사가 되는 거야. 떠들지 말고 빨리 가." 하면 그 아가씨는 "아잉~ 이모 나빠. 나만 미워해." 하며 투덜거리면서 가더래요. 이모가 바로 대꾸하길 "야, 이년아, 엄마 속 안 썩이구 니 참 잘 나왔다. 이년아!" 그리고 이내 한 아가씨가 오면서 "이모, 나 저 남자 받다가 아파서 기절할 뻔했어요. 병원에 가서 꼬매고 왔는데 또 그러면 난 어떻게 해요? 네?" 그 소리에는 이모가 "그래? 이 작자 거시기에 장난질했구만. 이런 놈들 보면 껍데기 홀랑 벗겨 가운데 다리를 확 분질러 놓고 싶지만 내가 참아야지 성질대로 할 수 있나? 하여튼 사내놈들이란 쯧쯧~ 여자들 아파하는 걸 그렇게 좋아할까? 가만있자, 그러면 누구를 들여보내야 하나? 생각 좀 해 보자." 한참 고민을 하려는 순간 저쪽 마루 한쪽에 걸터앉아 다리를 포개서 얹고 담배를 손가락 사이에 끼고는 입으로 연기를 허공에다 동그라미를 그리면서 여유롭게 한가한 시간을 보내고 있던 아가씨 가 "이모, 영자 언니 들여보내. 그 언니는 콩밭에서 김매다(풀뽑기)가 그냥 애도 낳은 적이 있대나? 깜상들도 잘 받았어요." 하니까 이모 가 처음 알았다는 듯이 "그래? 그럼 영자 들여보내." 하며 즉시 처리 하고는 "그런데 지선이는 왜 안 보여? 점순이는 또 그 고향 놈 만나 러 가서 아직도 안 왔냐?" 하며 이모의 눈에 안 보이는 애들을 찾았 습니다.

이때 주위 아가씨들은 "지선이 걔는 말밥(경마장) 주러 가면 친구 들하고 한 잔 하니까 좀 늦게 와요." 대답하고 점순이와 친한 여자는 "점순이는 그 동네 친구들 몇 명이 모여 자기들끼리 단합대회를 하 고 있나 봐요." 이렇게 대답해주는 동료들이 있는가 하면 "시간이 갈 수록 이모도 상당히 바쁘더라야." 하며 정구는 그때 자기가 눈으로 봤던 일들을 저한테 다 얘기해주었습니다. 이 얘기를 듣자마자 아 가씨들의 이불 갔다 달라는 주문이 연거푸 들려 정구와 나는 첫날 부터 바쁘게 정신을 못 차릴 정도로 움직였고, 여러 날 하다 보니까 낮에는 한가하니 방을 쓸고 닦으면서 군대 시절에 내무 검열 받을 때처럼 열심히 꼼꼼하게 청소를 했으며, 밤이면 정신없이 이리저리 방을 찾아 이불 깔아주고 정구와 내가 뒷일을 맡아놓고 처리를 했으니 깨끗하게 정리정돈이 돼가면서 모든 게 제자리를 잡아가는 듯 했습니다. 이모의 말이라면 군에서 상관 모시듯이 받들었으며, 이모가 시키는 일 중에는 방청소도 있지만 다니기 불편한 계단을 벽돌로 쌓아주는 공사와 하수구 막힌 거 뚫어주면서 화장실 청소도 해주고, 마당 깨끗이 쓸어줘 가면서 아가씨들 인원 점검하는 일 등 무엇이든지 해댔습니다.

이에 따라 요구사항을 다 들어주니 상대적으로 이모의 위신도 높아져 정구와 나를 보는 눈이 항상 흐뭇해 싱글벙글 웃어주는 이모는 낮에 우리가 청소를 할 때면 슬그머니 방에서 나와 말을 건넵니다. "젊은 장정들은 어디 있다가 여기까지 오게 된 거야?" 하면서 물어보면 정구가 "우리들은 휴전선 최전방에서 농사짓고 있었어요." 하고 말을 하자 이모가 궁금해 "휴전선 최전방 농사는 다른 데 농사와 틀리나?" 해서 "네, 거기는 북한과 가까운 곳이라 철책 안으로 들어가 농사를 지으려면 주민등록증을 맡기고 들어가야 돼요. 대공 용의점이 없는 사람에게 지역을 관할하는 방첩부대장의 패스카드가 있어야 출입이 가능하지만, 위험지역이니만치 어떤 일이 벌어질지 모르니까 안전하게 아침 9시에 군인들이 들여보내고 오후 5시면 모두 일제히 나와야 하기 때문에 한참 일할 시간이지만 어쩔 수 없이 나와야 하는 곳입니다.

주위에 드믄드믄 철조망이 쳐져 있는 곳에는 지뢰가 묻혀 있기 때문에 들어가지 말아야 하며, 노루나 고라니, 멧돼지 등 산짐승들이 돌아다니면서 농작물의 피해를 더러 보며, 이들과 같이 노나서 먹고 산다 생각하면 편해요. 땅 하나는 기름져 비료는 안 줘도 농사를 짓는 곳이며, 조그만 개울이나 배수로에는 탐나는 물고기들이 제멋대로 돌아다니지만, 그 안에서는 불을 못 피우니 잡아먹지도 못하고 먹을 걸 싸가지고 들어가야 해요. 이동 수단은 자전거로 매일 하다 보니까 힘도 들고, 시골에서 농사짓는 게 따분해서 지게 때려 부시고 서울로 올라왔어요." 하니 이모가 하는 말이 "누구나 어려운 일을 만나면 돌파구를 찾으려고 서울로 올라오나봐. 하긴 나도 시골에선 소박한 꿈으로 삶을 이어가려고 했으나 세상 마음대로 안 돼 서울로 와 이러고 있지. 그래 집에서는 뭐라고 해?" 이모가 관심이 있어 물어보니 "집에선 우리가 어디 있는지 몰라요." 하니까 "부모 속 썩이지 말고 연락이라도 자주 해." 이모의 걱정스런 이런 말이 이어지면서 이모와 우리들은 허물 없는 사이로 지난 일도 터놓고 얘기하는 처지가 됐습니다.

"나는 강원도 산골짜기에서 화전민(불을 질러 땅을 일구어 농사를 짓는 사람)으로 살고 있었지. 봄이면 나물도 뜯어 팔아 근근이 살아가고 있었는데 하루는 딸과 같이 봄나물을 뜯어 망태기(새끼줄로 망을 떠 엮어 물건을 담는 도구)에 넣어 등어리에 지고 산을 내려오다가 난데없이 멧돼지가 나타나 딸과 나는 혼비백산해 도망가기 시작했는데 하필 멧돼지가 딸에게만 쫓아가니까 급한 김에 도망간다는 것이 산비탈 길을 막 내려가다가 낭떠러지 쪽으로 발이 미끄러져 밑으로 굴러떨어지는 걸 보고 애가 타 풀을 헤치고 내려가 보니 딸은 이미 바위에 머리를 부딪쳐 온몸이 피투성이가 돼 숨이 멎어 있는 상태로 변해 있었어. 내가 어떻게 할 수가 없어 집에 가서 남편에게 사실 얘기를 하고 산에 같이 가서 딸을 찾아 남편이 업고 내려왔지만, 이렇게 허무할 데가 없더구먼. 내 딴에는 애지중지 키워 시집갈 나이에 이런 일이 벌어졌으니 하늘이 무너지는 거 같더라. 동네 사람들은 복수심에 불타 그 멧돼지를 잡아 죽여야 한다고 면에다 신고해서 엽사를 동원해 내가 봤다는 그 지점에서 끝내 총으로 쏴죽이고 말았지만, 그 멧돼지에게도 새끼가 6마리나 딸려 있어 사람이 나타나니까 멧돼지는 자기 새끼를 보호하려고 그런 행동을 한 거 같아. 새끼까지 죽일 수는 없으니까 모두 잡아다 ○인의 동물원에 맡겼다고 하더라."

내가 이 말을 듣고 "우리들도 산에서 멧돼지를 몇 번 만나 행동 요령을 아는데 이들은 화나면 무조건 직진으로 덤비기 때문에 이 짐승과 만났을 때는 옆으로 살짝 피하는 게 상책인 걸. 그러면 자기 앞에 장애물이 없으면 그대로 가버리는 것을." 약간의 요령만 있었으면 이런 불상사가 없었을 것 안타까운 마음으로 이모의 말을 더 들어보는데 "그리고 나서 나는 그 후로 딸을 잡아먹은 년이라고 소문이 나 남편도 전과 같지 않음을 느끼게 해 이따금 자기 혼자 화가 날 때는 느닷없이 물건을 집어 던지고 깨뜨려 전에 안 하던 버릇이 생겨나 공포심을 느끼게 했으며, 집요하게 구박을 해 도저히 견디질 못하고 집을 뛰쳐나와 안면이 있는 서울에 나물 장사꾼을 찾아갔으나 불편한 점이 많아 청계천으로 와서 아가씨들 허드렛일이나 심부름, 빨래 등을 도와주며 겨우 밥을 먹고 있었는데 한 번은 내 딸 또래의 아이가 입에 담을 수 없는 욕을 하면서 돼지 같은 년이 살만 쪄가지고 자기 비위를 거슬린다나? 그렇지 않아도 내 마음에 불덩이 같은 게 화산처럼 솟아오르려는 울화통을 가까스로 참고 있었어.

이때 어린 것이 내 자존심에 불을 지르는 말을 해 화가 머리끝까지 올라 순간을 참지 못하고 여지없이 짓밟아버렸지. 양손으로 그 아이 뺨을 세차게 때리니 힘으로는 안 되겠으니까 칼을 들고 덤비는 걸 보는 순간 불타는 내 가슴에 기름을 붓는 격이 돼 더 분을 참지 못해 발로 배를 걷어차 머리채를 잡아 산골짝에서 나무뿌리 캐고 농사짓던 힘으로 몇 바퀴 잡아 돌려버려 저만치 나가떨어져 쫓아가서 발로 짓밟아버리려고 했더니 그 아이가 다시는 안 그런다 하면서 잘못했다고 두 손이 발이 되도록 싹싹 빌어 가까스로 참았지. 이 광경을 구경하는 아가씨들 하며, 중간보스도 구경꾼들 속에서 다 보고 있었어. 이렇게 큰일을 저질렀으니 나는 이제 여기서 쫓겨나게 생겼구나, 하고 모든 걸 체념상태로 마음을 정리하고 있는데 중간보스가 하는 말이, 이 정도 배짱이면 아가씨들 문제는 무난히 잘 처리할 것 같으니까 "이 시간 이후부터는 여기서 일어나는 모든 문제를 전부 이모를 통해서 해결하도록 하시오." 그 자리에서 즉시 지시를 내려 오늘과 같은 지금에 이르렀지.

어떻게 보면 얘네들 죽은 내 딸과 같은 아이들이라 이를 데 없이 애정으로 대해주고 싶지만, 도대체가 인간들이 기본부터 안 돼 있으면서 싸가지들이 없더라. 너는 너고 나는 나다. 이렇게 생각하다가 이것들도 저희들 마음대로 태어나고 싶어서 세상에 나온 것도 아니고 부모 잘못 만나 그러려니 하고 틈만 나면 아이들한테 "얘들아, 너희들 이런 생활도 젊었을 때 잠깐이야. 돈 좀 만지면 저축해라. 믿을 건 너희들한테는 돈밖에 없어. 이런 짓도 마르고 닳도록 할 줄 아냐? 이 세상에 부모로부터 여자가 태어날 때 남자보다 연약한 대신 백지 보증수표 하나씩 물려받아 나왔으니 잘 써먹어야지. 내 나이 때 되면 이런 짓하고 싶어도 못해 이년들아. 새파랗게 젊은 애들이 있는데 늙은 년을 어느 사내놈이 찾을 거 같으냐? 하면서 들입다 소리 질러봐야 소용없어. 쇠귀에 경 읽기야. 틀렸어, 틀렸어." 하고 말을 끝내버립니다.

이모도 이제는 우리들에게 속마음도 터놓고 얘기할 수 있는 사이가 돼버렸으니 "이모, 그러면 아저씨하고는 아주 갈라선 거예요? 호적 정리를 다 안 하셨잖아요?" 하고 내가 물어보니 이모는 한숨을 길게 내쉬며 하는 말이 "남편이 나를 찾아줬으면 좋겠는데 내가 먼저는 자존심이 허락하지 않아 죽어도 못 찾아가지. 여자는 자고 이래로(예로부터 내려오면서) 남편이 없는 거보다는 하다못해 부지깽이(아궁이에 불을 땔 때 쓰는 가느다란 막대기) 같은 남편이라도 있는 게 낫지." 하는 말로 봐서는 이모의 마음씨도 나쁜 사람이 아니고 인정도 있는 가정적인 사람으로 느껴지면서 우리는 이모의 용돈도 받아가며 자기 집 식구들같이 챙겨줘 그럭저럭 잘 대해준 거 같았어요.

하여튼 세월은 이래저래 가고 있던 어느 날 낮에 정구와 내가 평소 하던 대로 마당 청소를 하고 있었죠. 마당 안에는 비닐장판을 깐은 마루에 앉아 담배 피우는 여자에, 수건으로 머리를 싸매고 세수하는 여자, 조그만 손거울을 코앞에 바짝 대고 입술을 그리는 여자, 혹은 둘셋씩 짝을 지어 무슨 재미있는 얘기인지 히히덕거리고 온몸을 뒤틀면서 떠들어대며 뒤로 까바라져 좋아 죽어. 이렇게 저마다 자유시간을 누리면서 얘기들을 하다가 아가씨들이 우리를 보더니 심심하던 참에 잘 됐다는 듯이 농담을 건네는데, 이 아가씨들은 정구와 내가 매일 청소를 하다 여러 번 만나 낯이 익어 이제는 스스럼 없는 사이가 돼버렸으니 "삼촌들, 나 어때? 예뻐?" 하고 길거리 옷가게 마네킹처럼 폼을 잡고 있으면 "아이구~ 영화배우 같으십니다." 하니 "그러면 나 좋아해?" 대답을 못하고 그저 웃으면 "나 삼촌 애인 할게. 내가 삼촌 가져도 돼?", "어떤 삼촌이 형이야?", "돈 많은 삼촌이 어떤 삼촌이야?" 하고 질문이 쏟아져 나와 과연 아가씨들이 수없이 많아 보여 "시골 아가씨들이 다 여기 모여 있는가 보다."라는 정구 말이 그럴듯하게 들리기도 했죠.

병원에 가보면 온 세상 사람들이 다 아픈 거같이 느껴지고, 경찰서 가보면 세상 사람들 전부가 다 나쁜 짓해 잡혀온 거같이 느껴지듯이 여기는 젊은 여자들이 장사진을 치고 있는 거예요. 한쪽에 고참인 듯한 아가씨가 "야, 까불지들 마! 역전 지게꾼도 순번이 있는 거야, 이것들아! 난 지금 급해. 삼촌들 여기 올 때부터 찍어놨어야!" 하면서 모여 있는 여자들끼리 꺄르르 한바탕 웃어대며 농담들을 하고 있을 때 저쪽에서 한 여자가 기세를 당당하게 올려 씩씩거리며 들어오면서 우리하고 히히덕거리던 여자 중 한 사람을 지목한 다음 "야, 이년 너 이리 와. 지꺼 쓰지 왜 내꺼 가져가고 지랄이야 엉! 바가지도 깨져 물이 새는 걸로 바꿔치기하고. 이년이 내가 그렇게 만만해 보이냐? 너 뜨거운 국에 고춧가루 맛 좀 볼래? 이년아!" 하면서 한 여자의 머리끄덩이를 잡아채니까 그 여자도 "어라! 이년이 내가 너만 못해서 아무 소리 안 하는 줄 알아? 니 년은 왜 내 신발 신고 다니면서 이게 쌍코피 터져 병원 신세를 한 번 져볼래? 이 쌍년아!" 하면서 서로 상대방 머리카락을 움켜쥐고 땡기면서 힘 자랑을 하고 있는 모습을 보고 이 여자들 말을 하는 걸 보니 여기 왔던 남자들이 농담처럼 하는 말 "아구창을 날려버려 옥수수를 털어버릴까 보다!" 또는 "이게 배가 터져 창자가 소나무에 빨랫줄이 널려져야 정신 차릴래?" 등 여기 왔던 남자들의 지꺼리는 농담 소리를 듣고 따라 하는 거 같았습니다.

    이 광경을 보고 있는 다른 여자들은 싸움을 말리기는커녕 구경만 하고 있으면서 "염병들 한다! 잘해봐라! 누가 이기나 어디 보자! 애들은 싸우면서 크는 거야!" 아, 이러고들 있습니다. 여자들 싸움 구경하는 것을 처음 보는 정구와 내가 싸움을 말려서 두 여자를 떼어내려고 했지만 힘들이 어떻게 센지 어실프게 넘볐다가는 남자늘이 이 여자들의 기세와 힘에 눌려 오히려 망신당하겠더라고요. 이 여자들 싸우는 걸 보니 남자들처럼 주먹질하고 발로 차 때리는 게 아니고, 머리채를 서로 붙잡아 힘으로 밀고 땡기는 거예요. 그냥 놔뒀다가는 두 여자들 머리가 다 뽑힐 거 같아 정구와 내가 한 여자씩 번쩍 들어서 간신히 뜯어말렸습니다. 싸움하던 여자들은 서로 잡고 땡기던 머리카락이 빠져 손에 한 주먹씩 쥐어져 있더라고요.

욕하면서 들어오던 여자가 자기를 뜯어말렸던 정구를 보고 "야, 넌 뭔데 어딜 만지고 지랄이야?" 하면서 큰소리로 떠들어 이 여자들 뜯어말릴 때 정구 손이 가슴을 살짝 스쳐 지나간 걸, 아니 저희들 싸움하는 거 간신히 뜯어말렸더니 남의 가슴은 왜 만졌냐고 호통을 치고 있어, 이건 물에 빠진 사람 건져주니까 내 보따리 찾아내라는 격이라 기가 막혀서 말을 못하고 있는 정구를 보고 있으려니 보다 못해 내가 "흥정은 붙이고 싸움은 말리라고 했어. 이 아가씨야, 사람 많은 데서 뭐하는 짓들이야? 싸움을 하려면 코피 터지고 눈깔이 튀어나올 정도로 싸워야지. 구경하는 사람 챙피해서 보다 못해 뜯어말리다 유난히 뽈록 튀어나온 데 살짝 스친 걸 가지구 그러면 어디를 잡으라는 거야. 왜 큰소리쳐! 남자가 뭐 여자 못 만질 데 만졌어?" 내가 이렇게 말을 했더니 싸움 구경하고 있던 여자들이 까르르하고 웃어버렸어요. 이렇게 여럿이 한바탕 웃고 나니 싸우던 여자가 화가 좀 풀려가지고 "아니, 금이 간 바가지를 바꿔치기하는데 그럼 가만히 있을 사람이 어디 있어?" 해서 내가 점잖은 목소리로 "그런 거는 서로 빌려줄 수도 있는 거지 같이 있는 사람들끼리 싸우고 그래? 의리 없이! 저 머리 다 빠진 거봐. 그래가지고 어느 남자가 이

뻐해주겠냐구?" 이 소리에 여기 모여 있던 사람들이 또 한바탕 까르르~ 하고 웃어버렸더니 금방 싸움이 끝나버립니다.

　여자들은 싸움도 앞뒤 재볼 것도 없이 즉시 시작했다가 흐지부지하게 금방 끝나더라고요. 이러고 나니 나도 말문이 터져 "그런데 그 바가지는 어디에 쓰는 거여?" 하고 물었더니 주위에 있던 한 여자가 "으헤헤헤~ 이 삼촌들 이런 데 한 번도 안 왔었나봐? 얼라리 꼴라리~ 보기보다는 참 순진해 이 삼촌들. 어떻게 하면 좋아. 응? 삼촌들 말이야. 언제 한가할 때 와. 내가 무료봉사로 특별과외 시켜줄게." 하니까 또 다른 여자가 "그러면 그 다음은 내가 세컨드." 하니 또 다른 여자가 "나는 그럼 써드." 하고 떠들면서 이렇게 웃고 있으니 그중에 그래도 고참인 듯한 여자가 "야, 이 삼촌 아가씨들에게 인기가 이렇게 많으면 내 차례는 언제 오는 거야? 콩을 볶아도 시어머니가 잘 볶는다는 말도 있듯이 너희들 홍콩을 왕복시켜 준다는 얘기를 무슨 뜻인지 알랑가 몰라? 이 방면에는 내가 전매특허 기술로 끝내주는데 니네들 내 단골손님이 얼마나 되는지 알기나 해? 그중에 한 손님은 재산도 쓸 만큼 있어 무엇이든 요구하는 대로 다 들어줄게 자기네 집에 가서 같이 살자는 것을 남자 뒷치닥꺼리에 진절머리가 난 내가 미쳤냐? 이제 남자들 하는 얘기는 콩으로 메주를 쑨다고 해도 안 믿는다."면서 농담 반 진담 반 이렇게 떠들어대더니 우리가 언제 싸웠냐는 듯이 쉽게 끝나더라고요.

　우리는 다시 빗자루를 들고 청소를 하고 있을 때 지금의 중간보스가 마침 이 앞을 지나다 우리를 봤어요. 처음 보는 얼굴이라 관심을 보이면서 이모를 부르더니 어떤 사람들이냐고 물어봤겠죠. 꼬마 딱새가 데려왔다는 자초지종 얘기를 다 듣고 나서 중간보스가 우리에게로 와 아래위로 훑어보더니 덩치들은 그 정도면 괜찮고, 외모도 서울 사람처럼 변해버렸으니 그야말로 청년들이라 "운동한 거 있나?" 중간보스가 우리한테 물어보는 첫마디예요. "시골에서 당수도 좀 배웠습니다." 하니까 "둘이 같이?" 해서 "네!" 하고 대답을 했더니 "음, 아주 숙맥은 아니구만. 형(틀)은 어디까지 나갔나?" 해서 "밧사이(무술형의 틀 종류)까지 배웠습니다."라는 말을 듣자마자 중간보스가 하는 말이 "그래 운동도 할 만큼 한 젊은 장정들이 이런 데서 빗자루나 들고 청소나 하며 시간이나 죽이고 있으면 되겠나? 이 사람들아, 사나이가 이런 세상에 나왔으면 의리와 정의가 무엇인지도 고민해. 마음속에 담고 있는 욕망을 성취하는 기쁨과 젊음을 유감없이 발산하면서 불태워 볼 줄도 알아야지. 금쪽같은 아까운 시간만 이렇게 보낼 건가?" 이 중간보스는 우리가 지금 젊음을 불태우려는 한참 혈기 왕성한 사람들로 오인하고 한심하다고 생각했는지 "어때? 내 말에 동의할 수 있나?" 해서 우리가 듣기에 그럴듯한 말 같아서 "네, 전적으로 동의합니다." 이렇게 대답을 했더니 "좋았어! 사람들이 아주 시원스럽구만. 그러면 준비하고 있어. 사람을 보낼 테니 기다려. 어, 이모, 이 사람들 내가 데리고 갈 거야. 그렇게 알아." 하고 중간보스는 어디론가 급히 그 자리를 떠나버리드라고요.

실은 우리가 서울 올라와서 먹고 잘 데가 없어 전전긍긍하다 여기 이렇게 와 있는 거만 해도 감지덕지하고 있는 판에 뭐가 어떻게 돌아가는지 정신을 차릴 사이도 없이 시간이 이렇게 막 지나가고 있는 거예요. (당수를 배움에 있어서 여러 파가 있는데 청O관, 무O관, 오O관 등이 있어. 그중에 무O관의 무술 전례에 따라 기마자세에서 주먹을 앞으로 내질러 기본 몸풀기를 하고 상단 공격과 중단 공격 또 하단 공격 등 다리로는 발 뻗어서 올리기를 앞차기, 1~2단 옆차기, 돌려차기 등 형과 약속대련이 있고, 자유대련이라는 순서가 있어서 급수에 따라 구사하는 형 중에 밧사이라 하면 붉은띠에서 검정띠로 올라가는 진급 심사에 기본으로 하는 형이므로 자기 역량을 집중시켜 활기가 넘치도록 심혈을 기울이면서 어떠한 난관에도 돌파해 나갈 수 있는 종합술수이므로 상대를 격파해 헤쳐 나가는 가상의 기술과 방어력이 모두 들어 있어 아주 박진감이 넘치는 형으로 제일 모범적인 동작에다 정신적인 수양도 총집합이 되어 들어 있다. 약속대련은 말 그대로 서로 약속한 거같이 두 명이 짝을 지어 상대방이 공격을 하면 막으면서 급소를 가격하고, 반대로 수비하던 사람이 공격을 하면 다른 사람과 같이 급소를 찾아 가격하는 순서로 구령과 기합을 넣어가면서 공(공격) 수(수비) 교대로 돌아가며 방법을 익혀 실습을 하고, 자유대련은 실전과 같이 겨루며 상대방을 공격과 수비를 자유자재로 해 실력을 향상시키는 동작이었으니, 이들 무인들의 허리에 두르는 띠로 말하면 처음에는 흰띠부터 시작해 파란띠, 다음은 붉은띠에서 그 밧사이라는 형과 대련하는 걸 보고 심사를 해 합격하면 급수에서 1단이라는 칭호를 받으며 검정띠를 허리에 두르는데, 다음부터는 2단, 3단 등에 맞는 지정된 형을 구사해 심사위원들의 합격점수로 승단을 한다)

    중간보스가 데리고 가겠다는 말을 듣고 이모는 정구와 나를 번

갈아 쳐다보면서 "이제는 전사가 되는구먼." 해서 우리는 그 말이 무엇을 의미하는지 몰라 그냥 흘려버렸어요. 바로 그날 저녁에 한 젊은 남자가 오더니 정구와 나를 데리고 어느 넓은 홀로 들어갔습니다. 거기에는 여러 청년들이 모여 있었는데, 중간보스가 한 청년에게 정구와 나를 가리키며 "어이, 목탁! 이 젊은이들 지금 당장 담금질로 들어가." 중간보스가 한마디 하니 목탁이라는 사람이 "네, 알겠습니다." 하고 정구와 내 팔을 잡아끌더니 밖으로 나와 얼마 떨어지지 않은 여인숙으로 데려가 한 방에 같이 들어가라 하고 목탁 왈 "너희들은 이제 앞으로 3개월 동안 주는 거 먹으면서 아무 일도 하지 말고 도장에 나가 운동만 열심히 하면서 명령 없이 이 자리에서 벗어나면 안 된다. 알겠나?" 하며 나가버립니다. "야, 이거 뭐 이런 데도 다 있냐?" 하면서 이상하게 생각은 했지만, 나중에 알고 보니 정구와 내가 몸이 남들보다 왜소한 것도 있지만, 싸움을 할 수 있는 기술과 체력을 만들어주려고 준비하는 과정으로 비유를 했는지 쇠를 단단하게 해서 강한 철을 만들려면 담금질을 잘해야 한다는 말을 언젠가 시골 동네 어른들로부터 들은 기억이 났습니다.

우리를 데리고 왔던 목탁이라는 이 사람은 자기 어린 시절에 어머니가 피치 못할 사정이 있어 키우지 못할 처지가 되자 절에다 무작정 맡겨놓고 떠나버려 이곳 스님의 보살핌을 받으며 어린 시절을 보내고 철이 들을 만큼 자라 엄마를 찾으려는 마음을 겉으로 내보이자 스님의 말씀이 "너의 엄마는 언젠가는 저 길 아래에서 너를 데리러 올 거란다."라는 스님의 말을 듣고 매일 아침 묵직히 흐르는 공기에 은은하고 웅장한 염불과 목탁 소리를 뒤로하고 절로 올라오는 오솔길이 잘 보이는 곳 앞에 우뚝 솟아 있는 바위에 앉아 이제나 저제나 엄마를 기다리길 여러 해 넘겼으니, 어제는 날이 저물어 못 오셨나? 맛있는 거 많이 사오느라고 못 왔으면 혹시나 오늘은 오실라나? 다른 아이들 추리닝 입은 거 보니 멋있어 보여 나도 엄마가 사왔으면 좋겠는데 오늘도 해가 서산에 기울어 산봉우리에 걸려 있어 못 오시나봐. 그럼 내일은 오시려나? 내일 못 오시면 모레는(2일)? 아니면 글피(3일), 또는 그 글피(4일)? 이제는 아이도 기다리다 지쳐 아무것도 안 사와도 좋으니까 그 다음날이라도 좀 와봐요, 네?

 그러나 기다리고 기다리던 엄마는 좀처럼 오지를 않고 지난 여러 날 사는 게 허무한 생각에 사춘기 때 반항심마저 들어 절에서 몰래 빠져나와 이리저리 돌아다니다 동대문사단으로 들어오게 돼 한 식구가 됐는데 이도 역시 다른 사람들과 같이 한 곳에 투숙하면서 심신을 단련해 전사로 탈바꿈했지만, 다른 패거리와 싸울 때는 니가 잘했니, 내가 잘했니 꼭 따지려 들어 우두머리 나오라 해놓고 잘못을 인정하면 네 죄를 용서해주겠다는 등 반드시 사과를 받아내려는 습성이 있어 선배들이 볼 때는 싸움을 하러 왔으면 신속히 쳐들어가 쓸어버려야지 상대방 대표 나오라 해놓고 서론이 기니 뒤에서 보고 있는 사람들은 답답하기가 이를 데 없어 "야, 우리가 무슨 이자들을 포교활동하러 왔냐? 노상 무슨 말이 이렇게 많아? 쟤 빼버려." 해서 다음부터는 이런 싸움을 주로 하는 행농대에서 제외해버리고 동대문에 자질구레한 허드렛일을 도맡아서 하는 거 같았으니 정구와 나는 그 여인숙에서 먹고 자고, 자고 먹고, 아침 저녁으로 돼지고기 실컷 먹어대니 자연히 몸이 불어나드라고요. 거기다 도장에 가서 여러 운동을 배워서는 이런 날도 하루 이틀이 지나 한 보름(15일)쯤 되고 나니 온몸이 쑤셔 답답해서 밖으로 나가 보고 싶은 마음이 굴뚝 같을 때 우리의 마음을 용케도 알아차렸습니다.

목탁이라는 사람이 들이닥치면서 "어때 몸이 근질근질하지? 이제 겨우 15일 지났어. 두어 달은 더 있어야 하니까 뻑적지근해도 운동 착실히 하며 참아야 돼. 알았지?" 아, 이렇게 우리의 마음을 귀신같이 알고 꿈 깨라는 듯이 한마디를 하고는 가버리는 거예요. 그렇게 참고 참아 유도장에 가서 기본적으로 안 다치게 넘어지는 낙법도 배우며, 상대방을 잡아 쓰러트리는 동작을 배우고, 검도장에도 들어가 목검으로 급소를 찌르는 수와 십팔계라는 도장에도 가서 상대방을 제압하는 술수에 호신술 및 차력술까지 하는데 거기에 맞는 운동으로 몸을 만들었어요.

여인숙에서 못 나오게 한 것은 이제 3개월 지나 여기를 벗어나면 동대문의 한 일원으로서 활발히 움직여 전사로서의 면모를 갖춰 활동을 할 수가 있으니까요. 그동안에 몸이 근질근질하던 차에 분풀이라도 하려는 듯 도장에 나가 마음껏 운동으로 다져져 오늘의 이 몸둥아리가 됐습니다. 중간보스가 우리를 딱 보더니 "음, 됐어. 이제 너희들은 우리 동대문의 자랑스러운 전사다. 과거 체육관에나 어디서든 운동하던 것은 이제 전적으로 믿지 마라. 단지 싸워서 이

기겠다는 정신을 배운 것으로 만족하며 실력이나 행동요령 등은 참고만 할 뿐 도장에서 하던 운동과 우리가 항상 직면하고 있는 실전이라는 것은 그 성질이 다르니 지금부터 실전에서는 연습이라는 것이 없어 한 동작의 선택이 승패를 좌우하니까 운동을 많이 했다고 스스로 자만해 몸부터 움직이지 마라. 앞으로 여기서는 무수한 난관을 헤쳐 나가야 하니까 몸과 마음가짐을 철저히 무장하고 한순간이라도 긴장을 늦출수록 너희는 패하는 거야. 단지 우리는 이 주먹 세계에서 살아남아야 하니까. 내 말 알아들었나?" 해서 "네, 알아들었습니다." 대답을 힘차게 했더니, 중간보스가 우리를 데리고 가던 중에 함마 형님 앞에서 "얘네들 오 함마가 데리고 있어." 하면서 정구와 나는 그때부터 함마 형님 소속으로 들어가게 됐습니다. 사실 이때까지만 해도 우리가 어디를 가고 있는지? 어디에 와 있는지? 무엇을 하고 있는지조차도 몰랐습니다.

    자기들에게 일어났던 일들의 줄거리를 차례로 얘기해주는데, 이렇게 현수가 지금까지의 자기네들이 겪어온 경험을 나에게 소상히 말해준다. "음, 너희들 사연이 그렇게 된 거구만." 나는 이들이 어떻게 해서 내 밑으로 오게 됐는지 모든 사실 얘기를 들어 알게 되고 나니 내 마음도 무거운 데다 착잡했고, 바로 이어서 현수는 "그런데 저하고 같이 온 정구는 저세상 사람이 돼버렸으니 내가 어떻게 해야 할지 몰라 앞으로의 일에 상의를 드릴 겸 함마 형님의 말씀을 듣고 싶어서 앞뒤 없이 띠들기민 했습니다." 현수의 얘기를 들어보니 이들도 우여곡절이 많은 애들이구나. 내가 이들을 데리고 있으면서 정구와 같은 불상사가 일어났으니 윗사람으로서의 무거운 책임감이 엄습해와 몸 둘 바를 몰라 정구 친구인 현수에게 어떤 위로의 말을 전해야 할지 지금 당장 공허한 내 마음에 속이 새까매 생각이 안 나 내가 말을 어떻게 할 것인지 갈피를 못 잡고 있다.

"너희들 지나온 날들이 참 기구하구나. 얘기를 들어보니 보통 일이 아닌 거 같다." 지금까지 이들이 해온 정황과 운동 같은 순서는 내가 중간보스를 따라와서 했던 절차와 행동이 똑같다. 하다못해 차력술의 도장에선 자기 전신의 힘을 한 곳으로 집중시키는 기술과 배에다 칭칭 철사를 감고 힘을 주어 끊어버리는 운동까지 하지 않았던가? 현수는 다시 얘기를 이어서 "정구한테는 연로하신 어머니 한 분이 계신데 어느 날 정구는 저와 같이 지게 때려 부시고 서울로 말도 없이 이렇게 와 있다가 정구만 운명을 달리했으니 행동을 같이했던 친구인 나 혼자만이 살아서 무슨 면목으로 정구 어머니를 뵐 수 있겠습니까? 살림살이도 가난한 데다 하나밖에 없는 아들 정구를 아무것도 모르고 하염없이 무작정 기다릴 정구 어머니를 생각하니 지금까지 행동을 같이했던 친구로서 죄송한 마음에 정말 내가 어떻게 해야 할지 몸 둘 바를 모르겠습니다. 어떻게 하면 좋겠습니까? 함마 형님, 네?"

얘기를 듣고 있는 나도 딱한 마음이 들어 뭐라고 대답해야 할지를 몰라 주저하고 있다가 "그래, 얘기를 들어보니 네 입장도 참 딱하게 생겼구나. 그러면 너는 어떻게 하고 싶으냐?" 하고 물었더니 현수는 무슨 말을 하려다 말고 머리를 떨군 채 꿀 먹은 벙어리처럼 말이 없다. 자기가 꿈꿔왔던 서울생활이 현실과 포부와는 너무나 동떨어져 지금 후회스럽고, 이 조직생활에 회의감마저 느끼고 있어 보이니, 이들은 동경의 대상이 됐던 서울생활을 수없이 많은 곳 중에서 하필 이런 주먹세계로 풀려 생각지도 않은 마음고생을 이렇게 할 줄은 꿈에도 몰랐겠지. 현수는 다시금 시골로 가고 싶은 생각이 굴뚝 같았겠지만. 나도 정구가 피 흘리며 병원으로 업혀 갈 때 "어머니, 어머니!"라고 힘없이 중얼거리던 그때가 정구는 어머니에게 마지막 고별인사를 하는 것 같은 그 장면이 생각나 지금도 내 등어리에서 "어머니!"라고 나직이 속삭이듯 들리던 그때의 장면이 머릿속에서 지워지질 않는다.

"하기는 나도 서울생활을 이렇게밖에 할 수가 없나?" 하고 내 가슴에 되물어본 적도 한두 번이 아니었으니까. 너희들 얘기를 들어보니 내 처지와 비슷하구먼. 나도 홀어머니 모시고 농촌에서 내 땅 하나도 없이 살아가다 농사철 중에 바쁠 때만 옆집에서 잠시 일을 해달라면 봐주고 품삯을 받아왔지만, 이것도 생활이 여의치 않아 신문배달을 해서 살림에 보태려 했으나 여기는 대개 군인 가족들이 구독을 하고 있어 전방 골짝마다 한두 집이 있고, 신문을 다 돌리려면 하루에도 수십 km씩 달려야 하니 운동화도 금방 닳아 떨어져 신문을 다 돌리고 집으로 올라치면 버스를 타야 하는데 나 혼자 서 있으면 기사 아저씨가 미리 알고 그냥 지나쳐 버려 버스 탈 사람 옆에 같이 서 있다가 동작 빠르게 타고 나면 그 다음부터는 버스 차장(차비를 받으며 승객을 관리하는 여자)과 입씨름이 시작되면서 "버스를 탔으면 차비를 내라." 내 대답은 한결같이 "신문 돌린다."고 하면 차장은 "어제 저녁 구문 돌리는 게 무슨 신문이냐?"며 내가 차에서 내릴 때까지 차장에게 시달림을 받아야 하니 서울 같으면 아침에 조간신문을 돌리고 저녁 때 석간을 돌리지만, 사실 여기는 지리적으로 서울과 멀리 떨어진 지역이라 오늘 조간신문과 어제 석간신문을 같이 정기적으로 다니는 버스 편에 보내고 있으니 어제 석간신문과 오늘 조간신문을 같이 끼워서 한낮에 배달을 하니 구문이라 해도 내가 할 말은 없지.

그중에 나를 측은하게 생각해서 아무 말도 안 하고 가는 차장도 있지만, 그래 나도 미안해 빈자리도 앉지를 않고 서서 다녔으니 하루하루가 심적 고통이 컸고, 아이스케키 장사를 해봐도 얼마 팔지도 않아 다 녹아서 나무 뼈대만 남으니 돈을 버는 장사로는 별로 도움도 안 되고, 밭에 가서 참외를 직접 사 푸대에 담아 버스에 실어 조금 큰 동네 시장에서 팔아보기도 해봐. 될 때는 그런대로 되다가 여름에 날씨가 흐리거나 비가 오면 과일 장사는 잘 팔리질 않아 도움도 안 돼 치워버렸고, 이것저것 닥치는 대로 안 해본 거 없이 다 해봤으나 동네 어른들이 얘기하기를 내가 원래 장사묵기가 아니라는 말을 들어오던 터라 무엇이고 도대체 되는 게 없어 호강 한 번 시켜드리지 못한 어머니가 시름시름 앓아 몸이 쇠약해지셔서 결국 돌아가시고 나니 동네 분들의 도움으로 장사를 치룬 뒤 앞으로의 내가 살길이 막막한 이곳에 미련을 두지 말고 정든 동네지만 일단 뜨고 싶은 생각이 들어 이리저리 흘러흘러 다니다 서울의 경동시장까지 오게 됐지. 시장 구경을 해보니 나한테 친숙한 농산물이 여기저기 산더미같이 쌓여 있고, 한쪽에는 바다에서 잡은 생선들이 질서 있게 죽 늘어져 진열이 돼 있어 "야, 이거 내가 여기서 일할 데가 있는지 한 번 물어나 볼까?" 한 곳에 사람들이 모여 있는 곳에 가서 얘기를 해보려고 가까이 가보았다.

이들 중 하나가 "야, 너 뭐야? 임마! 꺼져 자식아!" 하는 소리에 나는 아무 감정 없이 말이나 좀 물어보려 했으나 이들은 나를 관찰해볼 때 처음 보는 얼굴에다 눈을 치켜세워 이리저리 살펴보며 돌아다니는 것이 자기들 눈에는 몹시 거슬렸던 모양인가? 저희들 무리 앞에서 눈을 내리깔고 조심스럽게 한쪽 옆으로 얌전히 걸어가야 하는 행동을 해도 봐줄까? 말까? 할 판에 이들 눈에는 건방지게 비쳐 여기에 텃세까지 하려 해 욕부터 지꺼려서 "아니, 사람 말도 안 들어보고 쌍소리부터 하십니까?" 했더니 "이 새끼가 어디서 굴러먹던 개뼈다귀 같은 게 말이 많아?" 하면서 주먹이 날아오는 거야. 그런 주먹은 시골에서 운동할 때 많이 막아봤으므로 왼손으로 막고, 또 들어오면 오른손으로 막고, 발로 차는 것도 막아 내가 이들을 때릴 기회도 있었지만, 자칫 남의 동네에서 일을 크게 벌일 수도 있어 상대방엔 손을 안 댔지. "어 이 새끼 봐라? 이거 어디서 굴러먹던 자식이 여기서 감히 까불어?" 하면서 이제는 저희들 떼거리로 덤비는 거야. 자기네 동료들 10여 명이 사방에서 달려들어 이래선 안 되겠다 싶어 일단 내가 볼 수 없는 뒤에서 공격하는 자들을 피하기 위해서는 시멘트 벽돌로 쌓아올린 담벽에 등을 바짝 붙여 방패막이로 한 다음 상황을 파악해보기 시작했어.

내가 그들을 때리면 아무래도 남의 동네에서 일을 크게 벌려 불리하다는 판단을 하고 혼자서 여러 명을 상대하려면 거기에 맞는 공식에 따라 우선 정면에 있는 놈을 공격하는 척 눈으로 압도하다가 맨 옆의 사람에게 덤벼드는 편법을 쓰면서 빠져나가고, 앞의 놈 공격하는 척하다가 엉뚱한 측면을 발로 내지르는 자세를 취하면 그놈은 깜짝 놀라 뒤로 물러나고 앞의 놈에게 두 눈을 부릅뜨고 공격 자세로 주시하다가 맨 옆쪽을 향해 발로 내지르는 동작을 하며 겁을 주면서 한동안 경동시장 마당에서 트럭으로 이들과 맞서며 이리 뛰고 저리 뛰고 하니 그들이 자기들 상대가 아니라는 걸 알았던지 "야, 가자!" 하고 순식간에 이들이 골목으로 사라지드라. 참 어이가 없어 그럼 나는 어디로 갈까? 이리저리 생각 중에 누가 옆에서 "우리 집으로 갑시다. 그 정도면 서울에서 있을 만한 자격이 충분합니다." 하며 내 손을 잡아 끌어준 사람이 지금의 중간보스지. 이 사람은 여기서 그들과 나의 벌어졌던 일들을 처음부터 다 보고 있었던 거야.

이 얘기 저 얘기하면서 둘이 걸어오다가 나이를 묻더라고. 그래서 24살이라 했더니 중간보스는 나보다 3살이나 더 위라는 거야. 생각할 것도 없이 그 즉시 형님으로 부르기로 했지. 그래서 여기에의 이렇게 동대문 생활이 시작돼 적응을 하게 됐는데 한때는 나도 실증 날 때가 있었단다." 하고 한숨을 내쉬니 현수도 결심을 한 듯 "형님, 우리 여기 청산하고 시골로 내려가면 어떻겠습니까?" 해서 애네들은 이 집단생활이 무슨 운동선수들같이 여관에 합숙생활하다 저 싫으면 그냥 나가버려도 되는 단체인 줄 아는 모양이지? "여기 이런 주먹 집단생활이라는 것이 너희들이 쉽게 생각할 수 있는 곳이 아니야." 이런 곳은 들어갈 땐 제 발로 들어왔어도 나갈 때는 제 마음대로 못 나간다는 것을 세월이 가면 이들도 알 날이 오겠지. "이 문제는 시간을 가지고 차차 생각해보기로 하자." 이런 식으로 대강 얘기를 봉합하고 그날은 끝을 맺었지만, 나에게도 시사하는 바가 있어 깊이 생각해볼 수 있는 여운을 남겼다.

그리고 시간이 어느 정도 흘러 지나가자 중간보스의 명령이니 전원 집합하라는 지시가 떨어지자, 급하게 한 30여 명이 모였더니 이 자리에 중간보스가 나타나서 "너희들 선 채로 들어라. 지금 백곰으로부터 청량리 쪽에서 우리 구역을 침범했다는 전갈이 왔기 때문에 우리가 여기를 그들에게 짓밟혀서는 절대 자존심이 허락지 않는다. 빼앗겨서는 더욱더 안 돼. 이들을 우리 구역에서 쓸어버려야 해. 이자들은 우리 동대문에 인명피해를 입힌 자들로서 일말의 양보 없이 사정 따윈 청계천변에 버리고, 가는 즉시 백곰의 안내를 받아 확 쓸어 마무리해 깨끗이 처리하고 오도록! 지금 전원 출동한다!" 명령이 떨어지기가 무섭게 우리들은 우르르 달려 나갔다.

현장에 도착했더니 이미 싸움이 벌어져 청량리파들이 작심을 하고 덤볐던지 백곰을 비롯한 동대문파들이 뒤로 밀리고 있어 중심지역을 빼앗길 판에 지원자들이 닥쳐 치고 나가니 백곰의 패들도 사기가 올라 지원자들과 힘을 합하니 이미 승리는 적나라하게 예고돼 있었다. 이런 싸움에는 선두가 치고 나가면 뒤이어 받쳐주는 사람이 따라붙어서 한 팀을 이루는데, 선두는 역시 내가 앞장서서 이리 막고 저리 치고 전진을 하면 뒤에 받쳐주는 동료들이 마치 쓰레기 청소하듯이 확실하게 정리하면서 이번에도 내 수도를 맞고 쓰러진 놈이 몇 놈 있었다. 이들은 그냥 놔두면 자기네 편이 알아서 처리하기에 신경 쓰지 않고 우리 편의 중상자가 없으면 그대로 동대문 아지트로 돌아온다. 이렇게 단체가 일사천리로 대승을 거두고 기지로 돌아오면 우리 동료들이 가벼운 부상자를 치료하는 솜씨가 의사는 아니지만 여러 번 해봐서 전문가답게 능숙한 손놀림으로 처리하는 걸 보고 신기해 쳐다보고 있으니 선배 중 한 사람이 "이런 건 새발에 피지. 깊은 상처 난 거 소독해 몇 십 바늘까지 꼬매기도 하고, 뼈가 어긋나 탈골이 된 어깨나 병신이 된 다리를 손으로 만지작거려 뼈를 맞추기도 하고, 골절된 뼈도 부목을 대서 고치기도 하는데 뭘 이런 걸 가지고 놀라나?" 하는 말도 들어 그저 감탄을 하고 놀라며 기가 막혀 묻지 않을 수가 없다.

"아니, 병원에 가지 않고 직접 꼬맸다고요?" 하고 물어보니 이어지는 선배 얘기는 "전에 우리 동료가 경동시장 끝에 채소창고에서 장사를 하고 있었는데 청량리패들이 동대문 패거리가 왜 여기서 장사를 하려 하냐고 쫓아내려고 해 양쪽 패거리가 한 판 붙었지. 그때 동료 중 한 명이 일본도를 휘두르는 놈에게 등어리를 맞아 허옇게 뼈가 다 보일 정도로 베었는데 중간보스가 딱 앞으로 나서서 얘네들 여기 몇 놈인지 숫자 세어봐. 해서 우리 동료 한 사람이 네, 일본도를 들은 놈까지 해서 32명입니다." 이어 "32놈 중에 한 놈도 자기 발로 걸어서 못 가게 한다! 알겠지?" 중간보스의 말이 떨어지자 그쪽에서 사태가 심상치 않음을 깨달았는지 "그럼 이 사람 여기서 장사하게 하면 그냥 끝낼 수 있을까?" 하고 꼬리를 내려 우리가 경동시장 한쪽을 차지하게 됐지. 우리는 그때 28명이었는데 중간보스의 말펀치에 이들이 백기를 들었어. 함마도 명심해. 첫째는 실력이고 둘째는 말펀치야. 하며 끝을 맺으려고 해 "일본도에 베인 사람을 왜 병원에 안 데려갔습니까?" 하고 물으니 선배는 "그 당시에 우리는 경찰이 오기 전에 속전속결로 무조건 한 방으로 박살내려는 정신으로 임했으니 경찰이 현장에 오면 이미 상황종료된 뒤거든. 그러니까 그 일대 병원을 뒤져서 부상당해 치료받고 있는 자들을 경찰들이 손쉽게 잡아가는 거야. 그래서 병원에 못 가고 우리가 해결해야지. 이런 싸움 한참 하면 부상자가 많이 병원으로 가니까 경찰은 이때를 노려 손쉽게 잡아들여 성과를 올리는 거지." 얘기를 들어보니 그도 그럴듯하다.

동대문으로 들어와 중간보스에게 칭찬과 더불어 밥, 고기, 과자, 음료수, 술 등이 푸짐하게 나와 흔히 하던 절차에 따라 맥주잔을 인원수에 따라 테이블 위에 죽 늘어놓고 산에나 맥주를 반씀 채운 다음 소주를 딸은 잔을 퐁당 떨어트려 폭탄주를 만들어 다 같이 잔을 높이 들고 "부라보!" 하고 외치며 한 번에 죽 덜 마셔버리는 걸 여기서는 뒤풀이라 하면서 실컷 먹고 마시는 게 흔히 하는 전통인가 보다. 그 뒤풀이라는 것을 서너 번 한 것 같은 시간이 흘러 어느새 추운 겨울이 지나고 봄이 서서히 찾아오는 노곤한 오후에 내가 이렇게 세월만 보내면서 있을 수는 없다고 생각한 나머지 평소 마음에 두고 있었던 계획을 실천해야 할 때가 왔다고 결심을 굳힌 뒤 중간보스를 찾아다니던 중에 마침 송해님이 사회를 보는 TV 전국노래자랑을 시청하고 있는 중간보스를 발견해서 보니 지금 한참 남원 주민들이 노래를 뽐내면서 "아따, 노래 한 자리 못하면 여기 사람 아니제." 하는 이도 있고, 자기 고장의 자랑인 춘향이의 곧은 절개정신을 자랑하고, 어떤 사람은 지리산에서 산삼을 캐왔다며 가지고 나온 사람도 있어 전국을 무대로 찾아다니는 노래자랑에 남원 편을 시청하는 것을 보니 중간보스의 고향이 이곳 출신인 것 같은 느낌이 든다.

"형님 고향이 남원이신가요?" 하니 "음, 맞아. 아는 사람 혹시 나오나 하고 봤더니 전부 모르는 사람들이야. 하기는 내가 고향 떠난 지가 언젠가도 몰라. 오랜 세월 안 찾아봤으니 고향 산천도 사람도 많이 변했겠지." 한다. 중간보스의 한가한 시간을 확인했으니 내가 그동안 하고 싶었던 얘기를 해도 될 거 같아 "형님께 한 가지 상의드릴 말씀이 있는데 그냥 이 자리에서 해도 괜찮겠습니까?" 했더니 "어, 그래. 마침 한가하니 들어보지. 무슨 얘기인가?" 이래서 나는 중간보스와 차분히 얘기를 할 수 있는 기회를 맞이했다. "일전에 눕 쓸 일을 당한 정구라는 애가 있잖아요?" 하자 "응, 그 애 알아. 나도 참 애석하게 생각하고 있지. 그래서 이번에 청량리에 대해선 근래 보기 드문 혹독한 보복을 한 거야."

내가 이어서 "그 애한테 나이가 많으신 어머니께서 혼자 집을 지키고 계신가 본데, 정구가 이렇게 된 줄은 꿈에도 모르고 그 어머니는 지금도 정구만 애타게 기다리시는 것을, 정구가 없으니 아마 살기도 매우 어려운 것 같습니다. 그 집은 생각만 해도 참 딱한 노릇이 아닙니까?" 하니까 "어떻게 너는 갔다 온 거같이 그렇게 속속들이 잘 아는가?" 중간보스의 물음에 "정구와 어릴 때부터 한동네에서 살던 친구로 우리 사단에 둘이 같이 들어오게 되면서 이 아이가 얘기해주는 바람에 저도 알게 됐습니다. 정구 어머니는 지금도 정구가 그냥 서울 친구네 집에 놀러 간 줄 알고 기다리고 있답니다. 애네들이 하는 말로는 그 동기가 서울 간 친구들이 무슨 명절날엔 고향에 내려와 자랑하는 얘기를 듣고 항상 부러워하다 산에 나무하러 가는 도중에 시골생활이 따분하니까 지게를 때려 부서 불태우고 무작정 서울로 올라와 청계천 이모네 집에 있는 걸 형님이 데려왔다고 하더라고요." 내가 정구 얘기를 거침없이 해내려가는 중에 "음…" 중간보스의 나지막한 신음소리가 들리는 걸 보니 중간보스도 이 얘기를 들으면서 생각지도 않던 여러 가지 발언에 어떻게 대답을 해야 할지 고민을 하고 있는 거 같다.

정구의 일로 나도 지난 일들을 돌이켜보게 되면 사실 나의 어머니는 어떻게 돌아가셨나? 어머니 혼자서 내가 무슨 잘난 아들이라고 나만을 위해 어머니가 고생고생하면서 살림을 하시는 걸 철이 안 들어 투정만 부리고, 고기가 먹고 싶다면 애지중지 기르던 암탉 한 마리를 알을 낳으면 모아모아 병아리까지 내서 키우려고 했던 그 닭을 아들의 말 한마디에 주저 없이 잡아 고기는 너 먹으라 하고, 기름이 둥둥 뜬 국물이 더 맛있다며 국물만 마시던 어머니, 밥을 한 사발만 퍼서 나를 주고 엄마는 냄비에 물을 부어 누룽지 긁어 드시고, 겨울밤에 이불이 춥다고 투정 부리면 엄마가 꼭 껴안아줘 나는 엄마 젖꼭지 만지작거리다 잠이 들었지. 학교 갈 때 옷 사달라고 보채면 엄마는 머리 자르고 놋쇠 밥그릇 팔아 장에서 옷을 사줬는데 엄마의 그 이전 머리에 쪽을 틀어서 비녀를 꽂고 있는 모습이었으나 그런 어머니는 어디로 가고 갑자기 수건으로 머리를 덮고 있었으니 이렇게 엄마의 모습이 달라져 변했어도 나는 아무것도 모르고 장날 구경하다 짜장면이 먹고 싶다 하면 한 그릇만 시켜줘 나만 먹으라고 해 "엄마는 왜 안 먹어?" 하고 물으면 밀가루 음식은 소화가 안 돼 싫다고 하면서 집에 와 생고구마만 입에 물고 계셨지. 옛날옛날에 우리 식구가 밀가루 음식인 뜨덕국(수제비)을 얼마나 많이 해먹었나? 먹을 게 항상 모자라던 시절 보릿고개(식량은 다 떨어지고 보리는 미처 익지를 않아 먹을 게 없던 날들)를 전 국민이 힘겹게 넘길 때 정부에서 주관하는 공사판, 즉 여름에 장마가 져 개울이 터진 둑을 곧바르게 정비하고 더 튼튼하게 나무를 잘 엮어서 깊숙이 파묻어 정비하고 벌거숭이 산을 푸르게 가꾸어야 한다는 정부의 시책에 따라 나무 심는 일을 논에 모를 심는 식으로 산에 줄을 띄워 질서 있게 소나무나 아카시아 묘목을 심어 치산치수에 열심이었다.

　산골짜기에 둑을 쌓아 흐르는 물을 가두어놨다가 봄철에 내려보내 못자리에서 자라고 있는 모를 물이 모자르지 않게 농사에 이용하려는 저수지를 만드는 공사도 했으니까 어른이나 아이들이나 일을 하겠다면 한 대가리(하루 일당)를 쳐줘서 확인증을 건네주면 그것을 밀하고 바꿀 수 있는 전표로 교환해주는데 그 밀푸대에는 '미국 국민이 보내준 물건'이라고 써 있어 미국이 원조해준 것으로 우리들은 알고 있다. 온 나라가 배고픈 시절 원조물자를 그냥 배급해주는 것보다는 무슨 일이라도 시켜 나라 재건에 도움도 되고, 국민들한테도 기근을 없애는 일거양득을 택한 것으로 한 5일 정도 일을 하면 밀 한 푸대를 그대로 주지만 5일 미만으로 일하면 밀푸대를 뜯어 배당된 밀만 kg으로 달아주기 때문에 될 수 있으면 5일을 채워서 일을 해 밀푸대 자루까지 차지하려는 생각으로 악착같이 공사판으로 나가 마치 학교 다닐 때처럼 개근을 해야 한다는 일념으로 일을 했다.

　이렇게 여러 날 일을 해서 받은 밀을 밀가루로 만들려고 방앗간에서 도정을 필요 이상으로 좀 오래 하면 밀가루 껍데기까지 깎여 분량은 조금 많아지지만 색깔이 거무티티해지니, 원래 밀가루는 흰색이 제격이지만 먹을 게 항상 모자라던 시절 질보다는 양이 많은 걸 선호했으니 무조건 많기만 하면 색깔이야 어찌 됐던 아무래도 좋다고 만족해했으므로 음식 준비하는 과정이 간단하고 요리하는데도 별 기술 없이 물로 밀가루 반죽을 해서 손으로 한 입에 먹을 수 있는 크기로 뜯어서 솥 안에 떨어트리고, 감자도 썰어 넣어 간을 적당히 맞춰 끓이기만 하면 되는 뜨덕국을 해먹었으니, 우리가 밀가루 음식에 얼마나 익숙해 있었나? 여유가 좀 있는 집에서는 칼국수에 찐빵도 쪄서 온 집안 식구들이 왁자지껄 잔칫집같이 소란스럽게 떠들며 먹었다지만, 우리는 이 시대를 밀가루 공사판 세상이라 부르기도 했다.

엄마가 그냥 밀가루 음식이 싫다고 하니까 지난 과거 한 번 생각 안 해보고 나만 짜장면을 홀쩍거리며 게걸스럽게 먹었던 놈, 옛날 일은 다 잊어버리고 나만 배부르게 먹던 놈, 동네 젊은 처녀 총각들 시집 장가 가는 잔칫집에 가서 상에 올려놓은 과자나 알사탕을 엄마 본인은 안 먹고 무슨 큰 수입을 얻은 것처럼 손수건에 싸가지고 와 부엌의 선반 위에 엎어놓은 사기그릇 안에 동그란 과자 3개를 숨겨놓고 다른 사기그릇에는 눈깔사탕 2개를 보관하고 있다가 내가 뭘 먹고 싶을 때 엄마 앞에서 칭얼대자 선반 위에 간직하고 있던 과자 3개를 꺼내주면 그 볼품 없이 삐틀삐틀 나 있는 누런 이빨을 드러내고 환하게 웃으며 기뻐하는 아들의 모습을 보기만 하면 그저 그만이라는 듯 흐뭇한 미소를 지어 보이는 엄마를 나는 염치없이 받아먹기만 하다 며칠 지나 또 칭얼대면 이번엔 눈깔사탕 1개를 꺼내주고, 나머지 1개는 다음에 또 주려고 아껴놓은 걸 모르고 내가 몰래 꺼내먹으려다가 그릇을 바닥으로 떨어트려 깨트렸으니 엄마한테 혼날까봐 방에 들어가 이불 속으로 쏙 들어가 자는 척하고 있었더니 엄마가 방으로 들어와서는 내 귀에다 살짝 대고 조용히 "다

치지 않았니?" 하고 물어보던 엄마를 무슨 뜻으로 말을 하는지 나는 알지도 못했다.

기나긴 세월이 지나서야 그때의 장면이 생각나면서 뒤늦게 어리석은 마음으로 후회하던 놈, 그놈이 바로 이 자리에 멍청하게 앉아 있는 나라는 이놈이었으니, 아들 하나 잘 되면 지난날 그 지겨웠던 온갖 고생도 따스한 봄날 눈 녹듯이 사라지는 그런 어머니가 아니었던가? 이런 우리 엄마의 고생하는 모습을 보고 자란 나는 왜 엄마만 나를 이렇게 힘들여 어렵게 키웠는지? 남들한테 다 있는 아버지는 어디 가고, 엄마만 그렇게 고생하면서 나라는 아들의 끈을 놓지 않고 애지중지 아등바등 키웠을까? 내가 철이 없어 아버지에 대한 궁금증을 물어보지도 않았지만, 엄마도 내 앞에서는 아버지의 얘기를 한마디도 한 적이 없다.

그저 우리는 엄마하고만 이렇게 살아야 되는 줄 알았으니 내가 철이 들었을 때 만약에 아버지가 있었다면 왜 엄마를 그렇게 고생시켰냐고 따져보고 싶었지만, 이런 놈이 철이 들으려 할 때 세상 물정을 알 만하니까 어머니는 시름시름 아프더니 약도 제대로 한 번 써보지도 못한 데다 내가 조금만 더 세상 물정을 알고 기반을 닦을 때까지 기다려 주지도 않고 하늘나라로 떠나버린 이 세상에 없는 우리 어머니, 불쌍하기가 짝이 없는 내 어머니를 그저 평범하게 남들처럼 삼시세끼 걱정 없이 먹고 살 수 있는 이런 날을 만들어 드리지 못하고 이별을 하고 말아 이 불효자는 뒤늦게 땅이 꺼지도록 한

숨을 쉬며 후회한들 무슨 소용이 있나? 어머니의 나에 대한 지난 일을 생각하면 그리움만 차고 넘쳐 차곡차곡 쌓여만 가는데 아무도 몰래 남의 집 굴뚝 옆에 앉아 한없이 울기도 많이 했건만, 어쩌면 그 한이 서려 세상을 한탄하며 이런 우왁스런 주먹세계의 수렁 속으로 나도 모르는 사이에 빨려 들어가게 됐는지도 모른다.

내가 어머니에 대한 맺힌 한을 가슴속 한구석에 묻어두고 있을 때 미리 약속이나 한 듯 자연스럽게 정구가 그 길을 가르쳐 주는 거 같아, 그렇다면 정구 어머니는 이 세상 하나밖에 없는 아들을 무작정 언제까지라도 기다릴 것이 아닌가? 정구 어머니는 나와 같은 외아들에 집안의 어려움이나 주위의 환경도 비슷한 우리네 어머니와 같은 그런 어머니겠지. 세상 어머니는 다 같은 마음을 지니고 있는 어머니일 테니까. 그렇다면 정구 어머니는 지금 살아계시니까 그 옛날 내가 어머니한테 지은 빚을 갚지도 못한 아들의 아쉬움을 조금이나마 만회하고 이어가기 위해서라도 내가 대신 정구 어머니에게 효도를 해드리면 어떨까?

정구와 내가 동대문에서 만나 의리로 뭉쳐진 우정과 수많은 패싸움에도 한 몸이 되다시피 해 옆에서 모든 험한 풍파를 같이 겪었지. 이런 생각을 할 때마다 정구와 나는 뗄래야 뗄 수 없는 사이가 되어야만 한다면 이런 사연에 흠뻑 젖어 있는 운명으로 뼈저리게 느껴지는데, 이제 보니 정구가 저세상에서 나를 자연스럽게 자기 어머니에게로 연결을 시켜주려고 정구가 내 등에 업혀 병원으로 가면서 '어머니'라고 나직이 부르던 그 목소리가, 보이지 않는 그 무슨 힘에 동아줄로 이어져 뱃사람들이 정박하려는 배를 부두의 말뚝에 단단히 옭아매는 듯한 그런 느낌이 들어 마치 정구가 나를 밧줄로 꽁꽁 묶어서 자기 어머니에게 끌고 가는 듯한 기이한 생각이 들어가는데, 중간보스는 나와 같이 많은 세월 지내봤으니 내가 어떤 성격의 소유자인지, 무슨 생각을 하며, 어떤 말이 나올 것이라는 것을 이미 다 알고 있을 것이다.

이럴 바에는 뜸 들이지 말고 솔직히 말을 꺼내는 게 좋겠다 싶어 "형님, 솔직히 말씀드리겠습니다. 정구가 우리 사단에서 유명을 달리했으니 우리가 최소한의 책임은 져야 하지 않겠습니까?" 하니까 조심스러운 말투로 "어떻게 책임을 져야 되지?" 하는 중간보스의 말이 끝나기가 무섭게 "형님, 우리 계통에 지켜야 할 규율을 모르는 것은 아니지만, 내가 정구 어머니를 모시고 정구가 못다 한 아들 노릇을 제가 하면서 정구의 넋을 조금이나마 위로를 해주는 게 도리에 맞지 않겠습니까?" 내가 조용하고 단호한 목소리로 얘기를 꺼내니 듣고 있던 중간보스는 깜짝 놀라 "너 그러면 이 조직을 떠나겠다는 말이냐?" 하며 나를 뚫어지게 쳐다봐 "아무래도 그렇게 해야 될까 봐요." 내 말이 떨어지기가 무섭게 "지금 내가 너를 얼마나 아끼는지 잘 알 거야. 다른 놈 같았으면 너 병신 된다. 너라고 그냥 넘어갈 수는 없는 거야. 이 집단조직에서 탈피하려면 그만한 대가를 치르고 나가야 한다는 거 너 잘 알잖아?", "물론 형님이 저를 아껴주시는 거 제가 왜 모르겠습니까? 우선 형님이나 하니까 제가 감히 이런 말씀도 드리는 겁니다."

　재차 중간보스가 말하길 "너 팔 하나 못 쓰게 돼도 나갈 테냐? 신중히 생각해야 돼. 흔히 말해서 조직과의 인연을 청산한다는 징표로 손가락 마디 하나 짤리고 끝나지만 너의 경우는 나도 장담 못할 거 같다." 중간보스의 말은 조직을 이탈하는 데 그 징표로 손가락 한 마디를 끊어버림으로 일단락을 지었으나 나는 동대문사단에서의 위치로 보아 전 대원에 파급되는 영향이나 거기에 미치는 무력감으로 봐서는 어떤 징벌이 내릴지 몰라 내 이런 돌출발언에 중간보스의 걱정스러운 말을 들으면서도 내 결심은 이미 섰으니 "네, 형님, 제가 감히 우리 사단의 규칙을 문란하게 하면 되겠습니까? 아무리 생각해도 홀로 계신 정구 어머니를 생각하면 제가 어떻게 된다 하더라도 모셔야 할 것 같습니다."

　내가 진심 어린 표정으로 마음속에서 뜨겁게 우러나오는 말로 표시를 해 중간보스도 내 말을 들은 나머지 이놈은 태산이 무너지고 온 세상이 두 쪽이 나도 결심을 굳힌 놈이라는 걸 알았으니 "야, 이거 참! 네 말을 어떻게 받아들여야 할지 나도 참 난처하다. 그래 그럼 내가 결정할 문제가 아니고 큰형님께 일단 보고를 드려야 하니까 생각 좀 해보자." 이렇게 해서 중간보스와는 장래를 기약할 수 없는 얘기로 결정된 거 없이 내 의중만 표시하고 무거운 분위기로 얘기가 끝났다. 며칠 지나 우리 동대문사단의 창설을 기리기 위해 기념일에 사단의 단합과 친목을 도모하기 위해서 매년 이날이면 잔치를 열어 동대문사단 전 대원들의 사기를 높여줌으로써 무슨 복잡한 일이나 고민거리들을 풀고 한 자리에 모여 음식을 먹으며 서로 얼굴도 마주 보고 흥을 돋구어 사기도 끌어 올리고 한층 단결해서 부흥 발전하자는 의미일 것이다.

넓은 홀에 테이블마다 밥, 고기, 음료수, 술 등 상 위에 넘치도록 음식이 가득히 차려져 있으면서 단상의 위에는 지위에 맞는 몇몇 팀장들이 자리를 잡고, 그 밑에는 자기네 팀원들끼리 어울려 앉아 대기하고, 나도 중간의 몇몇 팀장들과 같이 자리에 앉아 있는데, 이윽고 큰형님이 입장하신다는 전갈과 함께 우리는 일제히 일어서서 예의를 갖추어 큰형님을 맞이했으며, 나로서는 큰형님을 가끔 열리는 회의 때마다 본 적이 있으니 더욱 친근감이 드는 모습으로 보였고, 큰형님이 지정된 좌석에 자리를 잡으신 다음 모두들 제자리에 앉았다. 큰형님이 홀 안에 앉아 있는 동대문 식구들을 주욱 한 번 둘러보더니 이윽고 목소리가 들린다. "에, 우리 가족들이 이렇게 모여서 단합대회를 하는 이유는 앞으로 어떤 난관이 닥치더라도 생사고락을 함께하며 힘을 합쳐 동대문사단을 높은 반석 위에 올려놓을 것을 나는 믿어 의심치 않겠어. 단원 하나하나가 동대문의 주춧돌이라 생각함과 의리로 똘똘 뭉쳐 흩어지지 말고 앞으로 전진하면 서울 장안에서는 감히 우리를 무시할 자가 없을 거라 여겨. 동대문 식구들 모두 한마음 한뜻으로 똘똘 뭉쳐주기를 바라겠어요."

조직의 대표로서 전 대원에게 당부의 말을 한 다음 이어서 조직을 점검하는 차원에서 "어이, 백곰, 그쪽과 쪽제비는 서로 협조 잘 하고 있는 거지?" 하니 백곰과 쪽제비는 일어서서 "네, 큰형님! 염려 안 하셔도 잘 돌아가고 있습니다. 큰형님!" 지금 큰형님이 호명하는 사람들은 중간보스급들로서 청량리와 경계를 이루는 지역을 책임지고 있는 자들로 우리 동대문의 최대 관심사이니 제일 먼저 확인하는 차원에서 물어본다. "표범하고 오소리는 어때? 무슨 변동사항이 있나?" 이번에는 왕십리 쪽을 담당하는 팀들에게 상황을 물어보니 "네, 경마장에 말꼬리를 잡으려는 사람들이 작년보다 점점 많아지고 있으면서 여러 종류의 패거리들이 왕래를 하고 있습니다." 이 말을 듣고 큰형님이 "경계해야 할 사안이나 지원이 필요한 점이 있나?" 하고 물으니 "이자들 오며 가며 하는 얘기를 들어보면 한방 터트려 기분 째진다는 자에, 어떤 자는 마권을 잘못 사서 망쳤다는 자, 뭐 잘 아는 마주(말 주인)들에 소스(정보)를 받아 대박을 터트리려고 했지만, 자기네들이 마권 사는 데 들어간 돈하고 배당을 비교하면서 마음대로 안 되니까 주위 사람들과 시비 걸기 일보 직전입니다. 사실은 자기들 적자인데도 잘 맞은 날만 기억해. 이런 자들끼리 뭉치다 보니 충돌이 잦아들고 성질만 남아 남들의 패거리를 욕지거리하며 싸움들을 할 때가 있으며, 이들은 저희들끼리 뭉쳐서 작당들을 해 의무적으로 따라다니고들 있으니 여기서 조금만 더 발전이 되면 집단행동으로 번질 우려가 있으므로 질서유지가 필요한 상황입니다."

이렇게 보고를 하니까 큰형님이 "음, 왕래하는 자들이 많으니 손이 필요하다는 말이지. 그럼 중간보스와 함마가 표범과 오소리를 도와 긴밀하게 협조하면서 잘해봐." 중간보스와 내가 일어서서 큰 형님께 머리 숙여 답하고 "두더지와 까마귀는 경계 철저히 하고 정보 수집하는 즉시 보고하도록!" 등 두루 지시를 내리니 두더지와 까마귀가 일어서서 묵례를 한다. 이렇게 순서대로 조직점검을 한 다음 "그러면 우리 동대문사단의 축제의 날을 기리기 위하여 건배하지. 다 같이 잔을 높이 들고!" 옆에 있는 중간보스에게 "열창해!" 하니까 큰형님의 명령에 따라 중간보스가 일어나 "자, 우리 동대문사단 전사들의 용감무쌍한 임전무퇴 정신과 무궁한 발전을 위하여!" 하고 잔을 높이 쳐드니까 전 대원이 "위하여!" 하며 고함을 지르면서 잔을 높이 쳐드니 그 소리가 참으로 홀 천장 지붕이 터져나갈 듯한 함성에 웅장한 분위기를 더해 퍼져나가 큰형님의 얼굴에도 매우 만족해 웃음이 가득하셨다.

그 다음은 중간보스가 일어나 경과보고를 할 차례에 "에, 우리 식구 형제 여러분들, 앞 식탁 위에 음식이 조촐하고 정갈하게 차려져 있어 우리 아주머니들의 수고가 많으서 고마운 마음으로 우선 식기 전에 각자 드시면서 제 말을 들어주시기 바랍니다." 중간보스의 말이 떨어지자, 전 대원이 수저와 젓가락을 들어 차려진 음식을 먹기 시작했고 어떤 대원은 "야, 이거 목을 매끄럽게 적당히 적셔놔야 부드럽게 잘 넘어가지." 하면서 술병을 잡아 남들 보라는 듯이 이빨로 병마개를 탐스럽게 따고 "돼이!" 하고 바닥에 뱉어버린 다음 술잔에 따르더니 우선 제일 먼저 목구멍으로 단 한 번에 확 부어

버린다. 어떤 사람은 "나와 식성이 비슷하구만. 나도 목구멍을 일단 정리를 해놓고 나서." 하더니 찌개부터 수저가 가는데 이 광경을 보고 있던 동료들이 별난 버릇에 빙그레 웃어주고 있는 사이에 중간 보스의 이어지는 말이 음식을 먹고 있는 동료들 머리 위로 퍼져 내려오는데 "먼저 우리 동대문사단의 큰형님을 위시한 여러 식구들이 똘똘 뭉쳐 일치단결해 움직인 결과 어느 누구도 감히 넘보지 못할 조직으로 장안에서 제일의 위치를 잘 지키고 있습니다. 그러면 지금부터 경과보고를 간단하게 말씀드리자면 청량리 쪽 경동시장의 오전에 들어오는 물동량을 현지 가게 주인들이 더 공급해주기를 요구하는 바 업자 쪽에서는 계절이 바뀌어 물건 주입량이 많아지기 전까지는 힘들다고 난색을 표함으로 현 상태를 계속 유지하기로 하고, 양주의 소비가 점점 증가함에 따라 서울 시민들의 생활이 전보다 나아지고 있다는 걸 예감했습니다.

이에 업자들의 숫자가 늘어남으로 수용할 대체 부지를 확보하려면 현재 경동시장 북쪽에 채소창고로 쓰고 있는 건물을 임대해 자리를 마련하는 데 차질 없이 준비된다면 이곳에 대한 서울 동부 전 지역을 소비할 권역으로 삼아 서둘러 조성이 된다면 전망이 매우 밝아 관심을 가지고 추진해야 할 사안이라 생각이 됩니다. 그리고 동대문 이곳에 청소년들을 위한 놀이터가 자리를 잡게 되면 거기에 한 자리를 차지할 부대시설이 상당한 규모와 자금 또한 만만찮게 들어갈 것으로 짐작이 되는 바, 이에 대한 경비도 어디서 조달할 것이냐를 깊이 고민한 결과 이 문제도 은행을 연결지어 해결할 것이고, 왕십리 쪽에는 호텔과 카바레가 연계되는 건물이 내년에 준공될 예정이며, 유동인구가 많은 경마장과 철도에 관계되는 주변 상가의 증가폭이 늘어나는 문제를 주의 깊게 눈여겨봐야 하겠습니다. 그리고 종로 쪽과는 전과 같이 유대관계를 이어 나가기로 하고, 이런 지적된 문제만 잘 처리하면 큰 문제는 없을 것 같습니다. 요즈음 염천교패가 활발히 움직이는 것으로 봐서는 종로 쪽과의 접촉으로 문제가 발생이 돼서 그쪽이 우리에게 지원요청이 오면 우리는 이 문제를 어떻게 처리해야 할 것인가? 이 점을 고민하고 앞으로 사태 추이를 지켜봐야 될 것 같습니다."

지금 중간보스가 얘기하고 있는 이 대목에 있어서는 염천교 식구들이 자기네들 지역이 좁아 세력을 넓히려 종로 쪽으로 진출한다고 가정해본다면 종로 쪽에서 도움 요청이 오는 즉시 나와 내 휘하의 동료들을 이끌고 가야 할 것 같으니 나도 이 점엔 신경을 쓸 수밖에 없다. "앞으로도 우리 동대문사단의 식구들이 지금과 같이 단합된 힘을 보여준다면 별문제는 없으리라 생각되면서 우리가 후원해주고 있는 양평에 ○○보육원은 작년 수준과 같이 지원해줄 예정입니다. 이분들은 우리가 조그만 제품공장을 운영하는 사람으로 알고 있으니 누구든지 그곳에 가게 되면 정신을 바짝 차리고 우리가 여기서 흔히 쓰는 용어를 입 밖에 나오지 않도록 조심하며, 한 번 나온 말은 다시 주워 담을 수 없으니 각별히 신경 써주기 바라면서 이상과 같이 큰형님을 위시한 여러 형제님들께 경과보고를 마치겠습니다."

이와 같은 장래계획과 결과를 발표한 다음 이후로는 밥, 고기를 먹고, 술을 마시며 옆 사람과 농담을 하고 웃으며, 그야말로 주위 사람들과 화기애애하게 즐기면서 큰형님은 우리들이 재미있게 놀아 보라고 자리를 피해주신 거 같았으며, 어디서 왔는지 기타와 아코디온에 리듬박스 이렇게 3인조 악단이 음악을 연주하면서 흥을 돋구고 있는데, 이곳의 분위기를 가만히 보니까 팀에 조장들까지는 자유롭게 춤도 추고 이리저리 움직이고 있으나 그 밑의 대원들은 앉은 자리에서만 손을 올렸다 내렸다 하면서 고함으로 박자를 맞추고 있는 걸 보니, 아하! 여기에도 보이지 않는 선이 나직하니 그어져 있는 것을 느꼈으며, 술이 목을 거쳐 몸속으로 들어가자 기분이 좋아져 동료들이 흥이 넘치는지 단상에 나와 춤을 추기 시작하면서 안면이 있는 한 친구가 일어나 춤을 추자고 내 손을 잡아끌어 그러지 않아도 온몸에 취기가 돌아 몸이 근질근질하던 차에 춤을 잘 추지도 못하지만 분위기에 휘말려 일어나 흔들어대기 시작했다.

지금은 배호의 '돌아가는 삼각지'의 노래를 연주하면서 '삼각지 로타리에 굳은 비는 오는데~' 여럿이 한참 춤을 추고 있을 때 갑자기 밴드소리가 뚝 끊어진다. 다른 사람들은 "어? 이거 뭐야?" 하면서 춤을 추다 그 자리에 서서는 밴드 쪽을 쳐다보고, 나는 '잃어버린~' 이 대목에 춤을 추던 상태에서 그 자세 그대로 마치 어느 빌딩 앞에 우뚝 서 있는 옛날 고대인의 석고상인 것처럼 꼼짝하지 않고 멈춰 있어 음악이 다시 들리기를 기다리고 있는데 다른 사람들은 "야, 뭐야? 빨리 시작해!" 하면서 밴드 쪽을 향해 소리를 지른다. 가만히 보니까 이런 발단이 일어난 사태는 어떤 술 취한 중간보스가 하필 밴드 쪽으로 넘어지는 바람에 연주가 잠시 중단됐지만 정리하고 다시 밴드소리가 들리기 시작하면서, 나는 바로 전 동상처럼 그대로 있던 자세에서 '그 사람을 아쉬워하며~' 음악소리가 나오자 재빨리 다음 동작으로 움직여 '눈물 젖어 한숨짓는 외로운 사나이가 서글피 찾아왔다가 돌아가는 삼각지~' 나는 밴드소리에 맞춰 끝을 맺으면서 자리로 돌아와 앉아 주위를 한 번 좌악 돌아보았으며, 내 이 행동을 쭈욱 지켜보고 있던 동료들은 손뼉을 치면서 나를 가리키고 엄지손가락을 치켜세워 "함마! 함마! 함마가 최고야!" 하며 합창을 하면서 지지해주는 사람들에게 나는 씨익~ 하고 한 번 웃어주었다.

마음껏 먹고 마음껏 춤추면서 이날은 완전히 들뜬 기분에 뭉쳐 즐거운 하루를 보냈으니 이렇게 먹고 마시고 기분 좋게 떠들던 날이 가고 얼마나 지났을까? 축제의 기분이 아직도 내 몸속에 가시지 않고 남아 있던 어느 날 점심을 먹고 잠시 휴식을 취하고 있을 때 대관홀로 와달라는 우리 식구 중에 한 동생의 말을 전해 듣고 홀 안으로 들어서 보니 거기에는 이미 큰형님을 비롯해서 여러 형님들과 동생들이 모여 있어 저마다 자리를 차지하고 앉아 있는데, 내가 들어가자 이들의 전 시선이 내게로 쏠리는 순간 바로 느끼는 이 무거운 분위기가 겨울의 엄동설한에 시베리아 벌판에서 매섭게 불어오는 바람과 같은, 한여름 비를 잔뜩 품은 새까만 먹구름이 몰려오는 거 같은, 등골이 오싹한 전율이 내게 온몸에 휘감기듯 퍼지는 느낌이 들면서 '드디어 올 것이 왔구나.' 생각하며 이제 마음을 굳게 다짐하면서 내 앞날을 정리해야 할 시간이 다가온 거 같다. "여기 앉으시죠." 동생이 내주는 의자에 말없이 앉았고, 주위를 둘러보니 큰형님이 맨 위 단상에 앉아계시고, 중간보스와 낯이 설은 얼굴도 내 눈에 띈 걸 보고 사태의 심각함을 직감했으니, 얼마 전에 내가 중간보스에게 건의한 정구에 대한 얘기 때문에, 그 일의 중요성을 알기 때문에 동대문사단 식구들의 모르는 얼굴도 전부 참석한 거 같다.

한쪽에 앉아 있던 중간보스가 일어나 앉아 있는 동료들에게 말을 꺼내는데 "며칠 전 나는 한 식구로부터 매우 심각한 얘기를 들었습니다. 이 말을 듣고 나 혼자 결정할 사안이 아니기 때문에 큰형님께 보고를 드리고 하명을 받은 바 여러 형제님들이 한 자리에 모여 우리의 정통성을 새기면서 나아갈 길을 찾아보고자 큰형님을 위시한 형제님들과 같이 토론하는 자리를 마련했습니다. 여러 형제님들이 조금 전 제 얘기를 들으셨듯이 오 함마 형제가 우리 사단에서 빠져나가겠다니 어떻게 했으면 좋을지 형제님들의 솔직한 의견을 본인 앞에서 발표해주기 바랍니다."

중간보스의 경과보고가 끝나자 여기저기서 웅성웅성하는 소리와 함께 한쪽에서 벌떡 일어난 사람이 "에, 여러분! 우리 동대문사단이 존재하고 있는 이유는 뚜렷한 목적이 있으므로 장안에서도 제일 가는 조직력으로 일사불란하게 한마음 한뜻으로 움직여 지금까지 잘 돌아가고 있는 것은 규율이 있기 때문에 오늘의 우리가 있는 것을, 전통적으로 내려오는 규칙을 무시하면 우리가 누렸던 존재 가치는 한순간에 물거품이 되고 맙니다." 이렇게 운을 띄우니 또 다른 사람이 일어나서 "우리의 법도를 몰라서 하는 얘기는 아닐 거 아닙니까?" 하는 소리 "한 번 이런 일이 생겨 흐지부지 처리하면 조직이라는 것은 풍비박산 납니다." 이런 말도 들린다. 한쪽에서는 "그럼 대가를 치르겠다는 것인지 묻고 싶습니다. 우리가 동대문사단이라는 단체를 결성할 때는 목숨도 기꺼이 바칠 수 있는 정신으로 결의해 만들어진 조직을 무너트리려고 한답니까? 우리가 경험했던 과거를 돌이켜본다면 오래전 한 식구였던 흑파리가 개인 사정으로 규정을 무시하고 동대문에서 이탈한 후 전라도 땅끝마을까지 숨어 들어가 버티고 있는 것을 찾아가 피를 보면서까지 잡아와 인정사정없이 혹독한 형벌을 내려 단죄했던 사실을 여러분들은 상기해주시기 바랍니다." 이 대원의 말이 끝나자 다른 대원이 한마디 하는데 "본인은 어떤 마음으로 감히 그런 생각을 했는지 우리가 과거에 있지도 않은 일을, 현재에도 있을 수가 없는 일이, 앞으로 있어서도 안 되는 일을 행하려 한다니, 그렇다면 우리 규율대로 처리해도 받아들이겠다는 건지 물어보는 것이 좋겠습니다." 하면서 동대문사단의 중심인 강경파의 말이 태풍이 불어 바다에서 치는 파도와 같이 매섭게 장내로 울려 퍼진다.

이런 말이 한쪽에서 나오자 중간보스가 "지금 형제들의 얘기를 들었듯이 우리의 법도를 지키자는 말이 나왔는데 오 함마의 입장을 들어보겠네. 너의 생각은 어떠한지 여러 동료들 앞에서 그럼 오 함마, 자리에서 일어나 말을 해보겠나?" 중간보스의 이 말에 나는 자리에서 일어나 우선 큰형님께 정중히 인사를 올린 다음 시선을 어디에 둬야 할지 몰라 주저하고 있다. 정면을 보자니 큰형님과 중간보스들의 쏘는 듯한 눈이 부담스럽고, 옆으로 돌리자니 많은 동료들의 번뜩이는 시선과 내 눈이 마주쳐 마음까지 압도당할 거 같고, 위를 처다보자니 질서 없이 얼기설기 엮어 지붕을 받쳐주고 있는 서까래가 경쟁을 하듯 서로 빠져나오려 해 곧 무너질 거 같아 정신이 복잡해져 어떻게 할 줄을 몰라 그냥 발밑으로 눈을 떨군 채 애꿎은 신발에만 고정시켜 내려보고 있다가 그 언젠가 염천교에서 주문해 신었던 단화를 그 여러 세월 지금까지 편히 신고 다녔던 신발이 문득 이 엄중한 시기에도 그때의 일이 비로서 잠깐 동안 생각이 난다.

어차피 겪어야 할 일 후회 없이 말이라도 해보려고 마음을 진정시키고 용기를 내어 가슴속에 품고 있던 내 마음을 여러 사람들 앞에서 내보이기 위해 입을 열었다. "제가 할 말이라고는 하찮은 제 일을 가지고 큰형님까지 모시고 이런 일을 벌인 게 참으로 송구스러운 마음으로부터 울어나 동대문사단의 여러 형제님들께 용서를 구하고자 하옵니다. 단체의 일원이었던 만큼 규율을 엄하게 중히 여길 마음은 변함이 없을 뿐더러 보잘것없는 제가 조직의 질서를 흐리게 한 것을 송구스럽게 생각하면서 동대문사단의 결정을 엄히 따를 뿐이며, 저는 단지 어머니에게 효도 한 번 제대로 못해본 게 마음 한구석에 한이 맺혀 뼈가 으스러지도록 후회하며 죄를 짓고 세월만 보내고 있다는 마음을 항상 가지고 있었는데 정구 혼자 어머니를 모시고 있다가 정구가 세상을 떠났으니 원치 않는 생이별을 한 정구 어머니를 생각하면 나로서는 정구를 데리고 있던 윗사람으로 무한책임을 느껴 도저히 그냥 넘어갈 수 없다고 생각한 나머지 내 일처럼 여겨져 마음 한구석이 무너지는 거 같아 문득 제 어머니를 잘 모시지 못한 걸 뼛속 깊이 새겨 두고두고 후회하던 것을 현재 살아 계신 정구 어머니에게 효도를 대신함으로 제 마음속에 고이 간직해 놓은 애가 타는 무거운 짐을 조금이나마 덜어버리고 싶으면서 정구의 못다 한 몫도 내가 대신해 제 성의껏 효도해 보려는 마음뿐입니다."

　내 말이 끝나고 자리에 앉자, 갑자기 장내에는 그 무어라 말할 수 없는 침묵에 숙연한 공기의 흐름이 무겁게 내려앉아 자기 어릴 적에 저질렀던 일이 생각나 이중에 어느 한 사람은 편모슬하의 외아들로 자라 엄마의 애지중지 키운 보살핌 아래 동네 사람들하고 위아래 없이 뻔질나게 싸워대니 싸가지가 없다며 애비 없는 후레아들놈이라 소문도 나 상대도 안 했지만 고슴도치도 자기 새끼는 이쁘다고 귀여워해 준다는 어미같이 경찰에 잡혀가 있는 아들을 사정사정해 빼내와 동네 사람들 만나면 창피해 밤늦게 뒷동산 넘어 집으로 가 아침에 닭 잡아 고깃국 끓여주던 어머니, 또 다른 사람은 도회지에 가서 돈 벌어오겠다던 아들의 손에 어떻게 마련했는지 모를 차비라고 꼬깃꼬깃한 돈을 아들 손에 쥐어주면서 못 견디겠으면 다시 어미 곁으로 오라는 말을 들었을 사람, 시골에서 게을러터져 아버지의 꾸지람을 듣고 애꿎은 엄마한테 성질을 부리면서 집을 뛰쳐나와 여기 앉아 있는 사람, 농촌에서 지내다 가난하고 힘들어 큰

아들로 태어나 집안을 일으켜 보고자 서울로 가는 아들에게 무슨 일이 있어도 끼니는 거르지 말라던 어머니의 말씀을 가슴속 빈자리에 새겨논 사람도 있을 것이니 이런저런 사연으로 연결고리가 있을 수밖에 없지.

또한 친구들 따라 어울리다 여기에 앉아 있는 동료들이 있을 것이고, 그 외 반찬 투정하다 숟가락 집어던지면서 할 소리 못할 소리 엄마 가슴에 대못을 박아놓고 세상 별거냐? 자기가 잘났다고 큰소리치며 집을 박차고 나온 사람, 다른 동료들도 가슴속으로만 간직하고 있는 사연으로 어머니에 대한 오랜 추억 속에서 세월이 지나다 보니 씻을 수 없는 죄로 자유로울 수가 없는 사람들이니 이루 형용할 수 없는 묵직한 기운의 장막이 드리워지면서 이들이 자기 어머니에 대한 과거 성찰의 시간이 된 듯, 일제히 고개를 밑으로 떨구고 누가 내는 헛기침 소리만 적막을 깨트릴 뿐 여기에 목탁소리만 더해 울려 퍼진다면 우리가 깊은 산속 절에 와 있는 줄 착각할 정도로 침묵이 깔려져 조용하다 못해 음산한 분위기까지 들어 어느 누구도 감히 이 상황을 고이 간직하려고 말을 꺼내는 사람이 없었으니.

얼마쯤 조용한 시간이 흐르자 한 곳에서 이런 소리가 들려왔다. "물론 규율도 중요하지만 우리 식구였던 사람이 저세상으로 간 그 동료가 해야 할 일을 다른 동료가 하겠다는 것을 꼭 우리 규율대로만 풀어야 합니까? 그야말로 우리를 배반하고 다른 패거리 집단으로 간다는 것도 아니고, 시골에서 노모 혼자 지금도 아들을 기약도 없이 무작정 기다리고 있다는 걸 생각해보십시오. 이것은 우리의 규율이나 법도의 문제가 아니라 인륜이나 천륜에 물어봐야 하는 거 아니겠습니까?" 이러자 반대쪽에서는 "그것도 좋은 말이긴 하지만 이런 핑계, 저런 사정 다 봐주다가는 조직을 끌고 가기가 힘듭니다." 이런 말과 함께 갑론을박이 난무하고, 강경파와 온건파가 서로 자기 주장대로 열띤 토론이 한창 진행 중이다.

이 말이 끝나자마자 "물론 이런 핑계, 저런 사정 다 봐주다가는 우리 동대문사단의 단합에 큰 위협인지는 알지만, 우리 조직에 몸을 담고 있던 정구라는 동료가 유명을 달리한 데 대한 우리들의 가슴에 남아 있는 그 이미지가 겨우 이렇게밖에 안 되는 겁니까? 내 마음속에서는 정구라는 동료가 적어도 우리들에게 이런 대접을 받는다면 심히 부끄럽다는 생각을 가지고 있습니다. 그의 어머니는 지금 이런 사정도 모르고 있으니 그것 또한 우리가 마음 편히 잊어버릴 수가 있겠습니까? 나는 가슴이 아파 그냥 넘어갈 수가 없을 것 같습니다. 그렇다면 누구라도가 아니라 우리 다 같은 심정으로 어머니를 모셔야 하는 거 아니겠습니까?" 하고 여러 사람들 앞에서 일어나 단호한 외침으로 호소하는 이가 있었으니, 그 사람은 다름 아닌 나와 같이 정구를 부축해 병원으로 달려갔다가 정구가 운명했다는 의사의 말을 듣고 으아~ 하고 외마디 소리를 지르며 머리를 바닥에 처박고 괴로워 몸부림을 쳤던 바로 그 동료였으니, 이는 정구의 마지막 모습을 보고 안타까운 이별을 목격한 본인으로서 아무것도 모르는 정구 어머니를 생각하니 이 상황을 어떻게 해야 할지를 마치

자기 일같이 흥분을 감추지 못하고 있다.

개중에는 "그러면 정구 어머니를 아주 우리 사단으로 모셔 오는 것이 어떻겠습니까?" 하는 사람도 있었으나 정구 어머니께서는 동기나 여건상 이런 자리에 안 맞아 보나 마나 결국은 반대하실 게 분명할 것이니 이 제안은 무시하기로 하고, 동대문사단에서는 나를 놓치기 싫어하는 눈치인 것 같으나 전 조직원이 있는 데서 규율대로 처리할 수가 없다면 동대문사단의 위신이 말이 아닐진대 잘못하면 조직이 와해될 빌미를 줄 징조의 전조가 돼 한쪽 구석에 도사리고 있을지도 모르는 일이겠지만, 그렇다고 규율대로 처리한다면 동대문의 위상은 살릴 수 있겠지만, 지금까지 의리로 똘똘 뭉쳐 몸과 마음을 같이한 동료에다 함마라는 한 인간을 놓고 보자면 동대문 전 동료에게 인간성이 좋기로 소문이 난 데다 누구에게도 차별이 없는 훈훈한 인심에 한결같은 마음으로 전 대원들에게 호감을 가지고 있는 사람을 벌한다면 대원들 개개인의 마음속에는 말로 형언할 수 없는 허무함이 각자 저들의 마음속으로 무겁게 스며 들어갈 것이니, 그 뒤에 닥쳐올 처절한 중압감은 이 또한 무시 못할 일이었으니, 이렇게 각자의 주장대로 결론이 안 나고 있어 어느덧 시간은 흘러서 저녁 때가 다 되어 이제는 우리의 세상이라는 듯 붉으스레한 전등불이 얼마 안 남은 주위의 낮에 기운을 밀어내려 들듯이 하나 둘 서서히 그 세를 넓혀가며 들어오기 시작했다.

점심 먹고 시작한 회의가 끝날 기미가 안 보여 어떻게든지 이 승

대한 사건을 마무리지어야 할 때가 다 돼 이래서는 안 되겠다 싶었던지 조용히 양쪽 얘기를 듣고 있던 중간보스가 일어나서 좌중을 두루 돌아보고 하는 말이 "우리가 이쪽 저쪽 말을 오랜 시간에 걸쳐 다 들어봤습니다. 이제는 판단을 내려야 할 시간이 다가오고 있는 것 같아 여러분의 이해를 돕기 위해서 내 나름대로 생각해본 게 있어서 조심스럽게 말을 해보겠지만, 판단은 여러분들이 해주시면 좋겠습니다." 이렇게 중간보스가 운을 떼운 다음 "오 함마의 탈퇴는 조직 규율상 있을 수 없는 일이므로 그 대가를 치러야 한다면 지금 흔히 있는 보편적인 절차보다는 함마의 위치나 조직의 역할을 따져볼 때는 매우 엄한 벌이 내려질 게 뻔한 것을, 그대로 적용한다고 가정해서, 예를 들어 팔 하나 잘려가지고 시골을 간다면 노모를 잘 모실 수가 있을까? 하는 이런 생각을 해봤을 때, 과연 함마가 병신이 돼가지고 무엇을 어떻게 할 수 있겠습니까? 우리가 미루어 생각을 해봐도 당연히 잘 모실 수가 없겠죠. 지금까지 함마의 말과 행동을 보면 이미 결심을 굳힌 것으로 보이며, 그렇다고 아무 일 없듯이 그냥 내보내는 것도 우리 동대문사단의 존재와 규율을 부정하는 일이므로 그 중간 접점을 찾아서 보면 내보내긴 하지만 훗날 우리 조직이 오 함마를 필요로 할 땐 이유 없이 복귀하도록 단서를 붙이는 것이 좋을 것 같습니다. 함마 형제가 우리를 배반하고 다른 주먹세계로 가는 것이 아니라면 이 조건이 우리에게 주어진 피치 못할 방법이리라 사료됩니다." 하고 중간보스가 큰형님 쪽을 바라보면서 "큰형님, 우리 동대문에 대한 함마의 대단한 업적은 눈이 부실 정도로 찬란했습니다. 장안에서 함마라 하면 이 지역에서 누구도 감히 가벼이 할 수 없는 지경에 이르러 상대 어떤 자가 이름만 들어도 경기를 일으켜 함부로 넘볼 수 없는 재목으로 평가받고 있습니다. 큰형님, 우리 동대문에도 크나큰 힘을 실어준 이런 재목을 그냥 규율대로만 다룰 것이 아니라 함마라는 한 인간 속에 있는 의리에 따라 해결하심이 좋을 듯싶습니다. 이번 일은 너그럽게 봐주시고 후에 오 함마에 맞는 역할이 있으시면 명령을 내리시어 도모하심이 어떻겠습니까?"

　이렇게 말하니 여기 있던 모든 사람들이 큰형님 쪽으로 시선이 모아지고 있어 무언의 압력을 보내는 듯이 강경파와 온건파 간의 팽팽한 자기 소신이나 주장에서 서서히 온건파 쪽으로 기울어지는 느낌이 드는 것으로 봐서 그 이유는 '어머니'라는 이름 석 자가 이번 주제의 맨 위에 자리 잡고 있으며, 여러 사람들의 마음에 정서를 움직였기 때문이 아닐까? 그런 생각을 해볼 수 있을 것 같다. 어머니라는 이름의 세 글자에 아무리 돼먹지 않고 무지막지한 개망나니라도 감히 반기를 들을 자 그 누가 있겠는가? 어느 무지막지한 사형수도 집행장에서 마지막 눈물을 흘리면서 어머니를 외치며 죽었다고 하더라. 동대문의 조직을 이탈한다면 그 대가를 치러야 하는 게 마땅하지만 죄를 묻기보다는 어머니라는 이름 안에 자리 잡고 있는 사연과 함마라는 인간 됨됨이를 잘 알고 있으니 이를 두고 어차피 나갈 사람이라면 앞을 내다보고 훗날을 위해서 최대한 연결고리를 이어 보겠다는 중간보스의 생각은 가히 신선하다 못해 기발한 제안이라고 칭찬해줄 만하다.

중간보스의 말을 듣고 큰형님이 기침을 크게 한 번 하더니 약간의 시간이 흐르고 조금 있다가 잔기침을 여러 번 하고는 이어 무슨 말을 하려다 잠시 멈추기를, 지금까지 주먹세계에서 보지도 듣지도 못한 이런 평결을 내리려니 장내 여러 형제들의 무거운 침묵 속의 압력에 밀려 부담이 된 듯 이윽고 큰형님으로부터의 말씀이 무겁게 장내로 퍼져 내려온다. "에, 또 즉 당에설라무니 여러 형제들의 말을 잘 들어봤어요. 허니끼니 이거 참 우리가 다 알고 있지만 때로는 피치 못할 어려운 결단으로 어쩔 수 없는 사정이 있듯이 동생의 말이 거시기해 보이는 거 같아 그런 식으로 마무리를 했으면 해서 형제들의 의향은 어떤지 깐두루 나는 오히려 되묻고 싶어요?" 오늘 따라 큰형님도 여러 동생들 앞에서 평소에 잘 쓰지도 않는 말로 버벅거리는 걸 보니 일련의 사태에 충격을 받은 게 분명하다. 평소에 큰형님은 간단명료하게 결단을 내리는 카리스마를 보이는 게 특기지만, 지금 이 문제만큼은 상당히 주저하는 태도에 전과 다른 큰형님의 모습을 보이고 있으며, 사방이 쥐 죽은 듯이 조용한 가운데 이 낌새를 재빨리 알아차리고 중간보스가 나서서 마무리 얘기가 나온다.

"이제 여러 안이 나왔지만, 한 가지로 통일하기 위해서는 큰형님의 말씀대로 예외로 인정해주는 것으로 하되 우리 사단에서 부르면 오 함마는 즉시 동대문의 일원으로 편입하는 걸로 마무리를 하는 게 어떻습니까? 여러분!" 하니까 여기에 모여 있는 모든 사람들이 박수를 쳐 만장일치로 동의해주었으니, 사실 규율대로 집행하자면 그 처참한 꼴을 한 식구들끼리 봐야 하니까, 그런저런 사정에서 박수를 쳐준 거 같으면서, 마지막으로 큰형님의 목소리가 웅장하면서도 나즉히 동료들 머리 위로 휘몰아 소용돌이치면서 들린다. "그러면 내가 동대문사단 식구들의 대표로 오 함마에게 특명을 내리겠으니 오 함마는 자리에서 일어서라." 하는 큰형님의 호명으로 나는 벌떡 일어섰다. 다시금 들리는 큰형님의 목소리 "지금 여러 시간에 걸쳐 논의한 대목은 동대문사단 동지들의 찬성 아래 시골 정구네 집으로 내려가서 정구 어머니를 우리 동대문사단 전 대원의 어머니처럼 극진히 모셔라. 그리고 적절한 시기에 동대문사단의 부름이 있을 때는 이유 불문하고 합류할 것을 명하노니, 만약 이 대목에서 소홀함이 있을 때는 규율대로 엄히 다스리겠다. 알겠나?" 큰형님의 목소리가 근엄하고 우렁차게 장내로 울려 퍼진다.

이에 나도 모르게 반사적으로 무의식중에 대답이 나왔으니 "네, 큰형님으로부터 정구네 집으로의 귀농 명받았습니다! 철저히 받들 것임을 큰형님을 위시해 여러 형제님들 앞에서 굳게 맹세하겠습니다." 이렇게 나도 명쾌한 답으로 임했으니 일찍이 그 유래를 찾아볼 수 없었던 회오리치는 무거운 분위기를 전에 없던 기가 막히고 희안한 판결로 대단원의 막을 내려, 앞일을 예측할 수 없던 살벌한 회의는 언제 그랬냐는 듯이 큰형님을 비롯한 장내에 있던 사람들이 서서히 빠져나가고, 내 주위에 현수를 비롯한 몇 사람만 남게 됐을 때 큰형님으로부터 명령 하달을 받고 나자 잔뜩 긴장한 마음이 풀어지며 온 전신이 이완이 돼 그 자리에 맥없이 풀썩 주저앉아 내 몸 전 마디마다 힘이 쑥 빠져 의자에서 일어나 걸을 수가 없어 중심이 흔들리니 이 기미를 알아차리고 옆에 있던 동생들이 양쪽 팔과 허리를 감싸 안고 부축해줘 가면서 저녁식사를 하고 가라는 걸 손으로 간신히 저어 거부 의사를 밝힌 다음 동료들의 부축을 받아 숙소로 들어가게 돼 이제는 전깃불이 휘황찬란하게 밝아 도대체 지금이 몇 시인지 짐작할 수가 없다.

현수가 바지와 잠바를 벗겨주고 무슨 얘기를 하고 싶어 했으나 나를 붙잡고 지금 얘기를 할 형편이 아니라는 걸 알고 걱정스러운 얼굴로 이불을 덮어주며 말없이 나가 나는 잠을 청해보니 조금 전 상황이 좀처럼 지워지질 않아 잠을 잘 수가 없으므로 오랜 시간 지난 일과 앞으로의 일을 생각하면서 지금 내가 어떻게 해야 할지 앞일을 점검해보면서 걱정해본다. 물론 이런 일이 쉽게 끝나리라곤 생각지도 않았지만, 최악에 경우 규율 위반으로 병신이 되더라도 어쩔 수 없다는 각오로 이번 일에 임한 건 사실이었다. 내가 지금 꿈을 꾸고 있는 게 아닌가도 생각이 들며, 그나마 이렇게 끝난 것을 천만다행으로 여기면서 동대문 식구들의 결정에 내 마음속 깊숙이 고마움을 간직해 앞으로 어떻게 해야 할 것인가? 머릿속이 암울한 굴레 속으로 빠져들어 가는 거 같아 어떠한 생각도 떠오르지 않았으니 "에이, 우선 이 시간을 탈피하기 위해서는 꿈나라로 가버리자." 모든 잡념을 접어두고 억지로 눈을 감고 잠을 청했으나 좀처럼 잠이 오질 않아 이리 뒤척, 저리 뒤척 오랜 시간 잠을 못 이뤄 뒤척이다 어느 순간 나도 모르게 눈이 감겨 잠이 들어버렸다.

2

이리하여 사연과 희비애환에 곡절이 많았던 동대문사단의 시절을 청산하고 시골 정구네 집을 찾아 떠나는 날 어느 누구보다 아침 일찍이 찾아온 중간보스가 내 옆에 오더니 주먹세계의 생활을 툭툭 털고 동대문사단을 떠나가는 나를 향해 "잘 가거라. 너는 우리 동대문 식구들의 자랑이었어. 영원히 기억하고 있을 거야. 어디를 가 있더라도 이런 인연도 있다는 걸 잊지 말아다오. 그리고 이번 대관홀에서 벌어졌던 열띤 토론은 오로지 내 생각이었어. 내가 처음에 큰형님께 보고했을 때는 규칙대로 처리하라는 명령이었으나 네 주도하에 이루어 놓은 성과를 잘 알고 있는 나지만 큰형님은 동대문사단의 규율을 여러 대원들 앞에서 무시할 수가 없다는 생각이었으나 그동안 우리 동대문에서 일어났던 굵직굵직한 일들을 차례대로 말씀드리고, 해결했던 사건들을 순서대로 조리 있게 말씀드리면서 차라리 여러 동료들이 모인 자리에서 결정지어 보심이 좋을 듯싶다고 내가 건의를 드려 이루어진 일이니, 큰형님의 위치에서는 그럴

만한 책임감과 의무가 뒤따르고 있다는 사실을 이해하거라. 이제 지난 일은 툭툭 털어버리고 새로운 세계에서 새로운 일에 전념하길 바래. 그리고 여기 큰형님을 위시해서 여러 형님과 동생들의 성의를 표시해 모아서 보내니 요긴하게 잘 써라." 하며 내 주머니에 비닐뭉치를 찔러주고 돌아서는 중간보스의 뒷모습을 보고 있으려니 사나이의 무한한 정과 질기고 끈적끈적한 의리를 새로운 세상으로 이 짧은 시간에 벼락치기로 고스란히 나에게 전수해주고 멀어져가는 느낌이 들어 가족들 중에도 형제간의 우애가 이런 것일까? 생각을 잠시 해본다.

중간보스의 말에 정이 넘쳐흘러 무언가 아쉬움이 남아 "네, 형님! 그동안 저를 친동생처럼 아껴주셔서 무어라 깊은 감사의 말씀을 드려야 할지를 모르겠습니다. 비록 저는 동대문을 떠나고 있지만 형님을 비롯한 동대문 식구들 영원히 안 잊을 겁니다." 내 가슴 속이 뭉클하면서 사나이들의 질긴 우정과 의리로 뭉쳐져 있는 진심 어린 말에 눈물이 핑 돌면서 전기에 감전이 된 듯 내 가슴이 뭉클해져 온다. 이어서 다른 형님과 동생들이 우르르 몰려와 작별인사를 하는데 그중에 현수는 내 바로 뒤에 와서 "형님, 규율이 이렇게 엄한 줄 몰랐습니다. 그동안 정신을 못 차리고 있다가 내가 어디에 와 있는지 형님이 가르쳐 주셔서 비로소 확실히 알았습니다. 철이 없는 저를 용서해주십시오. 형님!" 하면서 눈물을 글썽이며 있는 것을 내가 뒤로 돌아 현수의 손을 잡고 "괜찮아, 모든 게 결론이 잘 이루어졌잖아. 우리 또 언젠가 만나자." 하고 약속을 했으며, 나와의 사이를 멀리 두고 있는 동료들도 삼삼오오 짝을 지어 있으면서 진심 어린 눈빛으로 작별을 하고 있다.

이렇게 동대문 식구들의 환송을 받으며 그곳을 떠나면서 마음속으로 최면을 걸어, 새로운 인연의 어머니를 찾아서 만나러 가는 중에 그동안 해보지도 않았던 처음 시도하는 내 행동으로 하여금 설레이면서도 야릇한 마음으로 미지의 세계로 마침내 또 다른 여행을 떠나는 이 마당에 현수가 약도까지 자세히 그려가면서 알려준 대로 시골 마을에 있는 정구의 동네로 찾아가게 되어 한낮에 시외버스를 타고 달리면서 서울특별시 경계를 벗어나 한적한 시골길로 접어드나 했더니 갈수록 군인들과 거기에 관계되는 군용 시설물들이 설치된 것들이 눈에 많이 보인다.

탱크가 포를 쏘는 벙커는 물론, 국방색 그물 위장망이 여기저기 처져 있고, 집채만 한 콘크리트 덩어리가 버스 다니는 길 위에 걸터앉아 설치돼 있어 차가 그 밑으로 지나가게 되어 있다. 만약 유사시에 철근 바리케이트 차바퀴 펑크 내는 지뢰 구조물을 찻길에 깔아놓고 그 큰 콘크리트 덩어리를 밑으로 떨어트리면 길은 차단이 되고, 아무도 못 다니게 되어 있으니 적들이 전진을 하다 방해물들을 치우는 데 시간을 허비하면 그만큼 아군에게 필요 적절한 시간을 벌어줌으로 매우 중요한 구조물을 지역 요소요소에 만들어놔 설치를 해놓은 것일 게다. 갈수록 길옆에는 팻말이 서 있는데 아라비아 숫자로 ○○○○부대라고 써 있고, 한참 가니 또 □□□□부대에 들어가는 찻길이 깨끗하고 질서 있게 쭉 뻗어 있으며, △△△△ 부대 안에는 군인과 군용트럭을 많이 볼 수가 있어 전방이 점점 가까워 오는 것 같은 느낌이 들었으며, 얼마쯤 달렸나 자리에 앉아 있기도 지겨워 몸을 비틀어대며 뒤척이고 있을 때쯤 되니까 드디어 정구네 동네에 도착해 버스에서 내리니 해가 뉘엿뉘엿 지기 시작했다.

나는 가게에서 세면도구하고 정구 어머니께서 혹시 이빨이 안 좋으실지 모르니 연하고 부드러운 연양갱과 같은 먹거리와 과자를 간단하게 몇 가지 사들고 이 지역 사람에게 길을 물어보니 정구 어머니가 계시는 집엔 산골길을 1시간 이상 걸어야 오두막집 한 채가 나올 거라 알려준다. 겨우 소달구지가 지나갈 정도의 길을 걸어가며 노래도 하고, 내 나름대로 지어낸 시를 읊어볼라치면 "나는 가고 파요. 새어머니 찾아서 가고파요. 하늘 높이 계신 내 어머니, 초행길을 인도해주시어 이승에 계신 어머니를 찾아주오. 저승에 계신 내 어머니에 그동안 불효의 아쉬움만 남아 못해 드린 아들 노릇을 이승의 정구 어머니께 효도하려고 찾아가고 있네요. 어머니, 어머니, 불리도 불리도 불러볼수록 그리웁고 아쉬움만 남는 우리 내 두 어머니, 나를 바른길로 인도해주옵시고, 어머니의 힘으로 아들의 끈을 잡고 이끌어 주시와요. 혹시 내가 커서 끌어주기가 힘이 든다면 뛰어서라도 쫓아가 끈을 잡고 갈게요. 어머니에 대한 내 정성, 못다 한 효도 이승의 어머니에게 모두 바쳐볼래요. 저승에 계신 우리 어머니, 내가 내미는 손을 놓지 마시고 캄캄한 밤 먼 길을 갈 때와 같이 끝까지 잡아 이끌어 주심을 간절히 바랍니다.

그리고 어릴 때 나하고 하는 짓이 똑같은 사내아이 불러도 대답 잘 안 하고, 씻는 거 싫어하고, 옷도 잘 안 갈아입고, 저한테 맛있는 거만 우악스럽게 먹다 배탈나고, 자기 기분 좋으면 흥얼거리며, 노래하는 거 좋아하고, 꼭 양치질을 하라고 해야 이빨을 닦으니 밤에 잘 때는 낮에 일어났던 일을 잠꼬대로 다 재현하고, 아침에는 꼭 깨워야 일어나며, 잠자리에서 몸만 쏙 빠져나오는 아이. 그러나 마음씨 하나는 천진난만한, 조금 모자라는 듯한 정구라는 애가 저승으로 갔어요. 그 아이 남들 앞에서는 수줍어 잘 나서지도 못하는 아이라 어머니의 보살핌이 있어야 될 거 같아 부탁드리오니 내가 이승에서 아끼던 동생 같은 아이를 한 번 찾아봐 주세요. 사내아이들 많이 보인 네서 "성구야!" 하고 불러보면 "네!" 하고 대답하는 놈이 그놈이에요. 얘를 집에 데려다 막걸리 한 사발하고 풋고추에 된장 찍어먹는 걸 좋아하구요. 여유가 있으시면 찹쌀막걸리를 먹였으면 좋을 텐데 어머니 이승에서처럼 머리 깎고 놋쇠 그릇 팔지 말고 형편이 안 되시면 내가 어려서 뭐 사달라고 칭얼대며 떼를 쓰면 엄마가 사이다를 만들어준다고 물에다 소다와 당원을 넣어 많이 해먹었던 음료수같이 그냥 되는 대로 하시와요. 그리고 쌀을 씻은 뜨물을 오래 끓이면 걸쭉해져 거기에 당원을 조금 넣어 먹으면 얼마나 맛있게 먹었는데요." 아무리 중얼거려도 내 마음 한쪽에 허전하고 모자라는 어머니에 대한 그리움이 사무치며 중얼거리면서 가는 동안 해는 이미 서산으로 기울어져 어두컴컴해지기 시작하면서 시골엔 금방 캄캄해진다.

　칠흑같이 어두운 밤 오솔길을 한참 걷다 보니까 언제였든가? 내가 어릴 적 옛날옛날에 오늘 같은 그야말로 저승사자도 도망가리만치 캄캄한 어두운 밤에 나는 무서워서 엄마의 손을 꼬옥 붙잡고 시골 산골길을 걸어가고 있을 때 길옆에는 사람들이 오며 가며 돌을 쌓아놓고, 울긋불긋한 헝겊도 걸어놓아 저마다 그날의 안녕을 빌던 성황당 앞을 지나 엄마 손에 거의 끌려가다시피 해 간신히 따라가고 있는데 엄마는 무서움도 안 타는지 용감하게 오솔길을 걸어서 집에까지 왔던 그때의 일이 생각난다. 집에 들어와서 보니 나는 땀으로 옷이 흠뻑 젖어 "엄마는 안 무서웠어?" 하고 물었지만, 엄마는 "장한 내 아들이 옆에 같이 가고 있어서 이 엄마는 무서울 게 없었단다." 하시던 말씀을 들은 그 옛날 기억이 어렴풋이 생각나면서 역시 어머니는 위대하시다라는 표현이 딱 맞는 거 같다.

　시골 사람들이 해가 떨어져 컴컴한 길을 걸어가다 보면 온 몸이 무서움에 휩싸여 머리끝이 쭈뼛쭈뼛 서는 공포스러운 느낌을 받을 때는 그 무엇보다도 사람을 만나는 경우가 제일 무섭다는 얘기를 어른들께서 하신 말씀을 들은 적이 생각나 이런 지난 일의 추억에 젖어서 갈 때 저쪽에 희미한 불빛이 가물가물 흔들리는 듯해 가까이 가보니 드디어 허름한 집 문틈 사이로 새어 나오는 그 빛을 따라가 문 앞에서 "어머니, 어머니, 어머니, 계십니까?" 하고 불러보았더니 잠시 숨을 크게 한 번 내쉴 정도의 시간이 지나자 안에서 인기척이 들리며 "누구? 정구냐?" 하는 소리와 함께 문이 열리며 나타나는 그야말로 남루한 옷차림에 할머니 같은 얼굴이 내 눈에 비춰지는데, 날이 컴컴해서 그런지 눈이 어두워서인지 "정구냐?" 하고 한 번 더 물으신다. "저는 정구 친구인데요, 정구가 어머니 좀 찾아뵈어 달라고 해서 제가 왔습니다. 좀 들어가도 될까요?" 하고 말은 했지만 어머니의 허락이 미처 떨어지기도 전에 신발을 벗고 조그만 툇마루 비슷한 걸 밟고 방 안으로 들어갔다.

정구 어머니는 방 한가운데 삐쭉히 서 있는 나무 등잔대 위에 위태롭게 간신히 놓여 있는 그 사기 등잔에 박혀 있는 헝겊으로 된 심지에서 빨려 올라오는 석유가 타며 비추는 희미한 불빛으로 내 얼굴을 요리조리 자세히 한참 뜯어보시면서 이제나 저제나 가슴속에 고이 간직하고 있던 보고 싶고 그리운 아들 정구의 흔적이라도 찾아보려 애쓰시다 정구가 아니라는 것을 아신 뒤엔 "아이고~ 집 안이 누추해서 어떡해요?" 하며 아랫목에 깔아놓았던 요대기를 치워서 한쪽으로 옮기고 "아랫목에 앉으세요." 하면서 자리를 권하며 손님으로 접대를 하려 하신다. 내가 여기에 온 목적을 얘기하고 앞으로 해야 할 일을 말씀드리려면 일단 정구 어머니가 권하는 대로 아랫목에 앉았더니 "저녁은 드셨우?" 하는 정구 어머니의 말씀에는 예로부터 우리나라 민족이 서로 못 살고 있는 같은 처지임에도 다른 사람 끼니 걱정하는 것은 어려운 살림에도 남을 생각하는 배려 깊은 마음이 세월이 흘러도 지금까지 이어져 내려오는 인심 좋은 덕목 중에 으뜸으로 지고 있다.

아마 내가 밥을 안 먹었다고 하면 이 밤중에라도 밥을 지어서 가져올 판이지만 가만히 생각을 해보니 점심은 안 먹었고, 저녁은 건너뛰어도 젊은 놈이 이 정도는 참을 수 있기 때문에 저녁을 먹었다고 거짓말을 하기로 했으니, 시도 때도 없이 정구 어머니를 번거롭게 하고 싶지 않아 "네, 먹었습니다. 어머니, 그거보다도 여기 좀 앉으셔서 제 말씀을 들어보세요." 이렇게 해서 나는 정구 어머니와 비로소 얼굴을 마주하게 됐다. 정구 어머니는 나이가 드시긴 했다지만 얼굴에 주름이 많고, 시골에서 외모에는 신경조차 안 쓰고 가꾸질 않아 그 도가 지나칠 정도로 거칠고 야위었으며, 머리는 거의 흰머리에 검은 머리가 3분에 1가량 섞여 있었으니 한눈에 봐도 이 험한 세상 모진 풍파를 홀로 겪으신 분을 차마 정면으로 쳐다볼 수 없었으며, 이런 일련의 사태를 꼭 내가 저지른 일같이 느껴져 그저 죄스러울 따름으로 무릎 꿇고 사죄를 드리고 싶은 마음에 내가 몸 둘 바를 모르겠다.

"어머니, 밤늦게 찾아봬서 죄송합니다. 초행길이라 이렇게 늦었어요.", "어유~ 길도 모르는 곳에 찾아오시느라고 고생을 많이 하셨어요. 드실 것이 변변치 않은데 그럼 밤이라도 내와야겠네요." 하면서 일어서려는 어머니를 "어머니, 어머니!" 하면서 어머니 팔을 잡아 다시 제자리에 앉으시게 하고 "먹을 것은 제가 가지고 왔어요. 이거 드시면서 제 얘기 좀 들어보세요." 하면서 과자와 먹을 것을 어머니 앞의 방바닥에 주욱 내려놓았다. 내가 제일 염려스러운 어머니의 치아 상태가 어떤지 확인하고 싶어 걱정스러운 마음으로 우선 연양갱을 집어 겉봉지를 뜯어드렸더니 정구 어머니는 흰 이를 드러내시며 한 입을 베어 물으시는데 내가 제일 염려했던 치아에 대해서는 걱정을 안 해도 될 거 같아 '아이고~ 어머니, 고맙습니다.' 속으로 뇌까리면서 일단 한시름은 내려놨다.

이제는 정구 어머니에게 무어라 얘기를 해야 되나 생각하다가 정구와 나 사이를 먼저 밝혀야 되겠다 싶어 "어머니, 저는 정구와 아주 친해 서로 의형제를 맺은 사이예요. 정구가 어머니 걱정을 많이 하면서 내가 못 가면 형이라도 대신 찾아가서 잘해드리라고 했지만, 제가 너무 늦게 이렇게 찾아뵈어 참으로 죄송스럽게 됐습니다. 정구는 지금 해외 멀리 가 있어서 한국에 오질 못하니 저한테 부탁을 하고 갔어요. 제가 어머니라고 불러도 괜찮지요? 정구보다는 못하겠지만 성심성의껏 잘 모시겠습니다."라고 조심스럽게 말을 하니 정구 어머니는 "어이구~ 처음 보는 젊은 분한테 어떻게 불러야 되는지? 그나저나 우리 정구가 외국에 갔다고요? 그런 말이 없었는데?" 정구 어머니는 정구가 외국 갔다는 말에 적지 않게 놀라 설마 하며 반신반의하시는 눈치시다.

아무것도 모르는 할머니 같은 외모의 어머니에게 거짓말로 얼버무리려 하니 내 마음도 편치 않은 건 이루 말할 수가 없는 것을 "어머니, 걱정하지 마세요. 요즘 세계적으로 유명한 외국 회사가 한국인들의 기술과 근면성을 알아주고 우리나라 사람들을 많이 뽑아갑니다. 돈도 국내 회사보다 많이 주니까 이들 회사를 통해 중동지역에 많이들 가고 있어요. 정구가 저한테 부탁을 단단히 해놓고 갔으니까 제가 어머니 책임지고 잘 모시겠습니다. 저도 옛날에는 시골에서 농사도 지어봤기 때문에 일을 좀 할 줄 알아요. 오늘은 주무시고 내일부터는 제가 어머니를 잘 모시겠습니다.", "그러면 오시면서 수고하셨으니 여기 아랫목에서 주무세요." 하시면서 손님으로 대접하려고 안방에서 잠자기를 권하는 것을 "아니, 그럼 어머니, 정구 있을 때 어떻게 하셨습니까?" 정구 어머니 앞에서 내가 아랫목을 차지하고 잔다는 것은 도리가 아닌 거 같아 다시 한 번 물었더니 "정구 있을 때는 정구가 윗방을 쓰고, 내가 아랫목에 잘 때도 있었지만, 정구 학교 다닐 때는 어미하고 같이 안방에서 잤어요." 어머니의 지금 하신 말씀으로 짐작해보면 이 집이 흔히 얘기하는 초가삼간(볏짚으로 지붕을 덮은 부엌, 안방, 윗방)이라는 집이구나. "그러면 어머니, 제가 윗방에서 잘게요. 어머니께서는 안방에서 주무세요." 하니 어떻게 손님을 윗방에서 자게 하냐고 하시는 걸 "어머니, 저를 정구 아들하고 같이 대해주시는 게 저한테는 제일 편합니다."

정구 어머니와 내가 옥신각신하다가 결국은 내 주장대로 어머니는 안방에서 주무시게 하고 나는 윗방에서 자기로 정해놓고 보니 내가 어릴 때 어른들 하시던 말씀에 안방 윗목보다 윗방 아랫목이 더 따뜻하다는 말을 들은 기억이 어렴풋이 생각난다. 말은 그럴듯하나 해학적인 기분으로 생각하기 나름이겠지. 윗방 문을 열고 문턱을 넘어 들어가 보니 다 쓰고 비어 있는 비료푸대에 여러 곡식이 채워져 있고, 다른 마대(삼베로 만든) 자루에는 고추가 담겨져 있고,

저쪽 마대자루에는 옥수수가 떨지도 않은 채 각자 들어 있어, 나는 그중에 옥수수 마대자루를 베개 삼아 정구가 쓰던 이불을 깔고 덮고 해서 윗방 아랫목에 누워 곰곰이 생각하니 참으로 만감이 교차하는 기이하고 기나긴 밤이 펼쳐진다.

내가 살아왔던 지금까지의 일이 영화처럼 차례로 자전거 페달 돌리듯이 머릿속의 화면에 천천히 돌아가면서 비춰지고, 내 등어리에는 정구가 항상 꼭 달라붙어 있는 것처럼 느껴지고, 내가 천정을 보고 똑바로 누우면 정구가 숨 쉬기 어려울 것 같은 느낌이 들어 옆으로 돌아누워서 마음속으로 말을 붙여본다. '정구야, 어머니 얼굴을 보고 너는 어떤 생각이 들었니? 그동안 많이 늙으셨겠지? 내가 네 어머니 모실 때 혹시라도 잘못하는 점이 있으면 알려줘?' 하고 물어보았지만, 고요한 적막 속에 내 귀에 알아들을 수가 없는 대답만이 공기 사이로 흐를 뿐, 앞으로 정구 어머니를 어떻게 모실까? 하는 고민과 내가 해야 할 일들을 생각하다가 새벽녘쯤 돼서 나도 모르는 사이에 잠깐 눈을 붙인 거 같은데, 시간이 얼마쯤 흘렀을까? 내가 자던 윗방에 벽에다 구멍을 뚫어 유리조각으로 나직히 만들어 놓은 조그만 유리창으로 아침햇살이 비추어 내 눈꺼풀 사이로 쑤시고 들어와 신경을 건드리는 바람에 잠을 깨고 말았다.

눈을 비비고 일어나 윗방에서 아랫방으로 통하는 문을 열어보니 정구 어머니는 벌써 일어나 부엌에서 무얼 하시는 거 같다. 나도 밖으로 나와 마당에서 보니 동대문에서 보던 차와 자전거, 리어카의 행렬은 보이지 않고, 아침햇살이 온 세상에 골고루 비추고, 그리 넓지도 않은 마당을 지나 저편에는 횡하니 앞이 확 트여가지고 정말 시골 산골로 그 앞에 높지도 않은 그저 흔히 우리가 보편적으로 말하는 동화책에 나올 듯한 동산으로 어울리는 주위에 조그마한 언덕으로 이어져 있는 거 같아 한눈에 봐도 정감이 가는 우리나라의 전형적인 자연에 어울리는 그런 풍경이다.

나는 정구네 집을 뒤로 배경을 삼고 확 트인 자연을 바라보면서 어깨 넓이로 다리를 벌려 서서 기마자세를 취한 다음 양팔을 위로 올려 기지개를 힘껏 펴고 나서 천천히 집을 한 바퀴 돌아봤더니 예상했던 대로 초가삼간에 오랫동안 손질을 안 해 헐어진 데다 금이 간 곳이 많아 남자의 손이 필요로 하는 곳이 한두 군데가 아니다. 그런데 그중에 번뜩하니 내 눈에 뜨이는 곳은 장독대 옆에 옹달샘이 하나 자리를 잡은 채 신기하게도 샘물이 송골송골 솟아 흐르고 있었으니 제법 아기자기하게 잘 꾸며져 주위에 돌멩이를 쌓아서 돌려놓고, 바닥에는 사기그릇 깨진 걸 아귀가 잘 맞게 깔아서 눈으로만 봐도 깨끗해 보이며, 넘치는 물은 졸졸졸 흘러 집 주위에 있는 도랑으로 흘러내려 정구네 집에서는 충분히 먹고 쓸만한 수량이 나오고 있는 거 같다.

옹달샘을 흥미롭게 구경하고 엉성하게 뚫린 부엌 뒷문 틈새로 연기가 질서 없이 꾸역꾸역 흘러나오고 있는 부엌문을 열고 들어가 보니 정구 어머니는 무엇을 하시는지 부엌 아궁이에서 흘러나오고 있는 자욱한 연기 속에서도 분주히 움직이고 계시는데, 초가삼간 집 끝에는 굴뚝이 제자리를 잡고 있지만 이 굴뚝에서 나오는 연기보다 아궁이로 새어 나오는 연기가 더 많아 부엌이 온통 연기로 꽉 차 있어 옆에 무엇이 있는지 분간을 할 수 없는 부엌 안으로 들어가 "어머니, 뭐하세요?" 하니 "아침 하고 있는 중이에요." 이렇게 어머니께서 말씀을 하시면 어머니와 나 사이가 불편해 "아이 참, 어머니도 말씀 좀 낮추세요. 저 정구 형이에요. 앞으로는 어머니 모시고 여기서 농사지으면서 살 거예요. 어머니, 그렇게 하세요, 네?" 하면서 어머니 양팔을 꼭 붙잡고 다짐을 하듯이 눈을 마주 보면서 얘기하니 정구 어머니도 어쩔 수가 없다는 듯 "그래 그럼, 정구하고 같이 대할게." 정구 어머니가 이런 경험은 처음이라 쉽지는 않겠지만, 이렇게 해야 내가 부담스럽지도 않고 마음이 편해 "좋았어요, 어머니!" 존경의 마음으로 대꾸를 하고 앞마당으로 나와 주위를 살펴보니 울타리라고는 나뭇가지 몇 개 꽂아놓고 다래나무 넝쿨이 울타리를 대신하고 있으면서 앞동산에서는 산새들이 알 수 없는 멜로디로 처음 보는 나를 반기는 듯 재잘거리고 있는 것이 신기하기도 했으며, 도심에서의 지겹게 들리는 소음보다는 기분이 상쾌하게 좋아지면서 저 멀리 보이는 산은 아주 높은 산으로 첩첩산중이라는 말이 어울릴 거 같다.

가슴을 활짝 펴서 크게 심호흡을 한 번 하고, 자! 그렇다면 내가 해야 할 일은 보이는 집 주위를 정리정돈해야 되겠다는 생각에 우선 세 기능을 못하고 있는 굴뚝부터 먼저 손을 보기로 하고, 더 높이 쌓아 올려 연기를 아궁이로부터 구둘을 통해 잘 빨아들이도록 해야 되겠다는 생각에 여기저기에서 돌멩이를 주워다 옹달샘에 물을 길어 흙을 됨직하게 버무려 놓은 뒤 내 키보다 훨씬 높이 쌓아서 먼저 올려놓았던 금이 간 항아리를 양쪽 옆에 구멍을 크게 뚫어 다시 덮어놓고 보니 전에보다 연기를 잘 빨아들여 훨씬 좋아 보였다. "음, 조금 낫구만." 자평을 하고 다음은 울타리를 보니 엉성하기는 하지만 산에 올라가서 싸리나무를 좀 더 베어와 엮어 세우면 될 거 같다. 초가삼간 집의 벽은 금이 쩍쩍 가 있어 잘하는 솜씨는 아니지만 주섬주섬 때워놓고 하는 사이에 아침식사가 다 됐다는 어머니의 목소리에 방으로 들어가 보니 흔히 숭늉이나 차, 과일 등을 올려놓고 나르던 조그마한 소반이 오래돼서 그런지 나무에 칠이 다 벗겨져 빛바랜 상 위에 쌀에다 옥수수와 보리를 조금씩 섞은 잡곡밥과 반찬은 김치에 마늘쫑 그리고 시래기를 물에 불려서 국을 끓여 그래도 어머니께서는 손님이 왔다고 온갖 성의를 다해 있는 건 뭐든지 찾아 상 위에 올려 차리신 걸로 보이는데 내 밥그릇엔 고봉으로 밥이 소복하니 올려져 있어 시골 인심을 나에게 일러주는 듯했으며, 어른들께서 말씀하시길 "농촌 사람들은 밥심으로 살아가는 거야." 하시는 말씀이 생각나면서 "아이, 어머니 밥은 왜 안 올려놓으셨어요?" 하고 어머니께 여쭤보았더니 "상이 작아서 올려놓질 못하니 나는 이따가 부엌에서 먹을 거야." 하셔서 이거 또한 내 마음이 편치 않아 "그러면 제가 밥을 국에 말고 밥그릇을 내려놓으면 될 거 같으니까, 어머니 밥도 가지고 오세요. 네? 어머니." 하고 부뚜막(솥을 걸은 언저리)에 놓았던 어머니 밥과 국을 가지고 올 때까지 기다리고 있으니 마지못해 가지고 오셔서 나는 어머니와 같이 처음부터 이렇게 겸상을 하기로 작정을 했다.

아침을 차리신 게 가짓수는 없지만 그래도 내가 왔다고 성의껏 차리신 걸 보고 느낀 것이 정구가 살기도 힘들고 장래 희망도 없어 보이는 이 지긋지긋한 가난에 찌든 생활을 벗어나려고 무던 애를 썼으리라. 이런 짐작이 들면서 소를 키우는 농장을 만들고 싶다는 정구의 말이 문뜩 생각난다. 정구는 사내놈이라 그렇다 치더라도 아무것도 모르고 있는 정구 어머니는 식구라고 해봐야 아들 하나밖에 없는 애를 몇 년을 못 보고 살아도 꾸준히 버티면서 고생을 마다치 않고 아들이 돌아올 때까지 기다리며 살아오지 않았던가? 아마 정구 어머니는 앞으로도 정구가 돌아오기만을 목숨이 다할 때까지라도 꾸준히 언제까지나 기다리실 게 뻔한 것을. 만약에 정구 어머니께서 정구 올 때까지 수없는 나날을 기다리시다 지쳐 그냥 이 자리에 쓰러지고 목숨을 거두신다면 세상에 이런 슬픈 일이 또 어디에 있을까? 나는 이런 참담한 현실이 오기 전에 미리 막아야 하듯이 이것은 내 엄마에게 못한 효도를 정구 어머니에게 온 정성을 다 쏟아부어 모셔야 한다는 사명감으로 내 마음속에 가득 찼으니, 정구 어머니는 거기다 시대에 적응하며 끈기 있게 지금까지 잘 버텨오시지 않았나 이런 생각이 내 마음속에 펼쳐지면서, 그래도 어머니께서 정성스럽게 차려주신 밥상을 보고 있으려니 동대문에서 목탁이라는 사람의 하는 행동이 머리에 떠올라 이자는 스님들이 공양을 할 때처럼 우선 두 손을 합장하고 "감사히 잘 먹겠습니다." 하면 우리들이 장난기가 발동한 말로 "이봐, 누구한테 감사하다는 거야? 혹시 우리한테 하는 소리야?" 하고 물었다.

　목탁이 하는 말은 "선배 동료 여러분들이 이런 자리를 만들어주신 데 감사를 드리고, 농사를 지은 농부들의 피땀 어린 노고와 저희들이 먹을 수 있게 만들어주신 여러 시주님께 표시를 하는 겁니다." 이렇게 얘기하며 욕심도 안 부리고 조금 모자라는 듯한 밥과 반찬을 가지고 조용히 말도 없이 다 먹고서는 밥그릇에 물을 부어 마지막 남은 김치 한 조각을 집어 물을 적셔 젓가락으로 요리조리 밥그릇을 깨끗이 훔친 다음에 국그릇도 같은 순서로 닦아 그 김치와 물도 다 마셔버려 따로 그릇을 헹굴 필요 없이 처리해 그 모습을 본 우리 동료들은 감동을 받았고, 특히 주방에서 일하는 아주머니들이 목탁이라는 사람의 하는 행동과 마음씨를 보고 아주 좋아했다.

　음식에 대한 고마움을 그로 인해서 배웠으니 나도 정구 어머니가 해주신 밥을 감사한 마음으로 맛있게 먹고 나서 산으로 올라가려고 지게를 찾아보았으나 그 어디에도 없어 "어머니, 지게가 안 보이네요?" 했더니 어머니 대답이 "정구가 가지고 나가서 없어." 하시는데 '그래 맞아. 정구가 지게 때려 부서 불태우고 서울 왔다고 했지. 이거 처음부터 다시 시작해야겠구나.' 우선 어머니가 그동안 급한 대로 짐을 운반할 때 쓰시던 끈과 줄을 받아가지고 산으로 올라가 싸리나무와 칡넝쿨을 베어와 울타리 경계에 땅을 파서 칡넝쿨로 싸리나무를 엮어 주욱 세워놓고 흙을 갈며 발로 밟아 바닥을 다져주었다.

정구 어머니는 농촌에서의 운반하는 수단으로 모든 걸 이 끈에 의지해 해결했으니 감탄에 마지않으면서 내가 어머니의 이런 힘든 일을 대신할 각오를 마음속으로 다지고 생각해가며 적응을 해나가기로 결심을 했다. 그리고 남은 싸리나무를 5개씩 서로 머리 부분을 반대로 지그재그로 겹쳐놓고 칡넝쿨로 서너 바퀴 허술하게 돌려 묶은 다음 싸리나무 양쪽을 바짝 조여서 합치면 허술하게 묶인 줄이 팽팽해져 머리 부분이 빗자루 형태로 휘어지면서 적당하게 중간 허리쯤에 줄로 한 번 묶어주기만 하면 싸리 빗자루가 만들어졌으니 옛날 내가 어렸을 시절 시골에 엄마와 같이 살 때 동네 어른들이 빗자루 만드는 걸 본 기억이 생각나 나도 한 번 해봤더니 그런대로 쓸 만하게 됐다. 이 빗자루 윗부분을 낫으로 잘 다듬어 매끄럽게 해 손이 아프지 않게 한 다음 부엌에 하나, 장독대 뒤뜰에 하나, 앞마당에 2개, 대문 양쪽에 하나씩 세워놓았더니 어머니는 내가 하는 걸 보시고 "이제야 집같이 보이는구먼. 역시 집에는 남자가 있어야 돼." 어머니는 내가 일하는 모습을 보시고 그동안 시골에서 여자의 몸으로 농사를 지으며 집안일을 어떻게 해오셨는지 오히려 내가 궁금할 지경이다. 아무래도 동네분들이 물적, 심적 양면으로 도움을 주어서 지금까지 버텨오시지 않았나? 농사를 짓는 사람들의 시골 인심이 이런 것이겠거니 지레짐작하고 정이 넘쳐 훈훈한 생각에 젖어 있을 때, 어머니는 동네에 내려가 지게와 낫 등 간단한 농기구를 빌려와 내게 건네주시면서 성구가 없던 지난날이 못내 아쉬웠던 모양이신가 보다.

 "어머니, 걱정하지 마세요. 이제는 모든 걸 제가 잘 가꾸겠습니다. 그리고 어머니, 전기가 집으로 들어오려면 어떻게 해야 되나요?" 하고 물으니 어머니께서는 "나는 몰라. 모든 일은 이장님께서 알아서 지금까지 했으니까." 문명의 이기인 전기가 안 들어와 이런 혜택을 못 받으니 우선 내가 답답할 따름이라, 그러면 내가 이장님을 찾아뵙고 인사도 드릴 겸 해서 "어느 집이 이장님 댁인가요?" 하고 물었더니 어머니 말씀이 "저 아래 마당 넓은 집이야." 하시면서 "전기세가 많이 나올 텐데." 이 말씀을 듣고 생각을 해보니 어머니는 돈 들어가는 것은 모두 다 차단하려고 작정을 하시는가 보다. "어머니, 걱정하지 마세요. 저에게 그 정도 돈은 있으니까 해결하고 오겠습니다. 여기 부엌에 하나, 안방에 하나, 윗방에 하나, 안방 문 앞 마당에 하나, 이렇게 해서 4개를 달면 아쉬운 대로 쓰겠는데요." 하니 어머니는 "아이, 안방하고 윗방은 저 위에다 갈쭉한 형광등을 달아서 같이 쓰게 하고, 마당에는 전기세 더 나오게 달지 마." 해서 내가 "그러면 어머니와 제가 등을 켜고 끄는 시간이 달라 불편할 수가 있으며, 마당에 전등은 안 쓸 때는 꺼버리면 돼요. 이건 제가 알아서 잘하겠습니다. 걱정하지 마세요, 어머니!" 내 이 말에 어머니께서는 될 수 있으면 돈을 적게 들이려는 마음으로 하시는 말씀으로 이해를 하고 큰소리로 안심시켜 드렸더니 어머니의 얼굴이 환하게 피시어 흐뭇해하는 표정을 지으며 방으로 들어가신다.

이후로 이장님이 가르쳐 주는 말씀에 따라 전기 가설도 다해놓고 부엌으로 들어가는 문 위의 벽에다 두꺼비집도 달아놓았다. 정구네가 농사를 짓던 논 300평하고 밭이 조금 있었으나 내가 동대문을 떠날 때 중간보스가 비닐봉지에 싸서 내 주머니에다 넣어준 돈으로 논을 300평 더 사서 합이 600평이면 흔히 말하길 이곳에서 3마지기라 하니 시골에서 얘기하기를 1마지기당 200평으로 농사를 지어 벼를 정미소에서 찧어 쌀로 2가마니면 양석이라 하고, 3배출이면 쌀 3가마니로 말하지만, 더러는 농사를 소문이 날 정도로 잘 지었다 하면 4배출이라 하고, 쌀이 4가마 수확이면 논에다 퇴비에 더러는 모내기 전 산에 올라가 새로 나온 파릇파릇하고 야들야들한 나뭇잎을 낫으로 베어와 논에다 깔아 거름을 하고, 물관리 객토(논에 토질을 개량하기 위해 새로운 흙을 섞는 것)를 해 피사리(벼와 외모가 비슷하나 생명력이 강해 벼에 영양분을 다 뺏어 벼 수확이 현저히 줄어드는 피를 솎아버림)까지 온 정성을 다해 수확을 해야 하지만, 그렇게까지는 안 바래도 3배출만 계산해서 3마지기(600평)에 쌀이 9가마를 거두어들인다면 어머니와 내가 먹고 살기에는 충분하면서 쌀 4~5가마는 장에 내다 팔아도 될 정도로 여유가 있다는 어머니의 말씀이시다.

　밭은 논보다 훨씬 싸서 1,000평을 더 사가지고 작물을 심기로 작정해 영농계획을 순서대로 차곡차곡 진행하고 있으므로 내가 중간보스에게 얘기할 때 정구의 가정형편이 어려운 사정을 그대로 털어놨더니 큰형님을 비롯해서 중간보스와 전 대원의 아낌없이 모아준 정성이 담긴 돈으로 나와 정구네 가정형편을 경제적으로 풍부한 살림살이를 할 수 있게 확 바꿔놓을 수가 있었다. 그렇다면 농사지어서 남는 쌀과 잡곡은 시장에 내다 팔아 어머니 용돈 하시게 하면 되겠다. 이렇게 마음속으로 생각하고 계획을 세워놓고 있었지만, 그러나 뜻하지 않던 일이 발생을 해 내가 정구네 집에 와서 보니 농사를 지어야 할 시기에 비가 안 와 가물어서 물이 모자라 논에 모를 심을 수가 없다니 동네 사람들은 하늘의 노여움을 풀어주기 위해서는 기우제(비가 오도록 하늘에 제사를 지내는 것)를 지내야 한단다.

이장님의 지휘 아래 제사에 쓸 포와 과일, 밥, 양초, 실, 축문 등 음식을 한 남자가 지게에 얹어서 등어리에 지고 뒤를 이어 아낙네들은 머리에 수건을 둘러 키(털은 곡식을 담아 위아래로 까불리면 바람으로 알곡과 쭉정이가 가려지는 일종의 농기구)를 하나씩 머리에 이고 경치가 수려한 한탄강으로 떼를 지어 가서는 절벽이 제일 높고 수심이 깊은 보기에도 뭇사람들의 마음을 압도할 수 있는 장소를 골라 남자들은 돗자리를 깔아놓고 맨 앞자리에 돼지머리를 쟁반에 담아 이장님이 만 원짜리를 입에다 물려놓은 다음 홍동백서, 좌포우혜, 어동육서, 과채적탕, 조율시이, 두동미서 등 제사를 지내는 방식으로 음식을 차려놓고 그 앞에서 온 세상의 기후를 관장하는 용신에게 절을 하며 비를 내려달라는 간절한 주문을 외우고, 여자들은 키에 물을 담아 까불리면서 비가 내리는 형상을 연상하게 하는 움직임들을 하고 있으니 사람의 힘으로 어찌할 수 없을 때는 우리보다 월등한 다른 절대자의 능력으로 해결하려는 하늘 아래 인간들의 나약한 모습으로 변하는 현장이 돼버린다.

정구네가 전부터 짓고 있는 논 300평도 천수답(비가 내려 물이 있어야만 농사를 짓는 논)으로 물이 없어 모를 못 내고 있다는 것이니 어머니께서 가르쳐 주신 논을 한 바퀴 돌아보니 맨 윗논뱀이 한 귀퉁이에 둠벙(물웅덩이)이 있기는 했으나 여기도 물이 없기는 마찬가지였다. 비가 안 와 논에 물이 모자란 시기에 둠벙의 역할이 중요한데 이곳 역시 제 역할을 하지 못하고 있으니 이번에 모를 못 내면 다음 해의 1년 식량을 어떻게 구할 것인가? 절박한 생각에 젖어 고민을 하다가 '그래 한탄만 하고 있을 것이 아니라 이 둠벙을 물이 나올 때까지 깊이 파보자.' 해서 삽으로 우물을 파듯이 둥그렇게 파내려 가기 시작을 해 내 허리춤만큼 파내려 가니 신기하게도 물이 서서히 모여들기 시작하면서 둠벙 원래의 바닥까지 자올라온다.

"야, 이제 됐다. 무엇이고 절실히 구하려는 한마음으로 깊이 생각하면 되는구나." 그러나 좋게만 생각할 게 아니라 둠벙에 고인 물을 논으로 퍼올려야 하는 것도 문제이니 여기 사람들을 보니까 들에서 흔히 사용하는 두레박(양철통 한쪽을 잘라내 줄을 길게 달아 둘이 협동해 물을 퍼올리는 도구)으로 두 사람이 양쪽에서 마주하고 동작을 맞춰가며 물을 퍼올린다던데 이런 건 물구덩이가 좁아 할 수가 없을 뿐만 아니라 설사 할 수 있다 하더라도 나는 할 수 있지만 어머니의 손까지 힘드시게 빌릴 수는 없다고 생각해 나 혼자서 할 수 있는 방법이 없을까 생각하다가 '그렇지! 바로 그거야! 좋은 수가 있다.

우리가 지하에서 먹는 물을 끌어 올릴 때 작두펌프라는 게 있어. 물을 위에서 한 바가지 퍼부어 손동작으로 아래위 수동으로 작두질을 하듯이 품어대면 안에 있던 공기가 다 빠져나가서 밑에 있던 물이 압력에 의해 빨려 올라오는 거같이 나도 둠벙에다 설치해 놓고 물을 퍼올려 볼까?' 생각이 여기까지 미치자 바로 농기구 정비소로 찾아가 작두펌프 같은 원리로 긴 쇠파이프 안에 구조를 만들어 둠벙에다 설치해 놓고 물이 차는 대로 뿜어 올려 맨 윗논에다 가득히 채워놓기 시작했고, 물이 많이 채워졌다 싶으면 아래 논으로 내려보내 쇠시랑으로 파서 흙을 물에 버무려 곤죽처럼 풀어서 만든 다음 모를 냈으니 그 주위에 논을 가지고 있던 사람들이 관심을 가지고 많이 와서 구경들을 하고 갔다.

　　이제는 모를 내놨으니 논에서 모가 쑥쑥 자랄 것이고, 거기에 맞게 어머니께서 일러주신 대로 이장님 댁에서 분무기를 빌려와 농약과 물을 잘 희석해 뿌리고 비료를 시기에 맞게 적절히 써주면 틀림없이 가을에는 어김없이 벼이삭이 나와 누렇게 물들여져 어머니께서도 입가에 웃음이 끊이질 않으시겠지. 그래서 이런 어려운 일이 있을 줄 알고 정구의 넋이 자기 어머니가 있는 이곳으로 보이지 않는 힘에 의해 나도 모르게 이끌려 온 것이 아닐까? 이런 생각이 들어가며 동대문에서 그 험악하고 아찔한 경험을 일삼으며 이어오던 생활을 툭툭 털어버리고 정구 어머니께 오기로 한 결정을 지금까지 내가 살아오면서 한 일 중에 제일 잘한 선택이라고 생각하며 어머니의 앞길에 꽃길만 펼쳐드릴 것을 굳게 다짐했다.

봄이면 감자, 상추, 쑥갓, 각종 채소를 심어 어머니께서 고추장에 된장을 섞어 쌈 싸먹기 좋게 해서 먹었으며, 나는 나대로 무엇이든 말씀하시는 대로 실천을 해나갔으니 여름이면 토마토, 수박, 참외를 심고, 마당 울타리에는 호박, 오이, 가지, 또 수세미도 심어 시골의 전형적인 집같이 만들어 갔으며, 식물들이 대낮에 힘없이 축 늘어진 잎들이 바람에 후들거리는 모습을 보면 어머니께서는 "얘네들이 목마르다고 물을 달라고 하네." 하시며 옹달샘에 물을 길어 바가지로 정성을 들여 골고루 뿌려주셨으니 가을이면 노래 가요에 나오는 것처럼 추수를 해서 쌀도 1년 양식 충분히 지어 잡곡과 함께 윗방 한쪽에 가지런히 쌓아놓고 어머니와 내가 먹고사는 데는 걱정 없게 해놨으며 "어머니, 남는 쌀은 팔아서 어머니 용돈으로 쓰세요." 그렇게 말씀을 드렸더니 "나는 용돈 필요 없어." 한마디로 거절하셔서 어머니 마음을 십분 이해를 하면서 "그러면 일단 어머니께서 가지고 계세요." 하고 마무리를 하려고 했더니 정구 어머니는 흡족해 하시면서 갑자기 "정구는 소식 없어? 외국 어느 나라에 가 있는 거야?" 해서 내 가슴속이 철렁 내려앉아 깜짝 놀랐지만(음, 이 기회에 정구 어머니 걱정을 덜어드릴 얘기를 해드려야 하겠구나 생각하고 청계천에 있을 때 중동지역을 갔다 온 경험자들 말은 많이 들어봤으니까) 별거 아닌 듯이 "세계적으로 유명한 백텔이라는 건설회사에서 사우디아라비아인가 하는 석유가 많이 나는 부자나라에 우리 한국 사람들을 뽑아가 일을 시키고 있나 봐요. 그 나라는 땅덩어리가 넓지만 거의 사막인 데다 지하자원이 풍부해 그중에 석유가 많이 나 부자나라래요." 남들이 하는 얘기 수워 들은 대로 마치 내가 갔다 온 것처럼 지꺼렸으니 이 세상 어머님들은 자식들을 고생스럽게 키우다가 전보다 나은 형편이 되면 지난날의 못 먹여 키우던 때가 생각나시는지 엄마로서 미안한 마음이 들어 자식들을 갑자기 찾아서 품에 안아 같이 누리고 싶은 충동이 일어나는가 보다.

"걔는 거기서 살기가 좋은지 소식이 영 없네요." 하며 나는 마음에 없는 소리로 얼버무리면서 "중동 근로자들 회사와 1년 계약에 자기가 더 일하고 싶으면 연장해 2년까지 할 수 있다나 봐요. 혹시 체질에 안 맞아 1년 이전에 조기 귀국을 하면 편도 비행기삯을 물어내야 한다고 해요. 처음 비행기 타고 갈 때 기내식(비행기 안에서 주는 식사)을 주는데 처음 보는 음식에 맛이 있어 주는 대로 다 먹었는데 나중에는 좁은 의자에 13시간씩 앉아 있으니 소화도 안 돼 식사를 남기는 사람이 거의 다였답니다. 그 나라는 예로부터 싸움이 잦아 남자들은 전쟁터에 나가 많이 죽어 여자들만 남아 있었으니 세월이 많이 흘렀어도 여자들을 어떤 방식으로든 정부에서 구제하려는 차원에서 한 남자가 여자 4명까지 데리고 살 수 있게 했으며, 그 대신 남자는 여자들을 똑같이 대해줘야지, 만약 그중에 한 여자가 차별당했다고 당국에 신고를 하면 조사를 한 후 벌을 내린다나요. 이게 다 여자가 많다 보니 정부가 어쩔 수 없이 생각해낸 대안인가 봐요. 이곳 사우디아라비아 공항 비행기에서 내려 짐을 검색할 때 머리 감는 샴푸를 무조건 쓰레기통으로 내버리드래요. 우리는 의아하게 생각했으나 이 사람들은 술로 착각하고 그랬나 봐요. 여기서는 술하고 돼지고기는 못 먹게 법으로 정해놔 때로는 자기 나라를 지배

했던 영국 사람도 위반하면 예외 없이 법대로 처벌한답니다.

열사의 나라에 일을 하러 가니 우리에게 꼭 필요한 더위에 먹는 육모초를 달여 환으로 지어 봉지에 담아갔더니 이들이 보고 재미있다는 듯이 실실 웃는 걸 보고 아마 이들은 염소똥같이 생겼으니 그랬나 봐요. 그 후에 이들도 머리 감는 비누라는 걸 알고 통과를 시켰다나요. 이 나라엔 한국의 운전자도 많이 가 있어 교통 신호체계가 우리나라와 달라 교통이 번잡한 사거리를 예를 들자면 청신호 길에서는 직진, 좌회전, 우회전을 동시에 하고, 다른 차선에서는 모두 그 자리에 서 있습니다. 일정한 시간이 지나면 다음 차선으로 청신호가 옮겨져 직진, 좌회전, 우회전을 한 다음 또 다른 차선으로 넘어가고, 횡단보도 신호도 한꺼번에 주니 이렇게 빙글빙글 돌아가면서 신호를 주더라나요. 우리가 볼 때는 시간을 짜임새 있게 쓰지를 못하는 거 같은데 자기네들은 세계에서 제일 좋은 교통 신호체계라며 자랑을 한답니다. 한국에서는 우회전하는 차는 상황 봐서 가는데 여기는 오로지 신호가 터져야 가니 성질 급한 한국 사람이 국내서처럼 가려고 하면 옆의 동료가 막으면서 "참어! 이 사람아, 경찰에 잡혀 감방에 가면 말도 안 통하는데 어떡하려고 그래?" 하면서 말리기도 하고, 우리네 차는 우측통행을 하는데 영국이나 인도, 일본 사람들은 좌측통행을 해, 중동지역에서는 거의 다 우측통행을 하니 우리는 이력이 나 있지만 좌측통행을 하는 사람들은 정신을 똑바로 차리고 운전을 해야 함에도 자칫 전에 하던 버릇이 나와 우측통행 차와 정면으로 마주 보며 달려오면 우리 운전자는 깜짝 놀라 라이트를 켜고 경적을 울리면 상대방 차도 기겁을 해서는 차선을 바꾸면서 서로 지나갈 때 놀란 사람은 소리를 질러 손가락으로 머리를 가리키며 정신 차리라는 신호를 주고, 지나가는 운전자는 미안하다는 뜻으로 고개를 까딱하며 빙그레 웃어주는 일이 가끔 벌어집니다.

하기는 자기네도 숙소에서 세수하러 가 세면대 위에 시계를 풀어놓고 양치질과 세수를 하고 그냥 나오는 사례가 많아 시계를 잃어버린 적도 더러 있답니다. 아마 더운 나라이다 보니 땀을 많이 흘려 사람들이 정신이 흐릿해 더러 잊어버리는 일이 가끔 생기나 봐요. 중동에서 운전하던 한 근로자가 트럭을 운전하다 교통사고로 현지인을 치어 죽여 경찰서 유치장에 갇혀 있었다나 봐요. 그런데 이 현지인의 남자한테는 부인이 4명이나 있어서 그 부인들에게 남편을 죽인 이 사람을 어떻게 했으면 좋겠냐고 물어봤다는데, 이 나라 법은 피해자의 요구에 따라 결정이 된다는군요. 사고를 낸 트럭 운전사와 부인들 4명이 재판정에 나와 판사 앞에서 말하기를 첫째 부인은 남편을 죽인 죄 용서 못하니까 이 트럭 운전사에게 죽음을 내려달라고 했대요. 그리고 둘째 부인도 역시 죽음을, 셋째 부인도 먼저 부인들과 같이 죽음을, 넷째 부인은 판사에게 "저는 이 사람을 살려서 내 남편으로 섬기겠다고 하면서 어차피 죽은 남편이 살아올 수 없다면 인샬라(온 세상의 유일한 신 알라의 뜻으로)라 생각하고 이 사람을 남편으로 섬기면서 살겠습니다." 하며 판사 앞에서 당당하게 얘기해 그 트럭 운전사는 제일 나이가 어리고 슬기로운 네 번째 여자의 선택으로 죽임을 면하고 남편의 역할을 다하며 그 나라에서 행복하게 잘 살고 있답니다.

이 사람들은 물건을 살 때 서로 믿고 이것저것 잘 살피지 않고 쓸 만큼 뭉치로 집어 간다나 봐요. 히잡(무슬림 여성이 외출할 때 머리와 목을 가리기 위해 쓰는 베일)을 쓴 한 여자가 귀금속 가게에 들어오더니 진열대 안에 문을 열고 나열돼 있는 목걸이, 팔찌, 귀걸이 등 귀금속을 오른손으로 죽 훑어서 저울 위에 올려놓더니 값을 치르고 가져가는 것을 보았답니다. 아마 우리들 같으면 값이 나가는 악세사리니 요리조리 살펴 디자인의 형태나 상점 주인과 값도 따져가면서 심사숙고하겠지만, 진열대 안의 물건을 손으로 반은 훑어서 저울 위에 올려놓고 흥정도 안 하고 상점 주인이 달라는 대로 반짝이는 새 돈을 쥐고 있던 젊은 여자가 한 주먹을 건네 리알(사우디아라비아 화폐)로 값을 치르면서 상점 주인이 건네준 폐물을 가지고 유유히 사라지니 모르긴 해도 우리가 상상도 못할 큰 금액이었을 겁니다.

그 나라는 바다에 물 반, 고기 반이라고 해서 그만큼 물고기가 많다는 얘기인데 고기 잡는 사람이 적어 바다에 물고기가 많다나 봐요. 한국의 기능공들도 야간에 심심해서 내무반 동료들끼리 깡통에 자동차의 기름을 빼 횃불에 적셔 바닷가를 돌아다니며 오징어를 작살로 찍어 잡아먹고, 낮에는 나무 몽둥이 하나 가지고 갯벌로 가서 바다 가장자리로 몰려다니는 숭어 떼를 향해 무작정 내려치면 2~3마리가 배를 드러내고 널브러져 그냥 수워 담으면 된다는 섭니다. 그 나라는 금요일이 공휴일이라 쉬는 날엔 시간 보낼 데나 있나? 다방이라고는 자기네들만 좋아하는 길다란 줄에 물담배를 피우는데 말도 안 통하지, 우리에게는 안 맞아 영화관이나 술집도 없어 시간을 보낼 곳이라고는 사람들이 모여드는 시장에 나가 배회하면서 구경이나 하자는 생각으로 돌아다니며, 한국 사람들끼리만 통하는 서울에 있는 거리에 지명을 만들어 사우디아라비아의 수도 리야드 시내 금은방이 많은 곳에는 종로라 이름을 짓고, 집 안에서 쓰는 장식에 철제공구나 도구품을 진열한 골목에는 을지로라 짓고, 옷을 많이 파는 곳을 청계천 평화시장이라 칭해 쉬는 날엔 한국 사람들이 자주 찾는 곳이 됐고요. 전통시장에 차를 가지고 가서 주차할 때 뒤에서 신호해주는 사람이 영문도 모르고 경찰에 잡혀갔는데 감방에서 2일간 고생하다 한국의 통역관에 의해 풀려나서 이유를 물어보니 차를 주차시킬 때 운전자에게 손짓으로 신호하는 것이 현지인 여자들이 볼 때는 외국인이 자기를 희롱하는 짓으로 보여 경찰에 신고했다고 하더라고요. 우리 한국 사람은 남을 부르는 손짓과 주차 신호하는 행동이 틀리다는 걸 이해시키고 겨우 풀려났대요.

길거리 돌아다니다 보면 더러 북한 사람들을 만나는데 이들은 꼭 떼를 지어 다니면서 우리가 같은 동포라고 아는 체를 하면 한 번 획 쳐다보고는 매정하게 인사 한마디 없이 황급히 그 자리를 떠버린답니다. 북한에서 만든 KIM(킴)이라는 담배가 있는데 그 가치에 대해서는 던힐, 셀렘, 청자, 솔 등에 비하면 질이 떨어져 시중에는 별로 나오지 않고 방글라데시, 스리랑카 또는 아프리카에서 온 근로자에게 애용이 되고, 인도인의 담배도 돌아다니지만 저희들끼리만 피운답니다.

한 번은 죄인을 길거리에서 공개 처형한다는 소식이 들려 구경하러 가봤데요. 정말 광장에는 구경꾼들이 많이 모인 속에 이윽고 한 사람이 손이 묶인 사람을 데리고 나와 광장 한가운데로 주저앉히더니 뭐라고 주문을 외우고, 죄인은 반항도 안 하고 조용히 죽음을 맞이한답니다. 죄인을 데리고 나온 사람은 주문의 줄거리가 이제 너는 죽으면 알라신의 옆으로 간다는 요지로 주문을 외운다나요. 그러면서 뒤에 숨기고 있던 끔찍하게 생긴 칼로 죄인의 목을 사정없이 내려친답니다. 죄인은 쓰러져 피가 흐르고, 구경꾼들은 신발에 피를 서로 묻히려고 밀치면서 야단법석이래요. 이 나라에는 오래전부터 내려오는 관습이 있다는데 죽은 사람의 피를 신발에 묻히면 액운을 막아준다나요?

그 나라 법은 물건을 훔쳤으면 어느 손으로 훔쳤느냐 물어보고 오른손으로 훔쳤다면 죗값으로 오른 손목을 잘라버리고, 왼손으로 훔쳤다면 왼쪽 손목을 잘라버린답니다. 그래서 외국 여러 나라가 너무 잔인하고 야만적이라는 항의도 했지만, 이 사람들은 개의치 않고 죄를 지으면 엄한 광경을 직접 보여주면 일반인들은 아무래도 경각심을 갖게 된다나요. 여자들은 남 앞에서는 자기 맨살을 안 보이고 오직 자기 남편에게만 보여준다는 율법이 있다는군요. 그래서 바닷가의 해수욕장에 가보면 내국인과 외국인 해수욕장이 따로 돼 있어 경계에는 울타리를 쳐놨다고 합니다. 이스람 교인들은 자기네들끼리만 결혼을 해야지 다른 종교나 무슬림이 아닌 남자를 사랑한다는 여자가 있다면 그 가족의 아버지나 오빠들이 나서서 이스람 율법에 의해 가차 없이 처단해 버린다나요. 그 나라에도 세계 여러 사람들이 살고 있어 각국의 여자들 옷차림을 볼라치면 자기네 풍속에 맞춰 입고 다니는데, 물론 중동지역 여자들은 눈만 내놓고 다니는 여자들이 있는가 하면, 평범하게 차려입은 유럽 사람에, 특히 인도 여자는 천으로 몸을 둘둘 감아서 얼굴과 한쪽 어깨를 드러내 가슴을 둘러서 허리와 배꼽을 내놓고, 엉덩이를 둘러서 종아리를 내놓고 하는 패션으로 뭇남자들의 시선을 끌고 있습니다.

이 나라에서는 자기네 정서에는 안 맞으나 단속을 할 경우 문제가 있을 거 같아 묵인을 해주는 거 같습니다. 우리 근로자들도 이런 구경 때문에 쉬는 날이면 자꾸 밖으로 나가려고 한답니다. 외로운 타국에서 구경 한 번 잘하면 부인과 아이들을 놓고 이국땅에 와 있는 남자들의 향수병을 며칠 정도는 잊게 할 수가 있으니까요. 사람들 생각은 우리나 거기나 다 똑같은가 봐요. 쉬는 날 가게에 들어가서 구경을 할라치면 현지 여자들도 신기한 눈초리로 "꼬리(코리아)?" 하면서 관심을 보이는데 근로자들은 여기 오기 전에 한국에서 교육을 철저하고 엄하게 받았기 때문에 대답도 못하고 우물쭈물하고 있을 때 자기 나라 사람이 저쪽에서 가게로 들어오자 여자들이 재빨리 피하기도 하고, 어떤 목수는 중요한 현지인 고객의 집에 가서 가재도구나 주방을 우리나라처럼 멋있게 꾸며주고 오라는 윗사람의 지시에 따라 그 사람의 집을 들어가 보니 집 안에 장식품도 없어 허전해 보여 기존의 내 솜씨를 발휘하려고 나무를 톱으로 자르려고 하니 삐틀삐틀 움직여 힘들어하는 걸 보고 저쪽 멀리서 구경하고 있던 여자가 슬그머니 다가와 움직이는 나무 한쪽 끝을 발로 밟아주더라나요. 여자가 선뜻 나서지 못할 마음의 갈등도 있었을 텐데 말이에요.

더러는 사우디 방송이라고 해서 들리는 풍문에 어디를 가면 다이아몬드를 현지인들이 몰라봐 지천으로 깔려 있다는 소문을 듣고 기억하고 있다가 하루는 마음에 맞는 동료와 차를 타고는 이들 둘이서 아무도 몰래 숙소를 빠져나와 사막을 무작정 달렸으나 다이아몬드는커녕 비스무리한 차돌멩이 하나 보이지 않고, 뜻하지 않게 자동차만 고장이 나 그 뜨거운 사막을 하염없이 걸어오면서 물도 다 떨어져 목이 말라 신기루(대기에서 일어나는 빛의 이상 굴절현상)로 멀리 보이는 곳에 물로 보여 입맛을 다시며 헐레벌떡 갔다가 계속 모래사장이라 정신을 바짝 차리고 회사 쪽으로 무작정 오는데 목이 말라 자기 오줌을 받아 마시면서 죽지 않고 며칠을 걸려 간신히 찾아왔다나요. 숙소에서는 동료들이 없어졌으니 한바탕 소동이 벌어졌지만, 이들은 천만다행으로 거의 죽다 살아난 사람들 아닙니까? 아마 그들은 다시는 개인 행동을 하지 않을 것이라고 맹세를 했을 겁니다. 사람들이 많다 보니 식당이 한식, 중식, 양식 이렇게 골고루 있으나 근로자들이 기후도 안 맞고 땀을 많이 흘려 밥맛이 없어 라면에 국물만 먹고 일하러 나왔다가 이상하게 생긴 이름도 모르는 파충류를 잡아먹는 이도 있고, 물 반, 고기 반인 일터 옆 바닷가에 낚싯대도 필요 없이 줄만 드리우고 있다가 물고기가 물면 채가지고 잡아 회를 떠 식당 주방에서 얻어온 초장에 찍어 먹으면 커피 색깔의 오줌이 말간색으로 변한답니다.

어느 한 근로자는 자기가 국내에서 매운 거 먹는 데는 둘째가라면 서러울 정도로 매운 고추를 잘 먹는데 이곳에서 조그마한 고추를 아무 생각 없이 국내에서 하듯이 입에 넣고 씹었다가 매워도 너무 매워 뱃속이 뒤틀려 구급차로 병원에 실려 간 사람도 있다네요. 중동에서 물차를 했다는 사람 얘기를 들어보면 여기는 물이 기름보다 귀해 지하에 쇠파이프를 깊이 때려박아 물을 끌어올릴 때 당국에 신고를 해 담당자가 물이 나오는 것을 확인하고 간답니다. 더러는 기름이 나올 수가 있으니까요. 물차의 일은 길에 먼지 안 나게 물을 뿌려주고, 골재에다 용수(샘물)를 뿌려 공사하는 데 써먹기 좋게 적셔주는 것으로 골재일이 없을 때는 길에 물을 뿌려주는 것도 괜찮으나 바쁠 때는 시간이 없어 쩔쩔맬 때가 있어 날씨가 뜨거워 이 노무 도로가 물을 뿌리면 금방 마르고, 또 뿌리고 나면 말라버려 에이~ 밀려 있던 내 일부터 하고 봤더니 덤프차 운전수들이 먼지 나서 운전 못하겠다고 불만을 사무실에 일러바쳐 과장이 직접 나와 덤프 운전수들이 길에 물을 안 뿌려 먼지가 나서 앞을 못 보겠다고 불평을 하니 빨리 길부터 뿌리라는 지시를 내리고 가 내 앞일도 못하고 있는데 사람 환장할 일이지요.

어쨌든 기사가 하라는 대로 해야지 말 안 들었다가는 내 고가 점수가 내려가기 쉬우니까 물을 뿌리면서 이걸 어떻게 해결하는 방법이 없을까? 한참을 생각하는 중에 용수를 뿌리면 금방 말라버리니까 바닷물을 길바닥에 뿌려보면 어떨까? 물은 증발해서 날라가고 소금은 길에 차곡차곡 쌓여 단단해질 테니까. 이곳 바닷물은 국내 바닷물보다 짜다 못해 쓰기까지 해 염분이 더 많을 거야. "그래 한 번 해보는 거야." 이렇게 해서 길에 바닷물을 몇 번 뿌려보니 물기는 증발이 되고, 소금기가 쫙 깔려 있어 먼지도 안 나고, 거기다 덤프차들이 길을 다니면 잘근잘근 밟아 다져주면서 아스팔트보다 더 단단해져 내 생각처럼 들어맞아 이제는 기본으로 아침에 한 번 뿌려주고 나면 먼지도 안 일어나 덤프 운전수들 민원도 없을 것이러니. 전에는 아침에 네 번, 오후에 다섯 번씩 뿌리던 물을 이젠 안 뿌려도 되니까 물탱크 안에 남은 소금물을 용수로 바닷물을 깨끗이 씻어내면 골재에 사용하는 물을 받아서 작업하고도 시간이 남아 도서실에서 책을 빌려 물차 그늘 밑으로 들어가 책만 읽다가 귀국했다는 사람도 있습니다.

언젠가 한국군의 연례행사 중에 해군사관학교 생도들의 졸업 기념 중에 군함으로 세계 각지를 탐방하는 전통이 있는데 우리나라 해군 함정이 여기로 와 태권도 시범을 보여 이곳 국민들의 열광을 받아서인지 아이들이 한국 사람만 보면 나무나 돌을 가지고 와 잘라보라고 아우성이랍니다. 어떤 사람은 일을 마치고 숙소에 들어와 모르는 이름으로 편지가 와 있어 뜯어 읽어보니 국내에서 다정한 이웃으로 지내던 형님 같은 분이 온 소식에 의하면 당신 부인 행동이 수상하다는 뜻으로 써내려 "요즘 자네 아들이 저녁에는 우리 아이와 같이 먹고 자고 있네. 아이에게 물어보니 엄마가 새벽에 들어와 자다가 오후 늦게 아이 밥도 안 주고 라면 끓여먹으라 돈을 주면서 야리꾸리한 옷차림으로 요상한 여자들과 어울려 다니고 있으니 옆에서 보기에 딱해 내가 아이한테 엄마 몰래 외국에서 온 아빠 편지봉투를 가지고 오라고 해 내 심정을 자네한테 연락하는 거네."

해외에 가서 돈을 버는 것도 좋지만 집안을 잘 다스리라는 내용의 편지를 보고 당장 귀국 신청을 해 집에는 알리지 않고 급히 고국으로 비행기 타고 돌아가는 사람을 볼 때 같은 내무반에 있던 동료들이 안타까워하고 있을 때 한 사람이 "그러게 나는 집안 어른의 집으로 이사를 해놓고 남자가 없는 집안의 일을 상의도 하고, 지시도 받게 단도리를 한 다음 마음을 편안하게 하고 와야지 단순히 돈만 벌어보겠다는 생각으로만 오면 안 되지." 하며 혀를 끌끌 차며 마치 내 일같이 아쉬워하는 사람이 있는가 하면, 일이 다 끝나고 각자 카세트테이프를 듣거나 편지를 쓰는 자유시간에 내무반으로 한 사람이 들어와 "자, 주목해주세요. 드디어 우리가 고대하던 약수(소주)와 고향초(담배)가 지금 막 고국에서 도착했으니 선착순으로 주문받겠습니다." 아, 이렇게 소리 지르면 내무반 안에서는 모처럼 고국의 향수를 달랠 수 있는 먹거리가 왔다니 이 얼마나 반가운 일이에요. 서로 달라고 한때 소동이 벌어집니다. 이런 일도 있지만 그 많은 사람들을 다 충족을 못 시키니까 좋아하는 술을 못 먹게 하니 한국 사람들이 또 어떤 사람들입니까?

　우리는 배달의 민족으로서 안 되면 되게 하려는 불굴의 정신을 가지고 있는 터라 공사장에서 쓰는 큰 물통에다 과일을 이것저것 잘라 넣고 물과 이스트를 적당히 배합해서 숙소에서 멀리 떨어진 곳에 포크레인으로 한 삽 퍼내 구덩이를 낸 다음 물통을 파묻어 며칠 지나 다시 파내 따라 마시면 그런대로 술맛은 느낄 수가 있으니까요. 어떤 사람은 이리로 오는 인편에 부탁해 누룩을 가져와 숙소에서 술을 빚다가 냄새가 나 들키면 큰일 나니까 먼저처럼 넓은 백사장에다 파묻는대요. 또한 같은 중동 국가라도 바레인이라는 나라엔 외국인에게 술을 판매한다네요. 같은 숙소의 뱃사람들이 바레인으로 가 주머니 안에 쏙 들어가는 크기의 조니워커를 사와 일 끝나는 대로 숙소로 들어와 아무래도 이 사실을 다른 여러 사람늘이 알면 안 좋으니까 문 꼭꼭 걸어 잠그고 호박같이 길다란 수박으로 안주 삼아 자기들끼리만 먹는다고 하네요.

　외국은 공사장이 하도 넓어 차를 타고 한 시간 이상을 달려야 도착하는 곳이 있다는데, 공사장에는 긴급차량이 레미콘 차랍니다. "우리가 생각하기에 앰뷸런스가 1급인 줄 알고 있지만 콘크리트 운반차가 1급차로 모든 도로에서 우선이라고요?" 이해가 안 돼 자세히 물어보니 콘크리트는 모든 재료와 배합하는 순간 공장에서 나오는 시간을 송장에 찍어 현장에 가 타설하기까지의 시간을 엄격히 재기 때문에 촌각을 다툰답니다. 만약 제시간이 넘어서 도착했다 하면 그 콘크리트는 버리고, 설사 타설을 했다 하더라도 불량으로 처리해 다 부셔버려 원리원칙을 고수하는 외국 감독관들이니 이런 일이 가능한가 봐요. 공사장에서는 레미콘 차가 1급 차량으로 브레이크 한 번 안 밟고 아무리 빨리 가도 공사장이 먼 곳이라 제 시간 안에 도착이 어려울 때는 레미콘 차에 모래, 자갈, 시멘트 가루만 배합하고 현장에 도착해서 물을 섞어 타설한답니다.

열사의 나라에서 콘크리트 양생을 하려면 기존 우리의 방법은 톱밥(나무를 자르고 나오는 부산물)을 콘크리트 위에 두툼히 깔고 물을 흠뻑 적셔 양생하는 시간을 줘야 하는데 물기가 금방 말라버리면 콘크리트가 단단하지도 않고, 흙같이 부서지고, 작업능률이 안 올라 불편한 점이 많아 외국인들의 예를 가만히 보니 이들은 콘크리트 타설한 위에다 콤파운드라는 액체를 분무기로 뿌려 수분이 날아가지 않게 봉합을 해서 간단히 처리하는 걸 보고 우리 근로자들도 따라서 해보니 일이 얼마나 수월하고 작업능률도 빨라진답니다. 한국 사람들은 빨리빨리 하려는 성질이 있어 동작이 빠를 뿐만 아니라 근면 성실해 일을 보면 해치우려는 성질이 다분해 하룻밤이 지나 아침이 되면 없던 건물이 생겨나 외국 사람들은 한국 사람들을 외계인을 보는 듯한답니다.

우리나라 사람들도 외국에 나와 돈을 벌어보겠다고 용기와 배짱으로 덤볐으나 모르는 거 많이 보고 배운 점이 상당히 많았을 뿐만 아니라 모든 건설장비가 국내에서 보던 것보다 초대형으로 커 보는 사람으로 하여금 기가 막히고 놀랍기만 합니다. 한 번은 점심을 먹으려고 여러 사람이 식당에 줄을 서서 기다리고 있는데 그중에 몇 사람 얼굴이 붉으스레하고 술 냄새를 솔솔 풍기면서 혈색이 좋아 보여 친구들이 물어봤대요. "어허이, 냄새 풍겨가면서 혈색이 좋아졌어. 우리도 같이 기분 좀 내자고?" 했더니 혈색 좋은 사람이 "아이, 이건 비밀이야. 깊이 알면 다쳐. 이 사람아." 해서 "너 나한테도 이럴거야?" 하고 정색을 하니 "야, 그러면 너만 알고 있어. 이거 비밀로 해야 돼. 알았지?" 하면서 이야기하는데 이들이 작업을 마치고 쉬는 시간에 작살로 물고기를 잡으려고 해변으로 갔을 때 웬 깡통이 여러 개가 바다에 둥둥 떠다녀 뛰어 들어가 한 40~50개 건져서 보니 맥주캔이더라. 그래서 우리 콘고리(콘크리트) 팀들이 나눠서 까 마셨지.

이런 횡재가 어디 있냐? 목도 타는데 잘 됐지 뭐야. 이 소리를 듣고 있던 친구가 "야! 맥주캔이 바다에서 뜰 수 있냐?" 하고 물으면 "에이~ 너네들 김장할 때 엄마가 배추 절이려고 소금물에 달걀 띄워서 순도를 재보는 거 못 봤어? 이 사람아." 하면 이 말을 듣고 있던 사람이 "그럼 밥 먹고 우리 거기 가보자. 또 있을지 알아?" 했더니 "야야, 우리가 다 건져 먹었어." 하기는 남겨둘 리가 없지. 흔히 있는 일도 아니고 상당히 아쉬워하면서 "그런데 그 맥주가 어디서 떠내려 왔을까?" 하고 궁금해하니 얼굴 빨간 사람이 "우리 작업장 옆에 폴란드 사람들의 준설선(수중에서 굴착작업을 하기 위해 고안된 부유기구)이 정박하고 있었는데 그 배 안에 술이 숨겨져 있다는 정보를 어디서 입수했는지 현지 경찰이 갑자기 들이닥쳐 수색을 하는데 이 폴란드 사람들은 증거를 없애려고 맥주를 황급히 바다로 내던졌나 봐. 그게 우리한테 걸려 횡재했다는 거 아니냐. 땡큐~ 폴란드맨." 하는 말을 듣고 다들 아쉬워하더래요.

 귀국 준비할 때는 흔히 자기 가족들 선물을 사는데 향수를 너무 많이 사왔다는 공항 검사원과 말씨름할 때 근로자는 향수 2개 정도 한쪽 옆에 놔두면 서로 말도 없이 통과되고, 귀국 물건 중에는 카메라 독일제, 실크 카세트라디오, 국내에 없거나 희귀한 알부민이라는 약도 보온병 속에 넣어서 귀국 준비물에 포함시키고, 더러는 다른 사람이 이해 못할 먹는 김을 한 가방 넣어가지고 온 사람, 또 전문가만 쓸 거의 1m 가까운 망원렌즈를 가지고 와 검사원이 "근로자가 이게 왜 필요합니까?" 하고 물어보면 근로자는 "나도 이젠 전문 사진사가 될렵니다." 뭐 이런 대답이 나온답니다. 남자들이 돈은 있으니 쓰는 데는 경험이 없어 슬기롭지가 못해 그런가 봐요.

 어느 근로자는 자재과 근무 중에 현지인들과 거래를 하다 달러를 많이 모아 가방에 넣고 귀국을 했는데 그 돈이 어떤 돈인지 알아보기보다는 정부에선 외화가 절실히 필요한 시기인 만큼 경찰이 칸보이(차량 이동도우미)해 공항에서 집에까지 안전하게 모셔줬다고 합니다. 어차피 달러는 국내로 들어왔으니 이 사람이 결국엔 이 돈을 가지고 은행으로 갈 테니까. 중동지역을 여러 번 들락날락한 기능공의 얘기를 들어보면 국내나 해외나 일당은 비슷하지만 우리나라는 비 오는 날에 일 못하고, 날씨가 추운 겨울에는 일이 없고, 데마찌(일이 없는 날)가 많으니 수입이 줄어들 수밖에 없지만, 중동에는 일을 계속 연결할 수 있어 목돈이 되니까 자기는 해외로 나간다고 하더라고요.

그저 내가 들은 대로, 아는 대로 말씀을 드렸더니 어머니 말씀이 "아니, 뭐 그런 나라가 다 있냐?" 하시는 걸 보고 한편으로는 내가 잘 모시지 못해 그런 말씀을 하시는 건가? 하는 생각도 들어 무슨 대책을 세워볼까? 정구 어머니는 하나밖에 없는 아들 정구가 가끔씩 생각이 나시는가 보다. 어찌 아니 그렇겠는가? 이것이 모성애라는 어머니들의 공통된 마음이 아니련가. 내 어머니도 나라는 놈을 그렇게 생각하셨을 텐데 미루어 짐작을 해보지만 차라리 사실대로 정구 어머니께 말씀을 드려볼까? 이 세상에 없는 성구 생각을 하루속히 떨쳐버리게 하는 것이 좋지 않을까도 생각해보았지만, 만약에 정구가 이 세상 사람이 아니라는 사실을 아시면 얼마나 슬퍼하실까?

자식을 키우고 있는 부모님들은 자녀가 먼저 죽으면 다른 데도 아니고 가슴에다 묻어 평생을 두고두고 슬픔에 잠기실 게 틀림없으니 아직은 때가 아닌 거 같아 좀 더 시간을 두고 고민해보기로 하면서 어머니에 대한 나의 정성이 부족해 그런가? 내가 정구네 집에 올 때는 동대문 큰형님과 형제들 앞에서 어머니를 지극정성으로 잘 모시겠다는 약속을 하고 맹세를 하지 않았던가? 그렇다면 일단은 이 분위기를 바꿔보는 것이 필요해 보여 더 열심히 효도해서 어머니 마음을 편안하게 해드려야 되겠다는 생각이 가슴 깊이 들어간다. 그래서 우선 생각해낸 것이 농촌에서 편리하게 쓰이는 다목적용인 경운기를 구입하기로 작정을 하고 "어머니, 우리 경운기 한 대 사야겠어요. 쓸모가 엄청 많아요. 무거운 짐도 지게보다 더 많이 실어 나르고, 사람도 타고 다니면서 자전거보다 더 빨리 달려 쓸모가 아주 많다는데요. 어머니하고 같이 장 구경할 때 타고 다니면 참 좋겠어요." 했더니 "그 기계 돈 많이 줘야지. 비쌀 거 아냐?" 어머니는 돈 들어가는 거부터 걱정하시는 걸 보고 "농협에서 우리 같은 사람에게 돈을 아주 싼 이자로 빌려주는 거 융자받고, 정부에서 보조도 해준다고 하니까 얼마 안 가져도 살 만해요. 내게도 그런 돈은 있으니까 하나 사요, 어머니. 네?" 쓸모가 상당히 많다면서 장황하게 늘어놓으며 호들갑을 떠는 내 말에, 어머니께서는 (얘가 이미 마음속으로 결정한 걸 반대를 한다 하더라도 툭하면 내가 알아서 할게요 하면 내 위신도 안 설 것 같으니 내가 먼저 말을 꺼내고 말자) 작정을 하셨던지 "네가 알아서 하렴." 하고 어머니는 이미 나의 속마음을 읽었다는 듯이 허락을 해 나는 당장 경운기 구입을 했다.

내가 동대문에 있을 때 승용차와 화물차를 조금씩 만져 봤으니 기본 상식은 있으니까 기름 넣는 곳하고 엔진오일과 시동 걸을 때 들어가는 휘발유와 경유를 잘 구분해서 넣고, 둥그런 맷돌 같은 원형 쇠뭉치가 경운기 엔진 옆구리에 달려 있어 그 안에 손잡이를 잡고 힘껏 돌리니까 원심력에 의해 피스톤이 상하운동으로 움직여 압축이 되는 원리로 터져서 시동이 "탈탈탈!" 하고 걸려 기아를 1단을 넣으면 앞으로 가고, 2단으로 바꾸면 조금 더 빨리 달려, 뒤로 갈 때는 빽 기어를 넣은 다음 양쪽 손잡이를 놓치지 말고 꽉 잡아 원하는 대로 잘 돌리기만 하면 운전하는 요령 등은 간단히 습득할 수 있었으니 5일마다 서는 장날에 어머니를 모시고 뻥 튀길 콩에 옥수수를 푸대에 담아 경운기에 실어서 장터로 달렸다.

"야, 세상 참 좋아졌다." 하고 어머니가 발전기 같은 "통통통!" 하는 경운기 소리와 울퉁불퉁한 길을 탈탈거리고 달리며 짐칸 위에서 난간대를 붙잡고 있어도 흔드렁 흔드렁 길이 패인 곳엔 덜컹 덜그렁 몸이 이쪽저쪽으로 움직이고, 위아래로 튕겨져 어머니 몸이 들썩거리는데도 함박 웃으시며 어린아이같이 좋아하신다. 경운기가 다니기엔 길이 울퉁불퉁한 데가 많아 언제 한가한 날을 잡아서 움푹 패인 도로에 흙을 채워 정비하기로 계획을 세우고, 어머니를 처음 뺴올 때보다는 점점 화색이 돌아 빛을 발하시는 얼굴을 보니 내 기분도 덩달아 좋아지고, 어머니께서는 삶에 기쁨을 느껴가면서 이 시간을 소중히 그렇게 보내고 계시는 거 같다. 걸어왔으면 한참 걸릴 걸 빨리 왔으니 그럴 수밖에. 장터에는 뻥튀기 장수가 분명히 올 것이니까 경운기에 실은 곡물을 튀겨올 계획으로 어머니가 저녁에 식사를 하고 난 후 밤에 심심치 않게 군것질하시면서 즐겁게 시간을 보내시리라. 나는 장마당 공터 한쪽에 경운기를 세워놓고 콩과 옥수수 푸대를 어깨에 둘러메서 어머니와 함께 장마당을 내려가기 시작했다.

가는 중에 옷을 파는 장사꾼들이 옷걸이마다 옷을 걸으면서 사람들이 잘 볼 수 있게 주욱 늘어놓고, 조금 더 내려가니 호떡장수가 호떡을 노르스름하니 먹음직스럽게 구워내 "어머니, 우리 호떡 하나씩 드시면서 구경해요." 어머니 한 개 드리고 나 하나 들고 한 입 베어 물으니 안에서 설탕물이 줄줄 흘러내려 "아이구, 아까워라. 빨리 먹어야지 안 되겠네요, 어머니." 하니 어머니도 설탕물이 새니까 어머니와 나는 빨리 먹어 치우고 조금 더 내려가니 제법 넓은 공터에 뻥 튀기는 아저씨가 자리를 잡아 쇠그물이 달린 푸대자루를 늘어놓고 뻥 튀기면 하얀 공기는 그물 사이로 빠져나가고 티밥만 긴 푸대자루에 걸리게 하는 기계를 제 위치에 가지런히 늘어놓고 장작을 화덕에다 올려놓아 불을 붙이면서 준비를 하고 있다.

　뻥 튀기는 기계 옆에 이미 튀길 곡식들로 담겨져 있는 깡통들이 대여섯 개가 줄 서 있어 나도 옥수수와 콩을 깡통에 담아 다른 깡통들 뒤에 줄 세워 '정구네'라 적은 종이를 넣어놓고 아저씨에게 "튀겨 주세요. 장마당 구경 좀 하고 올게요." 하구서는 장이 서는 아래로 더 내려가니 얼음을 갈아 그릇에 담고 파는 빙수가게가 보인다. 어름을 기계판 위에 올려놓고 송곳이 달린 쇠판으로 찍어 둥그런 굴렁쇠 같은 손잡이를 돌리니까 얼음이 빙글빙글 돌아가며 눈발같이 곱게 갈아져서는 밑에 받치고 있는 유리그릇에 담겨지고, 설탕과 팥을 섞어 먹음직스럽게 얹혀놓은 걸 보니, 그 옛날 어린 시절에 하늘에서 내려오고 있는 눈발을 뛰어다니며 입을 벌려 받아먹기도 하고, 초가지붕 처마에 대롱대롱 매달린 고드름을 과자같이 따먹기도 한 기억이 새록새록 떠올라 지금 이런 아이스크림은 한층 발전된 먹거리였으니 이것도 어머니하고 같이 하나씩 사서 먹었다. 왜냐하면 어머니는 뭐든지 나 혼자 먹으라고 하시는 걸, 이것은 모든 게 모자라 배고프던 시절에 본인은 제쳐두고 그저 자식들 먼저 더 많이 먹이려고 하는 어머니의 공통된 마음이었으니까. 돌아가신 내 어머니도 나만 먼저 주지 않았던가. 이제는 그걸 아는 이상에는 두 번 실수는 하지를 말아야겠다는 다짐을 했고, 세상에 나와 어머니의 보살핌으로 이렇게 컸으니 이제는 세월이 흘러 본인의 주어진 몫을 다한 가녀린 어머니를 그 아래 자식이 받들어 모시는 것은 세상살이의 자연스럽고 당연한 이치이자 순리인 것을 내 가슴속 깊이 뼛속에다 빼곡하게 새겨놓은 인생살이의 교훈을 이제는 어머니의 덕분으로 다 큰 장정이 된 그 아들들이 이어받아야 할 임무교대 시간이라는 것을 가슴으로 온몸이 서리노록 느끼면서 생각하며, 이것은 사람이 짐승과 다른 면이 있다면 이렇게 해야 할 도리를 누가 시키지도 않은 일을 저버리지 않고 스스로 찾아서 이어간다는 것에 짐승들과 다른 점이 바로 인간이 아닐까?

나는 지금 경험으로 터득하고 실천하면서 이 시간을 보내고 있다. 이 세상 모든 어머니들 속마음을 알아버린 나로서는 절대로 어머니꺼와 내꺼를 같이 사서 먹고, 다음은 그릇가게 앞에 와 앉아 어머니에게 마음에 드는 그릇을 사시라고 하니까 조그만 종지를 한 손에 한 개씩, 두 개 만지고 만지작 만지작거리시더니 "야, 이건 참 잘 만들었네. 어찌 이렇게 만들었을까? 요건 그림이 예쁘다. 그렇지?" 그러면서 어머니 손에 들고 있는 거만 가지고 일어서시는데 아마도 전부터 쪼들리며 사시던 살림살이의 이력이 있으므로 될 수 있으면 절약정신으로 돈을 안 쓰시려고 그러시는가 보다. 돈 걱정하지 마시고 더 사시라 하고는 싶지만, 부엌에서 쓰는 그릇을 알지도 못하는 내가 무조건 주장하는 것보다는 어머니의 필요에 따른 구매를 존중하기로 하고, 혹시라도 모자라는 게 있으면 다음 장날에 또 와서 사면 되니까 어머니 하시는 대로 따랐다.

조금 더 내려가니 상을 파는 사람이 있어 "어머니, 이제 식구도 늘었으니 밥상이 작은 거 같아요. 상도 하나 새로 장만해요. 어머니." 해서 상도 교자상으로 구매해 내가 들고, 다음에 자리를 잡고 있는 사람을 보니까 점을 본다나? 인상도 같이 봐주고, 손금도 봐준다는 아저씨를 "어머니, 저런 사람 얘기에 속지 말고 그냥 가요. 시골 사람들 바가지 씌우려고 그러는 거예요." 길을 지나가는 시골 사람들 억지로 잡아 앉혀놓고 인생 역경이 어떻구 저떻구 면상에 치부책처럼 다 나와 써 있다는 둥, 나는 당신 얼굴에 써 있는 세상만사 우주의 조화를 읽을 수 있는 계시를 받은 사람이라고 하면서 국내의 유명한 산을 두루 거쳐 금강산에서는 도를 닦아 산신령으로부터 깨우침을 받았으며, 계룡산에서는 수십 미터의 낭떠러지를 주문 한 번 외우고 밑으로 뛰어내려 한 마리의 새처럼 사뿐히 착지한 적도 있고, 지리산에서는 황소 같은 멧돼지와 마주쳐 장풍으로 날려 버리고 하산한 지 얼마 안 돼 효험이 그 누구도 따라올 수 없다는 말과 함께 내가 가르치던 제자가 서울의 유명한 미아리고개 밑에서 천하도사라는 간판을 내걸고 성업 중이라면서 자기가 가끔 시간이 날 때 서울로 가 지도를 해준다면서 큰소리치며 세상에 몇 안 되는 귀인이라고 그럴듯한 감언이설로 꼬드겨 "당신의 얼굴에 해로운 기운이 북두칠성판에 그려져 있어. 이걸 지워버려야 합니다." 말을 그럴듯하게 하면서 밀가루에 색소를 넣어 울긋불긋 반죽을 한 것으로 얼굴 여기저기에다 드믄드믄 몇 군데 발라주고 "이제 당신에게서 나쁜 기운을 다 지워놨으니 앞으로 운수대통할 것으로 믿고 복채에 따라서 천운이 달라질 수가 있으므로 두둑이 내놓고 가시오." 하면서 가난하게 살고 있는 촌사람들을 듣기 좋은 말로 속을 뒤집어 놓았으니, 한편 귀에 솔깃하고 황홀한 소리를 전해 들은 이 시골 사람은 과연 내 앞길에는 어떤 일이 펼쳐질까? 궁금하기도 하고 틀에 박혀 고생에 찌든 가난한 생활을 벗어날 수 있는 특별한 묘책이 없을까? 혹시나 하는 막연한 호기심에 쏯어 있는 이 사람을 말로 교묘히 이용해 듣기 좋은 말만 잔뜩 해놓고, 그나마 꼭 필요한 데 쓸려고 허리춤에 꽁꽁 싸매 고이 간직해뒀던 쌈짓돈을 노리는 사기꾼 같은 사람이라 어머니와 나는 그냥 지나쳐 버렸다.

농기구 파는 가게 앞에 와서 숫돌과 쇠시랑, 삽, 호미, 벼나 풀을 베는 양낫, 나무나 땔감 같은 단단한 걸 자를 수 있는 무쇠 낫을 사 가지고 뻥튀기 장수를 찾아가다가 옷가게에 들려서 겨울에 입을 어머니 내복과 외투를 사려 했더니 어머니는 지금 입은 것으로 충분하시다는 걸 "어머니, 추위에 감기 걸리시면 옷값보다 약값이 더 들어가요." 하고 순선히 내가 우겨서 구입해 어깨에 메고 정육점에 들려서 "어머니, 돼지고기, 소고기 중에 어느 고기를 좋아하시는지요?" 하고 어머니 얼굴을 쳐다보니 "고기는 돼지고기가 맛있지. 값도 싸고." 이렇게 해서 돼지고기를 좀 사고, 정육점 옆에는 대한소리사라는 라디오 수리점이 있어서 그 안을 무심코 얼핏 들여다보니 평소에 없던 빨간 색깔의 작은 텔레비전이 의자 위에 놓여 있어 이걸 보는 순간 '그래 바로 이거야!' 번개같이 내 머리를 스쳐 지나가는 생각이 떠올랐으니 저녁식사를 마치고 어머니와 나뿐인 적막하고 한가한 시간에 텔레비전을 보시면서 재미있는 시간을 보내실 어머니를 상상해보면 이거 또한 그냥 넘길 일이 아니라고 생각해 나는 당장 대한소리사 가게 문을 열어 안으로 들어가 주인을 보고 "저 텔레비전 파는 겁니까?" 하고 물으니 주인이 "네, 동네 사람이 서울로 이사를 간다고 이거 처분해 달라 해서 어제 가져오기는 했지만 사신다면 싸게 해드릴게요."

싸게 해준다니 마음엔 들지만 "사긴 해도 가설을 해야 될 거 아닙니까?" 내 이 말에 소리사 주인이 "물론 저희가 다 가설해드립니다." 그렇다면 문제될 게 없지. "그럼 저기 오솔길로 쭉 올라가 정구네 집인데요. 가설까지 부탁드립니다." 하고 정구네 집 쪽을 가리키자 이미 잘 알고 있다는 듯 "아 예, 자전거에 실어서 지금 가겠습니다." 이렇게 해서 빨간 플라스틱 케이스에 흑백 17인치 텔레비전 중고를 구입해서 어머니는 저녁식사가 끝나고 한가한 시간이면 텔레비전을 시청하시며 뻥튀기를 재미로 드실 것이다. 뻥튀기라는 것이 아무리 먹어도 배도 안 부르고, 무료한 시간을 보내며 집 안에서 입

운동하는 데는 그만이니까.

　오늘 장 본 물건들을 경운기에 실어보니 한가득 수북이 쌓여 흡족한 마음으로 운전해서 집으로 와보니 텔레비전은 기술자가 안테나와 같이 이미 가설이 다 돼 있어 이제 전원만 켜면 TV를 시청할 수 있게 해놔 가지구 저녁식사 후 무료한 시간에 어머니께서는 즐거운 시간을 보내며 지내시게 될 것이다. 겨울에는 시골에서 할 일이 별로 없어 나무나 하는 것 외에는 한가한 시간을 때우며 눈이 오면 동네 사람들과 같이 산으로, 들로 다니며 야생 짐승들의 발자국을 추적해 사냥이나 하고, 또 나무판 위에 용수철로 된 창아(덫)를 만들어서 볍씨를 먹잇감으로 덫에 끼워 유인해 떼로 몰려다니는 오리랑새(겨울 철새)들을 잡아서 한겨울의 별미인 만두 속에 넣어 먹고, 다음날에는 들판에 나가 논뱀이 한 귀둥이에 사ㄴ마한 품벙이 있는데 농사지을 때는 논에 물을 대주는 역할을 하지만 겨울에는 어름을 깨고 걷어낸 다음 물을 퍼내 밑바닥 흙을 손으로 뒤집어 놓으면 날씨가 추우니까 움직임이 둔하고 느슨하게 꿈틀대는 미꾸라지를 잡아 다라에 쏟아놓고 소금을 뿌려줘 불순물을 다 토하게 한 다음 깨끗이 씻어서 추어탕도 좋고, 튀김으로 해서 술안주에 좋아 지난 세월 많이 해먹었다는 털랭이에 넣어서 같이 끓이면 몸보신도 될 뿐만 아니라 그 옛날 구수한 맛으로 인해 정감이 가는 새로운 농촌생활에 젖어든다.

　농사를 다 지어 겨울의 문턱인 늦은 가을철 밭 한쪽에 구덩이를 파고 무나 배추 꼬리를 넣고 묻어 짚을 두껍게 뭉쳐서 입구를 틀어막아 저장해 놓으면 얼지도 않아 먹고 싶을 땐 구덩이 입구의 짚을 빼고 끝이 뾰쪽한 꼬챙이로 찍히는 대로 무나 배추 꼬리를 꺼내가지고 한겨울 긴긴밤에 군불을 땐 따뜻한 방 안에서 오손도손 옛날 얘기해가며 칼로 까먹으면 생생한 본연의 맛을 느낄 수 있으니 이거 또한 농촌에서만 느낄 수 있는 별미이며 자랑할 만한 특권이다. 이렇게 하면서 겨울철에는 몸과 마음에 힘을 축적해 놓고, 다음 농사철을 대비해 준비하는 휴가철이라고나 할까? 장날에는 경운기에 어머니 태우고 장 구경하는 것으로 하루가 지나가고 있어 세월이 다음 계절을 향해 거침없이 자연히 물 흐르듯 지나고 있었다.

추운 겨울이 가고 봄이 오면 온갖 새가 울어대며 이제 만물이 꿈틀대는 따뜻한 계절이 다가왔으니 움츠리지 말고 기지개를 펴라는 신호로 온 천지에 알리듯이 소리 높여 지저귀며 이리저리 부지런히 날아다닌다. 산 중턱의 밭 1,000평을 소가 갈아 뒤집어 놓은 밭에 그동안 땅속에 움츠리고 있던 벌레들을 잡아먹느라 밭두렁에서 새들이 이쪽저쪽으로 분주히 날아다니고 있어 나 혼자라는 생각이 들지 않아 심심하지 않고 오히려 재미있을 것 같은 마음이 들면서 갈아놓은 밭은 마치 넓은 연병장에서 부대장의 훈시를 듣기 위해 쭈욱 질서정연하게 도열해 있는 군 장병들 같아 보이는 이곳에 나는 콩을 심기로 마음을 정하고 콩이야말로 우리 생활에서 없어서는 안 될 중요한 작물이려니, 흔히들 하는 말이 밭에서 나는 고기라 하지 않던가? 두부와 조미료의 맛도 내는 된장의 주원료인 재료로 메주

와 누구나 즐겨 먹는 인절미 떡에 묻히는 고물을 만드는 데 없어서는 안 될 절대 필요한 곡물이다.

소에다 쟁기(땅을 갈아엎을 때 쓰는 농기구)를 달아 논과 밭을 갈을 때 남의 소를 데려다 하루 일을 시키면 사람 3몫의 품으로 계산해 점심 소여물(소밥)도 끓여주어야 하고, 소 주인집에 내가 품으로 3일간 일을 대신해주는 것이 농촌에서 전해 내려오는 소와 사람 간의 일상 품앗이(농촌에서 일을 서로 해주는 공동체)를 계산법으로 소를 빌려 밭을 갈고, 내가 소 주인집에 일을 해주는 방법을 따랐다. 나는 밭에 일하기 전 신발을 벗어 양말을 신발 속에 찔러 넣고 오늘 심을 콩을 담은 다래끼(싸리나무로 엮어 물건을 담는 조그만 그릇)를 끈으로 허리에 묶어서 몸에 착 달라붙게 한 다음 왼손으로 콩을 한 웅큼 집어 왼쪽 발을 밭두렁 위에 얹어놓아 오른손으로 호미를 잡아 두 줄로 구덩이를 파고, 왼손으로 콩을 2알씩 넣으면서 덮고, 또 호미로 구덩이를 파서 왼손으로 콩을 떨어트려 호미로 덮고 하니 얼마 안 가 허리가 잘리는 거같이 저려오면서 말도 못하게 아파와 오랫동안 서서 먼 산만 쳐다보고 있으니 남들이 볼 때에 덩치는 장정인 사람이 꾀병을 앓는 사람같이 느껴지며, 콩을 심으러 나온 나는 어머니 앞에서 그까짓 콩 금방 다 심고 온다는 신소리를 있는 대로 허풍을 떨어놓고 왔지만 참 앞으로의 일이 난감하다.

조금 일하다 허리를 펴고 한참을 쉬니 능률도 안 올라 당연히 일 서리노 줄어들지 않을 뿐더러 그대로이고 해서 무슨 기발한 좋은 방법이 없을까? 가만히 생각을 하다가 무엇보다 허리가 제일 아프니 구부리는 것보다는 서서 하는 동작을 연구하면 허리가 안 아프게 오래 할 수가 있을 것이라 생각하고 연습으로 한 번 시도해보기로 했다. 콩이 들어갈 만한 구덩이를 호미로 팔 게 아니라 내가 밭두렁 위에 서서 발뒤꿈치로 지긋이 눌러 구덩이를 만들어 놓고, 오른손으로 콩을 집어 구덩이에 던져놓고 호미로 덮을 것이 아니라 그냥 발로 덮어서 이렇게 몇 번 시도를 해봤더니 허리도 구부릴 필요가 없으니 아프지도 않아 오래 할 수가 있어 발로 하는 방법을 택하기로 정하고 즉시 실습으로 들어갔다. 즉 우선 밭두렁 위에 올라가 오른발을 40cm 정도 앞으로 내밀어 발뒤꿈치로 지긋이 왼쪽과 오른쪽을 눌러 구덩이를 두 개 나란히 낸 다음, 오른발을 제 위치로 오고, 왼손에 들고 있던 양재기에서 오른손으로 콩을 집어 두 알씩 왼쪽과 오른쪽 구덩이에 넣고 앞으로 가면서 왼발이 왼쪽 구덩이를 덮고, 오른발이 오른쪽 구덩이를 덮으면 콩은 완벽하게 심어지는 것이 아닌가?

또 앞으로 나아가면서 오른발이 왼쪽 구덩이와 오른쪽 구덩이를 내고, 오른쪽 발이 제자리로 오는 동시에 오른손이 콩을 2알씩 왼쪽 오른쪽 구덩이에 떨어트린 다음 양발로 덮으면서 앞으로 가면 쉽게 할 수 있으며, 허리도 안 아프고 계속하다 보면 숙달이 돼가면서 속도를 더 빨리 낼 수가 있었으니, 뭐든지 절실한 마음으로 연구를 해보면 필요하고 좋은 방법이 떠올라 이렇게 콩을 심는 일이 익숙해졌다면 여기에다 자기가 좋아하는 노랫가락 뭐 유행가도 좋고,

저 푸른 초원 위에 그림 같은 집을 짓고, 또는 섬마을 선생님이나 인천 앞바다에 사이다가 떴어도 컵 없이는 못 마십니다. 시골 영감 처음 타는 기차놀이에, 뭐 이런 거 곁들여 재미를 붙여가면서 오래 할 수가 있는 건 물론일 뿐더러 계속 이런 식으로 한다면 지루하지가 않아 더욱더 능률이 오르고, 이렇게 빨리 할 수 있는 방법으로 콩을 심어놓고 구덩이 세 곳을 지날 적마다 조금 아랫부분에다 옥수수도 같이 심어 나아갔으니 "이곳의 밭에다 콩도 심고, 옥수수까지 곁들여 이들이 새싹이 나와 크면 볼 만할 거야."

이렇게 밭일을 수월하게 끝내고 집으로 들어와 보니 어머니께서 심심하시니까 집 주위에 밭고랑이나 둑에도, 길옆 어디든 저 마음대로 자란 나물을 뜯어 다듬으시다 내가 오는 걸 보고 "콩 심으러 간다더니 왜 이렇게 빨리 왔냐?" 물으시어 내가 이번에 콩 심은 길 생각해도 자랑스러워 한다는 소리가 "확 다 쓸어버렸어요." 하고 나도 모르게 동대문 시절에서 쓰던 용어가 무의식중에 입 밖으로 튀어나와 버려 어머니도 평소에 못 들어본 소리라 이상해서인지 "뭘 다 쓸어버려?" 나는 "앗차" 하고 깜짝 놀랐으나 이미 입 밖으로 터져나온 말은 다시 주워 담을 수가 없어 "아하이, 어머니, 오늘 바람도 불고 구름도 둥실둥실 떠다녀 이렇게 좋은 날씨에 따스하기도 해 할미새도 지저귀면서 뭐라고 재잘거리는 마당에 땅속에서도 누가 군불을 때는지 아지랑이가 스멀스멀 올라오면서 나한테 빨리 하라고 재촉하는 거 같아 사정없이 열심히 정성을 다해 아주 빨리 콩 다 심고 왔습니다요." 이렇게 얼버무리는 식으로 넘어가려 했지만, 어머니는 고개를 갸우뚱하시면서 뭔가 말하는 게 이상하기는 했으나 "콩을 다 심었다니 굉장히 빨리 심었네. 참 별일이야." 말은 이상하게 들렸으나 밭일은 생각보다 빨리 끝냈다는 얘기인 거 같은데 아무래도 믿어지지 않으시니 언제 한 번 밭에 나가 싹이 나오는 거 확인을 해보시겠다는 뜻인가 보다. 나는 속으로 '야, 이거 나도 모르게 이런 말이 튀어나오다니 정말 조심해야겠다.'라는 마음으로 다짐을 하고 또 했다.

이날 저녁상에는 어머니가 나물을 캐신 쑥국하고 냉이, 달래무침이 상에 올라와 봄의 냄새가 물씬 풍겨 온 방 안에 한껏 넘쳐나고 있었으니 이제 본격적으로 농사철이 우리들 곁으로 가까이 와 있다는 것을 대자연이 사람들에게 귀뜸해 알려주는 거 같다. 어머니가 봄나물을 캐시는 것도 좋지만 무료한 시간을 달래려면 동물이나 가축을 기르는 것이 어떨까? 생각을 하다가 일단 닭을 키워 알도 낳게 하고, 어머니의 소일거리를 해드려 재미있어 하시면 다음에는 어린 강아지도 한 마리 키워보는 것도 괜찮을 거 같아 이번 장날에는 닭을 키우는 데 필요한 철망과 그물을 사오기로 했다. 나는 평소 마을에 내려가 동네 사람들과 얘기하고 술을 같이 마시다 좀 늦게 집으로 들어오는 버릇이 있었으나 오늘은 내일 아침부터 할 일이 많아서 일찍 들어와 어머니와 같이 텔레비전을 잠깐 보게 됐는데, 어머니는 요즘 저녁 때면 텔레비전에서 나오는 강화 도령이라는 연속극에 흠뻑 심취해 있으셨으니 나 같으면 스포츠나 다큐멘터리 같은 걸 좋아하지만, 그냥 어머니와 같은 마음으로 강화 도령을 시청하기로 했다.

　이 연속극은 옛날 궁궐에서 왕족으로 살다가 귀족들끼리 권력다툼이 벌어져 간신히 목숨을 부지하고 강화로 피신해 시골 대자연 속에서 살던 어린아이가 있었으나 이후 임금님이 갑자기 세상을 승하하시는 바람에 자손이 귀해 강화로 쫓겨났던 아이가 다시 궁궐로 들어가 살면서 일어나는 옛날 우리나라의 역사적인 일을 연속극으로 재구성했으니 시골에서 살았다면 또래 아이들과 같이 산과 들로 진달래꽃이나 나무 열매도 따먹으면서 이들과 같이 어울려 제기차기, 땅따먹기, 줄넘기나 널뛰기, 자치기 등 자유로운 생활의 습성에 젖어 제멋대로 자란 아이가 저한테는 낯설기가 짝이 없는 구중궁궐로 들어가 겪어보지도 못한 새로운 궁중의 풍습이나 법도를 접하면서 이를 중심으로 벌어지는 일들을 그린 줄거리의 연속극을, 보아하니 어머니는 이 세계 속으로 아주 푹 빠져 있으셨으니 "저놈! 저 나쁜 놈! 모르면 가르쳐 줘야지 그렇게 골탕을 먹여? 나쁜 놈!" 어머니는 사람에게 하듯이 실제 같은 꾸지람에 내가 "왜 나쁜 놈인데요?" 하고 어머니께 물었더니 "아, 시골에서 살던 아이가 궁궐의 법도를 어떻게 다 알아! 지놈들이 잘 가르쳐 줘야지. 모른다고 오히려 골탕을 먹여 다른 사람들의 웃음거리가 되잖아. 에이~ 저거 봐. 어린아이가 좀 뛰어놀아야지 점잖게 품위를 지키면서 걸어가라니 자기들끼리 저러면 무수리(궁궐에서 왕족들의 잔심부름하는 여자아이)까지도 깔보는데 저걸 어쩌면 좋아 글쎄. 에이~ 나쁜 놈아!" 하면서 텔레비전 쪽으로 몸을 가까이 슬슬 움직이신다.

그래서 내가 "아이~ 어머니, 혹시 텔레비전 화면 안으로 들어가시려고 그러시는 건 아니시죠? 가까이서 보시면 눈 나빠져요." 어머니는 내 말은 들은 척도 안 하시고 "저런 강화 도령을 깔보는 아이가 둘이 있는데 지금 이 아이가 더 나뻐. 나쁜 것들, 뜯어말려야 할 것을.", "아이참, 어머니도 이건 연속극이에요. 방송국에서 사람들이 그렇게 하라고 시킨 거예요. 저 사람들 촬영 끝나면 사이가 얼마나 좋은데요. 언제 한 번 방송국 견학을 해서 어떻게 촬영하는지를 어머니께 보여드려야겠네요." 이렇게 약속을 하고 어머니와 나는 강화 도령 연속극이 끝나는 대로 잠자리에 들었다. 이불을 깔고 드러누워 가만히 생각을 해보니 어머니 얼굴을 보다가 언뜻 생각난 것이 어머니 얼굴에 화장하시는 것을 한 번도 못 본 거 같다. 방송국 같은데 구경하려면 화장을 하셔야 되는데, 이제 생각을 해보니 다른 집에 일하러 가서 봤던 화장대가 집집마다 하나씩 자리 잡고 있는 것을 내가 왜 이런 생각을 못했을까? 가끔가다 아이들 소꿉놀이 할 때나 쓰는 조그만 손거울을 이따금 숨겨서 잠깐씩 보시는 거 같더니 내가 여기에 미처 신경을 못 쓴 데다 장 구경을 여러 번 해봤으나 화장대 구경을 못해봤으니 거기까지는 생각이 미치지 못했나 보다. 화장대를 구입하려면 좀 큰 도시로 가서 사야 되는데 운송수단으로 버스로는 안 되겠고, 가지고 오는 수단이 마땅치가 않아 앞으로 고민을 좀 해봐야겠다.

여기는 우리나라에서 지리적으로 제일 위쪽에 있는 고장이므로 가을이 되면 날씨가 일찍 추워져 여느 지역보다도 서리가 빨리 내려 모든 작물이 성장을 멈추기 때문에 계절적으로 봄에 서둘러 모든 농사일을 빨리 시작하는 지역으로 전국에서 모를 일찍 심어서 서리가 내리기 전에 농작물이 자랄 수 있는 시간을 충분히 많이 줘야 하기 때문이라 겨울에 얼었던 얼음이 녹자마자 농사일이 바로 시작되는데 논과 밭을 소가 갈아엎은 다음에 모든 작물을 심기 시작하면 농촌에서는 소나 사람이나 바빠지기 마련이다. 이튿날 새벽 모심기를 하려면 전에 갈아놓았던 논에 소가 들어와서 써래(흙을 잘게 부수는 농기구)를 소가 끌고 논의 이쪽저쪽 골고루 다니면서 흙을 잘게 부숴 모내기 좋게 해야 하는 마당에 모낼 철에는 소가 할 일이 많아 봄철 여러 날 일을 하다 과로로 그 큰 덩치가 논바닥에 철퍼덕 주저앉아 버리는 소가 있어 이런 일을 당하는 사람은 정말 참 난감하기가 이를 데가 없다.

농사일하다가 얼마나 힘에 겨워 지쳤던지 논바닥에 그냥 쓰러지면 그런 소에게는 예로부터 전해 내려오는 민간요법으로 율미기(독사)라는 뱀을 잡아다 소가 잘 먹는 꼴(풀) 속에 쌈 싸듯이 두루 감아서 소의 꼬뚜레를 잡고 입을 억지로 벌려 속 안으로 깊숙이 주인이 찔러 넣어주는 것이, 이를테면 소 몸보신시켜 주는 것으로 소도 4계절 중에서 봄철에 일이 많아 제일 힘든 시기로 말을 못하는 짐승이 힘이 너무 들어 일하다 말고 논 한가운데 풀썩 주저앉으면 한참 동안 일어나지도 못하고, 먹는 것도 일절 끊어 식성까지 변해버려 소 주인은 일도 못하게 돼 아주 곤란한 지경에 놓여 앞으로의 계획이 수포로 돌아가 버리니 이런 일을 방지하기 위해 서울철엔 소여물(솥에다 끓여서 주는 소밥)에 영양가 많은 콩도 듬뿍 넣어주고, 쌀을 씻은 뜸물을 받아놨다가 같이 넣어줘 무엇이든지 아낌없이 먹여주는데, 어떤 소 주인은 보신이 되는 한약재를 같이 넣어서 끓여주기도 하고, 또 두부 만들 때 나오는 초물을 얻어 여물 끓이는 데 넣어 먹여 소에게 힘을 축적시키는 계절이 겨울철이기 때문에 이때엔 소도 사람과 한식구같이 대우를 잘해줘야 한다면서 소 주인이 언제 되새김질(소화)을 하는지, 소가 똥을 어떤 색깔로 싸는지 주의 깊게 관찰을 하는 것은 예로부터 농촌에서는 소도 사람과 같이 동반자처럼 대우를 해줬으니, 입에서 입으로 전해 내려오는 옛날 얘기로는 한 농부가 자기 집에서 기르는 소를 한식구같이 애정으로 보살펴주고 있었는데, 하루는 캄캄한 밤에 산 고개를 넘어가다 두 줄의 섬광이 번쩍이는 불빛을 비추면서 덤비는 호랑이를 만났을 때 이 소가 자기 주인을 감싸듯 발밑으로 밀어 넣더니 호랑이와 사생결단을 하면서 싸우는 걸 보고 소 주인도 용기를 내 힘을 합쳐 낫을 들어 휘둘러대 호랑이를 물리친 이런 일을 겪은 후에 주인의 목숨을 살린 이 소를 더욱더 정성을 다해 귀히 여겼다니 한낱 일개의 짐승도 자기를 잘 대해주는 주인에게는 보답을 해준다는 이런 얘기가 전해 내려온다.

어떻게든 봄에 소가 농사철을 잘 넘겨야 하기에 어떻게 하나? 농촌에서 이런 큰일엔 소가 아니면 다른 대안이 없다는 것을. 그래도 우리 일을 무사히 끝내준 소에 감사할 따름이다. 모를 낼 때 어머니께서 품앗이를 하라고 하시는데 이 정도는 내가 충분히 감당할 수 있으니 사나흘(3~4일) 정도 품을 들여 모를 심은 다음 물을 적당히 대놓고 모가 잘 자라게 하며, 농부는 아침 일찍이 자기 일터를 한 번씩 두루 돌아보니 땅에서 자라는 농작물이 주인의 발소리를 들으면서 자란다고 하잖아. 산짐승들이 내려오지 못하게 나무 울타리를 엮어놓고 울긋불긋한 헌 옷가지를 입힌 허수아비도 만들어 세워 놨다.

봄에는 제일 먼저 감자와 상추, 쑥갓, 마디호박이라고 해서 잎의 마디마다 열리는 호박을 두 포기만 심어놔도 어머니와 내가 실컷 먹고도 남을 정도로 따먹을 수 있으면서 울타리에는 박과 수세미를 심고, 다음에는 참외와 오이, 수박, 토마토, 고구마, 땅콩도 한쪽에 심고, 개복숭아 나무를 산에서 캐와 집 안마당 한 곳에 심어놓고, 가을에 열매가 열리면 복숭아 맛도 보리라. 콩밭에서 덜 익은 콩 줄기와 애옥수수도 몇 개 따다 마당 한쪽에 있는 간이화덕에다 솥을 걸어놓고 불을 지펴 옥수수를 쪄 어머니 하나 드리면서 "어머니, 제가 하모니카를 불어보겠습니다." 하고 옥수수를 입에 물고 먹기 시작했다. "하모니카를 옥수수로 불어?" 하는 어머니의 물음에 "네, 제가 지금 하모니카를 불고 있습니다. 어렸을 때 옥수수를 먹으면서 흔히들 그런 얘기를 많이 했거든요. 어머니도 잘 부시네요." 하면서 빙그레 웃으니 어머니도 따라 웃으신다.

옥수수를 따올 때 같이 꺾어온 콩 줄기를 불 위에 올려놔 내가 어릴 때 많이 해먹던 콩서리를 하듯이 구워서 까먹으면 고소한 맛이 나 이거 또한 농촌에서만 즐길 수 있는 전통적인 재미이다. 여름에는 온갖 벌레들이 득실대서 밤에 잠을 설칠 때 특히 모기 떼들에 겐 어떤 풀보다 쑥대를 베어와 불을 지펴 연기를 집 안 가득히 피우면 모기를 쫓을 수가 있다는 어머니의 말씀대로 해결하고 땀이 후줄근히 흐르는 후덕지근한 더운 밤이면 집 앞에 흐르고 있는 개울물에 몸을 씻어 땀을 닦으며 시원하게 목욕을 하고 집에 와 잠을 편히 잘 수가 있어 시골에서는 모든 문제를 자연을 통해 해결하고, 자연 속에서 자급자족하고 있으니 항상 매일매일 긴장된 나날들 속에 살고 있던 동대문 생활에서 벗어나 농촌생활에 깊숙이 젖어 들어 대자연과 같이 재미를 붙이며 더불어 살고 있으므로 흘러가는 세월에도 걸리는 장애물 하나 없이 미끄럼틀같이 매끄럽고 수월하게 잘도 지나간다.

　어느덧 가을이 와 들판에 누렇게 익은 벼를 낫으로 베는 소리가 짜작짜작~ 짜작~ 짜작짜작~ 음악 속에 드럼을 치는 듯한 소리가 들려 이 가락은 벼를 두 포기씩 잡아 베면 이런 규칙적인 소리에, 또 세 포기씩 베면 짜짜작~ 짜짜작~ 차자작~ 이런 농촌에서의 경쾌한 소리도 여기저기 들녘에서 분위기에 맞춰 딱 어울린다. 나도 농사일에는 이력이 나 있으므로 서 마지기(600평)쯤이야 나 혼자서도 충분히 감당할 수가 있으니 들에는 벼가 누렇게 익어 황금 색깔을 띠고 있는 논에서 벼를 베고 있으면 어머니께서 고구마와 막걸리 한 잔을 새참(점심을 먹고 저녁 사이에 먹는 간식)으로 가지고 나오시면서 "아이~ 힘들게 혼자서 왜 해? 품앗이한 거 있잖아?" 하시면 나는 "요런 건 얼마 안 되니 내가 혼자 할 수 있어요. 남의 일해준 건 품삯으로 받아 어머니 고기 사드릴게요. 돼지고기를 좋아하신다고 그랬죠? 어머니!" 하고 내가 물어보면 어머니는 "고기 중에는 돼지고기가 역시 제일 맛있잖아. 비계가 적당히 달라붙어 있는 고기를 삶아 김치로 돌려 싸서 먹으면 고기의 고소한 맛과 김치의 잘 익은 감칠맛이 어우러져 뭐니 뭐니 해도 먹는 재미로는 으뜸이지."

어머니의 이 푸짐하고 군침이 도는 말씀에 다음 장날 돼지고기를 사오기로 마음을 정하고 농사지은 콩이랑 옥수수, 고추, 땅콩, 참깨, 들깨 등 익는 순서대로 낫으로 잘라 밭 한쪽 구석에 쌓아놓고 햇볕에 충분히 말려놓은 다음 어김없이 돌아오는 대한민국 최대의 명절 추석이 오면 여기 사람들이 한가위를 대하는 남다른 면이 있으니, 여름 내내 무더위와 싸워가며 농작물을 잘 가꾸어 가을에 곡식과 열매를 거두어들여 "더도 말고 덜도 말고 한가위만 같아라." 하는 말과 같이 풍요로움을 만끽하는 것은 여느 농촌과 비슷하지만, 햇곡식과 햇과일로 조상님께 차례를 지낸 추석 다음날에는 국민학교 추계(가을맞이) 운동회를 하기 때문에 먼 거리에 있는 사람도 명절에 만든 음식을 그릇에 담아 삶은 계란도 보자기에 싸가지고 국민학교 운동장으로 너도나도 사람들이 모여들어, 이때가 시골 학교에서는 제일 시끌벅적한 광장으로 변해버린다.

운동장 위의 하늘에는 오색찬란한 만국기가 여러 갈래로 줄에 매달려 바람에 펄럭여 청군과 백군으로 학생들이 나뉘어 운동 경기를 하고, 어디에서 왔는지 유치원 아이들이 단체로 옷을 맞춰 입고 와 귀엽고 앙증스런 마스게임 등 깜찍하고 발랄한 몸동작과 춤을 추며 재롱을 부리니 구경하고 있는 어른들이 귀여워 자기 손주들 대하듯이 박수갈채와 환호로 답해준다. 운동장 둘레 코너의 출발선에는 신호에 따라 학부모와 학생과 같이 다리 한 군데씩 끈으로 묶어 달리기도 하고, 줄에 매달려 있는 과자를 입으로 따먹고, 달리다 엿판에 입으로만 엿을 찾아 먹으려니 얼굴에 밀가루가 범벅이 돼 이 광경을 보고 있던 사람들은 배꼽을 움켜쥐고 웃는다.

또 쭉 늘어논 카드를 집어 그 안에 적힌 인사를 찾아 같이 손잡고 결승선까지 달리기 등 이런 경기에서 등수에 따라 청군, 백군의 점수를 따로 계산한 다음에 개인적으로는 1등이면 공책을 3권, 2등이면 2권, 3등이면 1권을 상품으로 주고, 나머지 등수에 못 들은 학생들은 그냥 응원석으로 돌려보내면서 운동장 안에서는 여학생들의 고전무용이나 부채춤 등으로 볼거리를 제공하고, 점심 때를 맞춰서 모래를 넣어 만든 오재미로 긴 장대 위에 매달린 둥그런 공을 향해 학생들이 집어 던지면 청군이나 백군이나 공이 두 쪽으로 갈라지면 찬란한 색깔의 종이가루와 함께 '즐거운 점심시간입니다.'라고 글씨가 써 있는 종이가 아래로 길게 펼쳐지면 운동장에 있는 사람들은 기쁨에 환호와 함성을 지르면서 저마다 즐거운 마음으로 옹기종기 모여 집에서 정성껏 싸온 음식을 맛있게 먹으면서 누구나 이 시간이 제일 즐거운 시간일 게다.

어머니와 나밖에 없는 우리 집에 국민학교 다니는 아이는 없지만 이런 재미있는 구경거리를 놓칠 수는 없지. 콩, 깨, 조청 등으로 속을 넣은 떡을 케를 쌓아 달라붙지 않게 사이사이에 솔잎으로 깔아 먹음직스럽게 찐 송편에 쑥떡, 잡곡 범벅은 남들 앞에서 자랑할 만한 어머니의 특별한 솜씨에 오랜 세월의 경험에서 나온 장인정신으로 맛있게 빚은 송편을 마음껏 배부르게 먹고 있으면서 어머니께 사이다 한 병 사서 드리고 나도 어린아이들과 어른들의 어울림 속에 푹 파묻혀 이 시간을 재미있게 보내고 있는 중이다. 식사가 다 끝나고 오후에는 청군과 백군의 기마전이 벌어지는데 예로부터 우리나라는 기마민족이라고 전쟁터에서 말을 타고 싸움을 하던 장면을 빗대서 하는 경기로 4, 5, 6학년의 남자 어린이들이 주축이 돼 승리하는 팀은 오늘 벌어지는 경기 중에 점수를 제일 많이 가져가면서 학부모와 학생들이 나뉘어 줄다리기 등 재미있는 프로그램들이 지나는 사이사이에 이 지역 무술을 연마하는 민간인들이 나와 절도 있게 형(무술 형틀)이란 동작으로 하는 운동을 선보이고, 격파하는 순서엔 벽돌 위에 기왓장을 수북이 쌓아놓고 무술인은 기합소리와 함께 하늘로 붕 떴다 내려오면서 온 힘을 다해 기왓장을 주먹으로 내려치면 기왓장이 산산이 부서지고, 송판에 대못을 수도로 때려박기 등 그동안 연마를 거듭한 실력을 보여줌으로 일반인들이 처음 구경하는 믿기 어려운 결과물을 만들어내고, 군인들의 총검술은 적군과 싸울 때 필요한 술수로 볼거리가 많아 여기 모인 여러 사람들이 놀래 탄성을 지르고 흥미진진해하며 구경한 다음, 마지막엔 청군 대 백군 릴레이로 승패를 가린다니 서로의 응원이 대단해 모두를 일어나 출발선을 주시하고 있다.

태극기가 높이 달려 있는 국기봉 밑의 운동장 앞에는 텐트가 줄 서서 나란히 4개가 세워져 있어 본부석이라고 써 있는 텐트에는 이 운동회의 주인공이신 교장선생님을 비롯해서 면장님, 지서장, 농협 조합장님에, 이 지역을 대표하는 관공서의 장으로 불리는 님들과 군부대 장교, 장거리에서 신발 장사하는 사장님, 대한소리사 주인, 이곳에서 농사를 제일 많이 짓는 박씨 등 각계를 대표로 하는 지역의 유지들이 자리에 앉아 있고, 본부석 옆 텐트에는 이곳에 주둔하고 있는 군부대에서 이날만큼은 대민봉사 차원에서 군악대가 자리를 잡아 식순에 의해서 애국가를 연주하고, 순국선열에 대한 묵념으로 장엄하고 구슬픈 음악이 흐른 다음 군가와 우리 민족의 노래인 아리랑에, 요즘 한참 인기 있는 가요인 섬마을 선생님, 흑산도 아가씨, 울산 아가씨, 신라의 달밤, 월남에서 돌아온 김 상사, 아빠의 일생, 또 외국의 유명한 곡들 등등이 있고, 여기 모인 여러 사람들의 흥을 돋우기 위해서 트위스트, 디스코, 지루박, 트로트, 차차차 등 춤을 출 수 있는 음악에는 군악대원 중에 한 사람이 앞에 나와 음악에 맞춰 춤을 추며 여러 사람들 앞에서 시범을 보여 이렇게 갖가지 음악을 연주해 다양한 볼거리와 흥미를 제공해주니 민군이 하나가 되어 한층 재미있는 운동회로 이끌면서 같이 즐기고 있다.

그리고 군악대 옆 텐트에는 진행반이라는 표지가 붙어 있으면서 지금 행사를 담당하는 요원들로 자리 잡고 운동회의 진행 순서와 준비 및 설치철거 작업과정을 총감독하면서 연신 마이크에다 대고 다음 경기에 필요한 도구와 자재들을 제자리에 준비해 놓으라는 지시와 상황 등 행동요령을 독려하고 있다. 이 텐트 처마 끝에는 운동회에 보태 쓰라고 저명인사와 동네 유지들이 기부를 한 사람의 이름과 금액이 써 있는 종이가 바람에 펄럭이는 걸 보면 꼭 음식점 앞에 쳐놓은 햇빛을 가리는 발같이 보였으며, 마지막 텐트에는 의무반이라고 써 있는데 보건소에서 나온 남자 한 사람과 여자 한 사람이 자리를 지키고 있어 운동회에서 달리다 넘어져 손과 발, 무릎에 타박상 입은 사람, 소화가 안 돼 배 아픈 사람 등 이런 응급처치할 수 있는 의자와 간이침대, 소화제 같은 상비약과 거즈, 붕대, 소독액 등을 준비해 놓고 있어 어른들이 음식 먹고 체한 아이나 달리다 넘어져 손이나 무릎이 까진 사람 등을 데리고 이 텐트에 들락날락하는 모습이 보인다.

하루종일 운동장 주변 나무 그늘 아래에서 준비해간 떡과 계란에 음식 등 과일을 먹으며 운동회 끝날 때까지 구경을 하는데 마지막 폐회식에는 전체 학생들이 운동장에 모여 있고, 그 앞에 백군 주장과 청군 주장이 서 있으면 교장선생님이 연단 위에 올라와 서계시어 진행요원이 이번 운동회에서 벌어진 경기에 청군과 백군의 최종 점수를 마이크에 대고 큰소리로 발표를 하면 이긴 쪽에서는 손을 들어 만세를 외치며 환호하고, 진 팀에서는 박수를 쳐주며 답례를 하고 있다. 이윽고 오늘의 승자인 청군팀 주장이 연단 위에 올라와 교장선생님으로부터 우승기를 받아 들고 내려온다. 아마 릴레이에서 이겨 오늘의 전 경기 점수를 합한 결과 승리한 것으로 짐작이 되고, 학생들은 흩어지면서까지 "청군이 이겼다. 백군은 물러가라."

며 소리쳤다.

　백군은 "그래도 기마전은 백군이 이겼다. 왜 이래? 내년에 두고 봐. 납짝코를 만들어줄 테다." 이러면서 아이들이 떠드는 소리까지 다 듣고, 저녁에는 마을 이장님 댁에서 회의가 있다는 연락을 받아 어머니를 경운기로 집에 모셔드리고, 나는 이장님 댁으로 뛰어가 보았더니 동네 여러분들이 모인 가운데 이장님께서 하시는 말씀이 우리 동네가 발전을 하려면 경운기가 구석구석까지 다닐 수 있게 하기 위해서는 길옆에 밭 주인들은 땅을 도로 쪽으로 조금씩 양보해주십사, 하는 말씀과 비료를 농작물에 줄 때 질소를 많이 줘 잘 자라게만 하지 말고 인산, 가리 등 비료의 3요소를 적당히 배합해 열매도 많이 열리게 해주라고 하며, 이에 맞게 배급해주는 문제나 농약의 안전관리 및 처리, 벼 수매, 농작물 관리 등등을 알려주시고 난 다음엔 "에, 지난겨울에 미군들의 기동훈련으로 논둑 터진 거, 밭길 끊어진 거 다 보상받았지요?" 하고 이장님이 동네 주민들에게 물으니 "네, 잘 받았습니다." 하고 앉아 있는 주민들이 하나같이 대답을 하니 이장님이 "아마 올겨울에도 미군들의 기동훈련이 이곳에서 있을 것 같으니 이번과 같이 신고해서 보상받으시기 바랍니다."

　내가 이런 소리 처음 듣는 거라 옆에 아저씨한테 물어보았더니 농사 다 짓고 나면 겨울에 미군들이 탱크나 장갑차 등 중무장한 차량으로 기동훈련을 하는데 이 사람들은 논둑이구, 개울이구 실전을 방불케 할 정도로 사정없이 다니고 나서 훈련이 끝나고 나면 자기네 미군 담당자와 통역을 하는 카츄사(미군에서 군복무하는 한국인)가 나와 이장님과 피해 농민들과 같이 현장으로 돌아다니며 원상복구 하는데, 품(사람 인력)이 얼마나 들어가는지 돈으로 환산해서 계산해 주는 거라고 얘기해준다. "하긴 여기는 미국에서 원조해준 물건들 아니었으면 거의가 다 굶어 죽거나 얼어 죽었을 거야. 전쟁통에 다 부서져 먹을 거, 잠잘 거, 가재도구 일절 없는 살림살이에 우리가 미국의 원조 없이는 이렇게 살 수가 없지. 밀과 옥수수, 콩 등을 인원수대로 나누어 주고, 미군이 쓰던 그릇에, 집을 지으라며 낙엽송이라는 이름의 나무도 주고, 옷도 주고, 미국 본토에서 구호물자를 가지고 와 면사무소 앞마당에 풀어놨는데, 나는 그때 하필 내가 키우던 송아지가 우리에서 빠져나가 송아지를 잡다 소 코뚜레를 뚫어 안전하게 잡아 매놓고 오느라 좀 늦게 면사무소로 갔더니 대부분 동네 사람들이 다 가져가고, 아주 큰 옷이 우리네 두 사람도 들어가고 남을 청바지 하나가 그 넓은 면사무소 마당 한가운데 덩그러니 놓여 있어 할 수 없이 그거라도 가지고 와야지. 어느 사람은 신사복을 집어 가지고 왔지만 커서 입지를 못한다고 하더라.

또 누구는 무대에서 춤출 때 입는 옷도 가지고 왔고, 뭐 수영복도 있다 하고, 더러는 믹서기를 가지고 온 이도 있고, 담요 같은 실속 있는 물건이 걸린 사람도 있다더라. 전쟁의 피해가 다른 곳보다 심한 철의 삼각지대(철원, 김화, 평강)라 온통 전 마을이 폐허가 됐으니 구호물자를 많이 보내준 거 같아. 특히 생각나는 것은 집을 지을 때 연장 중에 나무를 자르는 톱을 보고 우리는 앞으로 땡겨 나무를 자르는 것을, 미국 톱은 밀어야 잘라지니 익숙하질 않아 못 쓰겠더라. 하여튼 가정에 미제 물건이 없는 집이 없으며, 미제 물건이 튼튼하고 질이 좋다는 평판에 무슨 물건이 색달라 보이면 그거 미제냐? 이렇게 사람마다 입에 오르내릴 정도였어." 이 얘기를 듣다가 "송아지는 나중에 와서 잡으면 되는 걸 가지구 면사무소부터 먼저 갈 걸 그랬어요?" 하고 내가 되물었더니 "아이~ 그 소는 잃어버리면 큰일 나. 신경을 많이 써야 할 소야." 내가 이해를 못해 "소는 뭐 흔히 다른 소들과 같은 거 아닙니까?" 하고 재차 물어보니까 "이 소는 나라에서 농민들 자립정신을 빨리 일으켜 세워주기 위해 정부에서 필요로 하는 농가에다 송아지로 대출을 해주면 송아지를 받은 농민은 정성껏 키워서 새끼를 내면 이게 지금까지 소를 키운 대가로 내 몫이 되는 거야. 소는 농촌에서 목돈을 마련하는 유일한 길이거든. 마을 사람들이 많이들 호응을 해 나도 여기에 희망을 걸고 송아지를 키우기 시작했지.

　어느 날 밤에는 헌병(MP) 차에 달린 사이렌 소리가 요란하게 들리면서 탱크가 북쪽으로 밤새도록 올라가는 소리가 들리기도 한 때가 있어 "야, 여기는 굉장하네요." 하고 내가 놀라 하니까 "뭐 이런 걸 가지고 그래?" 하면서 "내가 이 동네 분위기 좀 얘기할게. 들어봐. 저기 장거리에서는 영외 거주하는 군인 가족들이 많이 살아 밤에 헌병차가 사이렌을 불며 동네 한 바퀴 돌면 군인들이 잠을 자다 벌떡 일어나 워카(군인이 신는 구두)를 신는 걸. 끈도 재빨리 매고 뛰어나가는 게 여기 군인들이 흔히 겪는 비상이라는 거지. 그러나 아침이 밝아오면 언제 그랬냐는 듯이 세상 조용해. 그런 걸 보면 군인들이 철저한 방어를 하고 있다는 증거야. 이따금씩 최전방에서 서로 총을 쏠라치면 재빨리 참호 속으로 몸을 숨기면 적이 쏜 총알이 참호에 박혀 먼지도 날릴 때가 가끔 그런 날이 있어. 군인 가족들 이사하는 거 봐. 순식간에 짐 다 싸버려. 미숫가루는 꼭 챙기고 하도 이사를 자주 다니다 보니까 이런 데는 전부가 도사들이야. 여기는 전쟁이 났다 하면 군인들은 지금 가지고 있는 실탄 다 쏴버리고 퇴각해서 후방에 다시 집결해 전열을 가다듬고, 그 대신 후방에 있던 부대가 임무를 교대받아 적군과 정식으로 싸운다는구만. 우리 민간인들도 피난 가는 길이 따로 정해져 있어 군인들하고 움직이는 길이 틀려.

이 얘기하다 보니 사건이 하나 생각나는군. 군부대 안에서 선임 상사가 하급 사병을 몹시 괴롭혔나봐. 이 사병은 내가 제대하는 날 선임 상사를 죽여버리겠다고까지 다짐을 하고선 제대하던 날 야심한 밤을 기다려 선임 상사의 세 들어 살고 있던 집을 찾아 들어가 마루에 놓여 있던 짜구(깍기)를 들고 방문을 열어 누워 자고 있는 사람들을 짜구로 사정 없이 찍어서 일가족을 다 죽이고, 이 제대 군인은 어둠 속으로 사라졌다는 거야. 다음날 살인사건이 난 이 동네 군과 경찰이 비상이 걸려 난리가 났지. 그런데 죽은 사람은 뜻밖에 이 집으로 이사 온 지 한 달밖에 안 된 이 지역 개척교회로 부임한 전도사와 그 가족들이라는 거야.

그렇다면 이 제대 군인은 자기와 아무 관계가 없는 엉뚱한 사람을 잔인하게 죽인 꼴이 돼. 수사관들은 죽은 사람들이 1달 사이에 주민들과 무슨 원한 살 일도 없을 거고, 집주인의 말을 빌리면 한 달 전에 선임 상사가 살다가 이사를 갔다는 걸 알고 수사관들이 재빠르게 움직여 범인이 고○○으로 제대 군인이라는 인적사항이 밝혀져 수배했으나 한동안 안 잡히다 장거리에서 웬 사람이 돌아다니며 이상한 행동을 하는 사람을 수상히 여긴 주민이 신고해서 경찰과 군 헌병이 잡았는데, 이 사람을 잡아 조사를 해보니 그 고○○이라는 거야. 신고한 주민은 하는 짓이 간첩인 줄 알았으나 실망이 컸지. 만약 간첩이었다면 포상금은 타겠지만 이들이 조용히 잡히겠어? 그들은 인간살상 전문교육을 받은 자들이니 한참 이 동네 시끄러웠겠지. 하기는 여기 민간인들도 전방이라는 지역에 살고 있어서 그런지 보는 눈이 예민해 수사관들 못지 않아. 고○○을 잡아 수갑을 채워서 헌병차로 태우기 전에 수사관이 "그동안 어디 있었냐?"고 물어보니까 사고를 쳐 남한에서 못 살 것 같아 월북하려고 최전방에 들어갔다가 양쪽이 총들을 너무 쏴대 다시 내려와 옷과 먹을 걸 구하려다 잡혔다고 그러드라. 그래서 "왜? 엉뚱한 사람을 죽였냐고 물으니 선임 상사가 그 집에 사는 것만 기억하고 일을 저질러 미처 확인을 안 한 게 후회가 막심하다는 말을 하더라는 거야. 수사관들이 밖으로 나와 상의하기를 고○○을 헌병 짚차 뒤에 태우고 다리를 지나갈 때 만일 수갑 찬 손으로 운전병을 가격하면 큰일이 일어날 수가 있으니까 이자의 손에 수갑을 뒤로 채우자는 말이 나와 다시 뒤로 채워서 태우고 간 적이 있어 한때 엄청 시끄러웠지. 여기가 이런 무지막지하고 소름 끼치는 동네야.

최전방에 근무하는 군인들 술 한 잔씩 하면서 얘기하는 거 들어 보면 휴전선으로 부임하는 장교가 차를 타고 오는 동시에 북한에서 어떻게 이 장교 이름을 입수했는지 확성기로 방송을 하길 "김○○ 군관 동무, 최전방 휴전선까지 오시느라 수고하셨습네다." 하고 자기 이름을 확성기로 불러가면서 들리는 이런 기가 막힌 상황이 벌어지는지 아군 장교는 등골이 오싹해 섬찟해진다는 거야. 아무래도 저들은 아군의 사기를 떨어트리려는 일환으로 하는 건가봐. 앞으로 정신 바짝 차려야겠다는 생각이 앞선다는군. 하기는 지금은 정보전이라고 하더라. 누가 그러는데 남한의 신문이 3일이면 김일성 책상 위에 놔 있고, 1주일이면 북한의 인민일보가 청와대 테이블에 놓여져 있다는구만. 한참 저들도 감정이 있는 젊은이들이니 아군하고 가끔 서로 치고받고 하는가봐.

이들도 교육을 받은 정예군인들이기 때문에 티격태격하다 육박전이 벌어졌는지 어떻게 중대장 권총이 철책선 밖에 떨어져 있어 UN사(중립국 감시위원단)에서 조사하러 나왔는데 아군 쪽 입장이 아주 난처했다는군. 또 우리 군의 경계병이 보초를 설 때 낮에는 높은 데서 낮은 곳을 내려다보며 감시를 하고, 밤에는 제일 낮은 곳에서 별이 떠 있는 하늘을 배경으로 올려다보며 혹시 올지도 모를 북한 침투병을 경계하는 게 최전방 보초병의 근무 기본 수칙인데, 더러 바람소리만 이따금 들리는 깜깜한 밤에 부스럭 소리가 나면 신경이 곤두서 방아쇠를 정신 없이 땡겨서 날이 밝아 수색을 해보면 멧돼지나 고라니들이 총에 맞아 죽어 있다는 거야.

또한 이런 예도 있어. 한 번은 비가 부슬부슬 오는 을씨년스런 어두컴컴한 밤에 사방은 조용하고, 이런 궂은날에는 내가 살던 고향에선 막걸리와 김치전으로 안주해 그날 일어났던 일과 잡담들을 늘어놓으며 먹던 옛날 생각이 머릿속에서 뱅뱅 돌아갈 때 눈앞의 철조망에서 시커먼 물체가 아주 조금씩 서서히 기어 올라오드라는 거야. 즉시 소대장에게 비상연락망으로 긴급히 보고했더니 철책 정상에 올라오면 발포하라는 명령이 하달돼 잠시 기다렸다가 "이때다!" 휴대하고 있던 엠원(M1 개런드) 소총으로 8발을 다 쏴버렸더니 명중했는지 철조망 위에서 꼼짝 하질 않았다는 거야. 우리 쪽도 캄캄한 밤에 함부로 움직이지 않고 가만히 있자 저쪽에서 철조망에 걸린 자기 동료를 내리려고 철망으로 기어오르려 하는 걸 아군 쪽에서 집중사격을 가하자, 이들은 밑에서 철망에 걸린 자기 동료를 긴 나무로 들어 올려 아래로 떨어트리려고 몇 번 시도하다가 동이 트기 시작하니까 철망에 걸린 시체만 남겨둔 채 나머지 그들은 북쪽으로 사라져 아무 일 없었다는 것처럼 조용히 해가 떴으나 그냥 넘어갈 일이 아니. UN사 군인들이 현장에 도착해 조사를 했다나? 누가 봐도 북한군이 틀림없으므로 우리 쪽에서는 "인도적 차원에서 사체를 내줄 테니 가져가라." 했더니 그들이 와서 보고 하는 얘기가 "이거이 국방군 복장을 한 에미나이래. 왜 우리가 가져가네? 국방군 동무들이 알아서 하라우." 하고 휙 돌아서 가버리더라는 거야.

야 참, 이렇게 인정사정 없는 냉혹한 현실의 세계가 다 있냐? 대체로 이들은 3명이 조를 짜서 2명은 길 안내자이고, 1명은 남쪽으로 침투 목적을 띤 간첩이라나? 길 안내자들이 휴전선 철책 넘어까지 인도해주고 안내자 2명은 "잘 가시라요. 또는 임무 완수하시라요." 간단한 인사로 가버리고, 남쪽으로 침투 목적을 띤 1명은 부여받은 임무로 남쪽을 향해 내려올 것이니 이 간첩은 지금부터 주어진 임무를 완수하려면 훈련받은 대로 강인한 체력으로 혼자서 살아야 하니까 산도 잘 타고, 먹는 것도 산에서 쉽게 구할 수 있는 밤, 머루, 다래, 돌배, 개암열매, 칡뿌리, 도라지, 더덕, 버섯에 비상식량(소고기 말린 것) 등으로 배를 채우며 산속에서 드보크(자기들끼리 연락하는 비밀장소)를 이용하면서 몇 개월씩 버틸 수 있는 체력을 키운 자들이 남쪽으로 내려온다는 거야. 대체로 이런 일이 시야가 흐린 컴컴한 밤에, 비가 부실 부실 내리는 야심한 시간에 이들이 꼭 아군 복장을 하고 모든 여건이 날씨와 같이 맞아떨어지면 전방 휴전선에서 심심찮게 비정기적으로 벌어지는 일이란다.

그 시체를 보니 총탄자국으로 피범벅이 돼 벌집을 만든 거 같아. 처참하게 죽어 있어 우리 아군 상사 계급장을 달고 있었다는구만! 그거뿐인 줄 알아? 중앙분계선에서 수색대로 근무하는 장병 얘기는 우리 쪽 지역은 나무나 풀을 베어버려 훤히 잘 보이는데 북쪽은 수풀이 우거져 시야로 관찰이 어렵다는구만. 우리 쪽에는 철조망에 깡통을 달아놔 건들이기만 하면 소리가 나게 하고, 돌멩이를 사이사이에 끼어놨다가 약간의 진동만 전달되면 밑으로 떨어져 주욱 깔

아는 기왓장이 깨져 소리가 나게 만들어놨으니 이런 곳을 뚫고 남으로 내려온다는 건 불가능하겠지. 그래도 이들은 포기하지 않고 땅굴을 파 시도하기도 하고, 바다를 통해 잠수정이라는 도구로 침투하다가 이제는 일본의 재일교포로 위장해 아주 합법적으로 비행기 타고 우리나라로 들어온다는구만."

이 말에 내가 의문점이 들어 "아니, 그러면 그 많은 사람들 중에 어떤 사람이 간첩인 줄 알고 잡아요?" 하고 반문을 하니 이 아저씨 "그러니까 우리나라에 중앙정보부(국가정보원)라는 기관이 있잖아? 외국에서 일어나는 일은 이 기관에서 맡아 하나봐. 우리나라 휴전선에서 이들 군인들이 근무를 매일 하다 보면 철책을 사이에 두고 서로 얘기할 때가 있어서 자기네들 자랑거리로 그쪽에서는 병에 담긴 고려인삼주라는 술을 꼭 가지고 나와 자랑을 해. 하도 여럿이 교대로 가지고 나왔다 들어갔다 하다 보니 손때가 묻어 병 색깔이 거무티티해졌다는 거야. 우리 쪽은 과자, 생필품, 면도기 등 여러 가지 가지고 나가지만 이것은 서로 자존심 싸움이라 절대 안 받지. 그러나 그들이 곁눈질하며 훔쳐보는 것은 우리 군인들이 신고 있는 워카로 눈이 꽂혀 있다는 거야. 그렇겠지. 아군들은 누구나 다 신고 있는 군화에 모두가 평등해 보이니 저들이 부러워할 수밖에. 여기는 그 이름도 무시무시한 최전방 중동부 전선이라 우리 군에서도 특별한 군인들이 많이 와 현장 적응 및 훈련하는 곳이라 분위기가 살벌해. 나도 이 동네 살기에는 긴장이 많이 됐지만 시간이 지나고 나니깐 신경이 무뎌져 뭐 덤덤해지더라고. 아마 자네도 여기서 지내다

보면 나와 같이 그렇게 될 거야. 나는 38선 이북에 살았으니까 생생하게 알 수 있지.

    6.25전쟁이 나기 1달 전부터 북한 군인들이 전쟁물자를 달구지로 실어 남으로 남으로, 그것도 주로 야간에만 행군하면서 동이 트면 달구지를 나무 그늘 밑이나 풀로 위장을 해놓고, 군인들은 마차 밑으로 들어가 잠을 자는 거야. 이 광경을 보고 우리는 군인들이 야간훈련을 하는 줄 알았지. 그러다 얼마 안 있어 6.25전쟁이 나더구만. 지금 생각하니 이들이 밤에만 움직인 것은 아군의 정찰기(L-19)에 안 들키려고 그랬나봐. 나는 김일성 통치하의 이 자리에서 그냥 살았어. 그때 이들은 낮에 공동작업을 시키고, 밤에는 주민들을 넓은 마당에 모여놓고 공산당원이라는 사람이 야간학습이라는 걸 그렇게 시켰지. 말을 어떻게 청산유수와 같이 술술 잘 나오는지 그래서 말이 많으면 공산당 놈들이라고 했나봐. 김일성이 일제강점기부터 지금까지 무수히 싸워서 승리했다는 뭐 무협소설에 나올 듯한 이야기들을 해가며 우리는 세계에서 둘도 없는 백성으로서 김일성 원수 동지를 중심으로 똘똘 뭉쳐 남쪽 반동들을 무찔러 통일을 이루자는 둥 여러 가지 말을 장황하게 늘어놔 웬 허황된 줄거리들이 많은지 개 중에 한 사람은 "저 자식 저거 알지도 못하면서 김일성 장군을 들먹거려? 진짜 김일성 장군은 점잖게 나이가 들어 듬직해. 내가 봐서 아는데 어디서 새파랗게 젊은 놈이 김일성 장군 흉내를 내는 거야? 지금 저놈은 김성주라는 놈이야. 같이 학교에서 공부하던 사람도 내가 만나 말도 해봤는데, 평소에도 나서기 좋아하고, 큰소

리 잘 치던 놈이라는 거야."

　이렇게 얘기하던 사람은 그 이튿날부터 보이지 않아 아무도 그의 행방을 알 수가 없었다는 거야. 쏟아지는 잠이 와 졸고 있는 사람들을 한쪽 팔에 붉은 헝겊으로 완장을 두른 소위 선동부장이라는 사람이 작대기 하나 들고 뒤에서 졸고 있는 사람 등어리를 때리며 감시하고 있는 야간학습을 뻔히 아는 거짓말에 고단하고 졸립기도 해 그저 안일한 생각으로 안 나갔더니 이런 세상에 식량배급 전표를 안 주잖아? 집에 남아 있던 식량을 곶감 빼먹듯이 야금야금 덜어 먹다 바닥났으니 어떻게 해? 굶어 죽지 않으려면 야간학습하는 곳에 가서 교육을 받고 식량배급 전표를 받아와야 살 수가 있지. 그때 졸려서 참 혼났으니 6.25가 터지고 나서는 포탄이 쌩쌩 하며 우리 머리 위로 날아다녔어. 압록강 전투에 참가한 군 원로의 얘기를 들어보면 중공군이 쳐들어올 때는 피리를 불고 깃발을 흔들어대며 꽹과리를 치면서 무슨 삼국지에 나오는 전쟁과 같이 높은 사람은 말을 타고, 다니면서 저희들의 우세한 숫자만 믿고 쳐들어오는 걸 아군이 이를 감지하고 미리 준비해서 기관총을 아무리 쏴대도 끝도 없이 밀고 들어와 결국은 총신이 뜨거워져 총알이 멀리 나가질 않아 물을 떠다가 총열을 식혀가면서 쏴도 개미 떼처럼 밀려 들어오니 어쩔 수 없이 결국은 후퇴를 하고 말았다는 얘기를 들은 적이 있어. 중공군들도 자기들 인명피해가 많다는 사실을 깨달아 그 다음부터는 조용히 야간에 기습 또는 인해전술로 바꾸고, 군인들 숫자보다 총이 모자르니까 맨 앞에 군인이 소총을 들고 달리면 그 뒤로 수류탄만 들고 주욱들 따라가다가 앞선 군인이 쓰러지면 그 뒤에 따라오던 부대원이 이 총을 대신 잡고 전진을 하다 총을 잡은 사람이 또 쓰러지면 그 다음 사람이 이어서 총을 잡는 이런 전쟁을 하다가 이들도 이래선 안 되겠다 생각했던지 전쟁물자를 많이 투입을 해 소모전으로 대항했다는 거야.

언젠가 6월 25일 승공기념관을 견학해보니 전쟁에서 희생된 군인들과 민간인들 숫자가 나열돼 있는데 사망자가 한국군이 13만여 명이고, 미군이 3만여 명에, 북한군이 29만여 명, 중공군도 부지기수인 걸 숫자가 둘쑥날쑥이라 가늠할 수 없어 대충 짐작해서 50여만 명 정도는 희생된 거 같아 중국군도 한국전쟁에서 배운 점이 많았을 거야. 이들이 포를 몇 방 쏘고 쌀라쌀라 하면 미군이 대응을 해 포를 쏴대고 하니 낮에는 나가 돌아다닐 수가 있어야지. 먹을 게 없어서 초근목피로 간신히 살아왔는데, 그때 죽을 고비를 몇 번 넘겼는지 죽지 않고 지금 살아있다는 게 기적이야. 이 전쟁은 1950년 6월 25일 새벽 4시에 소련의 지원을 받은 북한군의 남침으로 전투가 시작돼서 경상남도 일원까지 점령당했다가 미군을 비롯한 UN군의 참전에 인천상륙작전을 시작으로 북으로 전진해 38선을 넘은 날이 10월 1일을 기념해 우리나라 국군의날로 정해졌으며, 압록강까지 전진해서 아군이 철모로 압록강 물을 떠다 이승만 대통령에게 바쳤다는 일화가 전해 내려왔는데, 이후 중공군의 그 유명한 인해전술로 아군이 후퇴해 지금의 휴전선으로 그어서 1953년 7월 27일 오전 10시에 일제히 총성을 멈춰 휴전을 하고, 개성에서 관계 당사국들 간에 합의를 해 귀 찢어질 듯한 포탄 터지는 소리는 온데간데없고 총성이 멈춰 온 세상이 모두가 쥐 죽은 듯이 조용해 이게 무슨 일인가? 하고 방공호 속에서 나와 봤더니 우리 주민들이 살던 집은 폭삭 주저앉아 거의 다 부서졌고, 온 세상이 고요한 적막 속에 여기저기서 군인들이 죽은 전우들을 부둥켜안고 흐느끼는 울음소리가 장송곡 같은 선율로 마치 흐르는 개울물 소리처럼 들리더라.

인제 보니 휴전을 하기로 했나봐. 갑자기 세상이 조용해지니 오히려 내 마음이 이상해지더라. 군인들도 후회스럽고 통탄스러운 점이 한두 가지가 아니겠지. 한 번은 6.25가 일어나기 얼마 전에 2명이 당에서 나왔다고 하며 물어볼 게 있으니 자기들과 같이 좀 가자고 해 이들을 따라 한참을 걸어서 철원에 있는 노동당사로 들어가잖아. 지금은 폭격에 거의 다 부서져 한쪽 벽만 구멍이 몇 군데 뚫려 덩그러니 남아 있지만 그 당시 건물이 굉장히 크고 웅장해 보기만 해도 으스스 떨리면서 내 몸과 마음이 압도돼 겁이 덜컥 났었지. 이들은 저기 당사 지하로 같이 들어가자는 거야. 나는 아무 생각 없이 따라 들어가려다가 마침 저쪽에서 나를 보고 아는 척을 하는 사람이 있어 누구인가? 하고 자세히 봤더니 지난번 우리 동네로 야간학습 강의할 때 왔던 간부라 나는 반갑게 인사를 했더니 어딜 가냐고 물어서 저쪽 지하실로 간다고 했더니 이 간부는 내 옆의 일행 2명에게 "이 동무는 내가 잘 아니끼니 내가 데리고 가겠시오." 하니까 일행들도 뭐라고 하는데 간부가 "그린 건 핑계를 내민 되잖소." 하며 내 팔을 잡아끌고 가면서 하는 얘기가 "동무, 혹시 죄를 지어 반동으로 찍힌 적이 있소?" 하고 물어 "나는 지금 무슨 영문인지도 모르고 그냥 따라왔어요." 하니까 이 간부의 하는 얘기가 "어쩐지 내가 봐도 그럴 동무가 아닌데, 여기 노동당사 지하는 꼭 죽일 사람만 끌고 들어가는 곳으로 한 번 들어가면 살아서는 절대 못 나오는 곳이니 지하에는 절대 들어가지 말고 빨리 집으로 가시오." 하고 말했어.

순간 사태가 심상치 않음을 뒤늦게 깨달아 집을 향해 죽어라 뛰어와 아무리 생각해도 앞일이 걱정이 돼 윗방 구들을 뜯어내 나 혼자 숨을 만한 비밀장소를 만들어 놓고, 구들 위에는 멍석을 깔아 마누라 외에는 아무도 모르게 준비하길 잘했지. 우리 집이 언덕 위에 있어서 누가 오는 거 먼저 볼 수가 있으니 재빨리 숨을 수가 있어 살았어. 그 후로도 당에서 2번을 더 찾아왔을 때 마누라보고 모르는 사람이 나를 찾아오면 "동네 사람들과 노력동원에 나간 후로 아직까지 집에 안 왔다." 하라고 단단히 일렀지. 실수하면 죽는데 어쩔 거야? 당에서 나온 사람들은 우리 집을 두루 돌아다니며 탐색을 하다 가곤 했지. 이 말을 듣고 아저씨의 이런 내막이 더욱 궁금해져 "그러면 그 간부라는 사람 때문에 살으신 거 아니에요? 뭐 좀 아는 사이십니까?" 하고 물었더니 아저씨는 "아는 사이는 무슨 아는 사이? 우리 동네 야간학습 강의하러 몇 번 왔을 때 텃밭에 심은 감자가 많이 열려 캐다가 솥에 넣고 쪄서 그 간부와 동네 사람들과 같이 소금 찍어 먹고 한 거밖에 없어." 하는데 내가 듣기에 여차하면 이분은 삶과 죽음의 갈림길에서 얼마나 마음을 졸이면서 지냈을까? "야, 그렇다면 그 감자가 아저씨 목숨을 살렸네요." 이런 말을 했더니 "글쎄, 나도 가끔 그런 생각이 들어. 감자는 식량이기 때문에 아무나 막 주는 게 아닌데, 우리는 이해타산 따지지 않고 가족적인 분위기에서 다 같이 먹는 걸 보고 이 당 간부가 우리들의 훈훈한 인심들에 감동했나봐. 감자라는 게 웬만큼 알이 크면 따먹고, 다시 흙에 묻어두면 또 열려 사실 감자가 아니었다면 우리 같은 사람들 다 굶어 죽었어. 나는 그때 마침 노동당사에서 당 간부만 안 만났었다면 그 무시무시한 지하실로 끌려 죽어서 시체로 나왔을지도 모르지." 이런 실제 경험한 이야기를 들으니 내가 정말 최전방에서 살고 있구나 하는 생각이 든다.

이 아저씨 말에 더욱 궁금해져 "아저씨, 그런데 당에서 왜 아저씨를 그렇게 잡아가려고 찾아왔을까요?" 내 이 물음에 아저씨가 고개를 좌우로 흔든 다음 "글쎄다, 지금도 나를 왜 잡아서 죽이려고 했는지 아무리 생각해도 아리송하단 말이야. 굳이 이유를 대자면 우리 먼 친척 중에 몇 촌인지도 몰라. 얼굴도 못 본 사람이라 어른들이 하는 얘기를 지나가다 잠깐 들어보니 아주 똑똑한 사람이었다나. 동네 어른들께 인사성 밝고, 학교에서도 공부를 잘해 줄곧 1등만 해 시골에서 묵혀 있기에 아깝다는 생각이 들어 부모가 서울로 보내 공부하다 남조선(남한)의 무슨 신문사에 취직했다는 말을 어렴풋이 들은 것도 같은데 아무리 생각해도 이유를 대자면 그거밖엔 없는 거 같아. 이들은 신문사에 취직했다는 그 사람과 무슨 내통을 하지 않을까? 미리 짐작해서 나를 죽이려고 했나봐. 이런 경우로 미루어 사람이 한세상 살다 보면 주위에 잘난 사람이나 아무리 천하고 바보 같은 사람이라도 원수 척지지 말고 서로 사이좋게 원만히 잘 지내야지 언제 어떤 사연으로 누구의 도움을 받을지 내 경험으로 비추어봐도 지금 자네하고 나 사이에 서로 좋게 지내야지 다음에 언제 어떻게 해서 만나게 될지 그건 아무도 모르는 거야." 하고 밤하늘을 올려다보며 한숨을 내쉬곤 몸서리를 친 다음 말을 다시 이어 "저쪽에 철원평야라고 넓은 뜰이 있어. 이 땅을 김일성이 우리 아군에게 빼앗기고 얼마나 분했으면 사흘 동안 밥을 안 먹었다는 얘기가 돌아. 하기는 여기서 나오는 쌀이 밥맛이 좋아 옛날에 임금에게 진상을 했던 여주 이천쌀과 같은 등급으로 취급을 했다고 하더구만.

이쪽으로 가면 그 이름도 유명한 백마고지라고 우리와 북한이 전투가 치열해 낮에는 아군이 점령해 태극기를 꽂아놓고 있었지만, 밤이면 북한 쪽에서 뺏어 주인 행세하다가 여러 번 뺏고 뺏기고 하다 결국 아군이 점령을 하고 감격에 젖어 있을 때 하늘에는 하얀 구름이 말의 형상으로 뭉쳐서 둥실둥실 떠가더라는 거야. 그래서 거기를 백마고지라고 이름을 지었다는군. 그리고 저쪽으로 가면 아이스크림 고지라고 있어. 거기는 전쟁을 한참 할 때 폭탄을 얼마나 쏟아부었던지 마치 아이스크림이 녹아내리듯이 고지가 무너져 앉아 지형이 바뀌어졌다는 거야. 그래서 이곳을 아이스크림 고지라고 명명했다거든. 우리나라 사람들은 그 당시 영어에 익숙해 있지 않을 때로 비추어 연합군으로 참전한 어느 외국군이 이름을 짓지 않았나 이런 생각이 들어. 한 번은 전투가 한창일 때 미군이 찻길 옆에 놓여 있는 각종 실탄과 보급품을 산 위로 운반해주면 먹을 걸 주겠다고 해 여러 사람이 지게로 옮겨주었더니 통조림에 빵, 커피, 설탕, 껌, 비스켓, 초콜릿, 담배 등 처음 먹어보는 주전부리에, 지게의 바소쿠리(싸리로 만들어 지게 위에 걸치고 물건을 담는 그릇)에 담아가지고 와서 커피는 써서 먹지를 않고 그 당시엔 다 버렸지. 이들 외국군들이 우리의 지게를 보고 넘버 원이라고 엄지손가락을 치켜세우며 칭찬을 해준 적도 있었어.

이 지역이 전투가 하도 심해 철의 삼각지대라고 불리웠지. 서로 유리한 고지를 점령하기 위해 뺏고 뺏기고 육박전을 할 때면 낮에는 서로 눈으로 보고 아군과 적군을 구별할 수 있지만 야간에는 캄캄해 구분을 할 수가 없어 상대방 머리를 만져봐서 스포츠갈이면 아군이고, 빤빤 대가리면 적군으로 간주해 대검으로 내질러 쑤셨다는구만. 그리고 저쪽 옆으로 한참 들어가면 휴전선 북방에 오성산이라고 있는데, 북한의 기차가 산 쪽으로 들어가는 것만 보이지 나가는 건 관찰이 안 된다는 걸로 봐서 이 산은 벌집처럼 쑤셔놓고 요새화해 놓지 않았나들, 그렇게 생각하고 있지. 또 승일교라고 한탄강 줄기의 계곡에 개울을 건너는 작은 다리가 있어. 이 다리를 이승만이 반을 놓고, 김일성이 반을 놨다고 해서 두 거물의 중간 이름을 따 승일교라 지었대. 우리가 봐도 다리 반쪽씩 건축 양식이 달라 조그만 다리를 어떻게 이리 지어놨을까? 우리가 지금 수시로 이 다리를 건너다니고 있잖아? 참 희안한 일이지. 한탄강이라는 이름도 옛날옛적에 궁예가 철원 쪽에 도읍을 정하고 보니 땅이 온통 현무암 투성이라 나라가 망할 징조라고 한탄을 했다 해서 강 이름도 한탄강으로 지었다지만, 우리가 더 이해가 되는 것은 6.25 전쟁통에 이 강을 건너는 사람들마다 한탄을 하며 건넜다고 해서 한탄강이라는 거야.

그리고 운천리라는 곳에 물 맑고 경치 좋은 휴양지가 있거든. 여긴 전쟁이 나기 전에는 북한땅으로 우리같이 여기 본토배기 사람들은 그곳을 김일성 별장이라고 불렀어. 아마도 김일성이는 북한 전역에 이런 별장이 여러 군데 있겠지. 이곳이 남한땅으로 되고 나서 이름도 산정호수라고 바뀌어 여러 사람들이 많이 찾는 관광명소가 돼버렸지. 그리고 서울 쪽으로 한참 내려가다 보면 미군과 소련군이 우리나라를 반으로 나눠 38선을 그을 때 이 다리로 지나갔다 해서 그 다리를 38교로 이름을 지었대." 이러면서 잠시 말을 끊으며 옛날을 회상하는지 한숨을 내쉬면서 고생을 했던 지난날이 새록새록 떠오르는 듯, 사실 우리 생각에는 전쟁 당사자들이 자기들의 이해관계에 따라 어설프게 끝나서 꼭 사람이 옷을 입을 때 단추가 잘못 끼워진 거 같아. 우리나라 이승만 대통령이 믿고 있던 미국도 전쟁을 멈추려 하고 있으니 그럴 수밖에 없는 것이 미국 국민들이 중국이나 일본은 대충 알고 있으나 한국이라는 나라가 어디에 붙어 있는지 대부분 모르고 있어 그런 나라 전쟁터에 가서 자기 아들이 죽었다고 하면 아무리 자유민주주의를 사랑하는 국민을 지키러 갔다 해도 부모들은 화가 치밀어 반대할 것이고, 여기에 동조하는 국민들도 같이 들고 일어나 정부를 규탄하는 데모를 하니 선거를 치러서 지도자를 뽑고 있는 나라에는 통치를 하는 사람이 부담스러운 전쟁일 수밖에 없지.

따라서 중공군도 자기의 옆에 나라이니 잇념이 망가지면 이가 시리다라는 슬로건을 내걸고 북한을 도와주자 해서 참전은 했으나 인명피해가 상당해 오래전 역사에서 보듯이 수나라가 고구려를 가벼이 여겨 100만이 넘는 대군을 이끌고 고구려를 침공했다가 그 유명한 을지문덕 장군의 살수대첩으로 다 죽고 몇 천 명만 살아서 돌아갔다니 전쟁에 패한 이후 수나라는 사라지고, 당나라가 집권을 했으니 이들도 잘못하면 옛날짝 난다는 생각에 전쟁을 멈추려고 했겠지. 북한은 겨우 숨만 쉬고 있는 환자 신세였고, 우리나라의 이승만 대통령은 지금 이 상황에서 조금만 힘을 더 내서 북진해 통일하자는 주장에 우선 미군부터 반대를 해 정 안 되면 한국군 단독으로 진격하겠다 하니 UN군, 미군, 중공군, 북한군 등 협의 당사자들로부터 고집불통 영감쟁이로 통해 휴전협정 맺는 걸 반대했던 이승만 대통령은 당사국들이 모여 싸인을 하는 그런 중요한 장소에도 참석을 일부러 안 했다는 거야. 그러나 한국군도 지치긴 마찬가지. 미군의 군수지원이 없으면 움직일 수가 없으니 이승만 대통령도 답답하기로는 말할 수가 없었겠지. 그래 성질이 나 미군과 상의도 하지 않고 우리나라 각 지역에 흩어져 있는 포로수용소에 수감돼 있는 반공포로를 단독으로 석방시켜 UN군과 미군이 깜짝 놀랐지만, 석방된 포로들은 수용소를 나오자마자 민간 옷으로 재빨리 갈아입고 전국으로 뿔뿔이 흩어져 우리 동네도 한 사람이 와서 가정을 꾸리고 잘 살고 있지. 북한 출신들이 홀홀단신으로 남쪽에 왔으니 마음을 독하게 다짐하고 억척스럽게 알뜰히 해서 남한 여자와 가정을 꾸리고 살아야 하니까?"

내가 이 아저씨 얘기만 들어도 여기에 있던 사람들마다 우리가 상상도 못할 사연들을 가슴속 깊이 간직하면서 살고 있으려니 말만 들어도 소름이 돋는데 이 지역 사람들은 온몸이 오싹해 얼마나 많은 고충과 기억조차 하기도 싫은 생과 사를 넘나들었겠나? 그 당시에는 사람 목숨이 파리목숨 같은 취급을 받았을 거야. 그러나 여기 사람들은 이런 일에 단련이 돼서 그러려니 하고 평상시처럼 마음의 공포도 안 느끼면서 자연스럽게 우리나라 여느 농촌 사람들과 같이 생활하면서 농사를 지으며 살고 있으니 여기 사는 사람들이 참 대단하고 존경스럽기까지 하다. 얘기가 얼추 끝난 거 같으니까 이장님이 "아이참, 내 정신 좀 봐. 하마터면 깜빡할 뻔했네. 엊그제(2일 전) 면에서 각 동네 이장들을 불러 모아놓고 서울에서 대학에 다니는 여학생 모두가 자기들이 쓰다 버리는 스타킹들을 모아놓고 모낼 철에 시골 사람들이 발에 신어서 거머리에 뜯겨 피 흘리지 말라고 모아 보냈어요. 아마 이들 여자 대학생 중에 농촌 봉사활동하다가 기똥찬(기가 막히고 대단한) 생각으로 그냥 신다가 버리는 스타킹을 전교생들이 모아서 농촌으로 보내주게 됐다는구만. 저기 마루에 나뒀으니 각자 쓸 만큼 가지고 가도록 해. 지금 생각 안 했으면 내일 아침부터 온 동네 다 돌아다닐 뻔했네. 그러게 사람은 늙으면, 아니 아니야. 죽으면 늙어야 돼. 으하하 헤헤이~" 하면서 겸연쩍은 웃음을 지으며 재치 있는 농담으로 마무리하신다.

219

그리고 다음은 이장님이 차례를 지내고 남은 음식인 집에서 담근 동동주와 갖은 음식과 누름적을 내주시어 고기의 종류도 소고기, 돼지고기, 닭고기에 물고기 종류도 푸짐하게 나와 이장님 왈 "우리 집은 먹을 사람이 없어 당신네들이 다 처리해야 돼." 하시는데 여기 모인 동네 사람들이 실컷 먹고 마시며 각자 흥이 나 엉덩이춤에 개다리춤, 거머리춤, 또 지렁이춤, 거위춤, 닭춤, 막춤, 각설이춤, 제멋대로춤, 뭐 자기가 흥이 나는 대로 움직여 춤이란 춤은 다 나와서 박수로 또는 냄비나 양재기 등 무엇이든 닥치는 대로 잡아서 두드리고, 어떤 사람은 소주병 속에다 젓가락을 집어넣고 흔들어대며 박자를 맞추고, 어떤 이는 빨래판을 들고 나와 박자에 맞춰 수저로 쫙쫙 긁어대니, 이장 사모님은 "아이고~ 양재기 다 찌그러지네. 저저, 살림살이 다 작살나! 빨래판은 왜 가지고 나와? 이장질하다 살림살이 남아나는 게 없어." 하고 막 퍼부어대니 동네 남자 주민 한 사람이 "아이참, 형수님도! 이장은 아무나 못하는 거예요. 이 감투는 온 동네 사람들이 존경에 마지않아 받들어 모시는 감투인 데다, 그리구 형님이 얼마나 하고 싶어 하시는데 왜 그래요? 이 동네에서 우리는 이장님을 두령으로 모시며 마르고 닳도록 이곳을 사수하는 무적결사대야." 하면서 이장 사모님이 뭐라고 하든 말든 허구한 날 많이 들어본 말이라는 듯이 대수롭지 않게 생각하고 흥겹게 제멋대로 놀아대니 이장 사모님도 아무리 얘기해봐야 내 입만 아프다는 생각을 했는지 모든 걸 포기하고 방 안으로 들어가 버리신다.

 이장님의 털털하고 너그러운 마음씨를 엿볼 수 있는 이 마당에 흔히들 "법 없이도 사실 분이라는 말을 들어 마을에서 칭송이 대단하니 사람들이 주위로 모여 들을 수밖에. 온 동네 사람들도 한 무리가 돼 있는 이런 분위기에 나도 가만히 앉아 있을 수만은 없지! 재미있고 흥에 겨워 놀고 있는 이곳 여러 사람들 앞에서 내가 개발해 낸 춤을 선보여 같이 휩쓸려 보기로 했다. 모낼 철에 논에다 모를 심을 때 동네의 한 어른이 "이거 뭐 전부 여자들뿐이라 모쟁이(모를 내는 이들의 뒷일을 책임지는 사람)를 시킬 사람이 있어야지. 지게를 질 수 있는 젊은 남자로 주위 상황을 빨리 파악해 동작 빠르게 움직이고 재치 있게 처리할 수 있는 사람은 너밖에 없어. 천상 사내대장부인 자네가 모쟁이를 해라." 하고 동네 어른들이 말씀을 하셔서 나는 "모쟁이가 뭐예요?" 하고 물었더니 "모내는 일꾼들에 뒷단도리해 주는 사람을 모쟁이라 하는 거야. 이거 아무나 못해. 그러나 한 번 모쟁이를 하기 시작하면 동네 어른들이 인성을 해서 모생이 일을 계속 시키는 거야. 자네는 지금까지 해온 행동과 요령을 보면 충분한 자격이 있는 거 같아. 이제 모쟁이라는 이름이 이마에 찍혔어. 이리 와봐. 내가 가르쳐 줄게." 하면서 나를 데리고 가더니 "여기 모를 쪄놨잖아? 못춤(못자리에서 찐 모를 서너 웅큼씩 합쳐 지푸라기로 묶은 것)을 논둑에다 올려놔 물을 머금고 있던 못춤에 물이 빠지는 대로 지게로 옮겨서 저기 모를 낼 논뱀이에다 죽 던져서 늘어놓는 거야. 너무 많이 늘어놓으면 뒤로 물려줘야 하고, 모자라면 채워놔야 하니까 모를 내는 거 봐가며 적당히 쓸 만큼 던져놓는 거야. 알았지?" 하면서 자세하게 가르쳐 주신다.

모를 심는 농부들의 능률을 올려주기 위해서 뒷일을 거들어 주는 모쟁이라는 사람의 역할이 중요한 걸, 이를테면 모춤을 지게로 등짐을 져서 모를 낼 논뱀이에 적당한 간격으로 던져놓으면, 농부들이 모춤에서 모를 한 웅큼씩 빼가지고 못줄(모를 낼 간격을 표시해 논 줄)을 띄워 눈금대로 간격을 맞춰 심을 순간에 더러는 모춤이 모자랄 때가 있으면 사람들이 "모쟁이 어디 갔어? 여기 모가 모자라! 뭐하는 거야? 엄마 젖 먹으러 갔나?" 하고 놀리면 모쟁이는 재빨리 모춤을 가져다 모자라는 곳으로 던져줘 모심기에 지장 없이 해줘야 하고, 또한 모춤을 너무 많이 던져놓아 밀리는 듯하면 재빨리 뒤로 물려주어야 하는 것이 또한 모쟁이의 역할이다. 이렇게 모를 내는 논에서 이리 뛰고, 저리 뛰다 보면 물이 튀어 옷이 젖은 몸과 이른 봄 싸늘한 날씨에 체온을 빼앗겨 때아닌 감기가 걸려 약을 복용해야 할 사정이 발생할 수가 있으니 여러 번 경험에서 터득한 솜씨로 수영선수같이 발가락을 바짝 오므리고 고양이같이 사뿐사뿐 논에서 물이 튀기지 않게 잘 뛰어다녀야 옷이 안 젖어 감기에 안 걸리고 임무를 완수할 수가 있지. 만약에 이런 경우를 소홀히 하면 봄기운이 왕성한 날 남들 안 걸리던 감기가 걸려 나을 때까지 고생을 해야 하니까.

그리고 논둑에 물이 새는 곳이 있나? 모심기에 물이 적당한가? 혹시 써래질할 때 풀들이 모를 낼 논에서 고개를 처들고 있다면, 이 풀들은 그냥 놔두면 못자리에서 자기가 있던 환경이 바뀌어 적응하려고 하는 모보다 더 빨리 자라기 때문에 이런 풀들은 미리 논의 흙

속으로 쑤셔 밟아버려 다시는 고개를 쳐들고 밖으로 못 나오게 해야 한다. 한낮 점심 때가 되면 2~3명의 아낙네들이 십수 명의 일꾼들 점심 먹거리를 광주리에 밥과 반찬을 가득 얹어 머리에 이고, 한 손으로 광주리를 잡고, 다른 한 손으로는 국을 담은 양동이나 물이 들어 있는 주전자를 들고 저만치서 오는 것이 보이면 모를 심는 사람들이 먼저 알고 "어이~ 모쟁이, 저기 밥장군 납시었다. 어서 모셔라." 하고 소리치면 모쟁이가 잽싸게 달려가서 아낙네들이 들고 오던 양동이와 주전자를 받아 들고 여러 사람이 앉아서 밥을 먹을 수 있는 넓은 장소로 안내해 광주리를 머리에 이고 온 아낙네들은 모쟁이 앞에서 앉은 자세를 취하면 광주리를 안전하게 바닥으로 내려주는 것도 모쟁이가 할 일이다.

아주머니들이 비닐 돗자리가 깔린 위에 음식을 차리다가 "어머나, 이를 어째? 수저를 빼놓고 왔네?" 하면 자주 있는 일은 아니지만, 그 소리 듣자마자 모를 내는 주인집으로 눈썹이 휘날리도록 달려가 부엌 한쪽에 잘 챙겨논 수저 뭉치를 찾아오는 경우도 있었다. 아주머니들도 바삐 움직이다 보면 더러 잊어버리는 수도 있지만, 만약에 주인집이 거리가 너무 멀다면 우선 보이는 아무 집에 들어가 사정 이야기를 하고 빌려오면 되니까, 농촌에서는 어느 집이나 품앗이 일을 하다 보니 수저 몇 십 벌 정도는 다 준비를 해두고 있는 형편이다.

이어 아저씨는 "그래도 우리 동네는 모쟁이가 수월한 편이야. 저쪽 산 넘어 동네는 혼자 사는 할머니도 있고, 아들이 농사를 맡아서 짓다가 군대를 간 집이 있는데 거기는 동네 이장이 주선해 하루 날 잡아서 온 동네 사람들을 동원해 이분들 논에 모를 심어주는데 이장이 모쟁이도 잘하는 사람 골라 지정을 해준다는구만. 이 지정된 사람은 모쟁이의 기본 임무는 물론이고, 논 주인이 하는 일을 다 해야 한다네. 이를테면 논에 물꼬(논에 물을 조종하는 통로)를 살피고 논에다 뿌릴 비료, 못줄과 모춤을 묶을 지푸라기 등 일일이 준비하고, 모 심는 사람들이 먹는 간식, 술 등 다 챙겨야 해. 하다못해 "내가 손이 젖었으니 니가 담배 가치에 불을 붙여 내 입에 물려줘." 하는 심부름도 해야 하는 건 물론, 새참 시간이 되면 "이봐 모쟁이, 우리가 나가기 귀찮으니 네가 논으로 직접 가지고 들어와." 하면 모쟁이는 술을 못 드시는 분을 위해 가져온 빵, 떡, 과자 등을 양팔 사이에 끼고, 한 손에는 막걸리가 담긴 큰 주전자를 들고 뚜껑을 거꾸로 덮어서 양재기에 고추장, 오이, 풋고추 등을 담아 술주전자 뚜껑 위에 얹어 그릇을 맞엎고, 다른 한 손에는 김치와 젓가락을 들은 채 미끄러지지 않도록 양 발가락에 힘을 잔뜩 주고 논두렁으로 걸어 들어가 맞엎었던 양재기로 연장자 순서대로 술을 따라야지 자칫 차례가 틀리기만 하면 "어이, 모쟁이가 눈깔이 삐었냐? 너는 위아래도 안 보이냐? 이놈아!" 하며, 또 다른 사람은 "이놈이 어제 먹은 술이 아직 덜 깼나봐. 마지막 한 잔을 먹지 말았어야 했는데." 하고 핀잔을 듣기 일쑤야. 이런 걸 보면 자네는 이 동네 살기를 잘했다고 생각해야 돼, 이 사람아."

그리곤 씩~ 하고 한 번 웃어주면서 하는 이야기가 "어쨌든 논에 모만 꽂아놔도 1년 농사에 절반은 지어논 거나 다름없으니 모두들 모를 내는 데 신경을 쓰는 거야. 모를 내는 것도 제철이 있어. 이 시기에 모를 내야지 날짜가 늦어지면 수확이 덜 나오니 요때는 일손이 정 모자라면 이장님께 부탁하면 대신 면사무소에 신청해 이 지역에 주둔해 있는 군 인력을 지원받아 모를 내거든. 이들도 자기네 집에서 농사를 짓던 젊은이들이라 모를 잘 심어. 허나 일하는 거 보면 참 개갈 안 나. 재미있는 장면이 눈에 띄니 군인들은 장교가 인솔해 군에서 하던 식으로 정시에 일을 시작해서 50분간 작업하고 10분간 휴식하며 정시에 점심을 부대에서 가지고 와 먹는데 민폐를 안 끼치면서 정시에 부대로 들어가니 우리 같으면 해가 많이 남아 한참 일할 시간이지만 옆에서 이 광경을 보고 있다가 그냥 웃어넘겨 버리고 말아. 그래서 군인들 일상생활을 알고부터는 인원을 항상 필요 이상으로 신청해서 그날에 할 일을 마무리하지." 이런 얘기를 들어보니 내가 정구네 집에 오기 전까지는 어머니도 동네분들의 배려하는 정이 듬뿍 담은 혜택을 받지 않았을까? 그런 생각이 들어간다.

하기는 동네 어른들께서 흔히 하는 얘기가 모만 내놓으면 1년 농사 중에 제일 큰일을 하는 거니, 그래서 모내는 날엔 일손이 모자라면 시골에 아버지들께서는 "야, 막내야! 오늘은 학교 가지 말고 소를 저 건너 언덕에다 매놓고 와서 못줄 잡아라." 이렇게 모를 낼 철이면 학교 다니는 어린아이의 손도 빌릴 지경에 이르다 보니 이때가 농촌에서는 일손이 가장 모자랄 때이다. 논에서 모를 낼 시기에는 이렇게 어린아이들 손도 빌릴 지경이라 농촌에 사는 사람이면 누구나 모를 낼 줄 알게 되는데, 주로 여자들이 손재주가 좋아 매일 쉴새없이 모를 내러 불려 다니는 중에 어떤 여자는 처음부터 모를 낼 줄을 몰라서 동네 사람들이 부르지를 않으니 아무리 바쁜 모낼 철이라도 일없이 빈둥빈둥 놀기만 하고, 기껏해봐야 자기 아는 집 일할 때 부엌으로 들어가 밥하는 거나 도와주는 여자가 있었으니 동네 사람들은 이런 여자를 일컬어 "요런 사람을 면장이라는 감투를 씌워야 하는데 참 농촌에서 팔자 늘어진 여자야. 세상 편하게 살면서 암행어사 출두야, 하고 소리나 질러봐." 하고 놀려댄단다.

이런 경우에 비하면 바쁜 농촌에서 하는 일이 많은 모쟁이의 이런 동작이 농촌생활의 약방에 감초처럼 안 끼는 데가 없어서 사람들의 귀여움을 독차지하면서 농사를 짓고 있으니 이런 모쟁이의 모든 행동이 춤으로도 변화할 수가 있음을 짐작해 내가 모쟁이춤이라 이름을 짓고 이장님 댁의 넓은 마당을 이리 뛰고 몸을 돌려 두어 바퀴 돌아 저리 뛰고 껑충껑충 건너 돌아치니까, 사람들이 "야, 그거 괜찮은 춤이다. 우리 다 같이 해보자!" 해서 동네 사람들 사이에 나도 같이 끼어 이장님 댁 마당을 떼로 펄떡 펄떡거리며 한참 동안 뛰어놀면서 이 동네 여러 사람들과 같이 어울려 신나게 놀아댔으니 얼마나 재미가 있었던지 내 생애에 이런 날이 있었나? 되돌아보며 덧없이 흘러가 버린 지난 세월을 아쉬워하면서 이제는 놓치지 말아야 한다는 듯이 참으로 행복한 만족감을 느끼며, 의미 있게 한순간을 보냈으니 내 인생의 자랑스러운 기억으로 장식하는 한 페이지가 된 것을 매우 기쁘게 생각하며 고이 간직하게 됐다.

내가 처음 동네 사람들에게 정구의 형으로 소개를 했기 때문에 이분들은 그렇게 믿고 건전하면서 진실한 장정으로 인정이 돼 마을 사람들과 같이 품앗이를 해 친분을 이어가며 유대를 돈독하게 쌓아가고 있다. 이튿날 아침에 일어날 때 어젯밤 이장님 댁에서 너무 재미있게 뛰어놀던 몸이 찌뿌둥한 게 무거운 듯했지만 나에게는 혈기 왕성한 젊음이라는 밑천이 내 몸을 받쳐주고 있어 일거리를 보고는 그냥 놔두는 성질이 아니기 때문에 경운기로 황토흙을 퍼날라 마당에 골고루 뿌린 다음 옹달샘의 물을 길어 적당히 끼얹어서 마당을 밟아 평평하게 잘 골라놓고 마르기만을 기다렸지. 가을엔 햇빛도 잘 드는 데다 바람이 솔솔 제법 잘 불어 날씨가 좋아 하루만 지나면 금방 말라 단단해 마치 장판을 깔아놓은 듯한 매끈해지는 이런 황토흙의 기질을 농촌 사람들은 잘 이용해 쓰듯이 나도 이분들과 같이 손질을 잘한 이 마당에서 며칠 지나면 깨도 털고, 콩도 털어 모든 작물을 타작할 것이니 시골에서는 '가을걷이'라는 말이 있어 농사지은 작물을 타작해 곳간에 필요한 순서에 따라 쌓아두고 가을에 할 일을 깔끔하게 마무리하는 것을 말한다.

이렇듯 반듯하게 마른 마당에 이제 타작할 콩단을 풀어서 주욱 널어놓고 햇볕에 잘 말린 다음 도리깨(장대 끝에 구멍을 뚫고 세 개의 작대기를 엮어서 돌려가며 때려 작물을 터는 농기구)로 털어 콩대는 땔감으로 부엌 한쪽에 쌓아두고, 콩과 깍지는 대체로 아낙네들이 흔히 키로 쳐서 일일이 까불려 알곡을 골라내지만, 나는 어머니가 힘들게 하시는 걸 원치 않기 때문에 농기구 정비소에서 제작한 팔랑개비를 경운기에 달고 안전하게 철사로 그물망도 씌워놓은 다음 시동을 걸면 돌아가게 해 바람으로 날려 콩깍지는 가마니에 넣어뒀다가 소여물 쑤는 데 쓰기로 하고, 콩을 가려 마대에 담아내는 과정에서 숨을 들이마시다 코 속에 먼지가 끼어 재채기가 몇 번 일었지만, 모든 일에 재미를 붙여 올해에도 윗방 바닥 가장자리부터 통나무를 두 줄로 깔고 한쪽 옆의 창문을 가리지 않게 하고, 그 밑으로 타작을 한 알곡을 담은 푸대를 차례대로 뉘어서 얹어놓고 질서정연하게 차곡차곡 쌓아논다.

    어머니께서 내가 하는 일을 거들어 주신다고 나와 서성이시면 나는 울타리 밖으로 튀어 나간 콩이나 팥 같은 알곡을 양재기 하나 들고 주우시라 해 될 수 있으면 어머니께 힘이 드는 농사일을 못하시게 하면서 경운기에 붙어 있는 팔랑개비를 떼어내 잘 보관하고, 이제 겨울 채비를 계획대로 준비가 착착 돼가고, 어머니는 닭장으로 향해 달걀을 꺼내오면서 하시는 말씀이 "야, 닭들도 웃긴다. 내가 달걀을 바구니에 담아가지고 나오려고 하니까 자기네 알을 왜 가지고 가냐고 닭들이 내 손을 쪼아대드라. 이건 자기가 알을 모아서 병아리 새끼를 깔려고 하니 가져가지 말라는 모양이야. 요것들 병아리 시절이 엊그제(2~3일 전) 같은데 이제는 제법 커서 알도 쑥쑥 낳아주니 참 대견스러워. 그중에 내 주위를 할 일 없이 빙빙 돌고 있는 한 마리를 모이는 배부르게 많이 먹었나 보려고 밥통 주머니를 만 겨봤더니 닭이 고개를 삐쭉 세워 뭐라고 꼬로르륵~ 꼬로르륵~ 꼭꼭 거리면서 처음 들어보는 소리를 내더라. 이 닭들도 저희들끼리 "어머, 별꼴이 반쪽이야? 사람들이 내 밥주머니를 왜 만지고 야단이야?" 하면서 구시렁거리는 거 같아. 하하하." 하시며 만족한 웃음으로 이 가을을 보내고 계시면서 세월이 시냇물 흘러가듯 쉼 없이 지나가는 줄 모르고 정구 어머니를 모시면서 시골생활에 흠뻑 젖어 즐거움의 나날을 보내고 있을 때, 갑자기 현수가 생각지도 않게 내 앞에 불쑥 나타났다.

동대문에 있어야 할 그가 사전 연락도 없이 급하게 나를 찾은 것을 보는 순간 예기치 않은 일이 있는 거 같은 불길한 예감이 머릿속으로 번개같이 스치면서 마음이 덜컥 내려앉는다. 그는 나한테 "형님, 그동안 어떻게 지내셨어요?" 나도 오랜만에 보는 얼굴이라 "야, 너 참 오래간만이다. 그런데 네가 여기에 웬일이냐?" 나는 현수가 여기 온 것이 예사롭지가 않은 일이라 생각하고 그게 더 궁금했다. "형님, 우리 동대문사단이 지금 공중분해가 되려고 하는 일보 직전입니다." 이 소리에 정신이 번쩍 들어 "왜? 무엇이 공중분해가 된다구?" 하고 물어보았더니 "지금 동대문에 큰형님이 돌아가시고 아드님이 자리를 이어받고 있었으나 청량리와 왕십리가 우리를 우습게 알고 전통문을 보내왔는데 〈일전에 작고하신 동대문의 보스 시절에 귀측이 관리하고 있는 경동시장 일부를 청량리 쪽으로 반납시키고, 왕십리 쪽의 동부시장과 비너스가 자리 잡고 있는 건물에 재료유통 권한을 원주인에게 돌려줄 것을 요청한다〉는 요지로 연락을 해와 동대문 식구 전체회의를 열어 의논을 하는 중에 큰형님 아드님은 겁을 내면서 돌려주자고 하는데 동대문 식구들 대다수가 우리 자존심을 건드려 기분 나쁜 협박으로 들린다고 생각들을 해 거부 의사를 밝혔더니 이들이 연합해 앞뒤 협공으로 쳐들어와 한 차례 기습을 간신히 막기는 했지만, 이놈들이 큰형님 아드님을 납치해 놓고 이제는 한 술 더 떠 동대문을 왕십리로 넘기지 않으면 이곳을 박살내서 쓸어버리고 인질로 잡혀 있는 아들을 없애버리겠다는 협박을 하고 갔습니다." 이런 말을 들어보니 내가 듣기에도 거부감이 드는데 장본인인 동대문 식구들의 생각은 안 봐도 뻔할 것 같았다.

현수의 얘기를 듣고 어떻게 이런 불길한 예감은 현실로 잘 맞아떨어져 마음속으로 기이하게 여기면서도 이럴 수가 있나? 내가 큰형님을 마지막으로 뵐 때는 그렇게 간단히 돌아가실 분이 아니시라 여겼기에 "큰형님이 어떻게 돌아가셨는데?" 하고 물었더니 현수는 "평소에 혈압이 조금 높으셨답니다. 술을 드시고 밤늦게 길을 가다 집 앞에서 쓰러지신 걸 시간이 많이 흘러 청소부한테 발견이 돼 술이 취한 사람인 줄 알고 몇 번 흔들어 깨웠으나 기척이 없자 112에 신고를 해 경찰이 도착해보니 사태가 심상치 않음을 알고 119에 바로 연락해 구급차가 와서 숨이 멎어 있는 상태를 경찰과 구급대원이 확인하고 병원으로 이송해 갔다는 겁니다." 그렇다면 큰형님을 항상 지근거리에서 모시고 있는 이 사람은 뭘 하고 있었는지 매우 궁금해 "경호원은 어디 가고?" 내가 재차 물었더니 "그날따라 큰형님이 "나 혼자 조용히 생각할 시간을 가지면서 술 좀 마시고 싶으니 너는 그만 집으로 들어가 봐라. 내 옆에 붙어 다니면서 가정에 충실하지 못해 자네 부인과 자녀들이 불만이 많을 거야. 오늘은 일찍 들어가 가족들과 같이 좋은 시간 보내거라." 하시며 평소와는 다른 면이 있어 보이긴 하셨으나 이 사람은 자기 직분에 벗어나는 거 같아 걱정은 됐지만 큰형님의 명령이니 거역할 수 없어 "그럼 제 집에 가 있겠습니다. 언제라도 연락 주시면 즉시 달려오겠습니다. 큰형님!" 하고 집으로 들어갔답니다. 이 경호원도 자기 책임이 있어 염려가 돼 평소에 잘 가시는 술집 여러 곳을 전화로 수소문해 봤으나 행선지를 확인할 수가 없었다고 합니다."

갑자기 당한 일이라 동대문사단도 혼란스러웠겠지만, 청량리와 왕십리 패거리들이 움직이는 동태를 보면 심상치가 않아 주먹세계에 지각변동이 휘몰아칠지도 모른다는 불길한 예감이 드는데, 청량리 쪽과 왕십리 쪽에서는 평소 동대문에 큰소리 한 번 못 치고 당하기만 했던 달갑지 않은 껄끄러운 상대였으니 바로 이때가 반전의 기회를 잡을 절호의 찬스라고 이자들은 생각했을지도 모른다. 큰형님이 돌아가시고 아드님이 그 자리를 지키고 있지만, 약육강식이란 논리로 주먹세계의 본성이 드러나 거센 바람을 일으켜 동대문이 나약해진 틈을 타 드디어 이들이 움직이고 있구나. "아드님을 볼모로 삼아 동대문사단을 왕십리로 넘기지 않으면 큰형님 아들과 함께 처리해 버리겠다고 하면서 우리에게 협박을 해와 급하게 전체회의를 열어 중간보스의 강력한 주문으로 인해 함마 형님을 모셔 와야 한다는 합의가 이루어져 형님 계신 곳을 알고 있는 제가 왔습니다."

"음, 상황이 매우 심각하게 됐군. 왕십리 왕코와 청량리가 손을 잡았다는 얘기잖아?", "네, 형님! 왕십리 왕코는 평소에 우리를 손톱에 끼어 있는 가시처럼 못마땅히 여기고 있었습니다." 얘기인즉 큰형님이 돌아가시고 그 자리에 아드님을 세워놨지만, 동대문사단을 받쳐 들고 있는 강력한 구심점이 사라졌으니 이때를 노려 청량리와 왕십리가 연합을 해 평소에 눈엣가시처럼 거추장스럽던 동대문사단을 이참에 깡그리 없애버리겠다는 속셈인가 보다. 내가 없는 사이에 많은 변화가 있었으니 "큰형님 돌아가셨을 때 나한테 왜 알리지 않았어?" 하니까 현수는 그 당시의 정황을 얘기해준다. "그러지 않아도 형님에게 연락을 해야 되지 않겠냐는 말도 나왔지만, 이곳의 모든 걸 다 잊고 있는 사람에게 여기 얘기를 해서 괜히 마음만 심란하게 하면 그게 오히려 안 좋다면서 여러 사람이 반대해 알리지 않았습니다." 이 말을 듣고 그래도 동대문 식구들은 오래전에 그곳을 떠난 나를 마음속으로 잊지 않고 있었구나. 의리로 똘똘 뭉쳐진 이들인지라 나에게 불편을 주지 않으려고 신경을 많이 썼던 모양이다. 그렇다면 나도 당연히 이들을 잊을 수가 없지. 더군다나 큰형님과 동대문의 동료들이 다 모여 있는 대관홀에서 중간보스가 제안한 내 의무를 이행할 때가 왔다고 생각해 내 마음을 정리할 시간이 된 거 같다. 정구 친구인 현수에게 그동안 동대문의 구구절절한 얘기를 들으니 가슴이 뭉클해 꿈틀거리면서 피가 거꾸로 도는 것 같은 지금의 현 상황에 울화통이 치밀어 가만히 있을 수가 없다.

내가 동대문에 있을 때도 청량리와 왕십리가 우리를 같이 지내야 할 이웃으로 생각한 건 아닌 사실이니 큰형님이 돌아가시니까 기어코 이들이 일을 벌리는구나. 이런 소식을 전해 듣고 내가 시골에만 묻혀서 모른 척할 수가 없는 지경에 이르러, 더군다나 큰형님의 아들까지 납치당했다 하질 않은가? 참 저들이 이런 치사한 수법까지 쓰다니! 이런 사태를 그냥 넘길 수 없다는 생각에 젖어 도저히 내 가슴으로는 용납이 안 된다. 빨리 가보고 싶은 마음은 굴뚝 같지만 서울 가는 차가 끊어져 할 수 없이 오늘은 자고 내일 아침 일찍 첫차로 올라가는 수밖에 별 도리가 없어 현수와 나는 내가 자는 윗방에서 여러 개의 곡식자루 중에 팥이 든 자루로 베개를 하고 드러누워 그동안 지난 얘기를 하는데 "형님이 정구네 집으로 가신 뒤 불안했었으나, 얼굴을 뵈니 동대문에서보다 훨씬 좋아 보이셔서 저도 마음이 놓입니다." 현수의 이런 말에 "그 바쁜 틈에 내 생각까지 했었어?", "형님 가시고 난 뒤에 은근히 걱정이 되드라고요."

현수의 이 소리를 듣고 "고맙다, 현수야. 내 걱정까지 다 해주고.", "아이구, 형님! 여자 같으면 몰라도 사나이로 태어났으면 어떠한 경우라도 끈끈한 정은 이어져야지요, 형님." 현수의 이 말에 "그래 좋다! 우리 사이 고래 심줄같이 질기게 이어지자 이거지?" 마음에서 우러나오는 현수의 말에 고마움을 느끼면서 "그래 그동안 동대문 소식 좀 들어보자." 내 말에 현수가 "다른 팀에 날치라는 애가 청계천에 있는 한 여자를 자기가 데리고 있으면서 살림을 하게 해 달라며 중간보스에게 허락을 받으려고 사정을 하더랍니다. 그놈은 길거리에서 여자들 악세사리 장사를 하는 놈이 남는 게 있는지 모르겠어요. 성격은 괜찮은 놈이지만 돈이 뒷받침이 돼줘야 하는데 알 수가 없어요. 그래 한 번은 중간보스가 날치를 불러서 "야, 날치야. 너 돈 벌어논 거 있니?" 하고 날치에게 물으니 "돈은 벌어논 게 없지만 여자 하나는 먹여 살릴 자신 있습니다." 하고 대답해 중간보스가 한심하다는 듯 "야, 임마! 한 가지도 준비한 거 없이 그런 말이 나와? 이 자슥아, 너 나가서 뭐 해먹고 살 거야? 손가락만 빨고 있을 거야? 전세거리는 가지고 있어야 같이 있던 의리를 생각해서라도 내 목을 내놓고 큰형님께 직접 호소를 해보지 임마! 너 주먹집단에서 발을 빼는 거 쉽지 않다는 거 함마 때 봤을 테니까 잘 알잖아?" 하며 중간보스는 꿈 깨라는 듯 입을 다물었습디다. 결국은 돈이 없으니 어려운 얘기 같아요. 그리고 그전에 형님한테 맞았던 군인이 장교가 돼가지고 청계천을 지나가는 걸 보니까 이제는 아주 의젓하고 점잖아졌더라고요. 이놈이 또 깽판을 치지 않을까 경계를 했지만 고개를 반듯이 처들고 씩씩하게 걸어가며 저 자신도 과거 행적에 비해서 겸연쩍은지 입가에 미소를 줄줄이 흘리면서 가더라고요. 역시 계급장이 사람을 만드나 봐요.

그리고 큰형님 살아계실 때 경찰 쪽에서 협조요청이 왔는데, 신출귀몰한 도둑이 나타나 가지고 이 도둑을 잡는데 협조해 달라는 요지로 공문이 큰형님 앞으로 왔답니다. 이 도둑은 자기들 경찰의 자존심을 여지없이 뭉개버리고, 남의 집에 물건을 훔친다는 것이 꼭 부잣집에다, 우리나라에서 높은 사람들 집만 털어가고, 가난한 집에는 오히려 돈을 던져주고 간다고 하니 도둑맞은 사람들도 사회에 알려지면 챙피하니까 기자들이 찾아가면 우리는 도둑맞은 게 없다고 쉬쉬하면서 경찰에게만 빨리 잡으라 닦달을 한답니다. 그러니 경찰도 자기네 위상이 땅에 떨어져 환장할 일이 아닙니까? 부잣집 털어 가난한 집에 나누어 준다니 이들이 가지고 있던 현금과 금은보석, 반지 및 황금송아지, 행운의 황금열쇠며, 다이아몬드 물방울, 넥타이, 시계 등 세계적인 명품의 유명한 나라에 우리가 처음 들어보는 구찌, 다트, 버버리, 샤넬, 루이비통 등 일반 사람들이 처음 들어보는 외국의 귀중품들 이름에, 일반인은 깜짝 놀랄 만한 그 값이 하루가 멀다 하고 신문에 대서특필해 오르내려 기자들도 자기 세상 만난 거같이 한참 이리 뛰고, 저리 뛰고 기사를 써대니 상안에서 큰 화젯거리가 됐습니다. 이걸 보고 언론에서는 대도 또는 의적 옛 임꺽정이 살아나왔다는 등 온통 화제가 만발해 시끄럽습니다."

임꺽정이라는 소리에 내가 동네분들과 같이 임꺽정이 한때 살았었다는 한탄강 계곡의 요새같이 절묘하게 생긴 곳을 가본 적이 있어 "야, 임꺽정에 비유가 되다니." 하고 관심을 가졌으며, 이름은 ○○형으로 상습절도범이라고 알아냈으나 어디에 숨어 있는지 알 수가 없어 경찰에서는 시민의 정보 제공이나 신고가 있어야 하는데 오죽하면 경찰들이 우리들한테 도와달라는 신호를 보냈겠습니까?" 내가 없는 동안 일어났던 얘기를 듣고 "야, 그런 일이 있었어?" 하던

서 대답을 하고 세상 참 빨리도 흘러갔음을 직감하면서 앞으로의 계획은 "형님, 우리 식구들이 많이 줄어서 제가 보기에도 한심합니다. 중간보스와 상의를 하시는 게 좋겠습니다." 이렇게 둘이 누워서 얘기를 나누는 사이에 동이 트면서 날이 밝아오기 시작했다.

나는 어머니에게 서울 친구한테 일이 있어서 잠깐 다녀온다고 말씀을 드렸더니 "그래, 때 되면 밥 잘 챙겨먹고 항상 길 조심해라." 이 말씀을 하시는 걸 보면 자랄 만큼 다 자랐고, 농사일도 거침없이 해대는 장정을 평소와 다르게 처음 들어보는 말씀에 아무래도 어머니는 지금 돌아가는 상황이 심상치 않은 흐름을 간파하시고 집을 떠나는 아들에게 그저 마무리 잘하고 와주길 바램으로 넘겨 짚으신 느낌이 들었으나 동대문의 일을 마무리한 다음 모두 말씀드리기로 하고 나서 현수와 나는 아침 일찍 서울 가는 버스 첫차에 올라탔고, 동네를 빠져나오니 저 앞에 검문소가 자리를 잡고 우리를 기다리기라도 한 듯 차가 그 앞에 선다.

여기는 우리나라의 최전방 군 작전지역이기 때문에 서울을 가려면 한 서너 번은 이런 검문소를 꼭 거쳐야 하기 때문에, 드디어 버스가 검문소 앞에 섰으니, 이 버스에는 현수와 나, 서울 가서 물건 사올 장사꾼 두 명 그리고 휴가를 가는지 군인 한 명, 군 복무 중인 아들을 면회하고 가는 아주머니 해서 버스 운전기사 빼고 6명이 타고 있다. 버스 문이 열리자 승객들을 검문하려는 사람들이 올라오는데 첫 번째는 헌병이 올라와 통로에 서서 "필승!" 구호를 외치고 거수경례를 한 다음 "잠시 검문이 있겠습니다." 하고 군인 앞으로 가더니 군인이 내민 외출증을 검사하고, 다음에 경찰이 그 뒤를 따르며 현수와 나를 보고 주민등록증을 요구해 우리가 내주면 사진과 실물을 확인한 다음 주민등록증을 다시 건네준다.

경찰 뒤에 민간인 복장을 한 젊은 사람이 따라오면서 서울로 물건을 사러 가는 사람들이 무릎 위에 올려논 보따리를 손으로 꾹꾹 눌러본다. 민간인 복장을 한 이 사람은 몸에 옷이 잘 맞지를 않아 겉보기엔 어색해 보이지만 이 지역 보안부대 소속으로 모양도 다른 권총을 앞 사람들과는 달리 가슴에 차고 가죽띠로 요란하게 장식을 했으며, 이들 세 명은 한 조가 되어 버스 승객들을 검문한 다음 뒷좌석 통로 끝까지 의무적으로 갔다 오더니 문 앞에서 내릴 때도 역시 "협조해주셔서 감사합니다. 안녕히 가십시오. 필승!" 하고 헌병이 작별인사도 잊지 않는다. 이들 군인들이 내리자 버스 밖에서 기다리고 있던 등산복 차림의 중년 남자들 세 명이 올라타면서 빈자리에 앉더니 무슨 할 말이 많은지 궁시렁 궁시렁거리면서 불만 섞인 잔소리를 이어간다. 현수와 나는 차창 밖의 경치를 말없이 구경하며 가는데 등산객들은 "야, 신분증 안 가지고 왔으면 큰일 날 뻔했네." 한 사람이 얘기하니 "그러게 말이야. 편안한 마음으로 새로운 코스를 잡아 등산 좀 하려고 왔다가 간첩으로 오인받았으니. 하기는 여기가 최전방으로 마음 놓고 등산을 할 장소냐? 우리 셋이서 어설픈 동작으로 그것도 평일날 산을 타고 있으니 주민들이 볼 때는 신고할 만하지, 이번에 큰 경험했으니 다음부터는 서울 이남으로 스케줄 잡아보자.", "겁난다야, 그러니 우리 같은 사람 어디 죄짓고 살겠어? 대한 의사협회에까지 전화해서 확인하는 거 봐라." 이런 얘기들을 하는 거 보니 이 사람들은 서울에서 의사로 일을 하며 안정된 생활을 하고 있는 사람들 같아 보여 말을 하는 줄거리 속에는 한층 여유가 있어 보인다.

이분들 얘기를 듣다가 두 번째 검문소에 버스가 서자 역시 선두로 헌병이 올라오면서 첫 번째 검문소와 같이 거수경례를 하고 군인에게로 가서 외출증을 검사하더니 "김○○ 이병, 잠시 하차하십시오." 헌병의 내리라는 소리를 듣고 이 군인이 "왜 그러십니까?" 하고 물으니 헌병이 대답하기를 "지금 김○○ 이병은 위수지역(군인이 지켜야 할 곳)을 벗어났습니다. 일단 하차하십시오. 두 번 반복하지 않도록 합니다. 기사님, 차표 정식 처리해주십시오." 헌병의 말에 버스기사는 새로 써준 차표를 군인에게 교환해준 다음 위수지역을 벗어났다는 이유로 헌병과 같이 도중에 내리고 버스는 다시 서울 쪽으로 출발했다. 평일이라 버스 손님들이 몇 분 타고 내리는 한가한 날에 이렇게 두 번 검문을 더 받고 동대문운동장 옆 시외버스 종점에 다달아 "다 왔습니다." 하는 버스기사의 말을 듣고 차에서 내렸더니 여기서도 형사들이 진을 치고 제일 젊은이로만 현수와 나를 세워놓고 도망가지 못하게 우리들의 바지에 끼어 있는 허리띠를 풀어 잡아빼면서 자기 손에 둘둘 감고 "따라와!" 한 다음 버스종점 구석진 담벼락 한쪽에 양철로 지붕을 씌워놓고 책상과 의자가 있는 조그마한 경비실 같은 데로 끌고 들어가 우리는 허리띠를 빼버려

헐렁해져 흘러내리려는 바지를 두 손으로 잡고 형사 뒤를 현수는 촐랑촐랑 쫓아갔고, 나는 그 뒤로 썰레썰레 따라 들어갔다.

형사는 담벽에 붙어 있는 의자를 끌어서 걸터앉더니 "주민등록증 내놔봐. 너희들 어디서 오는 거야?" 해서 주민등록증에 있는 주소를 대니 "서울은 왜 왔어?" 해서 형님네 집에 볼일이 있어서 왔다고 하니 "볼일이 뭐야?" 갑자기 거기까지는 생각지도 않은 말을 물어대서 딱히 대답할 게 없어 "취직을 부탁하려고 왔습니다." 했더니 우리를 위아래로 다시 한 번 훑어보고는 형사가 "무슨 소질이 있나?" 해서 "시골에서 농사지었습니다." 하고 대답을 하니까 이 말에 더 이상 물어볼 것도 없이 시간만 낭비했다는 듯 손을 들어 허공에다 대고 배에서 노 젓는 식으로 휘저으며 나가 보라 해 우리는 허리띠를 받아가지고 나와 바지에 다시 끼우면서 현수가 "에이~ 최전방에서도 이렇지 않았는데 서울이 사람을 제일 귀찮게 하는군요, 형님." 해서 "너와 내가 사람으로 안 보이나봐. 그래도 이 정도면 잘 된 거야. 우리하고 같이 왔던 군인 봐라. 검문을 받고 도중에 내린 사람도 있잖아?" 하고 지꺼리며 가까스로 동대문사단에 도착해보니 내가 마지막으로 보고 갔던 동대문이 아니라 처참한 현장에 아연실색해 할 말을 잃어버렸다. 이미 기습을 한 번 당해서 그런지 모든 게 절반은 부서졌고, 홀에 걸려 있던 지도는 갈기갈기 찢어져 문을 열고 닫는 미세한 공기의 움직임에도 제멋대로 흩날리고 보기가 흉해 동대문의 위상과 자존심은 여지없이 땅에 떨어졌으며, 그동안 큰형님 아드님이 보스 대행을 했으나 상대방이 깔보고 넘버 동내문을 완전히 짓밟아 버렸으니 전에는 예상도 못했던 힘으로 밀어붙이는 이들을 방어할 재주가 부족했던 모양이다.

장안의 어느 패보다 사람 숫자도 많고, 어떤 패거리와 상대를 해도 능히 대적할 수 있는 동대문사단의 저력이 무참히 사라진 거 같아 이런 현장을 보는 순간 안타까움만 노도와 같이 밀려오면서 내 가슴을 세차게 때리며 부서버리려는데, 이들은 더군다나 큰형님 아들을 납치하고 날짜를 정해놓고 항복을 하지 않으면 자기네들 마음대로 처리하겠다고 최후통첩을 보낸 상태이다. 가만히 보니 팀의 리더급들과 그 밑에 대원들이 많이 없어져서 조직에 구멍이 나 있고, 이들의 1차 습격이 있을 때 많은 인원이 부상을 당했거나 그대로 조직을 이탈해 줄행랑을 쳐버린 자도 있었지만, 다행히 중간보스가 동대문을 지키면서 그나마 간신히 명맥을 유지하고 있어 옛날 그 명성의 동대문은 흔적도 없이 사라지고 이렇게 뒤죽박죽 부서진 현장만 처참한 현실로 내 눈에 보이니 어떻게 해야 할지 앞길이 막막하다.

나는 일단 중간보스에게 도착했다는 인사를 했더니 일그러져 있는 비통한 얼굴엔 상처까지 나 그동안 지난날의 처절했던 나날들을 짐작할 것도 같았으니 나를 대하며 그동안의 생긴 일을 대충 얘기를 해서 들어보니 현수에게 이미 들었던 절망적인 말과 같은 줄거리이다. 이어서 중간보스가 나한테 하는 말은 "이들이 연합으로 쳐들어와 우리 동대문을 한 번 외본 것처럼 구석구석을 휩쓸고 다니면서 때려 부시는데 식구들이 이를 막지 못해 처참하게 짓밟혀 우리 동료 숫자도 상당히 줄었어. 든든하다고 생각했던 함마가 내 주위에 없으니까 그 틈이 보이기 시작하더라. 이 문제에 항상 걱정을 하고 있었으나 그 빈자리를 대신할 사람이 없어 어디 가서 누구와 상의도 못하고 나 혼자 답답하기만 했지. 이제 나는 몸과 마음이 전과 같이 따라주지 않아 틀렸고, 함마가 이 문제를 수습해봤으면 좋겠어." 하고 상당히 나약한 말을 하는 걸 보면 내가 동대문을 떠난 그동안의 흘러간 시간들이 중간보스에게는 많은 변화를 가져왔으며, 동대문의 앞일을 고민하고 걱정하며 무수한 고난을 겪었다는 것을 느낄 수가 있었다.

"형님, 큰형님이 돌아가신 데 대한 조사는 어떻게 돼가고 있습니까? 아무런 뒷얘기가 없어 저는 답답하기만 합니다." 하고 사건 해결이 지지부진한 진행 상황에 아쉬움을 나타냈더니 중간보스의 얘기는 내가 생각했던 것과는 정반대로의 말이 나온다. "우리가 왜 조사를 안 했겠나? 우선 팀을 꾸려 제일 밀접한 관계에 있는 경호원을 불러 강도 높은 추궁을 하며 조사를 했지. 그날 일어났던 일과 행동을 캐물어보았으나 별 혐의점이 없어 보이더라고. 사람이 순수해 평소에 가식이 없는 그 사람을 놓고 봐도 의심이 갈 만한 행동이나 그럴만한 동기가 없는 그를 조사 대상에서 제외했고, 혹시 지역 주먹들의 짓인가도 생각을 해보았지. 우리가 큰형님 장례를 치를 때 저들이 조문 대표로 간부급들을 인사차 파견하면서 사실은 우리 내부 사정을 두루 정탐하러 온 건지도 모르지. 어쨌든 큰형님 사망진

단서에는 외부에 타격 흔적이 없는 '고혈압에 의한 뇌출혈'로 진단이 나왔으니 이 문제도 제외시켰고, 결국은 큰형님에게 모든 문제가 모아지더라.

그날의 행선지와 누구를 만났는지, 무슨 말을 했는지가 궁금했으나 이미 돌아가신 분은 말이 없잖아? 그렇다고 사모님께서도 스스로 언급이 없으시니 우리가 캐물어 볼 수도 없는 문제일 뿐만 아니라 큰형님에 연관된 문제는 모두 입에 오르내리는 걸 금기 내지는 신성시해 왔기 때문에 우리가 모르는 게 많아서 난관에 부딪치고 말았지. 돌아가는 분위기로 봐서 큰형님의 가족관계 때문이라는 의심은 가지만, 조사를 할 수가 없으니 의문점만 점점 쌓여가고, 큰형님과 사모님 앞에 딱 걸려 진행이 안 되니까 그대로 멈춰버렸어. 우리가 어떻게 하겠나? 함마도 내 얘기를 끝으로 이쯤 해서 잊어버렸으면 해. 문제를 시끄럽게 하지 말고 이제 불문에 붙이자구." 하면서 중간보스도 더 이상 말을 하려고 하지를 않아 '야, 이거 심상치 않은 사건이구나.' 이젠 나도 이 문제를 꺼내지 않기로 다짐했다.

내가 또 한 가지 의문점이 드는 것은 청량리 같으면 이해를 하겠지만, 왜 하필 왕십리한테 넘기라고 하며, 큰형님 아드님까지 왕십리가 납치해 갔는지 나로서는 이해가 안 가 "아니, 왕십리가 언제부터 그렇게 막강해졌습니까? 그들한테 당하다니요?" 내가 있을 때만 해도 왕십리는 별로 신경을 안 쓴 거 같아서 중간보스에게 물어보았더니 그의 대답은 내 상상을 초월하는 말이 튀어나온다. "함마가 여기에 얽힌 사연을 몰라서 그래. 지난 세월에는 우리도 자네와 같이 그쪽에는 별로 신경을 안 쓰고 있었는데 언제부터인가 이들의 하는 행동이나 말펀치가 어디 믿는 구석이 있어서인가 과거보다는 대담해졌다는 걸 육감으로 느낄 수가 있었어. 그래서 아무래도 조짐이 안 좋아 이들이 도대체 뭘 믿고 큰소리치는 이유가 무엇인지 두더지와 까마귀한테 은밀히 알아보라고 지시를 내렸더니 얘들이 가져온 정보를 들어보고 나서 우리가 여태까지 몰랐던 사실을 알게 됐지.

정보원이 털어놓은 사실에 의하면 왕십리 왕코가 자기들이 관리하던 영역을 우리 동대문에 야금야금 빼앗기니까 이들도 자기 조직의 장래에 위기의식을 느꼈는지 저희들도 다른 데서 세를 넓혀 보려는 속셈으로 천호대교를 건너 드넓게 퍼져 있는 신세계와 같은 외각지역으로 진출을 시도했다는 거야. 그러면 당사자인 천호동 쪽에서도 가만히 있나? 이들도 비상이 걸려 대비를 했겠지. 옛날부터 허허벌판인 사람이 귀한 이곳에 천 호가 모여 살았다고 해서 마을 이름을 천호동이라고 지었다나봐. 동네가 이렇게 크니 인적 자원도 많을 수밖에. 드디어 왕십리 왕코와 천호동과의 한 판 승부를 겨루려고 양쪽의 보스들이 앞으로 나와 한껏 분위기를 잡아 사기를 북돋아 올려 서로 대면을 해놓고, 먼저 천호동 쪽에서 "이거 조용한 동네를 시끄럽게 하려는 자들이 어디서 온 사람들인가?" 하고 운을 띄우니 왕십리 왕코가 받아서 "우리는 왕십리에서 왔는데, 그쪽 임자를 만나 얘기를 하고 싶은데 불러줄 수 있나?" 하니까 바로 "내가 천호동을 책임지고 있는 사람이니 얘기해보시오." 하는데 말을 하는 걸 보니 어디서 많이 본 얼굴같이 낯이 익어 왕코가 먼저 "우리 어디서 본 거 같은 생각이 안 들어갑니까?…" 하며 말꼬리를 흐렸더니

그쪽에서도 왕코 말에 동조를 해 서로 통성명을 해보고선 같은 고향에, 성도 같은 종씨라 국민학교도 같이 나오고, 세상에 이런 묘한 인연이 또 어디에 있을 수가 있나? 1년에 한 번씩 고향에서 정기적으로 모시는 시제나 상을 당하고 종친회 같은 집안의 경조사를 치를 때 자주 대면을 할 것이니 그때마다 고향으로 가서 일을 치를 때 어른들이 본종 중의 순서에 따라 11대손이 제단에 술을 따라 올리고 절을 다 한 다음 물러나자 "다음은 12대손이 앞으로 나와 손윗분들과 같이 술을 잔에 부어 제단에 올리는데 서울에 거주하시는 분부터 순서에 따라 예를 갖추시오." 해서 제주의 주문에 따라 움직이고 있을 때 이들 둘은 바로 옆자리에 서서 제단에 술을 같이 따라 올리며 제사를 지낸 적도 있었으니, 매년 이런 장소에서 12대손으로 참석을 해 마주칠 소지가 커 만약 불미스런 충돌이 일어난다면 이런 경사스런 장소에서 손위 어른들 뵙기도 민망하고, 서로 얼굴 보기도 껄끄러워 안 좋아 입장이 거북해져 대립은 피하기로 했으니. 이런 이유에서인지는 모르나 줄이 엮여 천호동의 후원을 받은 왕십리가 말도 못하게 강해졌지. 그 후로 이들은 두 패가 한 곳에 모여 상견례를 한 다음 단합대회 겸 서해안 무인도에 가서 자기네들이 목숨과 같이 지켜야 할 강령도 만들고, 맡은 바 임무를 조직적으로 정한 상태이고 보니 이미 장안에서 무시 못할 패거리가 돼 있다

는 것이다. 이런 정보를 캐내는 것도 두더지와 까마귀를 몰래 내려 보내 그곳 동네 사람들 술 사줘 가며 여러 날을 그곳에 상주하면서 알아냈어." 내가 모르던 얘기를 두더지와 까마귀에 의한 정보를 들어보니 지금 현재의 동대문 상황이 간단하게 생각할 일이 아닌 것으로 짐작이 되면서 "형님, 그럼 우리도 종로에다 지원요청을 해보면 어떻겠습니까?" 했더니 중간보스의 얘기는 "그러지 않아도 1차 사람을 보내 그쪽 정황을 타진해보았지만 거기도 염천교 패거리들이 툭하면 몰려들기 때문에 한눈팔 사이가 없다고 하더라. 그래서 그 다음부터는 일절 입을 다물었지." 이 말을 듣고는 더 할 말이 없어져 나에게는 오로지 온 힘을 다해 쳐들어오는 반대파들을 막아내야 할 임무가 기다리고 있을 따름이다.

그러면 내가 할 일이란 우선 우리 사단의 선발대로 우뚝 서서 사기가 땅에 떨어진 이 동대문사단으로 몰려드는 반대파들을 물리치고 최종목표는 옛날에 유지했던 굳건한 명예를 되찾아와 회복시키는 일이지만, 무엇을 어디서 어떻게 해야 할지 앞길이 꽉 막혀 온 세상이 캄캄한 거 같다. 드디어 그들의 최후통첩이라는 날이 찾아와 주위가 어두컴컴해지자, 저쪽에서 검은 물체들이 움직이기 시작하더니 여름 장마에 하수구가 물이 넘쳐 무서운 기세로 솟아 올라오듯 이들이 물밀듯이 그대로 쳐들어오는 것을 보고 옛날 같으면 동대문 식구들이 많아 마치 어린아이들 이빨이 촘촘히 나 있는 거 같은 진을 쳐야 하는데 얼마 남지 않은 인원으로 이건 틀니를 해넣은 할아버지 이빨같이 허전한 숫자로 막아보려는 이늘의 사기를 올려주기 위해서는 내가 최선봉에 자리 잡아 그들을 맞이하려 정신무장은 철저히 하고 있지만 두렵기는 나도 마찬가지였으나 나까지 흔들리면 안 되겠기에 마음을 단단히 잡고 있는 이때에 일단 이들의 구름 떼같이 밀려오는 숫자와 위세에 눌려 동대문 식구들의 사기는 바닥으로 곤두박질치며 내려앉았다.

이제는 내 나름대로 최선을 다해보겠지만 이거 또한 별수 없이 운에 맡겨보자. 우르르 밀고 쳐들어오던 그들의 선발대들이 나를 보더니 갑자기 주춤하면서 움직이지 않고 그 자리에 서 있는 것을 보고 있으려니 '옳거니! 이자들도 나의 존재를 알고 있는 모양이구나. 그렇다면 내 이름에 걸맞는 위엄을 보이자.' 그나마 마음에 위안을 삼으며 자세를 고쳐잡고 이들을 맞이했다. 이자들은 여기에 없어야 할 사람이 맨 앞에 정면으로 장승처럼 우뚝 서 있으니 당황할 수밖에. 이들 중에는 내 수도 맛을 보고 병원 신세를 진 자도 있었을 것이므로 이들의 행동이 잠시 지체하고 있는 사이 뒤에서는 밀어붙이라고 독려를 해도 앞에서 움직이질 않고 꼼짝을 안 해 어떻게 된 일인가? 그들 무리 중에서 한 놈이 나와 보고는 내가 떡 버티고 서 있으니 이자도 역시 깜짝 놀라는 눈치다.

그쪽 무리에서 먼저 입을 열고 있는 자는 "아니, 이런 세계에서 손을 씻고 멀리 가 있다는 소리를 들은 거 같았는데 어떻게 여기 있지?" 하고 물어 "음, 네가 이 식구들을 통솔하는 행동대장이냐? 너희들이 야비한 수작을 부린다기에 와봤더니 정말 상상 외로 치사

한 놈들이구나. 그러고도 장안에 건달이라고 감히 떠들면서 다닐 수 있나 내 한 번 물어보자?" 하니까 자기네도 사실은 양심에 찔리는 행동이라는 걸 알고는 있지만, 위에서 결정한 사항을 이들도 어떻게 할 수가 없는 처지이다 보니 "너도 알다시피 우리는 명령에 살고 명령에 죽는 인생 아니냐?" 하는 말에 내가 바로 받아서 "야, 임마! 그런 말은 군대서나 쓰는 용어로, 나라를 지킬 때 쓰는 말인 거야. 우리 건달들은 의리가 있고, 낭만이 있는 행동을 해야지 어울리지 않게 이런 치사한 경우가 없는 일을 어디 가서 떳떳이 얘기할 수 있어? 어차피 너와 나 중 하나는 머리 빡빡 밀고 절로 가 정신수양을 할 사람들이야. 큰형님의 아드님을 납치했다니 도저히 용서할 수는 없지만, 내가 내일 낮에 너희가 정하는 장소에 갈 테니까 아드님은 풀어줘라. 이거 소문나면 창피한 얘기 아니냐?"

내 얘기를 바로 받아서 "너 혼자 온다고?", "그래 나 혼자 간다. 아드님 풀어주는 조건으로 내가 볼모로 너희들한테 갈게." 했더니 내 이 소리를 듣고 현수가 뒤에서 "함마 형님, 혼자 가면 제네들한테 잡혀 죽습니다." 하고 말리는 걸 내 엉덩이에 손을 대고 흔들어서 현수의 말을 막은 다음에 가만히 상황을 보니 물밀듯이 쳐들어오는 이들을 막을 방법이 없어 고민을 하다가 그전에 선배가 얘기한 말 펀치라는 게 생각나 이것도 한 번 사용해보기로 하고, 일단은 시간을 벌어보려는 생각에 "어때? 내 제안이 너희 큰형님한테 보고하고 지시를 받아봐. 지금 너희들 여기서 내 말 안 들으면 몇 십 명은 뼈 부러져 병원으로 실려갈 거야." 하고 상대방에게 으름장을 놨더니 실제 자기네들이 생각을 해봐도 그럴 가능성이 있어 보이니 어떻게 해야 할지 생각을 해보려고 하는 거 같다.

　이들이 집단적으로 움직여 한 판 붙어서 때려 부시려는 작정을 하고 왔지만, 아무 소득 없이 그냥 돌아갈 때는 저희들 큰형님의 질타를 받을 수 있기 때문에 그에 합당한 이유가 있어야 하므로 조심스럽게 신중히 처리해야 함은 물론이다. 이렇게 간부들끼리 얘기하고 있을 때 왕십리파 일당 중에서 하나가 "아이, 형님! 칼을 빼들었으면 썩은 무라도 짤러봐야 될 거 아니겠습니까?" 하며 한껏 자기 위신을 세우려고 하는 모양이나 이런 때 나서는 것을 보니 이놈도 왕십리파 중에서는 간부급인 거 같다. 나하고 지금까지 말을 하던 자가 "개구리가 멀리 뛰기 위해서는 한 걸음 뒤로 물러서는 방법도 있다는 말을 우리 삼촌한테 들은 적이 있어."

　어쨌든 이런 주먹들이 서로 말을 할 때는 윗사람만 나서서 할 말을 간단히 하고 그 다음은 물리적인 행동이 뒤따르는 게 보통인 것을 왕십리 쪽에서 나서는 놈이 있으니까 우리 쪽에서도 한 사람이 떠들어대니 바로 왕십리 쪽을 담당했던 오소리라는 동료가 "이 자식들이 여기가 뭐 글짓기 대회인 줄 아냐? 말들이 많으면 공산당이라는데 빨갱이도 아닌 놈들이 무슨 말들이 많아?" 하고 소리를 지르자 저쪽에서도 떼거리로 떠들어대려고 하는 걸 "어, 조용 조용히들 해!" 양쪽 간부들이 만류를 해서 잠잠해졌다. 그러나 이런 패거리들의 집단행동에서는 지금까지의 나눈 이런 군더더기 같은 긴 말이 필요 없었으니, 예를 들면 "싸가지들이 없구만. 애들아, 쳐라!" 또는 "털도 안 뜯고 날로 먹으려고 해? 밀어붙여!" 또 "버릇 없는 놈들, 조져라!" 또는 "싹 쓸어버려!", "좋은 말로 할 때 무릎 꿇어!" 등 말을 줄여 간단히 하지만, 전에는 너희들 왜 그랬냐는 둥, 위아래가 없이 어디서 배운 버릇이냐는 둥, 기본이 안 돼 있다는 둥, 뒤를 재보고 하는 행동이냐는 둥, 내가 안 보는 사이에 많이 컸다는 둥, 이치가 그렇지 않느냐? 장래를 생각해보았냐는 둥 이런 말은 세월이 지나다 보니까 쏙 빠져버렸으니, 이윽고 왕십리 쪽 서너 놈이 무슨 얘기를 서로 주고받아 상의를 하고는 그러면 다음에 다시 오겠다고 하면서 조용히 가버렸다.

이들은 위에 보고를 해 새로운 지시를 받으려는 생각인지 이날은 깨끗이 물러난 다음 우리는 밤을 새우고 이튿날까지 중간보스와 동대문사단의 몇 명 안 되는 인원으로 대책을 세워보려 했으니, 전에는 동대문에 모였다 하면 장소가 좁아 할 일이 남아 있는 사람은 돌아가라고 할 때도 있었으나, 지금은 눈으로 셀 정도의 인원이 모여서는 기가 막히지만 어쩌겠어. 그래도 한 군데 둘러앉아 방안을 모색하기 위해 대책회의를 시작해 기발한 묘책을 만들어 보자며 머리를 맞대고 마른 수건을 쥐어짜 물기라도 내보려 할 이 마당에 결국은 "나 혼자 가면 개죽음당한다는 것이 중론이지만, 일단 큰형님 아드님을 구하는 문제가 급선무인 것을!" 이러지도 저러지도 못하고 결론도 없이 시간만 허비하고 있을 때 왕십리 쪽에서 연락이 와 얘기인즉 "함마 본인 혼자 우리가 알려준 장소로 오면 큰형님 아드님을 풀어주고, 만약에 약속을 안 지키면 오늘 밤에 끝장을 낸다." 는 최후통첩이란 전갈에 '그렇다면 좋다. 어쨌든 사나이 대 사나이의 약속이니까 지키겠지.' 내 스스로 마음을 진정시키고 그들이 지시해주는 장소로 가보니 공사를 하다가 중지해 골조만 앙상하게 서있는 콘크리트 건축물 안에 왕코를 비롯한 17~18명의 왕십리패들이 모여 있다가 이들이 나를 보자 대열을 정비하고 만일의 사태에 대비하려는 동작을 펴고 있어 주위를 둘러보니 뚝섬 경마장이 조금 보일 뿐 드문드문 농막에다 채소밭이 널리 펼쳐져 있다.

　이자들이 요구하는 대로 천천히 걸어서 그들 앞에 우뚝 섰더니 "분명히 너 오는 거 봤으니까 너희 큰형님 아들 풀어주려고 용산역으로 지시가 내려졌어." 왕코가 말을 해 바로 내가 "서울역이라 해놓고 왜 용산역이냐?" 하고 되물으니 "너희가 약속을 안 지키고 개수작을 부리면 다시 끌고 오려고 했지. 우리도 머리를 굴릴 줄 아니까 만일의 사태를 대비해논 거야. 어쨌든 네가 우리 앞에 왔으니 서울역이든, 용산역이든 풀어주면 된 거 아니냐? 나도 내 이름에 먹칠을 하면서 무지막지하게 양아치처럼 살지는 않았다." 하는 소리에 이놈 입에서 넉살도 좋게 잘도 떠든다는 생각에 갑자기 역겨운 생각이 들어 "야 임마! 어린아이를 납치해 놓고 양아치처럼 살지 않았다라는 말을 누구 앞에서 하고 있어! 이 자식이 창피하지도 않냐? 이런 싸가지 없는 나쁜 자식아! 그래 소위 장안에 내노라 하는 건달이 의리와 낭만은 어디다 내팽개치고 어울리지 않게 양아치나 하는 짓을 일삼고 이름값도 못하고 있어, 자식이!" 하고 성질이나 소리를 버력 지르니 왕코도 할 말이 있다는 듯 "야, 야! 내 말도 들어봐. 이 사람아, 내가 상대를 하려면 우두머리와 해야 하는데 너희들이 어린아이를 세워놨으니 네가 내 입장이었으면 어떻게 하겠니? 우리는 그래도 너희들의 우두머리라고 세워논 어린애에게 손찌검 하나 안 했어. 이 사람아. 그나마 너희를 존중해 대우를 해주고 있는 중이야. 성질나게 하면 싸악 쓸어버리겠어!" 이런 얘기를 듣고 나니 왕코의 말도 들어줄 만해 "그래 좋다! 네 말 이해하겠어. 나도 확인해볼 것이 있으니 큰형님 아드님 목소리 좀 들려주지 않겠나?" 했더니 "그래 그 전화 저 함마한테 들려줘." 왕코의 말에 그의 졸개가 전화기를 나에게 주는데 공사 중인 건물에 전화까지 가설한 걸 보니 왕코가 이번 일처리는 빈틈없이 철저히 준비한 거 같다.

전화기에서 흘러나오는 아드님과 중간보스의 녹소리가 들려 댁시 타고 집에 갈 거라고 하는, 그 소리를 듣고 나로서는 더 이상 알아볼 것이 없으므로 저들 앞에 중앙으로 가서 "자, 마음대로 해라!" 내 말이 끝나자 왕코가 "저놈을 묶어!" 하는 소리와 함께 왕십리 패거리 몇 놈이 노끈과 철사를 가지고 내게 달라붙어 묶기 시작하는 걸 보고 차력술 연마할 때 철사를 끊는 연습하던 생각이 나 마음에 준비는 일단 해둬야 할 거 같은 생각이 들어 호흡을 조절해 배에서 숨을 될 수 있는 대로 많이 밖으로 내뱉어 혹시 모를 사태에 대비해 정신무장을 단단히 하고 있는 나를 이들은 손과 발을 노끈으로 단단히 묶어놓고, 팔과 배를 공사장에서 쓰는 철삿줄로 6겹을 둘둘 감아 같이 결박을 해 그들 나름대로 마무리를 해놨다.

이제 일은 저희들이 바라는 대로 처리했으니 왕코를 비롯한 왕십리패는 모두 가버리고 포박당한 나를 의자에 앉혀놓고 4명이 지키고 있다. 한 놈이 지껄이길 "야, 그래도 함마를 잡아두니 일이 수월하겠어. 그까짓 나머지 애들이야 우리한테 위협은 안 되잖아? 이 함마 때문에 쉽게 안 될 줄 알았으나 제 발로 걸어 들어와. 하여튼 동대문은 이제 우리 수중으로 들어오게 생겼어." 하니까 한 놈이 "나 저놈한테 수도로 한 방 맞아 병원에 입원해서 한 달을 고생했다니까. 그때 생각하면 이놈 때려죽여도 시원치 않아." 하니까 옆에 놈이 "아, 그래! 이놈이 요주의 인물이란 말이지? 이제는 묶여 있으니 마음 푹 놔도 되겠구만." 다른 한 놈이 "야, 그렇다고 다 된 게 아니야. 이제는 청량리 놈들과도 코피 터지게 싸워야 돼. 그놈들이라고 동대문 애들하고 다를 줄 아냐? 우리는 그저 싸우는 팔자야. 경동시장을 장악해야 되는 것을 그놈들이 쉽게 내주겠냐?"

그러니까 이 소리를 듣고 있던 한 놈이 "야, 청량리, 청량리 하지 마. 나는 듣기 거북해. 우리가 너희들과 같이 이런 프로젝트를 벌이는 거 아니냐? 솔직히 얘기해서 너희들이 믿는 천호동도 있지만, 우리 청량리가 아니었으면 어림도 없다는 것을 잘 알고 있잖아?" 하고 불만을 표시하니 다른 한 사람이 "어허이~ 잘 나가다 우리끼리 싸우면 안 되지. 그런 건 윗대가리들이 알아서 하게 내버려둬." 하고 말리는데 다른 하나가 "그 대신 우리가 중앙시장을 잡게 됐으니 잘 되지 않았나?" 그래도 미련이 남아서인지 "경동시장 아깝다. 뚝섬갈비 끝내주게 잘 나갔는데." 이들이 하는 말 중에 '뚝섬갈비'라는 말이 지금 막 나온다.

뚝섬갈비란 왕십리를 지나 한대(한양대학교) 앞다리 건너 뚝섬의 넓은 땅에서 배추와 무를 길러 김치를 만들어 술안주와 백반에 기본으로 따라 나오는 반찬이려니, 소위 우리같이 막일해가며 사는 이들에게 흔히 불리는 그 이름도 친숙한 뚝섬갈비라는 김치가 아닌가? 주로 일상생활에서 막일하는 사람들이 다른 사람의 무시를 당하지 않고 기 안 죽으려 뚝섬갈비하고 한 잔 했지. 식사를 할 때도 뚝섬갈비하고 먹었다면서 목에 힘을 주어 얘기한다. 이와 같이 주머니 사정이 어려워 고기를 제대로 못 먹던 시절에 말하기도 좋고, 듣기에도 기분 좋은 갈비라는 말이라도 이들한테는 부담 없이 부르고 싶은 용어다. 따지고 보면 술 종류도 비슷한 그런 이유로 사실과 같이 넘겨 짚어볼 수 있는 줄거리가 있을 법도 했으니, 흔히 간단하게 먹는 술집에서 넥타이를 맨 샐러리맨들이 소주를 마시고 있을 때 작업복을 입은 사람들이 옆자리에 앉아 맥주병 따는 소리로 시끄러우면 넥타이를 맨 사람은 이런 기세에 눌려 주눅이 들어 술을 먹다 말고 이들의 눈치를 슬슬 보면서 밖으로 피해버린다.

어떤 사람은 수저로 "뻥뻥!" 하고 병 따는 재미에 맥주를 마신다고 하지만, 소주는 서민들 술이고 맥주는 소위 여유가 있는 사람들이 마시는 술로 암묵적으로 인정을 해버려 사회에서 돈 잘 버는 사람에 화물차 운전자나 청소차와 관련이 돼 월급 외에 부수입이 있는 사람들로, 딱히 겉으로 구분은 안 돼 있지만 말은 안 해도 소주보다는 맥주가 호주머니에 여유가 있는 사람들이 마신다는 걸 꼭 따지자는 사람은 없어도 암암리에 소문은 나 있었으니 맥주를 마시는 이들은 소주보다 한 수 위라고 스스로 위안을 삼으며 폼생폼사 같은 마음은 다 가지고 있나 보다. 서울에 이쪽 주요 시장 일대에서 소비하는 채소의 분량은 거의 뚝섬지역에서 생산이 되고 있으니 동대문이 가지고 있던 지분을 저희들이 차지하면 그만큼 뚝섬갈비를 소비시킬 지역이 넓어져 이익이 늘어난다는 뜻이려니, 어쨌든 함마는 이제 손, 발, 허리가 다 묶인 몸이 됐다.

그런데 이들이 하는 얘기를 들어보면 청량리와 왕십리가 이미 한통속으로 움직이고 있다는 점을 느꼈으며, 내가 생각을 해봐도 동대문이 당할 수밖에 없는 것은 뻔한 사실이었던가 보다. 그리고 내 수도를 맞고 병원에서 1달간 입원해 있다 퇴원했다는 놈이 낯이 많이 익는다. 해서 가만히 옛일을 더듬어 생각해보니 그전에 청량리패들과의 싸움에 정구가 칼에 맞아 쓰러질 때 그 칼을 잘 다룬다는 그놈인가? 지금도 오른손에 칼을 들고 장난삼아 요리조리 재주를 부리며 손가락 사이로 이리 돌리고, 저리 돌리면서 앉아 있는 이 놈을 보고 있으려니 그저 아이구~ 죽은 정구를 생각하면 속이 뒤집혀 저놈 갈비뼈 몇 대를 추리고 싶지만, 나는 지금 포박을 당해 어떻게 할 수가 없는 처지라 이 분통을 목구멍으로 침과 함께 꿀꺽 삼키고만 있다.

어느덧 시간이 흘러 함마를 지키는 4명들 중에 두 명이 점심식사를 하러 간다고 하니 내가 결박이 된 이 상황에서 만약에 탈출을 시도하려면 두 명밖에 없을 때 작심하고 결행을 해야 될 터. 이들에게 밥을 먹으러 갔다가 돌아오는 시간을 최대한 오래 끌어보려고 "어이, 식사하러 가면 내 것도 하나 시켜서 가지고 와주겠나? 돈은 내 바지에 있는데." 하고 말을 했더니 두 놈 중에 한 놈이 "아이고야 ~ 지금 묶여 있는 놈이 꿈도 야무지다. 너 앞길이나 걱정하고 있어. 이 철딱서니 없는 놈아!" 해서 "야, 너희들 밥값도 다 물어줄게. 이 사람아!" 했더니 "주접 그만 떨어. 이 자식아." 하며 내 등을 발로 걷어차 버려 나는 핑곗김에 일부러 넘어져 묶여져 있는 줄에 혹시 무슨 허점이라도 찾아볼까? 하고 옆으로 넘어진 자세에서 손도 비틀어 보아 점검해보았지만 내 손만 아파 역시 이들은 철저한 결박으로 마무리를 잘해놨다.

저놈들 중에 한 놈이 "이제 너는 죽은 목숨이야." 하며 한마디 툭 내뱉는데, 이놈들의 죽인다는 말은 목숨을 끝내버린다는 게 아니고 이런 세계에 다시는 발을 못 붙이도록 어디 한 군데 병신을 만들어 버림으로 신체를 부자유스럽게 해 움직이지 못하게 손을 봐놓고 조용히 집구석에 처박혀 살라는 말이면 이건 죽은 목숨이나 다름없다는 뜻이 된다. 당시에는 주먹세계에서 한참 유행으로 실행하던 벌칙은 주로 발뒤꿈치의 아킬레스건(힘줄)을 끊어버리는 것으로, 이렇게 되면 힘줄이 절단된 발은 모든 기능을 잃어버리는 꼴이 되니 있으나 마나 한 그냥 달려 있는 다리가 돼버렸다면 이들은 상대하기도 버거운 장애물 하나가 없어졌으니 나라는 이름을 영원히 신성노

안 쓸 뿐더러 지금은 저들이 옴짝달싹 못하게 만족할 만큼 묶어놨으니까.

그러면 이들이 안심을 하면서 시선을 분산시키는 데는 성공했고, 이제는 결박을 푸는 수를 생각해야지. 지금까지 지내온 내 인생의 앞날이 여기서 이대로 주저앉을 수는 없지 않은가? 나는 시골의 어머니를 모시며 농사를 지어야 하는 입장이 아니던가? 그렇다면 절박한 마음으로 생각을 해보자. '옛날에 금강산이나 계룡산에 도사들이 축지법이나 장풍 같은 도술을 쓰듯 나도 그런 기술이 있다면 얼마나 좋을까?' 이런 허황된 욕심을 잠시 생각해보면서 손에 묶인 노끈을 유심히 내려보다가 번개같이 내 머릿속을 스쳐 지나가는 묘안이 떠올랐으니 "야, 친구! 담배 한 대 좀 내 입에 물려줘라. 악연이라도 나는 이렇게 묶여 있잖아?" 하고 애처로운 눈빛으로 쳐다보니 한 놈이 나를 보고 불쌍한 생각이 들었던지 빙그레 웃으며 "그래 실컷 펴라. 또 뭐 있어? 물을 먹여줄까?", "아니 내가 이 상황에 이거 달라, 저거 달라 할 수 있는 처지가 아니잖아? 담배 한 대만 내 입에 물려주면 고맙겠어." 이 소리를 들은 이들이 씩~ 하고 한 번 웃어주더니 너는 이제 인생 종쳤다는 식으로 측은하게 생각해서 불을 붙인 담배를 내 입에 물려줘 나는 니코틴 부족으로 걸신들린 사람처럼 몹시 피우고 싶은 양 사정없이 빨아댔으니.

한편 왕십리패의 이들은 승자의 여유로움을 마음껏 즐기고 있는 중이다. 내가 있는 곳에서 약간 떨어진 곳에 저희들끼리 농담을 하는 모양새로 둘 중에 한 놈이 다리를 떨면서 얘기 한마디씩 할 때마다 침을 바닥으로 뱉는 버릇이 그렇게 습관이 돼 별로 나오지도 않는 침을 습관적으로 퉤퉤! 그냥 뱉어대면서 다리를 몹시 떨어 바로 내가 유심히 보고 있는 그 칼잡이라는 놈이러니. 옛날 어른들이 말하기를 다리를 방정맞게 털어대면 복이 날라간다고 하던데, 그 옛말이 틀리지 않는다면 모르긴 해도 이놈이 딱 그런 놈인 거 같다. 칼잡이가 하는 말이 자기를 자랑하듯이 "나는 남양주에서 아버지와 같이 도살장에서 일하고 있었는데, 소 한 마리를 빨리 해체하는 난도질 시합에서 내가 일등을 해 이곳 군수로부터 부상으로 포니 승용차를 받았지. 이걸 보고 청량리사단의 한 간부가 우리와 같이 일하자 해서 패거리 싸움하는 게 싫어 배짱을 내밀었더니 지금 하는 일보다 돈을 더 벌게 해주겠다고 하면서 도살장에 있으면 어디 가서 남부끄럽게 말 꺼내기도 창피해. 딩신도 이제 앞날을 생각할 때이니 가정을 꾸릴 나이에 어느 부모가 이 현실에서 백정한테 딸을 주겠냐며 장래를 생각해서라도 우리 쪽으로 오면 명함에다 그럴듯하게 도시개발위원회 추진위임원 또는 상가발전 번영위원회 상무 또는 청소년선도위원 뭐, 거리질서 바르게살기운동본부 기획부장, 지역사회 정화운동본부 상임연구위원 등 누가 들어도 거부감이 없는 이름으로 사람들에게 나를 알리는 것이 훨씬 낫지. 아니 그래 도살장에서 가축을 때려잡는 일을 한다고 다른 사람들에게도 자신 있게 말을 할 수 있겠냐? 안 그래? 하는데 그 말도 맞는 거 같더라고." 하며 자기들끼리 진지하게 말을 이어간다.

그렇다면 '바로 이때다. 빨리 하자!' 저들이 농담을 하면서 조잘거릴 때 슬쩍 돌아앉아 등을 보이면서 나에게는 중차대하고 조용한 작업을 서서히 시작하기로 마음을 정했으니, 이들은 오늘 밤이라도 나를 손볼 것임이 틀림없으므로 지금 바로 여기를 탈출해야 하는 마지막 절체절명의 순간으로 생각하고 목을 밑으로 쭉 늘려 늘어트리고 묶여 있는 손을 최대한 올려서 노끈을 담뱃불에 대보니 간신히 닿아 나는 은밀히 그야말로 귀신도 모를 정도로 쥐 죽은 듯이 소리 내지 않고 한참 타고 있는 담배를 빨아대기 시작했다.

칼잡이가 다시 말을 이어서 "내가 청량리패로 들어가 며칠 되지도 않을 때 구리 쪽 아이들이 반항을 한다고 해 그쪽으로 가서 보니 수십 명이 기세가 당당하니 머리를 뻣뻣이 세우고 있어 내가 어떤 사람이라는 걸 이 기회에 청량리패에 알리고 싶어 "형님들까지 나설 필요 없습니다. 그냥 보고만 계십시오. 내 선에서 끝내겠습니다." 하고 바로 이 칼을 들고 앞으로 나가니 그들도 야구방망이, 자전거 체인에, 나와 같이 칼을 들고 있는 놈도 보여 서로 간단한 눈인사할 것도 없이 시간도 아낄 겸 앞줄에 서 있는 놈들을 그대로 순식간에 다섯 놈 배에다 구멍을 뚫어줬어. "지금은 급소를 비켰지만, 두 번째는 일말의 양보나 정상참작이라는 건 생략할 것이니 각오들 해." 하자 이자들 금방 무릎 꿇어 형님의 예를 갖추겠다고 하더구만. 거기서 내 존재감을 유감없이 발휘했지." 하며 자랑을 하듯 손에 들고 있는 칼을 허공으로 던졌다가 내려오는 중간에 탁 잡아챈다.

나는 조용히 담배를 몇 번 빨아대니까 불이 빨개가지고 화력이 최고로 오르면서 손에 묶여 있던 노끈에 담뱃불을 대니 서서히 타들어가면서 한 가닥이 탁! 하고 끊어져 감겨 있던 노끈이 줄줄이 순서대로 풀어진다. '역시 태울 수 있는 모든 물건에는 불로 해결하면 되는구만.' 이들은 얘기를 바꿔 지금 저만치 보이는 경마장을 쳐다보며 한참 경마에 대한 얘기로 정신이 없다. 손이 다 풀어졌으니 이제는 손으로 발에 묶인 매듭을 풀기 시작했고, 한 놈이 어쩌다 나를 쳐다보면 하늘을 보며 내 모든 인생살이를 포기한 사람처럼 세상을 원망하듯 담배만 피우는 척 행동하고, 이 두 놈이 히히덕거리며 "야, 경마하는 애들 얘기 들어보니까 잘 맞추기만 하면 쉽게 돈 벌겠더라." 하고 칼잡이가 말을 하니 왕십리패가 "경마하는 놈들 돈이 어디서 나는지 마권을 사는데 뭉텅이로 내지르더라. 이놈들 매주 와서 하는 거 보면 참 희안해." 이런 농담에 한눈팔면 이때는 나에게 절대 필요한 순간이며, 빠른 동작으로 발목을 풀어헤쳤으니 이 순간을 마음 졸이며 얼마나 기다려 왔던가? 왕십리패가 이어서 하는 말이 "여기 경마장은 돈이 모이는 곳으로 우리 구역이니 들어가서 접수하려 했으나 감히 바늘로 찔러도 피 한 방울 안 날 말도 못할 쟁쟁한 팀들이 이미 꽉 잡고 있어 엄두가 안 났어. 왕코 형님이 "얘들아, 잘못하면 다치겠다. 경마장 포기하고 천호동 쪽으로 진출해보자." 해서 경마 쪽은 신경을 껐지."

이처럼 이들의 자질구레한 말이 오가고 있는 사이에 이제 남은 처리아 팔, 배에 같이 감겨 있는 철삿줄은 그전에 도장에서 차력술을 배울 때 내가 뱃심이 가장 뛰어나다고 칭찬을 아끼지 않았던 사범님 말씀도 있었으니 이번에 한 번 내 운명을 여기서 시험해보자. 차력술엔 자기 몸 안의 잠재적인 힘을 쓰고자 하는 부분이나 요소에 집중시켜 끌어모으는 기술도 연마했으므로 배에다 온 힘을 모아 호흡을 조절해 힘을 잔뜩 주고 허리를 세차게 일으켜 세우면서 "이얍!" 기압을 넣으니까 내 몸에 감겨 있던 철사 6줄 중에 4줄이 금속성의 날카로운 외마디 "타닥!" 하는 소리를 내고 끊어진다.

잡담을 하고 있던 두 놈이 내 기합소리에 깜짝 놀라 일어났지만, 그때는 내가 재차 기합을 넣어서 두 줄마저도 이미 끊어버린 상태이고 보니, 그러면 이제 두 놈은 내 상대가 안 되지. 그 칼잡이라는 놈이 칼은 잘 쓸 줄 모르겠으나 자기를 방어하기엔 허점이 너무나 많아 보여 치고 박아 헤딩을 해서 전화기를 집어 그놈 머리를 내리쳐 전화기가 박살 나도록 패버렸더니 그냥 쓰러졌고, 나머지 한 놈을 상대하는 도중에 저쪽에서 이들 무리 2명이 식사를 마치고 오는 차가 보인다. '저 차를 세워놓기 전에 내가 먼저 탈취해야지.' 나름대로 동작을 빨리 취했으나 그놈들은 이미 차에서 내려 걸어오고 있을 때 날렵하게 뛰어들어 운전석에서 나오는 놈부터 한 방씩 먹여 나가떨어진 놈을 피해 차 안으로 들어가려니 "저놈 잡아라!" 고함소리가 들리고 동시에 운전석에서 내린 놈이 일어나려 하자 수도로 목을 쳐 그대로 주저앉히고 보니 다행히 자동차 키는 차에 꽂혀 있으므로 시동을 잽싸게 걸고 가는 순간에 나머지 두 놈이 쫓아와 조수대 문짝과 뒷문짝을 붙잡고 거의 매달리다시피 하면서 계속 쫓아온다.

내가 옛날에 동대문에서 자동차를 조금씩 몰아보던 솜씨와 시골에서 농사지을 때 경운기 끌던 실력으로 내달리기 시작하니까 급한 대로 운전이 되지만, 그러나 차 문짝을 붙잡고 악착같이 쫓아오는 놈들이 문제였으니 이놈들을 떨어트리려면 어떻게 해야 할까? 고민을 하다가 '옳거니 좋은 생각이 떠오른다.' 우선 악세레이다를 최고로 밟아서 달리다가 급브레이크를 콱 밟았더니 이놈들은 자기들이 간신히 붙잡고 오던 문짝하고 머리와 온몸이 박치기를 하면서 중심을 잃고 땅바닥에 곤두박질치며 나뒹구는 걸 보는 순간, 이때다! 악세레이다를 다시 세차게 밟고 달리기 시작하니 이놈들이 문짝을 잡으려다 놓치고 다리를 절며 쫓아오는 게 빽밀러를 통해서 보인다.

문짝은 열려 있어 차는 달리고 있는 이 상황에서 차를 세워 문 닫을 시간은 없고, 급한 마음에 어떻게라도 해봐야겠다는 생각에 핸들을 왼쪽으로 돌리니 달리던 반동에 의해 내 옆좌석의 조수대 문짝이 탁 소리를 내며 저절로 닫히고 뒷문짝이 안 닫혀 이번에는 오른쪽으로 핸들을 돌려보니 뒷문짝도 찰칵하고 닫혀 해결이 됐고, 놈들이 따라오나 다시 한 번 빽밀러로 뒤를 보니 그들과 사이가 이미 많이 벌어져 쫓아오는 자가 보이질 않는다. 좁은 오솔길을 재빨리 벗어나 큰길까지 거의 다 와 골목 한쪽 옆에 세워놓고 나와서 차 키를 멀리 던져버리곤 지나가던 택시를 잡아타고 동대문 아지트에 도착해 들어가니 동료들이 나를 보고 깜짝 놀라 죽은 사람 살아 돌아온 거같이 반기는데 믿기지가 않은 듯 어리벙벙하니 입만 벌리고 말문을 못 열고 있어 내가 이 사람들에게 용기를 북돋아 줄 말이라도 해주고 싶어 "아이, 이 사람들아! 나 죽은 사람 아니야. 우리 동대문이 쉽게 없어질 운명이 아닌가봐. 나를 이렇게 살려 보낸 걸 보니 우리 동대문은 앞으로 영원할 거야. 으하하하!" 하고 통쾌하게 웃으며 대수롭지 않은 일인 듯 큰소리 한 번 친 다음 큰형님 아드님과 중간보스는 보이지가 않아 동생들에게 안부를 물었더니 아직 도착하지를 않아 모두 초조한 마음으로 기다리며 있다고 하는 말이 떨어지기가 무섭게 호랑이도 제 말을 하면 온다더니 중간보스와 아드님이 택시를 타고 지금 막 도착을 해 우르르 몰려와 동대문 식구들과 우리는 서로 부둥켜 얼싸안고 춤을 추었다.

　죽으려다 살아왔으니 이 얼마나 좋았겠는가? 그러나 이것도 잠시 마냥 좋아할 수만은 없는 일! 지금 동대문이 부딪쳐서 처리해야 할 일이 산 넘어 산으로 첩첩산중에 가로막혀 출구가 보이지 않아 위기에 휩싸여 있는 이 상황을 어떻게 처리해야 할 것인가? 아무리 생각을 해도 지금 여기에 맞는 묘수가 떠오르지 않는다. 우선 내가 알았던 사실을 중간보스에게 "형님, 내가 왕십리 왕코에게 가 있을 때 두더지와 까마귀가 정보를 입수해 도살장에서 일했다던 청량리의 칼잡이가 이번에는 그놈이 왕코하고 같이 있는 걸 보니 이미 이들은 연합해서 우리 동대문을 없애려고 작정을 한 거 같습니다. 이런 걸 보면 처음부터 불리한 싸움이었습니다." 하고 보고를 했더니 내 이 말을 듣고 있던 중간보스의 얼굴이 갑자기 아주 놀란 표정을 지으며 창백해지면서 수십 길 낭떠러지에서의 마지막으로 간신히 잡고 있던 지푸라기도 놓치고 마는 낙담 어린 심정인 듯 그 자리에 철퍼덕 주저앉고 말아 누가 옆에서 아무리 좋은 얘기를 해줘도 중간보스에게는 실낱같은 희망마저 와르르 무너져 내린 거 같아 내가 보기에 도저히 구제 불능인 거같이 여겨진다.

　땅바닥에 앉아 있는 중간보스의 말이 "아니 그럼, 그렇게까지 깊이 연결이 된 걸 두더지와 까마귀까지 제 임무를 완수하지 않고 없어졌단 말이야? 내참 이거 환장하겠구만!" 이렇게 절망적인 낙담을 혼자 뇌까리더니 이제는 세상이 말세라는 듯 완전히 넋을 잃고 그 자리에 만사가 귀찮은 듯이 아주 드러누워 버려 중간보스에겐 하늘이 무너져 내리는 거같이 한숨만 내쉬고 있으니 실망이 이루 말할 수가 없는 거 같다. 아마 중간보스는 두더지와 까마귀가 이런 정보를 제때 알아왔으면 그에 대한 대비책을 세워 동대문사단이 이 지경까지는 안 왔을 것을. 이렇게 중간보스는 자기 가슴을 치면서 아쉬워하며 지난날을 후회하고 있을 것이다. 이렇듯 동대문사단의 사기가 땅에 떨어져 있을 시기에 우리가 우선 숫자가 적으니 왕십리에서 물밀듯이 쳐들어오면 이들에 무참히 짓밟혀 처참한 꼴을 당하는 것은 불을 보듯 뻔한 일인 걸, 이런 순간을 초월해 넘어서는 무슨 특단의 조치를 취해야 하지 않을까? 깊이 고민을 하던 중에 어차피 뾰족한 수가 없을 바에는 차라리 반대로 우리가 직접 찾아가서 결판을 내는 것이 나을 것 같은 생각이 들어 중간보스에게 "형님, 우리는 쪽수(숫자)가 적어 어차피 정면 대결은 힘들 거 같습니다. 이틀

바에는 지금 바로 왕코 아지트로 직접 찾아가 죽이 되던, 밥이 되건 간에 결판을 내는 것이 어떻겠습니까? 형님!"

내가 중간보스에게 동의를 구하는 말을 듣고도 이미 전의를 상실한 중간보스도 풀이 죽어 내 의견에 "동생이 알아서 해." 하면서 지휘권을 마치 마당을 쓸던 빗자루를 쓰레기통으로 집어 던지듯 나한테 맡기고 말아, 지금까지의 내가 아는 중간보스로 말하자면 명석한 두뇌로 사태 파악을 해 시의적절한 명령을 내리며 진두지휘해 진면목을 보이던 중간보스는 어디 가고, 사기가 말할 것도 없이 분명히 몸과 마음을 깊숙한 절망의 수렁 속으로 빠져 들어간 거 같아 전과 같은 기대를 걸어볼 만한 사람이 아니라는 것이 분명해 확실히 달라져 보인다. 그렇다면 내가 어떻게 할 것인지 중간보스와 동료들에게 계획을 밝혀야 하는 일생일대의 절대적인 순간이 왔다는 것을 직시하고, 앞으로의 이 일을 어떻게 해야 할 것인가? 곰곰이 생각을 해보니 주먹들이 움직이는 시간은 주로 야간에 활동하는데 숫자에 밀려 컴컴한 밤 이들에게 인정사정없이 무자비하게 치명적인 상처를 입고 구제불능으로 당하는 이런 식으로는 경험상 불을 보듯 뻔한 참상이 예상됨으로, 그렇다면 오히려 대낮에 움직여 보는 것이 어떨까?

물론 한낮에 움직이는 것도 위험부담이 아주 크다고 생각이 들지만, 만일의 경우 골라잡으라면 야밤에 주먹들에게 구제 불능인 처참한 꼴로 당하느니 차라리 대낮에 움직이다 공권력의 제동에 걸려 이들에 의존해 앞일을 맡기는 게 나을지 몰라 내 눈만 쳐다보고 있는 몇 안 된 동대문 식구들에게 "지금 우리의 운명은 현재 똘똘 뭉쳐 있는 여기 우리 손에 달려 있으므로, 고민 끝에 생각을 해낸 요령을 자랑스러운 동대문사단의 전사들 앞에서 말씀드리겠습니다. 우리가 알다시피 야간의 정면 대결은 숫자가 상당히 적어 승산이 없을 뿐만 아니라 주먹들에게 한 번 유린을 당하면 그 후유증은 말을 안 해도 여러분들은 짐작하고도 남을 것입니다. 차라리 이럴 바엔 이들이 생각지도 못하는 뜻밖의 행동으로 대낮에 왕코 아지트로 모두 쳐들어가서 우리의 당당한 모습을 보여주는 게 좋을 거 같습니다. 어차피 우리가 피하지 못할 싸움이라면 차라리 즐기러 가 오히려 정면 돌파하는 것이 낫다고 생각되며, 지금 이 시간에 이자들은 우리가 이런 행동을 저지를 것이라고는 감히 꿈도 못 꿀 것입니다. 이자들이 넋을 놓고 있을 때 우리는 한마음으로 이들의 허를 찔러 왕코 아지트로 다 같이 사생결단의 행동으로 쳐들어가는 게 나을 거 같은 내 생각입니다만, 물론 대낮에 움직이는 것도 위험한 행위인 줄은 알겠지만, 혹시 동료들 중에 다른 좋은 의견이 있는 분 없으십니까?"

내가 혹시 독단적으로 결단을 내리는 게 아닌지 동료들에게 물어보니 "저희들은 명령대로 따르겠습니다." 단번에 모두가 동의를 함으로 해서 내 의견에 따라 그대로 움직이기로 했다. "이들이 깜짝 놀랄 때는 숫자가 문제입니까? 우리는 수많은 고난도 다 겪어 이겨낸 전사들로 지금 당장 일어나서 왕십리 아지트로 쳐들어갑시다."

하니까 동료들이 "예!" 하고 한마디로 대답하는 것을 보니까 몸과 마음을 서로 주고받을 수 있는 동료들에 이들과 같이 한솥밥을 먹고 있었다는 게 한편으로 다행으로 생각하며 믿음직스럽게 여겨진다. 한 사람이라도 더 채워서 왕십리로 쳐들어가야 할 때이지만 아쉽게도 중간보스는 이미 사기가 바닥에 떨어져 내려 나는 중간보스에게 "형님, 저희들이 다녀올 때까지 형님은 동대문을 지켜주십시오." 하니까 "그래 함마만 믿어. 우리 동대문의 위상을 잘 떨치고 와." 전의를 완전히 상실한 중간보스를 놔두고 이렇게 해서 나머지 대원들은 지금까지 생각하지도 않았던 대낮에 의미심장한 결심으로 처음 접해보는 절망적인 현실에도 주저함 없이 나섰다.

아무래도 이번 싸움이 중대 기로에 서 있는 우리 식구들의 결정적인 순간이 될 것 같아 정신을 새롭게 가다듬으며 언제나 그 자리에 그대로 있던 내 옷장이 보여 반갑기 그지없어 세월이 그렇게 흘렀어도 내가 애용하던 개인 집기류와 옷을 버리지 않고 그대로 간직하고 있었다는 게 마음속으로 감동을 받게 한다. 옛날에 내가 하던 버릇처럼 옷장을 열어보니 중요한 날 모임이 있을 때나 썼던 중절모자가 주인을 기다리기나 한 듯 오랜 세월 옷장에 걸려 있어 중절모를 꺼내 평소 하듯이 왼손으로 중절모를 잡고 버릇처럼 오른손 엄지손에다 중지로 튀겨 먼지를 털어낸 다음 약간 비스듬히 머리에 쓰고 거울을 쳐다보면서 이번 결정에 대해 비장한 각오로 임했으니, 동료들은 길거리 포장마차에서 파는 식빵 사이에 계란후라이를 넣어 케첩을 뿌린 샌드위치와 종이컵에 따른 우유를 양손에 들고 먹고 마시면서 왕코 아지트로 줄줄이 따라가면서 쳐들어갔다.

우리가 한마음 한뜻으로 동료들과 같이 움직이고 있을 때, 나는 지금 마음속으로 지극히 놀라움을 금치 못하고 있음에 '내가 며칠 전까지만 해도 농사를 지으며 시골 사람들과 어울려 막걸리 마시면서 어머니와 같이 살던 사람이 맞나? 여기 와서는 나도 모르게 동대문사단 시절의 용기와 행동으로 돌아가고 있는 것을 보니 상황에 따라서 몸과 마음도 변하게 되는 건가?' 내 마음은 마치 기차가 철로 위를 정해진 코스대로 달리고 있는, 꼭 그렇게 해야만 하는 거같이 나도 모르게 버릇처럼 움직이고 있다. 왕코 아지트에 다달아 이층으로 향해 올라가니까 저쪽에서는 우리가 왔다고 왕코의 부하들이 보고하면서 이리 뛰고, 저리 뛰는 어수선한 소리가 잠깐 들리는 듯해 계단으로 올라 사무실로 들이닥쳐 왕코 앞에 우뚝 섰더니 그가 깜짝 놀라면서 허구한 날 날벼락 맞은 듯이 말도 못하고 나를 멍하니 쳐다보고 있는 것을, 왜 아니 그렇겠나? 조금 전까지만 해도 단단히 묶여 있는 놈을 확인하고 한시름 놨다 하며 안도하면서 돌아온 지 얼마 안 된 시간에 지금 이자가 자기 눈앞에 떡하니 버티고 서 있어 왕코도 이 장면이 기가 막힐 수밖에. 이 사람도 함마의 이름을 많이 들어봤겠지만, 이렇게까지 자기한테 깜짝 놀라게 할 줄은 미처 몰랐을 거야. 역시 함마라는 이름이 명불허전(명성이 날 만하니)답구나 생각하고 감탄했을 게 뻔하다.

그리고 이내 왕코의 탄식 어린 목소리가 나오는데 "아니, 세상에 어째 이런 일이 벌어질 수가 있나? 장안에 둘째가라면 서러워할 내노라 하는 칼잡이와 일당백의 주먹들만 골라서 놔뒀더니 그 아이들은 어떻게 하고 함마가 여기까지 와서 설치게 하는 거야?" 왕코의 중얼거림에 내가 대답하기를 "야, 내가 봐도 허점투성인 아이들을 지금 누구 앞에서 자랑하고 있어. 밥 때가 돼도 밥을 안 주니 내가 스스로 먹으려면 결박을 풀어서 나와야지, 이 사람아!" 하며 은근히 조롱을 해대 위압을 가한 다음 사무실엔 왕코 부하가 몇 명밖에 없어 숫자는 중요하지 않고 나는 동료 두 명에게 2층으로 올라오는 사무실 입구를 봉쇄하라는 지시를 내리고 왕코를 비롯해서 그의 부하 몇 명을 쳐다보니 어떤 놈은 잠에서 미처 깨나지도 못해 눈에 초점이 흐려져 정신이 없어 보이는 놈도 보여, 그렇다면 사기 면에서는 우리가 앞서 있으니 주저할 게 없지.

나는 큰소리로 "오늘 너를 두 번째 보는구만. 아까는 다른 이야기할 분위기가 아니라 못했지만, 지금은 너한테 할 말이 있으니 좀 들어봐라. 내가 왜 여기 왔는지 잘 알 거야. 그동안 우리가 너희들한테 도가 넘는 행동을 한 적이 없었거늘 우리 큰형님이 안 계시다고 치사한 짓까지 서슴지 않는 이런 배은망덕한 놈들! 서울 장안의 한복판에서 이 무슨 앞도 보이지 않아 질서도 없는 황량한 아프리카의 대평원이라고 힘센 동물들이 약한 놈들을 잡아먹는 곳도 아니면서 야비한 행동을 해? 이 자식들, 너희들 지금 우리한테 시비냐? 도전이냐? 아니면 접근이냐? 이 싸가지 없는 놈들아!" 하고 일장 연설을 한 다음 지체 없이 머리에 쓴 중절모를 벗어서 왕코가 있는 방향으로 휙 날려버렸더니, 왕코는 깜짝 놀라 허리를 옆으로 돌리며 두어 걸음 물러서선 무슨 속임수가 있지 않나 경계의 눈초리로 나를 주시하지만, 그러나 내가 던진 중절모는 허공을 가로질러 날아가서 왕코 옆에 있는 옷걸이 맨 위에 탁 걸려 빙글빙글 돌아가고 있었으니 "야, 천하의 둘도 없는 왕코가 중절모에 맞아 죽을까봐 그렇게 깜짝 놀라기는? 왕년에 이 지역을 평정하면서 호령했던 호탕한 기질의 왕코는 어디로 가고 철없는 녀석이 내 앞에 서 있는 거야? 세월이 많이 흘렀나 보네." 하고 마치 어른이 아이들을 훈계하듯이 소리를 질러대, 이쯤 되면 패거리 숫자는 적지만 사기는 완전히 우리가 잡은 거 같다. 나는 이 기세를 몰아 "야, 왕코! 대낮부터 동네 시끄럽게 할 것이 아니라 애들은 뒤로 물러가게 하고 너 나와라! 우리 한 번의 솜씨로 형제의 순서를 가리고 평상시로 돌아가 이번 사태를 간단하게 마무리하면서 끝내자." 하며 나는 겉옷을 벗어서 내 옆의 동료에게 건네주고 왕코와 정면으로 한 판 붙으려고 앞으로 나섰다.

왕코도 자기 위신에 자존심이 더해져 부하들 앞에서 물러설 수 없는 상황에서 어쩔 수 없이 나와 맞붙게 됐을 뿐더러 다른 여러 사람들은 왕코와 내가 움직이는 동작에 긴장을 하면서 흥미롭게 조용히 지켜보는 가운데 내 오른손에서는 언제부터인가 김이 서리기 시작했다. 아래층에서는 왕코의 부하들이 소식을 듣고 속속 모여들고 있으나 우리 동료 2명이 왕코가 있는 이들 사무실로 올라오는 입구를 소파와 테이블로 처박아 왕코 패들을 못 올라오게 막아놔 밖에선 욱시기리고 고함을 지르는 시끄러운 소리가 내 귀에도 들린다.

이제 판은 벌어졌으니 이번에도 하늘에 맡기는 수밖에. 내가 달려들어 붕 떠서 이단옆차기로 차니 뒤로 물러서는 것을 연거푸 왕코의 사무실 책상을 밟고 건너뛰어서 돌려차기로 그의 옆구리를 맞히긴 했지만, 결정타는 아니었으나 주먹을 쓸 만큼 접근이 되자 나는 코와 입술 사이 인중 급소를 주먹으로 내질렀다.

"상대방을 때리기 전에 우선 나를 방어해야 될 거 아니겠어? 너의 몸 상태가 지금 엉망이야. 남을 때리기 전에 네 몸 단도리부터 하고 상대방을 보란 말이다. 이놈아!" 하며 내가 말하는 사이 그의 주먹도 내 얼굴에 맞혔지만, 민감한 곳과는 거리가 멀었고, 내가 그렇게 맞으면서도 왕코의 급소를 찾아 올려 치고 내려 치기를 여러 번 구사해, 나의 발군의 실력으로 빠른 동작에 정곡을 찌르는 주먹을 역시 왕코도 피하지 못해 목 부분에 목젖을 수도로 찌르자 왕코의 아래쪽 방어에 허점이 들어나 이 기회를 놓치지 않고 담낭 급소를 정조준해 발로 걸어 올려 차니 비명을 지르며 구부리는 걸 무릎으로 얼굴을 올려 차서 그대로 정신 차릴 사이 없이 뒤로 발랑 나가자빠져 마침내 왕코도 내 손에 무너지는 순간이다. 누워 있는 그를 올라타고 내 주특기인 수도로 배꼽 위의 갈비뼈 사이 명치 급소를 "으아촤!" 기합소리와 함께 힘껏 내리꽂아 버렸더니 그 다음은 "우아악!" 소리와 함께 왕코가 조용히 드러누운 뒤 나도 따라서 맥을 못 추고 조용해져 머리에 통증을 느끼면서 쓰러지고 말아 꿈 속을 헤매는 것같이 낭떠러지로 깊숙이 떨어져 강물에 둥둥 떠내려가는 기분이 드는 느낌이다.

3

 얼마쯤 시간이 흘렀을까? 시끄러운 소리에 비몽사몽간의 얼떨떨한 기분으로 눈이 떠져 보니 머리가 아파 통증을 느꼈지만, 간신히 주위를 살펴보고 경찰서 유치장에 수갑을 찬 채로 있어 왕십리 왕코의 사무실에서 정신을 잃고 있는 사이에 많은 일이 벌어진 거 같았다. 하기는 대낮에 서울 한복판에서 이런 일이 벌어졌으니 공권력의 레이더망에 안 걸릴 수가 없지. 내가 은근히 바라는 것도 이런 것이었으나 기절까지 해서 수갑 차고 잡혀 올 줄은 미처 생각을 못했으며, 종로경찰서 강력계 형사들과 특공대들에 의해 잡혀 온 거 같은데 한 구석진 방에 수갑을 찬 채 의자에 앉아 있을 때 나이가 지긋한 사복의 중년 신사가 부하 두 명을 데리고 들어오다가 내 앞에 딱 서더니 동지섣달 꽃을 본 듯이 신기한 눈으로 나를 내려다보고 있다.

 뒤따르던 부하 중에 한 사람이 "취조실로 데리고 갈까요?" 하니 나이 지긋한 신사가 "아니야. 한마디만 물어보면 돼." 하면서 나를 쳐다보며 "자네가 한 짓인가?" 하고 물어 "네, 맞습니다." 하고 대답을 해버렸으니, 사실 이런 데 오면 대개 무엇이든 오리발부터 내밀어 증거나 대질신문 같은 절차를 거쳐 막다른 길목에서나 어쩔 수 없을 때 마지못해 시인을 하는 경우이지만 나는 뜸 들일 거 없이 순순히 인정을 하고 순응을 한다는 뜻을 내비쳤다. 나이 지긋하신 이 신사분은 강력계에서 온몸을 바쳐 수십 년 동안 근무를 한 분이라 나도 어렴풋이 이분의 명성을 알고는 있었다.

이분은 "이번에 왕코 아지트에서 소란을 피운 사건을 네가 한 짓이냐?"는 질문으로 오랜 세월 속에 쫓고 쫓기는 사이라도 실제 만나고 나면 악감정에서도 정이 솟아나는 건가 보다. 수갑을 찬 내 오른손에서는 아직도 김이 모락모락 피어오르고 있는 광경을 이 신사분이 허리를 굽히고 자기 손을 내밀어 만지작거려 보고는 고개를 끄덕끄덕하고 옛날을 회상하는 듯이 생각에 잠기는 거 같더니 우리는 오랜 세월 같이 지낸 한 동네 옆집 이웃사촌들같이 말도 차분히 이어져 "이런 생활이 지겹지도 않은가? 어때? 청산하고 싶을 때가 됐을 텐데 말이야. 한동안 안 보이는 거 같더니, 나도 이제 당신 같은 사람들과 숨바꼭질하기 지겨워지는군." 넋두리하는 듯한 이분 말에 전적으로 동의하면서 "맞습니다. 저도 이제 손을 씻어야지요. 이런 짓이 허무하다는 걸 절실히 느꼈습니다." 하며 이렇게 대답했더니 이 신사분 "음, 그래야지. 지금 한 말 내가 잊어버리지 않을 거야." 하고 다짐을 하듯 내 주위를 떠난다.

이런 주먹들의 생활은 내일이 어떻게 변할 줄 모르는 허무한 세상 부질없는 짓으로 보이며, 그보다는 편안한 마음으로 자유롭게 농촌에서 자연과 더불어 한세상 사는 게 좋지 않겠는가? 왜 그래야 되냐고 이유를 묻는다면 나는 하늘에 계신 내 어머니와 시골에 계신 정구 어머니 두 분을 그동안 속죄하는 마음에서라도 힘이 있는 내가 정성을 다해 모시면서 살겠다는 생각을 굳히고 이미 오래전부터 마음속으로 다짐하고 있었다. 경찰서에 잠깐 머물고 있을 때도 이곳은 항상 시끄럽고 소란스러웠으니 물건 훔치다 잡혀 온 사람 하는 말이 나는 안 그러려고 했는데 물건 주인이 자기 비위를 건드려 그랬다는 변명을 늘어놓는 자, 다른 어느 한 사람은 길에 널려 있는 새끼줄을 주워서 들고 왔더니 그 줄에 소가 딸려 왔더라는 웃지 못할 말로 넘어가려는 사람이나 마찬가지로 변명을 장황하게 늘어놓는 자, 거짓말하고 사기 치다 잡혀 온 사람, 기자를 사칭해 협박을 하고 금품을 요구하다가 잡혀 온 사람에게 "왜 그런 거짓말을 했냐?"고 주위 사람들이 물었더니 이자 자랑스럽게 큰소리로 "당신 한 짓을 생각해봐. 내가 신문에 기사를 내면 당신은 이 바닥에서 손가락질 당하며 자식들까지도 지장이 많을 거요. 그래도 좋으냐?"고 협박 비슷하게 윽박지르면 곧잘 넘어가면서 돈도 내 주머니에 얼마가 됐든 스스로 알아서 찔러주더란다.

또 어떤 사람은 신사복 차림으로 중절모자까지 머리에 쓰고 형사와 함께 들어온 신사가 한쪽 의자에 앉으며 너희들 같은 질적으로 낮은 잡범들과는 상대하기도 싫다는 듯 모자를 얼굴 쪽으로 내리고 코까지 덮어버려 조용히 눈을 감고 잠자는 척하고 있는 사람에, 여자들 계모임을 하다 깨져 도망 다니다가 잡혀 온 사람, 서로 삿대질하면서 니가 잘했니? 내가 잘했니? 고함을 지르며 들어오는 사람, 싸움을 하다 같이 때렸는지 피투성이로 수갑을 차고 들어오는 사람, 술이 취해 인사불성이 돼 "야, 임마! 너 지금 실수하는 거야. 임마! 내가 누군 줄 알아? 너 나중에 후회할 줄 알아. 임마!" 하며 도대체 누구한테 얘기하는 건지 알 수 없이 횡설수설하며 떠드는 사람, 그야말로 경찰서 안에는 별의별 사연으로 각자 한 편의 드라마를 펼치고 있는 주연배우들 같았으니 자기가 한 거짓말에 속아 넘어간 사람이 바보라는 듯이 우쭐대는 꼴이라니 아무 관계도 없는 나도 이런 자들을 보면 화가 나서 작신 두들겨 패주고 싶은 충동을 느껴 누구든지 나한테 말만 걸면 주먹으로 대답해 주려는 마음이 굴뚝 같았지만, 그들이 나를 보아하니 수틀리면 다음 행동이 어떤 건지 알고나 있다는 듯 말을 걸어오는 사람이 없었다.

이런 현장을 보고 시끄럽기 그지없는 인간 도떼기시장 같아 "야, 경찰도 아무나 못해 먹겠다. 나 같으면 성질나는 대로 그냥 내지르고 말지 이렇게 소란을 피우게 놔두냐? 경찰서라는 곳이 이런 데구나." 하고 여기 두 번 들어올 곳은 못 된다는 것을 절실히 느꼈으며, 그 후 정식으로 취조실에 불려 가서 생년월일과 이름을 쓰라고 해 직접 쓰고, 나머지는 내가 불러주는 대로 형사가 내 이름 밑줄에다 받아적기 시작을 했다. "저는 어려서부터 가진 땅도 없이 농촌에서 어머니와 단둘이 살면서 아버지도 안 계셔 지내다 보니 사는 게 어려워지고 가난해 아픈 어머니 약도 제대로 못해드려 마음 한구석에 항상 죄송한 생각만 들다가 내 정신적인 지주이신 어머니까지 돌아가시고 나니 허전한 내 몸이 머물 데도 없어 그때부터 객지로 돌아다니며 온갖 험한 일을 접하다 보니 어쩌다 동대문의 주먹세계로 들어와 내 팔자는 이런 건가 보다 생각하고 살다 불상사로 인해 동료가 죽자 지금은 그의 어머니를 제 어머니로 모시면서 농사를 지으며 살고 있습니다." 나는 있는 그대로 말을 했으며 조서에 그대로 적혀 있는 것을 보고 엄지손에 인주를 묻혀 마지막 끝줄 내 이름 옆에 지장을 찍었다.

그 후로 내 모든 걸 교도소 측에 맡기고 정해진 순서에 따라 일을 마치고 감방에 들어와 잘 때 시골 정구네 집에서는 무슨 영문인지도 모르고 있을 어머니 생각에 밤잠을 설칠 때가 한두 번이 아니었으나 세월이 얼마나 흘렀는지 생각도 안 나는 어느 날 면회를 왔다는 연락이 와서 혹시 어머니께서 어려운 걸음을 하셨나 궁금하기도 하고, 면회실에 와봤더니 동대문에 같이 있던 동생들 정구 친구인 현수와 다른 몇 명이 면회를 왔다. "형님, 몸은 좀 어떠하십니까?", "음, 나는 괜찮아. 너희들은 어떠하냐?" 이 얘기가 끝나자마자 현수가 눈물을 글썽이면서 "형님, 뒤를 책임 못 져서 죽을 죄를 졌습니다." 아니 지금 이런 마당에 눈물 흘릴 일이 뭐가 있다고 "그게 무슨 말이냐?" 하고 물으니 "왕십리에서 함마 형님이 왕코를 깔고 앉아 수도로 내리꽂고 있을 때 저희는 구경하는 정신에 팔려서 왕코 졸개가 야구빵망이로 형님 머리를 내려치는 걸 미처 막지를 못했습니다. 형님 쓰러지시는 걸 보고 깜짝 놀라 뛰어 들어가 야구방망이를 뺏어 나도 그놈 머리통을 내리쳐 쓰러트리고 나니 때마침 경찰특공대와 형사들이 들이닥쳐 어쩔 수 없이 안 잡히려고 동료들과 이층에서 유리 창문을 향해 몸을 날려 뚫고 유리조각과 같이 뒤범벅이 돼 뛰어내렸는데 마침 아래층 가게 터에 쳐놨던 천막 텐트 위에 떨어져 다치지 않고 무사히 도망가게 됐습니다." 현수가 이런 말을 하니 경찰서에 우리 동료는 한 사람도 안 보이고 왕십리 쪽 패거리들이 나와 같이 취조를 받는 게 보여 내 머릿속으로 의아하게 생각했지만, 지금 현수의 얘기를 듣고 의문이 풀려 이해가 되는 듯하다.

이어서 현수는 "그리구 아지트로 돌아와 중간보스의 지시 아래 이들의 습격을 막아보려고 대비는 하고 있었지만, 그 이후로 한참 동안 이들의 움직임이 없어서 이상하다 생각하는 찰라 난데없이 군인들이 밀려와 순식간에 우리 동대문을 접수해 버리드라고요. 이들은 총에다 착검(총 끝에 칼을 꽂음)을 하고 물밀듯이 들어오는데 당해낼 도리가 없어서 중간보스를 위시해 동대문 식구들 다 잡혀갔는데 서류를 보면서 명단에 적힌 몇 명이 안 보인다고 저희들끼리 얘기하는 걸 보니 군인들은 우리 동대문사단의 사전 정보파악을 이미 다 해놓고 쳐들어온 거 같았어요.", "음, 야 그런 일이 있었어? 할 수 없지. 시대에 맞게 살아야지. 우리가 언제까지 주먹으로 삶을 이어갈 거냐? 괜찮아, 괜찮아. 오히려 잘 됐지 뭐야. 우리 이제는 세상을 바꿔서 살아보자꾸나. 그래 너희들은 어떻게 지내고 있니?" 내가 묻는 말에 정구 친구가 "우리 다 주먹세계에서 깨끗이 청산하고 새롭게 살고 있습니다.", "그래? 그게 무슨 소리냐? 알기 쉽게 얘기 좀 해 봐라." 하고 무슨 소리인지 몰라 궁금해하니까 정구 친구인 현수가 "청량리, 왕십리, 동대문, 종로, 남대문, 용산 전부 다 군인들이 접수해서 각 식구들의 큰형님들은 모두 잡혀 들어가고 우리 중간보스도 들어가 계십니다. 우리나라 대통령령으로 '범죄와의 전쟁'이라는 이름으로 해서 모두 잡아넣었다고 합니다."

"음, 그러구 보니 언젠가 군인들이 서류를 들고 우르르 몰려와 형무소 일대를 왔다 갔다 하면서 여기 교도관들과 같이 인원점검하고 안에서 수형생활을 하고 있던 몇 사람을 군용차에 태우고 간 적이 있더니 그럼 그때 세상이 바뀐 거구만." 한때 범죄와의 전쟁이라 해서 대통령이 선포해 전 경찰력이 동원됨과 동시에 군에서도 정부 방침에 따라 이들 주먹 조직폭력들이 사회 곳곳에서 정리되고 있었으니 온 나라가 시끌벅적해 세상이 바뀌는 줄 알고는 있었다. "아이고~ 말도 마십시오. 우리 모두 군인들에게 잡혀가지고 차에 실려 강원도 어느 군부대로 끌려가 넓은 연병장에 전부 내리게 해 오와 열을 맞춰 집합시켜 놓고 이곳 부대장인지 연단 위에 올라와서 하는 소리가 "너희들은 지금까지 사회에서 저질렀던 범죄행위를 속죄하는 마음으로 이 시간부터 새 인간으로 정신상태를 뜯어고치기 위해 본 부대로 인수인계된 인간 정신개조를 목적으로 하는 교육생들이다. 본 부대에서는 너희들의 썩어빠진 낡은 정신을 새로운 새마을 정신으로 개소해 새롭게 태어나는 인간이 되어 지휘관의 지시에 절대 복종하도록 하기 바라며, 이에 따르지 않고 본 목적에 소홀하거나 개인행동 내지는 반항하는 자에게는 그에 합당한 대가를 지불할 것이니 전 대원 낙오자 없이 교육을 이수해 유종의 미를 거두기 바란다. 이상!" 하며 부대장은 사라졌습니다.

전국에 우리같이 단체를 만들어 매사를 주먹으로 소통하려는 자들을 여기저기서 다 잡아 와 팔도 사투리가 뒤섞여 귀가 따겁도록 들리고 빨간 모자를 쓴 조교들의 공갈협박 같은 말소리를 들어보니 우리가 흔히 하던 말보다는 듣기가 불안하고 주위 환경이 영 기분이 나빠 "지시에 불응하는 자는 그에 합당한 대가를 지불하겠다."라는 이런 공포 분위기를 조성하는 고함소리와 시도 때도 없이 불어대는 호루라기 소리에 한동안 꼭 무시무시한 아오지 탄광을 연상케 하면서 살벌 시끌벅적했습니다." 현수가 저는 안 가봐서 모를 테지만 어디서 주워들었는지 이런 말을 해 왜정시대나 북한 공산 치하에서 자기들 말도 안 듣고 다루기가 힘든 자가 있으면 잡아다 위험하기 짝이 없고 살아 나갈 기약조차 없는 아오지 탄광이라는 인간지옥과도 같은 곳에 처넣어 현실 세계와 담을 쌓게 하는 그런 얘기를 빗대서 표현하는 거 같다.

"우리들을 조를 짜놓고 단체로 목욕을 시키는데 조교가 하는 말은 "너희들이 현재 쓰고 있는 물은 대한민국 국민들의 소중한 세금으로 충당이 되므로 감사히 생각하며 최대한 절약하기 위한 정신으로 세계에서 제일 빠른 시간 안에 목욕을 마치기 위해서는 미리 옷을 벗은 다음 목욕탕 앞에 줄 서서 기다린 다음 차례로 걸어가 첫 번째 샤워기에서 흘러나오는 물에는 머리를 적시고 비누칠을 재빨리 해, 다음 헤드에서는 머리를 빪음과 동시에 온몸을 적시고 나서 그 다음 꼭지로 이동해, 비누칠을 신속히 하고 그 다음 마지막 꼭지에서는 번갯불에 콩알 구워 먹듯이 신속한 동작으로 몸을 씻는다. 여기서 주의할 점은 다른 교육생과 같은 행동으로 따라붙어야지 동작이 느리거나 눈에 거슬리는 행동을 하는 자가 있다면 열외를 시켜 거기에 따른 대가를 부여하겠다. 알겠나?" 하고 조교가 소리 지르면 우리들은 "예!" 하고 대답하니 조교가 다시 "이것들이 목소리가 작다. 알겠나?" 하고 재차 소리 지르면 "예엣!" 하고 목청껏 떠들어대고 누가 화장실을 가려면 그 조가 줄줄이 같이 가야 되고, 손톱 발톱을 깎아도 같은 조끼리 모여서 했으니 이런 모든 게 군대식으로 다뤄져 대부분 목욕도 비눗물이 그냥 있는 채 조교 말대로 번갯불에 콩 구워 먹듯이 끝나 이럴 바에는 비누칠을 안 하고 그냥 물만 적시며 지나가는 사람도 있었습니다.

푸샵은 기본이고 좌로 굴러 우로 굴러, 좌향좌 우향우, 줄줄이 앞으로 가, 통나무 들어올리기, 또 구보에다가 앉아 일어서를 시키는데 나중엔 조교가 입이 아프니까 손가락으로만 까딱까딱 올렸다 내렸다 하고 차렷 자세로 몇 시간씩 연병장에 세우니 막 현기증이 일어나려고 해 정말 참기가 힘들어 혼이 날라가 정신줄을 놓고 있을 때 어느 한쪽에서는 훌쩍 훌쩍거리며 우는 소리에 곡소리도 들리는 거 같고, 올챙이 포복이라는 게 있는 것을 나는 그곳에서 처음 해봤습니다. 우리가 흔히 하는 포복자세에서 양팔을 등어리에 올려 허리띠를 붙잡게 한 다음 포복을 해서 앞으로 가라니 내 마음같이 움직이지도 않고, 원래 포복이라 하면 어깨와 팔을 움직여야 전진을 할 수가 있는데 이를 못 움직이니 몸만 뒤뚱뒤뚱 허둥대지 앞으로 나아갈 수가 없어 뒤에서는 처지는 사람을 조교가 "어쭈구리? 이것들 봐라?" 조롱을 하면서 워커발로 질경질경 밟아버려 힘겹게 하루하루를 넘겨 그때 배고픈 서러움을 대가리털 나고 여기서 처음 느끼게 됐습니다.

동대문에서 흔히 먹던 시루떡에 통닭, 연탄불에 구운 고등어와 삼치구이 백반, 빈대떡, 양재기로 따라 마시던 막걸리 생각이 눈만 감으면 머릿속에 아른거리고, 밤에 잘 때는 누가 업어가도 모를 정도로 깊은 잠에 빠져 있을 때 난데없이 조교가 갑자기 들어와 "이 새끼들 내가 안 자고 있는데 교육생 주제에 감히 간이 배 밖으로 나와 퍼질러 자고 있어? 일동 기상해! 침상 3선(침상에 깔린 3번째 나무 판대기)에 정렬! 동작 봐라! 이 새끼들, 선을 밟지 말고 똑바로 못해! 도대체 이것들 어디다 써먹어?" 그야말로 아닌 밤중에 날벼락이지 가만히 보니 조교가 밖에 나가 술 먹고 들어와 우리에게 심심풀이로 장난을 하는 게, 그나마 힘들어하는 교육에 죽을 맛이지만 이 조교는 우리들 고충은 아랑곳하지 않고 열심히 괴롭히고 있습니다.

꾸물거리면 얻어터지니 동작 빠르게 침상 3선에 정렬하고 있을 때 조교가 "이 새끼들 숨소리가 너무 크다. 정숙 보행을 하면서 침투

하고 있는 적의 발소리를 잡아내야 우리는 살 수가 있다." 하며 말도 안 되는 트집을 잡더니 맨 먼저 서 있는 사람 배를 말도 없이 주먹으로 내지르니 충격에 뒤로 물러나니까 "어? 이 새끼가 움직여? 다시 3선에 정렬!" 하면서 또 주먹으로 때려도 움직이니까 쭈욱 서 있는 사람들을 보고 다음 교육생에게로 가서 주먹으로 때리고, 조교가 첫 번째 교육생 대하는 걸 보았으니 한 대라도 덜 맞으려면 움직이지 말자고 다짐을 했던지 두 번째 교육생은 배를 때려도 꿈쩍을 안 하니까 "어? 이 새끼 봐라? 쎈데?" 하면서 이번에는 머리로 교육생 배를 힘껏 들이 받아버리니 뒤로 주춤하니까 또 "왜 움직여? 이 새끼야!" 하면서 사정없이 마구 닥치는 대로 주먹을 휘둘러 얻어맞고, 뒤로 물러서면 움직인다고 때리고, 힘을 줘 참고 안 움직이면 쎄다고 때리고, 이걸 본 교육생들은 그저 때리면 뒤로 넘어져 쓰러지는 것이 제일 나을 거 같다는 생각들을 했는지 조교가 주먹을 내지르면 침상에 그냥 나가떨어지는 사람도 있었으니까요. 아마 이 조교는 반항하지 않고 서 있는 사람을 제멋대로 때리니까 은연중 자기 마음속에 쌓여 있는 스트레스를 교육생들에게 이런 식으로 풀어버리는 거 같습니다.

이렇게 조교와 교육생들 간에 한바탕 푸닥거리(무당이 살풀이를 하기 위해 굿을 하는 모습)를 한 다음 조교가 "너희들 내일 아침에 봐." 하더니 나가 버립니다. 이미 시간은 새벽 4시가 다 돼 1시간만 더 있으면 기상인 것을, 잠이 다 깨 저마다 한마디씩 중얼거리는 마당에 "저거 사회에서 만났으면 한주먹거리도 안 되는 놈이!", "내 나가서 저놈 만나면 아주 그냥 뼈다구 추린다.", "저거 우리한테는 쫄도 아닌 게 군발이가 까불어 자식이!" 하면서 분에 못 이겨 저마다 한 마디씩 하는 마당에 어쨌던 이날은 전 교육생들이 완전히 부글부글 속이 끓어 죽을 쑤는 날이었어요. 정확히 새벽 5시 기상나팔 소리에 겨우 일어나 무조건 구보부터 시키는데 어떤 사람은 비몽사몽간에 정신 없이 뛰다가 내무반 2층으로 올라가는 계단에 머리를 부딪쳐 뇌진탕으로 죽은 사람도 나왔고요. 견디기 힘든 징그러운 하루가 지나고 내무반에 들어선 이후로 조교들이 언제 와서 때리고 갈까? 어차피 오늘도 맞을 거면 빨리 얻어터진 다음 마음 놓고 잠을 잘 수가 있지만, 맞지 않았다면 언제 와서 때릴 건지 조바심이 나 오히려 잠이 더 안 옵니다.

어떤 사람은 도저히 못 견디겠다고 남들 곤히 자는 밤에 혼자 사전 예비지식도 없이 철조망을 뚫고 탈영을 해 무조건 험한 산을 헤치고 도망을 쳤지만, 이곳 동서남북 지리도 알지 못하면서 헤매다 지쳐 민가로 내려와 허기진 배를 움켜쥐고 돼지우리 옆에 쌓아논 짚을 뒤집어쓰고 쓰러져 돼지하고 같이 잠을 자다 수색하러 나온 군인들에게 잡혀 이를 다른 곳으로 이송을 시키드라고요. 오늘도 어제와 같은 일이 벌어져 내일도 그럴 것이니 참 힘들어 죽을 뻔했습니다. 군대에서는 상관이 죽으라면 죽는 시늉까지라도 내야지 명령에 따르지 않으면 소위 그만한 대가를 지불한다는 고통이 따라올 것을 다 알고 있으니까. 어느 날엔 연병장 변두리에 모이라 해놓고 1인당 1평씩 자로 재놓고 쪼그만 군용 야전삽 하나씩 주고 자기의 키만큼 땅을 파라고 하더니 "일동 주목! 여기서는 야전삽 하나면 집도 지을 수가 있다. 불평불만 없이 조교의 명령에 따를 것! 이상!"이라고 하며 그 조그만 삽으로 오랜 시간 땀 흘려 다 파고 휴식시간이 있을 줄 알았더니 이제는 다시 묻으라고 해 화가 머리끝까지 났지만 마음속을 꾹꾹 눌러 참고 또 참으면서 빨리 하려는 욕심에 양쪽 발로 흙을 끌어다 묻고 나니까 파고 묻은 땅의 부피가 올라와 이건 또 똑같은 높이로 만들라는 명령에 흙을 다시 파내 다져가면서 새로 묻고 있었으니 어떻게 하면 우리들에게 혹독한 시련을 줄까? 골탕을 먹일까? 또는 꼭 우리들에게 괴로운 일만 찾아서 교묘히 써먹는 거 같아 꼭 교회나 절에 가서만 나오는 말을 "원수를 사랑하라."는 말이 이런 경우에도 통할까? 여기서도 이런 상황에 통달을 하면 얼마던지 깨달음의 경지에 도달할 수 있겠드라고요.

　이렇게 여러 날을 반복하다 보니 요령이 생겨 구덩이를 파묻을 때 처음부터 다져가면서 흙을 묻어버리고 남는 흙은 멀리 던져 흔적을 없애버리기도 해 이렇게 기압을 받으며 지내는 세월이 끝이 없을 줄 알았더니 6개월이 지나니까, 한 번은 우리들을 실내체육관에 모아놓고 종이 한 장씩 나누어주고는 그동안 주먹세계에서 지낸 세월을 반성하고 새사람이 되어 앞으로 작당들을 해 깡패 같은 짓을 다시는 안 하겠다는 각서를 쓰고 지장을 찍으라고 하더니, 그동안 국내에서 심리행동학계에 국내 저명한 박사님들이 참여해 우리들의 사고방식이 달라지기를 강의로 끝을 맺으며 이 부대를 나가도 좋다는 부대장의 허락이 떨어져 전부 어리벙벙해서 정신을 못 차리고 앉아 있을 때 그동안 우리를 징그럽게 괴롭히고 밉기만 했던 조교들이 교육생들 앞에 일렬횡대로 쭉 서 있으며 그중 선임 조교가 하는 말이 "그동안 사회의 선배 형님들께 과도한 절차로 대했던 무례한 행동을 너그러운 마음으로 용서해주시기 바랍니다. 저희들은 사적인 감정은 전혀 없었고, 주어진 임무에 충실하기 위해 노력했으며, 선배 형님께서는 사회에 나가셔서 희망찬 설계와 앞날에 무궁한 발전이 있으시길 바라겠습니다. 충성!" 하고 거수경례를 하자 도열해 있던 조교들이 복창으로 "충성!" 하고 단체로 소리를 지르면서 다 같이 경례를 하니 지금까지 적개심에 불타 다른 데서 만나기만 하면 작신 패주고 싶은 원수같이 느껴졌던 조교들의 이 소리를 듣자마자 그동안의 나쁜 감정이 오뉴월 눈 녹듯이 마음속에서 스르르 금방 사라지드라고요. 이들도 사회에서 백해무익한 인간들을 수단과 방법을 가리지 말고 인간개조 내지는 정화를 시키라는 명령을 상부로부터 내려받았을 게 뻔했습니다. 마음속으로 느끼는 야릇하고 희안한 감정을 뒤로하며 부대를 벗어나 걸어가니 세상천지 이렇게 홀가분할 수가 없어 날라다닐 것 같드라고요. 어떻게 왔는지 지금도 꿈만 같아요. 그리고 어머니는 저희들이 어머니 동네로 와서 같이 모시고 살고 있습니다. 어머니께서도 형님 보고 싶다며 여기 같이 오신다는 것을 고생하신다고 저희들이 못 오시게 했습니다."

 내가 모르는 사이에 세상이 바뀌어 이런 새로운 소식이 들려 "음, 그거 잘 됐네. 고생이라 생각하지 말고 앞으로 네가 세상 살아가는 데 큰 도움이 될 거라 생각하고, 어머니 소홀함이 없이 내가 나갈 때까지 잘 모셔라. 응? 부탁한다." 이렇게 내 말이 끝나기가 무섭게 "시간이 없어서 저 먼저 나가보겠습니다." 한 아이가 밖으로 뛰어나가려고 해서 내가 그를 딱 보니까 지금 이들과는 다르게 행사를 안내하는 보이 같은 복장에, 행동도 다른 거 같아 "야, 귀농하라니까 너는 왜 말을 안 들어? 그게 복장이 뭐냐?" 하니까 그가 나가면서 "아이, 형님도, 나 귀농했어요. 지금 새싹을 키우고 있습니다." 하면서 문을 열고 총알같이 뛰어나간다.

그래서 "야, 저놈 지금 뭐라고 하는 거냐?" 하고 물었더니 현수의 대답이 "저 친구 태권도 사범이에요. 우리 동네에 와서 아이들 30여 명 모아놓고 태권도를 가르치며, 밤에는 방범순찰에 청소년 선도위원이고, 아주 젊은 애가 활발히 사회생활하고 있습니다.", "음, 아이들을 가르치고 있다는 거구만. 생각해보니까, 새싹을 키운다는 말도 틀린 말은 아닌 거 같다!", "예, 아주 장래가 기대되는 모범청년입니다." 그렇다면 내가 겪었던 경험이 생각나서 "네가 지금 나간 사범에게 내 말을 전해주거라. 가르치는 아이들에게 영웅심을 부추겨 격파하는 걸 시킬려고 손이나 발, 머리, 배, 무릎 같은 부분에 단련을 함부로 하지 못하게 해라. 젊었을 때는 우쭐대는 기분에 혈기 왕성한 생각대로 시작했다가 나이가 들어 늙어지면 신경이 고장나 마음대로 움직이지 못하고 병신이 돼. 나와 같이 시골에서 운동하며 심신을 연마하던 선배님들이 단련을 하던 몸으로 나이가 들어 쇠약해지니 몸이 불편해 그 후유증에 반신불수로 거의 걸어 다니지도 못하는 부자유스런 행동을 하며 나날을 보내고 있으니 같은 동네에서 형님, 동생 하며 지내던 사이였었는데 내가 보기에도 정말 안쓰럽더라.

비가 오고, 바람이 불어 날씨가 추워질 때는 내 오른손이 마음대로 잘 움직이질 않아 나도 그 경험을 지금 하고 있는 거야. 음, 그리고 어머니도 잘 부탁한다. 너희들이 와 있다니 내가 마음이 놓여 이제는 걱정할 게 없어졌어. 어머니는 항상 나는 필요 없다, 너나 먹어라, 입맛이 없다, 하시는 건 핑계기도 하고, 돈 들어가니까 그러시는 거야. 그러니 네가 살 것이 있으면 무조건 두 개씩 사서 하나는 어머니 꼭 드려라. 무조건 두 개다. 알았지? 내가 할 말은 이거밖에 없는 거 같다." 하고 당부를 하니 "예, 알겠습니다. 꼭 사범에게 형님 말씀 전해드리고 어머니에 대한 말씀 꼭 실천하겠습니다." 면회시간이 다 됐다는 말이 들리면서 뒤돌아가려고 하는 현수에게 "어머니께서 혹시 정구 소식을 물을지 모르니까 너는 모른다고 해. 정구 소식이라면 형님이 더 잘 알고 있다고 전부 나한테 미뤄." 하니까 정구 친구인 현수는 "저한테는 정구 얘기 한 번도 안 물어보시던데요?" 뜻밖의 말에 이상하다는 생각이 들어 "네가 친구인데 너한테 한마디도 안 물어봤다고?" 의아하게 생각하는 내 얼굴을 현수가 바라보며 "그러지 않아도 친구인 나에게 정구 얘기는 한마디도 안 물어보시니 좋은 일도 아닌 걸 내가 먼저 얘기할 수도 없어서 세월만 보내고 있지만 저도 좀 이상하게 생각은 하고 있었습니다." 현수도 이 점에 대해서는 의문이 들었나 보다.

내가 지금 어떻게 할 처지는 못 되고 어머니께서 물으시면 그때 가서 모든 걸 솔직히 말씀드리고 용서를 빌어야 하겠다는 다짐을 했으며, 이들이 면회를 다녀가고 난 후부터 나는 어머니에 대한 책임감과 미안함이 많이 해소되는 거 같아 기분이 한결 나아졌다. 어머니를 항상 걱정했더니 동생들이 동대문에서 주먹세계의 연결고리를 깨끗이 청산하고 시골로 내려와 어머니를 잘 모시고 있다고 해, 내 남은 수형생활을 걱정 없는 마음으로 속이 후련하게 할 것 같으며, 동생들이 지난 생활을 일절 모두 청산했다고 하니 듣던 중 참으로 반가운 소식이다. 내가 여기 감방에 들어왔을 때 감방장이라는 자가 "야, 이리로 와봐. 여기 들어왔으면 터줏대감한테 신고를 해야 할 거 아냐? 임마!" 이자는 자기 위신을 세우려고 수작을 부리면서 거드럭거려 그냥 무시하려 했으나 "야, 너 메뉴(죄목)가 뭐야?" 하면서 말을 설어와 "네, 폭력입니다." 하고 대답을 했더니 이자가 동네에서 흔히 돌아다니는 불한당으로 여기고 시도 때도 없이 손가락으로 오라 가라 신호를 하면서 "내 말이 말 같지 않냐? 임마! 동네 조무래기들에게 폭력을 써서 코 묻은 돈 뺏다가 임자 만나 달려(잡혀)왔구만." 하고 자기 멋대로 생각하며 귀찮게 해 한 번은 그자의 손이 내 몸에 와닿기도 전에 간단하게 주먹을 몇 수 휘둘러 요즘 화제가 되고 있는 미국의 서부 활극에 나오는 튜니티와 같은 동작으로 눈 깜짝할 사이에 그자의 뺨이구, 목이구, 발로 무릎이고, 허벅지, 담낭 급소에 배까지 순식간에 찍어버리니 감방장이라는 자가 자기로서는 감당하지 못할 비범한 사람으로 인식해버리면서 이제는 말도 안 걸며 피하려고만 해 앞으로 나힌테는 감히 귀찮게 하지를 않겠지.

그러나 새로 들어오는 사람한테는 꼭 감방장의 위엄을 보인다면서 못되게 구는 걸 보다못해 내가 말로 조용히 타일렀다. "이봐, 당신 감방장이라고 했지? 혹시 함마라는 이름을 들어본 적 있나?" 하고 물었더니 이 감방장 눈이 휘둥그레지면서 내가 휘두르는 주먹맛도 봤겠다, 범상치 않은 사람으로 인정은 하고 있었지만 이 말을 듣자마자 금방 눈치채고 "혹시 그럼 함마 형님이라는 분이십니까?" 하고 물어 "그래, 동대문에서 나를 함마라고 부르는 사람이야." 했더니 이 사람 갑자기 일어나 바닥에 넙죽 엎드려 큰절을 하면서 "죄송합니다. 존함은 일찍이 듣고 있었지만 직접 뵙지를 못해 몰라뵈서 큰 죄를 저질렀습니다. 용서해주십시오. 앞으로 잘 모시도록 노력하겠습니다. 저는 청계천에서 아가씨들을 관리했었습니다." 하면서 이 사람 얘기하는 걸 듣고 보니 한동안 청계천에서 아가씨들을 관리하던 중에 아가씨가 어디 나갔다가 조금 늦게 들어오면 "야, 왜 이렇게 늦어? 뭐하고 오는 거야, 엉?" 하고 큰소리치면 아가씨는 "시골에서 친구가 찾아와 얘기 좀 하느라고 그랬어요." 하면 그 즉시 "야, 이년아! 여기도 엄연한 직장이야. 이년아, 또 다음에 늦으면 얻어터질 줄 알아!" 하고 소리 질러 자기를 무서운 존재로 여겨 무조건 복종하게 만들며, 또 다른 여자아이에게 "너는 왜 이렇게 늦었냐?" 하고 물으면 "친구의 개가 아파서 병원에 같이 갔다 오느라고 늦었어요." 하면 "이것들이 개판 오분 전이야. 쌍! 정신상태가 썩어 문드러졌구만 엉?" 하며 남자 다루듯 하더니 저 마음에 안 들면 때리고 돈 떼어먹고 물건 좋은 거 있으면 빼앗고 온갖 야비한 수작은 다 한다고 여자들이 데모를 하면서 이놈 콩밥을 먹여야 한다고 한참 시끄러웠던 그 장본인인 거 같다.

나도 이자의 철면피한 내막 얘기를 듣고 아는 터라 "야, 세상에 떼어먹을 게 없어서 그런 아가씨들 돈을 떼먹냐? 이 사람아, 얼마나 화가 났으면 당신을 콩밥 먹이라고까지 했겠냐? 이 여자들은 피가 거꾸로 돌았을 거 아냐? 큰형님에게도 보고가 됐어. 이 사람아!" 내가 분을 못 참아서 언성을 높이니 이 사람 거듭 "죄송합니다. 잘못했습니다."를 연발한다. 그 당시에도 세상에 뭐 이런 놈이 다 있나? 내가 만나면 손 좀 봐줘야지 생각을 하고 있었으나 이런 뜻밖의 장소에서 대면할 줄이야. "당신, 사회에서 나를 만났다면 어디 한 군데 부러졌다. 그동안 서로 안 만나기를 다행으로 생각해라. 하긴 모두 지난 일을 어떻게 하겠냐? 여기 들어온 이상 죗값을 달게 받고 우리 다 같이 개과천선해서 나가자." 하고 끝을 내려니 이 사람 내 말을 듣고 나서 "맞습니다. 함마 형님! 그런데 개과천선이라는 말이 뭔지 모르겠습니다. 함마 형님!" 어라? 이놈이 조금 전 나보고 유식한 말을 썼으면서 눈만 뜨면 크게 보이는 글을 나에게 물어보다니?

그래 하긴 이런 세계에서는 선배들이 들어서 기분 좋은 말만 골라서 가르쳐 주니까 그중에 존함이라는 용어를 배운 거 같아 "야, 함마라는 소리는 빼라. 그래야 다음 얘기가 나올 거 같다." 하니 "알겠습니다, 형님!" 하면서 무릎 꿇고 있는 자세에서 내 눈을 빤히 쳐다보고 있어 이자는 자기의 말을 무시 못하게 하는 특별한 재주가 있는 거 같아 "개과천선이라는 말은 과거의 죄를 뉘우치고 선한 사람이 된다는 뜻인가봐. 지금 여기 작업장 벽에 크게 써 있는 글씨가 우리 다 같이 개과천선하자는 글씨야. 알았지?", "알겠습니다. 형님 덕분에 한 가지 배웠습니다. 형님!" 하고 감방장이라는 사람이 진지한 얼굴로 만족해하는 모습을 보고 문뜩 묘안이 생각나는 것이 저 천정 높이 써 있는 아무리 좋은 글이라도 수형자들이 이해를 못하면 소용이 없으니 누구나 알기 쉬운 글씨로 쓰면 어떨까? 이를테면 '개과천선'보다는 차라리 '착하게 살자', '친형제같이 지내자', '무조건 내가 참자' 이런 말이 우리에겐 어울리지 않을까? 언제 소장님 뵈면 건의를 한 번 해봐야지. "그리고 감방장, 내가 부탁하고 싶은 것은 다른 감방은 몰라도 우리 방만큼은 조용하고 차분하고 아늑한 가족과 같은 분위기를 만들어 편안한 마음으로 지낼 수 있는 방으로 만들어보자구." 했더니 "아이고~ 말씀만 하십시오. 분부대로 거행하겠습니다. 저 그런데, 형님 앞에서 내가 감방장을 한다는 것은 건방진 거 같아서 말씀을 드리는데 형님께서 감방장을 하시는 게 어떠시겠습니까?" 하고 물어 "아이, 이 사람 무슨 얘기인가 했네. 나는 학교 다닐 때도 반장은커녕 분단장도 안 해봤을 뿐만 아니라 개근상 하나도 못 타는 그런 사람이야. 나는 조용히 있다 갈 사람이니까 신경쓰지 마. 오히려 귀찮아. 내 앞에서 '감' 자도 꺼내지 마. 나는 당신을 절대로 지지할 테니까 하던 대로 해."

이렇게 감방장 위신을 세워주니 감방장이 "그럼 말씀하신 대로 제가 그냥 끌고 가겠습니다." 해서 그런대로 가족적인 분위기에 한 가족과 같은 친밀감을 유지하면서 개인의 일까지 서로 의논해가며 한동안 잘 지냈는데, 새로 들어오는 죄수들을 보니 마치 자기 외에는 사람이 없는 거같이 으스대는 게 두고 보기엔 상당히 눈에 거슬렸던지 한 번은 조용히 앉아서 눈을 감고 어머니 생각에 잠겨 있는 내 옆으로 감방장이 바짝 다가왔다. "형님, 이거 요즘 들어오는 아이들 싸가지가 너무 없어 나사를 풀어주니까 질서가 안 잡힙니다. 이건 장마 때 터진 논둑 밑에 개울에서 놀던 송사리 같은 것들이 멸치 흉내라도 낼려고 행동을 하니 내 아니꼬워서 작년 추석에 먹은 송편이 다 넘어올라고 합니다. 이거 적당히 좀 조여야 하겠습니다. 형님!" 하고 요구해 "감방장 말하는 표현이 참 재미있네. 송사리나 멸치라면 조무래기들을 뜻하는 말이 아닌가?" 하고 반문을 하니 감방장이 "멸치는 그래도 배경이 넓은 바다에서 노니 하는 행동이 틀리잖아요? 이것들 하는 짓이 꼭 구정물 같아 시골 5일 장터에서 촌사람들 주머니 터는 쓰리꾼들을 어떻게 이해를 해줘야 합니까? 송사리는 개울에서 삐집고 돌아다녀 노는 바닥이 우물 안에 개구리 같아 배운 버릇들이 벌써 차이가 나지 않습니까?" 하기는 나도 가끔가다 새로 들어오는 자들의 행동거지가 좀 지나치다는 생각을 하고는 있었으나 "그렇다면 알아서 잘해봐." 했더니 "네, 적당히 닦고 조이고 기름칠하겠습니다. 형님!" 하며 대답하고는 한때 다 모여 있는 사람들 앞에서 감방장이 소리 높여 말을 하기를 "전부 나를 봐. 바깥 세상에서 우리와 비교가 안 되는 어르신이 여기 이 자리에 계시니 모두들 항상 까불지 말고 행동거지를 똑바로 하며 내 말을 잘 들어 서로 얼굴 붉히는 일을 만들지 말 것이며, 앞으로 우리 방에서 아무리 작은 불상사라도 일어나지 않도록 조심하기 바래. 위와 아래를 잘 구분해서 질서를 지켜주기 바란다." 감방장의 말과 함께 과거에 적용하던 규율로 질서를 잡아가니 내가 보기에도 그런대로 잘 관리가 되고 있는 듯했다.

이로써 나의 주먹세계에 이야기는 지난 옛일이 되고, 새로운 삶이 기다리고 있을 깨끗한 앞날이 펼쳐질 것 같아 마음으로 안정되니까 모든 일을 다른 사람들보다 한발 앞장서서 처리해 형무소 생활에 적응을 해나가면서 모든 이들의 모범이 돼 꿈에 부풀어 하루하루 퇴소할 날짜만을 기다리며 보내고 있는 것을, 그래도 다행인 것이 옛날에 동대문에서 군인을 때려눕히고 나서 경찰에 안 잡히려고 판잣집 천장에서 한 달 동안 숨어지낼 때처럼 그렇게 지겨우면 어찌하나? 걱정을 했지만 여기서는 운동하는 시간과 자유시간도 주고, 단체생활을 하면서 자기의 취미를 살려 물건을 만드는 작업도 시키니까 생각보다는 지루하지가 않았으니, 법에서도 내가 주먹과는 거리가 먼 인생살이를 할 것으로 믿고 흉기를 쓰지 않았다는 게 참작이 돼 감형으로 이어지면서 형무소 생활을 하는데 감옥살이에 직접 영향을 주는 판사는 아니지만 형을 가볍게 거들어주는 형사님들의 지원에 많은 힘을 입어 그 덕을 톡톡히 보고 나에게 정해진 일을 깨끗이 처리해 모든 일에 솔선수범하고 모범생이 돼 두어 해(2년)가 지나서 어느 가을 개천절 특사로 풀려나오는 날 어머니께서 현수의 시골에서 다목적용으로 유용하게 쓸 수 있는 짐도 실을 수 있고, 사람도 5~6명이 탈 수 있는 자가용(1톤 떠블캡)을 타고 같이 와 형무소 밖에서 나를 기다리고 계신다.

4

 어머니는 형무소에서 나오는 나를 보시더니 전속력으로 뛰어와 와락 껴안으며 얼굴부터 쳐다봤다가 다리를 쳐다보고 내 몸을 가슴에서부터 훑어내려 만져 보시곤 하늘을 쳐다보더니 땅을 쳐다봤다가 다시 위쪽으로 내 눈을 쳐다보시고 어찌할 줄을 몰라 하시는데, 어머니께서 나를 그렇게 의외로 염려해주시는 줄은 예전엔 미처 상상도 못했었다. 나는 이런 어머니의 마음을 가슴 깊이 새기면서 마음에서 우러나오는 뜨거운 눈물로 용서를 빌었으니 "죄송합니다, 어머니! 어머니를 모시고 편안하게 해드리려고 했지만 오히려 제가 어머니에게 걱정을 끼쳐 불편하게만 해드려 짐만 돼버렸습니다. 어머니, 용서해주십시오." 하고 내 몸속에 오장육부가 녹아내리는 듯한 슬픔으로 흐느껴 우니까 어머니께서는 더욱 힘을 주어 나를 껴안고 눈물을 주르륵 흘리더니 하시는 말씀이 "애야, 너도 내 아들이야. 나는 너를 정구 형으로 생각하고 있지. 전생에 내가 무슨 죄를 지어서 아들을 둘씩이나 잃게 하려 하고 뒤뜰 장독대 위에 정한 수 떠놓고 천지신명께 정성을 다해 빌어 내 마음의 주인이신 정구 아버지께도 진심으로 고해드렸더니 지성이면 감천이라고 네가 살아 돌아왔구나. 이제는 헤어지지 말자꾸나, 아들아!"

어느 누구도 따라 할 수 없는 고귀한 말씀에 비해 지금 내 앞에 있는 어머니는 양팔 안에 쏘옥 들어가 왜소하기가 그지없지만 내 가슴으로 안아보려는 어머니는 역시 거대하고 위대한 어머니였으니 가만히 살살 껴안고 있는 어머니를 내 등 뒤에 있을 법한 정구도 느껴보라며 (어머니의 아들, 보고 싶은 정구가 내 등 뒤에서 어머니를 보고 있습니다. 비록 말은 할 수 없으나 마음속에서라도 아들의 정을 느껴보시기 바랍니다) 지금 하나밖에 없는 어머니의 아들이 이렇게라도 영적인 공간으로 같이 지나면서 어머니와 같이 교감을 가져보시길 간절히 바라면서 이렇게 한동안 그리하듯 움직이지 않고 서 있었다.

조금 전에 하시던 어머니 말씀을 가만히 마음속으로 되새겨 들어보니 내가 느끼기엔 정구가 이 세상 사람이 아니라는 사실을 이미 알고 계시는 거 같은 말씀을 하시어 어떻게 해서 눈치를 채셨는지 알 길이 없으나 어머니께 정구 얘기를 꺼내는 것은 나로서는 정말 괴로움에 영원히 묻어두고 싶은 말이었지만, 다 알고 계신 것 같아, 그렇다면 이번 기회에 아주 다 털어놓으려고 작정을 해 조심스럽게 입을 열었다. "어머니, 정구가 이 세상 사람이 아니라는 사실을 혹시 누구한테 얘기를 듣고 아셨습니까?" 하니 정구 어머니께서는 내가 그것도 모를까봐 그러냐는 식으로 "그래, 누구한테는 안 들었지만 이미 난 벌써 알고 있었다. 정구가 외국 갔다고 할 때 혼자서 결정할 그럴 애가 아니라는 걸 그 아이를 키운 어미가 모를 리가 있겠니? 그리고 아무리 먼 곳에 있다 하더라도 살아있다면 지금까지 편지 한 장 없을 수가 있겠어? 그러나 내가 먼저 말을 꺼내기에는 두려워 마음을 정하지 못해 아들의 죽음을 인정하고 싶지가 않았었지. 정구가 어려서 학교 들어가기 전에 개울에서 물고기 잡다 신발을 떠내려 보내고 맨발로 걸어서 장거리의 신발가게 앞 먼발치에서 하루종일 말도 못하고 바라보고만 있었단다.

정구가 밥 먹을 시간이 지났는데도 하도 집에 들어오지 않아 온 장거리를 다 찾아봤더니 신발가게 앞에서 주인한테 말 한마디 못하고 기나긴 시간 서 있었던 아이를 보고 "외상으로 달라고 하면 얼마나 좋았을까? 엄마가 돈 드릴게요." 하고 신발을 신고 오면 될 것을 남한테 아쉬운 말을 못하면서 엄마한테 돈 달라고 말하기가 그렇게 어려웠던 모양이야. 아이가 심성은 고우나 결단성이 없다는 것을 알게 됐지. 정구가 점점 커가면서 달라지긴 했지만, 어미의 바램까지는 아이가 미치지 못해 생각하며 스스로 깨쳐 나가길 바랬지만 성격은 고쳐질 수가 없나봐. 네가 와서 아들 노릇을 한다고 할 때 정구가 무슨 일이 생겼나? 어떻게 됐나? 왜 정구가 직접 오지 않고 처음 보는 사람이 이런 말을 할까? 혹시 정구에게 무슨 일이? 이미 내가 모르는 무슨 큰 변화가? 의문이 꼬리를 물어 심상치 않은 일이 생겼다는 느낌을 받고 있었지만, 나는 무서움이 온몸에 사로잡혀 솔직히 밀하라고 따질 옹기기 나진 않았지.

혹시 정구에 대한 얘기가 나올까봐 내가 지레짐작으로 겁부터 났었지. 언젠가는 네가 스스로 말을 할 날이 오겠지만, 나는 정구 얘기가 언제 툭 튀어 나올까봐 항상 두려웠으나 여러 날을 지내다 보면서 이번에 네 얼굴을 못 보니 정구만큼 너도 보고 싶더구나. 너는 정구하고 다른 데가 있더군. 무슨 일이 터지면 해결해 나가는 모습을 보여 자식들 여럿 키우는 엄마들 마음을 이해할 것 같더라. 그 엄마들 얘기 들어보면 아이들마다 성격이 다 틀리면서 길고 짧은 손가락마다 깨물어보면 안 아픈 손가락 없다고 하듯이 아이들마다 하는 짓이 다 달라 부모의 애정도 달리 깃들여진다더라. 내 생각이 맞았어. 한때 네가 윗방에서 잘 때 잠꼬대를 심하게 하면서 고함을 질러 내가 너를 깨우려고 방 문고리까지 잡았지만, 갑자기 무서운 생각이 들어 너를 깨우지 못했어." 지금까지 하신 말씀에 이미 어머니의 마음속에 "너도 내 아들이라는 이름표를 달아놓고 울타리 안에 가둬논 닭같이 느껴지셨는지, 내가 얼마나 이렇게 되기를 바라던 일인가? 참으로 감격스러운 말씀을 듣고 있으니 나는 더 이상 어머니에게 따로 바랄 게 없다.

내 생각엔 잠꼬대를 한 기억이 없어 "제가 뭐라고 잠꼬대를 했는데요?" 어머니께서 잠시 머뭇거리시더니 "정구야, 가지 마라. 정구야! 정구야! 하면서 고함을 질러 나는 무서워서 너를 깨우지 못했지. 이런 고함소리를 들어보니 아무래도 내 의심이 맞아떨어져 정구한테 불길한 예감이 드는 느낌이 들었지만, 그러나 네 앞에서는 내색을 드러내지 않았지." 어머니의 이 말씀에 언뜻 생각나는 것이

벽제 화장터에서 정구의 관이 화장구로 들어가던 순간 내가 마지막으로 붙잡으려 할 때 나왔던 그 고함소리였으니 나는 할 말을 잃어 그저 잘못했다고 비는 수밖에. "죄송합니다. 어머니! 제가 잘못했습니다. 용서해주십시오. 어머니 언젠가는 모두 사실대로 밝혀드리려고 했으나 차일피일 미루다 세월이 지나고 나니 더 말씀을 못 드리게 돼 오히려 지금까지 이러고 있었네요. 어머니를 모신다고는 했지만 부족함이 많았습니다. 철없는 저를 어머니의 아들로 인정을 해주시니 더욱더 잘 모시도록 노력하겠습니다. 어머니!"

이에 어머니께서도 "너도 내 아들로 생각하고 정구 형으로 이름을 지어 정구 아버지에게 이미 고해드렸어. 앞으로 나는 너 하나만 믿고 너만 따라 갈란다. 내가 철이 없어 온 세상이 파랗게만 보이던 어린 마음에 엄마를 따라 남의 집 동네 밤마실을 가서 아주머니들 얘기하는 거 들어보니 채소값이 떨어져 재미가 없다고 말문을 연 다음 우리 동네 개울에 비가 많이 오면 징검다리로는 못 다니고 다리를 시멘트로 튼튼하게 하나 놔야지부터 시작해서 남의 집 참견이나 동네 살림 다 하고, 여자는 남자를 잘 만나야 행복하고 오래 살 수 있다며 남자는 아빠 빼놓고 일단 도둑놈으로 취급하라니깐. 또한 무지렁이 남자 만나면 평생 고생이라는 말만 듣고 수다를 떨면서, 골목 끝에 집 남편은 남자가 수다스럽다느니, 우물집 여자는 남자가 깡패같이 생겼다느니, 대추나무집 남자는 놀음을 하면 평생 못 고친다느니 하면서 온 동네 남자 어른들 흉을 보는데 여자는 남자한테 부소선 시집을 가야 되는 줄 알고 그중에 우리 아버지가 동네 사람들이 흉을 안 보는 것을 보면 우리 동네에서 최고로 잘나 보여 아버지가 너무 믿음직스럽고 마음에 들어 "아빠, 나는 이담에 커서 아빠한테 시집갈 거야. 아빠, 다른 데 가지 마?" 하니까 아버지는 함박웃음으로 세상에 그 무엇과도 바꿀 수 없는 귀한 보물을 가진 듯 사랑스러운 눈으로 나를 바라보며 무릎 위에 앉혀놓고 내려다 보시면서 하시는 말씀이 어렸을 적에 아버지의 사랑을 한 몸에 듬뿍 받으며 자랄 때 아버지께서 하신 말씀이 새록새록 기억이 나는구나.

"이 세상에 여자가 태어나 어리광 부리고 세상 물정을 모르고 클 때면 아버지를 따르고, 장성해 커서는 시집을 가서 지아비를 따르고 살다가 남편이 먼저 이 세상을 하직하면 다음엔 그 아들을 따르거라."고 하신 말씀이 어릴 때 친정아버지께서 잊지 말라는 듯 숨을 못 쉴 정도로 꼭 껴안아 나는 "으윽, 숨 막혀! 아빠도 나 좋아하잖아?" 하면서 아빠를 꼬옥 껴안으면서 품에 안겨 잠이 든 적이 있었지. 어릴 적 이런 귀한 말씀을 해주셨으니 나는 아버지께서 하신 말씀을 기억하면서 잊지 않고 그 길을 따라가련다." 하시며 비닐봉지에서 두부를 꺼내 나에게 내미시는데 그 두부를 두 손으로 받아 들고 전설과도 같은 어머니의 말씀이 존경하는 마음에 정성을 다해 모실 책임감도 느껴지면서 더욱더 내 마음가짐을 새롭게 다지며 숙연하게 느껴진다.

지금까지의 어머니 말씀을 듣고 나니까 나도 아버지 생각이 떠올라서 정구도 아버지가 안 계시니 왜 안 계신지 묻고 싶어 "그런데 어머니, 정구 아버지는 어디에 계신 거예요? 혹시 돌아가셨어요?" 하고 물어보니 어머니는 내 말을 듣자 눈에 초점을 잃은 듯이 나를 물끄러미 한참을 쳐다보시더니 드디어 올 것이 왔다는 듯 정색을 하고 숨을 한 박자 멈추시더니 얼굴에는 비장한 결심을 하신 듯 창백한 얼굴로 변해 내가 이거 말을 꺼내지 말 것을 그랬나? 걱정을 하고 있을 때, 드디어 가슴속에 고이 간직하고 있었던 비밀을 어머니로부터 직접 들을 수가 있었으니, 한숨을 길게 내쉬면서 "그래, 내가 너를 아들로 받아들인 이 마당에 너한테까지 숨길 수는 없지." 하면서 그 옛날 있었던 일을 더듬어 회상하시는 듯 먼 하늘을 한 번 올려다 보시고는 나를 정면으로 쳐다 보시더니 얘기를 이어가며 어머니께서 하시는 말씀이 "우리나라에 6.25전쟁이 일어나 정구는 태어난 지 5개월밖에 안 됐을 때인데 한국군과 북한군이 서로 밀고 밀리고 하면서 총소리가 심히게 들릴 때마다 젊은 군인들이 쓰러져 죽고, 하늘에서는 비행기가 날아다니며 폭탄을 떨어트려 집이 부서지면 그 안에 숨어 있던 군인들이 튀어 나가려고 하자 바로 높은 사람의 고함소리가 들려 "죽어도 움직이지 마!" 이런 소리와 함께 천둥 같은 폭파음이 들리자 나무가 쓰러지고 집이 무너져 세상에 이런 지옥이 없었어.

내가 정구 아빠에게 "왜 그 자리에 그냥 있으래? 빨리 나가야지!" 하고 물어보면 정구 아빠의 대답이 "비행기 조종사들은 하늘에서 아래를 내려다 보면 사람이 잘 안 보이니 그중 한 집에 사격을 해봐서 사람이 뛰어나오나 안 나오니 확인해보고 사람이 움직이는 게 보이면 그 일대에 폭탄을 쏟아부어 쑥대밭으로 만들어 버리니까 집에 숨어 있는 사람들은 옆에서 폭탄이 터져도 다른 사람을 위해서라도 가만히 있으라는 거야. 북한 군인들은 이 비행기를 쌕쌕이(F86 세이버 전투기)라고 부르며 제일 무서워해 다른 비행기는 날라오는 소리가 들려 미리 숨을 수 있지만 이 쌕쌕이는 소리도 없이 산 넘어에서 갑자기 나타나 기총소사에 폭탄을 퍼부어 버리니 북한군이 제일 겁에 질려 무서워했지. 그리고 북한군이 딱콩총(칼빈소총)이라고 부르는 총이 있는데 총소리가 "딱콩!" 이런 소리로 들려 북한 군인들이 딱콩총이라고 불러. 이 총은 가볍고 다루기가 좋아 직접 싸우지 않고 특별한 일을 맡은 군인들이 가지고 다니지."

    정구 아빠가 이렇게 얘기하니 이해가 되더라. 비행기가 멀리 날아가고 총소리가 멈춰 조용해지자, 엄폐(지형지물을 이용해 몸을 숨김)하고 있던 군인들이 나와 돌아다니고, 정구 아빠와 나는 정구를 품에 안고 부엌 땔감나무 뒤에 숨어 있을 때 정구가 보채면서 우는 소리에 때마침 우리 집 마당에 있던 북한군이 아기 울음소리를 듣고 부엌으로 들어와 숨어 있는 우리 쪽으로 총을 들이대면서 안 나오면 쏴버린다고 소리쳐 정구 아빠와 나는 정구를 품에 안고 같이 나왔더니 여러 명 중에 높은 사람인 듯한 군인이 정구 아빠에게 "동무는 왜 숨어 있는기요?" 하고 물어 "무서워서 숨어 있었습니다." 하고 대답하니 그들도 별 신경 쓸 관찰대상도 아닌 거 같으니까, 지게를 지고 나오라 하더니 정구 아빠를 짐 운반하는 일을 시키더라. 정구 아빠 한 번 나갔다 하면 밤새도록 안 들어올 때도 있었어. 나는 정구를 안고 방으로도 못 들어가고 바깥에도 무서워서 못 나갔어. 온 사방에 총 맞은 군인들이 쓰러져 죽어 있으니 부엌의 나무더미 속에서 정구 아빠 들어올 때까지 숨죽이면서 그대로 있었지. 정구 아빠가 올 때는 내가 아무것도 못 먹은 줄 아니까 어떻게 해서든 먹을 걸 얻어오드라.

이렇게 지내다 북한군이 급하게 움직이는 거 같아 어수선하더니 고요한 적막의 시간이 잠깐 흐르는 사이 이번에는 한국군이 우르르 몰려들어 왔는데, 내가 볼 때는 군인들이 입은 군복 색깔이 비슷해서인지 그 사람이 이 사람 같고, 이 사람이 그 사람 같아 구분을 못하겠더라. 그중에 계급이 높은 군인의 말이 공산주의자를 색출한다고 말을 했으나 민간인들이 이해를 잘 못하는 거 같으니까 이 군인이 다시 빨갱이나 그 동조자를 추려낸다고 말을 하니까, 어떤 사람이 정구 아빠가 북한군의 탄약을 지게로 옮기는 걸 봤다고 한국군에 일러바치는 바람에 정구 아빠는 나도 숨어 있다가 죽지 못해 그 일을 억지로 했다고 변명을 했더니 이 증인이 먹는 거까지 가지고 와서 자기네 식구들 다 먹였다고 말하니까 이거는 적군의 조력자로 낙인이 찍혀 아무리 항변을 해도 들어주지 않는 듯해 최후에는 정구 아빠도 사태의 심각성을 깨닫고 내 친척이 남쪽지방 포천 쪽에 살고 있다고 말을 해도 한국군 장교 마음속에는 별 동요가 없는 거 같더니 장교가 하는 말이 "태극기는 가지고 있습니까?" 하고 묻는데 북한 치하에서 살던 사람이 태극기가 있을 리가 없지. 다급히 정구 아빠의 하는 말은 "저는 지금 인공(북한)기도 없습니다."

이 말이 끝나자마자 한국군 장교는 무슨 생각을 했는지 "쏴!" 하는 말이 떨어지자 옆에 부하인 한 사람이 정구 아빠를 향해 방아쇠를 당겨 "탕!" 하는 소리와 함께 그대로 힘없이 정구 아빠는 땅바닥에 쓰러지고 말았지. 내 앞에서 이런 청천벽력 같은 일이 벌어져 나도 눈이 뒤집힌 나머지 우리 식구 다 같이 죽여달라고 그 장교 바짓가랭이를 붙잡고 늘어졌지만, 장교는 왼손으로 내 손을 툭 치더니 "대대 전진!" 이렇게 외마디 소리를 지르고는 우리를 남기고 가버리는 거야. 하늘이 무너지는 일을 당했으니 대성통곡을 하고 울고 있는데 마지막 군인들이 다 떠난 다음, 그리고 시간이 한참 흘러 죽은 정구 아빠를 여자의 몸으로 옮길 수가 없어 그 자리에 호미로 파고 또 파고 사기대접으로 흙을 퍼내 겨울에 추울까봐 정구 아빠가 덮던 이불로 꽁꽁 싸매 며칠을 걸려 묻으며 내가 마지막으로 해줄 수 있는 것은 그저 울어주는 거밖에 없어서 한없이 몇 날 며칠을 울기만 했더니 이제는 눈물도 메말라붙어 나오지도 않더라. 이 난리를 겪는 전쟁통에 먹을 게 없어 어린 정구는 배가 고파 매일 울었지만, 젖을 물리니 내가 먹는 게 부실해 젖이 안 나와 소나무 껍질을 벗겨 씹어 먹어보기도 했으나 뱃속이 뒤틀려 며칠을 고생해 이런 걸 정구에겐 먹일 수가 없어 속을 끓인 날도 하루 이틀이 아니었지.

장래가 캄캄해 앞길이 안 보이는 이 한많은 세상 혼자 같으면 주저 없이 세상을 등지려 했지만 죄없이 태어난 이 어린 자식 정구가 눈에 밟혀 나까지 죽지도 못해 차라리 한국군이건, 북한군이건 정구와 나에게 도와주는 셈치고 총으로 쏴 죽여줬으면 정구 아버지가 있는 곳에 우리 식구 다 같이 자리를 잡아 잠자듯이 세상을 하직했으면 좋으련만 세찬 눈보라가 치고 있는 황량한 빈자리에 아무짝에도 쓸모없는 정구와 내가 덩그러니 남아 있었으니, 내가 정구 아빠와 이별을 이렇게 하려니 세상이 너무 허무해 원망도 해보았지만 애아빠 누워 있는 자리 위에다 돌을 한 겹 쭉 깔고 집에 있던 항아리들 몇 개로 장독대를 만들어 어느 누구도 건들이지 못하게 해놨어. 까짓거 죽기 아니면 살기지! 살아서 좋아할 것도 없고, 죽는다 해도 미련 따윈 더 없다." 이렇게 살고 싶다는 애착이나 미련도 버리며 내 마음에는 배짱이, 머리속에서는 오기가 점점 부풀어 오르는 것을 느낄 수가 있겠더라. 예측할 수 없는 그날그날을 보내고 있는데 하늘이 무너져도 솟아날 구멍이 있다는 말같이 어느 한국군 장교가 자기 부대원들에게 "현재 남은 건빵 모두 가지고 와봐." 하더니 부하가 가지고 온 건빵 7봉지를 내 앞에 말도 없이 툭 던져주고 가더라.

이 군인은 보아하니 아이는 울고 먹을 것도 없어 초라해 보여 아마 자기네 집에 남겨둔 아내와 아이들을 생각해 딱해서 보다못해 그런 행동이 나왔겠지. 사내들은 다 그런가봐. 물하고 같이 잘 씹어 먹으라고 말해주면 어디가 덧나나? 무뚝뚝하기는 정구 아빠보다 더해. 지금 생각하면 고마울 데가 이루 말할 수 없겠지만, 그 당시에는 목구멍에서 나오는 말까지 얼어붙어서 잘 안 나와 고마움의 표현이 입안에서만 뱅뱅 돌았지 밖으로 나오지가 않았어. 그 건빵 7봉지를 숨겨놨다가 정구가 배고파 울면 봉지를 뜯어서 건빵 1개를 물에 불려 정구에게 한 끼를 내우는데 아껴서 겨울 나고, 봄에는 풀뿌리에 나물, 소나무에 열리는 송홧가루로 뜨덕국처럼 끓여먹고 메뚜기, 방아깨비, 뱀, 새알, 개구리도 잡아 뒷다리 구워먹으며 알도 같이 건져 와 질경이, 쑥, 냉이 등 먹을 수 있는 건 보이는 대로 다 뜯어먹고 잡아먹으면서 그 험한 세월을 정구와 같이 그렇게 보냈어. 내가 가슴이 답답할 때 장독대로 가면 정구 아빠가 항상 팔을 벌리고 기다리는 듯했으니 어려워 참을 수 없이 비참할 때나 정구가 여러 해 집에 안 들어와도 옹달샘에서 깨끗한 물을 정성으로 한 접시 떠다 장독대 위에 올려논 다음 정구 아빠하고 우리가 처음 만날 때처럼 인사하며 "식사는 하셨어요? 오늘은 날씨가 참 좋네요. 정구가 집에 들어오면 우리 저번에 갔던 그 골짜기 당신이 좋아하는 감자전에 주먹밥 싸가지고 밤 주우러 가볼래요? 그런데 정구가 아직 집에 안 들어왔어요. 이 아이 어디서 무엇을 하고 있나 좀 봐주세요."

한때 명절 때면 풍물패들이 꽹가리, 북, 장구를 두드리며 온 마을의 안녕을 빌며 집집마다 돌아다니면 동네 아이들이 졸졸 따라다녔는데 혹시 우리 정구도 이러고 있는지 좀 봐주세요. 우리들의 미래 장밋빛 인생을 그리며 생각하는 머나먼 나날들처럼 나 혼자 중얼거리며 말을 주고받으면서 얘기하듯이. 지금 생각해보면 사치스런 날로 지내던 그 시절을 머릿속으로 그리며 앞날의 희망을 주문하던 그 옛날을 기억하면서 힘들었던 세월을 나 홀로 최면을 걸어 그 험한 세상을 또한 견뎌냈으니 나는 이런 추억이 깃들어 있는 집을 떠날 수가 없어 정구 아빠하고 영원히 같이 있을 거야. 이미 정구 아빠한테도 네가 우리의 아들이라고 다 고해바쳐 허락을 받았어.

지금까지 말한 이 얘기를 너는 알아야 할 것 같아 내가 꺼내놓는 처음이자 마지막 이야기일 것이야. 세상에서 전쟁은 다시는 일어나지 말아야 해. 전쟁만큼 참혹한 게 없으니까. 그때를 생각하면 지금은 호화스런 생활이지. 너도 내가 죽으면 나를 위해 울어줄 거지?" 하시며 오히려 후련히 먼지를 털어내듯 홀가분한 기분으로 어머니의 얼굴이 서서히 붉은색으로 변하시는 걸 보고 "아이구, 저는 어머니 안 돌아가시게 아주 오래오래 정성을 다해 같이 모시고 살겠습니다." 내 대답에 어머니께서는 "그저 너와 나의 이런 인연에 이 세상 끝없이 감사하며 반가울 뿐이고, 쌍수를 들어 환영한다." 이렇게 하시는 말씀에는 모든 세상살이의 진리가 다 녹아 말 속에 스며 들은 거같이 내 마음속으로 들어와 자리를 잡는 게 느껴지는데, 어머니의 이 말씀을 듣고 나니까 혹시 돌아가신 내 어머니도 전쟁터에서 일어난 아버지의 말 못할 사연을 이해도 못한 아이에게 얘기를 안 하신 게 아닌가? 추측이 들면서 엄마는 털어놓고 말할 수 있는 사람이 주위에 아무도 없어서 얼마나 답답하고 괴로워하셨을까?

지금 생각을 해봐도 아쉬움만 덩그러니 남아 있어 그때 내가 조금만 철이 일찍 들었어도 엄마와 함께 우리의 앞날을 설계하고 여쭤보면서 살아왔을 텐데… 죗값을 치르고 교도소에서 나오는 사람은 옛날부터 내려오는 전설로 두부를 건네주며 그동안 모자랐던 영양분도 보충하고, 몸속에 있는 모든 나쁜 기운을 씻어버려 액땜했다 치고 두부같이 세상을 부드럽고 하얀 마음을 가지면서 다시는 감옥으로 들어가지 말라는 의미로 해석이 되는 뜻이련가? 나도 이에 전적으로 동감하면서 어머니가 주신 두부를 먹으며 기다리고 있는 현수의 차를 타고 가는 중에도 현수는 왜 이렇게 늦게 왔느냐고 말 한마디도 안 하고 다 이해를 해주는 거 같아 고맙게 생각하면서 내가 살았고 그립던 정구 어머니의 동네로 와서 보니 마을 입구부터 많이 달라진 걸 느낄 수가 있었다.

마을회관도 새로 지어서인지 국기봉도 세워져 태극기와 새마을기도 바람에 펄럭인다. 간단한 생필품도 살 수 있는 슈퍼와 이발관, 미장원, 중국집도 있고, 어르신들 편히 쉬시라고 노인정도 지어놔 완전히 살 만한 동네로 바뀌어 "야, 동네가 이렇게 달라졌네?" 내가 정색을 하고 현수를 쳐다보니 "네, 저도 깜짝 놀랐습니다." 현수도 놀랬다니 세상 참 많이도 빠르게 바뀐 거 같다. 마을회관 건너편 논에는 벼가 누렇게 익어 수북이 널려 쌓여 있는 것 같은 논에 무슨 기계가 지나가면서 서 있던 벼가 없어지며 논바닥이 그대로 드러나 운동장처럼 변해버리는 광경을 보고 신기해하며 나는 현수에게 "저 기계가 지금 뭐하고 있는 거냐?" 하고 물어보니 "지금 논에서 벼를 베고 있는 콤바인이라는 기계로 아주 탈곡까지 하면서 사람이 잰걸음으로 걸어가는 속도로 빨리 가고 있어요." 현수의 대답에 도대체 콤바인이라는 기계가 얼마나 빨리 달리는지, 내가 농사를 지을 때는 사람이 낫으로 일일이 벼를 베어서 논바닥에 깔아놓은 것을 이리저리 뒤집어 잘 말린 다음 논에서 걷어내 우마차로 실어와 집 안 마당 한쪽에 볏가리(볏단을 가지런히 쌓아놓은 더미)를 쌓아놓고 호롱기(사람이 발로 밟아 탈곡하는 원통형 기계)로 벼를 털어야 하는 일을 이제는 콤바인이라는 기계가 알아서 다 해준다니 세상 참으로 편해지고 많이 달라졌다.

"그럼 도대체 몇 사람 몫을 하는 거야?" 현수는 "그것뿐이 아닙니다. 모심는 철에 사람 손이 모자라 쩔쩔맬 때 모심는 이앙기가 나와 가지고 마침 잘 됐지 뭡니까? 그 대신 사람 할 일이 많이 줄었습니다.", "야, 참 대단하구나. 그럼 모쟁이도 필요 없겠구나. 콩심는 기계도 나왔냐?" 현수도 자기가 아는 걸 물어서인지 신이 나서 "그런 기계도 나오고, 다른 농기계도 여러 개 나왔어요. 사람이 소처럼 쟁기(논이나 밭을 갈아엎을 때 쓰는 농기구)를 끌고 가면 뒤에 한 사람이 쟁기를 잡고 밭을 가는 별난 농기구도 있으면서 바퀴가 달린 도구를 사람이 밀고 가면 밭고랑이 가래(큰 삽같이 생겨 손잡이를 길게 하고 삽날 양쪽에 줄을 달아 여러 사람이 협동해 쓰는 농기구)로 깨끗이 치워지는 것 같은 기계도 진열해 군청의 농촌지도소에 가면 형님 깜짝 놀랄 만한 기계가 많이 있어요. 제가 한가한 때 군청으로 형님 모시고 가서 안내해드릴게요. 비닐하우스라고 해서 그 안에 모든 과일과 채소를 철 이르게 키우고 있으면서 지금 새로운 농기계들이 엄청 나와 운전하면서 다뤄야 하니까 농사꾼들도 슈퍼맨이 다 됐어요." 하며 신나게 얘기하는 중에 차창 밖에 비닐로 씌운 큼지막한 하우스가 내 눈 옆으로 지나가고 얼마쯤 가다가 "형님, 어머니 배고프신데 우리 여기 중국집에 들어가서 뭐 좀 먹고 가시죠?" 하면서 상호가 '길림반점'이라는 간판의 중국집 앞에다 차를 세워놓고 현수가 안내한다.

안에 들어서자 현수는 주방 쪽에다 대고 "어이, 친구! 이리 좀 나와봐." 하고 소리치니 한 젊은이가 요리할 때 입는 유니폼을 걸친 채로 주방에서 그냥 나온다. 현수가 나에게 소개를 시키기 전에 우선 입가에 미소가 흠뻑 젖어 입을 씰룩 씰룩거리더니 드디어 말을 한다. "형님, 그전에 우리 친구들끼리 지게 때려 부셔 불태우고 셋이서 서울 올라왔다고 했잖아요? 그 셋 중에 한 놈이 바로 이 중국집 사장이에요. 그 당시 지게 때려 부실 때 이놈이 제일 신이 나 노래까지 하면서 어깨동무하던 놈이에요. 중국집에서 짜장면 곱배기 시켜 먹고 정구와 나는 도망칠 때 이놈이 붙잡혀가지고 뒤지게 맞았다지 뭡니까? 야, 네가 우리 형님한테 그 뒷얘기 좀 해봐라." 하니까 중국집 사장이라는 젊은이는 "네, 제가 지금 소개받은 이 친구의 동갑내기 대천이라고 하며 우리는 막역한 사이입니다. 형님에 대한 말씀은 이 친구한테 들어서 잘 알고 있습니다. 이렇게 뵙게 돼서 영광입니다."

이 동네에서 같이 태어나 학교도 다니면서 서로 어울려 뛰어놀던 정구 친구들이란다. "아, 그래요? 처음 뵙겠습니다." 하고 서로 악수를 하면서 그는 공손히 내 손을 두 손으로 잡고 허리를 굽히면서 "말씀 낮춰주세요. 여기 친구하고 같은 또래입니다. 이 친구가 얘기해줘서 정말 궁금해 꼭 뵙고 싶었습니다." 하면서 반가운 마음으로 나를 진심으로 맞이해주는 거 같다. 현수도 이 애가 여기서 중국집을 하는 줄 모르고 어느 날 태권도 사범과 같이 "야, 우리 점심으로 간단하게 짜장면이나 먹고 가자." 해서 길림반점에 들어가 "여기 짜곱(짜장면 곱배기) 둘이요!" 하고 소리쳤더니 내 목소리를 금방 알아듣고 대천이가 주방에서 뛰어나와 내 앞에 우뚝 서 있는데 처음엔 어떤 젊은이인가? 언뜻 생각이 안 나 알아보질 못했어요. 얼굴이 하얘가지고 살이 두루뭉술 쪄서는 누가 나를 아는 척하나? 하고 자세히 봤더니 아, 바로 이놈이지 뭡니까? 그래가지구 우리는 의자에 앉기도 전에 지난날의 아쉬움에 그리움과 정구의 안타까운 소식을 듣고 서러움 등이 한꺼번에 밀려와 그 자리에서 둘이 부둥켜안고 한참 동안 울었습니다."

이어 중국집 사장이 "야, 짜곱이라는 소리를 듣는 순간 내 인생에서 이 말을 잊을 수가 있냐? 그동안 얼마나 듣고 싶었는데 이 사람아!" 하며 반가워 어쩔 줄을 모르고 있다가 "정구가 세상을 등졌다는 이 친구의 얘기를 듣고 저절로 눈물이 밤새도록 펑펑 쏟아져 끊이지 않고 수건이 다 젖을 정도로 닦아내고, 그 이튿날 내가 아침에 일하러 나왔더니 종업원이 "사장님, 눈이 왜 그래요?" 종업원의 말에 거울을 봤더니 얼마나 울어서 그런지 눈이 통통 부어 있더라고요. 종업원은 영문도 모르고 "집안에 무슨 안 좋은 일이 있으세요?" 하고 물어 야, 참 그때 생각하니까, 중국집에서 나 혼자 붙잡혀 두들겨 맞을 때는 얘네들 원망도 했지만 일이 잘 풀리니까 내가 오히려 너희들 걱정을 하게 되더라. 친구들 생각이 나 서울 어느 곳에서 배를 쫄쫄이 굶고 길 한쪽 구석에 쭈구리고 앉아 있지나 않나? 걱정했었지." 이 말을 듣고 있던 현수도 "야, 하기는 그때 우리가 무슨 생각으로 그런 행동을 했는지 우리 셋이 서울을 접수하러 간다고 큰소리를 쳐 포부가 대단했었지. 서울 와서 처음부터 딱 맞닥트리니 이내 허황된 꿈이라는 걸 소중한 친구 잃고 깨달았지만, 이미 때는 늦었지. 이제는 그런 생각 절대 하지 말자. 어쩌겠어? 우리가 고향에서 이렇게 만난 것도 천만다행이야. 지금 돌이켜 생각을 해봐도 이해가 안 돼."

    시간이 지날수록 이들 얘기를 들어보니 진짜 친구 같아 다정한 사이로 여겨져 정말 여기에 둘도 없는 친구에게 어울리는 죽마고우라는 말이 딱 어울릴 것 같다. 어머니는 한 의자에 자리 잡고 앉아서 정구 친구들이 정구 얘기로 말을 주고받는 장면을 남의 동네 사람들 얘기 듣는 거같이 물끄러미 쳐다보고만 계신다. 주방장이 "먼저 음식을 시켜야지." 하니까 현수가 "어머니는 짬뽕 좋아하시죠?" 하니 간단한 말로 "응." 대답하시고 "형님은 뭐 드실래요?" 하면서 현수가 물어 "간단하게 짜장 곱배기 한 번 먹어볼까?" 했더니 현수도 "나도 짜장 곱배기!" 이렇게 해서 음식 주문이 다 되자 중국집 사장이 우리가 주문한 대로 주방에다 대고 소리를 지른다. "주방에 누가 있냐?" 하고 현수가 물으니 "응, 나보다 4살 아래의 남자아이인데 어머니하고 가난하게 같이 살던 아이가 어머니 돌아가시고 나니 데리고 있을 친척도 없어 내가 동생을 삼아 기술을 가르치고 있어." 이런 얘기를 가만히 듣고 있는 우리들은 이 주방장이 참 장하다는 생각이 들어 칭찬을 해주고 싶은 생각이 들면서 우리로 하여금 다시 한 번 가슴속으로 감동을 받게 한다. 사실 여기는 우리나라 다른 지역보다 전쟁을 심하게 치뤄 아군과 적군이 밀고 밀리고 할 때 민간인이 피해를 많이 보는 것은 당연한 사실이니 가족이라는 테두리가 제대로 형성이 된 집안이 별로 없어 대개 부모 잃은 아이들이 많이 돌아다녀 그중에 한 아이를 거두어 데리고 있는 모양이다.

조용히 앉아계신 어머니의 이런 모습을 보고 있으려니 이곳 부모님 세대는 모진 풍파를 다 겪은 우리나라 역사의 산증인들이시니 옛날 내가 어머니를 처음 뵐 때가 생각이 나서 나는 어머니의 손을 살며시 잡았더니 내 손 위에 어머니도 손을 얹으시면서 말없이 빙그레 웃기만 하셨으니, 내가 처음 뵈올 때보다는 점점 나아지는 어머니의 외관을 보니 생각했던 것보다는 괜찮은 모습으로 화장도 하시고, 내 마음도 상당히 기쁘기가 그지없다. 이어서 중국집 사장은 형님 앞에서 네가 직접 중국집에서 겪은 뒷얘기를 해보라는 친구의 말에 "내 얘기 관심 있으신지 모르잖아?" 그래서 내가 "관심 있습니다. 세 분이서 마음이 맞아 서울로 올라갔다가 댁에만 어떻게 지냈는지 얘기를 못 들었으니까요." 나도 관심이 있다는 속마음을 보였더니 이 중국집 사장이 다른 테이블 밑에 의자를 끌어와 우리와 같이 덥석 자리를 잡고 앉더니 자기의 경험담을 적나라하게 이야기를 이어간다.

우리가 오래전 동대문에 있을 때 내가 들었던 현수의 얘기는 셋이서 지게 때려 부시고 무작정 서울에 와 배가 고파 중국집에서 짜장 곱배기 시켜 먹고 튀려다 붙잡혔다는 이 사람이 그동안 자기가 성구, 또 현수와는 다른 길을 걸어왔던 만큼 그 경험담을 얘기한다니 이거 또한 흥미진진한 얘기 줄거리가 나올 거 같은 생각이 들어간다. 이어서 주문한 음식이 줄줄이 나와 우리는 하던 대로 짜장면에 고춧가루 좀 뿌려 젓가락으로 비비며 단무지와 양파에 식초를 뿌려 적셔 먹기 시작하면서 얘기를 이어가고, 어머니는 짬뽕을 그릇째 들고 국물부터 마시면서 맛을 보신다.

드디어 중국집 사장이 입을 열어서는 "그때 내가 멱살을 잡혀가지고 꼼짝 못할 때 친구들은 그 사이 도망을 가고 나만 붙잡혀 홀서빙 젊은이가 멱살을 잡아 숨을 못 쉴 정도로 세차게 움켜쥐고, 주방장이 내 허리띠를 바짝 잡아채 주방 안으로 끌려 들어가, 거기다 사장님까지 합세해서 입은 옷에 먼지가 내려앉도록 코피 나게 마치 도리깨로 콩 타작하듯이 두들겨 패는데 나는 두 손으로 머리 싸매고 고슴도치처럼 잔뜩 웅크리고 엎드려 그냥 때리는 대로 맞았습니다. 이 사람들 "어이구, 이놈 어디를 때려야 잘 패버렸다는 소문이 날까? 이놈 오늘 버릇 좀 뜯어고쳐 사람 만들어 보자!" 하면서 한참을 때리다가 자기네도 지쳤는지 중국집 사장이 "야, 이놈 그냥 보내지 말고 경찰서로 끌고 갈까?" 사장은 분이 아직도 덜 풀렸는지 혼을 잔뜩 내줄 생각을 하다가 "아니야, 그럼 내가 손해야. 나도 내 실속을 차려야지. 이놈 주방에서 못 나오게 하고, 짜장면 곱빼기 3그릇 값어치 일을 시켜. 설거지구 청소건 닥치는 대로 시키란 말이야. 알았지?" 하더니 손가락으로 나를 가리키면서 "이 자식아, 나는 어디서 흙 퍼다 장사하는 줄 알아? 임마, 생긴 건 꼭 거지 발싸개같이 하고 다니면서 공짜로 먹으려고 해? 임마, 그럴수록 멋있게 차려입고 그럴듯한 말로 공갈을 쳐도 넘어갈까 말까인데 까불고 있어. 자식이!" 하면서 홀을 보는 청년한테 단단히 일러두고 사장은 나가고 저는 주방장이 하라는 대로 이리저리 끌려가면서 설거지를 하라 해 처음 보는 구조물에 잠시 낯설었지만, 그저 시키는 대로 했습니다.

뭐 시골에서 농사짓던 놈이 무슨 일인들 못하겠습니까? 바로 퇴근시간인지 가게 안으로 손님들이 밀어닥쳐 이 시간엔 손이 모자란 판에 내가 설거지하다가 주방장이 음식을 만들었으면 주방 한쪽에 조그만 구멍이 나 있는 식구로 올려와 주고, 주문이 들어오면 주방장에게 재빨리 알려주며 주방장이 갖다 달라는 거 있으면 빠른 동작으로 가져오고, 틈이 나면 설거지하고 닥치는 대로 일을 척척 해대는 것을 사장님이 그 바쁜 와중에도 슬며시 들여다보고 살짝 돌아서 가더라고요. 사실 농촌에서는 남자나 여자 가릴 거 없이 농사일하면서 밥하고 반찬 그릇 닦기 같은 것은 누구나 하는 거잖아요? 우리 천렵(소풍)할 때는 날짜 미리 정하지 않고 그때 보이는 사람들끼리 모여 당장 구할 수 있는 식재료를 "야, 우리 집에 된장, 고추장, 간장 있어." 하면 한 아이는 "그럼 나는 파, 마늘, 김치 가지고 나올련다.", "나는 밭에서 푸성귀(채소) 뜯어가지고 나올게.", "그래 좋아! 나는 냄비에다 쌀을 담아가지고 나와야겠구만. 술은 저 앞 가게에서 사고." 하면서 자기가 맡은 걸 가지러 가고, 텃밭에서 자라고 있는 채소와 파를 몇 포기 뽑아가지고 오면 있는 거 그냥 어깨에 걸쳐 메고 한탄강으로 가 누구라고 정할 거 없이 아무나 닥치는 대로 찌개리면 된장, 고추장 풀어 김치, 파, 푸성귀 등 준비해 간 거 칼로 대

충 짤라 넣어 끓여 요리를 해내고, 밥은 돌 틈 사이에 냄비를 걸어
놓은 다음 쌀을 씻어 그 안에 넣어 손바닥을 담가 물을 재보고 조정
한 다음 뚜껑을 덮어서 주먹만 한 돌멩이 하나 얹어놓아 단도리해
서 주위에 있는 나뭇가지 주워다 불을 때 김이 나오기 시작하면 밥
은 그냥 되는 거니, 칡잎을 뜯어 물에 한 번 씻은 다음 그릇 대용으
로 쓰면 되고, 술은 가게에서 구입한 막걸리와 소주를 가지고 가 역
시 칡잎으로 깔때기같이 접어 잔을 만든 다음 자기 취향대로 좀 많
이 마셔도 만사 제쳐놓고 자연환경에서 공기 맑고 기분이 상쾌하니
그런 데서는 취하지도 않고 오히려 정신만 맑아져 노래도 목청껏
부르며 소위 힐링이라는 걸 제대로 하는 겁니다.

　　먹고 마시던 그릇들은 길옆에 나 있는 풀을 뜯어 수세미용으로
쓰고 모래로 닦아 흐르는 강물에 설거지해서 칡넝쿨로 엮어 어깨에
둘러메고 그냥 아무 때나 집으로 오면 되는 거지 우리한테 무슨 시
간이 중요합니까? 이런 설거지 같은 건 전에 많이 해봤으니까 주저
하지 않고 거침없이 처리해 나갔지요." 잠시 중국집 사장이 말을 끊
더니 주방에다 대고 "여기 탕수육하고 군만두에 잡채 좀 더 가져와."
하면서 소리쳤다. 다음 얘기를 계속하는데 "이윽고 정신없던 바쁜
시간이 지나고 한가한 때 사장이 주방으로 쓰윽 들어오더니 "짜장
면값 없어서 먹고 튀는 놈이 어련하려고? 물론 처음에는 괘씸한 마
음으로 이놈을 어떻게 처리할까? 하고 카운터에 앉아서 가만히 고
민을 하다가 꼬라지를 보니 갈 데도 없겠지? 미리 짐작해 일은 하는
거 봤더니 속 안 썩이고 착실히 잘할 거 같아 이 기회에 일손을 좀

보충해볼까 생각해서 "야, 너 지금 어디 갈 데 있냐?" 나지막한 소리로 내 옆에 와서 은근히 물어봤습니다.

내가 "없습니다!" 했더니 사장님이 내 그럴 줄 알았다는 듯이 "너 그러면 이것도 인연인데 우리 집에서 그냥 일하면 어떠냐? 응?" 그 소리에 나는 속으로 쾌재를 불렀죠. 그러지 않아도 일 다 끝났다며 나가라고 쫓아내면 어떡하나? 아는 사람 하나 없는 서울에서 더군다나 이 밤에 갈 데도 없고, 친구들도 어디 가 있는지 낯선 동네에서 나 혼자 어떻게 하지? 내가 "먹여만 주면 뭐든지 잘할 테니 제발 쫓아내지만 말아주십시오." 하고 무릎 꿇고라도 빌어볼까? 생각하며 고민을 하던 중에 사장님이 내가 고민하고 있는 얘기를 먼저 꺼내다니 이 얼마나 절묘한 맞춤이었겠습니까? "네, 제가 할 일이 있으면 시켜주십시오! 농땡이(게으름) 안 피우고 열심히 일하겠습니다!" 마음에서 우러나오는 대답을 했더니 사장님이 내 말에 진심이 엿보였던지 그 자리에서 홀을 담당하고 있는 청년에게 즉시 말을 하면서 이르기를 "야, 오늘부터 너하고 같이 자라. 모르는 거 있으면 잘 가르쳐 주고 동생처럼 아껴줘. 아까는 혼을 내주려고 때렸지만, 아내보고 약 사다가 치료해주라고 할게." 이러면서 무언의 약속이라도 하려는 듯이 내 어깨를 툭툭 두드리는 거예요.

이 중국집은 손님이 정말 많았어요. 한참을 얼마나 시간이 바쁘게 흘렀는지 정신없이 일하고 나자 한가한 때가 오면서 일이 끝났다고 마무리를 하고 나니 사장님의 부인이 약을 가지고 와 저를 치료해주면서 얼굴이 까진 데는 연고를 발라주고, 반창고까지 붙여주면서 윗도리를 벗으라 하고, 벌거스름하게 부어 있는 등어리에는 파스까지 붙여주셨습니다." 이어 사모님이 자기 식구라는 걸 종업원들에게 알리려 함인지 "에이, 사람들이 이렇게 무참히 때려서 이거 상처 부은 것 봐?" 사모님의 말에 주방장과 홀서빙 형은 빙그레 웃으며 말없이 돌아서 외면을 하더라고요. "아픈 곳 있으면 얘기해요. 병원에 가서 한 번 보게." 하시면서 이제는 앞으로 나의 모든 일을 책임지겠다는 듯이 사모님이 위로를 해주시며 음료수까지 한 병씩 들려주셔서 죽들 마시고 중국집에서 그날 밤을 자게 돼 나는 비로소 안도의 한숨을 깊숙한 뱃속에서부터 걷어내고 있었습니다. 영화 같은 줄거리처럼 나는 이렇게 잘 됐지만 이 두 놈들은 어떻게 됐을까? 여름 같으면 원두막에서 옷 입은 채로 자던 경험으로 이 밤을 견뎌내겠지만, 혹시 겨울 이 밤에 밥도 못 먹고 바깥에서 잠을 자면 추울 건 뻔해 내가 지금 친구들을 위해 해줄 수 있는 일이란 아무것도 없었으니 걱정은 되지만 "에라, 모르겠다. 될 대로 되라. 그들도 나처럼 어떻게 잘 되겠지."

주방장도 우리와 같이 한 방에 자게 돼 아랫목에서부터 주방장이 자리 잡고, 홀서빙, 그 다음 나 이렇게 순서대로 잠자리를 잡아 그날 밤을 자게 됐습니다. 다른 종업원이 몇 사람 있었지만, 이들은 모두 출퇴근하는 사람들이더라고요. 나는 앞으로 이 사람들과 같이 지내게 되려면 빨리 친해져야 하겠다 싶어 "주방장님 주먹이 굉장히 쎄서 한 번 맞으니 아파 죽을 뻔해가지구 나는 어디 한 군데 부러지는 줄 알았습니다." 했더니 주방장이 씩 한 번 웃더니 "내가 지금 운동을 안 해 몸이 불어서 그렇지 누구든지 맞짱 뜨면 안 맞을 자신 있어. 전에 있던 만주 길림성에서는 말이야, 자기방어는 할 줄 알아야 돼. 거기는 깡패들이나 마찬가지인 마적단(말을 타고 다니며 도둑질 하는 무리) 출신들이 온 동네를 설치고 돌아다니면서 도끼를 어깨에 메고 다니는 놈에, 동물 뼛조각을 허리띠에 차고 다니는 놈에, 초생달같이 생긴 낫도 등어리에 매달고 다니는 놈, 별 희안한 놈들이 만주의 그 넓은 지역에서 다 모여드는 동네이다 보니, 하다못해 그 유명한 소림사에서 무술을 연마했었다는 놈들까지 끼어들어 분위기부터 살벌한 이곳에 처음 보는 얼굴이면 꼭 한 번씩 찝적거려봐. 나도 그냥 지나칠 일이 아니지. 내 아버지에게 배운 택견이라는 무술로 이들과 한 판 붙어 그 넓은 식당 1층에서 2층을 올라갔다 내려왔다 휙휙 날아다니며 몇 놈을 때려눕혔더니 그 다음부터는 시비를 안 걸더라.

거기는 우리 한반도 사람들도 많아. 노가다(건설현장의 막일) 계통에 일하는 이들도 있고, 일본 순사하고 싸워 이곳으로 도망 와 눌러앉은 사람도 있어. 동포들이 많이 살고 있는 우리나라의 한 도시 같아. 내가 마적단 몇 놈을 때려눕혔더니 오히려 그들이 나를 알아보고 친해지려고 해 내 주위에 힘 좀 쓰는 자들이 많이 모여들었지. 우리 동포들이 곤란한 지경에 빠졌을 때 내가 뒤처리를 많이 해줬어. 그곳에서는 자기 몸둥아리 하나 못 지키면 사람 취급을 안 해. 야, 이노무 동네는 법보다 주먹이 가까운 세상이니까 어디 가서 하소연

할 데도 없어. 이런 데다 보니 한 번은 나한테도 중매가 들어오드라. 그곳에 오래 살던 조선족으로 열심히 일을 해 재산을 모아 그 지역에서는 유지라 하고, 인정을 받는 사람이 있는데, 한국 사람들이 원래 근면하고 부지런해 어딜 가도 다른 나라 사람들보다는 잘 산다는 거야. 온갖 잡놈들이 들끓는 무법천지 같은 시끄러운 세상이라 부모들의 마음에 딸자식들을 생각할 때 항상 예기치 않은 일이 생길까봐 노심초사하며 그런대로 괜찮은 사내놈이 있다고 여겨지면 걱정거리 하나 덜어버린다는 셈치고 딸자식을 떠맡겨 버리려는 부모의 마음을 더해 중간에 사람을 시켜서 나한테로 혼담이 들어오는데 단지 조건으로는 얘기가 무르익어 사주단자(혼인을 정한 뒤 신랑의 사주를 신부에게 보내는 간지)만 보내오면 자기 집 뒷동산의 골짜기를 하나 뚝 떼어 통째로 주겠다고 장담했지.

하지만 나는 언젠가 아버지께서 돌아가시기 전에 항상 입버릇처럼 하시던 말씀이 "우리는 조선 사람이니 해방이 되면 고국으로 돌아가자."라는 말씀을 들었으니 꿈에도 그리운 고국으로 돌아가고 싶은 마음이 들어 이 혼사를 단호히 거절했더니 마적단을 시켜 나를 납치하려 해 평소 안면이 있는 독립군에게 사정 얘기해서 그 친구가 막아줘 덕분에 조용히 지나갔지. 내 아버지도 돌아가시기 전엔 독립군의 체력단련을 담당하는 교관이셨으니까 아버지 이름을 대면 독립군들은 다 알고 있었지. 그때 내가 만주에서 못 이기는 척하고 결혼해 그 자리에서 그냥 살았으면 지금쯤 어떻게 변해 있을까? 가끔 술을 마시고 드러누워 잠자기 전에 이따금 옛일을 생각해보곤 하지. 그렇게 오고 싶던 고국에 찾아왔으나 내가 바라는 특별한 게 없는데도 말이야. 내가 지금 한국에서의 생활이 긴장이 풀어지고 마음이 편안해 금방 살이 쪄 동작이 느려 그렇지 길림성에서는 날렵한 몸매로 한가락 했었지." 하며 만주 길림성에서 자기의 활약상을 자랑합니다. 이어 형뻘 되는 사람도 "아까는 미안했어. 음식값 안 내고 36계로 튀는 사람이 좀 많아야지. 오죽하면 사장님이 우리들보고 음식값 못 받은 만큼 내 월급에서 깐다고 하더라고.", "아이구, 형님! 제가 원칙은 잘못했지요. 앞으로 모르는 거 있으면 잘 좀 부탁드리겠습니다." 하고 용서를 빌고 죄송한 마음으로 깍듯이 인사를 했지요. 나는 이 형님의 말에 이해를 하면서, 속으로 그렇다면 조금 전 뒤지게 맞은 건 신고식이라고 치자. 하여튼 이렇게 중국집의 요란한 첫날을 마무리했습니다."

얘기 중에 탕수육, 군만두, 잡채가 나와 테이블 위의 자리에 가득 차니 먼저 먹었던 빈 그릇은 치워버리고 저 군만두 만들 때 주방장 하는 말 "동작이 그렇게 느려서 되겠어? 이 사람아, 이래가지구 단체손님이나 들이닥치면 어떻게 하려고 그래?" 하며 버럭 소리를 지르더니, 주방장이 우리 앞에서 시범을 보이는데, 정말 손이 귀신같이 엄청 빨라 큰소리칠 만한 자격이 있더라고요. 서로 손이 모자라면 "어이, 쓰리! 이리 와서 나 좀 도와줘." 해서 뭐든지 시키는 대로 하는데 내 별명이 자연스레 쓰리가 됐습니다. 그때 음식을 우리 셋이서 다 먹고 내가 쓰리 맞아서 돈이 없으니 내일 주겠다고 한 말이 그냥 여기시 부르는 이름이 돼버렸어요. 굳이 본명이나 주민등록번호, 주소가 어디인지 이런 신상을 일부러 알려고 하지도 않아 그저 눈앞에 보이는 사람을 평가해 믿어주는 것 같습니다. 주로 주방장이 나를 많이 부르면서 "어이, 쓰리! 이리 와." 하고 불러 음식 만들 때 도와달라고 해서 시키는 대로 성의껏 해주니까 주방장이 나를 쓸 만한 놈으로 생각했나 봐요. 중국집에는 다량의 뭉치로 무거운 재료가 들어오는데 기름, 밀가루, 고기, 채소, 면류, 조미료 푸대, 나무젓가락, 부대박스, 간장, 휴지 등 다양해 종류도 많아 내가 꾀도 안 부리고 힘을 써가며 성의껏 잘 다루니 주방장은 전적으로 나보고 도맡아 하라며 재료창고 키까지 주면서 모든 물건들을 일절 다 관리하며 질서 있게 쌓아놓고 주방장이 주문하는 재료를 빠짐없이 재빨리 가져오니까 주방장의 나에 대한 신임이 두터워져 전적으로 믿는 눈치였습니다.

식재료가 품목별로 들어오면 주문자료와 대조해서 체크하고 질서정연하게 정리정돈해 놓으니 내가 또 군대시절에는 병참중대 부식고 출신으로 식재료 다루는 데 나 따라올 사람이 없었어요. 이 주방장은 중국 길림성에서 사람의 먹거리가 무궁무진하게 발달된 그쪽 음식을 중국 요리사로부터 직접 전수받아 국내로 와 서울 이곳 중국집에서 일을 하며 자기가 배운 음식솜씨에다 한국 사람 입맛에 맞게 조리해 요리를 만들어 손님들에게 내놓고 있으니 한 번 와서 음식을 먹어본 사람이면 다른 집보다 특이한 맛이 난다는 걸 알고 주위에 입소문까지 퍼져 일거리가 점점 많아지니 이때 주방장이 사장님에게 건의해서 불판도 하나 더 만들어 요리하는 실습을 시간나는 대로 틈틈이 나에게 가르쳐 주기 시작했으며, 이에 나도 열심히 배우기로 했습니다.

주방에서 사용하는 도구를 잡고 불판 앞에서의 자세와 왼손에는 움푹한 팬을 움직여 내용물을 뒤집는 요령과 오른손으로는 주걱으로 조미료나 재료를 적당히 집어 넣는 실제 같은 그런 기술을 하루빨리 나에게 가르쳐 주방장으로서는 일손을 덜어 자기 나름대로 여유로운 시간을 가지려고 나를 조금씩 가르쳐 줘 열심히 배웠는데 처음에는 팬과 주걱을 무거워서 들지도 못했으나 힘으로만 하지 말고 주위의 지형지물로 반동이나 중심력을 잘 이용하면 힘도 안 들이고 수월하게 다룰 수가 있는 요령이 생겨나니 이제는 주방에서 쓰는 도구는 낯설지가 않고 자유자재로 움직여 친숙해지고 있는 중으로 음식맛도 주방장과 비슷하게 낼 줄 아니까 자기는 휴식을 취할 겸 나보고 하라며 시키고 있어 간단한 음식은 내가 조리할 때 옆에서 주방장이 지켜보고 미흡한 점이 보이면 그 즉시 지적하고 제대로 하게 해 주방에서 내보내곤 했습니다.

이렇게 이곳 중국집에서 세월을 보내고 있을 때 한 번은 이 주방장이 음식솜씨가 좋다는 소문이 퍼져 여기보다 더 큰 중국집에서 끌어간다는 말이 돌아 나도 같이 따라오라는 농담 비슷하게 얘기를 들은 적이 있어 주방장으로부터 귀여움을 받던 걸 생각하면 큰 데로 가는 건 좋으나 종업원이 수십 명인 데다 그런 곳에는 텃세 내지는 종업원들끼리 알력이 있을 수 있으니 그런 새로운 곳에서의 적응이 어떻게 될 줄 몰라 여기 사장님의 사랑을 듬뿍 받고 있는 내가 그냥 여기 있겠다 하고 소문의 진위를 알아보려고 사장님에게 물어보았더니 사장님도 소문이 맞다고 시인하며 "파격적인 금액을 제시하면서 데리고 가겠다는 걸 나로서는 어떻게 할 도리가 없어 이젠 주방장인 자기가 알아서 할 일이야."

이렇게 해서 결국엔 주방장은 대우를 더 잘해주겠다는 다른 큰 직장으로 가버리고, 새로 온 주방장으로 바뀌어 내가 느꼈던 전 주방장과 같은 인간적인 유대관계는 사라지고 일방적으로 하던 방식에 행동과 강압적인 명령으로 질서를 새로 온 주방장 위주로 꾸며져 가며 기존의 종업원들과는 화합과 소통도 안 되고 의심 내지는 불신만 쌓여가는 가운데 내가 창고에 가서 요리재료 등을 가져오니까 새 주방장이 "야, 네가 왜 창고키를 가지고 있니? 나에게 반납해." 해서 키를 돌려줬지요. 재료를 주문하는 것도 그전부터 자기가 단골로 거래하던 재료상들로 전부 갈아치웠고, 음식 만드는 방식도 달라 손님들은 "주방장이 바뀌었냐? 음식맛이 왜 이래?" 하며 물어보는 사람도 있고, 주방에 있는 조리기구를 일절 못 만지게 하니 주방장 한 사람 바뀌니까 모든 게 달라지드라고요. 사장님도 이런 낌새를 알고는 있지만 사장의 지위로도 어떻게 할 수가 없어 주방장 눈치만 보고 있는 거예요. 이거 뭐 싸늘한 기운이 감돌면서 영 기분도 안 좋아 옛날의 온화하고 활기가 넘치는 주방도 아닐 뿐더러 나도 여기 이런 분위기에서 그냥 있고 싶지도 않아 정이 들었지만 앞날이 걱정돼 그만두고 고향으로 내려와서 그동안 같이 일했던

전 주방장으로부터 배운 기술로 새로운 마음에 새마을정신으로 중
국집을 차리게 됐습니다. 보통 주방장들은 전해 내려오는 기질의
불문율에 따라서 음식 조리법을 아무한테나 안 가르쳐 주는 것을
전 주방장은 나라는 사람을 마음에 들어해 조금씩 가르쳐 준 거 같
아요."

　이렇게 지금까지 자기가 걸어온 서울에서의 이야기를 중국집 사
장은 우리들 앞에서 적나라하게 늘어놓았다. 가만히 얘기를 듣고
있던 현수가 "우리는 도망 다니다 동대문사단으로 들어가 주먹세계
에 발을 들여놓아 살벌하고 험악한 세상을 살아왔지만 얘는 참 고
상하게 한 시절을 보냈어요. 저 얼굴 좀 봐요? 허여멀게 해가지고
살만 디룩디룩 돼지같이 쪄서 처음에는 누가 나를 아는 척하나 하
고 몰라봤다니까요?" 하는 부러운 듯 속내를 들어내니 이 소리를 들
은 중국집 사장이 손사래를 절레절레 흔들면서 말도 안 되는 천만
의 말씀, 만만의 콩떡이라는 듯 "내가 얘기를 안 해서 그렇지 중국집
도 먹기만 하고 운동을 안 해서 비정상이야. 음식점도 별 희안한 일
을 다 겪으면서 우여곡절이 많았어. 야!" 이 사람은 자기 나름대로
중국집에서 살아온 날들에 대한 복잡한 사연들이 비 온 뒤에 우후
죽순처럼 불쑥불쑥 생각나는 모양이다.

　현수는 중국집 사장의 말에 설마 우리만큼 별의별 험난한 일을
겪었을라구? 중국집 사장의 말을 대수롭지않게 생각하면서 현수가
"그래? 그럼 내 얘기 좀 더 들어보자." 하니까 이 중국집 사장은 그

동안 자기가 겪었던 일들이 새록새록 기억이 나는 듯 축 늘어진 앉은 자세를 다시 처음같이 일으켜 세워 고쳐잡더니 "내가 거기 주방의 새로운 세계에서 긴장한 마음으로 적응을 하며 정신없이 일한 지 한 달쯤 됐나? 홀이 시끄러워 나와 보니 어느 한 노신사가 짬뽕을 먹는 중에 음식에서 머리카락이 나왔다고 사장 나오라 불러놓고 손가락으로 머리카락을 찝어 사장님 코앞에다 디밀으며 막 다구치는 거예요. "음식을 어떻게 만들어서 파느냐? 내가 이걸 먹었으면 맹장염이 걸릴지도 모르는데 책임질 거야? 어떻게 할 거야?"라는 기세가 당당한 고함소리에 사장님은 허리를 다소곳이 굽실 굽실하면서 죄인인 양 두 손 모으고 웅크린 자세를 하고 있으며, 손님의 갖은 험한 소리를 다 듣고 있다가 목소리가 조금 누그러졌을 때에 사장님이 손님에게 "죄송합니다. 저희 불찰이고요. 짬뽕값은 그만두시고 다른 식당에 가서 식사하십시오." 하고 짬뽕값을 사장님이 오히려 내주고 있으니 이 노신사는 지금까지의 행동을 금방 누그러트리고 마치 술집의 아가씨에게 일수 받으러 온 수금쟁이처럼 사장님으로부터 돈을 받아 들더니 못 이기는 척하고 슬그머니 나가 버리는 거예요. 처음부터 식당 한쪽에서 이 광경을 다 보고 있던 사모님이 "아니, 자기 머리카락이 빠진 건지, 주방에서 잘못된 건지 확인도 안 하고 그냥 끝내면 어떡해요? 그리고 짬뽕값만 안 받으면 됐지 뭘 또 돈까지 주는 거예요?" 사모님은 자기 남편 일처리하는 게 마음에 안 들어 화가 나서 핀잔을 하며 잔소리를 막 퍼부어댑디다.

내가 생각해도 이건 이해가 잘 안 됐지만 사장님이 "앞으로 손님이 몰려올 시간인데 이 문제로 시간 끌 수는 없잖아?" 하고 사모님 얘기를 듣는 둥 마는 둥 하시는 거예요. 그리고는 대수롭지 않은 일인 듯 말도 없이 그냥 카운터로 뚜벅뚜벅 걸어가십니다. 그건 그렇다 치더라도 일이 이 지경에 이르렀으면 사장님이 주방에다 대고 "다음부터 이런 일이 안 일어나도록 정신 똑바로 차려! 조심하란 말이야!" 하고 주방 쪽으로 경고성 한마디라도 있어야 할 판에 사장님이 조용히 무마하시는 걸 보면 오히려 우리가 궁금한 마음이 드는 거예요. 음식에서 머리카락이 나왔다니 이렇게 문제를 끝내기에는 아무래도 아쉬움이 남는 생각이 들어 주방에서 일을 하는 우리가 책임감이 있는 거 같아 이런 일이 벌어졌다면 혹시 우리의 관리 소홀로 머리카락이 들어간 것인가? 의심이 들어 주방장과 내가 신사분이 앉았던 곳으로 가서 머리카락을 들고 자세히 보니 이것은 흰 머리카락이었어요. 주방장과 나는 서로 얼굴을 마주 보며 "아니, 우리가 무슨 흰 머리카락이 있습니까?" 이 방면에 얼마 안 된 나도 이해가 안 돼 혼잣말처럼 중얼거렸어요.

일이 여기까지 이르자 주방장이 "사장님, 우리 주방에서 일하는 사람 중에 흰 머리카락은 없습니다." 하고 소리쳤더니 사장님이 뜻밖의 말씀을 하셨으니 "나도 알아. 그 사람 질적으로 안 좋은 사람이야. 상대해서 좋을 거 없어." 하고 끝내려 하십니다. 나는 주방장에게 "이런 걸 그냥 지나가면 어떻합니까? 주방장님!" 하고 이렇게 끝내는 것은 말도 안 되는 거 같아 흥분을 하면서 물었더니 주방장이 아까와는 달리 "음, 그 사람 나도 몇 번 봤어. 꼭 일을 벌리려면 짬뽕

325

을 시키더라. 하기는 짜장을 시켰다면 머리카락이 잘 안 보이니 자기의 흰 머리카락을 쓸려면 짜장보다는 짬뽕이 편리할 테니까. 전번에 그 사람이 맞아. 뒷빽이 좀 있는 사람이야. 그전에 한 번 보니까 경찰이 이 노인을 보자 굽실거리고, 시에서 보건위생과라나 하는 데서 몰려와 한참 시끄러웠지. 안 건드리는 게 좋아. 하기는 영업을 하다 보면 어쩔 수 없는 일이 수없이 많지." 아, 이렇게 내가 듣기에 이해 못할 요상한 말로 끝나버립디다.

　이런 일이 있은 후 며칠이 지나 홀서빙하던 형이 빈 그릇을 들고 주방으로 가던 중에 의자에 앉아 있던 손님이 갑자기 일어나면서 서로 부딪히는 바람에 빈 그릇에 남아 있던 짬뽕 국물이 손님 옷에 쏟아져 보기가 흉해 버렸으니 이 옷은 세탁해도 기름때와 물이 잘 안 빠진다고 해 새 옷값을 그대로 물어준 적도 있습니다. 그뿐인 줄 아세요? 서빙 형이 음식을 가지고 방으로 들어와 상 위에 여기저기 내려놓고 있을 때 난데없이 아기 울음소리가 자지러지게 나서 뒤를 돌아보니 방바닥을 엉금엉금 기어다니는 아기의 손을 서빙 형이 발뒤꿈치로 밟아 급히 병원으로 가고 법석을 떨은 날도 있고요. 또 한번은 돌멩이를 씹었다면서 이빨이 나갔다고 이빨 해달라 떼를 쓰더니 "자갈 안 씹길 다행으로 알아, 이 사람아!" 이렇게 큰소리치는 사람을 건너편 이층에 자리 잡고 있는 치과에 사장님이 데리고 가 여러 날 치료하러 나간 적도 있었으니, 또 방에서 음식을 먹었다가 신발을 어떤 놈이 바꿔 신고 갔다면서 소리를 질러 바다 건너온 특별한 물건이라며 신발값을 물어내라고 요구해 달라는 대로 다 줬어요.

그렇게 시끄럽던 날 밤에 일을 다 마치고 홀 내부청소를 하고 나니 웬 낯설은 슬리퍼 한 켤레가 홀 바닥에 나뒹굴어져 있어 가만히 생각해보니까 손님 중에 한 사람이 슬리퍼를 신고 들어와 음식을 먹고 나갈 때 방으로 들어간 사람 중에 좋은 신발 저한테 딱 맞는 거 골라서 슬쩍 신고 나가 버린 거예요. 한 번은 자기 신발이 없어졌다고 큰소리를 쳐 어떻게 된 사연인가? 하고 알아봤더니 신발을 벗고 방에 들어가 음식을 먹고 나와 보니 자기 신발이 없어졌다는 거라 "어이쿠, 이거 또 골치 아프겠구나." 하고 홀서빙 형하고 자세히 조사를 해봤더니 지금 이 사람 신발을 어떤 사람이 신고 나갔는데, 그 어떤 사람은 가끔 오는 사람이라 연락을 했더니 그 사람도 그때서야 자기 신발이 바뀐 걸 알았지만 "아이고, 나참! 나는 지금 인천에서 화물선에 몸을 실어 홍콩으로 가려고 지금 막 항구를 벗어났는데." 아, 이러는 걸 어떻해요? 사장님이 모양도 비슷하니까 이거 그냥 신으시면 안 되냐고 했더니 이 사람은 펄쩍 뛰면서 "무슨 소리 하는 거예요? 나는 영업용 택시 운전하는 사람으로 브레이크와 악세래이다를 수없이 밟아야 하는 사람을 발에 신경이 얼마나 예민한데 이런 낯설은 신발을 신고 함부로 운전을 막 합니까?" 하면서 고래고래 소리 지르며 난리를 쳐 새 신발로 사서 신으시라고 돈 달라는 대로 다 주면서 거듭 죄송하다고 양해를 구하니 이 운전사는 새 신발을 신어도 내 발에 익숙해지려면 여러 날 길을 잘 들여야 한다며 투덜거리는 걸 문 밖으로 나갈 때까지 머리 숙여 송구한 마음으로 배웅해 보낸 적이 있어요.

또 언젠가는 비가 부슬부슬 오는 저녁 전기불이 환하게 켜져 손님들이 제법 많은 날에 3명이 우산을 접으면서 들어와 의자에 앉아서는, 우산을 테이블 바로 밑에 나란히 뉘어놓더니 음식을 시키는데 "우리들은 우울증에다 신경통 환자들이라 이런 궂은날에는 술이 더 땡긴다, 이 말이야." 하면서 호들갑을 떨며 저희들끼리 히히덕거리고 빼알에다 음식도 푸짐하게 시켜 먹으며 화장실을 뻔질나게 교대로 들락거리고 부산을 떨더니 카운터가 바쁜 틈을 타 우산살도 부러진 남들이 쓰다 버린 듯한 다 헐은 우산 3개만 테이블 밑에 남겨두고는 바람처럼 사라져버리고 말았으니, 사장님 얘기로는 "우산이 테이블 밑에 있고, 잔에도 술이 반은 남겨져 있어서 누가 이럴 줄 알았나?" 이들은 그냥 음식을 먹고 있는 줄 알았지 단지 좀 먹는 시간이 오래 걸린다는 생각은 하고 있었다나요. 또 어떤 사람은 상 위에 있는 이쑤시개를 가리키며 내가 먹던 음식에 "이쑤시개가 들어가 있어서 남이 먹다 남은 거 나한테 줬냐?" 하며 기분 상해 입맛 떨어져 음식값을 못 내겠다 하면서 떼를 쓰는 사람을 "그러면 음식 먹기 전에 처음부터 이야기를 해야지 다 먹어놓고 지금 와서 말을 하면 어떡합니까?" 하면서 무마한 적도 있었습니다.

한 번은 바쁜 점심시간이 지나고 한가한 시간을 골라 동네 뒷골목 조무래기들이 왁자지껄 떠들며 들어와 짜장은 물론 군만두, 빼알까지 시켜 먹고 앉은 자리에서 거만스럽게 사장님을 불러 세워논 다음 저희들 무리 중에 하나가 일어나서 수저를 벽틈 사이로 끼우더니 한 손가락으로 눌러 완전히 구부러트린 다음 또 소주병에 물을 3분에 2가량 넣어 손바닥으로 기합을 주며 병 입구를 세게 내려치니 공기의 압력으로 병 밑이 깨져 물이 바닥으로 흘러내리는 장면을 보여주면서 우리가 이런 실력이 있다는 사람들이라는 걸 은근히 과시해 놓고 한다는 소리가 "앞으로 자기네들이 특별히 이곳을 잘 봐줄 테니까 보호비 명목으로 성의를 보여주시지요." 하며 거드럭거리고 부산을 떨며 으름장을 놔 사장님이 이들을 가만히 둘러보니 그중에 한 아이는 알만한 동네 주민의 자식 같은데 부모 속도 지질히 썩이면서 불한당같이 행동하며 돌아다니는 이 젊은 사람을, 그런 거 저런 거 얘기해봐야 이해해줄 놈들도 아닌 거 같아 생각을 해보니까 이런 자들은 처음부터 길을 잘 들여놔야지 돈을 한 번 주기 시작하면 계속 달라 하기 때문에 혹을 떼려는 심정으로 이들에게 아주 엄격히 대해 버릇을 고쳐주자 마음먹고 관할파출소에 전화해 "어이, 김순경! 고맙게도 우리 집을 잘 봐준다고 보호비를 달라고 한다나. 이 사람들을 어떻게 대접해야 되나?" 하고 파출소 내에서 근무를 하고 있는 경찰관의 다음 말을 기다리니 "아, 김순경이 온다구? 알았어. 기다릴게." 사장님이 전화를 놓고 "여기 잠깐 좀 기다려요. 김순경이 당신들 얼굴 좀 보러 온다니까." 사장님이 이렇게 얘기를 하니까 기세가 당당하던 이들이 우쭐대던 깡다구(악착같은 기질이나 힘)는 어디로 가고 음식값을 내면서 슬금슬금 밖으로 줄행랑을 치더라고요.

또 한 번은 짜장면 5그릇에 짬뽕 2그릇을 시켜서 산꼭대기에 있는 언란가세로 배달해 달라고 전화가 와 나는 이 동네 지리도 모를 뿐더러 오토바이도 탈 줄 몰라 홀을 보는 형이 오토바이에 실어서 배달을 갔으므로 형이 올 때까지 빈자리를 내가 대신 홀을 보고 있을 때 웬일인지 형이 배달음식을 그대로 되가져 왔으니, 형의 얘기는 연탄가게에 가서 배달음식 왔다고 철가방을 열어 창고 앞에 놓여 있는 평상(마루)에 음식 그릇을 막 내려놓으려고 하는데 연탄창고에서 한 남자가 나오더니 자기네는 도시락을 싸가지고 다니기 때문에 전화할 이유가 없다고 펄쩍 뛰는 바람에 음식을 다시 담아서 가지고 돌아왔다는 거예요. 사장님이 이걸 보시고 "앞으로 배달은 하지 마." 하면서 오토바이를 아주 없애버렸으니 어느 놈이 작심하고 골탕 먹이려 해 장난 전화질을 했나 봐요. 또 우리가 쓰던 수법처럼 먹고 튀는 놈들도 있고, 어떤 사람은 "어이, 여기 주방장 바뀌었어? 맛이 왜 이래?" 자기 입맛이 변한 건 모르고 일 잘하고 있는 주방장을 들먹거려요.

그 뒤로 또한 우리가 상상할 수 없는 역대급 사기를 당한 날이 있었으니 화창한 봄 날씨와 어울리게 풍채가 당당하니 훤칠한 키에, 말쑥한 신사복을 차려입고 화사한 밝은 색의 넥타이를 맨 신사분이 점잖게 가게 안으로 쓰윽 들어오더니 "여기 사장님이 누구신가?" 그러니 사장님이 "네, 제가 주인입니다만은." 평소 손님 대하듯이 영접을 하니까 "아, 그래요. 여기 한 30명쯤 들어갈 수 있는 방이 있습니까?" 하면서 홀 안을 휘익 한 번 둘러보며 사장님에게 물어보는 걸 "그렇게 큰 방은 없고 한 20명 정도는 들어갈 방이 있습니다." 하니까 "그래요? 그럼 나머지는 여기 홀에서 그냥 먹으라고 하지 뭐." 하며 혼잣말처럼 중얼거리더니 주머니에서 꺼내주는 신사분의 명함을 사장님이 보니까 무슨 피혁회사 영업부장 김 아무개라고 써 있어, 정말 날씨와 어울리는 신사복 차림에 그럴듯한 분위기가 풍기는 이 영업부장이라는 사람은 "우리 사장님이 오늘 생신이십니다. 저희 영업부 직원들만 특별히 불러서 회식을 하려고 하는 것을 어디로 갈까? 생각하다가 종업원들이 하나같이 여기 음식이 맛있다고 추천들을 해서 이리로 잡았습니다. 우리 직원들의 칭찬이 대단하더군요. 아, 이런 데를 내가 모르고 있었네. 등잔 밑이 어둡다더니 이 말이 딱 맞습니다그려. 앞으로 여기 자주 들려야 할까 봐요." 하니까 사장님이 자기 가게 칭찬을 하니 입이 딱 벌어져 가지고 "아이고, 찾아주셔서 감사합니다." 하고 고개를 숙여 다시 한 번 고마움의 표시를 했습니다.

이어 김 부장이라는 사람이 "오늘 일을 조금 일찍 끝내면서 나오려고 하니까 음식은 본인들이 알아서 시킬 테니, 그렇게 하고 4명에 탕수육 한 접시꼴로 해서 10접시쯤 준비해주시고, 가만있자, 오늘 사장님 생신에 케익하고 꽃다발, "부라보!" 할 때 샴페인 1잔씩은 있어야 하겠는 걸." 하면서 부장이라는 사람이 우리 사장이 보는 앞에서 지갑을 꺼내면서 "어라? 사내 비품을 사느라고 현금을 다 써버려 당좌수표 500짜리밖에 없네. 케익하고 꽃을 사려면 현찰이 있어야 할 텐데?" 당좌수표를 지갑에서 꺼내 "이거 바꿀 거 있습니까?" 하고 물으니 사장님이 바꿀 돈이 없다고 하니까, 김부장이라는 사람은 아주 난처한 표징을 지으면서 "이, 이걸 어떻게 한다? 음, 그럼 사장님이 좀 한 50만 원만 나를 지금 빌려주시죠. 내가 이따 음식값 치를 때 같이 청구하면 계산해드리겠습니다." 이렇게 요구를 해와 사장님은 그럴듯하게 옷도 차려입은 데다 500만 원짜리 당좌수표도 봤겠다 30명 음식값을 계산할 때 다 청산해준다니 카운터에 지금까지 장사한 돈, 사모님이 지니고 있던 비상금까지 이것저것 닥닥 긁어모아 50만 원을 겨우 만들어 건네주었더니 그 부장이라는 사람은 "지금 내가 나가면 30명을 바로 보낼 테니 음식 준비하세요." 해서 부장이라는 신사는 밖으로 나가고 방을 아무도 못 들어가게 해 음식재료 준비 철저히 하고, 나도 이 기회에 실력 발휘를 하기 위해 내 몫으로 만들어 놓은 화덕에 불을 지펴 그 피혁회사 영업부 직원들만 오면 즉시 음식을 만들 만반에 준비태세를 갖추어 기다리는 중이었으나 이 영업부장이라는 사람은 우리 가게를 나가서는 비행기 타고 이민 간 사람처럼 영영 안 돌아왔어요.

30명이 뭘 시킬 건지 몰라서 음식을 미리 안 만든 게 천만다행이었고, 그 대신 탕수육은 시간이 지나면 식감이 떨어져 상품 가치가 없어지므로 어쩔 수 없이 우리가 식사할 때는 물론 그 이튿날까지 먹어 치우기에 아주 지겨웠죠. 사장님이 빌려준 돈 50만 원도 영영 못 받아 하늘로 날아갔을 뿐만 아니라 낙담 어린 눈에 일그러진 얼굴로 "마누라가 호주머니에서 비상금을 내주며 잘 생각해보라고 할 때 정신을 바짝 차렸어야 했는데." 뒤늦게 후회를 해봐도 이미 지나간 일, 사장님에 그 모습은 지금도 지워지지 않고 생생하게 기억이 납니다. 모르긴 해도 그 당좌수표 역시 가짜일 게 분명해 만약에 돈이 있어 5백만 원을 바꿔줬다면 아마 사장님은 분하다 못해 성질을 못 참아 기절하셨을 거예요. 그나마 50만 원 사기당한 게 불행 중 다행이라고 위안을 삼는 게 낫지 않을까요? 일이 뒤틀리다 보니 납품받은 재료비도 질질 끌면서 갚아준 지 얼마 안 돼 한 번은 사장님이 은행을 갔다 오더니 종업원들 앞에서 울화통이 터져서 못 살겠다고 하소연을 해 혹시 우리가 뭐 잘못한 게 있나? 해서 조심스럽게 물어봤죠.

"왜 그러시는데요?" 하니까 "아, 어떤 놈이 음식 잔뜩 처먹여 주니 수표를 내서 나는 잔돈을 착실하게 거실러 주고 은행에 가 창구로 디밀었더니 도난수표라잖아? 참말로 환장하겠네. 이거!" 하면서 사장님의 허탈해하는 모습을 보면서 이런 말을 들으니까 우리들은 동정심이 우러나 오히려 사장님이 불쌍해 보이드라고요. 그리고 하루 장사를 해서 계산을 해보면 음식 나간 거하고 돈 계산을 해보면 딱 들어맞는 날이 거의 없는 데다 돈이 항상 모자라 할 수 없이 손실 처리로 정리한다나? 사장이 직접 카운터를 보면서 계산을 하는데도 그러니 사람 참 기가 찰 일이라는데, 내가 볼 때는 손님이 한참 많을 때 여러 사람들과 휩쓸려 은근슬쩍 빠져나가는 얌체족들이 있는가 보더라고요. 하기는 옛말에 한 사람의 도둑놈을 열 사람이 못 잡는다는 말이 있기는 하지만.

그 이후 사장님이 전 직원을 모여놓고 회의를 하는 목적이 있었으니 우리 가게에서 일어나는 일련의 사건들을 추려보면 밤에 들어간 사람의 신발에 얽힌 사연이 제일 많아 방을 뜯어내고 탁자로 설치해 신발 도난에 관련이 된 문제를 원천 차단하기로 하면서 음식값을 안 치르고 그냥 도망가는 사람이 없게 하도록 가게 정문을 좁게 만들어 나가고 들어가는 사람들을 일일이 확인할 수 있게 가게 구조를 모두 새로 고쳐 우리 집에 손해를 대폭 줄여나갈 방침이라고 말씀을 하시면서 큰 공사를 벌여 가게 내부를 확 바꿔버렸지요. 이래저래 별의별 사연이 참 많았어요. 그래서 나도 서울에서의 경험으로 방을 만들지 않고 탁자와 의자로 해서 자바라 칸막이로 열었다 닫았다 하게끔 꾸며놨지요. 손님들 대부분이 신발 벗는 걸 좋아하질 않더라고요. 이게 다 지난 일이니까 웃으며 얘기하지요." 그동안 이 중국집 사장이 겪었던 지난 얘기를 들어보면 여기에도 별의별 사연들에 어려운 일이 참 많았다고 생각을 하며 이름도 모르는 음식이 마구 나와 무한정 먹은 거 같아 "음식은 그만하고 배가 불러 일어나지도 못하겠네. 어머니, 좀 더 드실까요?" 하고 내가 물어보았다.

어머니께서도 "나도 배가 불러 더 못 먹겠다." 하시는 말씀이 끝나자 중국집 사장이 "어머니, 장거리엔 한 번도 안 나오신 거 같아 건강이 안 좋으셔서 못 나오시나 걱정이 돼 언제 한 번 찾아뵈려고 했었는데 마침 잘 됐습니다. 그동안 뵙지를 못해 말씀을 못 드렸어요. 우리 집 메뉴가 짜장면, 우동, 짬뽕, 울면, 볶음밥, 라조기, 탕수육, 군만두, 잡채밥, 부추전 등 한 10여 가지 중에 어머니께서 저희 가게를 오시면 무엇이든지 성의껏 맛있게 만들어서 제 어머니 모시듯이 무료로 해드리겠으니 드시고 싶은 음식이 있으시면 언제든지 찾아주십시오, 어머니." 아 이렇게 우리들 앞에서 공개선언을 해버린다. 아마 이 사람도 나이가 들어 중국집 사장이 되고 보니 먹고사는 문제는 지장이 없어서인지 옛날옛적 부모님과 친구 어머니 밑에서 보호를 받던 지난 일이 생각나 어르신들만 보면 받들어 모시고 봉사를 하고픈 희생정신이 반사적으로 돋아나는가 보다.

이 말을 듣고 어머니는 "아이고 참! 말만 들어도 고맙구먼. 어려서 우리 정구하고 같이 어울려 다닐 때는 말썽도 많이 피우더니. 집에 들어가라면 정구하고 안 떨어지려고 엄마가 와서 불러도 이불 뒤집어쓰고 대답도 안 하던 그런 개구쟁이가 이렇게 커서 내가 다 대접을 받는구먼. 역시 우리 아들 친구들은 전부 하나같이 진국이야. 나노 돈이 있어. 음식값은 내고 먹어야지 무슨 소리야?" 하는 어머니의 말씀에 중국집 사장이 말하기를 "저한테는 돈도 필요 없고 어머니라고 이렇게 부르게만 해주시면 더 바랄 게 없습니다." 정말 사내놈들이 하는 말들을 보면 여자처럼 아기자기한 면은 없지만 믿음직한 무거운 마음가짐이 우러나 엿보이면서 이 세상에 태어나 한 평생을 산다면 주위에 이런 친구를 가지고 있는 것도 크나큰 복이라는 생각이 들면서, 전에 국민학교 운동회 끝나고 이장님 댁에서 회의가 있던 날 동동주 마시면서 하시던 이장님의 실제로 있었다는 말씀이 생각난다.

그때 이장님의 얘기인즉 어느 한 동네에 농사를 많이 지어 그를 아는 사람들은 천석꾼의 부자라 세상 살아가는 데는 걱정이 없는 집이라고 소문이 나 있었지만, 이 사람은 한세상 사는 게 먹고만 살면서 세월만 보낸다는 게 어째 무의미하고 허무한 생각이 들어 서로 진정한 마음을 주고받을 수 있는 진짜 친구가 없을까? 하기는 같은 부모 밑에서 나온 형제들도 이런저런 사연 때문에 서로 다투다 법정 문제로까지 이어져 남보다도 더 못한 사이로 등을 돌리는 사람들이 더러 있지만, 그러나 아무리 남이라도 서로 마음을 주고받을 수 있는 사람이 찾아보면 있지 않을까?

한참 고민을 하다가 "그래 평소에 우리 집 일을 잘해주는 아랫마을에 김씨를 내가 생각하고 있는 정말로 마음을 서로 주고받을 수 있는 믿을 만한 사람인지 어디 한 번 시험해보자." 해서 하루는 캄캄한 밤에 돼지 한 마리를 잡아 손수레에 실어 멍석으로 덮고 김씨네 집 앞에 와서 "김씨! 김씨! 이리 좀 나와봐." 다급한 목소리로 부르니 김씨가 "아이구, 형님! 그냥 하시던 대로 들어오시지 않고 무슨 일이 있으십니까?" 어리둥절해 있는 사람에게 "실은 내가 아랫마을 사는 사람과 도지(일 년 사용하는 대가를 지불하고 논밭이나 집터를 이용하는 제도) 문제로 말다툼을 하다 실수로 사람을 죽였어. 이 시체를 나 혼자 어떻게 할 수가 없어 생각나는 게 자네밖엔 없는 거 같아 이렇게 여기로 가지고 왔는데 좀 숨겨줄 수 있겠나?" 하고 연기를 그럴듯하게 하면서 물었더니 "아이구, 형님! 평소에 정직하시고 인정이 넘쳐흘러 법 없이도 사실 분이 얼마나 화가 나셨으면 이런 일이 벌어지셨을까요? 누가 보기 전에 빨리 집 안으로 옮겨서 숨겨야 하겠어요. 우리 집에 제일 좋은 장소가 김장독 파묻었던 장독대가 제일 좋겠습니다."

김씨의 이런 행동을 보고 이 부자가 "아니, 이 사람아! 만약에 들통이 나면 자네도 처벌을 받을 텐데 그래도 괜찮단 말인가?" 했더니 "아이고, 형님 일이 제 일이죠. 형님 벌받으면 제 속마음은 편하겠습니까? 제가 벌받는 거나 다름없는 것을. 그런 얘기할 때가 아니고 빨리 시체를 숨겨야 하겠습니다." 하면서 손수레를 집 안으로 끌어들이는 것을 보고 이 부자는 마음속으로 박수를 치면서 "옳거니! 내가 찾던 사람이 바로 이 사람이었구나." 부자는 마음속으로 웃음을 활짝 띄우고 "아이~ 이 사람아, 가만가만! 성질도 나보다 더 급해." 하면서 어떻게 하려나 하고 구경을 했더니 손수레를 김장독 쪽으로 힘차게 끌고 가더니 손수레에 덮어 있는 멍석을 들춰내니 엉뚱한 돼지가 누워 있는 걸 보고 어이없다는 듯이 김씨는 부자를 쳐다보는데, 이 부자는 만면에 호탕한 웃음을 크게 한 번 웃고는 사실 얘기를 김씨에게 다 한 이 부자는 "실은 내가 먹고사는 데는 지장 없으나 인생을 살아가는 데 내 마음 한쪽 구석이 허무함을 느껴 동반자를 찾기 위해 장난을 좀 쳤으니 미안하네. 잠시나마 자네를 의심했음을 깊이 사과하네." 하고 용서를 구했다.

김씨는 "아이구, 저는 벌써부터 제 형님으로 모시고 있었습니다." 이렇게 흔쾌히 대답을 들은 다음에는 넓은 마당에 동네 사람들을 모아놓고 "나는 오늘 이 사람과 한평생 친형제같이 지낼 것을 맹세하노라." 하고 선포를 했음은 물론 멍석에 덮여 있던 돼지로 동네 잔치를 벌였다는 이장님의 말씀을 들은 기억이 나서 이 동생들이 바로 거기에 비유할 만한 사람들이 아닌가? 생각을 해본다. 이런 친구 하나 없는 내가 봐도 부럽기가 이를 데 없는 동생들이었으니 이들의 얘기를 들으면 들을수록 한없이 정겨운 사람들과 같이 이 동네에서 지내게 된 걸 크나큰 행운으로 생각하면서 나도 이런 동생들에 누가 되지 않도록 행동하며 살기를 마음속으로 다짐했다. 내가 형무소에서 수형생활을 하며 약간의 돈을 받은 게 있어서 음식값 정도는 지불하려고 주머니에 손을 넣었더니 중국집 사장이 재빨리 눈치를 채면서 극구 말리고 현수가 "에이~ 형님, 예전이나 지금이나 아랫사람들 챙겨주려는 마음은 여전하십니다. 우리가 음식값치를 돈이 없을까봐 그러십니까? 형님은 이제 제한된 생활에서 빨리 벗어나 우리와 같은 정상 활동하시길 바랍니다." 해서 내가 생각해도 "아이, 이 사람들 눈치 하나는 정말 빠르네." 이렇게 중얼거리면서 동생들한테 등 떠밀려 그냥 중국집을 나오고 말았다. 다음에 이 중국집 사장을 만날 때는 내가 음식을 사고 동대문에서 지내던 동생들과 같이하듯이 반말하기로 약속하고, 어머니와 함께 집으로 와서 그동안 모자랐던 잠을 편안한 마음으로 푹 자고 일어나 새로운 세상을 만나보기로 했다.

5

 아침에 일어나 보니 내가 보고 마음속에 기억하고 그려 있던 초가집은 온데간데없고 스레이트 지붕이 올려져 처마에 플라스틱 차양막도 처져 있는 데다 땅속에 상수도가 깔려 있어 식수의 위생관념이 더욱 철지해졌다. 보일러도 설치돼 있어 언제나 따뜻한 물로 목욕도 할 수 있게 공간도 마련이 돼서 이게 다 새마을정신으로 이루어 놓은 사업의 일환이며, 동생들이 힘을 합쳐 만들어 놓은 결과물이므로 온 마을이 놀라울 정도로 발전이 돼 있었으니 집을 한 바퀴 돌아보고 장독대 말고는 모든 게 달라져 집 안에 넓은 거실에는 어머니가 쓰시는 화장대가 떡허니 자리를 잡고 있어 내가 항상 생각은 하고 있었지만 만들어 드리지 못한 걸 누가 해드렸나?

 궁금해하면서 옆에는 컬러 텔레비전이 떡 버티고 서 있는 게 전에보다 더 훨씬 큰 것이 그 자리를 차지하면서 마당 한쪽 구석에는 연장을 넣어둘 수 있는 헛간도 지어져 있어 미루어 짐작을 해보면 이게 다 현수를 비롯한 동생들이 주선을 해 정성스럽게 신경을 써 존경하는 어머니를 모신다 생각하면서 공사를 했을 것이니 허름한 초가삼간이 뚝딱 변해서 번듯한 다용도의 집 한 채가 만들어져 내 눈앞에 자리를 잡고 있지를 않은가? 그렇다면 나도 같이 동생들의 마음을 존중해 동조하는 의미로 짐이 되지 않게 형이라는 이름에 걸맞는 행동으로 조화를 이루면서 더불어 살아갈 것을 마음속 깊이 되새겨본다. 지금까지의 나쁜 악몽을 전부 씻어버리고 주어진 세상에서 나의 삶에 맞게 현실로 대하리라. 어깨를 활짝 펴고 큰 심호흡을 하고 기합을 힘껏 외쳐댄다. "으랏! 차! 차! 차! 차아! 이 새로운 세상!"

동네 마을회관에서는 새마을정신을 상징하는 힘찬 박자와 함께 노랫소리가 신선한 아침 공기 사이로 흘러서 울려 퍼졌으니 "새벽 종이 울렸네~ 새 아침이 밝았네~ 너도 나도 일어나 새마을을 가꾸세~" 마을회관에서 흘러나오는 확성기 소리가 온 동네로 우렁차게 구석구석 울려 퍼진다. 노랫소리가 끝나자 목청을 가다듬는 기침소리가 두어 번 나더니 이장님의 목소리가 들리면서 "저 이장입니다. 한 가지 알려드릴 일이 있어서 마이크를 잡았어요. 오늘 우리 마을에 대한노인회 중앙본부에 지압 전문 경험을 가지신 박사님께서 우리 마을회관에 오시어 지압에 대한 모든 지식을 알려주신다니 관심이 있으신 분은 이 기회에 배워뒀다가 요긴하게 사용하시길 바라며, 지금 식사 끝나는 대로 마을회관으로 오셔서 자리가 차는 대로 시작할 예정이오니 많이 참석하시길 바라면서 이상 마치겠습니다!"

알림이 끝나고 노랫소리가 다시 이어진다.

이제는 새로운 마음으로 새롭게 시작하자. 집 앞을 한 바퀴 죽 돌아보니 장독대가 제자리에 그대로 있고, 쑥을 말려서 곳곳에 매달아 놓으신 걸 보고 어머니는 왜 마른 쑥을 예전이나 지금이나 준비를 많이 하시는지 내가 궁금해 한 번 물어보고 싶은 생각이 들어간다. 어머니께서는 커다란 종이박스를 들고 와 내 앞에서 마룻바닥에 물건을 쏟아놓으시는데 박스 안에서는 과자, 사탕, 면도기, 드라이기, 팬티, 잠바, 수저, 라면, 칫솔, 치약, 비누, 휴지, 장갑, 수건, 아령, 지갑, 개줄, 신발, 간장, 책, 이쑤시개, 파스. 냄비, 라면, 제기, 공책 등등 상당히 많은 가짓수와 분량이 쏟아져 나와 보고 있는 나도 적지 않게 놀랐다. "아니, 어머니! 이게 다 뭐예요?" 나는 생각지도 않은 물건들이라 어머니에게 물었더니 "현수가 사준 거란다. 자기가 뭘 하나 사면 어머니 것도 같이 하나 더 사라는 네 명령이라고 하면서 끊임없이 가지고 오니 난들 어떡하겠니? 먼저 것은 다 쓰고 지금 이것은 2달 전부터 모아서 담아놓은 것들이야." 하신다.

여러 가지 물건 중에 어머니에게 필요치 않은 게 몇 개 있어 그중에도 남자 팬티를 손에 들고서 "이런 것도 두 개를 샀다고 어머니를 드리냐? 참 별난 놈이다." 하고 팬티를 어머니께 보이니 이어 말씀하시길 "뭘 한 가지를 사면 살 적마다 두 개를 사가지고 밤이구 낮이구 집에 와 하나를 놓고 가며 형님 명령이라 거역할 수 없다고 하면서 여기에다 놓고 도망을 가더니 저 아령은 밤에 내가 잘 때 마루에다 살짝 놓고 갔나봐. 그날 밤에 바람이 세차게 불어 아령이 이리 굴리고 저리 굴러다니는 소리에 나는 날짐승이 집 주위를 싸돌아다니는 줄 알고 방 안에서 무서워 문을 꼭 걸어 잠그고 잠을 설쳤어. 뜬눈으로 밤을 지새우다 날이 밝아 문을 열고 나가 봤더니 아령이 마루에서 밤새도록 바람에 휩쓸려 굴러다니며 소리를 내고 있었잖아? 아이고, 이제는 네가 그 명령을 좀 거둬들여라." 하신다.

"네, 알겠습니다!" 하고 현수의 성품을 잘 아는 터라 그의 행동을 머릿속으로 그리며 이제는 내가 있으니 어머니 말씀대로 해도 무방하리라 생각돼 '참으로 무던한 놈이다.' 내가 생각을 해봐도 주위에 이런 아이들이 있으니 나도 인복은 있는 편이라 빙그레 웃고 말았다. 주위 사람들과는 다르게 어머니는 쑥에 대해 유난히 애착심을 가지시는 거 같아 내가 한 번 어머니께 "어머니, 쑥을 왜 이렇게 많이 준비하셨어요?" 하고 물으니 어머니께서는 "쑥은 나 같은 사람에게 하늘에서 내려주신 생명의 보약이야. 전쟁통에 먹을 게 없을 때 나를 살려준 고마운 식물이며, 평생 동반자이지. 자연 어디에나 지천으로 널려 있는 쑥을 언제나 준비하면서 항상 고마운 마음으로 가지고 있으려 한단다." 어머니께서는 전쟁이 일어나 먹을 것이 없어 절망이 눈앞에 아른거릴 때 그나마 쑥이라는 식물이 아니었다면 그 암울했던 시기를 견뎌내지 못했을 것이라는 생각에 쑥에 대한 애착심이 유난히 강하게 느끼시는 걸 보고 어머니의 절박한 모진 환경에 둘러싸여 있었다면 그런 생각도 할 수 있을 것이라 나는 십분 이해를 해드리고 싶다.

무슨 할 일이 있으면 동생들이 어머니 일부터 처리해버려 내가 남아 있는 일들을 열심히 해 가을걷이를 깔끔하게 해치워 버렸으니 일을 마무리하는 데는 수월해 시간의 여유로움을 누리고 있을 때 마침 현수가 와서 "형님, 가을걷이는 다 끝난 거 같으니 별일 없으시면 내일 아침 일찍 군청에 가서 농기계 구경이나 하고 오시죠?" 해서 내일이 현수에게 한가한 날인가 보다. 그렇다면 군청보다는 오래전에 어머니와 약속했던 방송국에 모시고 가서 연속극 촬영하는 장면을 보여드리는 것이 나을 거 같아 "내 생각엔 어머니 모시고 여의도에 있는 방송국 견학을 좀 해봤으면 좋겠는데 말이야." 했더니 현수가 "그래요? 어찌 됐든 시간은 있으니 형님 가시고 싶은 대로 가세요." 이래서 갑자기 현수의 짐도 실어 나르고, 사람도 일가족이 충분히 탈 수 있는 농촌에서 알뜰하게 쓸 수 있는 1톤 더블캡 자가용 트럭으로 방송국이 많은 여의도로 나들이를 가기로 하고, 어머니에게 준비하시라 하니 송편에 계란말이 쑥떡범벅이랑 먹을 걸 잔뜩 보자기에 싸가지고 늦게까지 차에 실어놓은 다음 이튿날 어머니께서는 누구보다 일찍 일어나시어 화장대 거울 앞에 앉아 화장을 열심히 정성스레 하셨으니 예전에 고생 고생하면서 살기 힘든 시기에 그때 못해본 화장을 보상이라도 받으려는 듯 정성을 들여 오랜 시간을 하고 계신다.

여기에 맞춰 어머니께서는 점점 얼굴빛이 달라지게 좋아지시면서 우리는 준비되는 대로 현수의 차를 타고 오랜 시간 여의도를 향해 달리기 시작했다. 무엇이던 닥치면 급히 하는 게 버릇이 돼서 모든 일을 번개같이 일사천리로 해결하니 내가 생각해도 그저 이상할 따름이며, 어머니도 아이들처럼 마음이 들떠 계시고, 우리들도 관심이 있는 곳을 구경한다고 생각하니 마음이 잔뜩 기대에 부풀어 있어 가는 중에 차창 옆으로 스쳐가는 바람소리와 군용트럭과 길에 놓여 있는 구조물들을 순식간에 지나가면서 새로운 세계가 펼쳐지는 가운데 차량의 흐름을 잘 타고 가는 현수의 운전 솜씨는 정말 칭찬해줄 만도 하다.

드디어 여의도에 도착해 눈에 보이는 ○○방송국으로 들어가려 하다가 입구에 차량 차단막이 설치돼 있어 우리가 섰더니 수위가 경비실에서 나와 흔히 못 보던 차에 뒤의 적재함을 힐끗 쳐다보고 차에 타고 있는 우리를 보고 "어디를 가십니까?" 하고 물어 "연속극 촬영하는 거 구경하러 왔는데요." 했더니 다시 "누구의 초대를 받으셨습니까?" 하고 물어보는데 "우리는 그냥 장 구경하듯 보기만 하면 되는 줄 알고 아무 생각 없이 왔습니다." 하니 수위는 우리들을 보고 딱하다는 듯이 "차를 일단 저쪽 옆에 세워놓고 한 분만 오셔서 얘기하십시오." 해서 차를 방송국 담벼락 옆에 세워두고 나 혼자 내려서 수위실로 들어가 사정 얘기를 하기 시작했다.

"아이, 저희는 그냥 장마당에서 구경하는 것처럼 하는 줄 알고 최전방 휴전선 바로 밑의 동네에서 어머니를 모시고 왔는데 한 번만 들여보내 주시면 안 돼요? 어머니께서는 연속극을 보시면 진짜로 그러는 줄 알고 텔레비전 화면 안으로 들어가시려고 하신다니까요." 이 말을 들은 수위 아저씨도 빙그레 웃으며 어르신들은 그럴 수도 있다는 듯 "그 말도 맞아요. 유명 연예인들 얘기하는 걸 들어보면 나쁜 사람 배역을 하고 나면 자기가 사는 동네도 못 돌아다닌다나요? 지나가는 사람마다 수군대고 욕하기 때문에, 심한 사람은 자기가 들고 있던 물건을 집어 던져 하다못해 라면을 한 개 사러 슈퍼에도 못 가 결국은 아이들을 시킨다고 하더라고요."

이왕 사정하던 거 잘만 하면 들어줄 것도 같아 "저희가 말썽 안 피우고 조용히 구경할 테니까 아저씨, 좀 들여보내 주십시오. 네?" 내가 이러니 자기네도 답답하다는 듯 정색을 하면서 "들여보내고 안 들여보내는 것이 우리 마음대로 하는 게 아니고 저 안에 실무 담당자가 어떠어떠한 사람이 오면 자기네로 안내해 달라고 주문을 하기 때문에 우리는 그 명령에 따라야 합니다. 나는 보기 드문 차가 와서 연속극에 사용될 차인 줄 알았더니 사람들을 보니 모르는 사람들이라 어쩐지 이상하게 생각했어요." 하면서 자기네 임무에 충실히 임하려고 하는데, 이렇게까지 사정해도 안 들여주는 걸 보니 틀렸나 보다 하고 거의 체념상태였지만 그렇게 된다면 누구보다도 어머니께서 화장을 하시는 데 많은 시간을 들이셨으니 서울까지 헛걸음한 우리들보다는 어머니의 마음에 상심이 제일 크실 것으로 걱정이 앞서지만, 이때 누가 차를 끌고 정문으로 들어오는 걸 수위가 보는 순간 쏜살같이 나가서 거수경례를 하고 한참 얘기를 주고받더니 그 차는 안으로 들어간 다음 아저씨는 수위실로 들어오면서 "에헤이- 지금 담당 PD한테 얘기했으니까 1층으로 쭉 가다가 지하로 내려가면 촬영하는 데가 있을 거예요." 하며 낙담하고 체념상태에 있는 나에게 들어가 보라 해 "쭉 앞으로 가다 지하로 들어가면 됩니까?" 하고 재차 물어보았더니 "그렇게 들어가면 됩니다. 혹시 누가 물으면 정문에 김씨하고 친척이라고 하세요." 하고 만일의 일어날 일까지 걱정해 일러주는데, 아마 이 수위 아저씨는 먼 길에서 온 사람들을 그냥 보내기가 안쓰러워 마침 정문으로 들어오는 담당에게 얘기해 허락을 받은 모양이다.

　내가 수위실에서 나와 어머니께로 가려 했더니 수위 아저씨는 "차를 이 안에다 주차시키세요.", "네, 알겠습니다. 아이구~ 감사합니다." 하고 현수에게 차를 방송국 안으로 주차시키라 말하고 지금까지의 얘기를 처음부터 끝까지 다 했더니 어머니께서 그런 고마운 분이 또 어디 있냐면서 송편하고 계란말이에 쑥떡범벅을 수위 아저씨께 드시라 전해주고, 우리는 방송국 안으로 들어가 수위 아저씨 말대로 지하로 내려갔더니 무슨 연속극을 촬영하는지 저마다 바쁘게들 움직이고 있는데, 우리들은 눈이 휘둥그레 여기저기 정신없이 보고 있다. 한참 구경하다가 어머니께서 내 옷자락을 잡아끌면서 "저 집은 왜 짓다 말았어?" 어머니의 지적에 나도 정말 이상해 자세히 관찰해보니 카메라 화면이 줄곧 한쪽만 가리키고 있어 짐작을 해 알 것 같아 "어머니, 이쪽은 화면에 안 나오니까 일부러 안 지었네요. 소파를 놓은 쪽은 화면에 나와야 하니까 진짜 집같이 잘 꾸몄어요." 내 말을 듣고 어머니께서도 고개를 끄덕여 이해하시면서 다음 장면으로 시선을 돌리신다.

한참 가정에서 일어나는 일을 연속극으로 재구성하는 거 같아 한쪽에서 "컷!" 하는 소리가 들리며 "문을 열고 테이블까지 와서 집어던지란 말이야. 떨어진 꽃이 화면에 잡혀야 하니까! 자, 다시 원위치!" 하니까 탤런트들이 제자리로 돌아가고 흩어진 꽃을 치우니 "자, 정신 차리고! 레디 고!" 소리에 PD가 주문한 대로 배우들이 움직인다. "컷!" 하는 소리와 함께 다음 동작으로 들어가는데 어머니께서 은밀히 내 옆구리를 손으로 찌르면서 "저 여자배우보다 내 허리에 살이 더 쪄 보이니?" 하고 귓속말로 물어보시는데 요즘 들어 어머니께서 외모에 신경을 많이 쓰시며 여자이고 싶은 마음이 수시로 나타나 어머니의 마음을 사로잡는 중이신가 보다.

이 말씀에 내 말의 표현이 잘 됐건, 못 됐건 어머니에게 실망을 안 드리려고 "아니요, 어머니께서는 지금이 아주 딱 좋아요." 내 이 말에 어머니는 촬영하고 있는 관계자들 몰래 회심의 미소를 지으시고 이어 PD 목소리가 들리는 소리 "자, 꽃병 집어던졌지? 그 다음에 이 사람 멱살을 잡고 뺨을 때리는데 얼굴이 반대로 획 돌아가게 데미지를 입히는 것처럼, 그리고 윗옷을 벗어던져 소파에 내동댕이친 다음 의자를 부서질 정도로 걷어찬다. 자, 준비 레디 고!" 하고 카메라 돌아가는 소리와 함께 배우들이 뺨을 때리는 장면이 마음에 안 들었던지 "컷! 에이, 아마추어같이 왜 이래? 제대로 좀 해봐! 실감이 안 나잖아?" 이런 말에 출연하는 배우들끼리도 "야, 너 지금 재미로 그러는 거지? 나한테 유감 있는 거야? 엉?" 그러면 때리던 사람이 "알았어, 알았어. 한 번에 끝내자. 아파도 참아. 본심은 아니니까."

이런 소리 들으며 우리 일행은 사람들이 많이 북적거리는 곳이 보여 그곳으로 옮겨갔다.

여기에는 넓은 홀이 있어 주인공이 한가운데 앉아 있고, 사람들이 꽉 들어차 의자마다 빈 자리가 없이 줄지어 앉아서 구경들을 하고 있다. 이 사람은 서울에서 택시기사로 일하며 손님과의 벌어지는 재미있는 일과 고생스러웠던 지난날들의 경험담을 가감 없이 솔직히 털어내 책으로 엮어낸 사람이 나와 여러 사람 앞에서 그야말로 세상 살아가는 이야기를 하고 있어 말끝마다 많은 청중들의 박수를 받으며 반대편 질문을 하는 사회자는 이 방면에서는 유명한 ○○용씨와 게스트로 원로 가수분이 나와 한층 재미있게 꾸며가는 찰나, 카메라맨이 갑자기 "아이참, 환장하겠네! 이거 한두 번도 아니고 신호를 좀 미리 못 주나?" 하면서 촬영하는 중에 구시렁거리며 다시 하라는 싸인을 준다. 사회에나 직장에서도 서로 마음이 안 맞아 티격태격하는 건 사람 사는 곳이면 어디든지 있으려니 "그런데 소리 지르는 저 사람이 여기서 제일 높은 사람이니?" 하고 어머니께서 나에게 물으셔서 처음 보는 광경에 궁금한 게 많으신 어머니께 "높은 사람은 아닌데요. 서로 생각하고 주문한 행동이 나오지 않으니까 그런가 봐요."

다시 사회자의 질문이 택시기사에 이어져 "제일 인상에 남는 손님이 있다면 어떤 손님들이 떠오르나요?" 하고 물으면 택시기사의 대답이 "술에 취해 곤히 자고 있던 젊은 손님을 "손님, 종암동 목적지에 다 왔습니다." 한 육교 밑에 세워서 손님 깨우려고 흔들려던 순간 언제던가 같은 회사 동료가 겪었다는 일이 불현듯 생각나 이 동료는 술에 취한 여자 손님을 그냥 무의식중의 아무 생각 없이 흔들어 깨우다 여자가 어디를 함부로 만지는 거냐며 항의를 해 성추행범으로 몰려 경찰서에 불려 다니고 한참 곤욕을 치루어 앞으로는 여자 손님이 차 안에서 이런 식으로 인사불성이 됐다면 파출소 앞에다 차를 끌고 가 경찰에게 해결해 달라고 부탁해야지 이런 때마다 경찰이 하는 얘기는 "아이참, 이런 거까지 파출소로 끌고 와?" 하며 경찰도 귀찮아한다나.

그러나 지금 나는 남자 손님이니 "설마 무슨 일이 있겠어?" 대수롭지 않은 생각으로 짐작하면서 흔들어 깨웠더니 이 손님 비몽사몽간에 "야 야, 너네 집에 다 왔다잖아? 내려! 잘 가." 하는 손님을 보고 택시기사는 잠꼬대하는 줄 알고 "손님, 정신 차리세요. 혼자 타셨습니다." 하면 "어 그래요? 언제 갔지? 그놈 동작도 빠르네. 할 수 없지 그럼. 우리 동네로 갑시다." 이 말에 "아니, 손님 동네가 종암동이 아니고 그럼 어디입니까?" 하고 물으면 "내가 얘기 안 했던가? 도곡동 그랜드백화점으로 갑시다." 하면 강남역에서 택시를 잡아타고 한강을 건너왔다가 다시 건너가야 하기 때문에 시간과 차비를 쓸데없이 낭비하는 이런 사람들, 친구들과 항상 같이 있는 줄 알고 착각도 해가면서 사는 것이 인상적입니다.

한 번은 한 잔을 하셨는지 얼굴이 붉으스레한 여자 손님이 상계

동에서 타더니 "봉천동이요." 해서 "동부간선도로로 가겠습니다." 하고 한참 달리고 있는데 이 여자 손님 잠깐 눈을 감고 있는 듯하더니 갑자기 잠에서 깬 듯 "왜 돌아가는 거예요?" 하면서 뜬금없이 소리를 버럭 질러 내가 "아니, 동부간선도로에서 돌을 데가 어디 있다고 그런 말을 하십니까?" 했더니 주위를 둘러보며 다음부터는 눈을 부릅뜨고 아무 말을 못하는 걸 보니 이 손님은 택시비 많이 나올까봐 자기방어 목적으로 일단 한 번 해보는 소리 같아 택시는 정부에서 관리하는 기관에서 금액을 표시하는 메타기를 철저히 정기적으로 검사함으로 염려 안 하셔도 되지만, 택시를 탔어도 비용이 많이 나오면 어쩌나 하는 걱정에서 나오는 말 같았습니다. 그래서 길을 가는 점에 대해서는 안심하시라는 뜻으로 "앞으로 강변북로로 빠져 한강대교를 건너 봉천고개로 넘어가겠습니다." 하고 미리 다 말씀드린 적도 있습니다.

이런 여자 손님이 있는가 하면 청담동 강남세무서 앞에서 세 아주머니들이 시끄러울 정도로 급히 타는데 흔히 살림만 하는 여자 같지는 않아 보이는 분들이 하는 얘기가 "야, 이런 고급 정보를 어디 가서 따오냐? 오늘 재수 좋다야. 이따 저녁에 분위기 좋은 데 가서 한 잔 하자, 우리." 앞 의자에 앉은 여자가 한마디 하자 뒤에 앉은 여자가 거들어 주면서 "글쎄 말이야? 그러게 셋방살이를 하더라도 강남에서 살아야 돼." 하면서 떠들어대 가만히 보니 복부인들 같은 분위기를 풍기는 기분이 들더라고요. 더러는 택시회사 사장님 기호에 따라 회사 이름을 정하는데 저의 택시 사장님은 불교 신자였는지 관음이라는 이름으로 지어 차에 써붙이고 영업을 하고 있지만, 반대로 교인인 사장님들은 승리 또는 복음이라는 상호를 달고 운행을 하는데 가끔 택시 손님들은 자기의 믿음에 따라 골라 타는 일이 벌어지지만, 대개 기사는 손님을 안 가리는데 택시의 옆과 뒤에는 운수회사 상호를 문짝마다 크게 써 있는 걸 보고 택시 손님들이 자기 주관에 따라 골라 타고 있는 이런 경우에, 또 재산은 좀 있으나 집안에 대를 이어야 할 아들이 없어 고민하던 사람을 지인의 소개로 어느 한 과부를 알게 돼 이 남자의 아이를 낳아주면 1천만 원에, 거기다 아들을 낳아주면 보너스로 1천만 원을 더해 2천만 원까지 주기로 하고 3자 대면해 구두로 계약을 해 서로 안심이 되도록 1천만 원은 지인에게 일단 맡겨놓았었죠.

이 남자는 집에 있는 마누라 몰래 가끔 과부와 만나 호텔에서 정을 통한 다음 이후로 여자가 아이를 가지면 조심해야 할 일이 얼마나 많은지 일일이 간섭하며 챙기고, 그 지인은 중간에서 굳은일을 마다 않고 내 일처럼 해나갔으니 세월이 흘러 마침내 일이 잘 되려는지 그 과부는 아들을 낳자마자 지인으로 하여금 애를 낳은 엄마에게 아이 얼굴도 안 보이고 즉시 보자기로 싸서 지인의 집으로 데려와 보살펴 줬으며, 과부에게는 약속한 돈을 주니 받아 챙겨 외국으로 가버리고, 아이는 지인이 업둥이로 꾸며 천신만고 끝에 이 집으로 들여보냈는데 처음에는 이 집 부인이 완강히 거부를 했으나 눈도 못 뜨고 있는 아기가 울고 있으니 시끄러워 안아주다 마음이 약해져 젖병을 입에 물려주며 정이 들이 지금은 오히려 남편보다 더 좋아한다나? 이번 일을 성공시킨 지인이라는 사람이 바로 나라며 지금 4년이 지난 세월에 어린아이 얼굴도 보고 싶어 자기 아빠를 똑같이 닮아 있는지, 얼마나 성장했는지 궁금해 참을 수가 없지만, 나도 약속을 지키기 위해 쇼핑을 하러 오는 이들 가족을 먼발치에서 구경하러 지금 간다는 아주머니도 있습니다.

한 번은 뉴스를 들으며 가다가 말만 하면 누구나 다 아는 재력가가 지위를 이용해 부정한 방법으로 돈을 모으려고 편법을 써 검찰에서 수사를 하고 있다는 말이 나와 내가 "아이, 사람들이 먹고살 만큼 돈이 있으면 만족할 줄 알아야지 부정한 방법으로 꼭 돈을 벌어야 되나? 나는 지금 반지하방에 전세를 살면서 여름 장마 때면 연례행사처럼 방 한쪽에 구덩이를 파놓고 물이 고이면 마누라와 나하고 플라스틱 바가지로 번갈아 버그럭 버그럭 물을 퍼내는 소리에도 아이들은 자장가 소리로 들리는지 잠만 잘 자. 주눅 들지 않고 잘 자라줘. 때로는 밤늦게 술 취한 사람들이 지나가면서 자기 회사 불만을 털어놓으며 얘기하더니 우리 집 창문에다 실례를 해대는 사람들이 있어. 고함을 지르며 밖으로 나가 보면 자기들 동료인지 몇 명이 떼를 지어 도망들 가는 이런 환경에서 살고 있어도 현실에 만족하고 순응하며 살고 있는데 도대체 이 사람들은 돈을 얼마나 더 벌어야 만족할 거야? 뭐 죽어서 돈을 싸 짊어지고 저승으로 가려고 그러나?" 하고 큰소리로 외쳤다.

내 말을 듣고 있던 젊은 손님은 "그 사람들에게는 돈이 더 필요

하니까 긁어모으려고 하잖습니까? 돈이 많은 사람들한테는 그만큼 쓸 데가 있으니까요." 이 말에 내가 "아니, 그럼 돈을 얼마나 많이 벌어서 하루에 얼마를 써야 품위에 맞게 쓴다는 건지? 한 백만 원씩 매일 써야 된다는 겁니까? 나는 하루에 십만 원씩 의무적으로 쓰라고 해도 못 쓸 거 같은데…" 하고 말꼬리를 흐리니 이 젊은 손님은 "나보고 하루에 백만 원씩 의무적으로 쓰라면 1년이라도 쓰겠습니다. 경우에 따라서는 그 이상도 쓸 수 있어요. 기사 아저씨는 잘 모르시겠지만, 나는 돈 쓰는 길을 알고 있으나 돈이 없어 그런 걸 못하고 있습니다. 사실 말을 하자면 사람들이 돈으로 성공하려면 사업에만 정신을 쏟던지, 아니고 세상에 명예를 남기려 한다면 자기 한 몸을 불살라 사회에 봉사와 희생정신으로 이름을 남기던지, 한 가지만 목표를 잡고 정진해 나아가야지, 지금 뉴스에 나오는 사람처럼 돈과 명예를 한꺼번에 거머쥐려고 하면 욕심이 지나쳐 패가망신 당하는 겁니다." 하고 말을 마치는데 내가 이 소리를 듣고 젊은 사람이 나보다도 더 넓게 더 깊이 세상을 접해본 느낌이 들어 나는 정신이 혼미해져 운전에 지장이 있을까봐 이 손님이 내릴 때까지 한마디도 안 하고 듣기만 하다가 "다 왔습니다. 내려주세요." 하는 소리에 정신을 차리고 목적지에 내려준 적이 있습니다.

한 번은 느지막한 밤에 한 아가씨가 내 차를 세워 타고 가면서 불만을 털어놓는데 다른 직원들은 다 퇴근했는데 나 혼자만 이렇게 일에 묻혀서 고생만 하고, 직장 상사도 저한테만 불공평하다는 얘기를 택시기사인 나한데 토로히는데 한 살이라도 위인 내가 한마디

해줘야 할 것 같아 "아가씨, 직장 상사도 아가씨가 열심히 일하는 거 모를 리가 있겠습니까? 상사님도 다 밑에서부터 거쳐 올라간 사람들이니 겉으로 내색은 안 해도 아가씨 일하고 있는 거 잘 알고 있을 겁니다." 위로의 말로 대신했더니 "정말 그럴까요?" 하고 되물어 "아이, 그러믄요. 택시비 영수증 서류에 첨부할 거잖아요?" 하고 물었더니 "네." 대답하면 "그러면 그 다음은 무슨 말이 필요합니까? 자기가 씨를 뿌린 만큼 거둔다는 옛말이 있듯이 아가씨, 좋게 생각하세요." 하면서 내려준 적이 있고요.

따스한 봄날 광교 입구 은행에서 한 아가씨가 나오면서 내 차를 잡더니 "청계천 7가요!" 해 그 소리를 듣고 '음, 청계고가로 달리면 되겠군.' 짐작하고 출발하려는데 조금 떨어진 곳에서 젊은 남자 둘이 손을 저으며 같이 가자고 해 그들을 쳐다보니 "청계 5가 구평화요." 해서 방향은 맞으므로 기다려 태웠더니 먼저 탄 아가씨가 "아이, 나는 저 위로 올라가야 하는데." 하면서 청계고가를 가리키니까 남자 하나가 "여자가 어딜 올라가! 이C!" 하고 소리를 버럭 지르니 이후로 여자는 조용해졌고, 이어 차는 청계천로를 달리면서 남자들끼리는 "야, 우리도 좀 남는 게 있어야 하는 거 아니냐?" 하고 한 남자는 "오고 가는 현찰 속에 다져지는 친목단결이라고나 할까?" 이렇게 떠들고 있으니 놀음하러 가는 거 같기도 하고, 하여튼 이 남자들 내려주고 가면서 생각해보기를 여자 손님은 청계고가로 올라가면 신호등 안 걸리고 빨리 갈 것을 합승을 했으니 신호등 지켜가며 고가 아래로 왔으니 분명히 불만을 털어놓을 거 같아 내가 미리 한

마디 하려고 "하여튼 사내놈들이란 하는 짓이라고는?" 했더니 아가씨가 뒷자리에서 무슨 상상을 했던지 킥킥대면서 웃더니 "내려주세요." 하고 소리를 냅다 질러 급브레이크를 밟아 차를 세운 적이 있고요.

대치동 쪽에서 어떤 남자분을 태우고 서소문 법조빌딩에 간다고 해서 태우고 가다가 길거리에 택시 손님이 서 있어 "합승 좀 하겠습니다." 했더니 바로 손님이 "합승하지 마시오." 간단하고 묵직한 대답이 나와 내 생각을 접기로 했으니, 물론 합승은 법으로 금지돼 있으나 택시 손님들이 많이 길에 서 있고, 이에 수요를 소화해내지 못할 뿐더러 기사들의 월급으로는 생활이 안 되니 서울 시민들도 알고 있기 때문에 합승을 해도 묵인해주는 현실이지만, 손님이 하지 말라면 못하는 것이 원칙이니 내 기분도 좋지는 않습니다. 88고속도를 들어서 '에이, 빨리 달리기나 하자.' 하고 속력을 올리려 했더니 "과속하지 마시오." 하는 소리가 뒷자리에서 들립니다. 이 소리를 듣고 그냥 평범한 손님은 아닌 거 같아 택시운전수가 뭐라고 얘기할 수 있는 사람이 아니라는 것을 직감하고 조용히 하라는 대로 했을 뿐이며, 시청 앞을 지나 서소문 골목에 들어와서 "횡단보도 앞에 서시오." 하는 말에 차를 세워 택시 메타기에 나온 금액을 받고서 출발을 하다 보니 택시 손님한테 받기로 돼 있는 터널비 100원을 덜 받은 게 생각나 아차! 했지만 이미 지나간 일을 어쩌겠어요? 이 손님 내릴 때도 평범한 분들 같으면 "여기 내려주세요." 하겠지만 이 사람은 "횡단보도 앞에 서시오." 하는 명령조의 말투를 써 이런 분위기에 아무래도 법을 다루는 사람으로 자기 권리를 내세우는데 나도 내 권리를 행사 못한 것이 참 아쉬워 앞뒤 생각 없이 몸과 마음이 미리 쫄았었나 봐요.

한때 잠실에서 88고속도로를 진입해 달리다 여의도 순복음교회로 가자는 말에 내가 의문이 들어 "아니, 잠실에도 순복음교회가 있는데 택시비 들여 시간까지 없애가면서 그 멀리 여의도까지 가십니까?" 하고 물어보니 이 아주머니 말씀이 "아저씨는 음식 맛있게 하는 집이 있다면 안 찾아갑니까? 나도 마찬가지예요. 택시비에 시간을 투자해도 그만큼 이익이 되니까 가잖아요. 나는 밑지는 장사는 안 합니다." 하면서 말을 끝냅니다. 이 소리를 듣고 생각난 것이 자기도 택시기사라고 하면서 지금 미아리 택사스(성매매지)에서 온다고 슬리퍼 한 짝을 내보이며 "오늘은 기념으로 가져올 게 이거밖에 없어 슬리퍼 한쪽만 가지고 왔다면서 한 회사에 다니는 동료 셋이 방 하나 월세로 얻어 쓰고 있는데 동료들이 이런 데 갔다 오면 꼭 뭘 하나씩 가져오니 이제는 이런 물건들로 방에 가득 찼다고 하면서 남들이 우리 방을 들여다보면 여자들이 사는 줄 알 거야." 하며 자랑을 해 내가 의문이 들어 "아니, 무엇을 그렇게 가지고 왔는데요?" 하고 물으니 자기네들이 이곳에 오면 기념으로 화장품이나 눈썹 그리는 붓 또는 연필, 브레지어, 하다못해 빨랫줄에 널어놓은 팬티 등 닥치는 대로 가지고 와 상대했던 여자 이름과 날짜를 같이 적어 자기네 나름대로 추억을 만드려고 한다나? 하여튼 취미도 여러 가지야.

한 번은 젊은 여자가 내 차를 세워놓고 물어보는데 "개가 있는데 태워주실래요?" 하고 물어 "저는 안 가립니다. 타십시오." 했더니 재빨리 내 차에 올라타면서 "기사 아저씨들 중에 가리시는 사람들이 있어서 꼭 물어보고 타요." 한다. 하기는 기사들이 식당에서 밥을 먹고 이쑤시개로 이빨 쑤시며 잠깐 농담들을 하는 거 들어보면 어떤 기사는 "첫 손님을 안경 쓴 사람하고 여자는 안 태운다 하고, 어떤 사람은 짐승하고 같이 타면 내리라고 한대요. 개한테 정성을 들이는 만큼 사람한테 하면 효자소리나 듣지." 운전기사들 이런 말을 하는 걸 보면 개를 키우는 사람들에겐 기분이 상당히 언짢았던 모양이나 나는 안경 쓴 사람, 여자, 짐승과 같이 타는 이런 사람들 빼놓으면 택시 탈 사람이 몇 사람이 되겠나? 손님이 없는 판에 현실에 안 맞는 말인 거 같기도 했지만, 이 개는 차에 타자마자 이리저리 냄새를 맡으며 돌아다니고 있으니까 "매미야, 이리 와." 하니 금방 여자 품으로 안겨버리고, 이어서 여자가 하는 소리는 "여기는 매미 차가 아니지?" 하면서 아이한테 대하는 식으로 말을 합니다. 개가 말을 알아들은 듯이 생각이 돼 "아니, 개가 사람 말을 알아듣습니까?" 신기해 물으니 여자가 대답하기를 "아이고, 기가 막히게 알아들어요. 지금 젖먹이 애들 같아요." 하면서 자랑을 늘어놓습니다.

"한 번은 개가 감기 걸렸는지 기운이 없어 보여 병원에 가서 주사 한 대 맞자 하고 매미야, 이리 나와 했더니 집 안으로 들어가서는 아무리 불러도 안 나오는 거예요. 그래서 집 안을 이리저리 찾아보니 아, 글쎄 화상실 안 고무다라 뒤에 바짝 엎드려 숨어 있잖아요?

사람이나 개도 병원에 가자면 싫어하지만, 슈퍼 가자면 매미가 먼저 뛰어 나가요. 저 간식 사러 가는 거 다 아니까 얘가 제일 앞장서 뛰어가는 거예요. 그리고 항상 아침 6시면 알람이 울리는데 벌써 언제 왔는지 내가 안 일어나는 듯하면 이불을 물어 끌어내리고, 그래도 안 일어나면 내 다리를 자기 주둥이로 들었다 놨다 하면서 내가 자리에서 일어설 때까지 지켜보고 있어요. 무슨 말을 할라치면 제 딴에는 알아들으려고 한다는 듯 고개를 갸우뚱 갸우뚱하며 내 눈을 똑바로 쳐다보면서 꼬리를 살랑살랑 흔들어댑니다. 뭐 똥오줌 알아서 화장실에 찾아가서 싸지, 내가 외출하고 돌아오면 아주 정열적으로 반겨주니 이 정도면 귀여워해 줄만 하잖아요? 하는 짓이 가식이 없고 남들 사기 칠 줄 모르는 동물이니 어떤 때는 사람보다 낫다는 생각이 들어요." 하는데 내가 '음, 생각해보니 그럴 수도 있겠다.' 더 이상 할 말이 없더라고요.

더러 부부지간에 자기 집 세 들어 사는 사람들로 말다툼이 벌어져 자기만 편리하게 일처리를 하려는 부인을 상대방도 생각을 좀 해주라는 남편의 타이르는 장면도 보았고, 요즘 북한에서 배를 타고 탈북한 김ㅇㅇ씨의 일가족이 전국적으로 화제가 되고 있습니다. 혼자라도 위험할 터인데 자기 가족은 물론 처갓집 식구들까지 목숨을 걸고 데리고 내려왔으니 한 식구라 생각이 들면 이 한 목숨 기꺼이 내걸겠다는 의지가 얼마나 존경스런 사람이냐고 우리나라 국민들 사이에서 너도나도 칭찬이 대단합니다.

어느 한 할머니는 차에 타시면서 "아이구, 나는 돈도 싫어." 하시며 단호히 말씀을 하십니다. 그 말이 의아해서 "다른 사람들은 돈을 벌려고 혈안인데 할머니는 왜 돈이 싫으신 거예요?" 하고 물었더니 할머니의 대답이 "전에 내가 종로에 살았었는데 몸이 아파서 병원엘 갔더니 수술을 하고 약을 주면서 의사선생님이 조용한 곳에서 살면서 안정을 하라고 해 그대로 한강 이남 시골이나 다름없는 동네 이름도 모르고 이곳으로 이사와 한동안 잘 살았는데, 여기가 알고 보니 논현동으로 강남의 한복판이 되니까 시끄러워 살 수가 있어야지. 아이, 조용한 데로 이사를 가자 해서 대전 변두리로 터를 넓게 잡아 진달래꽃을 마당에다 심어놨더니 사람들이 산에 가면 얼마던지 볼 수 있는 꽃을 이 아까운 땅에 심느냐고 해 나는 몸이 아파 산엘 못 간다며 내 나름대로 가꿔논 집을 이번에는 또 옆에 무슨 과학단지가 들어선다나? 어쩐다나? 그러면 시끄러워서 또 이사해야 돼. 남들은 땅값이 올라 돈 벌어 좋겠다고 하는데 아이고, 나는 돈도 싫어." 하면서 그냥 어부지리로 돈이 따라온다는 넋두리를 하시는 할머니도 보았고요.

학생 같은 아주 젊은 사람이 내 차에 타자마자 "밤늦게까지 얼마나 수고를 하세요? 식사는 제때 하고 계신지요? 돈도 좋지만 건강을 생각해서 집안 사람들에게 안심을 시켜주셔야지요." 하면서 너무 친절하게 얘기해주는 걸 보고 참 뉘 집 아들인지 부모 밑에서 착실하게 잘 자랐다는 생각에 젖어 나는 혹시 이 사람 아버지가 나와 같은 직업을 가진 가정인가? 생각을 했지만 목적지에 다 와서 "얼마지요?" 해 내가 택시 메타기를 보면서 요금을 알려주려 말하는 사이에 문을 열고 총알같이 줄행랑을 쳐 내가 미처 쫓아갈 수가 없는 사람도 있었으니 "아하, 이거 필요 이상으로 친절해도 그 안에 숨어 있는 흑심을 경계해야겠구나. 지금까지 이런 사람이 없었다 했더니만." 택시비 안 내고 도망가는 사람은 많이 있었어도 지금처럼 속이 쓰린 적은 없어 씁쓸하게 웃어넘길 때가 있었습니다.

합승을 했다가 "조금 골목으로 들어갑시다." 하면 먼저 탄 손님이 "합승한 주제에 어딜 들어가? 여기서 내려!" 하면 바로 이어서 "어디서 반말이야? 이게!" 이후에는 "나를 뭘로 보느냐?", "내가 이래봬도!" 또는 "내가 우습게 보이냐?" 등 손님들끼리 말펀치를 날리고 있을 때 택시기사인 나는 말리느라 정신이 없었지만, 허사가 돼버려 시시비비를 가리기 위해 파출소 가자 해놓고 경찰 앞에서 자기네들 하고 싶은 말 다 하고 나면 경찰의 결론은 "음, 합승을 해서 이런 일이 벌어졌구만!" 하면서 결국에는 불똥이 택시기사에게 떨어져 경찰이 면허증 제시하라는 일도 있었고, 운행을 그만하고 집으로 가려고 달리다 신호에 걸려 서 있을 때 술을 마신 사람이 빈 차가 안 잡히니까 1차선에 서 있는 내 차로 오더니 무조건 올라타 "빈 차가 왜 손님을 안 태우고 가는 거야?" 해서 "저는 지금 피곤해서 일을 그만하고 집으로 가는 중입니다." 하고 내 사정을 얘기했더니 이 사람은 "택시가 손님이 탔으면 부산이라도 가야 될 거 아냐? 이거 승차 거부야! 임마!"

이 말에 나도 기분이 언짢아 "집으로 가겠습니다. 내려주십시오." 하니까 이 사람이 이어서 "못 내린다면 어떻게 할 거야?" 하면서 주먹으로 앞 유리를 쎄게 쳐 금이 쩍 가고 말았습니다. 이러니 나는 이제 집에 가고 싶어도 못 가고 유리를 깬 이 사람과 해결을 할 문제가 남아 차를 갓길로 주차해 도망가려 하고 있는 그 사람 허리띠를 두 손으로 꽉 잡으니 내 뺨이구 머리를 사정없이 때려 마침 이곳을 지나고 있는 행인에게 112에 신고해 달라 요청해서 경찰이 와 때리던 사람은 폭력을 멈춰 우리들은 파출소로 일단 갔으니 아무리 서울이란 곳이 객지 사람들로 많이 산다지만 이렇게 말보다 주먹으로 해결하려 들어 우리가 언제부터 경우나 인륜의 질서인 나이 같은 질서를 재보려는 시도조차 꺼낼 수도 없는 사회가 됐을까? 내 나름대로 가만히 생각을 해보니까 요즘 핵가족이라고 해서 어른들 밑에서 가정교육이 안 돼 보고 듣고 지라지 않아 남을 이해하고 배려하는 정신의 가정환경이 결여된 영향이 큰 것으로 생각이 들며 이런 젊은 사람들이 꼭 일일이 경험을 해 몸으로 겪어봐야 알 테니까 우리 사회의 시끄러운 앞날이 걱정이 됩니다.

파출소에서 밤을 새운 다음 경찰서로 가 조서를 꾸미는데 사실 얘기를 해도 "당신이 차길 옆으로 왔으니까 이 사람이 탔을 거 아냐?" 하며 경찰관이 되묻기도 하고, 그쪽에서도 빈 차로 가면서 손님을 안 태우고 가니 이거 승차 거부가 아니냐는 불만을 경찰에게 토로하는 걸 보니 이 사람은 승차 거부의 참뜻을 잘못 이해하는 거 같았습니다. "아니에요. 내가 1차선으로 가다 신호등에 걸려 서 있었다니까요." 하고 울화통이 터져 큰소리로 외쳤더니 주위에 있던 사람들이 다 쳐다보는데, 경찰이 시민의 지팡이라고 해서 사회적 약자를 보호하려는 건 이해하지만, 사안에 따라서는 택시운전사도 같은 시민에 해당되지만 당시에는 일본을 예로 들면서 불친절, 승차 거부, 부당요금 징수 등 거의 다 택시기사들을 평판이 안 좋은 사람으로 보고 있는 거 같습니다.

"그래 그건 그렇다 치고 당신과 이 사람하고 싸울 때 서로 치고 받고 했을 거 아냐?" 경찰이 다시 물어 "아니요, 저는 한 대도 안 때렸습니다. 깨진 유리값 보상받으려고 도망가려는 이 사람 허리띠만 두 손으로 꽉 붙잡고 있었습니다." 내 얘기가 끝나자 경찰이 "그럼 조서 읽어보고 지장 찍으시오." 조서를 받아 읽어보니 내 차가 갓길 차선에 서 있는 걸로 써 있어 "여기 나는 1차선에서 신호등에 걸려서 있었다니까요?" 하고 재차 수정을 요청했으나 경찰이 "그럼 여기에 당신 자필로 쓰시오." 해서 내가 직접 썼고, 깨진 앞 유리값 보상받아 갈아 끼우면서 며칠을 집에서 드러누워 내가 할 일이 과연 택시밖에 없나? 하고 깊이 고민해본 적도 있었습니다.

한 번은 조선족 손님이 이 나라는 정부가 다스리는 게 아니고 깡패들이 상권을 쥐고 있으니 이해가 안 된다고 해 내가 북한과 남한을 비교해 좋은 점과 나쁜 점을 가려가면서 목적지까지 가며 토론한 적도 있었고, 자기가 학생들을 가르치는 교사라고 밝히면서 수능(수학능력) 시험 볼 때 감독관으로 배정이 돼 교실 뒤에서 감시를 하고 있는데 시험을 보고 있는 어느 학생들 둘이 수상한 행동을 해 적발하러 갔더니 그중에 한 명이 "나도 대학 좀 갑시다." 하고 당당히 소리를 지릅디다. 옆에 한 명도 협박에 못 이겨 자기 시험지를 보여주고 있더라나요? 내 나중에 삼수갑산(한 번 가면 못 돌아온다는 마을 이름)을 가더라도 나는 지위에 맞게 이들 시험지를 압수해 정식 처리했지요, 이런 말과 한 스님이 택시를 타놓고 "서울에 어디 조용한 동네 좀 없을까요?" 하고 물었다.

스님에게 이런 말을 듣기에는 이해가 안 돼 "아니, 세상에 조용하기로 말하자면 절 외에 더 조용한 곳이 어디에 있습니까?" 하고 반문을 하니 이 스님이 "나무아미타불 관세음보살~" 깊고 묵직한 주문을 외우더니 지금 하신 그런 말은 다 옛날 얘기예요. 요즘은 아무리 깊은 산속이라도 절 주위가 더 시끄러워요. 서울 사람들이나 동네분들 놀러 와서 개 잡아먹고 술 마시고 노래하고 떠들어대니 스님들이 찾아가 조용히 해달라 치면 "여기가 당신 땅이야? 등기부등본 가지고 와봐? 우리가 자유롭게 놀고 있는데 왜 방해를 해?" 하는 이런 사람들하고 말다툼해 시간을 허비하느니 차라리 내가 조용한 데 찾아다니는 게 낫지 않겠습니까? 여기 사직터널 위에 조용한 집이 있다고 해서 찾아가는데 혹시 주인집에서 개나 고양이를 키우면 공부하기는 틀렸으니 다른 데 알아봐야지." 그러면 내가 아는 대로 스님에게 말을 해볼까? "저쪽 한강 남쪽에 개포동이라는 동네가 있는데 거기는 들리는 말에 의하면 개도 포기한 동네라고 하더라고요. 그런 곳 한 번 가보시죠?" 하니까 스님이 "음, 이번에 가봐서 마음에 안 들면 개도 포기했다는 동네라는 곳도 가볼랍니다."

참 세월이 흐르다 보니까 그런 거까지 달라지고 있으니, 또 어떤 이는 정치하는 사람들이 보기 싫어 그자들이 안 나가니 내가 외국으로 이민 간다는 사람이 하는 얘기는 "행동거지를 봐서는 딱 길거리에서 깡통을 앞에 놓고 구걸을 해야 할 사람이 선거에 당선이 돼 금빼지를 달고 활보하는 거 보면 그 지역 사람들은 도대체 이해를 못하겠어요. 에이, 이노무 나라 다 맘에 안 들어!" 하고 투덜거리며 내리는 사람, 온 지구를 시끄럽게 했던 칼(대한항공)기 폭파했던 김 ○○라는 여자는 북한의 김일성으로부터 대한민국의 항공기를 폭파하라는 지령을 받고 남자 파트너와 같이 실행에 옮겨 성공은 했으나 외국 수사관에 체포되자 독극물 캡슐을 둘이 같이 입에 넣고 깨물었지만, 남자는 죽고 여자는 제대로 깨물지를 못해 미수에 그쳐 외국 경찰에 잡혀 한국으로 인도돼 우리 수사관의 조사를 받던 중 김○○는 일본인 행세를 하며 자살하려고 오줌을 억지로 참아 배가 점점 불러오는 것을 의사들이 강제로 빼내는 과정에서 증명해 보이고, 그 주위 사람들이 확인했던 숫처녀였다는 사실이 온 국민들의 관심사였으니 비선으로나마 흘러나와 한때 장안에서도 화제가 돼 "수백 명의 무고한 중동 근로자를 죽인 이 여자의 죄를 물어 사형시킬까? 아니야! 얼굴도 예쁜 여자를 왜 죽여? 남남북녀라는 말도 있잖아? 죄를 물으려면 그렇게 하라고 시킨 김일성을 단죄해야지. 그래도 죽여야 한다면 내가 데리고 살면서 책임지고 사람 만들겠어." 하면서 열변을 토하는 남자도 있어 그야말로 온 나라에 국민의 관심사였습니다.

　한 번은 보기에도 심상치 않은 사람으로 보이는 손님을 태웠는데 눈을 보니 예사롭지 않은 광채가 비추는 거 같아 하는 얘기가 또한 우리네 보통 사람이 알 수 없는 말을 꺼내놓는데 "우리나라는 전쟁이 잠시 휴전한 상태이므로 앞으로 언제 터질지 모르는 나라입니다. 그전에 1976년 북괴군 판문점 도끼만행 사건 때 꼭 전쟁이 일어날 것으로 군인들은 다 짐작을 하고 있었지만, 다행히 그런 일은 없었습니다." 이 말을 듣고 뉴스에 도끼만행 사건이 나오긴 했어도 자세한 건 몰라 "처음에 어떻게 해서 일어난 사건인데요?" 하고 물으니 "처음에는 아군 쪽에서 북쪽을 감시하는 방향에 미루나무 줄기가 시야를 가려 가지치기하려고 UN군의 미군 장교 2명이 노무자 몇 명을 인솔하고 작업하러 갔다가 북한군과 사사로운 얘기로 시작하다 갑자기 북쪽 상부로부터 무슨 명령이 떨어졌는지 태도가 돌변하면서 시비가 붙어 미군 장교 2명이 북한 병사가 휘두르는 도끼에 맞아 죽어서 아군 쪽에서도 있을 수 없는 일이 발생했으니 만반의 준비를 해놓고 보복하기 위해 우리 특전사들이 현장으로 가 미루나무 밑둥을 아주 잘라버리고 북한군 초소의 유리창을 깨트려 싸움을 걸어봤으나 북한군은 사태의 심각성을 깨닫고 멀리 도망을 가서 우리 특전사들의 하는 행동만 보고 있더랍니다. 그때 우리 아군이 북쪽의 초소 유리창을 깨트릴 때 그들이 총 한 방이라도 쐈더라면 미군을 비롯해 남쪽에서도 준비를 이미 해놨으니 전쟁이 일어나는 건데 북쪽에서 대꾸를 안 하고, 그 대신 김일성 명의로 유감 표명을 해

이 사건이 조용히 넘어갔답니다.

그리고 주목할 사건이 또 있는데 1983년에 일어난 아웅산 테러 사건 때는 우리나라 전두환 대통령이 버마(미얀마)라는 나라 방문 중 아웅산이라는 그 나라 영웅의 묘소에 북한의 공작원이 폭탄을 설치해 터트려 20명이 사망하고, 그 외 다수가 부상을 입었다는데 죽은 사람 중에 현지인 3명을 빼고는 우리나라 고위급 각료 17명이 사망하는 인명피해 사건으로 그 당시 전두환 대통령은 버마 정부에 높은 사람과 같이 차를 타고 가기로 했는데 이 높은 사람의 차가 펑크가 나 4분 늦게 묘소에 도착해 죽임을 면했답니다. 외국에서 우리나라 최고의 엘리트를 잃은 이런 일을 당했으니 일정을 모두 취소하고 국내로 돌아와 대통령은 분에 못 이겨 복수를 하려는 고민 끝에 전투기로 북을 폭격할 계획을 세워 비행기를 하늘로 띄우면 미국이 이를 알아채 말리고, 그래서 내려왔다가 또 띄우면 미국이 또 말리고, 이렇게 비행기가 떴다 내렸다를 여러 날 하다가 말았답니다. 사실 말렸다고는 하지만 미국에서 좋은 말로 했겠어요? 전두환 대통령에게 협박으로 정통 정부로 인정을 안 해준다느니, 미군을 철수해 버린다느니 별 협박 다 했겠지요. 그래 결국은 내 명령 없이는 경거망동을 하지 말라는 지시를 내렸다고 미국에 알렸더니 미국은 전두환 대통령의 지시를 군이 잘 따르고 있는지 보고 있었을 게 분명합니다.

그러나 이게 어디 북괴가 저지른 일이 한두 번도 아니고 당하고

만 그냥 넘어갈 일입니까? 북괴군도 있겠지만 우리 육해공군에서도 관리하는 특수군이 있어 그중 한 곳에서 북으로 보내 좀 시끄럽게 했다는데 대한민국의 국민들이 도저히 참을 수가 없었나 봅니다." 이 손님은 그런 방면에 직간접으로 연결이 돼 해박한 지식이 있는 사람 같아 보였습니다. "이런 사태를 놓고 우리나라 주위를 둘러볼 때 북한과 중공은 적대국이니 당연히 경계를 해야 마땅하고, 우방이라면 지리적으로 가까운 일본은 역사적으로 우리를 얼마나 괴롭혔음에도 불구하고 반성을 안 하고 있잖습니까? 해서 우리가 일본을 대할 때는 과거를 완전히 잊지 말자는 교훈을 줬고, 미국은 북괴의 판문점 도끼만행 사건에 미군의 인명피해가 있었으며, 아웅산 테러사건을 놓고 보면 우리나라 국민의 인명피해가 있었으니 이 두 사건을 대하는 태도가 차이가 나는 걸 보면 우리나라도 미국을 완전히 믿지는 말아야 할 것 같아요.

그렇다면 우리 스스로 힘을 길러야 하기를, 북한은 비상식적으로 인정사정 없이 막무가내로 덤비고, 우리나라도 북한과 같이 대적하다가 우리는 북한과 달리 민주주의 나라다 해서 자유분방하리만치 인권이 보장된 나라의 안위와 국방에 대해서 시민의 자유를 북한과 같이 너무 구속한다는 고발에 외국의 단체에서도 우리 정부의 일에 항의가 들어와 함부로 무시할 수가 없는 것이 지금 우리나라는 수출에 중점을 두고 정책을 펴고 있는 이 마당에 외국의 항의를 전혀 무시할 수가 없어 고민을 말로 할 수가 없습니다. "혹시 기사님은 군대 갔다 오셨습니까?" 하고 물어 내가 젊은 사람들 영장이 나오면 누구든지 논산 제2훈련소에서 훈련을 받고 의무적으로 군인이 돼야 하는 것으로 막연히 알고 훈련받다 최전방 자대배치해서 추위에 고생 고생하던 생각과 제대 말년에 몸조심하느라 길에 떨어진 낙엽도 밟지 않을 때가 생각나기도 해 "네, 저는 5대 장성(대장, 중장, 소장, 준장, 병장) 중에 병장으로 제대했습니다." 하고 대답을 했더니 "아예, 그렇군요. 북한의 불순분자들이 이런 우리나라의 약점을 파고들어 오고 있다는 걸 알면서도 손을 못 쓰고, 우리 지역 곳곳에 숨어 있는 첩자들이 고정간첩들과 같이 수만 명이 암약하고 있다는 정보를 북한에서 귀순한 최고위급 인사들로부터 얘기를 들어 종합해 이 방면에 조예가 깊은 분들은 다 알고 있는 현실입니다. 통일된 독일의 경우를 보면 동독이 망하기 하루 직전까지도 첩자들에게 지령을 내려보냈다고 합니다.

정보전이라는 것이 전선이 그려져 있는 것이 아니고 전후방이 없으니 이렇게 상상을 초월할 정도로 무서운 전쟁으로 우리나라도 예외 없이 이런 전쟁을 치열하게 하고 있는 국가에 반해 독일 통일은 그 나라 국민성이 이루어낸 결과물 같아요. 그런데 우리나라 국민은 독일의 국민성을 아직 따라가지 못하는 거 같습니다. 언젠가 일부 기성세대의 지원을 받아 학생 운동권에서 주축이 돼 "북한이 핵을 가지고 있으면 통일을 해버려 우리 것으로 만들면 되잖습니까?" 하고 북한을 너무 모르는 어리숙한 발언을 하는 학생이 있는가 하면 "우리 서울 시민이 평양 시민과 힘을 합해 군부독재를 물리치자는 얘기가 나오면서 남한의 ○○경이라는 여학생이 북한으로 가 김일성과 그 일당들에게 분에 넘치는 환영을 받으며 온 나라가 시끄러웠지, 분위기로 봐서는 금방 통일이 올 것 같은 기분이었지만, 그야말로 옛말에 빈대 잡자고 초가삼간을 다 태우려는 어리석은 말을 하는 걸 보면 위험천만한 일이 아닙니까?

서울 시민은 법에 거주의 자유가 있어 아무나 서울로 이사 와 살 수 있지만 평양 시민이라면 당에서 허락하는 사람들만 살 수 있는 곳이라 주로 당원들에다 선택된 고위공직자들만 사는 평양 시민을 상대로 어떻게 회담을 하겠다는 발상입니까? 정보도 없고, 경험도 없는 학생들이 혈기만 앞세우다 이용당하기 쉬우니까 누가 좀 말려야 됩니다. 나라가 이렇게 시끄러운 데다 지정학적으로 위험지역이다 보니 자본주의의 상징인 주식에도 영향이 미쳐 주위의 나라보다 주가가 현저히 내려가 있잖습니까? 내가 지금 학생들에게도 미처 하지 못한 말을 기사님한테 하고 있습니다." 하고 자조 섞인 말로 하려 해 내 딴에는 이런 생각을 지우라는 듯 "그러면 혹시 교수이십니까?" 하고 물으니 "교수는 아니고 대학교나 어느 단체에서 초청하면 강연 좀 하고 옵니다. 우리나라는 아직도 정신 못 차린 사람이 허다해요. 대한민국 똑바로 정신 차려야 합니다." 이렇게 마무리하고 택시에서 내리는 사람도 있습니다.

택시기사는 한 번 이야기를 하기 시작하니까 자기가 겪었던 지난 이야기가 술술 거침없이 나오는데, 한 젊은 손님이 내 차에 타 놓고 문을 닫으며 "나는 기생입니다~ 나는 기생입니다~ 나는 정말 정말 기생입니다~" 윤항기의 노래 멜로디로 흥얼거려 내가 "아니 남자가 기생이라니요?" 하고 물으니 이 손님 "모르시는 말씀, 남자가 기생이 여기 있잖습니까? 내가 지금 일본 여자 택시운전사를 접대해주고 팁을 두둑이 받았습니다. 요즘 택시운전사들 돈 많이 벌고 있습니까?" 하고 물어 "글쎄요, 그 말은 남의 나라 이야기 같습니다." 나는 남자 기생이 있다는 것을 지금 이 손님에게 처음 들어봤습니다.

어느 한 젊은이는 병원에 가서 신체검사와 정밀검사를 거쳐 자기의 정자를 병원에 내다 팔았다는 사람 이야기를 들어보면 "저는 시골에서 농사를 짓고 있는 농부의 집에 누나가 셋에다 내가 막내인 아들로 태어나 부모님이 나만 공부를 시킨다고 서울에서 대학을 다니며 하숙을 해 공부를 하고 있을 때 학기 때마다 목돈의 등록금을 낼 때 집에 가보면 기르고 있던 가축을 팔아 그 수가 점점 줄어드는 걸 보면서 부모님과 세 누나들이 나 하나만을 위해 힘들여 헌신하고 있는 가족에게 죄송한 마음의 미안함을 가눌 길이 없어 고민하는 걸 보고 나를 자기 동생처럼 아껴주던 학교 선배의 주선으로 병원에서 정자를 팔아 등록금을 내고 부모님에겐 아르바이트를 한다며 거짓말을 하면서 학비를 마련하고 있었지요. 내가 항상 타던 막차를 못 타고 오늘은 어쩔 수 없이 택시를 탔지만, 고생을 하고 있는 우리 부모님과 세 누나들을 생각하면 저에겐 이 한 번도 사치입니다." 하고 내리는 학생도 있었습니다.

또 한 번은 공덕동에서 여자 손님을 태우고 퇴계로 남대문시장을 가는데 이 손님이 "어머! 어제 그 아저씨 차를 또 탔네!" 이런 말을 해 "내 차를 어제도 탔다고요?" 하고 물으니 "아이참, 어제 내가 택시 메타기에 대해서 자세히 물어봤잖아요?" 하긴 어제 몇 메타 가면 돈이 올라가냐? 합승할 때는 어떻게 계산해야 되는 거냐? 꼬치꼬치 물어본 여자는 있었지만, 아무리 뚫어지게 쳐다보아도 기억이 안 나 "그런데 아가씨를 아무리 쳐다봐도 기억이 안 나네." 했더니 이 여자는 "으헤헤헤이~ 어제는 내가 민낯이었고 오늘은 결혼식장에 가느라고 화장에 신경을 썼지요." 세상에나! 화장을 함에 따라서 사람을 이렇게 몰라볼 수가 있나? 그러나 저러나 택시를 그렇게 여러 날을 해도 내 차를 다시 또 타는 손님을 볼 수가 없었는데 서울 인구가 그렇게 많아서 그런지 이렇게 두 번 만난다는 건 처음이라 놀라고 신기한 마음에 택시를 하면서 내 인생의 증거를 남기고 싶어 "그럼 내 차를 2번 타셨다니 보기 드문 현상이라 기념으로 차비를 안 받겠습니다." 했더니 그 여자는 "그런 게 어디 있어요? 내가 기념으로 거스름돈을 안 받을래요." 하면서 돈을 의자에 던지고 차문을 쾅하고 닫더니 도망가듯 사라집니다.

내가 택시를 시작한 지 며칠 안 돼 겪은 일입니다만은 손님이 차 병원을 가자고 해 나는 차를 고치는 정비업소인 줄 알고 손님이 이리저리 가르쳐 주는 대로 가보았더니 내 예상과는 달리 주로 여자들이 들락날락하는 산부인과 병원으로, 이후로는 자주 그 앞을 지나다니며 손님을 내리고 내우기를 하다기 한 번은 병원에서 나오는 한 무리의 손님들을 태웠는데 이 손님들 내 옆자리에 앉은 젊은 여자는 얼굴에 부기가 아직도 조금 남아 있는 걸 보니 산모로 보이고, 뒤에 세 사람 중에는 시아버지와 시어머니, 그 시어머니의 친구분이 자리에 탔으므로 서서히 출발해 차병원 사거리를 넘어왔는데 시어머니 되는 사람이 "아이는 누가 안고 있는 거냐?" 하고 앞에 앉은 여자에게 물어보니 "모르겠는데요." 하고 대답하니 시아버지가 한쪽 창문을 열어 뒤에 따라오는 차를 향해 서라는 신호를 하더니 "거기 애기 안은 사람 있습니까?" 하고 물어보니 그쪽에서는 "앞에서 아기를 안고 타신 줄 알았는데요?" 하면서 엉뚱한 대답이 나오자, 이어 시아버지의 탄식 어린 말이 이빨 사이에서 새어 나오는데 "이런!" 이 말이 나오자마자 앞에 앉아 있던 산모가 재빨리 차에서 내려 병원 쪽으로 달려가니 시어머니도 같이 내려서 가더라고요.

이걸 보고 있던 시아버지는 "아니, 저거 애엄마가 맞아? 한심하구먼! 기사 양반, 저것들은 딴 차 타고 오라 하고 우린 그냥 갑시다." 하는데 시어머니 친구분이 간신히 말려 택시 두 대가 길옆에 한참 기다렸다가 애기를 안고 오는 시어머니와 산모를 마저 태우고 왔던 때도 있었습니다. 이 젊은 산모는 남편에게는 말할 것도 없고, 주위 사람들한테 애지중지 귀한 대접에 보살핌만 받다가 아기를 낳자마자 엄마라는 막중한 이름으로의 임무를 잠시 놓쳐 이런 일이 벌어진 거 같습니다. "여자는 약하지만 엄마는 강하다."라는 말과 같이 이 산모는 여자에서 엄마로 넘어가는 이때 큰 경험으로 여겨 이런 실수가 다시 있어서는 안 될 것 같습니다. 그래도 이런 일이 잘 해결

되었기에 망정이지 아기를 찾지 못하거나 바뀌거나 했다면 이런 불행이 또 어디에 있겠습니까? 차량이 제법 많이 다니고 있는 역삼동의 한 사거리에서 신호를 기다리고 있는 차 6대가 정차 대기선에 서 있을 때 한 승용차가 난데없이 브레이크 한 번 안 밟고 여섯 대를 사정없이 추돌해 박아버렸는데 앞차 운전자들은 졸지에 날벼락을 맞았으니 운전석에서 전부 문을 열고 나와 사고를 낸 운전자를 보니 여자 아주머니라, 이도 미안해 어찌할 줄을 몰라 하는 아주머니에게 화를 낼 수도 없고, 왜 이렇게 사고를 냈느냐고 운전사들이 물어 봤더니 오늘 계돈 낼 걱정을 골똘히 생각하고 오다가 미처 브레이크를 못 밟았다고 하면서 연신 미안하다고 하는데, 이 소리를 듣고 있던 운전자 중 한 사람이 "그노무 계돈 이게 문제야! 우리 집구석도 계 때문에 패가망신했어, 이 아줌마야!" 하며 차 사고는 둘째치고 유독 화를 많이 내며 계를 하는 이 아줌마에게 탄식을 하는 이도 있었습니다.

이런 사람 저런 사람 줄줄이 자기 차에 손님을 태우다 보면 평범한 일반인이 이해할 수 없는 일이 생겨나 때로는 세상을 떠들썩했던 일과 사회 통념상 어쩔 수 없는 일이 벌어지고, 어떤 때는 유독 한국 선수들만 세계적으로 잘하는 쇼트트랙이라는 경기가 온 나라를 흥분의 도가니로 몰아넣은 때도 있었고, 어느 한 노인께서 택시비를 버스 토큰 하나 주고 내리려 해 "택시는 토큰을 안 받습니다." 했더니 "아, 이 사람! 이것도 어느 버스기사는 안 받는 사람도 있어. 서운하면 엣다 하나 더 기저." 하고 토큰을 하나 더 던져주고 내리는 어르신도 있고, 운전을 하며 가다가 남의 집 담을 넘어오는 도둑놈을 내 차에 탄 손님과 같이 합세해서 잡아 경찰서에 인계했더니 "아이고, 이거 너무 두들겨 패면 어떻게 해요?" 경찰의 난감한 질문에 "아이, 그럼 도망가려고 하는데 어떻게 합니까? 수갑이라도 우리한테 빌려주시지 그랬어요?" 하면서 좀 언짢은 말투로 나와 택시 손님은 그동안 유도장에 나가 심신을 연마한 결과물이라 스스로 만족감을 느끼면서 모처럼 시민정신을 발휘해 좋은 일을 한다며 잡았고, 나는 영업도 못해가면서 바쁜 시간에 그나마 큰 마음먹고 도둑을 잡아왔더니 경찰의 시큰둥한 행동에 도둑놈 잡아준 시민과의 묘한 입장 차이가 있는 이런 웃지 못할 때도 있었습니다.

또 어떤 때는 손님이 타놓고 경기도를 가자고 하면서 젊은 남자 둘이 앞 의자에 하나, 뒷좌석에 하나 이렇게 따로 타는 거 보고 시간도 늦은 데다 요즘 심심치 않게 들리는 택강(택시강도)이라는 공포에 겁이 덜컥 나 "시간이 늦어 경기도는 안 갑니다." 했더니 이 손님들이 "그럼 타기 전에 말을 했어야 되잖아, 임마!" 하고 시비를 하려고 해 "서울 차가 경기도는 기사 임의로 안 가도 법에 저촉이 안 됩니다." 하고 단호히 말을 했더니 이들이 마지못해 내리며 차문을 활짝 열고 안 닫아줘 "지놈이 내려서 닫으라고 해. 우린 그냥 가자." 하면서 문을 닫아주지 않아 "그래, 너희들 그렇게 심술부리면 나도 다 생각이 있지롱." 하고 악세레이더를 밟아가면서 핸들을 왼쪽으로 확 트니 조수대 앞 문짝이 탁하고 닫쳐, 이번엔 오른쪽으로 핸들을 돌리니 뒷문짝이 찰칵하고 닫혀 내 계획대로 척척 돼가는 걸 보고 기분이 좋아 룸밀러로 뒤에 처져 서 있는 사람들을 보니 저들도 기가 막히는지 멀거니 서서 가고 있는 내 차만 바라보고 있는 사람들도 있었고, 그리고 "조심할 게 또 있는데 택시운전수가 얼마나 번다고 등을 치려는 소위 자해공갈단이라고 해서 덤비는 놈들이 있으니 항상 정신 바짝 차려야 돼요. 일부러 차에 부딪쳐 치료비 명목으로 기사에게 돈을 갈취하는 사람이 있기도 해 운전할 때는 항상 긴장을 해야 하는 것도 물론입니다."

언젠가 자기도 택시운전을 오래 했다는 선배님을 태웠는데 이분 하는 말이 "손님들 중에 신소리를 많이 한다 생각되는 사람이 있으면 절대로 믿지 마시오. 손님이 차에 타면서부터 큰소리로 "내가 이 지역에서는 무시 못할 사람으로 나를 건드리면 그자는 바로 가지. 이 신호등은 내가 필요해시 달았고, 저기 횡단보도를 마누라가 해달라고 해서 그려줬지. 어이, 기사 양반, 나 집에 빨리 가야 하는데 사고만 내지 말고 대충 그냥 갑시다. 여기는 내 구역이니 논스톱으로 쭈욱~ 알았죠?" 해서 횡단보도에 사람도 안 다녀 손님 말을 믿고 그냥 갔더니 저쪽에서 경찰이 잡아 큰소리를 쳤던 손님이 해결해줄 것으로 믿고 뒤를 쳐다봤더니 이 손님은 뒷좌석에 곯아떨어져 자는 척하고 있어. 그러니 나는 꼭 사기당한 기분이 들더라고요." 하면서 자기가 운전하며 느꼈던 얘기를 해주는데 "지금은 에어컨이 빵빵하게 잘 나오는지 모르겠지만 나 한참 택시 할 때는 일본 손님을 태우고 강남 쪽으로 가고 있는데 에어컨이 시원치 않아 1호 터널을 지나가고 있을 때 이 손님이 창문을 돌려서 내리더라고요.

터널을 지날 때는 누구나 창문을 닫는데 이 일본 사람은 얼마나 더우면 터널 안에서도 창문을 열었겠습니까? 이걸 보고 나도 에어컨을 끄고 창문을 다 열어 그냥 달렸죠. 그 후로 택시 문을 열고 왼쪽 팔을 내놓고 달리니 시원하기도 해 버릇이 돼 지금 이 나이가 되니 내 왼팔이 시려워 아주 거북해 병신이 됐어. 당신도 내 말을 참고하세요. 운전대를 놓고 가만히 생각해보니 "개인택시 운전수는 농땡이를 피면 필수록 오래 산다는 걸 명심하시오. 왜 그러냐 하면 개인택시가 때로는 일을 하는 시간이 자기 마음대로 해 자칫 과로로 이어져 건강을 해칠 수가 있지만 법인택시들은 택시 1대에 두 사람이 일을 하니 시간이 정해져 있어 더 하고 싶어도 못해 과로를 안 하고 나름대로 건강을 지킬 수가 있습니다." 하면서 내리는 사람도 있었습니다.

또 이런 난처한 입장에 처한 일의 경험담도 들을 수 있었으니 서로 아는 친구들끼리 여자 문제로 삼각관계 때문에 싸움하는 것도 목격했으니 경험도 안 해본 인생 진리를 남들의 얘기를 듣고 저절로 터득함이요. 비록 서울에서 내가 태운 손님은 극히 일부이지만 더불어 살아가는 한 시민으로서 자리매김을 하고 있으며, 한때 피치 못할 사정에 의해서 밤늦게 술에 취한 손님이 차 안에다 토한 때는 엉망진창인 차를 세차해야 할 때 야심한 밤에 세차장엔 문을 닫아 누구의 손이 절실히 필요할 땐 집으로 달려가 연탄을 갈아 끼우고 밤늦게 곤히 자고 있는 마누라를 깨워 시트 카바를 빨아 짤순이를 돌리고 세차를 했으니 역시 구원의 손길을 내밀 사람은 나의 삶에 반쪽인 마누라밖엔 없다는 것을 깨닫게 해주고 있는 현실입니다."

이런저런 세상 살아가는 이야기로 마지막엔 박수갈채로 끝을 맺어 구경을 다 하고 스튜디오에서 나올 때는 자기 방송국의 마크가 찍힌 찻잔을 한 세트씩 기념선물로 줘서 받아가지고 나와 차를 타고 집으로 가는 도중에 어머니께서 하시는 말씀이 "방송국 견학을 해서 의문이 많이 풀렸어. 오늘 와서 직접 보니 PD 선생님한테 혼나 가면서 여러 번 동작을 하고, 또 해 나뉘어져 찍어지고 있으니 배우들도 고생이 많겠더라. 연속극을 보면서 신비로움만 마음속에 들어 있었는데 지금부터는 화면이 바뀔 때마다 배우들이 여러 번 움직이는 걸 직접 봤으니 방송국 사람들 수고하는 걸 생각하게 되겠어." 하시며 그냥 간단히 만들어지는 게 아니라는 걸 아시고 "어머니, 의문이 풀려서 좋아하실 줄 알았어요." 하고 어머니 의중을 살폈더니 "텔레비전 화면에서 벌어지는 장면이 거침없이 줄줄이 나와 나는 보고 즐길 줄만 알았지 이런 어려운 일이 있을 줄 누가 알았어? 글쎄 지금까지 그런 구경은 처음 해봤으니 꿈에도 생각을 못했지. 그래도 택시기사는 술 취한 사람만 아니면 여러 사람을 태우니 재미는 있겠다." 하시며 방송국에서 준 기념품을 신기한 눈으로 쳐다보시다 만지작거리며 좋아하시는 걸 보고 현수와 나는 방송국에서 받은 기념품을 어머니께 다 드렸더니 어머니께서는 함박웃음을 띠우시며 "야, 오늘 내가 계 탔다!" 하며 좋아하시는 걸 보고 오늘 방송국 견학한 것을 일단은 갈힌 일로 생각을 하고 있으면서, 그렇게 하루 해가 넘어가 어둠 속으로 숨어버린다.

　　시골 농촌에서는 눈만 뜨면 일이지만 기계의 보급이 많이 돼 큰 일은 대충 처리하고 동네에 같이 살고 있는 동생들이 도와줘 내가 할 일을 대강 끝났고 무슨 일이 없을까? 찾다 보니 모처럼 그 옛날 동대문에 같이 있었던 동료들 생각도 나고, 동대문이 얼마나 변했는지 궁금해 한 번 가보고 싶은 생각이 굴뚝같이 일어난다. 어느 늦은 가을날 나는 현수보고 "야, 이번에는 동대문을 한 번 가보기로 하자. 거기 가면 혹시 옛날 동료들을 만날 수 있지 않을까?" 내 이 말을 듣고 현수도 적극 호응을 해와 "이번에는 버스를 타고 가자. 차를 가지고 가면 신경도 쓰이고, 너도 힘이 드니 운전하지 말고 창밖 구경도 할 겸해서 편안하게 갔다 오는 것이 어때, 응?" 하고 물으니 "네, 그거 괜찮은 생각이십니다. 형님 마음대로 하세요." 현수도 내 생각과 같은 마음이었나? 이래서 아침 일찍 동생인 현수와 나는 버스를 타고 모처럼 동대문의 서울 나들이를 가보기로 계획을 짰다. 내가 동대문을 안 가본 지가 어느 세월이냐? 현수도 내 제안에 손뼉을 치며 좋아해 국민학교 시절 소풍 가는 날같이 들뜬 마음을 안고 은근히 기다리고 있는 눈치였든가? 어머니께서는 "계란말이하고 쑥떡범벅을 해서 좀 싸줄까?" 하시는데 어머니의 번거로우신 걸 마다하고 "다니다 간단하게 사먹을 게요, 어머니." 대답을 하는 둥 마는 둥 뛰어나갔다.

6

내가 오래전에 왕십리패들과 싸우다 경찰에 잡혀간 이후로 동대문이 어떻게 변해 있는지 궁금했고, 옛날에 혈기 왕성하던 젊은 이들이 우글거렸을 때 이 형제들의 협동심과 의리를 나누며 지내던 친구들 얼굴이 생각나기도 하고, 옛날옛저에 향수를 달래기도 할 겸 들뜬 마음으로 서울 가는 첫 버스에 올라 전부터 하던 식으로 검문소에서 검문을 마친 다음 달리고 있을 때 나는 현수에게 수고했다는 뜻으로 위로의 말을 한마디 했다. "야, 너희들, 어머니 집을 짓는 데 고생 좀 했겠다야?" 했더니 현수가 하는 말이 "아이구, 형님, 말도 마십시오. 집을 짓는 데도 사연이 많았습니다. 어머니 걸어 다니시는 데 편하시라고 장거리 가까운 곳으로 터를 잡아놓고, 면사무소에 가서 문의해봤더니 담당직원 애기가 거기는 북한의 장거리 포탄이 최대 사거리가 여기까지 날라오니까 신축이나 증축하는 데 제약이 많이 될 수 있으면 이 지점에서 남쪽으로 다른 데를 알아보라는 말에 마땅한 곳도 없어 그냥 어머니 집을 헐고 그 자리에 다시

짓기로 했어요.

　형님 오시기 전에 번듯하게 지어 요즘 텔레비전에서 나오는 전원주택처럼 멋있게 지으려고 도면까지 그려놨는데 어머니께서 유독 장독대만 그 자리에서 움직이지 말고 지으라고 해 목수와 저희가 "장독대에 항아리 몇 개 되지도 않는 거 조금 옆으로 옮기면 우리 동네에서 제일 멋있는 집이 되겠습니다." 하고 그렇게 설득을 해도 어머니는 고개를 절래절래 흔드셔서 할 수 없이 장독대를 피해 집을 짓다 보니 볼품없이 지어졌습니다. 형님이 보시기에도 좀 이상해 보이지요?" 하고 물어서 내가 봐도 집 구조가 좀 어울리지 않는다 생각을 하고 있었지만, 그 옛날 구구절절 한이 맺힌 사연이 깃들여 있는 장독대를 어머니의 말씀을 직접 들어 알고 있었으니 나는 속으로 '얘야, 장독대는 어머니의 말씀대로 했으니 잘한 거야.' 어머니는 지난날의 세월을 잊지 않으려고 그러시는지, 아니면 지금의 이 세월에 야속한 생각을 하시는지 모르겠으나 나는 언제나 어머니의 편에 서서 지지해주기로 작정을 했으니까 현수에게 빙그레 웃음을 지어주어 조용한 대답으로 대신했고, 이어 "내가 어머니의 화장대를 설치하려고 마음만 가지고 차일피일 미뤄 생각만 하고 있었는데 현수 네가 만들었니?" 하고 물으니 "네, 제가 했습니다. 어머니 화장하시는 데 조그만 손거울로 방 한구석에서 하시는 걸 보고 느낀 게 있어 이 집을 지어놓고 군청에 일 보러 갔다가 화장대 하나 사서 내 차로 운반해 텔레비전 보시면서 마음껏 화장하시라고 넓은 거실에 만들어드렸습니다." 현수의 이런 내 마음과 똑같은 통쾌한 대답을 듣고 나니 "야, 현수, 아주 멋졌어. 넘버 원이다. 너!" 하며 내 입에서 저절로 칭찬이 쏟아진다. 이로 인해서 어머니를 다시 한 번 헤아려보는 계기가 돼 이내 어머니와 같은 마음으로 변해버렸으니, 언제인가 정구의 혼에게 약속한 '네 인생을 내가 대신 살아줄게.'라는 말을 허공에다 대고 한강변에서 정구 분신의 혼을 마지막으로 한강물에 떠내려 보내며 한 말이 있었지. 그 말이 씨가 되어 싹이 터서 한참 자라고 있는지도 모르는 것이러니.

오랜만에 버스 종점에서 내려 동대문을 와보고 정말 많이 변했다는 것을 느낄 수가 있었다. 동료들이 수시로 모여 모든 일을 처리하던 동대문 아지트에 그 많은 젊은이들이 들끓던 그때 그 장소는 어디로 가고, 신발 도매시장으로 바뀌어 각종 신발이 여기저기 산더미처럼 쌓여 있고, 새로운 동네에 새로운 사람들로 오토바이와 자전거들이 쉴새없이 움직이고, 사람들은 저마다 활기차게 다니며 무엇이 그리 바쁜지 내 눈앞에서 이리 가는 사람, 저리 가는 사람, 멀어지는 사람, 가까이 오는 사람, 정신을 차릴 수 없이 모든 사람들이 저마다 바쁘게 움직이고 있다. 청량리 패거리와 집단 패싸움하던 곳도 부산한 장마당으로 바뀌고, 청계천도 비록 시궁창물이지만 개천으로 흐르고 있던 이곳을 시멘트 철근으로 복개가 돼 확 달라져 분간을 못하겠다. 개천이었을 때는 저쪽 편에 다니기가 번거로워 소리 질러서 소통하고 징검다리 건너다니는 인편에 물건을 전하고 그랬는데 "야, 이거 굉장하구나!" 전에 내가 보던 풍경하고 하늘과 땅 차이인 이 광경에 눈이 휘둥그레진다.

정신없이 구경하다가 내가 왕십리파에 붙잡혀 있던 곳을 가보니 경마장은 없어진 지 오래며, 그 옛날 뚝섬갈비의 생산지도 온데간데 없고 새로운 건물들이 들어서 높이 솟아 있어 채소밭엔 무슨 수제구두같이 가내공업 공장들이 곳곳에 즐비하게 들어차 영업을 하고 있으며, 서울의 명물을 만드는 공장들이 많이 모여 있어 제법 사람들이 활기차게 이 거리를 많이 왕래하고 있었으니 이게 바로 천지개벽이라는 거구나 감탄에 마지않으면서 다시 시내 쪽으로 들어와 내 주먹세계의 마지막 종착역이 됐던 왕코의 2층 사무실을 찾아보려 했으나 주위에 집도 변하고, 길도 새로 나 아마 없어진 것 같아 다시 안으로 들어와 동대문운동장이었던 곳이 옷의 중심지라고 불리울 정도로 가게마다 옷들이 꽉꽉 산더미처럼 쌓여 있다가 어느새 순식간에 포장이 된 채 지게로 옮겨 사람들이 차에 실어 전국으로 배달한단다.

　"야, 여기는 완전히 옷가게 천지구나." 정구 친구와 나는 수많은 인파 속을 헤쳐가면서 정신없이 구경하고 자기네 스스로 질서 유지를 위해 교통정리하는 사람들의 유도에 따라 움직여 구경하며 걸어다니다 보니 뱃속이 출출해 길 한구석 비좁은 장소에 낙엽빵을 구워 파는 곳이 보여 우리는 그리로 방향을 잡아 낙엽빵을 사먹으려고 가까이 가는 도중에 현수가 갑자기 버럭 소리를 질러 "야, 이놈 날치 아냐?" 하는 소리에 나도 깜짝 놀라 허름한 옷차림으로 빵틀 앞에 서 있는 사람을 쳐다보니, 동대문에서 의리로 똘똘 뭉쳐 지내면서 한솥밥을 같이 먹던 동료가 아니든가? 나도 반갑게 손을 들어 "이게 누구야?" 하고 소리치니 그쪽에서도 "어라? 함마 형님이 아니십니까? 어떻게 여길 오셨습니까? 존경에 마지않는 형님께 경례, 충성!" 하며 군에서 하는 거수경례를 하면서 우리를 반기는데 여기서 전에 같이 있던 옛 동료를 만나다니 우리는 반가운 마음에 소리지르며 서로 얼싸안고 이산가족 상봉하듯이 어찌할 줄 몰라 좋아하면서 나이가 들은 젊은 사람들이 서로 부둥켜안고 떠들며 호들갑을 떠는 장면들을 지나가던 행인들이 무슨 사연인지도 모르면서 재미있다는 듯이 저마다 쳐다보며 빙그레 웃음을 줄줄이 떨어트리고 지나간다.

날치로 말할 것 같으면 동대문사단의 그 많던 일원 중에 한 사람으로서 동작이 무지하게 재빨라 계단을 밟아 위층으로 올라갈 때 이 사람은 한 번에 획하고 바람소리를 내며 몇 계단씩 날라서 올라가 우리네 생각했던 것보다 상상 외로 날쎄게 행동을 함으로 이 사람에게 날치라는 별명으로 붙여진 이름이었으니, 이런 장소에서 우연히 이렇게 만나게 될 줄이야. 현수와 나는 낙엽빵을 구워 팔고 있는 날치라는 사람과 반갑게 악수를 하고 "야, 참 너 오래간만이다." 하니 날치가 "형님이 드디어 나타나셨군요? 어쩐지 여기 있으면 전에 같이 있던 동대문 식구들을 만날 수 있을 거 같더니만 이제야 형님을 뵙게 됐습니다. 오래전에 큰집으로 거처를 옮기셨다는 얘기는 얼핏 들었지만 내 앞의 할 일이 많아 찾아뵙지를 못하고 죽을죄를 졌습니다. 형님!" 우리도 날치의 마음과 같이 반갑기가 이루 말할 수가 없다.

"야, 나도 여러 군데 불려 다녀서 내가 있는 곳은 몇 사람만 알고 있었어." 하니 날치도 "하기는 나도 정신 없이 어떻게 지나갔는지 모를 정도였어요." 이렇게 지난 이야기를 한참 동안 나누었다. 어쩐지 동대문에 오면 전에 같이 지내던 동료를 꼭 만날 것 같은 느낌이 들더니 내 예감이 들어맞아 기분이 상당히 좋아져 "야, 그런데 다니다 보니까 청계천이 복개가 돼 확 넓어져 어디가 어디인지 구분을 못 하겠더라. 너는 공사하는 걸 다 봤을 거 아냐?" 하고 날치의 대답을 기다리니 "네, 저는 다 봤습니다. 공사가 다 끝나고 내가 빵을 굽고 있으니 언젠가 카추사 군복을 입은 군인이 옛날 생각이 나서 낙엽빵을 사먹으려고 왔다며 하나 집어먹으면서 "야, 여기도 참 많이 변했네. 청계천이 이렇게 길로 변해졌으니."

이 말을 듣고 이 사람도 여기 있던 사람인가 궁금해 "형씨도 이 동네 있었습니까?" 하고 물으니 "나도 한때는 여기 살기도 했는데 청계천에서 고사를 지내는 무속인들이 많아 그 일을 봐주다 장충체육관에 그래도 고기값이 싸고 푸짐한 족발집을 운동선수들이 자주 오면서 많이 찾으니 족발집이 점점 늘어나 나도 한 족발집에서 일을 하다가 체질에 안 맞아 버스 조수로 따라다니다 논산훈련소에서 카추사로 차출돼 지금 미군 행정보급관 차를 끌고 있습니다. 어릴 때부터 나하고 단짝이었던 친구가 한국군 8사단(오뚜기 부대)에 군복무 중인데 얘기 들어보니까 고생 직사도록 하는가 보더라고요. 이 부대는 아마 최전방에 주둔하고 있었다면 교육이나 작업 같은 것은 없었을 텐데 후방에 주둔하면서 웬 교육이 그렇게 많은지 정신이 없답니다. 이 사단은 예비사단이라고 해서 우리는 흔히 죽을 4자로 여겨 싫어해 잘 안 쓰지만 북한의 부대와 같이 만들어 4자까지 들어가는 부대를 편성해 만들어 놓고 훈련도 북한 군인들과 똑같이 한다고 합니다."

하여튼 남자들은 군대 얘기라면 할 말이 그렇게 많은가 보다. 그 어려운 카추사에 이 사람이 어떻게 들어갔는지 궁금해 "카추사에 들어가기가 어렵다는데 영어를 잘하십니까?" 하고 물어보니 이 사람 또 신이 나서 "아니요, 국민학교 겨우 나와 무슨 영어를 할 줄 알겠습니까? 아주 어린 시절 한때 이태원 술집에서 심부름도 하다가 구두도 닦아주고, 미군들 잔심부름해 주면서 주워들은 영어를 조금 배웠던 게 훈련소에 들어가서도 영어할 줄 아는 사람 손 들으라고 해 선착순으로 들어놓고 먼저 하던 식으로 떠들어 놓고는 마지막에 굿 모닝, 굿 애프터눈, 굿 바이, 애브리데이 하고 손을 들어 흔드니 바로 차출이 돼버려 운전 좀 한다고 지금 운전병으로 근무하고 있습니다." 내가 가만히 들어보니 이 사람 군대생활을 재미있게 하는 거 같아 "그래서 지금도 보급관을 태우고 여기 청계천을 오셨군요?" 하고 물으니 "아이고, 말도 마십시오. 우리는 청계천로를 안 다닙니다."

이 말에 매우 궁금해 "우리가 다 다니고 있는 길을 미군들은 안 다니고 있다니 이상한데요?" 하니 이 군인이 "미군과 미군에 관계되는 사람들은 청계천로를 다니지 말라는 지시를 받고 있어 종로

나 을지로, 퇴계로는 통행을 하고 있으나 청계천로는 피하고 있습니다. 이 길을 복개할 때 미군 쪽에서 보면 재료도 충분히 넣지도 않고 시궁창이다 보니 복개를 하면서 메탄가스를 비롯해 여러 가스들이 팽창해 터질 개연성이 많아 부실공사로 보여 위험하다고 판단을 한 거 같습니다." 미군 쪽에서 보면 안전한 걸 따지는 사람들이라 그럴 수도 있겠지만, 그러나 우리 한국 사람들은 아무 걱정 없이 잘 다니고 있으니 별 신경 쓸 일도 아닌 것으로 생각이 되면서 "그러면 카추사 생활은 어떻습니까?" 하고 물어보면 "군생활은 아주 편하죠. 자기가 맡은 일만 착실히 하면 누가 간섭하는 사람 없지요. 남의 프라이버시를 침해하지 않으니 자유시간 많지요. 간식 때는 도너츠가 나옵니다. 뭐 한국군에 비교할 수 있나요?"

얘기하는 중에 모르는 말이 있어 "몰라서 그러는데 프라이버시라는 말이 뭡니까?" 하고 물으니 "아이고 죄송합니다. 그쪽에 있다 보니 영어가 나도 모르게 버릇처럼 나오게 되네요, 프라이버시라는 건 자기 개인의 사생활이라는 건데 미국인들은 자기와 관련이 없으면 일체 간섭하지 않는다는 겁니다.", "아 예, 잘 알았습니다. 여기는 옷을 사려고 왔습니까?" 했더니 "예, 보급관이 여기 평화시장에 와서 치수 딱 맞는 거만 사면 싸고 품질이 좋아 미국에 있는 친척들이 많이 사오라고 편지를 보낸답니다. 미국 현지에서 같은 물건을 사려면 거의 10배 차이가 난답니다. 행정보급관이 나보고 미국에 올 일 있으면 자기네 집 달라스에 오면 소고기 실컷 먹여준다고 했는데 그 도시가 케네디 대통령이 피격당한 도시라고 하더라고요. 제가 그 먼 나라를 갈 수가 있을지 아무리 생각해도 내 생전에 그런 날이 오겠습니까? 자, 이제 보급관이 물건 사가지고 올 시간 됐으니 저는 이만 가보겠습니다. 오늘 즐거웠습니다. 땡큐~ 굿 바이!" 하며 카추사가 가버리는 일도 있었습니다.", "야, 카추사가 간식시간도 있고, 거기에 도너츠가 나온다니 우리가 듣기엔 꿈 같은 얘기다. 그러니 다 카추사 가려고 하지야. 거기는 완전히 딴 세상이다. 청계천로는 사람들이 잘 다니고 있잖아? 우리 국민들이 안전하게 잘 다니고 있으면 그럼 됐어." 이 얘기를 끝내고 그동안들 어떻게들 살았는지 궁금하던 차에 이 날치의 파란만장했던 그동안의 지난 얘기를 펼쳐 놓는데…

동대문사단이 해체되는 마당에 각자 뿔뿔이 흩어지고 있는 이때 자기는 고향이 강원도라는 건 알지만 가봐야 반겨줄 사람도 없어 갈 데도 마땅치 않으니 여기 이렇게 자리 잡아 지내면서 있다고 한다. "저희 같은 놈이 고향을 따질 필요가 있나요? 아무 데나 눌러앉아 살면 되는 거지요 뭐." 이 사람 하는 말에는 어느 곳에서도 세상 살아갈 자신감과 배짱이 있다는 얘기 같다. 하긴 아무 데고 사람이 사는 곳이면 그곳 환경에 적응하면서 남들처럼 살면 되는 거니까. "그래, 아는 사람 하나 없는 서울에서 그동안 어떻게 살았냐?" 하고 물었더니 이래 뵈도 나는 한 가족을 꾸리고 사는 어엿한 가장으로 그 많은 서울 시민 중에 한 사람으로 어울려 더불어 같이 살고 있다는 사실을 자랑이라도 하려는 듯 "저는 지금 국민학교 1학년짜리 사내아이가 하나 있습니다." 날치의 이 말에 현수와 내가 "아이구, 놀래라. 어 그래?" 날치의 예기치 않은 말에 깜짝 놀라 하고는 우리 둘은 그저 입만 벌리고 있었다.

　이어지는 날치의 이야기가 펼쳐지는데 "동대문에 있을 때 한 아가씨가 내 눈에 들어와 눈여겨보고 있었는데 이런 장소에 있기에는 참 어울리지 않는 여자라는 걸 전에서부터 느끼고는 있었지요. 내가 본 동대문에 다른 아가씨들은 환경부터 열악해 저마다 정에 메말라 찌든 생활에 물들은 습관이 있어서 그런지 말들이 거칠고 단순 폭력성이 몸속에 배어 있는 것 같은 데다 모든 걸 즉흥적으로 그때그때 기분 내키는 대로 행동을 하더라고요. 그리고 여자들이 빨래하는 걸 못 봤어요. 이들이 하는 얘기는 손이 망가진다나? 옷을 사서 입으면 빨래하기 전에 이미 쓰레기통에 쑤셔 넣어 버리는 거예요. 아까운 것이 없고 절약하는 정신은 전혀 찾아볼 수 없고요. 동대문이 해체되고 청계천이 정비되는 날 나도 갈 곳이 마땅치 않아 망설이고 있을 때 이 아가씨도 그 자리에 그냥 머뭇거리면서 고민을 하고 있는 이 여자에 대해 하늘이 나에게 내려주신 절호의 찬스라 생각하고 내 마음속에 있는 결심을 실천하기로 작정을 했지요. 이 아가씨는 빨래를 하는 건 물론이고, 속옷도 버리지 않고 바느질까지 하는 이런 여자를 보니 내 마음속에서 심장이 요동치는 듯한 다급한 목소리로 '지금 빨리 잡지 않으면 영영 후회하고 말 것이니 이 기회를 꼭 잡아라!' 하고 내 귓속으로 들리는 듯했습니다.

　우리 같은 뭇남성들이 상대 여자에 대해 흔히들 지껄이는 얘기를 들어보면 어떤 사람은 마음씨가 고와야 한다면서 하루 이틀도 아니고 마음씨 고약하면 그 여러 날을 어떻게 살아? 뭐 인물 뜯어 먹고 살 거냐는 사람에, 또 어떤 이는 첫째로 여자는 얼굴이 예뻐야 뭇 남자들이 쳐다보기라도 하지 못 봐줄 정도면 거들떠보지도 않는다며 그 여러 날의 고래심줄같이 질기고 질긴 수많은 나날들을 건물 옥상에서 길바닥으로 떨어진 메주 볼탱이처럼 생긴 여자를 허구한 날 눈만 뜨면 지겹게 봐야 하니, 태어나야 할 2세도 생각해야 한다며 떠들어대는데, 내 경우는 다 필요 없고, 지금 이 여자 남들이 특별히 쳐다볼 정도로 이쁘지도 않치만 그렇다고 메주 볼탱이같이도 안 생긴 이 아가씨를 나는 꽉 잡고 싶었어요.

그 많은 아가씨들 중에 다른 여자들이 하찮게 생각하는 속옷을 꼬매면서 빨래사지 하고, 모든 걸 아낄 줄 아는 이런 아가씨라면 아무것도 없이 이 세상을 사람들 틈 사이에 끼어서 살고 있는 나에게 더없는 천생연분에 딱맞춤이 아니겠습니까? 이 아가씨는 내가 난전을 할 때 보니 다른 여자와는 달리 악세사리에는 신경도 안 쓰고, 실과 바늘 등 고무줄 같은 실용적인 물건을 사가는 것을 보고 미루어 짐작해 지금까지 해온 행실을 죽 지켜보면 마음씨도 착할 것으로 짐작할 수 있으며, 그야말로 흙 속에서 진주를 발견한 거같이 내가 본 대로 그냥 만족하고 눈앞에서 훌쩍 멀리 떠나기 전에 정신을 바짝 차리고 빨리 잡자." 생각이 여기까지 미치자 나는 재빨리 행동에 들어가기로 마음속 깊이 다짐해 놓고 정리했습니다.

이 아가씨도 나와 같은 형편인지 갈 곳이 마땅치가 않아 마음을 정하지 못하면서 움직이려 하는 것을 상당히 주저하고 있더라고요. 여러 사람들이 저 갈 곳을 찾아 삼삼오오 뭉쳐서 어떤 여자들은 "미아리로 갈 사람은 여기 붙어라." 하며 손가락을 치켜세워 큰소리로 외치니, 다른 한쪽에서는 "청량리로 갈 사람은 이쪽으로 줄을 서시오." 하고 소리치는 사람에, 또 한 팀은 "이제는 서울은 지겨워. 관광 삼아 우리는 저 멀리 파주로 간다." 하니까 서로 헤어지는 친구들끼리 "지금은 찢어지지만 우리 동대문에서 의리로 뭉쳤던 허구 많은 그날들을 기억하고 연락하면서 청계천 시궁창 냄새 맡으며 지내던 그 시절을 잊지 말자." 하며 떠드는 사람, 자기가 미리 갈 곳의 정보를 입수해 정해놨었는지 지금과 같은 이런 생활을 계속하겠다고 끈질긴 행동을 나름대로 활기차게 소리치는 사람까지 어수선한 이 상황, 이 시간, 이런 분위기에서 이 사람들과는 얘기도 안 하고 깊은 생각에 잠겨 있는 이 아가씨에게 슬며시 다가가서 말을 걸었지요.

"제가 아가씨한테 할 말이 있는데 잠깐 제 말 좀 들어볼래요?" 하고 아가씨의 마음을 살피려 했더니 이 아가씨도 지금 갈피를 못 잡고 있는 것 같아 "나는 아가씨와 함께 서울에서 보금자리를 만들어 오래오래 같이 살고 싶습니다." 하니까 처음에는 이 여자가 내 말을 흔히 그냥 지나가는 농담으로 듣는 둥 마는 둥 쳐다보지도 않으면서 자기 생각만 하고 있어, 물론 쉽게 이루어질 일이라는 생각은 안 했지만 다시 입을 열어 "나는 아가씨를 오래전부터 관심이 있어 눈여겨보고 있었습니다. 제 얘기를 한 번 들어보십시오." 하니 이 여자는 겨우 반응을 보이면서 "제 과거를 다 아는 사람과는 얼굴도 보기 싫어요." 안면이 있는 사람하고는 같이 있고 싶지도 않겠다며 단호한 말로 반대를 했으나 아가씨의 말을 이해는 하지만 나도 더 이상 물러설 곳이 없다는 각오로 내 앞에 있는 이 아가씨라면 모든 걸 다 이해를 해줄 것으로 다짐을 하고 "나는 오늘 농담처럼 그냥 하는 얘기가 아니고 오래전부터 아가씨를 항상 마음에 두고 내 진심을 전하고 싶었던 날을 기다리고 있었는데 그게 바로 오늘이라는 것을 깨달았습니다.

같은 처지에 있는 사람이 더 서로를 이해하고 아껴주지 않겠습니까? 지금 내가 하고 있는 말을 언제까지라도 잊어버리지 않고 실천하겠다는 것을 다짐하겠습니다. 맹세를 하라면 이 자리에서 진심으로 기꺼이 하겠습니다." 하고 즉시 두 무릎을 꿇어 이 여자 두 손을 꼭 잡고 눈을 똑바로 올려다보고 있으니 처음에는 농담으로 하다 말겠지 하고 대수롭지 않게 생각을 했는데, 하는 행동이 남자의 진심이 엿보여 여자의 두 눈에는 눈물을 글썽이면서 이 남자의 진심을 알아보려 하는 거 같았으니 이 아가씨도 지금까지 살면서 자기한테 관심을 가져준 사내란 아무도 없었으므로 감동의 마음으로 눈시울이 붉어지면서 '정말 이 사람이 내 남자가 맞을까?' 여자의 마음이 눈물방울로 변해 아가씨의 손을 잡고 있는 내 손등으로 똑똑 떨어지기 시작했습니다. 이 아가씨는 한편으로 자기에게 관심을 가져준 데에 대한 고마움의 눈물일까?

우리가 이러고 있는 장면을 보고 있던 주위의 다른 여자들이 농담 비슷하게 한마디씩 거드는데 "야, 쟤네들 좀 봐라? 지금 뭐하는 거니?", "무슨 다큐멘터리 영화 찍는 거야?" 하며 저마다 쑥덕 쑥덕거리면서 "가만히 보니까 로미오와 줄리엣의 한 장면을 연습하는 거 아닐까?" 어떤 여자는 "아니야, 심청전이냐? 춘향전이냐? 쟤네들 저 정도면 그럼 대학로 쪽으로 방향을 잡아야 하는 거 아니냐?" 한 쪽에서는 "하는 거 보니까 여자가 눈물도 흘린다야. 농담이 아니고 심각한가봐. 그래도 너희들은 지금 허허벌판 사하라 사막 같은 세상에 감정이라는 게 살아있네. 잘해봐라." 하면서 자기 일처럼 응원해주는 사람도 있었습니다. 이 여자는 지금까지 만났던 남자라는 게 그날그날 수없이 만났다 제 욕심만 채우면 잘 있어 잘 가라는 인사말 한마디는 고사하고 행선지조차 모르게 바람과 같이 훌쩍 떠나버리는 남자는 셀 수 없이 거쳐갔지만 이렇게 새로운 방식으로 자기에게 감동을 주며 관심을 가지고 접근하는 남자는 처음이었으니, 이어 이 여자 하는 얘기가 "내가 여기서 무엇을 하고, 어떻게 살았는지 다 아시면서 한평생 살며 영원히 잊어버리고 싶은 그 일을 어떻게 지우고 사시렵니까? 못 믿겠으니 저를 놔주십시오." 하는 걸 나는 "당신을 절대로 놓칠 수 없습니다. 그 수많은 날을 줄곧 당신만 생각하고 있었는데 이제는 더 이상 시간을 지체할 수 있는 여유가 없으니 제발 현명한 판단을 내려주시길 바라겠습니다." 주위의 어수선한 상황에 내가 간직하고 있던 희망이 잘못될까봐 전전긍긍하고 있을 때 이 여자는 "내가 지나온 과거를 알게 되면 실망하실 거예요." 하면서 자기가 지나온 과거를 바다에서 정해진 길을 가고 있는 배에다 좌표를 알려주듯이 불빛을 내주는 등대처럼 지난 과거 이야기를 시작하는 거예요.

"저는 고향에서 다른 사람들과 같이 시골에서 농사를 지으면서 살고 있었습니다. 농촌에서 부모님과 같이 농사를 짓고 있었는데 아버지께서는 술을 좋아하시고 보니 항상 술에 취해 지내시다 암이라는 병에 걸려 시한부 인생을 사시는 중에 농사일을 못하시어 병원비, 약값에 살림까지 하려니 그동안 농사를 짓던 땅도 조금씩 팔아 없애 집안이 점점 기울어지다가 결국 아버지가 돌아가시고 우리 모녀만 남아 슬픔에 젖어 그날그날을 지내고 있었으니 동네 사람들도 안타깝게 생각은 하고 있었지만, 세상 사람들이 다 그렇듯이 우리 인간에게 주어진 인생살이를 사람이 어쩔 도리가 없었어요. 그렇게 하루하루를 장래 기약도 없이 지내던 어느 날 이웃 옆 마을에서 홀아비에 사내아이들 둘이나 딸린 남자가 와서 제 어머니를 데려가겠다고 해 나는 내가 의지해야 할 어머니마저 빼앗기면 어찌하나 겁이 덜컥 나 울면서 완강하게 반대를 해 돌려보냈지만 동네 아주머니들 몇 사람이 찾아와 "네 기분만 생각하지 말고 어머니의 앞길도 생각을 해야 하지 않느냐? 여자들끼리 그 힘든 농사를 어떻게 짓겠느냐? 네가 생각을 돌려 너와 네 어머니하고 그 새아버지네 집으로 들어가 있다가 너는 언젠가 좋은 남자 만나 시집을 가면 그게 현명한 생각이야." 세상을 오래 살으신 동네 아주머니들의 말씀에 나는 앞으로 벌어질 일들이 두렵고 겁도 났지만 결국 내 고집을 거두어들이기로 했습니다.

그런데 엄마를 그냥 데려가는 것이 아니라 보쌈(홀아비가 혼자 사는 과부를 멍석으로 말아서 업어가는 옛날 풍습)을 해서 데려간다는 거예요. 무엇을 이렇게 복잡하게 하나 생각은 했지만 이미 내 고집을 접은 상태니 저는 가만히 보고만 있었지요. 며칠 지나니 보름달이 뜨는 날 밤에 드디어 남자 쪽에서 거사를 하러 온다는 기별이 와 나는 두려운 데다 겁도 나 긴장을 하고 초조한 마음으로 어찌할 줄 몰라 방에서 마당으로, 마당에서 부엌으로, 다시 방으로 이리저리 왔다 갔다 하고 안절부절하다 못해 마당 한쪽에 있는 우물에 가서 두레박으로 물을 퍼 그냥 마셔보기도 하고, 남은 물을 마당에다 확 심술궂은 마귀할멈처럼 뿌려도 보았으나 내 마음속은 진정이 안 됐으니 엄마는 나와는 정반대로 거울 앞에 앉아서 차분히 눈화장을 하고 있더라고요.

드디어 보름달이 뜬 휘영청 밝은 달밤에 옆 동네 젊은 사람 세 명과 장래 아버지가 될 사람이 오더니 엄마를 홋이불로 뒤집어씌워 둘둘 말은 다음 세 명이 들쳐업고 나가면서 장래 아버지는 내 손을 잡아 이들 뒤를 따라가 새아버지네 집 대문 앞에 이르러 어머니를 업고 가던 세 사람 중에 하나가 바가지를 문턱 앞에 놓고 뭐라 외마디 큰소리를 지르고 발로 밟아 깨트린 다음 대문을 열고 안으로 들어가 엄마를 내려놔 비로소 엄마와 나는 새아버지네 집에서 살게 됐습니다. 이곳 새아버지네 집 생활이 낯이 설어 서먹서먹해 1달이 지나 2달 정도 지나면 나아지려나? 엄마와 새아버지 사이는 좋아 보였으나 따스하게 대해줄 것 같은 식구들이 점점 시일이 흘러 얼마쯤 살다 보니까 나와 이 집 아들들 사이는 자매 같지가 않고 서서히 안 좋아지게 됐어요.

집 안 구조도 여자인 내 방을 급히 하나 만들다 보니 화장실을 가려면 이 남자들 방문 앞을 지나다녀야 해 거북하고 방음도 안 돼 남자들 얘기하는 거 다 들리지, 잠자리도 불편해서 나를 대하는 사내들마저 다정스럽지가 못한 데다 이상한 눈초리로 쳐다보는 것이 도저히 마음에 안 들어 같이 살 수가 없음을 깨달아 두고두고 며칠을 고민한 끝에 내가 여기서 나가는 것이 좋을 듯싶어 오래전부터 동네 어른들의 말씀을 빌리면 말은 제주도로 보내고, 사람은 서울로 가라는 얘기를 들은 말이 생각나 아는 사람도 없고, 가본 적도 없지만 나 하나 있을 곳이 없겠나? 이런 막연한 생각에 서울로 가기를 마음속 깊이 다짐을 하고 실천하기로 했으니 엄마한테만 내 앞길 찾아서 엄마 곁을 떠납니다. 나를 찾지 말고 부디 엄마 행복하게 잘 살으세요라는 글을 써 부엌 선반 위 사기그릇 속에 쪽지를 남기고 아무도 안 다니는 캄캄한 꼭두새벽에 집을 빠져나와 동네 한쪽 옆 넓은 공터의 간이역으로 가 목포에서 서울까지 간다는 안내 팻말이 붙어 있는 열차칸의 중간쯤에 무작정 올라탔죠. 내가 어렸을 때 이 넓은 땅에 농사를 짓지, 터도 많이 차지하고 있는 역전을 왜 만들어 놨나? 하고 나 혼자 투덜댄 적이 있었지만 내가 스스로 이용할 줄은 꿈에도 생각을 못했었어요.

자비가 제일 싼 완행열차에 목포에서부터 자리마다 만원이고,

화장실 옆 비어 있는 계단의 자리에 앉아서 움직이는 대로 흔들리며 졸다가 기차 안에서 먹거리를 팔고 있는 홍익회 사람이 자기네들 정복을 입고 가끔씩 비좁은 통로를 조그마한 수레에 먹을 걸 빼곡히 싣고 지나다니며 "자, 지루하신 여행에 기분 전환시키는 데 껌이나 심심풀이 땅콩에 오징어가 있어요. 여행 중에 스트레스 해소시키고 소화가 안 되거나 목이 마르실 땐 사이다나 콜라가 있어요." 하면서 소리를 지르는 바람에 잠이 깨 홍익회 사람이 기차 안의 통로를 지나갈 때면 저 안쪽 자리에 앉아 있던 어느 남자는 "어이, 거기 술 한 병 더 줘." 그러면 홍익회 사람이 조금 전에 소주 1병을 사갔던 사람이라 "손님은 이제 적당히 드셨으니까 건강을 위해 손님에게는 안 팔겠습니다." 이런 말을 남기고 가버려 그나마 겨우 쭈구리고 앉아 잠들었던 나를 깨워 열차칸을 이리저리 돌아다녀 보니 한쪽 의자에는 온 식구가 이사를 하는지 부부인 듯 셋이나 되는 아이들을 옆에 뉘어 재우고 있으면서, 크고 작은 보따리를 깔고 앉아 질서가 없이 보였으며, 어느 의자에는 노인 부부가 앉아 연신 밖을 내다보며 내릴 곳을 지나치면 안 된다는 듯이 주위를 뚫어지게 열심히 쳐다보고 있으며, 어떤 의자에는 나보다 조금 어린 여자아이가 집안 어른들과 같이 가면서 밖의 세상이 신기한 듯 창문에 서서 열심히 내다보고, 어른들은 집에서 싸온 떡을 드시고 있는 장면을 보니 어수선한 기차 안에서 그중에도 제일 정감이 가는 모습이었어요.

기차가 크고 작은 정거장에 서면 승객들이 내리고 타고 대전쯤

오니까 아직 컴컴한 새벽에 사람들 몇 명이 "야, 냄비우동 하나 먹고 오자." 하면서 내려갔다 올라오면 그 무거운 쇳덩어리가 철로 위를 힘도 안 들이며 미끄러지듯 지나가면서 시끄러운 기적소리까지 내며 무료하고 지루한 기나긴 시간이 지나 드디어 이른 아침 서울역에 도착해 여러 사람들과 같이 휩쓸려 나오게 됐습니다. 서울엔 갈 곳도 없지만 여기서 길 잃은 사람처럼 우왕좌왕하는 것도 싫어 보여 역에서 길을 건너 큰 빌딩 앞으로 해서 남들이 보기에는 목적지가 있어 빨리 가야 하는 사람처럼 정신없이 한참을 걷다 보니 다리도 아프고 배도 고파서 이제는 내가 쉴 곳을 찾을 때가 됐다 싶어 음식집 한 곳에 들어가 "일 좀 할 데가 있을까요?" 하고 물어보니까 아주머니가 나를 위아래로 한 번 쓱 훑어보고 양쪽 입꼬리가 길게 늘어지면서 아무도 눈치 못 채게 웃음을 살짝 보이고는 감 잡았다는 듯이 "아, 물론 있지!" 하면서 허드렛일을 시킨다기에 주방에서 그릇을 닦고 있는데 주인아주머니가 나를 부르면서 방청소를 하라고 해 걸레를 가지고 방바닥을 훔치고 있을 때 기다렸다는 듯이 때를 맞춰 한 남자가 쓱 등장해 주인아주머니와 눈인사를 서로 주고받더니 '아다라시'(새것)라 중얼거리고 알 수 없는 미소를 흘리면서 서로 속삭이며 일본 사람을 내가 청소하고 있는 방으로 밀어 넣더니 바깥에서 주인아주머니가 열쇠로 덜컥 사정없이 문을 잠가버려 나는 그 방에서 일본 사람하고 싸우다 지쳐 지금까지 고이 간직한 내 첫 순정을 일본 사람에게 여지없이 빼앗기고 말았어요.

눈물을 흘리며 슬피히고 있는 나를 음식집 아주머니가 어디로 끌고 가서는 한 건물 앞에 서더니 아주머니들끼리 무어라 속닥거리면서 나를 데려왔던 아줌마는 가고 새 아줌마가 "너는 이제 우리 식구야." 하면서 집 안으로 끌어들여 여기에도 여자들이 몇 명 있었는데 정신을 차려보니 가정부, 식모 등 주로 여자들을 모집해 파출부를 필요한 가정으로 보내주는 집이라 나이가 들은 여자들도 왔다 갔다 하고, 나 같은 어린 여자도 들낙날락해 그중 나는 어느 가정집 식모로 가게 돼 이 집은 남자는 직장에 출근하고 아주머니도 가게로 나가 아들 혼자 남아 공부를 하면서 집을 지키는 조용하고 평범한 가정집으로 한가한 시간에 집 안 청소를 하려고 한쪽 방문을 열으니 그 집 아들이 의자에 앉아 있다가 나를 보자 와락 끌어안아 나도 필사적으로 반항을 해 신발도 못 신은 채 그 집을 뛰쳐나와 이때 언뜻 생각난 말이 촌에서 농사지을 때 동네 아주머니들이 "남자는 아빠 빼놓고는 전부 도둑놈들이니 조심해야 돼." 하며 나보고도 명심하라며 말을 해준 적이 불현듯 생각났어요.

　서울 시내를 이리저리 돌아다니다 배가 고파 남들 국밥 먹는 걸 그나마 내 마음 한쪽 구석에 깨알만큼 남아 있던 자존심도 길바닥에 내팽개쳐 버려 간절한 마음으로 쳐다보고 있을 때 내 또래의 여자가 나에게 다가와 배가 고프냐고 물어 고개를 끄떡였더니 그 여자가 국밥집으로 데리고 들어가 밥을 같이 먹으면서 왜 신발을 안 신었냐고 물어 자초지종 얘기를 했더니 어쩌면 내 경우하고 그리 똑같으냐며 맨발로 다닐 때부터 무슨 사정이 있을 줄 알아봤다고 하면서 신발까지 사 신겨줘 지금 잠잘 데는 있냐고 물어 없다고 했더니 이 얘기 저 얘기하다 나하고 시골에서 살아온 형편이나 서울에서 당했던 일이 똑같아 이것도 인연인데 우리 서로 친구하자며 같이 청계천으로 가자고 끌어줘 지금까지 살게 된 곳이 청계천에서 이렇게 지내게 됐어요. 청계천이 정리가 되는 이 마당에 제 친구도 고민을 하다가 서울은 싫어 이제 파주로 간다면서 이런 일에 계속 잡아 끌어들일 수는 없어 "여기서 경험을 해봤으니 나하고 같이 가자고 차마 너에게 먼저 말을 할 수가 없으니 네가 알아서 결정해봐." 하며 나에게 생각할 시간을 주고 있었어요. 제가 지금까지 한 말과 같이 전 돈도 없고, 기다려줄 사람도, 갈 곳도 없는 나를 그래도 한평생 거두어주시겠습니까?" 하고 내 눈을 빤히 내려다보는데, 이 여자 말하는 것과 표정을 보아 마음에서 메아리치고 있는 진심이 우러나오고 있는 거 같아, 그렇다면 이 여자 말은 나 같은 사람이 더욱더 가까이할 수 있다는 핑계로 들려 내 마음에는 꽉 잡아버리고 싶은 생각만이 절실해졌지요.

나도 이 여자의 말을 듣고 속에 가지고 있는 마음을 털어놓기를 작정하고 "내가 지금 누구를 따지고 볼 만한 자격이 있는 사람이 아닙니다. 내가 젖먹이 시절에 아버지는 고기 잡으러 배 타고 나갔다가 풍랑에 배가 뒤집혀 그 배에 탔던 어부들은 모두 다 돌아가시고 엄마와 내가 이모네 집 사랑채에 얹혀살고 있을 때 엄마는 사고가 난 이후로 가끔씩 가슴이 답답하다고 했지만 대수롭지 않게 생각하고 지냈는데 어느 날 항상 부지런하던 애엄마가 아침이 됐는데도 기척이 없자 이모가 사랑방 문을 열어보니 내가 엄마 젖을 빨면서 칭얼대고 있는 걸 애엄마는 이미 싸늘한 시체로 변해 있더라는 거예요. 이모가 얼른 나를 떼어내 아는 사람에게 맡겨놓고 장사를 지내 나는 이모의 보살핌을 받으면서 자랐으며, 나의 이런 사실도 몇 해가 지난 후에 아름아름 동네 사람들한테 얘기를 들어 알게 됐습니다. 고향이 강원도 항구에서 자라 어린 시절을 이집 저집 닥치는 대로 돌아다니며 일해주면서 사춘기 때까지 그날그날을 부지하다 서울 사람을 만나 무지개빛 황홀한 말에 속아 따라왔다가 그 집도 나와 같은 애들을 앵벌이(구걸하는 애)를 시켜 조금 벌어오는 아이는 때리기까지 하는 살벌한 집에 나도 그곳 아이들과 같이 어울려 왕초가 종이에 써준 글을 외우는데, 어리버리하거나 못 외우는 아이들은 사정없이 때리고 안 맞으려면 정신 차려 공들여 외워야 했으니, 종이에 써 있는 글을 그대로 읽어보면 이랬어요.

'존경하는 사모님, 사장님, 선생님, 여러 어르신들께 도움 요청을 드리고자 용기를 내 이 자리에 섰습니다. 저는 일찍이 조실부모하고 교회에서 살다가 고아원으로 데려가 보모의 보살핌을 받다가 나도 남들처럼 공부를 하고 싶어 여러 어르신들 앞에 서서 감히 저도 집안에서 재롱을 부리는 손주같이 어여삐 생각하시고 불쌍히 여기시어 간절히 호소드리오니 이 어린아이 장래를 생각해주시어 공부하는 데 조금씩이나마 보태주시면 나라에 훌륭한 사람이 되어 사장님, 사모님, 선생님께 두고두고 이 은혜 잊지 않겠습니다.' (여기까지 이렇게 말을 하고 90도로 절을 한 다음 나이가 들고 순수하게 생긴 아주머니 앞으로 가서 처량하게 웃으며 돈을 줄 때까지 서 있는다)

이렇게 줄줄이 외운 다음 하는 행동요령까지도 적혀 있어 몇 날 며칠을 걸려 외우다 못하면 맞아가면서 연습을 한 다음 왕초의 감시 아래 실제 버스에 올라타 그동안 외워 온 걸 녹음테이프 틀어논 거같이 승객 앞에서 달달 외우고 있지만 저쪽에서 왕초가 살기에 찬 눈을 번뜩여가며 슬금슬금 곁눈질해 감시를 하고 있습니다. 사람들이 많이 타고 내리는 버스노선을 따라 옮겨타면서 복잡하고 혼란스런 버스로 무대를 잡아 이용했으며, 한 번도 아닌 다른 차를 바꿔 탈 때마다 버스 승객들 앞에서 외워야 할 뿐만 아니라 차장들하고 차비 문제로 다퉈야 해 화가 나 차장 따귀를 올려붙이고 싶은 충동이 일어나기도 했습니다. 맥이 다 빠져 그나마 집이라고 들어오면 왕초가 아이들을 모여놓고 "야, 너희들 정말 이렇게밖에 못하겠어? 이 자식들아!" 하면서 주먹에 발길질로 한 차례 두들겨 팬 다음 왕초의 이어지는 말은 "날날 외우지만 말고 최대한 처량하게 보이란 말이야. 그냥 뻣뻣이 서서 무슨 유치원생들 학예회 하냐? 엉 이놈들아! 눈물도 좀 흘려 임마!" 하면서 성에 안 찬 아이들의 행동에 또 주먹질을 해대 이렇게 맞아야만 하루일과가 끝나 잠을 잘 수가 있었어요.

이런 생활이 하루이틀도 아니고 허구한 날 계속 이러하니 하루는 마음을 독하게 먹고 불광동의 판자집 앵벌이 소굴을 뛰쳐나와 청계천 일대를 이리저리 떠돌아다니며 가게에서 팔려고 길옆 좌판에 내다놔 널려 있는 찐빵이나 도너스를 집어 들고 골목으로 숨어 들어 주린 배를 채우다가 주인한테 집혀 병원에 안 갈 만큼 맞아가면서 어린아이들 먹고 있는 빵이나 과자를 뺏어먹고, 때로는 개울 옆 한적한 곳에서 무속인들이 고사를 지낸다고 시루떡에 실뭉치를 칭칭 감은 명태에다 촛불을 양쪽에 하나씩 켜놓고 고사를 지내려고 준비하고 있을 때 우리 같은 아이들 몇 명이 구경할라치면 고사를 지내려던 이 여자는 (위협을 느끼고 아무래도 안 되겠다 생각했는지) "고사만 다 지내면 떡은 여러분에게 전부 드릴 테니 조금만 기다려주세요, 네?" 하면서 구경하고 있는 우리들에게 양해를 구합니다. 전에는 말도 없이 고사 지내다가 끝나기도 전에 우리 같은 구경꾼들이 시루 깨트리고 떡을 다 가지고 도망을 간 적이 있었나 봐요. 허구한 날 굶기를 다른 사람 밥 먹듯 하고 있어서는 이런 일이 벌어지면 떡을 배불리 먹을 수가 있는 날이니 우리에겐 최고의 잔칫날이죠. 그럭저럭 모진 세월을 지내다 보니 난들 사는 게 편했겠습니까? 여름이면 길가의 벤치에 신문지나 박스를 깔아 잠을 자고, 겨울이면 빌딩 쪽 화장실에 물이 얼지 않게 건물주가 조치를 해주기 때문에 우리 같은 사람들은 주어진 현실 속에 인내하면서 그럭저럭 추위를 견딜 수가 있어 이런 곳을 찾아 전전하다 세월을 보내는데 청계천에서 아이들을 만나 서로 치고 박고 치열하게 싸우다 친해져 동대문사단으로 들어가 주먹세계에서 날치라는 이름으로 잔뼈가 굵어졌죠.

이렇다 할 남들처럼 내세울 게 없는 몸둥아리만 하나밖에 없는 놈이 그저 젊은 패기로 내 삶을 바꿔서 살아가려는 정신밖에 없는 나에게는 누구의 도움이 절실히 필요한데 지금 당신 같은 아가씨가 나한테는 꼭 필요합니다. 아가씨의 얘기를 들어보니 정말 고생을 많이 했군요. 세상 살아보려고 여자가 온갖 짓을 다 하고, 모진 풍파를 다 겪은 일을 여자로서는 견디기엔 참으로 벅찬 세상이었을 겁니다. 남자도 힘이 들어 살아온 이 세상에 연약한 여자가 그 많은 사람들 틈에서 살아나려고 몸부림친 것을 우선 내가 이해할 뿐만 아니라, 그리고 여기에 살아남은 당신을 자랑스럽게 생각하며, 응원을 아끼지 않고 당신이 무엇이든지 요구하거나 바라는 것이 있다면 나는 내 사람을 지키겠다는 일념으로 일평생 목숨도 바칠 각오가 이미 준비돼 있으며, 잘 살아보겠다는 내 행동에 동의만 해주신다면 사나이의 이름을 걸고 언제 어디서나, 어떠한 경우에도 당신의 앞날을 내가 끝까지 책임지겠습니다.

불행한 과거는 서울에 미끄러운 눈길에 가다가 한 번 넘어졌다 손치고 잊어버려 이제 우리 앞만 보고 상처를 받은 사람끼리 서로 의지하면서 한세상 같이 살아봅시다. 우리가 이미 알고는 있지만 세상 사는 거 별겁니까? 평범하게 욕심부리지 말고 열심히 착실한 마음으로 남들처럼 살아가면 되는 거 아니겠습니까!" 내가 진심에서 우러나오는 말을 하자 여자 쪽에서 잠시 생각에 잠기는 듯 '그렇다. 나를 알아주고 버리지만 않는다면 내 처지에 더 바랄 것이 무엇이 있겠는가? 잘 살고 못 사는 것은 우리가 앞으로 어떻게 할 것인가에 달려 있지. 이 남자 지금까지 한 말에 진심이 엿보여 내 한 몸 맡겨도 될 것 같아. 그래, 사람은 마음먹기 달려 있는 것이니까 어차피 인생은 새로운 세상의 모험이야.' 여기까지의 생각을 끝내자 지금까지 했던 내 말에 감동을 받았는지 이 여자의 얼굴이 웃음기로 번지더니 내 손을 끌어올리면서 일으켜 세워 드디어 이 아가씨의 닫혀 있던 마음의 문을 열어놓았죠.

이 여자가 친구 따라 파주 ○○골로 갈 타이밍을 내가 기가 막히게 돌려놓아 이렇게 우리 둘은 그 자리에서 서로 힘차게 끌어안으면서 "내가 당신을 끝까지 책임져 줄게. 우리 두 사람은 이 미친 수렁에서 힘을 합쳐 지금부터 빠져나오는 거야." 하고 여자의 등을 두들겨 주니 갑자기 여자가 아주 서럽게 펑펑 울기 시작하는데 내가 무슨 영문인지 모르고 있을 때, 이 여자는 나를 꼬옥 껴안으며 한참을 울어대더니 내 얼굴을 올려보고 환하게 웃어주는 거예요. 나는 뭐가 잘못된 줄 알고 마음이 덜컥 내려앉았으나 여자들은 일생일대의 중요한 시점에서는 지난 일의 좋지 않은 모든 추억이나 감정을 눈물로 말끔히 씻어내고 새로 시작하려는 듯 우는 버릇이 있는 거 같았어요. 이 여자는 아마 일평생 이 남자에게 모든 걸 바치겠다는 일종의 서약을 잊지 않으려는 듯 하늘에다 맹세하고 베갯잇에다 수를 놓듯 새겨놓아 오래도록 증거를 남기려 하는 거 같습니다. 주위를 살펴보니 그 시끄럽게 떠들던 사람들도 제 갈 길을 갔는지 보이지 않고 우리 둘은 모든 게 진정된 다음으로 두 손을 마주 잡고 굳게 맹세를 해 앞으로 살아갈 보금자리를 찾아 집세가 제일 싸다고 생각이 드는 응봉동 산꼭대기 쪽으로 발품을 팔아 찾아 나서기로 했습니다.

우리가 한참을 돌아다니다 세밀히 관찰해본 중에 산꼭대기 맨 윗집으로 제일 싼 삯월세방을 얻어 살림을 시작했어요. 우리 둘은 아이들 소꿉장난하듯 상의를 벗어 아쉬운 대로 이불처럼 가슴을 덮어 서로 꼭 껴안고 잠을 잤으며, 쌀도 봉지로 사서 주머니에 넣어 연탄도 새끼로 꿴 거 하나씩 사가지고 올라와 젊음을 밑천으로 삼아 마음을 새롭게 다짐한 다음 살림을 하기로 하고, 여자는 체격이나 힘이 남자에 비해 나약하기 그지없으나 자기를 보호해줄 남자가 뒤에서 응원해주면 씩씩하고 용기가 나 당찬 생각으로 앞날을 흔들림 없이 준비하려고 마음을 정리하는 걸 보면 남자인 내가 봐도 깜짝깜짝 놀라 어디서 그런 힘이 나올까? 감탄해 마지할 지경입니다.

아내는 금방 취직이 돼 식당일을 하고 그동안 고생 고생하다가 이제 내가 뺑을 굽고 집안의 질서가 잡히기 시작하니까, 아내가 임신을 해 배가 불러오기 시작하자 아는 사람 하나 없는 객지에서 살다가 다니던 식당을 그만두게 됐는데 식당 사장님은 아이를 낳고 몸조리 잘해서 언제라도 일하러 나오라는 당부의 말도 들으며, 아내는 집 안에서 지내다가 점점 산달이 가까워지자 내 스스로는 한계를 느껴 옆집 아주머니에게 염치 불구하고 무릎 꿇고 머리를 조아리며 도움을 청했더니 우리의 집안 사정을 다 알고 마치 자기 딸같이 여겨 보살펴 주시는데, 아이가 태어날 때는 내가 할 일이란 연탄불 잘 피워 방 따뜻하게 하고, 아주머니의 주문대로 물을 끓여서 방으로 들여보내고 옆집에 가서 가위 찾아 약방에 가서 소독약을 사와 방으로 들여보내 주는 거 외에는 할 게 없었으니 이런 인생 초년생 젊은이들을 측은하게 생각하고 자기 동기간같이 여기면서 헌신적인 봉사와 도움을 주는 이웃사촌 덕에 우리는 그 어려움 속에서도 견뎌 나갈 수 있었으며, 수저와 칼도 빌려 살림을 했지만 지금은 제가 빵을 구워가면서 집사람은 다시 식당에 다녀 힘들었던 옛날을 생각하며 절약하는 데는 몸에 밴 사람이라 모아모아 이제는 전세로 돌려놔 어느 누구도 부럽지 않습니다. 아이도 주위 어른이 하라는 대로 말 잘 듣고, 자기 일은 알아서 잘해 옆집 아저씨가 얘기해주시는데 "비 온 뒤에 땅이 굳어진다고 하시면서 자네를 위해 나온 말 같아." 하면서 칭찬을 해주십니다.

처음에는 태어난 애기가 아랫목을 차지하고 아내, 그 다음에 내가 자게 됐는데 웃풍(방 안의 차가운 공기)이 하도 쎄서 윗목에다 물을 떠다 밤을 새우면 꽁꽁 얼 정도로 추운 겨울을 보냈으나 아이가 커서 학교 들어가고부터는 아이와 나는 사내들이라는 이름 아래 여자를 보호해 준다는 뜻으로 아이 엄마가 아랫목에 자리 잡고, 그 다음 아이, 다음 나 이런 순서로 잠을 몇 번 잤는데 집사람이 "내가 아침에 일어날 때 불편해 다 같이 세로로 발을 아랫목으로 뻗고 자자고 해서 지금은 세로로 자고 있습니다. 그전에 6.25를 겪은 어른들 얘기 들어보니까 그 추운 날 전쟁통에서도 발만 따뜻하면 잠이 오더라는 말을 들은 적이 있었으니까요. 이렇게 아이를 중간에 끼고 자니 아이가 하는 말이 "왼쪽에는 아빠, 오른쪽에는 엄마. 으흐흐이." 하면서 제 딴에는 사뭇 흐뭇하고 재미있어 하는가 봅니다.

참 나원, 제가 원래는 이렇게 말을 많이 안 하는 놈인데 형님 앞에서는 재롱도 피워보고, 어리광도 부려보며, 자랑도 해보고 싶어 철없이 굴어도 용서해주십시오, 형님. 역시 세상은 혼자서 사는 게 아니라 서로 도와가면서 더불어 사는 건가 봐요. "백지장도 맞들면 낫다."라는 말을 많이 들어봤지만, 백지장 그거 얼마나 무거운 거라고 둘이 들어? 하면서 우습게 생각했는데 살림을 하고부터 그 말의 깊은 뜻을 이해하기 시작했어요. 먼 훗날 우리 아이가 철이 들 만큼 장성했을 때 아이 엄마와 아들이 있는 자리에 술잔을 부딪치고 한 잔 하면서 지난 세월의 우리 집안이 탄생했던 얘기를 분명히 해줄 것이며, 우리 부모 세대는 인간 생활상이 이미 정해져 있지만, 아들에게는 무한도전의 세상이 펼쳐질 것이니 내 힘닿는 데까지 밀어줄 것이며, 지금 내가 느낀 게 많아 인생을 사는 참맛을 서서히 실천하게 됐습니다."

이 소리를 듣고 보니 날치가 나에게 어리광을 피우는 게 아니라 내가 지금 날치에게 인생철학을 배우고 있는 기분이 들면서 인간적인 정이 가슴속으로 배어들어 여기 이런 분위기에 흥건히 적셔져 우려지는 것 같은 느낌이 든다. 날치의 얘기가 잠시 멈추자 현수가 말하기를 "야, 그럼 그전에 중간보스에게 부탁해서 같이 살게 해달라고 했던 그 여자냐?" 하니까 날치가 "그래, 그 아가씨였어.", "야, 너 참 성공했다." 하면서 현수가 축하를 해준다. 지금 이 날치의 얘기를 들어보니 참으로 장하다는 생각이 내 가슴 깊이 파고들어 온다. 그래도 젊은 사람이 서울에서 아는 사람 하나 없는 꼭 황량한 바다 같은 망망대해를 돛단배로 노 저으며 헤쳐가고 있는 형국에 자기들 스스로 살길을 찾았다는 것이 참으로 장하고 대견스러워 이렇게 자랑스러운 날치를 업어서 동대문운동장을 한 바퀴 돌아주고 싶은 생각이 들어간다.

우리가 국민학교 다닐 때 플라타너스 나무를 삥 둘러 심어놓은 운동장에 여름에는 이 나무 그늘 밑에서 딱지치기, 구슬놀이, 땅따먹기, 여러 명이 다리 사이로 머리를 처박아 엎드리면 그 위로들 올라타 두 팀의 앞사람들끼리 가위, 바위, 보로 이기는 팀이 계속 올라타는 말뚝박기 등 이런 재미있는 놀이로 시간 가는 줄 몰랐었고, 가을이면 단풍이 들면서 나뭇잎이 떨어져 있는 그 모양이 지금 날치가 구워내고 있는 빵과 모양이 비슷해 우리는 흔히 낙엽빵이라 부르기도 하고, 더러는 캐나다 국기 같아 보여 캐나다빵이라고 부르는 사람도 있었다. 또 하나 다른 빵은 태극 문양처럼 무늬가 그려져 있어서 태극빵이라 불렸지만, 먹을 게 없어 배에서 물이 새는 듯한 "쪼르륵~" 소리가 날 정도의 배고픈 시절 아이들에게는 제일 인기 있는 간식거리였으니 "아하이, 내가 형님한테 얘기하다 깜빡할 뻔했네요. 저 앞길 건너 2층에 봉제공장이 있는데 여직원들 간식으로 빵이 200개 들어가는 곳이 있어서 이거 빨리 구워내야지 안 되겠습니다.", "어 그래? 그럼 우리가 뭐 도울 일이 있냐? 얘기해봐.", "모처럼 오셨는데 대접을 못해드려 죄송합니다.", "야, 괜찮아! 너 바쁘게 사는 거 보니까 우리가 다 기분 좋다야."

이렇게 해서 우리는 도움이 돼줄 수 있는 허드렛일을 도와준다. 빵 반죽을 기계 옆에 놓아주면 물을 플라스틱 통에 담아와 쓸 수 있게 옆에 놔주었으며, 날치는 그동안 좀 해봤다고 빵기계를 능숙한 솜씨로 다루는데 기계 위에 빵틀이 전부 6개 놓여 있어 맨 앞에 있는 빵틀을 쇠꼬챙이로 열고 기름이 묻은 붓으로 빵틀을 골고루 훔친 다음 주전자에 들어 있는 빵 반죽을 틀 안에 반쯤 붓고 왼손으로 용기에 들어 있는 팥고물을 퍼 꼬챙이로 빵틀 안에 듬직이 짤라서 넣은 다음 다시 주전자의 밀가루 반죽으로 팥고물을 덮고 틀을 맞엎은 다음 꼬챙이로 눌러 뒤집어 놓고 반대편 빵틀도 꼬챙이로 꾹 눌러 뒤집어준 다음 기계를 돌려 다음 틀도 꼬챙이로 열어 다 익은 빵을 손으로 꺼낸 다음 같은 동작으로 연속 빙글빙글 차례로 돌려가며 구워내고 있다.

우리가 옆에서 비닐봉지로 한 개씩 포장을 해 상품 가치를 돋보이게 해놓고 박스 안에 5줄을 세워 100개씩 담아 2박스를 테이프로 봉해서 현수와 내가 하나씩 어깨에 둘러메고 날치가 가르쳐 준 건물 2층 봉제공장을 찾아가서 입구에 큰 철문을 두드리니 문을 열고 나오는 아가씨에게 빵 배달왔다고 하니까, 회사 유니폼을 멋들어지게 입은 여자가 "오늘은 다른 분들이 오셨네. 수고하셨어요." 하는 말과 동시에 안에서 작업을 하고 있던 아가씨들이 "와~ 간식이다." 하면서 일제히 고함을 지르고, 어느 한 아가씨는 "야, 낙엽빵이다!" 하며 큰소리로 대답을 하면서 배달하러 온 나와 현수를 환영해주는 듯이 보였습니다.

아마 이 아가씨들도 하루일과 중 틀에 박힌 작업과 환경에 지루한 일이 계속되는 일 중에 이런 재미있고, 신이 나는 일이 또 어디에 있겠는가? 이 아가씨들도 이 시간을 손꼽아 기다렸으리라. 내가 "네 오랜만에 친구를 만났는데 바쁜 거 같아서 저희가 대신 왔습니다. 이 친구 부족한 점이 많더라도 잘 좀 부탁드립니다." 했더니 이 여자분 빙그레 웃더니 "친구분이시라니 제가 한 말씀 드릴게요. 빵이 200개나 들어오는데 어떻게 덤이 하나도 없어요?" 이런 말을 듣고는 "아이, 이런 일이 있나? 우리 한국 사람은 덤이라는 게 없으면 정이 메말라 섭하죠. 그 사람 이런 장사 처음 해봐 잘 몰라서 그런 거 같습니다. 제가 알아듣도록 잘 말하겠습니다." 하니 빙그레 웃으며 오늘 날짜에 빵 개수가 적힌 싸인을 한 인수증을 우리한테 건네주고 대신 박스를 받아서 들여가는데 그 넓은 작업장을 잠깐 문틈으로 구경할 수가 있어 많은 아가씨들이 재봉틀을 돌리는 소리가 정말 웅장하고 요란하게 들리는 걸 듣고 있으려니 "그전에 서울 친구들이 하는 말에 재봉틀 소리를 마치 탱크 지나가는 소리 같다고 했던 얘기가 생각나더니 정말 그렇군요. 현수가 옛날에 친구들이 얘기했던 생각이 나는지 한마디 하고는 정구 친구와 내가 빵배달을 하고 돌아와 인수증을 날치에게 건네주면서 "야, 가만히 보니까 너는 빵을 200개씩 보내면서 덤을 하나도 안 주냐? 다른 사람들에게도 그러니?" 했더니 날치가 "예, 평소에 그냥 그렇게 하던 대로 하고 있습니다." 이 말을 듣고 "야, 너 지금까지 참 잘 버텼구나. 장사를 하려면 특히 먹는 것은 금액에 따라서 덤이라는 게 있는 거야. 지금 이 시간부터 항상 염두에 두고 잊지 마라." 하며 정색을 하고 덤이라는 걸 장사의 기본이라는 점을 강조하면서 다짐을 했다.

그쪽에서 얘기했다는 소리는 안 하기로 해 서로 미안한 마음이 없도록 하기 위해서다. 이 사람 우리한테 자랑할 얘기가 있는지 "형님 형님, 낙엽빵 납품하는 거 어떻게 하게 됐는지 아세요?" 하고 웃어 "그거야 우리가 모르지. 네가 잘해주니까 그런 거 아닐까?" 했더니 날치라는 이 사람 우리한테 우쭐대면서 낙엽빵에 대해 자기가 하고 싶었던 얘기를 주욱 늘어놓는다. "집사람은 일을 하러 나가고 나 혼자서 무엇을 해먹고 살아야 하나? 혹시 오늘은 일자리를 구할 수 있을라나? 고민을 해가며 응봉동 산꼭대기 집에서 다 탄 연탄재에 쓰레기 청소까지 모두 치워놓고 오늘도 어제와 같이 막연한 희망을 안고 실업자 신세로 터덜터덜 걸어서 내려오니 나도 모르게 청계천 쪽으로 사현히 오게 됐지요. 지금까지 내가 돈을 벌어본 거라고는 옷을 푸대에 담아 짐을 옮겨서 차에 실어준 일로 연탄 몇 십 장값 벌어본 게 다인데, 우리 집사람은 음식점에 금방 취직이 돼 주방에서 그래도 좀 오래됐다고 주방장 보조로 진급이 돼 다니고 있지만 남자들은 일자리 구하기가 쉽지가 않더라고요.

나라는 사람이 흔히 말하는 한 집안의 가장으로서 살림을 책임져야 함에도 일자리를 구하지 못하고 돌아다니며 허송세월만 하고 있으니 마음이 항상 무거운 상태로 오늘도 이리 기웃 저리 기웃거리며 걸어서 복잡한 이곳까지 오다 보니까 바로 요자리에 낙엽빵을 구워 파는 사람이 있어서 "에이, 점심 겸해서 빵이나 먹어볼까?" 하고 낙엽빵을 집어 들어 먹기 시작할 때 빵을 굽고 있던 아저씨가 슬슬 얘기를 꺼내는 거예요. 자기는 이 빵장사를 접고 과천 경마장에 가서 이거보다 나은 일을 하려는 걸 이노무 빵기계 처분을 못해서 움직이질 못한다는 거예요. "이것도 혼자서 살살하면 그런대로 밥은 먹고 사는 데 말이야." 이 빵기계 주인도 나를 보니 실업자 같아 보였나? 혼잣말처럼 중얼거려, 이 말을 듣고 정신이 번쩍 들어 그냥 넘어갈 내 처지가 아니지. 지금 이 판국에 무슨 일을 따지고 잴 때냐? 내 가슴속에 부풀어 있는 이 기회를 꾹 눌러 참으면서 "아저씨, 이거 하려면 얼마가 있어야 되는데요?" 하고 물었더니 이 아저씨는 "얼마구 뭐구 빵기계 이거 고철값만 쳐서 주면 지금 당장이라도 넘겨줄 거야. 나는 지금 과천 경마장으로 가서 친구들하고 주차장 관리를 하기로 약속을 해놨으나 이거 땜에 못 가고 있으니 나는 답답하잖아."

이 말을 듣고 사내대장부로서 한 가정을 책임지고 살아야 할 내 처지에 마음까지 무거운 짐을 잔뜩 지고 있는 실업자가 이런 소리를 듣고 뭐 지금 내가 무슨 찬밥 더운밥 가릴 처지냐? 마음을 차분히 정리해서 한 번 부딪쳐 보기로 하고 "그럼 저한테 넘기시죠." 해서 그날 반죽한 거 하며 장소까지 아주 싸게 흥정해서 서로 주고받기로 했으니 "우리 애 엄마가 앞을 좀 내다보는 사람 같아요." 남자가 호주머니에 비상금은 항상 가지고 다녀야 한다며 내 주머니에 찔러 넣어준 비상금을 탈탈 털어 빵기계를 고철값으로 넘겨받기로 하고 모든 일이 일사천리로 전광석화처럼 구두계약으로 성사가 돼 소망이 간절한 사람들끼리 같이 만나 이루어진 일이었으니, 빵을 굽는 요령은 즉시 현장에서 이 아저씨가 가르쳐 주었으나 처음엔 빵기계 뒤집어 돌리는 순서부터 실수를 해 빵을 많이 태웠지만 세월이 흐르니까 숙달이 돼 잘하게 됐어요. 이렇게 되고 나니 내가 일을 끝내고 집에 들어가 아내 앞에서 허리를 펴고 제대로 숨을 쉴 수가 있더라고요. 사람이란 자기가 할 일이 있어 움직인다는 것이 한 집안의 가장으로서 요렇게 중요한지 처음 느껴보게 됐으며, 인생살이의 넓고 깊은 묘미를 깨닫게 됐습니다.

그러던 어느 날 오늘도 어제와 같이 빵을 구우려고 준비를 하던 중에 한 번은 시장 저쪽에서 평소에 안 들리던 남자의 고함소리와 여자의 비명소리에 이끌려 쫓아가 보니 아, 동대문에서 우리들 잔심부름해 주던 그 딱새란 놈이 평화시장 아가씨들이 많이 다니는 길목에서 지나가는 여자들 옷을 잡아 장난을 치며 시비를 걸고 소리를 지르고 있잖아요? 오랜만에 보는 아이지만 반가움보다는 여자들을 괴롭히고 있으니 오히려 따끔하게 혼내주고 싶어서 내가 딱새 앞으로 가서는 한마디 했죠. "야 임마! 세상이 바뀐 지가 언제인데 아직도 그런 행동을 하고 다녀 엉? 여기는 누구든지 자유롭게 다닐 수 있는 골목이야. 이놈아, 너 앞으로 이 동네 얼씬도 하지 마. 재미없어. 내 눈에 다시 보이면 확 쓸어버릴 거야." 동대문 시절에 자주 쓰던 몸동작과 인상을 쓰면서 말로 엄하게 얘기했으니 저도 알아듣겠지 하고 쫓아버려 그 다음부터는 아가씨들이 나한테로 빵을 사먹으러 얼마나 많이 오는지 몰라요.

단골 중에 한 아가씨는 자기가 노조위원장이라나 뭐라나 하면서 자기네 작업장에 간식으로 빵을 넣어 달라고 해서 형님이 지금 배달하고 온 그곳이에요. 그리고 다른 작업장에도 많이 소개를 시켜준대요." 노조위원장이라고? 처음 들어본 소리라 "야, 그런데 노조위원장이 뭐하는 사람이냐? 뭐 높은 사람이냐? 아니면 공무원이냐?" 우리 셋은 노조위원장이란 말은 들어보지 못한 말이라 서로 얼굴만 쳐다보고 있다. "글쎄다. 조장, 반장, 통장, 체육관에 관장, 음식 만드는 주방장이라는 건 들어봤지만 노조위원장이라는 말은 처음 들어봐. 잘 모르겠어? 야, 우리가 또 궁금한 거 있으면 못 참는 성질 아니냐? 니가 그 아가씨 오면 노조위원장이 뭐하는 사람인지 꼭 물어봐라." 우리들은 주먹을 잘 쓰는 사람이면 존경의 대상으로 알아줬지만, 사회에 나와 적응할 시간 없이 살다 보니 모르는 게 너무나 많아 세상 사람들과 같이 어깨를 나란히 하고 살아가려면 남들 걸어갈 때 우리는 뛰어서 따라가는 정신으로 살면서 모든 걸 새로 착실히 배워야 하겠다.

그런데 현수는 딱새라는 말에 "그 자식 딱새란 놈 아직도 정신을 못 차리고 있어 처음 그놈을 만났을 때부터 쪼그만 놈이 위아래가 없이 반말 찍찍하더니, 그놈 여기 있었으면 혼 좀 내주는 건데." 하며 씨익 웃어버리고 나는 "음, 뚝섬 경마장이 과천으로 이사 갔구만." 모르는 거 서로 알게 되고, 셋이서 같이 파안대소하며 즐거워했고, 오늘 이 사람 살아가면서 생활하는 얘기를 들어보니 참 대견하단 생각이 들어 내 심장이 뜨거워지도록 마음에 감동을 받아 이들이 서울에서 어렵게 살아가는 살림을 조금이나마 도움이 돼주려고 생각해낸 것이 내가 농사지은 쌀을 이들에게 보내주고 싶어서 "네 식구들 한 달에 쌀을 얼마나 먹냐?" 하고 물으니 날치가 자기네 식구 한 달에 8kg 정도 먹는다고 해서 "야, 그러면 가만있자. 1달에 8kg이면 1년에 대강 96kg 정도 먹네. 내가 농사지은 쌀하고 콩, 참깨, 들깨, 기름 등 잡곡이 남는 게 있으니까 쌀이 시골에서는 1가마니에 100kg이니 그냥 계산할 거 없이 1년에 쌀 한 가마니에 잡곡들을 마대로 포장해서 정기화물로 부쳐주면 너희 집 식구들은 뒤집어쓰겠다야. 그렇지?" 하니까 "그렇게 먹다가 보면 오래 묵은 쌀은 나중에 습기가 차 곰팡이 나요."

날치의 그 말도 일리가 있는 것 같아 "음, 그러면 처음에는 50kg, 또 6개월 있다가 반가마를 부치믄 되겠디야." 이렇게 결론을 내리니 날치가 "아니, 형님! 언제 이렇게 농사를 지어 남 줄 여유가 있으셨습니까?" 하고 궁금해하며 물어 "야, 젊음을 앞세우면 안 되는 게 없어야." 하며 무엇이든 가능하단 줄거리로 얘기를 마무리하니 "그럼 나도 젊음의 밑천이었었나?" 우리는 다 같이 저마다 한마디씩 하며 웃어가며 이야기를 할 때 날치가 갑자기 생각난 듯이 "만약에 형님이 농사지은 쌀과 잡곡을 붙여주시면 저희는 아껴서 먹다 남겨 내가 그동안 신세를 진 옆집 아주머니와 아저씨에게 시골 우리 형님이 농사지어서 보내준 거라고 자랑하면서 드리면 아주 좋아하실 거예요. 서울 사람들 시골에서 무얼 가지고 오면 아주 부러워하며 시장에서 사온 거보다 더 좋아하고 귀하게 여기더라고요." 하면서 기대에 부푼 말과 함께 장래 포부까지 털어놔 "야, 그거 좋은 생각이다. 주위 사람과 친하게 지낸다니 내 남는 곡식 더 보내줄게." 하며 날치의 앞날을 전적으로 밀어주기로 다짐하면서 축복해주기로 했으며, 다른 자질구레한 얘기 보따리로 정신이 없다.

"너의 집 식구가 세 식구라고 했지? 아이가 국민학교 1학년이면 7살 정도 됐을 거 같으니, 그래 공부는 잘하고 다니냐?" 내가 날치한테 물어보니 날치의 대답은 "네, 제 아이가 친구들하고 잘 어울려 노는 게 나를 닮아서 그런지 달리기도 자기네 반에서 일등이래요. 그리고 산수시간에도 역시 최고로 잘한다고 자랑이 대단해요." 이 소리를 듣고 현수가 "야, 그럼 산수도 너 닮아서 잘한다는 거냐? 내가 볼 때는 너 계산하는 거 형편 없었잖아?" 하고 현수가 동대문에 같이 있을 때를 떠올리며 하는 말이 그는 길 가생이에다 좌판을 깔고 머리에 끼우는 여자용 핀이나 귀걸이, 가슴에 멋지게 다는 브릿지, 각종 고무줄, 바늘과 실 등 주로 여자들이 쓰는 물건과 악세사리를 팔고 있었는데 손님이 무얼 하나 사고 큰돈을 내밀면 날치는 계산을 잘 못하니까 돈통을 손님한테 내밀며 "거스름돈 알아서 가져가세요." 이래 놓고 저는 좌판을 정리하는 척하고 있는 모습을 현수는 그 앞을 지나다니며 여러 번 목격을 해 날치의 계산하는 실력을 알고 농담 삼아 짓궂게 물어서는, 이에 날치의 대답이 "물론 나는 골 아프게 숫자 따지는 것은 질색이지. 나 학교 다닐 때 산수시간에는 선생님한테 단골로 얻어터졌어. 차라리 교실 밖에서 벌을 서는 게 내 마음은 훨씬 편했으니까.

우리 아이 산수 잘하는 것은 집사람을 닮은 거 같아. 내가 하루 빵을 팔아 번 돈 집에 가져가 방바닥에 종이돈이랑 동전이구 다 쏟아놓으면 집사람이 전부 계산을 해버려. 이때 아들도 엄마하고 같이 따라 한다고 난리지. 재료비에는 "이 돈은 밀가루값이에요." 하면서 종이봉투 겉에 연필로 써서 준비해주고 "이거는 이스트값.", "요거는 암모니아값.", "당원.", "숯." 해서 이런 거 숫자로 따져 종이 봉투에 넣어 재료값 모두 표시해주고, 오늘 하루 장사에 얼마를 팔아 장부 정리까지 다 해주고, 그날 그날의 들어간 재료비를 남은 돈에서 빼면 얼마를 벌었다는 계산을 다 따져주면서 장사하는데, 수완이 점점 나아져 날이 갈수록 이골이 나 수입이 점점 늘어난다는 말을 아내한테 들을 정도였으니까. 나는 숫자 따지는 거 골치 아파 못해." 하고 옛날 생각하면서 신나게 웃어젖힌다.

이런 일이 날치네 집안에서 매일 벌어지다 보니 어린아이가 엄마의 돈 계산하는 방법을 보면서 덧셈, 뺄셈을 실물로 하는 방식으로 놀이처럼 재미있게 배우니 산수에는 같은 또래 애들보다 월등한 차이가 나는가 보다. 그렇다면 아이의 빠른 동작과 친화력은 아빠 닮고, 계산하는 방법은 엄마 닮아 이들 가정의 아들에게는 신의 조화로 이루어 맺어진 걸까? 이런 묘한 생각에 젖어 있을 때 현수가 갑자기 손뼉을 치며 "야, 너 그전에 네 아버지가 홍콩에서 라이터 돌을 가득 실은 배가 인천항으로 들어오고 있다면서 항상 큰소리치고 그랬잖아? 지금쯤이면 인천항에 도착하고도 남았을 텐데 아직도 너는 길에서 풀빵 장사를 하고 있으니 어떻게 된 거야? 이 사람아!" 현수의 이 말에 날치는 무엇을 훔치다 들킨 사람처럼 겸연쩍은 말투로 "아이참, 이 사람 언제적 얘기를 지금까지 기억을 하고 있냐? 웬만한 건 잊어버려라. 강원도에서 부모 얼굴도 잊어버리고 서울 사람 따라왔다가 앵벌이하던 놈이 홍콩하고 무슨 상관이 있다구. 히히~ 야, 하긴 그땐 그 말이 좀 통했는데, 동료들이 내 말을 다 부러워했지. 라이터 돌 한 개에 10원 할 때 그 3.1빌딩만 한 큰 배에 얼마나 많이 실을 거야. 아마 라이터 돌보다 돈을 더 많이 실은 거나 마찬가지일 거야. 그땐 그런 기분에라도 붕 떠서 황홀했었지."

정구 친구가 이어서 "우리도 덩달아 마음이 들떠서 그 배 들어왔냐?" 하고 물으면 "풍랑이 일어서 조금 늦는다고 연락이 왔으니까 조금만 기다려. 라이터 돌만 팔면 만 원짜리 돈을 너희들 키 높이만큼씩 쌓아서 준다고 신소리치고 돌아다녔잖아? 이게 다 너희들이 갖은 자랑하면서 우리 집에 가면 금송아지 있다느니 저마다 큰소리치는 바람에 나는 아버지가 배를 탔으니까 비록 뻥이었지만 그게 나에게는 희망사항이었으니 그런 생각을 하면 기분은 좋았지." 날치와 현수가 서로 맞장구를 치며 "그때 무협영화 상영하는 극장이라는 극장은 서울 시내 다 찾아다니면서 보고, 영화에 나오는 주인공처럼 따라 하느라 정신 없었지." 현수가 옛날 얘기를 꺼내니 "극장도 시시한 건 문 닫아버리고 지금은 종로 쪽에만 있어." 하며 날치가 우리들에게 알려준다.

이런 옛날 얘기하면서 한참을 신나게 웃으며 시간을 보내고 있을 때 우리의 웃으며 얘기하는 사이로 갑자기 어느 아주머니가 불쑥 비집고 들어오며 끼어들더니 하는 말이 "아이, 아저씨들요. 나 지금 차를 저기 길에다 세워놨어요. 빵을 나부터 먼저 주시면 안 돼요?" 해서 우리가 뭐 지난 이야기로 농담을 하고 있을 때이니만치 특별하게 바쁜 일도 없는 사람들로 "아이구, 차를 길에 세워놓으셨다면 이 아주머니부터 드려." 하면서 꽤 인심 쓰는 척 우리도 덩달아 호들갑을 떨었더니 아주머니는 환하게 웃으며 "제빵점에서 만들어 파는 건 너무 느끼하고 소화도 안 돼서 풀빵을 사서 먹으니 담백하고 소화가 잘 돼 항상 이 빵만 사먹어요." 하며 아주머니가 고맙다는 표시로 묻지도 않은 말까지 하면서 봉지에 담아준 빵을 받아들자마자 차 있는 쪽으로 달려가는 것을 보고 우리가 오늘 본 날치의 빵장사는 그런대로 되는 편으로 날치가 지금의 생활전선에서 선택을 잘 했다는 생각이 들어간다.

그런데 이 사람 국민학교 1학년인 아들한테 아버지로서 미안한 마음이 든다는 것은 무슨 명절 때만 되면 자기 반 아이들이 할아버지네 집에 간다, 고모부네 집으로 간다, 외할머니네 집으로 간다고들 야단법석인 것을 이 아이들은 지난 명절에 시골집에 가서 맛있는 거 먹고 재미있게 놀던 얘기를 자기 반 친구들 앞에서 자랑을 하는데 우리 집 애는 이런 아이들과 같이 명절 때 어디 갈 데도 없으니 할 말이 없어 어울리질 못하고, 그저 혼자 조용히 학교를 빠져나와 집에 와서도 시무룩한 표정의 얼굴로 엄마, 아빠가 무슨 말을 해도 대답을 안 하면서 "아빠, 우리는 할아버지네랑 외할머니네 집 없어?

우리 반에 한 아이는 동네 할아버지한테 세배를 하니 세뱃돈도 받고, 동네 넓은 마당에서 어른들이 윷놀이할 때 본인 차례도 아닌데 하려고 하면 순서를 바로 잡아주고 "집에 들어가서 술잔 좀 가지고 와라." 하면 부엌에 들어가 술잔을 가지고 나오고, 다음은 윷판에 말을 써서 놓아주면 착하다며 학용품 사라고 돈도 준다 자랑하지. 어떤 아이는 "나도 동네 가게에 가서 어른들 술 심부름을 해주면 어린 아이가 어른 말 잘 듣는다며 거스름돈 너 가져라, 해서 심부름값 받았어. 어떤 아이는 태권도 학원에서 배운 품새 운동을 동네 어른들 앞에서 자랑스럽게 하면 박수를 쳐주며 용돈을 받았다고 큰소리치지. 어떤 아이는 우리도 외할머니 집에서 작은 종발 안에다 조그마한 윷을 담아 윗방에서 요를 깔고 그 위에 던지면서 윷놀이를 해 진 사람은 부엌에 가서 먹을 거 가져오기 내기해 컴컴한 부엌에 찾아가 떡에 감, 식혜도 가지고 와 먹었대." 맞아. 명절 때 자기 또래 아이들이 어디를 간다고 자랑하면 다른 아이들도 가보고 싶겠지? 갈 곳이 없는 아이들에겐 어린 마음에 상처를 입을 만한 일이다.

"누가 이런 명절 같은 걸 만들어가지고 우리 같은 사람 비참하게 만드는지 모르겠어. 그냥 돈 쓰고 싶은 사람은 소문내지 말고 저희들끼리 가서 지랄을 하던지 먹고 말 것을 온 천지를 돌아다니며 자랑하고 떠들고 돌아다니고 있어들." 하면서 언짢은 말로 불평을 늘어놓는 날치의 속마음을 모진 풍파를 겪으며 비틀어진 길만 찾아 헤매면서 살았던 사람은 세상 물정에 어두워 잘 모르고 불만을 표시할 수가 있겠지. 나는 이런 날치의 넋두리를 이해하고도 남음이 있었으니, 나도 한때는 날치와 같은 불만을 가지고 그런 마음으로 살던 적이 있었으니까 날치의 이런 말이 낯설지가 않아 보이고 공감을 같이하기로 하고 이해를 했다.

내가 어린 시절 엄마하고 같이 시골에서 살았을 때 명절 때만 되면 시골 사람들도 명절 음식 만든다고 바쁘게 움직이면서 도회지에 살던 친척들이 모두 시골로 모이니 여기서도 떡을 치댄다, 두부를 만든다, 조청을 고아대고, 엿을 만들어, 콩을 볶아서 다식에, 강정 등 한과를 만든다 하며 기름에 지지고 튀기고 부산하게 움직이는 활기찬 명절 풍경을 보이는 시골 집안에 어른이신 할아버지들께서는 손자 손녀들 옹기종기 모여 앞에 앉혀놓고 옛날옛적 호랑이 담배 피던 시절 얘기를 해주면 아이들은 무서워 소리 지르기도 하고, 재미있어 깔깔대고 웃기도 하면서 어른들은 아이들 뛰어노는 것만 봐도 즐거운 것을, 거기에다 아이들이 선생님께 배운 예절이나 춤으로 어른들 앞에서 재롱을 부리면 귀여움을 독차지하는 데다 용돈까지 받아온 아이들이 학교에 와서 자기 친구들한테 자랑을 늘어놓을 테니까. 나도 시골에서 살고 있으면서 어느 정도 나이가 들었을 때도 명절날의 깊은 뜻도 모르면서 우리 집에 왕래하는 친척도 없어 외로워 서러움이 밀려오는 이런 날, 그렇다고 남들처럼 명절 음식 만들 처지도 아니라 어머니는 옆집 명절 음식 만드는 데 도와주러 나가시고, 나 혼자 슬그머니 뒷동산 봉오리에 올라가 앉아서 동네 마을을 내려다보면 다른 집들은 무엇을 만드는지 굴뚝에서 연기가 모락모락 솟아오르고 있는데 우리 집만 연기가 피어오르지 않고 있으니, 그 어린 마음에도 나는 이 동네 사람이 아니라 타지 사람같이 여겨져 멀리 떨어진 외딴섬에 홀로 있는 빈집으로 이 동네 살지도 않는 것처럼 낯설은 생각이 들면서 소외감도 느껴졌으니, 그나마 밤에 잘 때가 되면 엄마가 남의 집에서 일해주고 얻어온 설 음식, 주전부리 맛을 보면서 그저 명절이란 이런 음식 만들어 먹는 것으로 착각해 느낄 뿐으로 날치의 얘기처럼 나도 차라리 명절이 없었으면 좋겠다는 생각을 가져본 적이 한때는 있었으니까.

그러나 만약에 남들이 새 옷을 차려입고 가족끼리 일가친척 찾아다니며 들뜬 기분으로 명절을 맞이하던 사람들이 혹시 이 말을 들었다면 "명절을 없애다니? 당신 어느 나라 사람이야? 세상을 어떻게 살면서 다른 사람 다 즐기고 있는 날을 없애라니? 이게 무슨 똥딴지같은 빌어먹을 소리냐?"고 하겠지만 나는 날치의 말을 같은 심정으로 충분히 이해해주고 싶었지. 같은 시대를 살아가는 사람들의 가슴속에 동질감을 느끼면서 측은한 마음으로 생각을 하고 있을 때 그렇다면 우리도 이런 대열에 끼어 다른 사람들과 같이 흘러가는 강물처럼 더불어 섞어서 살아가 보면 어떨까? 불현듯 내 머릿속으로 번개처럼 휘몰아 스치면서 지나가는 묘안이 떠올랐다.

"아, 그래! 네 아들한테는 어린 나이에 마음이 많이 아팠겠구나. 야, 걱정하지 마. 우리끼리 일가친척 만들면 될 거 아냐? 너 이번 명절 때면 가족들 다 데리고 우리 집으로 와. 아들이 누구네 집이냐고 물어보면 큰아버지네도 좋고, 외할머니네 집이라고 해도 좋으니까 네가 정하고 싶은 대로 해. 그런데 말이야. 내가 가만히 생각해 볼 때는 아무래도 외할머니네 집이라고 하는 게 나을 거 같아. 왜냐하면 이런 건 여자 쪽으로 줄이 연결돼야 아기자기한 맛에 친밀감으로 정이 솟아나 재미를 한층 더 즐길 수 있지. 이왕 말이 나왔으니 이번 명절 때부터 우리 한 번 시작해보자. 안면이 있는 몇 사람이 우리 동네에서 활발히 움직이는 것도 볼 수가 있을 테니까 그 사람들도 만날 수 있고 말이야. 자, 그럼 주소 불러봐. 내가 집에 도착해 쌀도 당장 붙여줄게. 그리고 시골 주소는 여기에 이렇게 해서 과거 동대문에서 의리로 연결된 그때를 이제는 시골 인심과 연결해 친형제같이 다정한 친밀감으로 똘똘 뭉쳐 지내자. 종이에다 일가친척 맺자는 계약서 써가지구 어머니, 나, 날치, 아이 엄마와 아이 해서 우리 모두 지장 찍어 이번 명절 때 어머니 앞에서 결정을 짓자구. 물론 네 아이 엄마도 관심이 있을 게 분명해. 해변의 많은 모래알같이 그 수많은 날들을 보내면서 엄마한테 어리광 한 번 못 부려봤으니 얼마나 그리운 정에 사무쳤겠냐? 우리가 경험이 없어 모르긴 해도 명절날 서로 찾아볼 사람이 있다는 것이 얼마나 가슴 설레이고 마음이 흐뭇한 일이겠냐? 우리 어머니나 너의 아이 엄마도 아주 좋아하실 게 뻔해. 이번 명절 때 아주 다 해결해보자.

아이한테도 친구들 앞에서 일가친척 계약서에 지장 찍고 왔다고 "너희들 이런 거 해봤어?" 하면서 자랑이 대단하겠지. 무슨 애로사항 있으면 이리로 찾아와. 나는 우리 집 대문을 활짝 열어놓고 항상 너를 반겨줄 테니까." 하고 우리는 지금 이 순간에 진지한 마음으로 서로 통하고 있었으니, 북에서 홀홀단신으로 남쪽으로 내려온 사람들이 명절 때만 되면 파주 통일전망대를 찾아 보고 싶은 일가친척, 그리운 고향 산천을 생각하며 북쪽을 하염없이 바라보면서 눈물을 흘리는 분들이 얼마나 많았어? 또 전국에 만들어 놓은 망향동산을 찾아 마음속에나 살아계신 옛 어른들의 추억을 되살려 보려는 마음속의 빈자리와 아쉬움을 달래려는 사람들이 얼마나 많은가? 거기에다 비하면 우리들은 그래도 축복받은 사람들이 아니겠나? 이번에 모든 일들이 잘 되길 바라면서 한참 가슴이 부풀어 있을 때 생각난 것이 "야, 그런데 서울까지 왔으면 우리나라에서 옷에 대한 제일의 장소를 자랑하는 평화시장을 오게 됐으니 어머니 옷 한 벌 사가지고 가야 할 텐데 시장에 가서 빨리 사가지고 오자." 하니 현수가 "아 참, 그렇군요." 하면서 자기가 앞장서려고 해 내가 마침 뇌리에 스치고 지나가는 어머니의 말씀이 생각났으니 내가 재빨리 나서서 현수의 앞길을 막으며 "야야, 그러지 않아도 내가 너한테 명령 내린 거 거둬들이라는 어머니 말씀이 계셨어. 이제 내가 있으니 너는 이제 신경 쓰지 마."

내가 한 이 말에 "아이, 형님, 왜 그러세요? 저한테도 애틋한 마음을 전할 수 있는 어머니예요." 나도 정구 친구에 대한 현수의 이런 마음을 모르는 건 아니지만 현수를 바라보면서 "누가 아니라고 그랬냐? 인제는 내가 내 자리로 왔으니 내가 바로 모신다는 말이지." 하고 다시 말 못하게 쐐기를 박아놓았더니, 우리 말을 듣고 있던 날치가 "형님, 여기서 옷 사는 거라면 저한테 맡기십시오. 내가 아주

싸게 도매금으로 살 수 있는 길을 알고 있으니까요." 날치의 이 말에 이거 또 날치가 옛날에 흔히 하던 우왁스런 좋지 않은 방법을 쓰려고 하나? 이런 생각이 들어 "야, 너 혹시 우리 민망한 처지에 놓이게 하려는 건 아니겠지?" 했더니 날치의 대답은 "아이, 형님도 그런 시절은 이제 지나갔잖아요? 그곳에 가면 무엇이든 그곳 사정을 잘 아는 지역 사령관의 말을 들어야 합니다. 형님이 서울에 오시는 날부터는 여기에 살고 있는 제가 서울에서 일어나는 모든 문제를 해결해드리겠으니 저에게 맡겨주십시오. 형님, 제가 어떻게 하는지 가만히 구경만 하세요." 하면서 빵기계 안에 있던 빵을 전부 꺼내고 빈 틀을 만들더니 종이에다 〈용무가 있어서 잠시 자리를 비웁니다. 2개에 십 원씩 돈통에 돈을 넣고 봉투로 담아가십시오〉

이렇게 쓴 종이를 빵틀 위에 붙여놓는 걸 보고 "야, 내가 덤이라는 말을 꼭 넣으라고 했지?" 했더니 "아참, 형님! 장사의 기본을 깜빡했군요." 하면서 다시 쓰는데 〈용무가 있어서 잠시 자리를 비웁니다. 2개에 십 원씩 1백 원어치 사시면 덤으로 2개를 더 드리고, 봉투에 담아가시며 돈은 통에 넣어주십시오〉 이렇게 다시 써붙이고 "가십시다, 형님!" 하고 날치가 옷가게를 향해 가니 내가 아무리 생각해도 불안해 "야, 날치야! 이거 아무리 생각해도 좀 거시기하지 않냐?" 하고 물었더니 "아이, 형님! 안심하십시오. 제가 이 지역 질서를 잘 잡아놨습니다. 전에도 여러 번 비워논 때도 많아요. 내가 밥을 먹을 때나 화장실을 갈 때는 어쩔 수가 없이 이렇게 해야지요. 옛날옛적 내 경우같이 춥고 배고프고 돈 없을 때처럼 그런 놈이 좀 갖다먹는

다면 내버려둬야지요. 먹고 살겠다는 데는 어쩔 수가 없잖아요? 하하하!" 하면서 호탕하게 한 번 웃고 대수롭지 않다는 듯 앞장을 서 우리도 그저 날치를 따라 들어간다.

날치가 말하기를 "형님, 여기서는 말은 하지 말고 맘에 드는 옷이 있으면 눈으로만 얘기하셔야 되고, 내가 하는 말만 그냥 듣기만 하세요." 하면서 우리 일행에게 필요한 주의를 주고 한 가게에 들어서더니 날치의 말이 "야, 요즘 잘 나가는 옷들이 많구만." 하며 이 옷 저 옷을 만지작거리면서 내 눈치를 곁눈질해 보고 있어 나도 잽싸게 지금 만지고 있는 옷을 눈으로 깜빡하고 신호를 주니 날치가 옷걸이에서 옷을 내리더니 가게 주인에게 "지금 이거 얼마대로 나가는 거요?" 하고 가게 주인에게 물으니 "네, 이거 3.8대로 나가고 있습니다. 역시 사람 보는 눈들이 다 똑같은가 봐요. 이 옷은 디자인이 시원스럽게 빠진 데다 바느질이 튼튼하게 잘 박혔어요. 요즘 많이들 찾고 계십니다."

추켜세우는 옷가게 주인의 이 소리를 들으며 우리나라는 물건을 사는 데 제값 주고 사는 사람이 별로 없으므로 날치 옆에 바짝 붙어서 귓속말로 "야, 우수리 잔돈 무조건 깎아버려." 하고 속삭이자 날치가 조용히 하라는 신호를 은밀히 해 가만히 있었더니 "이거 포장해주세요." 하니까 옷가게 주인이 "또 없어요? 이거 하나만 주문하는 겁니까?" 이에 날치가 대답하기를 "아니 그럼 이미니가 한 분인데 몇 벌을 사라는 거요?" 대답을 하니 옷가게 주인은 기가 막히다는 듯 "나는 장사치가 주로 하는 말투를 써 여러 가지 구입할 줄 알고 도매금으로 불렀더니 겨우 하나만 달랑 사가지고 가려고 하니 참 어이가 없네." 이 소리에 날치가 바로 받아서 "아니 이번엔 엄마꺼 샀으니 다음은 아빠꺼에 아이들 옷도 사러 올게요." 하면서 값을 치르고 나오니 옷가게 주인 하는 말 "아이참, 촌사람한테 뒤통수 맞았네." 하는 소리를 들으며 "그럼 뭐 항상 촌사람만 당하라는 법이 있나? 원숭이도 나무에서 떨어질 날이 있다는 걸 알아야지." 우리는 통쾌하고 신나게 웃으며 옷가게를 나왔다.

청계천 평화시장의 이 옷장사는 날치의 말솜씨를 듣고는 저희들 장사치들만 살짝살짝 남들 모르게 통하고 있는 말투를 쓰고 있으니 시골에서 온 장사꾼인 줄 알고 도매금에 주면서 앞으로 잘 대해줘 자기네 주요 단골고객으로 삼으려고 했으나 이 옷가게 주인도 자기 마음같이 안 됐으니 기분이 상당히 언짢았던 모양이다. 이어서 날치가 "아이, 형님도 그 장사꾼이 한참 도매금으로 싸게 주는데 거기서 더 깎으라면 어떡합니까? 아마 옷가게 주인은 물건 안 판다고 도로 뺏었을걸요?" 하면서 자랑스러운 얼굴을 하며 자기의 경험담을 얘기하는데 "내가 살던 강원도 고향 항구에서는 생선을 살 때 형들이 하는 행동을 보니까 옷을 잘 차려 입지도 않고 그냥 작업복에 슬리퍼 질질 끌고 가서 양쪽 손을 바지 호주머니에 찔러 넣고 슬리퍼 신은 발로 물고기가 담겨 있는 다라를 툭 차며 이건 얼마요? 한 다음부터는 불량기가 섞인 반말로 슬리퍼 신은 발을 이 다라 저 다라 툭툭 건들고 이거는? 저거는? 하며 거만스럽게 행동을 해야 바가지를 안 쒸우지 말을 곱상스럽게 하거나 표준말을 썼다 하면 "나 외지에서 왔어요." 하고 거기 장사꾼들에게 알려주는 거나 다름없다고 치면 그 다음은 바가지 옴팡 뒤집어씌워 돈으로 채워서 막아야 하는 일이 돌아온다는 날치의 생생한 경험담을 얘기해준다.

어쨌던 생각보다 돈이 절약됐으니 그 돈으로 화장품 세트를 정해놓고 하나 사는 이유는 내가 처음 정구네 집을 찾아가 어머니를 뵈었을 때 세상을 다 산 할머니 같아 모습이 아주 초라해 보였으나 나하고 같이 지내신 후로는 고맙게도 전에 모습보다 점점 더 좋아지시면서 어머니도 서서히 여자의 정체를 드러내시면서 변해가는 모습을 흥미롭게 보고 있는 나로서는 하늘에 계신 내 어머니께서 늘 정구 어머니와 함께하신다는 생각을 하며 감사하게도 건강한 어머니를 보고 있는 나는 재미가 쏠쏠하게 느껴지고 있으니, 어머니에 대한 변해가는 모습을 보는 것도 나로서는 초미의 관심거리이기도 하다.

지금은 전에보다 외모도 훨씬 젊어 보이시고, 기억력도 좋아지서 총기도 밝아지시고, 이제는 세상을 나이도 거꾸로 드시고 사는 분같이 느껴지면서 저 하늘에 계시는 내 어머니도 아마 대리만족을 느끼실 게 분명하다고 생각이 들었으니 나도 말할 수 없이 덩달아 기분이 좋아졌다. 어머니는 생활에 활력이 넘쳐나시어 사시는데 재미를 느끼시면서 외모에 신경을 쓰시고, 화장대 앞에 자주 앉아 있는 시간이 점점 길어지시는 걸 보고 지금과 같이 쭈욱 이대로 지내셨으면 나는 더 바랄 게 없으며, 여기 동대문사단에서 내가 정구네 집으로 찾아 떠나던 때 큰형님이 단상에 앉아계시고 여러 동료들도 함께한 자리에서 정구 어머니를 정성을 다해 모시겠다는 맹세를 큰소리로 했던 생각이 나 설마 이 몸이 세상에서 사라질 때까지라도 약속은 끝까지 지키리라, 마음속으로 굳게 다짐을 했었으니까.

이런 생각에 흠뻑 젖어 있을 때 어느덧 해가 기울어지는 듯이 내려앉아 이제는 집으로 가야 할 때가 된 거 같아 "그리고 야, 지금까지 구운 빵 다 싸줘. 어머니도 드리고, 우리 아는 사람들한테 날치가 빵공장 사장으로 출세해서 구워낸 빵이라고 맛을 좀 보게 해야지." 하고 내가 웃으니 현수가 "이야, 날치가 그 이름도 존경스런 빵공장 사장님이 되셨단 말이죠?" 하고 같이 웃어대자 "맞아, 자기가 직접 만들어 팔고 있으니 당연히 빵공장 사장님이지. 이 정도면 출세한 거야, 우리 날치." 내가 날치의 사기를 한껏 올려주고 있으니 아무나 못 듣는 사장님 소리를 들은 날치는 때아닌 이런 분위기에 이게 무슨 일인가? 날치는 지금 내가 이런 사장님 소리를 들어도 괜찮은지 어리둥절해하고 있을 따름이다.

지금까지 구운 빵을 싸가지고 빵값을 지불하려 했더니 날치가 안 받으려 해 "야 그러면 앞으로 나 여기 오지 말라는 거나 똑같은 얘기다, 너." 했더니 마지못해 돈을 받으면서 현수와 나는 작별인사를 하려고 "야, 날치야!" 하다가 내가 손으로 입을 틀어막고 말조심하자는 뜻으로 날치를 쳐다보며 "이제는 한 가정을 거느리고 사는 가장에게 옛날에 흔히 막 놀던 시절에 하던 속된 말투를 쓰면 안 되지. 이제는 우리도 다른 사람들과 같이 이 땅에서 살고 있는 국민의 한 사람으로서 사회적인 도의적 체면이 있지. 수많은 사람들과 같이 세상으로 나와 여러 사람들과 어울려 한 일원이 됐으니 그에 걸맞게 품위를 갖춰 우리 부모님이 지어주신 이름으로 부르기로 하자. 자식들이 태어나 우리들을 보면서 자랄 테니까 아이들에게 부끄러움이 없는 어른이 돼야 하면서 우리가 모범이 돼가야지. 이렇게 만나 반가웠다. 우리 또 보는 거야." 하면서 악수를 하려고 했더니 "아이고 형님, 오랜만에 어렵사리 만나자마자 이렇게 섭섭하게 그냥 가시려고 그러세요? 누추하지만 저희 집에 가셔서 저녁이나 드시고 가시지요?" 하는 말을 듣고 우리도 헤어지기 싫어 그러고 싶지만 지금 차 시간이 얼마 남지 않아 막차를 못 타면 우리 집으로 갈 차가 없어 차 시간은 꼭 지켜야 하기 때문에 "야, 지금 차 시간이 없어서 그래. 우리가 버스를 타고 갈 곳은 휴전선 최전방이야. 막차를 놓치면 집에 못 가. 이번 명절 때 우리 집에 와서 편안하게 충분한 시간을 가지고 술도 한 잔 하면서 아까 얘기했던 일가친척 체결조약 계약서에 지장도 찍고, 그동안 못다 한 얘기와 회포를 좀 풀어보자." 이 사람도 우리들과 같이 헤어진다는 건 굉장히 섭섭하겠지만 진심 어린 마음으로 정중히 사양하고 우리는 뛰어서 집으로 가는 막차 버스를 간신히 잡아타고 자리를 잡고 앉으니 버스 운전기사가 지금 막차로 올라와 키를 꽂고 시동을 걸면서 버스 안을 휘익 한 번 둘러본다.

나는 현수와 같은 좌석에 나란히 앉아서 "야, 이거 지금 우리가 잘하고 있는 거겠지? 집에 가서 어머니에게 한 번 여쭤보자." 어머니께서도 평소에 "우리 집은 사람이 그리운 집이야." 하시며 내 눈을 물끄러미 쳐다보시며 무슨 메시지를 전달하시는 거같이 눈치를 주셨지. 그리고 내가 어머니에게 무슨 상의를 할라치면 어머니께서는 "네가 알아서 하렴." 하시는 말씀이 이번에도 내가 저지른 일을 잘 넘겨주실 것으로 믿고 있다. 우리는 버스를 타고 다시 위장망을 덮어 탱크가 포를 쏠 수 있는 벙커 옆을 지나 집채만 한 콘크리트 덩어리 밑을 지나면서 어머니에게 드릴 옷과 화장품 세트, 날치가 싸준 빵봉지를 현수와 내가 나눠 들고 어머니가 계시는 최전방 시골집을 향해서 버스는 두 눈에 불을 밝히며 힘차게 달리고 있다.